Le Siècle

ÉLIE BERTHET.

LES ÉMIGRANS

PARIS
BUREAUX DU SIÈCLE
RUE CHAUCHAT, 14.

A. VIALON DEL. J. GUILLAUME SC.

Elie Berthet.

LES ÉMIGRANS

PREMIÈRE PARTIE

I

LE PAUVRE SCHMIDT.

Au pied du versant oriental des Vosges, à peu près sur la frontière de la Lorraine et de l'Alsace, le voyageur rencontre une vallée fraîche et riante que l'on appelle la vallée de l'Arche, à cause d'une espèce de portique naturel en rocher qui lui sert d'entrée du côté de la plaine. Elle est entourée de plusieurs étages de montagnes dont les dernières et les plus éloignées doivent le nom de *ballons* à leur forme arrondie. Toutes sont couvertes jusqu'au sommet de forêts et de pâturages dont la verdure sombre contraste avec les vives couleurs des champs cultivés. Ces hauteurs ont un aspect grave et solitaire; c'est à peine si l'on trouve, à de grandes distances les uns des autres, quelques chalets isolés; encore disparaissent-ils souvent derrière les lambeaux de nuages floconneux qui se traînent le long des contre-forts de la chaîne principale. Les habitations semblent s'être donné rendez-vous au centre de la vallée, proprettes et gaies, elles se groupent autour d'une petite église dont le clocher aigu *montre du doigt le ciel*, suivant l'expression d'un poëte allemand, et elles forment un joli bourg qu'anime et purifie sans cesse un ruisseau descendu des montagnes. Ce ruisseau, après avoir serpenté gracieusement, fécondé les prairies, roui le chanvre, abreuvé les bestiaux, fait tourner le moulin, charmé le regard, s'en va, toujours murmurant, se perdre dans un affluent du Rhin.

Une route, bien entretenue et bordée de peupliers, traverse la vallée d'un bout à l'autre; mais, large et droite en arrivant à l'arcade de rochers, elle se rétrécit, devient tortueuse en approchant des montagnes, et ne tarde pas à disparaître. A droite et à gauche, en avant du bourg, s'étend une forêt de chênes et de hêtres, au milieu de laquelle se perd le ruisseau, qu'on entend murmurer encore bien qu'on ne puisse plus le voir.

Un matin de printemps, par un temps calme quoique nuageux, un jeune homme du pays sortit de la forêt dont nous venons de parler, et vint s'asseoir au bord du grand chemin, à quelques centaines de pas environ de l'arcade qui donne son nom à la vallée et au bourg. Ce jeune homme, d'une figure douce et intelligente, était pauvrement vêtu; cependant son extérieur annonçait une condition un peu supérieure à celle d'un simple paysan. Sa redingote vert olive affectait, malgré sa vétusté, une coupe élégante, et sa petite casquette de velours flétri rappelait les casquettes écourtées des étudians allemands. Malheureusement le reste du costume ne répondait pas à ces velléités de mise bourgeoise; il consistait en un grossier pantalon de toile, et en souliers fort usés qui avaient mal garanti ses pieds contre la rosée matinale. En revanche, tout cela était d'une propreté scrupuleuse. Evidemment ce pauvre diable devait accomplir des miracles d'attention et d'économie pour conserver une apparence décente à ce costume qui servait depuis trop longtemps.

Il avait déposé près de lui un mouchoir noué qui contenait des objets assez volumineux, et par les déchirures de ce mouchoir on pouvait reconnaître des morilles, champignons communs au mois de mai dans les forêts du voisinage. L'inconnu sans doute s'était levé de bon matin pour faire cette abondante récolte; aussi paraissait-il très las et s'était-il laissé tomber sur le gazon comme accablé de fatigue. Toutefois cet abattement ne fut pas de longue durée; il semblait que l'inertie et le repos absolu fussent antipathiques à cette vaillante nature. Après avoir repris haleine pendant quelques instans, après avoir jeté un regard sur la route alors déserte aussi loin que la vue pouvait s'étendre, il tira de sa poche plusieurs de ces couteaux en usage parmi les bergers de la forêt Noire et qui leur servent à confectionner les petits animaux de bois si recherchés des enfans; puis, prenant un morceau de sapin bien sain et bien blanc, il se mit à le sculpter avec un soin particulier. Au bout de quelques minutes, il était absorbé par son travail et avait oublié complétement tout le reste.

Pendant que le modeste artiste exerce la dextérité de ses doigts, disons en peu de mots son histoire.

Prosper Schmidt (il s'appelait *Prosper* sans doute par une dérision du sort) était une de ces pauvres créatures prédestinées au malheur, auxquelles rien ne réussit, quoi qu'elles fassent. Bonne conduite, activité, courage, rien n'avait pu désarmer la fatalité inexorable qui semblait le poursuivre. Ses souffrances avaient commencé de bonne heure; resté orphelin à l'âge de six ans, il avait été recueilli par son oncle, curé du village de l'Arche. Le temps que Schmidt avait passé près de cet oncle avait été le meilleur de sa vie. Le curé, homme bienveillant et charitable, l'avait traité avec une grande douceur et lui avait donné de l'instruction, dans le but de le consacrer plus tard au sacerdoce. Ce projet ne put se réaliser : Schmidt n'avait encore que treize ans, et son éducation était loin d'être achevée, quand le bon vieux prêtre mourut subitement, le laissant sans fortune et sans ressources.

Que pouvait faire un enfant de treize ans? Schmidt possédait toutes les connaissances élémentaires, il savait même un peu de latin et d'anglais; mais à quoi cela pouvait-il lui servir dans la nécessité présente? Cependant il ne s'abandonna pas au désespoir; prémuni d'avance contre la terrible éventualité qui l'accablait, il accepta son malheur avec résignation, et résolut, malgré son jeune âge, de se suffire à lui-même. La tâche était difficile, impossible peut-être; Schmidt se raidit contre les difficultés. Il commença par donner quelques leçons de lecture et d'écriture aux enfans du bourg et à ceux des villages voisins; on lui payait ses émolumens avec des morceaux de pain et de lard, avec de vieux effets, ou, bien rarement, avec une petite pièce de monnaie. Il faisait souvent plusieurs lieues, par la neige ou par la pluie, pour aller porter l'instruction dans quelque chalet écarté. C'était une rude existence, qui eût rebuté tout autre que l'intrépide Schmidt. Cependant, ses profits de pédagogue étant parfois insuffisans, il crut devoir ajouter une profession manuelle à cette profession libérale, mais beaucoup trop précaire. Un sabotier du pays, dont il instruisait les enfans, consentit à lui apprendre gratuitement le métier. Voilà le neveu du curé s'escrimant de la hache, de la gouge et du foret pour fabriquer des chaussures aux montagnards. Il mit tant d'ardeur à la besogne que, au bout de deux mois d'apprentissage, l'art du sabotier n'avait plus de secrets pour lui; bien plus, il avait acquis de lui-même une habileté étonnante à travailler le bois; il façonnait avec son couteau des figurines d'hommes et d'animaux dont le dessin correct, la finesse d'exécution, eussent été dignes d'une attention sérieuse.

Schmidt, avec ces nombreuses professions, et, comme l'on dit, avec toutes ces cordes à son arc, semblait devoir être à l'abri du besoin. Quand les élèves manquaient à l'école primaire, il pouvait fabriquer des sabots, et, à défaut de sabots, confectionner des boîtes de ces jouets que Nuremberg expédie au monde entier. D'ailleurs sa vie n'était pas luxueuse, et sa chère était frugale. Malgré tout cela, il avait encore de rudes momens à passer; les élèves devenaient rares en été, quand les parens avaient besoin d'eux pour le travail des champs; les sabotiers ne manquent pas dans les Vosges, et il y a parfois encombrement de sabots; enfin, les profits que donne la fabrication des jouets sont très misérables. Aussi Schmidt se trouvait-il réduit souvent à de cruelles extrémités, et il y avait entre ses repas des intervalles beaucoup trop longs. On le savait, et on l'appelait à l'Arche *le pauvre* Schmidt. Personne pourtant ne lui eût refusé un dîner ou une pièce de monnaie; mais il était d'une extrême fierté, incapable d'accepter un prêt qu'il eût craint de ne pouvoir rendre, un repas qu'il n'eût pas gagné. Sa ressource, en pareil cas, était dans les fruits sauvages que produisent les forêts, et ainsi s'explique son abondante récolte de champignons. Schmidt travaillait en ce moment avec d'autant plus d'ardeur qu'il avait la certitude de dîner le soir.

Tel était donc le pauvre diable qui stationnait au bord de la route et que la suite de cette histoire fera mieux connaître. De l'endroit où il se trouvait, il pouvait entendre le son des cloches du village, les chants et le bruit des battoirs des blanchisseuses qui lavaient leur linge dans le ruisseau, de l'autre côté de l'arcade; mais il ne se pressait pas de quitter la couche de gazon, le toit de feuillage, l'air balsamique dont la nature le gratifiait. D'ailleurs, son travail l'absorbait davantage à mesure que l'ouvrage prenait de la forme sous son couteau. De temps en temps il l'éloignait de ses yeux pour mieux en juger et le contemplait avec complaisance. Il semblait qu'il employât toutes ses facultés, tout son cœur même, à façonner ce petit morceau de bois.

En effet, le pauvre Schmidt, ce jour-là, ne s'ingéniait pas à fabriquer un de ces lions fantastiques, de ces massifs moutons, de ces chiens de race impossible qui gisent pêle-mêle dans des boîtes de sapin à l'étalage des marchands de jouets. C'était vraiment une œuvre d'artiste qu'il était en train d'exécuter. Le morceau de bois avait pris insensiblement la forme d'une ravissante jeune fille à figure fraîche et ronde, à corsage bien modelé quoique un peu proéminent, aux cheveux séparés sur le front et lissés en bandeaux. Le bas de la statuette, c'est-à-dire le petit tablier, la robe légère et les souliers fins, se trouvaient encore à peine indiqués; mais la tête avait déjà toute son expression de gaîté, de vivacité mutine et d'espièglerie. La ressemblance devait être parfaite, car Schmidt, pareil au sculpteur antique, sembla bientôt se prendre d'admiration et de tendresse pour son propre ouvrage; il le pressa convulsivement contre ses lèvres; puis, cédant à quelque sentiment secret, il versa des larmes silencieuses.

Néanmoins, après une assez longue pause, il parvint à surmonter son abattement, et il continuait son travail, quand un voyageur qui avait suivi la route poudreuse conduisant au village de l'Arche se trouva tout à coup devant lui et lui dit avec distraction :

— Bonjour, Schmidt! bonjour, mon garçon!

Celui qui venait de parler était un homme de quarante-cinq ans environ, robuste et bien découplé. Son visage plein, légèrement coloré, annonçait la santé, bien qu'en ce moment une expression de tristesse et quelques rides naissantes trahissent de violens chagrins. Il avait l'apparence d'un fermier du voisinage ou d'un petit propriétaire demi-bourgeois, demi-manant. Une ample blouse grise couvrait ses vêtemens; son chapeau était enveloppé d'un étui de toile cirée destiné à préserver le feutre de la poussière ou de la pluie, suivant le besoin. Il arrivait de voyage; mais, son cheval s'étant déferré à quelque distance du bourg, force lui avait été de mettre pied à terre. Il conduisait donc par la bride le pauvre animal, qui, chargé d'une énorme valise et d'un gros manteau, traînait péniblement le pied en faisant résonner son fer détaché sur le pavé de la route.

Le voyageur s'était exprimé en français, mais avec un accent allemand très prononcé. Au son de cette voix connue, Schmidt avait tressailli et avait caché précipitamment derrière son dos la statuette inachevée; mais il ne tarda pas à se remettre. Tout rouge encore d'émotion, il se leva et dit en touchant sa casquette :

— Ah! monsieur Reber, vous voilà donc revenu de voyage? Mademoiselle Kretle et mademoiselle Julia vont être bien contentes!

Le fermier s'arrêta.

— Contentes! répéta-t-il avec amertume. Es-tu sûr, mon pauvre Schmidt, que je leur apporte le contentement?

Ces paroles étaient prononcées avec tant de douleur, de désespoir même, que Schmidt en conçut de vives inquiétudes; mais trop timide pour les exprimer ouvertement, il demanda, les yeux baissés :

— J'espère cependant, monsieur Reber, que vous avez fait un bon voyage?

— Un bon voyage? Non, répliqua Reber avec rudesse; un mauvais voyage, au contraire. Il est des temps où tous les diables de l'enfer se déchaînent contre un malheureux, où tout va pour lui de mal en pis. Pour m'achever, voilà que mon cheval se déferre à deux cents pas du village, et c'est un mauvais signe. Je sais bien que rien de bon ne peut m'attendre chez moi, mais je crains quelque nouveau malheur sur lequel je ne comptais pas... quoique pourtant, ajouta-t-il d'un ton plus sombre, je doive les prévoir et les attendre tous. — Il poursuivit, en attachant sa monture à un arbre : — Tiens, je ne suis pas pressé de rentrer chez moi pour y trouver... ce que j'y trouverai. Toi, Schmidt, qui n'as pas quitté l'Arche, tu me diras ce qui s'est passé pendant les trois ou quatre jours qu'a duré mon absence, et ainsi tu me prépareras aux fâcheuses nouvelles. Allons! parle! Es-tu devenu muet?

Et il s'assit à côté de l'orphelin. Celui-ci l'observait d'un air de pitié respectueuse :

— Je crois, monsieur Reber, répondit-il avec douceur, que vous avez du chagrin. J'en suis bien fâché, car vous êtes un digne homme, et vous méritez tous les bonheurs; sans compter que vos charmantes filles... Mais, ajouta-t-il d'un ton différent, vous avez tort de vous laisser aller à des idées superstitieuses au sujet de l'accident arrivé à votre cheval; rien de fâcheux ne s'est produit à la ferme depuis votre départ, et vous trouverez les choses exactement dans l'état où vous les avez laissées.

— Hum! ce n'est pas à dire que tout aille bien. Peux-tu me donner des nouvelles de ma famille?

— Mademoiselle Kretle est toujours malade, répliqua Schmidt en rougissant, et vous savez mieux que moi que depuis fort longtemps elle ne quitte plus la chambre. Je l'ai entrevue une fois que le vent soulevait le rideau de sa fenêtre, mais elle était si pâle et si triste, son regard était si morne...

— C'est bon! dit le fermier avec une sombre impatience; qui te parle de celle-là? Ne sais-tu rien de ma chère Julia et de grand'maman Dietrich, ma belle-mère?

Schmidt ne comprenait pas l'indifférence du fermier Reber pour la plus jeune de ses filles; cependant il répondit avec sa douceur accoutumée :

— Mademoiselle Julia a continué de diriger la maison comme elle a toujours fait depuis la maladie de sa sœur, et elle la dirige en habile ménagère. Quant à la maman Dietrich, elle se porte bien, la pauvre vieille; seulement la tête déménage de plus en plus; et c'est pitié, monsieur Reber, que l'intelligence puisse ainsi tomber en ruine, comme le corps lui-même.

— A qui le dis-tu! Mais n'a-t-on reçu aucune visite pendant mon absence?

Schmidt sourit mélancoliquement.

— Ah! monsieur Reber, pouvez-vous me demander cela? Je vais rarement à la ferme, car j'ai bien du mal à gagner ma vie, et il ne m'appartiendrait pas d'adresser des questions que l'on pourrait trouver indiscrètes.

— Oui, mais dans le pays on s'occupe beaucoup, beaucoup trop de mes affaires, et tu aurais pu entendre dire... Saurais-tu, par exemple, si le juif Nathan s'est présenté chez moi pendant mon absence?

— Avant-hier, en allant à la ferme pour demander des nouvelles de mademoiselle Kretle, je vis le juif Nathan en sortir, monté sur son petit cheval gris, et quand j'arrivai, mademoiselle Julia avait ses beaux yeux tout rouges.

— Il est venu déjà! répliqua Reber comme à lui-même; le terme convenu n'expire pourtant qu'aujourd'hui. Mais il est pressé sans doute. Parbleu! il serait plaisant que je le trouvasse à la ferme pour me recevoir; j'en rirais de bon cœur.

Et le pauvre homme riait en effet d'un rire convulsif qui faisait mal.

— Oh! pour cela non, monsieur Reber, reprit le jeune maître d'école. Nathan est en tournée dans la plaine, et comme je me trouve à cette place depuis plusieurs heures, il n'aurait pu passer sans que je le visse; ayez donc l'esprit en repos.

— L'esprit en repos! répéta le fermier dont l'humeur contrariante reparut tout à coup; eh! pourquoi n'aurais-je pas l'esprit en repos? Monsieur Nathan est mon ami, c'est un homme obligeant qui m'a rendu de grands services, pourquoi ne viendrait-il pas chez moi, et pourquoi ne serait-il pas le bienvenu? On a décidément de singulières idées sur Nathan et sur moi dans ce maudit bourg!

— Vous savez mieux que personne ce qu'il en est, monsieur Reber, répliqua Schmidt avec son inaltérable douceur; quant à moi, je ne vous souhaite que bonheur et prospérité.

— Je le crois, Schmidt, je te crois, dit le fermier avec émotion en lui serrant la main; tu es un brave garçon. Tiens, laissons mes affaires et parlons un peu des tiennes : l'ouvrage va-t-il pour toi, et l'eau, comme l'on dit, vient-elle toujours au moulin?

— Pas trop, monsieur Reber; il y a des mortes saisons, vous savez. Les deux petits Muller, à qui je donnais des leçons de lecture et d'écriture, là-bas, au chalet blanc, sont malades de la rougeole; d'autre part, nous sommes au mois de mai, et les bonnes gens font économie de sabots en marchant pieds nus. Quant au travail du couteau, passé le jour de l'an, on ne trouve plus à vendre son ouvrage.

— Si bien, mon pauvre garçon, poursuivit Reber oubliant un moment ses ennuis pour ne songer qu'à ceux de ce malheureux enfant si honnête et si résigné, si bien que tu as dû ce matin aller chercher dans les bois des champignons pour ta nourriture de la journée?

Et il montrait le mouchoir noué qui était déposé aux pieds de Schmidt. Le jeune homme devint cramoisi.

— Non, non, monsieur Reber, balbutia-t-il, il reste encore un gros morceau de pain à la maison. Seulement, comme autrefois mademoiselle Kretle aimait beaucoup les morilles, je comptais laisser une portion de ma récolte à la ferme.

— C'est inutile, — répliqua sèchement Reber. Mais il ajouta bientôt d'un ton plus amical : — Ecoute, Schmidt, tu es beaucoup trop fier; malgré ta pauvreté, tu aimes à donner et tu n'aimes pas à recevoir. Quand ta petite cuisine est un peu froide, passe à la maison et viens sans façon partager notre repas; tu seras reçu de tout cœur... Ah! par exemple, reprit-il comme frappé d'un souvenir cruel, hâte-toi de profiter de l'invitation, car nul ne sait si la ferme pourra dans quelques mois, dans quelques jours peut-être, offrir l'hospitalité à de braves gens de ta sorte! — Schmidt n'osa pas relever cette observation, qui, nous devons le dire, était très claire pour lui, et il se contenta de remercier humblement. Reber demeurait debout en silence; tout sujet de conversation semblait épuisé entre lui et le jeune maître d'école; cependant il ne songeait pas à franchir le court espace qui le séparait du village, et à rentrer au logis, dont il était absent depuis plusieurs jours. Il reprit distraitement, en remarquant les légers copeaux épars sur le gazon : — Ah çà! mon garçon, tu étais à l'ouvrage tout à l'heure? Que je ne te dérange pas; continue ta besogne. Tu es vraiment fort habile à fabriquer ces drôleries en bois que l'on envoie ensuite à Paris. Tu devrais pourtant gagner ta vie à ce gentil métier-là.

— Que voulez-vous, monsieur Reber! je n'ai pas de bonheur. Tout le monde trouve mes *drôleries*, comme vous dites, travaillées avec goût, excepté les gens qui me les achètent. On n'en a pas le débit, et on me les paye moins cher que les grossiers jouets bons à mettre en boîte.

— Je soupçonne, mon garçon, que tu es exploité par des malins; mais n'importe, montre-moi ton ouvrage, cela me distraira peut-être. Je me rappelle toujours com bien tu nous fis rire le jour où tu nous apportas à la ferme le portrait grotesque du père Gobelin dans ses habits de ville, avec son col de chemise qui lui coupait les oreilles et son chapeau qui ressemblait au *ballon d'Alsace*... car on riait encore chez nous dans ce temps-là !

Schmidt éprouvait un mortel embarras.

— Monsieur Reber, balbutia-t-il, cette fois il ne s'agit pas d'une caricature; j'ai voulu reproduire aussi exactement que possible les traits de... d'une personne de connaissance; mais l'ouvrage est encore très imparfait, et je n'osais le laisser voir.

— Allons! pas de modestie; ce sera toujours très bien pour moi.

— Monsieur Reber, je vous prie...

— Comme tu voudras donc, répliqua l'irritable fermier; n'en parlons plus, et va-t'en au diable!

Il y eut un nouveau silence. Reber était retombé dans ses sombres pensées, et peut-être avait-il déjà oublié le motif de cette discussion, quand Schmidt reprit avec effort :

— Vous êtes en colère contre moi, monsieur Reber, et cela me désole... Tenez, je vous montrerai mon travail, si vous voulez me promettre que vous ne vous fâcherez pas...

— Me fâcher? On dirait, morbleu! que je passe ma vie à me fâcher... Allons, montre-moi, oui ou non, cette bagatelle, et finissons-en, car il faut bien que je me décide à rentrer chez moi. — Schmidt tira en tremblant la statuette d'une touffe d'herbe où il l'avait cachée. Le fermier la prit, et à peine y eut-il jeté un coup-d'œil que ses traits s'altérèrent. Il l'examina pendant quelques minutes en silence; enfin il dit d'une voix creuse : — Oui, c'est elle, c'est bien elle... Je la retrouve telle qu'elle était autrefois, gracieuse, enjouée, souriante; elle était la joie de la maison; et je l'aimais, et j'étais fier d'elle comme de sa sœur; au lieu qu'aujourd'hui... Oh! malheureuse enfant, malheureuse enfant!... Je suis maudit!

Le fermier laissa tomber la statuette sur le gazon, et, prenant sa tête dans ses mains, il éclata bruyamment en sanglots. C'était un de ces chagrins subits, irrésistibles, d'autant plus énergiques que l'on a lutté longtemps pour les réprimer.

Schmidt fut effrayé de la violence de ce désespoir, dont cette fois la cause lui était inconnue. Cependant il s'empressa de relever sa chère statuette, que le fermier pouvait broyer dans ses trépignemens convulsifs, et il dit d'une voix émue :

— Bon Dieu! monsieur Reber, que vous a donc fait la pauvre Kretle? Oh! je vous en conjure, ne vous irritez pas contre elle, ne la haïssez pas! Si elle a des torts envers vous, pardonnez-les lui; c'est par irréflexion seulement qu'elle a pu vous offenser; elle est si jeune! elle n'a pas l'esprit calme et posé de sa sœur, mademoiselle Julia; mais son cœur est excellent, vous n'en sauriez douter.

Peut-être le fermier n'avait-il pas nettement compris le sens de ces paroles; cependant elles eurent pour résultat de le faire rentrer en lui-même. Ses sanglots cessèrent tout à coup, et il reprit bientôt d'un ton plus calme :

— Tu ne sais pas de qui et de quoi tu parles, mon ami, mais je suis vraiment honteux de m'être montré si *bête* en ta présence, et j'espère que tu n'iras pas conter la chose dans le pays. — Schmidt leva les yeux au ciel comme pour protester contre une pareille intention. — N'en parlons plus, poursuivit Reber. A certains momens, vois-tu, l'on n'est pas maître de soi, et vos idées courent à la débandade comme un troupeau de moutons qui s'effraye. Ah çà! mon brave Schmidt, ajouta-t-il en attachant un regard perçant sur le maître d'école, cette grande passion dont tu t'es pris pour ma fille Kretle n'est donc pas un enfantillage?

—Un enfantillage! répéta Schmidt en se cachant le visage dans ses mains; elle ne finira qu'avec ma vie.

— Bon! on dit toujours cela quand on a ton âge, et l'on est fort étonné plus tard... Mais sois raisonnable; qu'attends-tu de ces beaux sentimens-là ?

— Le sort peut me devenir moins contraire, monsieur Reber. En me conduisant bien, en ne refusant aucun travail honnête, je finirai peut-être par me créer une position stable et lucrative. Alors je viendrai vous demander humblement....

— Je ne pourrais souhaiter de gendre plus probe et plus intelligent que toi, Schmidt; mais, en attendant la position dont tu parles, ce serait folie de songer à ce projet. D'ailleurs, réfléchis donc, tu aimes ma fille Kretle, mais es-tu sûr que Kretle ait de l'affection pour toi?

— Elle n'en a pas, monsieur Reber, répliqua Schmidt en versant quelques larmes; elle m'a toujours montré de la bienveillance, de la pitié peut-être, mais rien de plus. Ensuite je ne me fais pas illusion; je n'ai pas la vivacité, la gaîté, l'élégance qui peuvent plaire à une jeune fille du caractère de Kretle; la misère est un mauvais moyen pour inspirer de l'amour.

— C'est possible; et puis n'as-tu jamais songé que, si elle ne t'aimait pas, elle pouvait en aimer un autre?

— Je crains bien que vous ne disiez vrai, monsieur Reber.

— Et moi j'en suis sûr, répliqua le fermier avec une agitation qu'il ne pouvait contenir; elle en aime un autre; mais j'ai vainement tenté jusqu'ici de lui arracher le nom de celui qu'elle aime. Je veux le savoir pourtant, et je le saurai! Toi, de ton côté, Schmidt, continua le fermier Reber, ne soupçonnerais-tu pas qui est ton rival? Voyons, cherche bien; les amoureux ont des yeux plus perçans que les autres; tu dois avoir arrêté ton idée sur quelqu'un?

— Mon Dieu! non, monsieur Reber; mademoiselle Kretle est maîtresse de ses actions; j'aurais craint de lui manquer en scrutant ses pensées et ses paroles.

— Tu es un drôle d'amoureux! Moi, quand je faisais la cour à la pauvre Madeleine, la mère de ces enfans, j'étais toujours disposé à regarder de travers quiconque s'approchait d'elle. Tu ne peux pas être amoureux sans être un peu jaloux. Allons, réfléchis; parmi les jeunes gens du pays qui fréquentaient notre maison, qui invitaient le plus souvent Kretle à la danse, ne devines-tu pas qui a pu t'enlever les bonnes grâces de cette petite?

— Que vous dirai-je, monsieur Reber? J'étais trop mal mis pour aller à la danse; quant aux jeunes gens qui venaient à la ferme, vous êtes mieux que moi en état de juger...

— Eh! morbleu! c'est parce que je n'ai pas jugé, ou parce que je juge mal, que je te consulte, innocent garçon! Si tu savais de quoi il retourne... Encore une fois, dis-moi ton idée... ton idée à toi.

— Eh bien donc! monsieur Reber, il m'a semblé que monsieur Albert Lovendal, le fils de ce gros manufacturier qui demeure à une lieue d'ici, venait autrefois bien souvent chez vous, et qu'il n'était pas mal accueilli; c'est un beau jeune homme, riche, instruit, spirituel.

— Monsieur Albert! répliqua le fermier avec amertume; en effet, ses assiduités chez moi avaient frappé tout le monde, et l'on a cru un moment... mais il a cessé tout à coup de venir; sans doute il a eu vent de nos revers, et il aura craint que notre malheur ne fût contagieux; peut-être aussi son père, qui est si orgueilleux de sa fortune, lui a-t-il interdit notre maison. Quoi qu'il en soit, tu oublies, Schmidt, qu'Albert Lovendal s'occupait uniquement de Julia, ma fille aînée; peut-être même Julia pense-t-elle encore à ce jeune homme plus qu'il ne conviendrait..., mais, pour sûr, Albert n'a jamais songé à Kretle.

— Alors, que diriez-vous de ce monsieur Hermann, qui est parti pour l'Amérique, il y a quelques années, avec une pacotille, et qui est de retour à l'Arche depuis peu. Il fait grand bruit de sa fortune, de ses aventures, et il se présente comme associé d'une des plus riches maisons de New-York pour le transport des émigrans dans le nouveau monde. Il est bien de sa personne, avec ses favoris taillés à la mode; d'ailleurs il a de beaux habits, une montre, une chaîne d'or, et il parle avec une facilité incroyable. Kretle m'a paru plusieurs fois l'écouter avec plaisir.

— Lui! Hermann, ce menteur, ce vantard ridicule qui a tout tué, tout pris, tout vaincu là-bas dans les îles? Fi donc! ses histoires ne contiennent pas un mot de vérité, et il a beau faire sonner l'argent de son gousset, je ne crois pas plus à sa richesse qu'à ses fameuses aventures. Kretle, malgré sa frivolité, a été la première à tourner en ridicule les forfanteries d'Hermann.

— Alors je ne vois pas...

— Tu cherches seulement parmi ceux qui sont riches et bien vêtus, car tu t'imagines, pauvre garçon, que la richesse et la mise élégante peuvent seules plaire à une femme, et, je dois en convenir, cela se trouve vrai assez souvent; mais tu ne songes pas à Jean Muller, le fils de l'aubergiste?

— Il est trop grossier.

— Et monsieur Chopin, le clerc du notaire?

— C'est un ivrogne.

— Me voilà bien avancé! Il faut pourtant que je sache le nom de ce misérable! — Cette nouvelle explosion de fureur consterna le pauvre Schmidt, qui n'osa pas en demander la cause. Bientôt le fermier se leva brusquement: — Que je le veuille ou non, reprit-il avec rudesse, il me faut bien rentrer à la ferme; mais écoute, Schmidt: cette rencontre sur laquelle je ne comptais pas ne sera peut-être pas entièrement perdue pour toi... Aimes-tu vraiment ma fille Kretle plus que tout au monde?

— Pouvez-vous en douter, monsieur Reber? Pour elle je donnerais ma vie.

— Ce n'est pas ta vie qu'on te demanderait; mais te dévouerais-tu pour elle d'une manière complète, absolue? te résignerais-tu aux plus pénibles sacrifices?

— Je me dévouerais, je me résignerais, s'écria Schmidt avec énergie; mais, de grâce, monsieur Reber, apprenez-moi?...

— Ne te réjouis pas, tu auras, au contraire, l'occasion de répandre toutes les larmes de tes yeux. Viens me trouver dans deux heures à la ferme, et tu sauras ce dont il s'agit.

En même temps le fermier détacha son cheval.

— Monsieur Reber, dit le pauvre Schmidt, en le suivant les mains jointes, je vous en conjure, ne me laissez pas si longtemps dans une mortelle incertitude. Pourriez-vous, en effet, consentir à m'accorder, malgré ma pauvreté, la main de votre fille?

— Peut-être; mais, encore une fois, garde-toi de te réjouir, car ce ne serait un bonheur ni pour toi ni pour l'autre. Tu sauras assez tôt la vérité; maintenant laisse-moi. Dans deux heures, si tu persistes, viens me trouver à la ferme, j'y serai.

Tout en parlant, il était remonté sur son cheval. Bien que la pauvre bête déferrée ne pût courir avec facilité, il la lança de toute sa vitesse vers le bourg, au risque d'une chute, et il ne tarda pas à disparaître derrière l'arcade de rochers. Quant à Schmidt, il demeurait confondu d'étonnement et de crainte, en présence des horizons nouveaux que les paroles mystérieuses du fermier venaient d'ouvrir à son imagination.

II

LE CAFÉ DE VILLAGE.

Le même jour, et à peu près à la même heure, un cavalier, vêtu avec une élégante simplicité et monté sur une bête de prix, arrivait au bourg de l'Arche par la route des montagnes. C'était un grand jeune homme, mince, blond, de tournure distinguée, mais dont la physionomie naturellement ouverte était assombrie par quelque préoccupation pénible. Il jetait des regards embarrassés autour de lui, comme s'il eût craint que sa présence ne fût remarquée et n'excitât la curiosité des commères de l'endroit. Il descendit pourtant la grande rue, presque déserte en ce moment de la journée, et il vint s'arrêter à une vieille maison dont l'enseigne en équerre annonçait aux passans l'auberge, le café et le cabaret du village. Il mit pied à terre devant l'écurie; après avoir recommandé son cheval au garçon en sabots, qui le salua d'un air de respectueuse familiarité, il se glissa inaperçu dans la salle enfumée du rez-de-chaussée, et il s'assit sans bruit dans un coin.

Cette salle, *enjolivée* par d'effroyables enluminures qui représentaient des épisodes de la guerre d'Algérie, était le rendez-vous ordinaire de la population du village; la blouse s'y coudoyait fraternellement avec le paletot, pourvu qu'elle payât sa consommation, car le père Muller, le cafetier aubergiste, ne faisait crédit à personne. Il y régnait en tous temps une odeur nauséabonde de tabac et d'absinthe, et les gens du pays paraissaient préférer l'air vicié que l'on respirait dans ce bouge à l'air balsamique des montagnes voisines, car ils n'en bougeaient guère. Quoique la journée fût encore peu avancée, on voyait autour de chaque table, peinte en marbre, un certain nombre d'habitués qui, tout en causant, se livraient aux charmes de la pipe, des cartes et de la bière.

L'attention générale était captivée par un homme d'une trentaine d'années, au teint brûlé par le soleil et aux manières assez communes, dont la faconde intarissable rappelait celle du plus osé commis-voyageur. A sa mise prétentieuse et d'une excentricité de mauvais goût, à la profusion de bijoux dont sa personne était ornée, on reconnaissait tout d'abord ce monsieur Hermann, soi-disant associé d'une maison de New-York, qui était venu au pays recruter des émigrans pour l'Amérique. Debout devant la table, il semblait s'adresser à deux ou trois paysans qui l'écoutaient bouche béante; mais il parlait assez haut pour être entendu de toute la salle, et en réalité pas un des assistans ne perdait un mot de ce qu'il disait.

Le sujet de la conversation était une lettre que l'un des paysans avait reçue d'Amérique le jour même, et que monsieur Hermann expliquait à sa manière. Après avoir lu une phrase, il la commentait longuement, pour l'intelligence des auditeurs:

— « Le terrain est d'une extrême fertilité, disait Hermann en poursuivant sa lecture; mais il faut qu'il soit » défriché et cultivé avec grand soin. J'ai déjà plus de » mille dollars... » Tu le vois, Burgwillers, s'interrompit-il en s'adressant à un homme robuste, coiffé d'un bonnet de cuir comme en portent les fromagers de la montagne, et qui était le propriétaire de la lettre; je ne le fais pas dire à ton cousin, que je ne connais pas et que je n'ai jamais vu... L'Amérique est le plus fertile pays du monde; ton cousin le l'affirme, et il doit s'y connaître, car il passait ici pour un agriculteur entendu. Aussi a-t-il déjà économisé plus de mille dollars, et voilà moins de deux ans qu'il habite les États-Unis. Mais peut-être me diras-tu: Qu'est-ce qu'un dollar? C'est la pièce de cent sous de l'Amérique. Vous autres pauvres diables d'Européens, vous comptez par francs et centimes; nous autres, là-bas, nous comptons par livres sterling et par dollars; l'or est plus commun chez nous que le cuivre chez vous. Aussi ton cousin Benoît a-t-il déjà mis de côté mille dollars, c'est-à-dire plus de cinq mille francs de notre vilaine monnaie, et c'est gentil pour un commencement!... Garçon! ajouta-t-il par forme de péroraison en élevant la voix.

Le garçon, le palefrenier de tout à l'heure, accourut du fond de l'écurie, sans même prendre le temps de quitter ses sabots fangeux.

— Que faut-il vous servir, monsieur Hermann? demanda-t-il tout effaré.

— Un soda.

— Un... quoi?

— Allons! je le vois, la civilisation n'a pas encore pénétré dans cette province reculée. Un soda se compose de sirop de groseille, d'eau de seltz et de glace; je t'apprendrai à faire cette boisson, qui est délicieuse et du meilleur genre. Mais si l'on ne connaît pas ici le soda, on ne connaît pas davantage, j'imagine, le sherry.

— Le...?

— Un sherry... cela se compose de vin de Xérès, de noix muscade et de glace. Je te donnerai encore la recette de ce mélange, qui est délicieux. Mais puisqu'il n'y a pas moyen d'avoir autre chose ici, apporte-nous de ta misérable bière, et sers-en à tous ceux ici présens qui voudront bien en accepter; c'est moi qui paye.

Le garçon sortit, non sans murmurer assez haut qu'au temps où monsieur Hermann aunait du ruban dans la boutique de son père, petit mercier d'une bourgade voisine, il ne se montrait pas si dédaigneux à l'endroit de la *misérable* bière brassée dans le pays.

Le courtier ne s'inquiéta pas de ces murmures, car ses hâbleries produisaient une vive impression sur l'auditoire. Les jeux avaient cessé; toutes les oreilles étaient attentives, tous les cols étaient tendus, tous les regards se tournaient vers l'orateur. Le garçon, qui rentra chargé de pots de bière, dont il distribua le contenu aux habitués, gens peu délicats pour la plupart et buvant volontiers aux frais du premier venu, acheva de bien disposer l'assistance. Hermann, fier de ce résultat, ne remarqua pas la présence du jeune voyageur, qui, toujours assis dans un angle obscur de la salle, l'écoutait distraitement en buvant à petites gorgées un verre d'eau sucrée.

— Continuez de lire, monsieur Hermann, reprit Burgwillers; il y en a long encore, et ce n'est pas tout ce que me *marque* mon cousin Benoît.

— M'y voici; nous en étions aux mille dollars... oui, c'est cela... « J'ai déjà plus de mille dollars... de dépensés » en défrichemens et en frais d'établissement... » Hum! s'interrompit le courtier un peu confus, il doit y avoir là quelque erreur.

— Comment, comment! s'écria Burgwillers en ouvrant de grands yeux, les mille dollars ne sont donc pas de bénéfice? ils sont dus, au contraire... cela change diablement l'affaire!

— Un moment! attendez la fin, — reprit Hermann, qui avait jeté un coup d'œil sur les phrases suivantes de la lettre. Et il lut posément, en appuyant sur chaque mot :— « Mille dollars de dépensés en défrichemens et en frais » d'établissement; mais probablement la récolte prochaine » couvrira en entier cette somme, dont je paye jusque-là » l'intérêt aux banquiers; et, après la récolte, ma pro» priété sera nette de toute créance et elle vaudra dix mille » dollars... » Hein! entendez bien cela, vous autres! ajouta Hermann en reprenant ses airs triomphans; dix mille dollars, c'est-à-dire plus de cinquante mille francs, et quand le cousin Benoît est arrivé aux Etats-Unis, il n'avait qu'un petit capital de cinq ou six mille livres!

Pour le coup, les assistans ne purent contenir leur admiration, et les verres furent vidés à la santé de Benoît et à la prospérité de l'Amérique. Quand l'enthousiasme se fut un peu calmé, un paysan lorrain, à mine futée, qui paraissait assister Burgwillers, reprit en hochant la tête :

— Tout cela est à merveille, monsieur Hermann; ces pays là-bas peuvent être bons, mais on ne me persuadera jamais que les alouettes y tombent toutes rôties. Il faut de l'argent pas moins, et beaucoup, pour faire le voyage, pour acheter des terrains, pour les défricher et les mettre en rapport. Voici le cousin Benoît, par exemple : il avait, comme vous dites, quelques milliers de francs de capital; il les a mangés d'abord, puis il lui a fallu emprunter encore cinq mille francs, ou mille dollars, comme vous dites; cela fait donc environ dix mille francs. C'est une somme, cela; et si la récolte prochaine n'est pas bonne, si les usuriers du pays sont aussi madrés et aussi avides que ceux d'ici, ma foi! le bien du cousin Benoît pourrait passer en d'autres mains d'ici à quelques années.

Cette argumentation rigoureuse, basée sur des chiffres, redoubla l'intérêt que l'auditoire prenait à la discussion, et l'on attendit avec une curiosité marquée la réponse du courtier. Celui-ci ne parut nullement désarçonné.

— Vous êtes un malin, père Laurent, reprit-il, et vous calculez juste, je dois en convenir; mais cela ne me déplaît pas. Je n'ai jamais dit qu'il ne fallait pas avoir une certaine mise de fonds pour aller chercher fortune en Amérique; aussi le gouvernement américain exige-t-il que chaque émigrant possède en propre un petit capital, une bagatelle, de quoi subvenir aux premières dépenses; mais où avez-vous vu que, pour gagner une partie, il n'était pas nécessaire de risquer un enjeu? Quant aux frais de défrichement, rien n'est plus variable là-bas; ils peuvent être considérables dans l'Etat du Tennessee où s'est établi le cousin Benoît, mais, dans la province du Kansas, où se trouvent les terrains immenses dont notre maison, la maison William Bell et compagnie, de New-York, représentée au Havre par la maison Bidois et fils, armateurs, et représentée par moi, Rodolphe Hermann, partout ailleurs; dans le Kansas, dis-je, les frais de défrichement se réduisent à presque rien. Le Tennessee, en effet, est encore couvert en partie de forêts vierges dont il faut déraciner les vieux arbres, long et pénible travail. Au contraire, les terrains dont nous sommes concessionnaires consistent particulièrement en vastes prairies, où l'on ne trouve que de hautes herbes, tout au plus des bois taillis dont on a facilement raison. Vous parliez tout à l'heure, père Laurent, de pays où les alouettes tombaient toutes rôties, et vous pensiez vous moquer; eh bien! que diriez-vous d'une contrée où l'on peut ramasser tout rôtis, non pas des alouettes, mais de beaux pigeons ramiers, des dindons, souvent même des cerfs ou bien des bisons, qui sont les bœufs du pays? — Cette fois l'hyperbole parut tellement forte aux assistans qu'ils se regardèrent les uns les autres, et ils eurent la pensée qu'on se moquait d'eux. Hermann sourit : — Garçon, cria-t-il, de l'eau-de-vie, du rhum, du kirsch, et versez à la ronde... c'est toujours moi qui paye.

— Et comme le garçon s'empressait d'obéir en bougonnant, Hermann reprit, avec sa magnifique assurance : — Vous croyez peut-être que je plaisante; laissez-moi vous expliquer la chose... Je vous ai dit que les défrichemens ne coûtaient pas cher dans notre Kansas; savez-vous comment on s'y prend pour défricher? chaque colon établit une légère tranchée autour du terrain qu'il s'agit de nettoyer; puis il met le feu aux quatre coins, et il ne s'inquiète plus du reste. Les herbes, les broussailles brûlent jusqu'à la racine et forment une cendre fertilisante qui épargne l'engrais. Mais ce n'est pas tout : une foule de pigeons et de dindons sauvages, souvent même des sangliers, des bisons, des daims et autres gros gibier du pays, sont surpris par les flammes ou suffoqués par la fumée; on les ramasse tout cuits, quand l'incendie a cessé faute d'alimens, et les colons se régalent des produits de cette chasse, qui ne leur coûte guère, comme vous voyez.

L'admiration de ces bonnes gens pour l'Eldorado dont mons Hermann faisait la pompeuse description était à son comble; mais le père Laurent, quoiqu'il manquât de lumières suffisantes pour apprécier les assertions du courtier, ne continua pas moins de hocher la tête.

— C'est drôle tout de même, reprit-il. Après ça, dans les pays d'outre-mer, les usages peuvent ne pas ressembler aux nôtres... Mais continuons : le terrain est nettoyé, ce n'est pas dire ouvert. Il faut maintenant en retirer les racines, le rendre meuble, l'ensemencer.

— Tout cela ne présente pas de difficultés comme ici, reprit l'intrépide panégyriste; le sol est d'une fécondité étonnante : il suffit de le gratter légèrement avec un râteau pour qu'il produise de lui-même toutes sortes de fruits délicieux : des ananas, des cannes à sucre, des bananes, des cocos, des oranges, que sais-je?

— Produit-il des pommes de terre? demanda le paysan positif.

— Je... je crois que oui; du moins il *doit* en produire,

car le tubercule dont vous parlez est fort commun en Amérique. Mais, avec votre permission, père Laurent, je vais achever cette lettre, qui contient encore sans doute des détails intéressans. — En effet, il poursuivit sa lecture en faisant suivre chaque phrase de commentaires que l'on s'imagine sans peine. La lettre se terminait par une invitation du cousin Benoît à ses parens et amis de venir au plus tôt s'établir en Amérique, « où, disait-il, malgré bien » des inconvéniens et des chances défavorables, on pou» vait en définitive bien vivre et se tirer d'affaire. » Cette conclusion servit de motif à un beau mouvement oratoire de monsieur Hermann.—Tu l'entends, Burgwillers, s'écria-t-il, tous ceux qui sont présens l'entendent comme toi! Qu'est-ce que je vous ai dit cent fois, à toi et aux autres? Vous voyez que le cousin Benoît, un gaillard madré et sachant compter, si je ne me trompe, vous conseille exactement la même chose. Réellement, que diable faites-vous dans ce vieux pays? Vous vivez misérables en vous abîmant de travail; au lieu que, là-bas, quiconque a de la bonne volonté est certain d'arriver à la fortune. Je vous le répète, l'Amérique est une terre bénie où tout le monde est en passe de devenir millionnaire. Ne dit-on pas d'un voyageur qui revient cousu d'or dans son pays, que c'est un *oncle d'Amérique?* Et notez que ce ne sont pas seulement les agriculteurs qui ont la chance de s'enrichir dans ce pays, mais aussi les ouvriers de tous les corps d'état : serruriers, charpentiers, maçons et le reste. Là-bas, la journée d'un ouvrier est payée un dollar au moins, et, dans certains Etats, deux ou trois dollars. Aussi tous prospèrent, et c'est une duperie de rester à végéter dans cette Europe décrépite, quand, après quelques jours de traversée, on peut atteindre une contrée où, rien qu'avec le travail de ses mains, on acquiert rapidement la richesse et la considération.

A ces grossières exagérations, le père Laurent, qui était charpentier, dressa lui-même les oreilles en entendant affirmer que la journée d'un ouvrier se payait plusieurs dollars dans certaines contrées du nouveau monde, et il fut si frappé de cette circonstance, qu'il oublia de demander le prix du pain et des autres objets de première nécessité. Néanmoins, comme un murmure approbateur s'élevait de toutes les parties de la salle, le fils de l'huissier du village, petit jeune homme quasi lettré et qui pouvait bien avoir lu par hasard un roman de Fenimore Cooper, dit d'un ton suffisant :

— Vous ne parlez pas des sauvages, monsieur Hermann; or, ces sau[illegible]es, qui occupent encore le centre du continent am[illegible], sont des voisins assez peu commodes. Au moindre [illegible]ce, ils pillent et brûlent les établissemens des colons; souvent même ils attaquent les colons eux-mêmes ou leur enlèvent la peau du crâne, ce qu'ils appellent *scalper*. Il faut que l'on sache complétement à quoi l'on s'expose quand on va tenter la fortune dans ces climats lointains.

Au seul mot de *sauvages*, un profond silence s'était établi tout à coup dans le café. Hermann toisa son interlocuteur d'un air méprisant :

— Vous êtes un jeune homme instruit, monsieur Duclet, répliqua-t-il avec ironie, on sait cela; mais ce n'est pas dans des livres et surtout dans des romans qu'il faut aller chercher des connaissances pratiques sur l'état actuel de ces contrées. Les Indiens ont à peu près disparu de l'Amérique du Nord, et c'est grand dommage, car on faisait avec eux un commerce lucratif : pour quelques verres d'eau-de-vie et une couverture, valant ensemble deux dollars, on achetait de ces malheureux, qui étaient d'habiles chasseurs, une centaine de peaux de castor ou un paquet de peaux d'ours qui valaient mille francs; il est donc fort à regretter que les tribus indiennes aient ainsi disparu. Le peu qu'on en rencontre n'est plus d'humeur belliqueuse, et le scalpel existe seulement de nom. En Amérique, où l'on spécule sur tout, on recherche avec soin le peu de sauvages qui existent encore, pour les montrer au public à prix d'argent.

Le fils de l'huissier ne pouvait rien répondre à ces affirmations précises. Le mercier du village, qui cumulait presque tous les genres de commerce dans sa boutique obscure, s'écria résolûment :

— Ma foi! si j'allais en Amérique, je tâcherais de me loger le plus près possible de ces sauvages; il y aurait de bons coups à faire avec ces gaillards-là... Les fourrures étaient diablement chères à la dernière foire de Strasbourg!

L'enthousiasme des assistans en était venu à ce point que, sauf l'inconnu dont nous avons parlé, il ne se trouvait personne dans l'assemblée qui ne songeât en ce moment à émigrer.

— Tout cela est fort bien, reprit le père Laurent; mais comment va-t-on dans ce bienheureux pays? C'est loin, et il doit en coûter gros!

— Rien de moins cher, au contraire, s'écria Hermann, qui semblait attendre là son auditoire; notre maison, la maison William Bell et compagnie, s'engage à transporter, d'ici en Amérique, tous les gens de bonne volonté, à un prix extrêmement modeste. Nous avons des traités particuliers avec les chemins de fer; nous possédons de magnifiques navires qui font le service du Havre à New-York, et nous nous contentons du plus humble bénéfice sur chaque émigrant, car nous nous rattrapons sur la quantité. Si l'on désire acquérir des terres, nous pouvons en céder des étendues considérables à un bon marché fabuleux; cent arpens là-bas coûtent moins qu'un arpent de vos bruyères. Quant aux formalités à remplir pour sortir de France et pour être admis dans les Etats de l'Union, notre compagnie en fait encore son affaire, et moi, personnellement, je suis tout prêt à me mettre en quatre pour obliger mes compatriotes.

Monsieur Hermann, comme on le devine, avait un bénéfice particulier sur chaque émigrant qu'il parvenait à embaucher, sur chaque acre de terre qu'il parvenait à vendre.

A partir de ce moment, le courtier en émigration parut descendre de ses tréteaux, et sa voix ne s'éleva plus qu'à longs intervalles au-dessus du bruit des conversations particulières. Il était pourtant encore le centre des groupes, et l'on semblait le consulter sur la réalisation des projets qui fermentaient déjà dans les têtes. Hermann, tantôt insinuant, tantôt décidé et tranchant, avait l'air de résoudre toutes les difficultés, de répondre à toutes les objections.

Le calme commençait donc à se rétablir dans le café, quand on entendit le galop d'un cheval résonner sur le mauvais pavé du bourg. Il n'en fallait pas davantage dans cette petite localité pour exciter la curiosité des oisifs. A travers les vitres malpropres qui formaient la devanture du rez-de-chaussée, on reconnut le fermier Reber, qui pressait outre mesure son cheval déferré et trébuchant à chaque pas.

— C'est monsieur Reber, dit enfin l'un des assistans avec une légère ironie; il galope, ma foi! comme s'il était attendu pour une noce.

— Hum! il paraît que tout ne va pas bien chez lui, reprit un autre; on jase beaucoup sur la maison de ce pauvre Reber.

De son côté, le jeune inconnu s'était levé à demi quand le fermier avait passé.

— Oui, c'est lui, c'est bien lui cette fois, murmura-t-il; et il va sans doute tourmenter encore ces pauvres créatures!... Pourvu que cet homme violent ne se porte pas à quelque funeste extrémité!

— Je sais ce que je sais, dit Hermann d'un air mystérieux, et, souvenez-vous de mes paroles, d'ici à peu de temps monsieur Reber pourra bien s'embarquer aussi pour l'Amérique avec tout son monde.

— Le fait est, dit le père Laurent, que le juif Nathan fréquente beaucoup la ferme, et il doit y avoir du grabuge dans cette maison.

— Hum! hum! dit le fils de l'huissier, monsieur Nathan est un des cliens de mon père, et un bon client, je vous assure.

— Que personne ne parle mal de monsieur Nathan! interrompit Hermann avec autorité : il est mon ami, et, s'il faut le dire, je l'attends ici d'un moment à l'autre, car une affaire importante l'appelle à l'Arche... Pour ce qui est de maître Reber, il a porté la tête bien haute dans ce pays, et il va lui falloir la baisser un peu.

— Toutes sortes de malheurs l'ont accablé ces derniers temps, reprit le père Laurent; deux mauvaises années consécutives et une épizootie qui s'est mise dans ses bestiaux... Mais il a du bien personnellement, et sa belle-mère, la vieille madame Dietrich, possède, dit-on, un superbe magot.

— Bon! reprit Hermann avec un léger sifflement ironique, si la vieille a de l'argent, elle le garde sans doute; et, quant aux biens personnels de monsieur Reber, ils sont sans doute hypothéqués pour une somme qui dépasse de beaucoup leur valeur... Allez! allez! ces petites Reber, si coquettes et si pimpantes à l'église et à la danse, vont cruellement déchanter!

— Laissez-donc, monsieur Hermann! vous étiez bien assidu chez elles l'hiver dernier, et, à l'aigreur avec laquelle vous en parlez, on pourrait vous prendre pour un amoureux évincé.

— Moi! fi donc! père Laurent; si je voulais, je ne serais pas embarrassé de trouver beaucoup mieux.

— Ne faites pas tant le dégoûté : monsieur Albert Lovendal, le fils du plus riche manufacturier du pays, est devenu, dit-on, amoureux fou d'une des demoiselles Reber; et si monsieur Lovendal père voulait consentir à un mariage...

— Oui, mais il ne souffrira pas que son fils commette une pareille sottise, surtout maintenant que la famille Reber est ruinée et déshonorée.

— Déshonorée ! répétèrent plusieurs voix.

— Eh! parbleu! ce n'est plus un secret, j'imagine, répliqua Hermann négligemment; cette petite ricaneuse de Kretle, la cadette des filles de Reber, a fait la coquette à ce qu'il paraît avec quelque beau garçon du pays.

Une voix tremblante, mais distincte, s'écria vivement :

— Taisez-vous!... C'est un mensonge! une lâcheté!

Le jeune inconnu sortit de l'angle obscur où il s'était tenu caché jusque-là, et s'avança vers les interlocuteurs. Il était fort pâle; son regard exprimait de la douleur et de la colère, quoiqu'il fût possible de remarquer dans sa contenance une sorte d'hésitation.

— Quoi! monsieur Albert Lovendal, demanda Hermann avec un peu de confusion, étiez-vous là?

— Monsieur Albert! répétèrent les assistans, qui portèrent avec empressement la main à leurs chapeaux.

Albert Lovendal, puisque nous savons maintenant le nom de l'inconnu, ne parut pas remarquer ces signes de respect.

— Comment, Hermann, dit-il avec vivacité, vous qui avez été accueilli amicalement dans la famille Reber, pourvez-vous en parler d'une manière si odieuse? Ne rougissez-vous pas de calomnier ainsi une pauvre jeune fille!...

— Allons donc! monsieur Albert, vous savez aussi bien que moi...

Je sais que cette famille a droit à tous vos égards, à tous vos respects; et je vous invite, monsieur Hermann, à ne plus répandre de bruits absurdes sur son compte... vous m'entendez?

Ce ton impérieux semblait froisser cruellement le courtier, qui mordillait avec colère le bout de son cigare; mais Hermann, issu de parens pauvres et peu considérés, se sentait encore trop inférieur au fils du personnage le plus influent du pays pour oser lui répondre comme à un égal. Il protesta néanmoins par une sorte de grognement inintelligible contre les injonctions d'Albert; celui-ci ne s'en inquiéta pas et se tourna vers les habitués du café.

— Tout ceci est faux, mes amis, reprit-il d'un ton ferme, je vous l'affirme... Reber et ses enfans méritent bien plutôt la pitié des honnêtes gens.

Il salua de la main et sortit.

Alors Hermann retrouva toute sa jactance.

— Avez-vous vu comme je lui ai tenu tête? reprit-il avec assurance. Ce blanc-bec se croit-il plus que moi, par hasard? Je suis aussi un *gentleman*, et je ne permets pas que l'on porte atteinte à ma dignité.

Mais ces rodomontades n'eurent aucun succès dans l'assemblée.

Le père Laurent haussa les épaules.

— Vous faites le fier, maintenant qu'il est parti, dit-il d'un air narquois, mais jamais le fils de votre père, mon pauvre Hermann, ne pourra marcher sur la même ligne que monsieur Albert Lovendal. Vous avez beau essayer de vous habiller comme lui, de copier sa tournure et ses manières, on voit de cent pas d'où vous êtes sortis l'un et l'autre.

— Moi copier le costume ou les manières de monsieur Lovendal! vous voulez rire, mon brave homme; je n'imite personne, et ce jeune provincial moins que tout autre. Qu'a-t-il donc de plus que moi, je vous prie? Son père est immensément riche, soit; mais le fils est, dit-on, tenu très serré, et je gagerais qu'il n'a pas dans son gousset autant d'argent que moi... Voyez!

Il tira de sa poche une poignée de pièces de cinq francs, au milieu desquelles brillaient plusieurs pièces d'or, et il les étala aux yeux éblouis des assistans. Il jouissait de son triomphe, et ne se pressait pas de faire reprendre à tout ce métal le chemin de sa poche, quand une personne qui venait d'entrer sans bruit lui dit d'une voix mielleuse :

— Voilà bien de l'argent, monsieur Hermann, dont vous ne tirez aucun profit; prêtez-le moi, et je vous en payerai l'intérêt au taux légal, en vous accordant des sûretés, si vous l'exigez.

Celui qui parlait était un petit homme maigre et chétif, à grosse barbe rousse, à l'œil vif mais voilé de longs cils fauves. Son ton et ses manières annonçaient une extrême humilité; il y avait dans son extérieur quelque chose de servile et de rampant. Son costume consistait en une longue redingote bleue, rapiécée aux coudes, en un grand gilet rayé, et en grosses bottes de cheval où se perdaient ses maigres cuisses. Il tenait à la main une baguette de coudrier, cravache économique coupée aux buissons du chemin, et l'un de ses bras supportait une petite valise de cuir. On eût dit d'un pauvre diable qui ne dînait pas tous les jours, et le ton mendiant qui accompagnait sa requête pouvait donner à penser que cette misérable somme eût été une fortune pour lui. Toutefois les campagnards ne s'y laissèrent pas prendre; à peine eurent-ils jeté un regard sur le nouveau venu, qu'ils sourirent d'un air narquois et qu'ils murmurèrent sans saluer :

— Tiens, le juif!

Hermann lui-même ne fit pas beaucoup plus de cérémonies; il répondit par une légère inclinaison de tête au salut profond que lui adressa le voyageur ainsi qu'aux autres assistans; puis, remettant la poignée d'écus dans sa poche, il répondit froidement :

— Allons donc! père Nathan, l'eau manquera au Rhin avant que l'argent vous manque... Asseyez-vous; vous prendrez quelque chose, c'est moi qui paye. Je vous attends depuis longtemps, car vous êtes en retard aujourd'hui. Asseyez-vous; nous avons à causer d'affaires, ne l'oubliez pas.

Mais Nathan ne se pressa pas de se rendre à cette invitation. Parmi les campagnards présens, il s'en trouvait un grand nombre avec lesquels il avait des intérêts à régler. En Alsace et dans une partie de la Lorraine, la plupart des ventes de terres, de denrées, de bestiaux, se font par l'intermédiaire des juifs, ou plutôt *du juif*, suivant l'expression consacrée, et monsieur Nathan ne manquait pas de clientèle au bourg de l'Arche. Ce fut donc seulement après avoir marmotté quelques mots à l'oreille de la plupart des assistans, gourmandé les uns, flagorné les autres, que le petit juif vint prendre sa place à côté d'Hermann.

Il commença par avaler coup sur coup plusieurs verres de bière, puis, s'étant fait apporter du pain et du fromage de Gruyère, il se mit à déjeuner avec un grand bruit de mâchoires. Enfin il dit à Hermann, la bouche pleine :

— Ah çà! mon petit, est-il arrivé?

— Il arrive à l'instant; il vient de passer devant la maison.

— Et croyez-vous qu'il apporte?...

— Bah! il n'apporte rien; le malheureux est au plus bas, et nous le tenons cette fois.

— Alors il va nous falloir mettre les fers au feu?

— Certainement; tout marche bien pour nos projets, et nous réussirons, je l'espère.

Leur conversation continua, mais si bas qu'on ne pouvait plus distinguer une parole. Cependant les deux interlocuteurs s'entendaient à merveille, et leurs chuchotemens étaient fréquemment interrompus par de méchans sourires. A voir comploter ces deux intrigans, cet aventurier aux manières hardies, au langage subtil; cet usurier sordide, aux mains avides, au regard sournois, on devinait qu'il ne pouvait sortir de cette association que mensonges perfidies et impitoyables vengeances.

Enfin Nathan releva la tête, et, se tournant vers le fils de l'huissier, qui sirotait à une table voisine un petit verre de kirsch dû à la munificence d'Hermann, il l'appela près de lui par un signe amical :

— Monsieur Duclet, mon cher enfant, dit-il doucereusement, auriez-vous la bonté, s'il vous plaît, de prier monsieur votre père de vouloir bien venir ici prendre un verre de bière avec nous, si cela ne le dérangeait pas? C'est Hermann qui l'invite; n'est-ce pas, Hermann, que vous l'invitez?

— A vos ordres, monsieur Nathan; mais mon père est fort occupé à l'étude, et, s'il s'agissait seulement de boire de la bière avec vous...

— Eh bien! eh bien! répliqua le juif en clignant des yeux, puisque monsieur votre père connaît si bien le prix du temps, dites-lui d'apporter une plume, de l'encre, et quelques feuilles de papier timbré; il pourra peut-être utiliser tout cela.

— Dans ce cas, je l'accompagnerai, monsieur Nathan, car je suis son premier clerc, comme vous savez.

Et Duclet sortit avec empressement pour aller chercher son père.

— Ce jeune homme réussira, dit l'usurier en souriant avec complaisance; il a déjà ce que j'appelle le véritable esprit de l'état... Mais, vous le voyez, Hermann, je suis vos conseils et je m'apprête à ne ménager guère ce bon monsieur Reber.

— Il le faut bien, père Nathan; nul ne pourrait répondre que, plus tard, une circonstance inattendue, une indiscrétion...

Il n'acheva pas sa pensée; l'huissier Duclet, qui sans doute n'était pas loin, entrait en ce moment dans le café, et il fut bientôt en grande conférence avec les deux amis.

III

LA GRAND'MÈRE.

L'habitation de Reber était située à l'extrémité du village, au pied d'un mamelon à pente douce qui se rattachait au système de montagnes environnantes. C'était une espèce de chalet à toiture basse et plate, entouré d'un balcon de bois, semblable à ceux en usage dans les habitations de la Suisse et du Jura. Les abords en étaient assez fangeux, suivant les habitudes du pays; et les jeunes gens qui venaient en visite chez les demoiselles Reber devaient être repoussés par cette malpropreté de mauvais augure pour leur galanterie. Néanmoins le voisinage de quelques arbres fruitiers et une petite vigne qui s'étageait sur le penchant de la colline égayaient la maison, le ruisseau qui passait à quelque distance entretenait à l'entour la verdure et la fraîcheur.

Le cheval s'arrêta de lui-même devant la porte principale de la ferme. Comme Reber mettait pied à terre, une grande et belle jeune fille accourut sur le seuil pour le recevoir, tandis qu'à une fenêtre de la galerie extérieure, un rideau se soulevant laissait entrevoir une autre figure jeune et charmante, mais pâle et fatiguée, qui disparut aussitôt. La jeune personne qui venait au-devant de Reber était Julia, l'aînée de ses enfans.

Julia, comme nous l'avons dit, était grande, bien faite, et toute sa personne annonçait les belles proportions que l'on admire dans la race alsacienne. Cependant son visage, d'une régularité admirable, avait ces teintes légèrement dorées qui distinguent les femmes du Midi, et ses yeux bruns, presque noirs, n'eussent pas démenti une origine méridionale, bien qu'elle fût née au pied des Vosges : la nature a de ces anomalies. Le caractère local reparaissait dans la gravité de ses manières, dans la sérénité inaltérable de sa physionomie; on eût pu la croire froide si les personnes qui la fréquentaient n'avaient été en mesure d'affirmer que cette froideur apparente était due à un grand fonds de raison et de mélancolie, surtout à une réserve excessive. Quoique vêtue d'étoffes simples et peu coûteuses, sa mise ne rappelait en rien les costumes du pays; sa robe d'indienne était taillée selon la mode du temps; ses cheveux étaient relevés avec goût, en dépit des traditions féminines de la Lorraine et de l'Alsace. Elle avait enfin une distinction fort éloignée de la rusticité ordinaire des campagnardes, et qui contrastait avec l'humilité de sa condition présente.

Les filles de Reber, en effet, n'avaient pas passé toute leur vie dans cette bourgade éloignée; elles avaient pu se façonner, dans une mesure convenable, aux habitudes et aux idées beaucoup plus raffinées des villes. Leur mère, femme bien élevée et d'une bonne famille bourgeoise, les avait envoyées dans leur enfance chez une de leurs tantes, à Strasbourg, où elles avaient reçu une éducation suffisante, et c'était seulement à sa mort, arrivée trois ou quatre ans auparavant, qu'elles avaient été rappelées à l'Arche pour diriger la maison et soigner une grand'mère infirme, qui ne tarda pas à tomber en enfance. Aussi, Julia et Kretle, tout en se livrant aux travaux de bonnes ménagères dans la maison paternelle, avaient-elles conservé les manières plus délicates, la tenue plus soignée, comme aussi le langage des grands centres de population. Cette supériorité leur avait fait bien des jaloux et surtout des jalouses; on les appelait les *demoiselles*, et cette dénomination, respectueuse en apparence, exprimait plus de haine, d'envie et de malveillance, dans certaines bouches, que les plus mortelles injures.

L'accueil de la jeune fille à son père eût prouvé combien sa gravité habituelle nuisait peu à la bonté de son cœur. Aussitôt qu'elle aperçut Reber, une légère teinte pourprée couvrit son visage, un sourire de bonheur entr'ouvrit passagèrement sa bouche aux dents de perles. Elle se suspendit au cou du fermier et le combla de caresses, en disant, les larmes aux yeux :

— Bonjour, mon père, mon excellent père... Que je suis heureuse de votre retour! Avez-vous fait un bon voyage?

Reber appliqua d'abord deux ou trois gros baisers sur les joues de sa fille.

— Bonjour, bonjour, Julia, lui dit-il avec cordialité; tu es un brave fille, toi!... Mais, tonnerre! poursuivit-il en changeant brusquement de ton, tout le monde s'est donc donné le mot pour me torturer, en me demandant si j'ai fait bon voyage? Au diable le voyage!... voilà tout. — Julia demeura tout interdite de cette boutade; mais comme le valet de ferme s'approchait pour prendre le cheval, Reber ajouta plus doucement : — Si tu veux dire par là que je reviens en bonne santé, tu as raison, chère petite; c'est tout ce que je rapporte de *bon* au logis .. Allons! toi, Philippe, continua-t-il en alsacien en s'adressant au valet, conduis Coco à l'écurie, et soigne-le de ton mieux, car j'avais de l'humeur et j'ai peut-être un peu maltraité la pauvre bête.

— Eh! maître, le voilà quasiment tout déferré; ne faudrait-il pas d'abord le mener au maréchal?

— A quoi bon? Il se passera peut-être du temps avant que je m'en serve de nouveau, et ses maîtres le feront ferrer s'ils en ont la fantaisie; quant à moi, je souhaite que la première fois qu'ils essayeront de le monter...

— Mon père! interrompit Julia d'un ton suppliant en lui montrant le domestique.

— Eh bien! quoi? Philippe, comme les autres, ne peut tarder beaucoup maintenant à savoir la vérité... Au bout du fossé la culbute; je suis au bout du fossé, peu m'importe qui l'entende!... Mais fais ce que tu voudras, poursuivit-il en s'adressant au valet, et laisse-moi tranquille.

Il se laissa entraîner par Julia, et ils entrèrent dans la salle commune où se réunissait habituellement la famille. Cette pièce était remarquable par un immense fourneau en terre, qui, l'hiver, devait chauffer toute la maison. Les meubles étaient simples, mais tenus avec une propreté scrupuleuse que n'annonçaient pas les abords de la ferme, la propreté paraissant être encore, dans beaucoup de provinces françaises, une qualité toute d'intérieur.

Reber jeta son manteau sur une chaise et s'assit distraitement sur une autre. Il resta pensif et accablé, les deux mains appuyées sur ses genoux. Julia lui dit timidement :

— Mon père, vous êtes fatigué et vous devez avoir besoin de nourriture; je vous avais préparé à déjeuner, et si vous voulez permettre...

— Bah! j'ai bien le temps de manger! Il ne manque pas d'affaires ce matin que je veux tirer au clair, et j'ai hâte de profiter du répit qu'on me laisse encore... Ne me tourmente pas, je n'ai pas faim.

Julia ne répliqua rien, mais elle disposa lestement le déjeuner sur une petit table boiteuse qu'elle approcha toute servie de Reber. Sa constance fut récompensée; le fermier, obéissant à la force de l'habitude, se mit à manger en silence, sans peut-être avoir conscience de son action. Alors Julia, pour le distraire de ses noires pensées, lui parla des nouvelles du pays, des intérêts de la ferme, en prenant soin néanmoins d'éviter toute allusion à la situation actuelle. Enfin elle osa lui demander en soupirant :

— Ainsi donc, mon père, vous n'apportez pas de quoi désintéresser cet impitoyable créancier qui doit venir aujourd'hui?

Elle fut épouvantée de l'effet que cette question produisit sur Reber. Il repoussa la table avec violence, et s'écria en trépignant de douleur et de colère :

— Je ne rapporte rien, rien!... Croyais-tu donc que j'allais rapporter quelque chose, toi? Je me suis adressé d'abord à notre cousin Lorel, qui est si riche... Bah! c'étaient des jérémiades à n'en plus finir; il se disait plus malheureux que moi, presque réduit à l'aumône; j'ai vu le moment où j'allais tirer cinq francs de mon sac pour qu'il eût de quoi dîner... Mes amis Leroux et Goodrich ont joué un autre jeu; l'un s'est caché quand il m'a vu venir, l'autre m'a injurié, soutenant que mes filles me ruinaient par leur coquetterie; l'affaire a fini par des coups de poings; je lui en ai donné, je lui en ai donné!... En désespoir de cause, je me suis adressé à des juifs; mais les loups ne se mangent pas entre eux; les juifs, en apprenant que c'était Nathan qui me poursuivait, n'ont pas voulu aller à la traverse d'un de leurs coreligionnaires, d'autant moins que je ne présentais plus de garanties suffisantes... Bref, je reviens comme je suis parti, mais furieux et déterminé à brusquer les choses, afin que que tout cela finisse bientôt d'une manière ou d'une autre.

— Bon Dieu! quel parti comptez-vous prendre?

— Il faut d'abord que je règle mes affaires de famille, afin d'être prêt à tout événement. Pour commencer, je vais causer avec la grand' mère. Je veux savoir enfin où cette vieille folle a caché les trente mille francs en billets de banque qu'elle a touchés il y a deux ans, alors qu'elle avait encore un peu de raison. Cette somme, non-seulement me tirerait des griffes de Nathan, mais encore me permettrait de rétablir ma propriété sur un bon pied. Maman Dietrich, qui depuis cette époque est à peine sortie de sa chambre, qui n'a aucun sujet de dépense, que nous surveillons le jour et la nuit, a certainement fourré cet argent dans un coin, comme elle fait de tout ce qui lui tombe sous la main; c'est une véritable pie voleuse qui nous joue de méchans tours du matin au soir. Vainement j'ai visité la maison, le jardin, je n'ai rien trouvé; la maudite vieille ne se souvient de rien, ne sait plus ce qu'on veut lui dire... Mais toi, petite, as-tu fait de nouvelles recherches, suivant ta promesse?

— Oui, mon père, et inutilement; comme vous, j'ai fouillé de la cave au grenier toutes les cachettes où grand' maman Dietrich a l'habitude d'enfouir ce qu'elle ramasse de çà et de là; j'ignore ce que cette somme peut être devenue.

— Il faudra pourtant qu'elle le dise!

— Mais, mon père, puisqu'elle a complétement perdu la mémoire...

— Elle la retrouve très bien à certains momens; il y a sûrement en elle autant de malice et de rouerie que d'imbécillité. Je la connais de longue date; elle a toujours été égoïste, méchante, et elle a fait verser bien des larmes à ta pauvre mère. Cette fois, je saurai la vérité.

— Mon père, songez donc... elle est si âgée!

— Aimes-tu mieux que nous soyons tous chassés de la maison et réduits à l'aumône? Elle s'expliquera aujourd'hui ou jamais... Oui, oui, je vais commencer par la vieille; puis viendra le tour de l'autre... de la jeune.

Et il se leva résolûment. Ces dernières paroles parurent effrayer beaucoup Julia.

— Je pensais, dit-elle, que vos chagrins vous auraient rendu indulgent pour ma malheureuse sœur... Comme vous ne me parliez pas d'elle à votre arrivée, j'espérais que vous étiez disposé à lui pardonner, tout au moins à l'oublier!

— Lui pardonner? l'oublier? On verra bientôt si j'oublie! Aujourd'hui expire le délai que j'ai bien voulu lui accorder; malheur à elle si elle persiste à me cacher ce que je prétends savoir! Sans doute, pendant mon absence, elle ne t'a fait aucun aveu, à toi qui es pourtant sa confidente ordinaire?

— Aucun, répliqua Julia en baissant les yeux; elle est muette avec moi comme avec tout le monde; cependant, je vous supplie de vous montrer indulgent et bon...

— Paix! en ce moment j'ai besoin de tout mon sang-froid pour interroger la vieille obstinée... Elle est sans doute dans sa chambre?

— Oui, mon père; si vous voulez le permettre, je joindrai mes instances aux vôtres.

— Soit; la grand' mère a pour toi autant d'affection qu'une pareille créature peut en éprouver, et parfois elle t'écoute. A nous deux peut-être en viendrons-nous à bout.

Avant de le suivre, Julia se tourna vers une porte entr'ouverte du côté opposé, et fit un signe furtif d'encouragement; mais, craignant d'être aperçue, elle se hâta de rejoindre son père, et ils entrèrent tous les deux dans la chambre de l'aïeule.

Cette chambre, où l'on s'efforçait aussi d'entretenir une scrupuleuse propreté, était encombrée de meubles qui avaient pu être luxueux vingt ou trente ans auparavant, mais qui, malgré les raccommodages successifs, se trouvaient alors dans un délabrement complet. Cependant leur propriétaire semblait les voir encore tels qu'ils avaient été dans l'éclat de leur jeunesse, et elle s'en montrait glorieuse et fière. On avait clos les fenêtres à cause du vent frais qui venait des montagnes, et d'épais rideaux ne laissaient pénétrer dans la chambre qu'un jour affaibli.

La dame de céans était assise dans un grand fauteuil de velours d'Utrecht jaune, rembourré de duvet. Elle avait plus de quatre-vingts ans, et sa taille voûtée, son teint couperosé, son nez bourgeonnant, sa bouche flétrie et complétement dégarnie de dents, ne démentaient pas cet âge. Cependant sa mise et ses manières trahissaient des prétentions ridicules. Un tour de cheveux blonds soigneusement bouclés encadrait sa figure, que surmontait un ample bonnet de gaze enjolivé de rubans aux couleurs éclatantes. Son châle, tout passé, était drapé avec une recherche qui visait à l'élégance; ses manchettes et sa collerette empesées annonçaient encore des velléités de coquetterie. Devant elle était posé un léger guéridon, soi-disant en laque de Chine, qu'elle renversait régulièrement chaque fois qu'elle se levait ou qu'elle s'asseyait, et sur ce guéridon se trouvait à demeure un livre usé et déchiré dont la grand'mère, des lunettes de corne sur le nez, faisait son occupation ordinaire : ce livre était un volume dépareillé de Pigault-Lebrun. Depuis plusieurs années, madame Dietrich parcourait le même volume, et elle le recommençait bravement quand elle avait achevé de le lire, vu qu'elle l'avait déjà oublié.

L'histoire de madame Dietrich ne pouvait inspirer une vive sympathie pour elle.

Belle et recherchée dans sa jeunesse, elle avait eu deux maris, dont le premier avait été commissaire des guerres sous la république. Elle avait mené longtemps, soit à Paris, soit à Strasbourg, où elle s'était retirée plus tard, une existence brillante et un grand train; mais nulle part elle ne s'était concilié l'estime des honnêtes gens. Au con[illegible], ses galanteries, ses dissipations, son égoïsme révoltant avaient soulevé contre elle la réprobation publique. Sa conduite fut surtout odieuse envers sa fille unique, Madeleine, la mère de Krelle et de Julia. Jalouse de la beauté de Madeleine, cette femme sans cœur ne lui avait manifesté que de l'aversion et l'avait constamment tenue loin d'elle. Madeleine, à qui sa mère, riche alors, refusait une dot, s'était donc trouvée fort heureuse d'épouser Reber, dont la condition était inférieure à la sienne, mais qui, malgré la rusticité de ses manières, l'avait bien aimée et lui avait donné des jours paisibles. De son côté, madame Dietrich n'avait pas été fâchée de se débarrasser d'une fille dont la beauté et les vertus étaient comme une insulte pour elle; mais, rougissant d'avouer pour gendre un paysan tel que Reber, elle n'avait pas tardé à rompre toutes relations avec les deux époux.

Plusieurs années s'écoulèrent, et le temps, qui change tant de choses, parut enfin changer le cœur de la coquette surannée. Elle était vieille; on la disait ruinée; le luxe et les amans étaient partis depuis longtemps. Un jour, une lettre arriva dans la tranquille maison de l'Arche; madame Dietrich reconnaissait ses torts envers ceux qu'elle voulait bien, pour la première fois, appeler *ses enfans;* elle était souffrante, isolée, et demandait asile à la ferme pour la fin de ses jours. Les époux Reber, en cette circonstance, ne méconnurent pas leur devoir; oubliant des griefs légitimes, ils accueillirent leur mère comme si elle eût toujours été tendre et généreuse à leur égard. On ne lui demanda jamais compte du passé; on poussa la délicatesse jusqu'à ne pas l'interroger sur l'usage qu'elle avait fait d'une fortune autrefois considérable; on eut l'air de ne pas s'apercevoir qu'elle possédait encore des ressources, pendant que la famille vivait souvent dans la gêne. Depuis plus de douze ans cette noble conduite ne s'était pas démentie; et quand la pauvre Madeleine était morte à la peine, peu d'années avant le jour où commence cette histoire, ses deux filles avaient continué son œuvre de pieux dévouement envers leur aïeule.

Tel était donc le passé de la vieille femme qui paraissait en train de lire en ce moment; l'occasion était favorable pour l'aborder, car elle se montrait rarement aussi calme. D'ordinaire elle allait et venait en tâtonnant dans tous les coins de sa chambre, et en marmottant des paroles inintelligibles. Souvent même, lorsqu'elle trouvait la porte ouverte, elle parcourait de même la maison, touchant à tout et grondant sans cause apparente. A la suite de ces promenades de loup-garou, il était rare qu'un objet de quelque valeur ou du moins brillant n'eût pas disparu, et on finissait toujours par le retrouver dans des endroits où l'on se fût le moins avisé de le chercher. Si l'on en faisait des reproches à la grand'mère, elle affirmait avec aigreur qu'elle ne savait ce qu'on voulait lui dire, et en effet elle était souvent la première à se plaindre de la disparition des choses qu'elle avait si bien cachées.

Reber conçut donc quelque espoir en voyant la vieille femme si tranquille; mais cet espoir dura peu. Madame Dietrich s'était retournée au bruit, et avait posé la main au-dessus de ses yeux afin de mieux voir; puis, renversant le frêle guéridon, selon son usage invariable, elle se leva, fit une cérémonieuse révérence, et dit de sa voix cassée :

— Entrez, monsieur et madame... enchantée de vous voir. Je reçois si rarement des visites dans ce maudit pays! C'est pour moi une bonne fortune.

Reber s'arrêta découragé.

— Elle ne nous reconnaît plus! dit-il.

— La chambre est si obscure, répliqua Julia, et grand'mère a de si mauvais yeux! — Puis, courant à la vieille femme, elle lui dit avec douceur : — Eh bien! grand'maman, à quoi songez-vous donc? Ce ne sont pas des visites qui vous arrivent; vous vous croyez toujours à Strasbourg ou à Paris, où vous receviez beaucoup de monde. C'est nous, votre gendre et votre petite-fille; il est inutile de vous déranger.

Et elle releva le guéridon, que la grand'mère s'empressa de renverser de nouveau en se rasseyant.

— Ma petite-fille, répéta-t-elle d'un air pensif; oui, oui, cette enfant-là doit être ma petite-fille, car elle ne me quitte pas; et il y en a encore une autre qui va et vient souvent autour de moi... Mais qui donc est mon gendre ici?

Le fermier perdit patience.

— Eh bien! et moi, maman Dietrich, demanda-t-il avec rudesse, pour qui diable me prenez-vous?

Si la grand'mère ne reconnaissait pas les traits de son gendre, en revanche elle reconnaissait parfaitement sa voix, dont l'accent sévère ne manquait jamais de résonner derrière elle quand elle avait commis un méfait. Elle devint humble tout à coup.

— Vous, mon gendre? répliqua-t-elle doucement. C'est possible après tout, car ma pauvre mémoire commence à s'en aller... Mais, je vous en prie, ne me grondez pas; je n'offense personne... mon Dieu! Je suis là bien tranquille à lire un roman... Est-ce que vraiment j'aurais fait encore quelque sottise?

Madame Dietrich n'était pas bien sûre d'elle-même, comme on le voit; mais Reber ne s'amusa pas à la rassurer.

— Laissons cela, grand'maman, dit-il d'une voix grave en prenant place devant elle, et tâchez de recueillir vos idées pour bien me comprendre, car il s'agit de choses de la plus haute importance : il s'agit de l'honneur, de l'existence même de votre famille... Voyons, m'avez-vous bien entendu?

— Certainement, certainement... mais je vous assure que je n'ai rien fait; je suis innocente comme l'enfant qui vient de naître.

— Une enfant, vous ne croyez pas dire si vrai! répliqua Reber avec amertume; mais ne perdons pas de temps... Sachez, mère, que, par suite de circonstances malheureuses, je suis complétement ruiné. Si personne ne vient à mon secours, moi, mes filles et vous-même nous en serons réduits à la mendicité; nous mourrons tous de faim... Est-ce clair, cela ?

Cette affreuse nouvelle ne produisit pas sur la vieille l'effet attendu.

—Ce n'est pas moi qui ai pris les chandeliers plaqués en argent, répondit-elle; il est venu un voleur qui les a emportés. Pouvais-je m'y opposer, moi pauvre femme?

Julia jeta un regard vers la cheminée.

— Il est vrai, les chandeliers plaqués ne sont plus à leur place, dit-elle à demi-voix ; je gage qu'elle les aura encore cachés entre ses matelas !

— A tous les diables les chandeliers ! s'écria Reber en frappant du pied ; qui s'inquiète de pareilles fadaises ! Maman Dietrich, si les chagrins de mes enfans et les miens ne vous touchent pas, songez du moins à vous-même... On vendra ces vieux meubles, débris de votre richesse passée, auxquels vous tenez tant ; on vous chassera de cette chambre, et il vous faudra chercher un asile je ne sais où... Vous ne connaîtrez plus le bien-être ; vous aurez peut-être à souffrir de la faim et du froid... M'entendez-vous? me comprenez-vous bien ?... Je m'exprime pourtant assez nettement.

Cette fois la grand'mère parut avoir une vague perception de la réalité; elle se redressa et répondit d'un ton fier :

— Vendre mes meubles ! me chasser ! me priver du nécessaire ! Qui aurait ce pouvoir? Ne suis-je pas me maîtresse?

— A la bonne heure ! voilà enfin quelque chose qui a l'ombre du sens commun. Eh bien ! maman Dietrich, pouvez-vous me venir en aide?

— Je vous recommanderai volontiers aux personnages en crédit de ma connaissance, et...

— Ne me recommandez à personne et tirez-moi d'affaire vous-même, j'aime mieux cela ; je vous en aurai une reconnaissance éternelle, et vous nous sauverez tous. Écoutez : On dit que vous aviez de l'argent quand vous êtes venue vous installer chez nous, il y a dix ou douze ans ; je n'en sais rien, car, Madeleine et moi, nous fûmes trop délicats pour vous questionner à ce sujet. Mais il est certain que vous avez reçu, depuis trois ans environ, de monsieur Marais, le notaire de l'Arche, une somme de trente mille francs qui vous revenait de votre douaire; cette somme, je n'ai pas voulu vous la garder, bien que votre esprit commençât à baisser beaucoup dès ce temps-là. Aujourd'hui le malheur des temps m'oblige à vous demander cet argent, sans lequel je suis perdu à tout jamais. Qu'en avez-vous fait? On ne le retrouve plus. Vous n'avez pu ni le dépenser ni l'aliéner; où donc l'avez-vous caché? Je vous en prie, réfléchissez ; fouillez dans votre mémoire. Trente mille francs en billets de banque, cela ne tient pas beaucoup de place; où les avez-vous mis? Il faut les trouver, les trouver aujourd'hui, à l'instant même, ou il va nous arriver malheur.

La vieille eut l'air de se creuser l'esprit ; mais bientôt, fatiguée de cet effort, elle dit avec impatience :

— Je n'ai pas d'argent ; adressez-vous à mes hommes d'affaires ; laissez-moi.

— Mais, tonnerre ! s'écria le fermier, songez donc que depuis plus de vingt ans vous n'avez plus d'hommes d'affaires ! Vous qui vous souvenez si bien de ce qui s'est passé dans votre jeunesse, ne pouvez-vous vous souvenir aussi de ce qui s'est passé à une époque si récente ? Allons, parlez.

— Je ne me souviens pas, répliqua madame Dietrich d'un air hébété ; je n'ai pas d'argent, on m'a tout pris.

— Qui donc?

— Je ne sais.

— A d'autres ! s'écria Reber furieux. Eh bien ! puisque vous ne pouvez pas entendre la voix de la raison, j'agirai d'autorité. Vous n'avez pas le droit de priver votre famille de cette somme considérable, et, dans votre propre intérêt, je vous ordonne, entendez-vous ? je vous ordonne de me dire où vous l'avez cachée.

— Mon père !

— Laisse-moi ! elle peut nous sauver tous en se sauvant elle-même. Parlerez-vous, mère sans entrailles ! Encore une fois, qu'est devenu cet argent ?

Le ton formidable de Reber eut pour unique résultat de frapper de terreur madame Dietrich. Elle se renfonça dans son fauteuil et dit avec imbécillité :

— Je n'ai rien fait, je vous assure que je n'ai rien fait; ne me maltraitez pas !

Le fermier se jeta sur un siége, prit sa tête dans ses mains, et se mit à rugir de douleur, d'impuissance et de rage.

Julia reprit timidement :

— Mon père, vous n'obtiendrez rien d'elle de cette manière. La peur paralyse ses facultés. Laissez-moi essayer à mon tour.

— Essaye, répliqua Reber avec accablement ; mais comment tirer de la musique d'un violon cassé? C'est à devenir fou comme elle !

Julia le pria de garder le silence et de demeurer immobile. Elle-même attendit quelques instans ; puis, quand elle vit les traits ridés de madame Dietrich reprendre leur placidité ordinaire, signe certain que la scène précédente était déjà oubliée, elle demanda d'un ton caressant :

— Eh ! grand'maman, pourquoi donc ne me montrez-vous plus le beau portrait en miniature qui vous représente à l'âge de vingt ans ? Savez-vous que vous étiez fort jolie?

Un sourire se joua sur les lèvres flétries de madame Dietrich.

— Jolie, oui, j'étais jolie, grommela-t-elle en clignant des yeux ; quant au portrait, il doit être par là... je l'aurai serré quelque part... je te le montrerai quand je le retrouverai.

— Quoiqu'il ait été fait il y a longtemps, on vous reconnaît très bien encore. Vous avez de grands airs, des manières nobles... Je gage que, si vous aviez voulu, vous eussiez trouvé encore à vous marier ?

Julia ne paraissait pas prendre le chemin le plus direct pour arriver à son but, et Reber s'agitait sur sa chaise. La jeune fille lui adressa un signe suppliant pour l'engager à la patience.

La grand'mère, doucement chatouillée par ces questions flatteuses, hochait la tête avec complaisance.

— Me marier ! répéta-t-elle, et pourquoi ne me marierais-je pas? Il n'y a pas longtemps qu'il s'est présenté un galant. Oui, oui, il y en avait un, il y en avait deux... je ne sais plus combien.

— Pourquoi pas tout un régiment ! gronda Reber entre ses dents.

Julia l'invita de nouveau à garder le silence.

— Ainsi, grand'maman, vous pensez encore au mariage? reprit-elle de son ton câlin ; voyez-vous ça ! Mais pour se marier il faut une dot, et vous n'avez pas de dot, je gage !

— Eh ! eh ! qu'en sais-tu? reprit la vieille en se dandinant.

Reber commençait à comprendre la pensée de sa fille, et ne songeait plus à l'interrompre.

— Vous, une dot? reprit Julia en affectant une incrédulité extrême ; allons donc ! grand'-maman, vous voulez vous moquer de moi... Depuis bien longtemps vous n'avez plus d'argent à votre disposition.

— Tu crois cela? et, sans parler du reste, ces trente mille livres en billets de caisse ne suffiront-ils pas pour se marier à la campagne?

Julia échangea un regard avec son père.

— Tenez, grand'maman, dit-elle avec légèreté, vous vous moquez encore de moi, et ce n'est pas bien... Ces billets de banque, vous les avez perdus, brûlés, que sais-je ! enfin ils ne se trouvent plus.

— On les retrouvera, répondit la grand'mère en ricanant.

— Bon! vous vous vantez, car vous avez mauvaise mémoire, et vous ne parviendrez jamais à découvrir cet argent... Or, croyez-vous que les épouseurs se contenteront d'un propos en l'air, d'une vague promesse? Ce n'est plus aujourd'hui comme autrefois : les prétendans exigent des espèces sonnantes, et les filles pauvres n'ont pas beaucoup de chances de se mettre en ménage.

— Ta, ta, ta, tu es une petite sotte. Veux-tu donc m'apprendre comme il faut se conduire? Mon futur verra ma dot, je te le garantis.

Reber n'y tint plus.

— Eh! morbleu! s'écria-t-il, pourquoi alors ne me la montrez-vous pas, à moi?

Le son de cette voix redoutée ne manqua pas sur la vieille son effet ordinaire. Madame Dietrich se blottit dans son fauteuil et balbutia :

— Je... je n'ai rien fait... Ne me grondez pas.

— Mon père, vous avez tout gâté, dit Julia en soupirant; nous ne tirerons plus rien d'elle aujourd'hui.

— Tu as raison, je le crains, répliqua Reber un peu honteux; mais je n'ai pu garder mon sang-froid en voyant cette vieille momie faire des projets de mariage. Cependant, parle-lui encore, ma fille; tâche de lui arracher la vérité : cette fois, je ne vous interromprai plus.

— C'est inutile; son esprit est fatigué. Depuis bien longtemps elle n'avait soutenu de conversation aussi longue sans déraisonner; c'est que le sujet était de son goût. D'ailleurs, la voilà sur ses gardes maintenant, et il faut attendre que ses idées aient le temps de se rasseoir.

— Eh! pouvons-nous attendre? Le juif va venir... Encore un effort, mon enfant, je t'en conjure!

Julia consentit par condescendance pour son père, bien qu'elle n'espérât rien d'une nouvelle épreuve. Après une longue pause, elle reprit de son ton insinuant, en se penchant vers l'aïeule :

— Ah çà! grand'maman, il est donc vrai que nous allons bientôt danser à votre noce?

— A ma noce, petite? répliqua froidement madame Dietrich; que dis-tu donc? Est-ce qu'on se marie à mon âge? C'est bon au tien.

— Alors, pourquoi vous êtes-vous économisée une dot?

— Une dot, à moi! Où la prendrais-je, bon Dieu! Je suis une pauvre vieille femme qui est à la charge de sa famille, j'en ai grand'peur.

— Cependant vous me disiez tout à l'heure...

— Moi! Ai-je dit quelque chose? répliqua la vieille toujours en alerte; on ne doit pas trop s'en rapporter à mes bavardages, vois-tu, car il est des momens où la mémoire... Je n'ai pourtant rien dit de mal, je pense?

Evidemment les craintes de Julia se réalisaient, et madame Dietrich n'était plus dans son quart d'heure de confiance.

— Laisse-la, reprit Reber découragé; décidément, il n'y a plus rien à tirer d'elle. Jusqu'à son dernier jour elle sera pour nous un sujet d'affliction! Tiens, je sors. Quant à toi, reste avec elle, et invente quelque moyen de lui délier la langue; je m'en rapporte à toi, car véritablement la jeune fille la plus innocente s'entend mieux que l'homme le plus madré à confesser les gens!

Julia sourit de ce singulier éloge; mais reprenant aussitôt sa contenance mélancolique :

— Mon père, dit-elle, il est une personne qui connaît mieux le caractère de grand'maman, et qui serait bien plus habile à pénétrer son secret.

— Qui donc, mon enfant?

— C'est... ne vous fâchez pas... c'est ma pauvre sœur.

— Ne me parle pas d'elle! s'écria le fermier avec violence; je n'ai pas besoin de ses services; j'aimerais mieux perdre cet argent que de le devoir à l'intervention de cette maudite créature. Mais, tu m'y fais songer, son tour est venu; j'ai besoin d'avoir avec elle un bout de conversation.

— Mon père, je vous en conjure, permettez-moi de vous accompagner.

— Reste avec la grand'mère; je dois dire à *l'autre* des choses qui ne peuvent pas être entendues par une honnête jeune fille telle que toi.

— Du moins, répliqua Julia en se pendant au cou de Reber et en l'embrassant, soyez indulgent pour elle. C'est votre plus jeune enfant, c'était la favorite de notre excellente mère que vous aimiez tant; ne l'oubliez pas, par pitié! Il y a dans le malheur de cette pauvre Kretle un mystère que je ne puis comprendre; mais, j'en suis sûre, elle est moins coupable qu'elle ne le paraît. Soyez bon pour elle, je vous le demande à mains jointes.

— Nous verrons, laisse-moi, répondit Reber, ému malgré lui de ces touchantes supplications; si elle se montre obéissante et soumise, je pourrai peut-être lui pardonner encore; mais si elle me résiste comme par le passé...

— Mon père, mon bon père, promettez-moi de lui pardonner dans tous les cas.

— Allons! c'est assez, interrompit le fermier en écartant sa fille aînée avec un peu de rudesse, j'agirai pour le mieux.

Sans vouloir écouter Julia davantage, il traversa la salle du poêle, et entra dans la chambre voisine.

IV

KRETLE REBER.

La chambre où se trouvait en ce moment la plus jeune fille du fermier était commune aux deux sœurs; deux petits lits jumeaux, entourés de rideaux bien blancs, en formaient l'ornement principal. Le reste du mobilier, en bois de merisier, avait un air d'exquise propreté et de fraîcheur. La gaîté, l'innocence et la paix semblaient devoir habiter seules ce réduit virginal.

Kretle était assise dans la partie la plus obscure, et, bien qu'elle dût s'attendre à la visite de son père, elle parut surprise en le voyant entrer ainsi tout à coup. Elle se leva vivement, fit une humble révérence, et demeura debout devant lui, les yeux baissés. Elle était moins belle que Julia, mais plus jolie; ses traits avaient surtout une vivacité d'expression qui manquait à ceux de sa sœur. Du reste, elle était le type vivant de la délicieuse statuette que nous avons vu le pauvre Schmidt sculpter avec tant d'amour au bord du chemin; c'était le même port gracieux. Elle restait honteuse et confuse, rougissant et pâlissant tour à tour, et elle cherchait avec une gaucherie charmante à dissimuler de ses deux mains jointes la proéminence de sa taille.

Reber l'enveloppa d'un regard sombre, mais aussitôt il détourna les yeux et dit avec dureté :

— Pourquoi n'êtes-vous pas venue me saluer à mon arrivée? Avez-vous si peu de respect pour moi?

— J'aurais désiré aller, comme ma sœur, vous recevoir à la porte, répliqua la malheureuse fille en pleurant; je vous ai entrevu de ma fenêtre, et mon cœur voulait voler jusqu'à vous; mais vous m'avez défendu de sortir de ma chambre, et le temps n'est plus où, quand vous reveniez de voyage, vous me disiez en m'embrassant sur le front...

— C'est bon; il est inutile de rappeler cela. Voulez-vous donc m'enjôler avec vos belles paroles? Je suis un trop vieux merle pour me laisser prendre à votre sifflet. — Mais cette brutalité ne persista pas; le fermier se laissa tomber sur un siége, et il dit avec abattement : — Ah! Kretle, Kretle! pourquoi m'as-tu trompé?

Cette parole affectueuse, la première depuis deux mois, ce cri du cœur paternel, transformèrent subitement la pauvre Kretle. Son visage désolé s'illumina d'espérance;

elle fit un pas vers le fermier, et, n'osant l'approcher davantage, elle lui dit avec chaleur :

— Ayez pitié de moi, mon père, car je suis bien à plaindre. La mort serait pour moi plus douce que votre colère, et je ne sais comment j'ai pu résister jusqu'ici à la douleur et à la honte qui m'écrasent... Oh! grâce! grâce! je ne saurais plus vivre ainsi... Soyez généreux, comme ma sœur, qui m'aime encore. Je suis peut-être moins coupable que vous ne pensez; mais, ma faute fût-elle immense, ne l'ai-je pas expiée déjà par votre colère, ne dois-je pas l'expier pendant le reste de ma vie par une tache ineffaçable? Je vous en conjure, ne m'accablez pas. Tenez, vous avez bien aimé ma mère, qui était bonne, dévouée, pieuse comme une sainte, eh bien! ma mère m'eût pardonné; elle m'eût pardonné, je vous l'affirme.

— Misérable! oses-tu prononcer le nom de cette digne et vertueuse femme, que ton infamie eût frappée au cœur?

— Elle eût souffert, elle eût pleuré avec moi... Mon père, soyez indulgent comme elle le serait si elle vivait encore. Je suis à bout de force et de courage; sauvez-moi de moi-même; je serais capable... que Dieu me pardonne cette horrible pensée qui revient toujours!

Il y avait en effet dans l'œil de la malheureuse enfant cette étincelle qui annonce une détermination fatale. Le fermier en fut effrayé; mais il se raidit contre ses impressions.

— Bah! dit-il, voudrais-tu me faire peur en me donnant à croire... cela ne réussira pas, je t'en avertis. Mais je ne suis pas venu ici pour te voir pleurnicher et pour écouter des fadaises; je suis venu seulement pour avoir avec toi une explication, d'après laquelle je prendrai une décision définitive à ton égard. Je t'ai accordé le temps de la réflexion; mais le dernier délai expire aujourd'hui, et l'on ne me leurrera pas plus longtemps... Assieds-toi.

— Mon père...

— Assieds-toi, tonnerre! me résisteras-tu donc toujours? — La jeune fille s'assit dans la partie la plus sombre de la chambre. — Maintenant, écoute-moi; je serai bref, du reste, car le temps presse. Tu assures que tu n'es pas complice de l'attentat dont tu es victime; qu'un soir, en revenant de la danse, où tu étais allée à l'insu et contre la volonté de ta sœur aînée, tu fus poursuivie par un inconnu jusque dans le voisinage de la ferme, que la frayeur te fit évanouir, et que ce lâche abusa de ta défaillance... Dis, n'est-ce pas là l'histoire que tu m'as contée?

— Elle est vraie, mon père, elle est vraie, je vous le jure! s'écria Kretle en se cachant le visage dans son tablier.

— Julia, qu'il a bien fallu questionner sur cette affreuse circonstance, ne la contredit pas, j'en conviens. Elle t'a vue revenir pâle et glacée, l'œil hagard, la tête perdue... Elle fut même si effrayée de ton état qu'elle voulut m'éveiller, et qu'elle te pressa de questions auxquelles tu répondis seulement par des paroles sans suite. Voilà donc les faits établis. Je ne te dirai pas que ton déshonneur fut le résultat inévitable de ton imprudence à quitter la maison, malgré les sages conseils de ta sœur; que peut-être ta coquetterie avait encouragé un pareil crime; non, j'aime mieux l'attribuer uniquement à la lâcheté de quelque jeune libertin du pays... Seulement, à présent, Kretle, réfléchissez bien, et tâchez de répondre avec franchise : Ne savez-vous pas qui peut être l'auteur de cet acte odieux?

— Je l'ignore, mon père, répliqua Kretle d'une voix étouffée; je vous ai dit que j'étais sans connaissance.

— Il est impossible que vous n'ayez pas au moins des soupçons sur certains jeunes gens qui avaient dansé avec vous pendant cette funeste soirée?

— J'en ai, mon père; mais je ne veux pas désigner à votre vengeance une personne qui est innocente peut-être.

— Tu l'aimes donc, celui que tu soupçonnes?

Kretle ne répondit pas, et continua de sangloter derrière son tablier.

— Elle me joue, de par le diable! elle se moque de moi! s'écria le fermier en fureur; mais je vaincrai cette fois ton entêtement. Je connaîtrai le nom de cet exécrable débauché qui a mis le comble à mes maux... Dis-moi son nom, à l'instant, je le veux!

— Je... je l'ignore.

— Son nom, te dis-je!

— Tuez-moi! mais je ne puis le prononcer.

— Tu le sais; j'en suis sûr.

— Encore une fois, je ne le sais pas.

— Eh bien! reprit le fermier en se calmant tout à coup, je te croirai et je cesserai de te tourmenter si tu veux jurer par l'âme de ta mère que tu n'as pas deviné l'auteur de cet attentat. Je t'estime encore assez pour croire que tu n'oserais pas faire en vain un pareil serment.

Kretle se taisait, et l'on n'entendait que le bruit de sa respiration haletante. Elle murmura enfin, d'une voix presque inintelligible :

— Grâce! mon père, grâce et pitié!

— Tu vois bien, tu n'oses pas jurer! s'écria Reber au comble de l'exaspération en s'élançant vers elle; effrontée menteuse!

Et il levait la main. Kretle poussa un cri de terreur. Ce cri fut répété derrière le fermier comme par un écho, et en même temps Reber sentit qu'on le retenait. Il se retourna impétueusement; Julia, tout en larmes, l'enlaça dans ses bras.

— Que faites-vous, mon père? lui dit-elle; est-ce donc là ce que vous m'aviez promis?

Le fermier, surpris, ne donna pas suite à son emportement. Alors Julia courut à sa sœur presque évanouie, et l'embrassa en lui disant à voix basse :

— Courage, courage, Kretle! il t'aime toujours malgré ses colères, et il finira par te pardonner.

— Chère et bonne sœur, murmura la pauvre fille, toi seule maintenant tu es digne de son estime et de sa tendresse...! Mais ne pouvait-il se montrer moins cruel envers moi?

Cependant Reber, d'abord interdit par l'arrivée imprévue de sa fille aînée, avait retrouvé son assurance.

— Ah çà! dit-il d'un ton sombre, s'imagine-t-on que je tournerai ainsi à tous les vents, et que l'on ne tiendra pas compte de mes ordres? Julia, je t'avais défendu d'entrer ici.

— Mon père, en entendant l'éclat menaçant de votre voix et les gémissements de ma sœur...

— Que t'importe? Tu n'as rien à voir dans cette chambre... va-t'en!

— Et puis, poursuivit Julia qui se souvint d'une circonstance oubliée au milieu des émotions du moment, il y a là quelqu'un qui désire vous parler.

— Qui donc?

— Monsieur Schmidt, le maître d'école; il prétend que vous lui avez donné rendez-vous à la ferme. — Et elle ajouta plus bas : — Il est là dans la salle du poêle, et il aurait pu entendre... Heureusement c'est un brave jeune homme, plein d'honneur et de discrétion.

— Qu'il ait entendu ou non, je ne m'en soucie guère; fais-le entrer.

— Ici, mon père? demanda Julia en reculant d'étonnement.

— Ici même.

— Non, non, je vous en supplie! s'écria Kretle qui se ranima tout à coup; il serait inhumain de m'exposer aux regards, et à ceux de monsieur Schmidt encore, lui si honnête et si sévère!... j'en mourrais de honte!

— Il entrera pourtant; c'est pour toi qu'il vient, et il faut qu'il te voie. Allons, pas de simagrées! — Puis s'approchant de la porte qu'il ouvrit : — Venez, Schmidt, cria-t-il, je vais remplir ma promesse.

— N'entrez pas! s'écria Julia éperdue en s'élançant pour le repousser.

Kretle s'était cachée rapidement derrière les rideaux de son lit, et on l'entendait sangloter sans la voir.

Schmidt, immobile sur le seuil de la porte, ne savait trop ce qu'il devait faire, et ne comprenait rien aux invitations contraires qu'on lui adressait. Mais Reber alla le prendre par la main et l'entraîna dans la chambre, en même temps qu'il disait à sa fille aînée :

— Retourne auprès de ta grand'mère, et ne reviens pas ici sans y être appelée.

— Mon père...

— Quoi donc encore? de la révolte, mille démons! Tout le monde s'en mêle à présent! — Julia n'osa plus résister; elle jeta un regard désespéré vers sa sœur, et sortit lentement. Schmidt, tout décontenancé, tortillait sa petite casquette entre ses mains. Le fermier alla prendre à son tour la pauvre Kretle, qui se cramponnait aux rideaux, la porta jusqu'au milieu de la chambre, et dit avec ironie : — Regarde-la, Schmidt, regarde-la bien... La veux-tu encore pour femme?

Kretle se débattait et détournait la tête pour cacher son visage; ses longs cheveux blonds, en se détachant, firent heureusement un voile à sa rougeur.

Mais le naïf Schmidt ne voyait rien, ne devinait rien. Une seule chose le frappait : c'était la brutalité du fermier à l'égard de sa fille.

— Monsieur Reber, dit-il avec plus d'énergie qu'on n'en pouvait attendre de sa douce et pacifique nature, était-ce donc pour me rendre témoin de ces odieux traitemens que vous m'avez invité à venir chez vous? J'en ignore la cause, mais je suis surpris et indigné...

— Tu en ignores la cause, innocent garçon? dit le fermier en retenant toujours dans ses mains robustes la pauvre enfant qui se tordait de douleur et de confusion; mais ouvre donc les yeux... Toi qui te plaisais tant ce matin à reproduire ses gracieuses proportions d'autrefois, tu ne soupçonnais pas que ton joli modèle avait à présent une semblable taille!

Le jeune maître d'école reconnut enfin la terrible vérité. Il devint très pâle, et chancela comme s'il eût reçu un coup mortel. Bientôt les larmes jaillirent de ses yeux, et il murmura d'un ton déchirant :

— Ah! Kretle, mademoiselle Kretle, est-ce possible?

Alors seulement Reber lâcha sa fille, qui courut de nouveau se réfugier derrière les rideaux de son lit.

— Mon père, s'écria-t-elle, vous vous repentirez bientôt peut-être de m'avoir traitée avec tant de rigueur.

Le fermier n'eut pas l'air d'avoir entendu cette parole, qui était plutôt une plainte qu'une menace. Il revint à Schmidt anéanti.

— Tu dois maintenant comprendre, lui dit-il, certaines choses qui tout à l'heure, dans notre conversation au bord du chemin, étaient obscures pour toi. Oui, il est vrai, cette belle enfant, l'orgueil de sa famille et l'envie de ses compagnes, elle est tombée; elle est tombée si bas qu'elle ne peut se relever jamais! Au milieu de mes autres désastres, le diable n'a pas voulu m'épargner cette affliction et cette ignominie. Comment ce malheur est arrivé, peu importe; il existe, et je n'ai même pas la satisfaction de pouvoir en punir l'auteur, puisque, ni par prières ni par menaces, cette fille opiniâtre n'a voulu me le nommer. Je ne vois donc aucun moyen de cacher sa faute aux gens du pays, à moins qu'un homme honnête et dévoué ne consente à l'épouser dans le plus bref délai. Schmidt, je n'ai pas voulu te tromper, et tu sais à présent toute la vérité; consens-tu encore à être cet homme-là?

— Schmidt ne répondit pas. La douleur et la surprise lui ôtaient la faculté de parler et peut-être de penser. Reber poursuivit : — Par exemple, mon garçon, il ne faut pas compter sur une dot; je suis ruiné, complétement ruiné. Comme ça, vos fortunes seront égales et vous n'aurez pas à vous humilier l'un l'autre. Du reste, si vous êtes pauvres, vous parviendrez à vous créer des ressources; au printemps, tu iras chercher des champignons pour nourrir ta femme. En été et en automne, vous aurez des fruits sauvages, des mûres, des airelles, des noisettes, et la petite famille finira bien par trouver sa pâture comme les oiseaux des champs. En hiver, ah! ma foi! en hiver il faudra que tu inventes un moyen de rassasier ces bouches affamées; mais je ne suis pas embarrassé sur ton compte; tu es un savant, tu as des imaginations comme personne; tu te tireras d'affaire, je n'en doute pas.

Ces paroles étaient prononcées avec une ironie haineuse; le fermier lançait des œillades à sa fille, comme pour lui adresser chacun de ces traits empoisonnés. Enfin le pauvre Schmidt parvint à surmonter son accablement :

— Monsieur Reber, reprit-il, vous êtes cruel envers Kretle et envers moi; ne pouviez-vous faire connaître votre volonté sans nous insulter? En dépit de mes efforts, mon existence jusqu'ici a été misérable; mais, tel que je suis, si mon nom, mon unique bien, peut être utile à mademoiselle Kretle, je le lui offre de tout mon cœur. Qu'elle ne craigne de ma part ni plaintes, ni reproches; je ne lui parlerai jamais du passé; malgré tout, je l'aimerai, je la plaindrai... Je puis promettre cela.

— Bon et brave jeune homme! soupira Kretle derrière son rideau.

Le fermier lui-même admira l'abnégation profonde, l'amour immense qui se révélaient dans ce simple langage. Il reprit, et cette fois sans aigreur :

— Voyons, Schmidt, je ne veux pas te surprendre. As-tu bien réfléchi aux conséquences d'un pareil acte? As-tu songé aux brocards auxquels tu vas être en butte, aux charges qui t'accableront quand tu seras le chef d'une famille? Ne crains-tu pas aussi qu'un jour tu ne conçoives contre ta femme des soupçons outrageans? As-tu pesé tout cela, et te sens-tu assez sûr de toi-même pour accepter un pareil fardeau?

— Je l'accepte, monsieur Reber; je n'ignore pas à quelles humiliations je dois me préparer; mais j'ai pour mademoiselle Kretle une telle affection, que je les supporterai toutes avec courage, pourvu...

— Eh bien?

— Pourvu qu'elle daigne m'accorder un peu d'amitié, de simple amitié, acheva le pauvre garçon en sanglotant.

Kretle quitta d'elle-même son coin sombre, et s'avança jusqu'au milieu de la chambre.

— Vous méritez mieux que de l'amitié, monsieur Schmidt, dit-elle sans embarras, avec une douceur affectueuse; recevez mes remercîmens pour votre générosité, pour votre noble dévouement.

— Ainsi donc, mademoiselle, vous consentez?

— Au contraire, monsieur Schmidt; plus vous êtes bon, loyal, désintéressé, plus je dois craindre d'unir votre sort au mien. J'ai commis une faute, on le dit du moins; seule, je dois en porter la peine. N'insistez donc pas; votre sacrifice m'a pénétrée d'estime et de reconnaissance; jusqu'à mon dernier moment j'en conserverai le souvenir.

— Quoi! vous refusez?

— Je refuse, et ma conscience me dit que je fais bien.

— Ouais! s'écria le fermier, et les choses s'arrangeront au gré de mademoiselle, sans que je trouve un mot à dire? Pas de cela, s'il vous plaît, ma chère; libre à vous d'étaler de beaux sentimens, mais j'ai bien le droit de donner aussi mon avis. Il deviendra bientôt impossible de cacher votre état au public; vous ne pouvez rester toujours enfermée dans cette chambre, d'où l'on viendra, du reste, vous déloger plus tôt que vous ne pensez. Or, si vous acceptez la proposition de ce brave Schmidt, on peut encore tout sauver; il y aura bien, par-ci par-là, quelques caquets; mais on apprendra la réparation en même temps que la faute, et votre famille n'aura pas à rougir de vous. Si, au contraire, vous résistez aux instances de ce digne garçon et à mes volontés, vous deviendrez pour nous un mortel embarras, une cause de désolation nouvelle. Aussi, je vous le déclare, il faut choisir :

Ou bien vous accepterez la proposition de Schmidt, où bien vous quitterez ma maison pour devenir ce qu'il vous plaira.

— Mon père, répliqua Kretle sans hésiter, je me résignerai à tout plutôt que de causer le malheur d'un honnête homme en l'associant à ma triste destinée ; je quitterai votre maison au premier ordre que vous m'en donnerez.

— Comme elle me hait ! murmura le pauvre Schmidt.

La pensée du fermier fut différente.

— Voyez-vous ! s'écria-t-il ; elle a déjà une retraite. Oh ! elle sait bien où aller après m'avoir poussé à bout... De par le diable, j'aurais envie de lui donner congé à l'instant même !

— Mon père, je suis prête, et je n'oserai même pas me plaindre, car votre colère me semble légitime. Quand au lieu où je me réfugierai, quant au chemin que je prendrai, comment pourrais-je le dire ? Je marcherai tant que mes jambes auront la force de me porter ; alors je m'arrêterai et je mourrai à cette place, en priant Dieu pour vous et pour ma bien-aimée Julia.

Ces paroles touchantes firent de nouveau couler les larmes de Schmidt.

— Mademoiselle, reprit-il, ne soyez pas trop sévère pour vous-même. Ce que je vous demande surtout, c'est d'avoir la plus grande part dans vos chagrins, et Dieu m'est témoin que jamais aucune allusion au passé...

— Je vous crois, monsieur Schmidt ; mais, de grâce, cessez vos instances ; mon parti est pris ; je vivrai ou je mourrai seule... et peut-être ne vivrai-je pas longtemps.

Schmidt allait relever ces sinistres paroles, quand on entendit du bruit dans la salle du poêle. Julia parut toute effarée :

— Monsieur Nathan vient d'arriver, dit-elle à son père, et il demande à vous voir.

— Déjà ? répliqua le fermier qui pâlit ; il n'a pas perdu de temps. — Et il se leva. — Tu le vois, Kretle, reprit-il avec une sorte de solennité, j'ai autre chose à faire que de m'occuper de toi ; souviens-toi donc de mes paroles : Si dans une heure, pour dernier délai, tu n'as pas consenti à épouser Schmidt, qui veut bien te donner son nom, malgré ton déshonneur, tu pourras quitter cette maison et n'y reparaître jamais.

— Que dites-vous, mon père ? s'écria Julia éperdue.

— Monsieur Reber, répliqua Schmidt, considérez, je vous prie...

— Paix ! interrompit le fermier d'un ton d'autorité ; je veux être obéi. Schmidt, laisse encore une heure de solitude et de réflexion à cette entêtée ; peut-être la trouverons-nous plus raisonnable à notre retour. Quant à toi, ma chère Julia, ajouta-t-il plus bas en s'adressant à sa fille aînée, si dans dix minutes tu n'as pas découvert le trésor de la grand'mère, notre malheur sera consommé.

En même temps il les poussait l'un et l'autre hors de la chambre. La malheureuse Kretle était tombée à genoux, et, les bras tendus vers eux, elle murmurait d'une voix déchirante :

— Adieu, adieu, vous que j'aime !... Je ne vous reverrai plus !

Mais on ne l'entendit pas, et Reber referma la porte à double tour derrière lui, laissant sa plus jeune fille livrée aux funestes inspirations du désespoir.

V.

LA PROPOSITION.

Le fermier trouva Nathan qui l'attendait dans la pièce voisine. Le petit juif, bien qu'il pût déjà se considérer comme maître chez son débiteur, se montra plus poli, plus obséquieux que jamais. Il salua Julia jusqu'à terre, il demanda humblement à Schmidt des nouvelles de sa santé, il embrassa Reber avec les transports que l'on éprouve en retrouvant un intime ami après une longue absence. Reber, la rage dans le cœur, crut de son côté devoir répondre à ces démonstrations d'amitié. Après avoir congédié Schmidt et renvoyé Julia auprès de la grand'mère, il alla chercher une bouteille de vieux volksheim, qu'il supposait capable d'adoucir l'humeur revêche de son créancier. Bientôt les deux soi-disant amis se trouvèrent attablés devant la bouteille ; et une justice à rendre au petit juif c'est que, à le voir vider son verre, on n'eût pu croire qu'il s'était déjà gorgé de bière et de liqueurs au café de l'Arche avec son ami Hermann.

D'abord on causa du temps, de la récolte prochaine, du prix des denrées ; chacun des interlocuteurs ne se pressait pas d'en venir à l'objet réel de cet entretien. Enfin Reber, qui malgré les caresses de son hôte était sur des charbons ardens, voulut connaître son sort ; il dit rondement, en mettant les coudes sur la table :

— Ah çà ! Nathan, venons au fait ; aujourd'hui expire le dernier terme que vous m'avez accordé pour le payement de mes billets en souffrance. Je l'ai si peu oublié que, depuis plus de huit jours, je bats le pays, frappant à toutes les portes, invoquant l'obligeance de mes amis, et je suis rentré de ma tournée seulement depuis quelques instans. Or, que diriez-vous, monsieur Nathan, si voyage et démarches avaient été inutiles, et si cette fois encore je n'étais pas en mesure de m'acquitter ?

Le juif vida tranquillement son verre ; puis, essuyant sa barbe du revers de sa manche, il répliqua de son ton mielleux :

— Ce serait bien mal, Reber, et vous reconnaîtriez par une noire ingratitude l'affection dont je vous ai donné tant de preuves. N'ai-je pas consenti jusqu'ici à tout ce que vous m'avez demandé ? N'ai-je pas *renouvelé* vos billets plusieurs fois ? Est-il possible de mettre plus de complaisance, d'abandon, de confiance dans les affaires que j'en ai mis avec vous ? Ce procédé de votre part me navre le cœur, et je ne devais pas attendre de vous, si honnête et si franc, un pareil manque de parole.

— Eh ! morbleu ! croyez-vous donc que ce manque de parole soit volontaire ? D'ailleurs vos bons offices n'étaient pas tout à fait gratuits ; en renouvelant mes billets, vous preniez soin de capitaliser l'intérêt, si bien que la dette primitive de six mille francs se monte aujourd'hui à dix mille, et cela en moins de deux ans ; l'intérêt est assez gentil, ce me semble !

Le juif fit des yeux mourans, et répliqua d'un ton pleurard, en poussant un grand soupir :

— Est-ce vous qui me parlez ainsi, Reber ? Je me suis gêné, mis dans l'embarras pour vous, et maintenant... Mais, malgré ma bonté ridicule, les choses ne se passeront pas ainsi. Je ne souffre pas qu'on se moque de moi en manquant à sa parole. D'ailleurs, les affaires sont les affaires ; je donnerais ma vie pour vous, car j'ai beau dire, je vous aime toujours ; mais, dans les questions d'intérêt, il faut être en règle. Vous me placez dans une bien difficile et bien cruelle position, Reber, je vous assure.

Le fermier, habitué de longue date à cette phraséologie sentimentale, ne s'en émut nullement.

— Eh bien ! donc, si vous m'aimez tant, reprit-il, vous avez un moyen fort simple de me le prouver, c'est de m'accorder un nouveau délai de six mois pour le payement de ces malheureux billets. Ma ferme vaut au plus bas quinze mille francs ; vous ne risquez rien en me donnant du temps pour acquitter une dette de dix mille.

— Vous ne songez pas, mon bon ami, que les frais d'expropriation seront considérables ; l'huissier Duclel, que j'ai rencontré tout à l'heure par hasard, croit que tout votre avoir y passera, et j'en suis mortellement affligé.

— Ah ! vous avez donc vu déjà ce coquin de Duclet ?... Tenez, Nathan, épargnez-vous ces protestations amicales qui jurent avec vos actes.

Nathan leva les yeux au ciel.

— Voilà comme on nous juge ! reprit-il d'un air d'affliction. Soyez donc obligeant et désintéressé ! Quand on a besoin de nous ce sont des « monsieur Nathan » par-ci, des « mon cher ami » par-là ; mais, quand nous réclamons ce qui nous est légitimement dû, nous sommes des usuriers, des fripons. Ah ! Reber, Reber, je ne méritais pas cela de vous, et, en y réfléchissant, vous reconnaîtrez vous-même combien vous m'avez injustement traité. — Nathan saisit la bouteille, versa le reste du vin dans son verre, et il but à petits coups en faisant claquer sa langue avec béatitude. — Mon pauvre Reber, poursuivit-il en déposant son verre vide, le cœur me saigne, malgré votre ingratitude, d'être obligé d'en venir aux dernières extrémités..... Voyons, avez-vous bien cherché ? N'existe-t-il aucun moyen de *nous* tirer d'embarras ?

— Aucun.

— Vous êtes vous adressé à toutes les personnes du pays qui pourraient vous venir en aide ?

— A toutes, et toutes m'ont repoussé.

— N'en avez-vous pas oublié quelqu'une ?... Tenez, on m'a conté que monsieur Albert Lovendal courtisait l'aînée de vos demoiselles. Un fameux mariage que cela ferait, ami Reber, s'il était possible ! Monsieur Albert pourrait peut-être obtenir de son père...

— Ne m'en parlez pas ; depuis quelque temps, il a cessé de venir à la maison ; on dirait qu'il a eu vent de mes embarras, et qu'il a craint de ma part une sollicitation de ce genre... Il n'avait pas sujet de craindre, poursuivit Reber en relevant la tête ; d'abord il est, je crois, entièrement sous la dépendance de son père, un vieux ladre qui ne lui laisse pas beaucoup d'argent ; d'autre part, je serais trop fier pour exploiter la faiblesse d'un jeune homme riche qui se serait amouraché de ma fille.

— Vraiment ! reprit Nathan, qui ne parut rien comprendre à la délicatesse du fermier ; moi, j'aurais cru... Enfin, chacun a ses idées. Mais alors que faire ?

— Le bon Dieu seul le sait.

En ce moment on entendit au dehors une voix joyeuse qui fredonnait un refrain alors à la mode. Nathan se leva et s'approcha de la porte.

— N'est-ce pas monsieur Hermann qui nous arrive là ? dit-il avec une surprise réelle ou feinte ; bonjour, monsieur Hermann... Eh bien ! est-ce que vous n'entrez pas ?

— Encore un que le bruit de ma ruine prochaine a chassé de la maison ! murmura le fermier.

En dépit de cette observation, monsieur Hermann s'arrêta sur le seuil de la porte. Sa redingote, courte et démesurément étroite, laissait à découvert un gilet de velours tout brillanté de chaînes d'or et de breloques. Son chapeau de castor gris était posé sur l'oreille, de l'air le plus crâne du monde.

— Bonjour, messieurs, dit-il d'un ton cavalier ; vous êtes en affaires, je crois... Je voulais seulement demander en passant des nouvelles des aimables demoiselles Reber.

— Mes filles vont bien, merci, répliqua le fermier ; mais vous pouvez entrer, monsieur Hermann ; ce que nous disons, Nathan et moi, ne sera bientôt plus un secret.

Hermann ne se fit pas presser davantage, et vint prendre place à la table, sur laquelle le maître du logis déposa une seconde bouteille. Pendant quelques instans, le courtier soutint presque seul la conversation ; il plaisantait Nathan, qui se laissait faire avec sa bonhomie habituelle, et il adressait au fermier des lieux communs de politesse. Reber l'écoutait distraitement, et répondait à peine. Hermann changea de ton tout à coup :

— Vous êtes triste et préoccupé, monsieur Reber, dit-il amicalement ; eh bien ! tenez, je n'irai pas par quatre chemins : ma visite a ici un autre but que celui que j'ai annoncé. Je connais votre position, et je serais heureux de vous rendre service.

— Comment ! monsieur Hermann, vous savez...

— J'en sais plus long sur vos affaires que vous ne croyez ; on dit bien des choses dans le bourg ; et puis, tout à l'heure, au café, j'ai entendu ce madré de juif causer avec l'huissier Duclet, et j'ai résolu d'employer tous mes efforts pour vous tirer de leurs griffes. — Nathan protesta en riant, et comme pour la forme, contre ces termes. Hermann ne parut même pas s'en apercevoir. — Monsieur Reber, poursuivit-il, pourquoi, dans les circonstances fâcheuses où vous vous trouvez, ne vous êtes-vous pas adressé à moi ?

— A vous, Hermann ?

— Oui, à moi. Vous m'avez vu partir d'ici, il y a dix ou douze ans, tout jeune et riche seulement d'espérances ; vous ne pouvez vous imaginer que je sois aujourd'hui un homme posé, un négociant estimable, l'associé d'une des plus riches maisons de New-York ; on a bien raison de dire que nul ne saurait être prophète dans son pays... Quoi qu'il en soit, je veux vous venir en aide, et Nathan vous donnera l'assurance que j'en ai le pouvoir.

— Certainement, certainement, répliqua le juif ; ce bon monsieur Hermann paraît avoir découvert une mine d'or là-bas, chez les sauvages, et j'escompterais volontiers un billet signé de lui, pourvu que l'échéance ne fût pas trop longue, car, du train dont il y va, sa mine d'or ne saurait durer longtemps.

Reber était vivement ému.

— Et vous pourriez, monsieur, demanda-t-il à Hermann d'une voix tremblante, me prêter les dix mille francs dont j'ai besoin pour désintéresser Nathan ?

— Peut-être, mais à certaines conditions. Je dois compte à ma maison des fonds dont je dispose, et, en Amérique, voyez-vous, on fait des affaires avec tout et sur tout. D'un autre côté, en vous procurant cette somme, ma qualité d'ami m'oblige à vérifier si réellement je vous rendrais service, à vous et à votre famille, comme je le désire... Permettez-moi donc d'examiner la question avec vous. — Il sembla se recueillir ; Reber devint profondément attentif. — Je suppose, continua Hermann, que je vous compte immédiatement l'argent dont vous avez besoin, et que je me substitue à tous les droits de Nathan, qu'arrivera-t-il ? Je vous traiterai sans doute plus doucement que lui, car il est serré en diable sur le chapitre des intérêts, soit dit sans l'offenser ; mais, en définitive, vous resterez chargé d'une dette de dix mille francs dont vous devrez payer annuellement la rente à la maison de commerce que je représente. Vous payerez exactement cette rente, soit ; mais si pourtant il arrivait de mauvaises années semblables aux dernières, comment feriez-vous ? Et puis la rente n'est pas tout ; un jour viendra où le capital sera exigible à son tour, et n'y aurait-il pas folie à compter sur des éventualités assez favorables pour vous permettre d'économiser une pareille somme ? D'ailleurs, jusque-là, vous seriez obligé de vivre dans la gêne, et vous n'auriez aucune chance d'établir convenablement vos filles. D'autre part, si la mauvaise fortune continuait à s'acharner sur vous, ne vous trouveriez-vous pas, le terme échu, précisément dans la situation fâcheuse où vous vous trouvez aujourd'hui ?... Voyez au delà du moment actuel, monsieur Reber, et demandez-vous si le succès, dans les conditions dont nous parlons, vous serait aussi facile que vous semblez le croire.

Ce raisonnement ne manquait pas de justesse, et il produisit une certaine impression sur le fermier.

— Vous pouvez dire vrai, monsieur Hermann, reprit-il ; on compte sur de bonnes aubaines et il n'arrive que des désastres. Peut-être en effet ne ferais-je « que reculer pour mieux sauter », comme on dit. Cependant il me semble qu'à force d'ordre et d'activité...

— Cette vie de privations et d'épargnes sordides serait-elle digne d'un homme qui a votre intelligence, votre expérience en agriculture, votre conduite régulière ? Pourriez-vous condamner des demoiselles bien élevées, habituées à vivre dans l'abondance, aux travaux les plus rudes et les plus grossiers? L'épreuve se trouverait peut-être trop forte pour vous tous... Eh bien! que diriez-vous, Reber, si, pendant le temps que vous mettriez à économiser cette somme, même en supposant les conditions les plus favorables, je vous fournissais l'occasion de réaliser une somme vingt fois, cent fois plus considérable; si je vous procurais une position à laquelle vous ne sauriez jamais prétendre dans ce maudit pays?

— Et que me faudrait-il faire pour cela? demanda Reber en ouvrant de grands yeux.

— Emigrer en Amérique, répliqua résolûment Hermann.

Le fermier resta tout ébahi, comme si une pareille pensée ne se fût jamais présentée à son esprit; puis il partit d'un éclat de rire :

— En Amérique, moi! y songez-vous? Et ma famille?

— Votre famille vous accompagnerait, et, si je ne me trompe, il est au moins un de ses membres qui ne pourrait que gagner à quitter l'Arche.

— Parlez plus clairement, Hermann, dit le fermier en tressaillant.

Le courtier des émigrans se pencha vers lui et reprit à demi-voix :

— N'ayez pas d'illusion, mon pauvre Reber; Nathan vous dira comme moi que personne n'ignore quelle est la cause qui empêche mademoiselle Kretle de sortir de la ferme depuis deux mois.

— Ah! l'on sait aussi cela?

Il y eut un long silence. Hermann reprit enfin :

— Je ne voudrais pas vous affliger, monsieur Reber, en insistant sur un pareil sujet; mais, après un tel éclat, l'expatriation peut seule soustraire votre pauvre enfant et vous-même à de douloureuses humiliations. Là-bas, en Amérique, les sots préjugés de notre vieille Europe sont complétement inconnus. Les Yankees n'y regardent pas de si près; comme mademoiselle Kretle est fraîche et gracieuse, comme elle a de beaux cheveux blonds, elle pourra facilement, en dépit du passé, épouser quelque gros négociant tout cousu de dollars, ou quelque riche colon qui possédera des terres aussi vastes que la moitié d'un de vos départemens français. Mademoiselle Julia, de son côté, est sûre de faire un mariage magnifique. Du reste, vous habiterez, sous un climat délicieux, une terre féconde qui produit presque seule les fruits les plus exquis; vous vivrez au milieu d'une population libre et fière, qui saura respecter votre indépendance et votre fierté... Aurez-vous beaucoup à regretter, je vous le demande, ce coin de montagnes arides, où la vie est si rude, où la malignité des hommes est égale à l'ingratitude du sol?

Hermann continua de vanter les avantages de l'émigration, mais il se garda bien d'employer les exagérations ridicules qui produisaient tant d'effet sur les paysans du voisinage. Reber, quoique passionné, était plein d'intelligence, et devait être traité avec plus de ménagement; les argumens d'Hermann finirent par l'ébranler.

— Il y a du vrai dans tout cela, reprit-il; notre pays ne présente pas beaucoup de ressources, et son seul mérite à mes yeux, c'est que j'y suis né. Mais il ne doit pas être facile d'aller avec une famille en Amérique.

— Rien de plus simple au contraire; si vous vous décidez au voyage, je vous ferai transporter là-bas avec tout votre monde en quelques semaines.

— Et de l'argent? où en trouverais-je, moi qui suis ruiné?

— Voilà où je vous attendais, monsieur Reber; voilà où je peux réellement vous prouver mon amitié. On assure que votre bien vaut plus que les dix mille francs dus à Nathan; je n'ai pas vérifié le fait, mais il n'importe; je risquerai quelque chose pour vous tirer de ce mauvais pas. Je vous propose donc ceci : je rembourserai les dix mille francs en question, mais je serai substitué à tous les droits du juif, et je serai mis dans le plus bref délai en possession de vos biens personnels. En revanche, je vous donnerai cinq mille francs, qui seront employés à payer votre passage et celui de votre famille en Amérique, et en acquisition de terres dans le Kansas. Le passage et la propriété soldés, il vous restera encore quelques milliers de francs pour exploiter votre domaine... Cela vous convient-il?

Le pauvre fermier se montra violemment agité.

— Ce sont là des propositions superbes, reprit-il, et sans doute, Hermann, je vous dois des remercîmens pour votre générosité; mais, plus j'y pense, plus il me semble difficile de traverser l'Océan avec des jeunes filles et une grand'mère infirme... Et puis, voyons, Hermann, sans vous offenser, êtes-vous en position de tenir vos promesses?

Le courtier sourit dédaigneusement en jouant avec la clef de sa montre; Nathan s'empressa de prendre la parole :

— Je me porte garant pour lui, dit-il; et je suis prêt à avancer toutes les sommes convenues, aussitôt que mon bon ami monsieur Reber aura signé l'acte.

Reber aurait pu se défier de la connivence évidente qui existait entre ses deux obligeans amis; mais il n'avait pas l'esprit assez libre pour observer.

— Quitter la France, abandonner cette maison de mon père, disait-il, entreprendre un voyage de plusieurs milliers de lieues avec des femmes, et aller s'établir dans un pays inconnu, c'est un grand parti!... Messieurs, accordez-moi du moins quelques jours, afin que j'aie le temps de m'habituer à cette pensée; on ne prend pas une détermination aussi grave sans y avoir mûrement réfléchi.

— Comme vous voudrez, Reber, répliqua Hermann avec une apparente indifférence; mon désir est de vous rendre service, et je serai prêt demain comme aujourd'hui.

— Mais moi, mon bon ami Reber, reprit Nathan avec son accent doucereux, je ne suis pas de cet avis. Les billets sont échus d'aujourd'hui, et il me faut mon pauvre argent ou des sûretés. Impossible d'attendre; s'il faut l'avouer, cet honnête homme de monsieur Duclot, l'huissier, a déjà préparé des actes, et je ne voudrais pas non plus le désobliger.

— Accordez-moi du moins jusqu'à ce soir, monsieur Nathan; j'ai la tête en feu, je ne peux prendre une décision aussi importante sans y avoir pensé, sans avoir consulté ma fille aînée...

— J'en suis désolé, mon pauvre Reber; je donnerais mon sang pour vous épargner un chagrin à vous, à vos charmantes demoiselles, à votre bonne femme de mère, mais je dois me mettre en règle dans les délais voulus. Les lois sont bien dures, je l'avoue; cependant, nous devons les subir.

Le fermier se tut un moment, les yeux tournés vers la terre.

— Eh bien! dit-il avec effort, puisqu'il le faut, puisqu'il n'y a pas d'autre moyen...

Il allait donner son consentement quand un bruit de voix et de pas s'éleva dans la pièce occupée par madame Dietrich. La porte s'ouvrit, et Julia parut toute rouge et haletante, mais radieuse. Derrière elle on entrevoyait la figure rechignée de la vieille grand'mère, qui suivait en grondant et en tâtonnant.

Julia ne remarqua pas le salut prétentieux d'Hermann, l'inclinaison profonde et obséquieuse du juif.

— Mon père, s'écria-t-elle, réjouissez-vous... je viens enfin de le trouver.

— Quoi donc, mon enfant?

— Le trésor de la grand'mère... Voyez!

Et elle retira de dessous son tablier un vieux portefeuille fermant à secret.

— Je reconnais en effet ce portefeuille! s'écria Reber; c'est celui que le notaire Marois remit à maman Dietrich... Merci, chère enfant; tu nous sauves tous... Et où as-tu fait cette trouvaille?

— Dans un trou de la muraille, à l'extérieur, du côté du

jardin. Vous voyez que le cuir a été décoloré par la pluie ou par l'humidité. Je n'aurais jamais pu le découvrir si la grand'mère ne m'avait montré elle-même cette introuvable cachette.

— Tu es une bonne fille, dit Reber qui cherchait vainement à faire jouer le fermoir rouillé; et cette découverte vient à propos, car, un moment plus tard... Messieurs, ajouta-t-il d'un ton joyeux, nous n'irons pas en Amérique.

Hermann et Nathan échangèrent un regard indéfinissable.

— Comme vous voudrez, mon cher ami, répliqua le juif en patelinant selon son usage. Qu'est-ce que je demande, moi? de vous voir heureux, et, que vous le soyez ici ou là-bas, je serai toujours content.

— Et moi, monsieur Reber, ajouta Hermann, vous me rendrez bien la justice de reconnaître que le plus pur désintéressement a dicté ma proposition.

— Il suffit, messieurs; j'apprécie comme je le dois vos sentimens à mon égard... Mais, tonnerre! poursuivit Reber avec impatience, ne parviendrai-je pas à ouvrir ce maudit fermoir?

— Permettez, mon père.

Comme Julia prenait le portefeuille pour tenter à son tour d'en faire jouer le ressort, madame Dietrich, dont personne ne se défiait, et qui allait de l'un à l'autre en marmottant des paroles inintelligibles, le lui arracha des mains, et s'empressa de le cacher dans ses vêtemens.

— On ne l'aura pas, dit-elle d'une voix plus forte et plus distincte qu'à l'ordinaire; c'est mon bien, c'est ma dot... Ces paysans voudraient me dépouiller de tout ce que je possède. Comment trouverais-je à me marier, si je n'avais plus de dot? On ne l'aura pas, non, on ne l'aura pas.

Et elle se dirigea vers la porte pour s'échapper; mais le fermier lui barra lestement le passage.

— Pas de bêtises, grand'mère, s'écria-t-il; vous nous avez assez fait chercher; maintenant que nous avons mis la main sur le magot, du diable si je le laisserai à votre disposition! Allons, rendez-moi ce portefeuille, et je vous achèterai une belle robe de soie, avec un bonnet si bien garni de fanfreluches qu'on viendra de trois lieues rien que pour le voir. — Profitant de la frayeur que le son seul de sa voix inspirait à la vieille femme, il lui arracha lestement le portefeuille. — A la bonne heure donc! cria-t-il d'un ton de triomphe; eh bien! Nathan, en finirons-nous à présent? Voyons, préparez bien vite une quittance en règle, et puis vous me montrerez les talons, *mon bon ami*.

Et il parodiait le ton mielleux du juif; celui-ci répondit avec un sourire :

— Déjà de l'ingratitude, mon cher Reber? mais voyons votre argent.

Reber, ne pouvant ouvrir les ressorts du portefeuille, les brisa d'un effort subit. Alors un paquet, soigneusement enveloppé de papier blanc, tomba sur la table; mais qu'on juge de l'étonnement et de la douleur du fermier quand, après avoir déchiré l'enveloppe, il trouva seulement, au lieu de billets de banque, des pages d'un vieux livre liées et disposées de la même manière!

Il poussa un rugissement de fureur; Hermann et Nathan se mirent à rire.

Reber feuilletait un à un les papiers enfermés sous l'enveloppe, espérant découvrir les précieux billets dans les plis; mais ses investigations furent inutiles; il n'avait entre les mains que de misérables chiffons sans valeur.

— Malheur sur moi! malheur sur nous tous! murmurait le pauvre homme en se couvrant le visage de ses deux mains.

— Courage! mon père, lui dit Julia; Dieu nous éprouve.

Hermann et le juif ricanaient toujours; Reber finit par s'en apercevoir, et il attachait déjà sur eux des regards menaçans; un nouvel incident vint détourner son attention.

Schmidt s'était glissé tout pâle et hors d'haleine dans la salle du poêle. Sans se laisser intimider par l'attitude menaçante du fermier, il demanda précipitamment :

— Monsieur Reber, un mot, de grâce : mademoiselle Kretle est-elle encore ici?

— Eh! qui s'occupe de cette péronnelle? Laisse-nous tranquilles.

— Je m'en irai, mais consentez du moins à me dire si mademoiselle Kretle...

— Que parlez-vous de ma sœur, Schmidt? demanda Julia un peu alarmée; elle est là, dans sa chambre.

— En êtes-vous bien sûre? Sachez que tout à l'heure, en rôdant à quelque distance de la maison, j'ai vu de loin une femme suivre la route des montagnes et s'engager dans le sentier qui conduit au gouffre de la Fosse. Elle marchait d'un air égaré, et si mademoiselle Kretle n'était plus ici, je croirais pouvoir affirmer...

— Nous allons le savoir, — dit Julia. Elle s'élança vers la chambre de Kretle; cette chambre était vide; en revanche, la fenêtre qui donnait sur la galerie extérieure était ouverte, et sans doute la malheureuse enfant s'était échappée par cette voie. — Kretle!... ma sœur! s'écria Julia éperdue.

Rien ne répondit.

Reber accourut à son tour.

— Kretle! s'écria-t-il d'un ton où il y avait plus de douleur que de menace.

Toujours même silence.

— Elle est partie! c'était bien elle! dit Schmidt; courons au gouffre, c'est là que nous la retrouverons... si nous arrivons à temps.

Et il s'enfuit pendant que le père et la sœur, doutant encore de la possibilité d'une catastrophe, parcouraient tous les recoins de la chambre. Enfin un petit billet, posé sur une table, frappa les yeux de Julia; il contenait ce peu de mots, tout griffonnés et à peine lisibles :

« Adieu, mon père; adieu, ma sœur... Pardonnez-moi » tous deux! »

Le cœur paternel de Reber ne tint pas devant cette nouvelle et terrible épreuve.

— Ma fille est perdue! s'écria-t-il avec un accent déchirant, et ce sont mes injures, mes violences qui l'ont poussée à cette extrémité!... Kretle! mon enfant bien-aimée, reviens, et je te pardonnerai tout, et je t'aimerai comme autrefois!

— Il est trop tard, mon père, dit Julia; mais n'importe! courez à son secours... On dit qu'elle est au gouffre de la Fosse...

Elle ne put achever et tomba sans connaissance.

Reber ne s'en aperçut même pas.

— Oui, oui, au gouffre de la Fosse! répéta-t-il.

Et il s'élança hors de la maison, suivi d'Hermann, qui, malgré son insensibilité ordinaire, paraissait vivement ému. Quant au juif, il avait profité du premier moment favorable pour s'esquiver et se sauver chez son ami Duclet. Il ne restait donc auprès de Julia évanouie que la vieille grand'mère; mais, indifférente à l'affliction et aux désastres de sa famille, madame Dietrich ramassait les papiers épars sur la table, et les empilait dans le portefeuille en marmottant :

— Les scélérats! ils voulaient me prendre ma dot! mais je la leur ai fait rendre... je ne sais comment. Enfin la voilà, et cette fois je la cacherai si bien... Où vais-je la cacher?

Elle sortit en grommelant et en se heurtant à tous les meubles selon son habitude.

VI

LE GOUFFRE DE LA FOSSE.

Albert Lovendal, en quittant le café où il avait si vertement relevé les médisances d'Hermann, laissa son cheval à l'auberge, et se mit à remonter précipitamment à pied la rue principale du bourg. Son costume élégant, son air distingué, attiraient plus d'un curieux sur les portes; on le saluait sans qu'il y prît garde, et, pendant qu'il passait, on murmurait en souriant :

— Voici le jeune monsieur Lovendal qui va chez Reber... Il y avait longtemps qu'il n'était venu.

Albert se dirigeait en effet vers la ferme de Reber; toutefois, quand il en fut proche, il s'arrêta :

— Que vais-je faire? se dit-il; n'ai-je pas donné solennellement ma parole à mon père que je ne remettrais jamais le pied dans cette maison? Cependant je ne puis être insensible aux malheurs de cette famille amie; si les informations que je n'ai cessé de prendre ne me trompent pas (et les propos méchans d'Hermann les confirment de tous points), le moment de la crise finale est arrivé; la honte et la ruine des Reber sont déjà publiques... Noble et courageuse Julia! pauvre Kretle! quel sera votre sort? Et ce digne homme, si loyal et si franc, que va-t-il devenir?... Voyons, j'ai juré de ne pas retourner à la ferme, d'étouffer dans mon cœur mon amour pour Julia; je n'entre pas chez Reber et je m'efforce d'oublier cette charmante fille; mon père ne saurait exiger davantage; mais ce serait une lâcheté d'abandonner des amis dans leur détresse. Comment donc leur venir en aide? Je le saurai bientôt peut-être. Une explosion est imminente... attendons.

Il se glissa dans la petite vigne qui dominait la ferme, et d'où l'on pouvait voir tous ceux qui entraient dans la maison ou qui en sortaient. Depuis quelque temps, Albert avait occupé plus d'une fois ce poste, et, de là, il s'était secrètement enivré de la vue de Julia, sans croire manquer à sa parole.

Ces réflexions d'Albert Lovendal expliquent suffisamment peut-être sa position envers son père et envers la famille du fermier. Albert ne se livrait pas sans réserve et sans combat aux entraînemens de sa passion pour une jeune fille pauvre et de condition inférieure à la sienne. Il appartenait bien à cette génération actuelle de jeunes gens qui marchandent volontiers avec leur cœur et sur lesquels la froide raison, le soin de leur avenir, ne perdent jamais complétement leurs droits. Monsieur Lovendal père, homme d'expérience, avait deviné cette disposition d'esprit, et s'était empressé d'en profiter. Les assiduités de son fils à la ferme lui portaient ombrage, car elles dérangeaient les plans ambitieux qu'il avait conçus à l'égard de cet enfant chéri; mais il s'était bien gardé d'user de son autorité, de donner des ordres qui eussent pu être méconnus. Il s'était contenté de faire avec douceur des représentations; il avait parlé le langage de la sollicitude paternelle.

Profitant habilement d'une indisposition due à son âge et à sa dévorante activité, il avait laissé croire à son fils qu'il était malade de l'inquiétude que lui causaient ces assiduités; il avait ainsi arraché au jeune homme la promesse positive de ne plus retourner chez Reber, et de combattre cet amour disproportionné pour la fille du fermier. En outre, il avait pris secrètement d'autres précautions dont nous connaîtrons plus tard le résultat. Malgré tout cela, Albert était vif et ardent; sa passion grandissait par l'obstacle, et nous venons de voir que, n'osant ouvertement enfreindre sa promesse, il s'efforçait de l'éluder. Aussi, les circonstances aidant, les conseils de la raison et la parole donnée pouvaient-ils devenir impuissans à contenir cette nature impétueuse; il ne fallait qu'une occasion peut-être pour que l'équilibre entre la passion et le devoir fût violemment rompu.

Du poste où il s'était établi, le jeune Lovendal put voir successivement arriver à la ferme, d'abord Schmidt, puis le juif Nathan, puis le courtier Hermann. Ce que venait faire le juif, Albert ne le savait que trop; mais Hermann, mais Schmidt, quel intérêt pouvait les appeler chez Reber dans ce moment de crise?

Il y réfléchissait quand une fenêtre de la chambre des demoiselles Reber s'ouvrit avec précaution, et une femme, enveloppée d'une mante, parut sur la galerie de bois qui entourait la maison. Cette femme ne pouvait être Julia, qu'Albert venait de voir dans le jardin en compagnie de la grand'mère, mais la distance empêchait de distinguer sa tournure et ses traits. Après un moment d'hésitation, elle tourna rapidement l'angle de la maison, descendit un escalier, et gagna la campagne sans suivre aucun chemin frayé. Elle passa si près d'Albert qu'il reconnut parfaitement Kretle, en dépit des soins qu'elle prenait pour se cacher.

Il fut frappé tout d'abord de la démarche égarée de la jeune fille, de sa pâleur, de l'expression sinistre de ses yeux, et il eut à son tour un pressentiment de la vérité. Après quelques secondes d'hésitation, il résolut de la suivre; mais Kretle était déjà loin, et, quand il voulut sortir de sa cachette, il aperçut Schmidt qui, debout au milieu du chemin, à quelque distance, semblait de son côté observer avec une grande attention la fugitive.

Albert éprouvait une extrême répugnance à se montrer si près de la ferme, et il dut se blottir de nouveau derrière un massif de feuillage. Heureusement Schmidt, comme nous le savons, n'était pas bien sûr d'avoir reconnu Kretle, et il ne tarda pas à rentrer dans la maison pour éclaircir ses doutes. Alors Lovendal put réaliser son dessein, et il se mit à courir dans la direction prise par mademoiselle Reber. Il ne se rendait pas compte du motif si pressant qui le poussait vers elle; mais une sorte d'instinct l'avertissait qu'il devait se hâter, et les soupçons évidens de Schmidt l'avaient confirmé dans ses prévisions.

Il connaissait parfaitement le pays, et il savait qu'en prenant à travers champs il arriverait bien avant Kretle à cette partie solitaire des montagnes qu'elle semblait vouloir atteindre. Elle gravissait d'un pas rapide une hauteur escarpée, et se dirigeait, sans retourner la tête, vers un bois de sapins dont le noir feuillage se découpait sur le ciel. Il résolut de l'y précéder, et il attaqua la pente par sa face la plus ardue.

Bien que les montagnes des Vosges soient, pour la plupart, cultivées jusqu'au sommet, celle-ci était si âpre, si stérile que le laboureur avait désespéré de tirer parti de ce sol ingrat : elle était donc couverte seulement d'un maigre gazon, que relevaient çà et là des touffes de genêts et de fougères. Mais Lovendal ne se laissa pas décourager par les fatigues de cette ascension. S'aidant des pieds et des mains, il atteignit bientôt la forêt de sapins, et acquit la certitude que, suivant ses prévisions, il y avait précédé la jeune fille.

Pendant qu'il reprenait haleine, il la vit venir elle-même; elle suivait les nombreuses sinuosités de la route à travers le bois, et passait comme une ombre devant les troncs raboteux des arbres toujours verts. Une profonde solitude l'environnait; on n'entendait que le murmure lointain d'une chute d'eau, murmure si faible qu'il permettait de distinguer le craquement des branches sèches sous ses pieds. Ne se croyant plus en danger d'être observée ou poursuivie dans cet endroit désert, elle avait ralenti son pas et écarté le manteau qui lui couvrait une partie du visage. Elle s'avançait maintenant avec lenteur, d'un air irrésolu; parfois même elle s'arrêtait et se retournait, comme si elle eût voulu revenir en arrière; mais bientôt elle se remettait en marche, et des larmes silencieuses coulaient sur ses joues.

La plupart de ces détails échappèrent à Lovendal, mais il n'en persista pas moins dans son projet d'aborder la jeune fille. Craignant de l'effrayer en se montrant à l'improviste, il agita le feuillage d'un arbuste voisin pour attirer son attention; comme elle allait passer sans même relever la tête, il dit avec douceur :

— Krelle! mademoiselle Krelle! où donc allez-vous ainsi? Ne craignez-vous pas les mauvaises rencontres dans ces lieux écartés?

Krelle tressaillit comme une biche effarouchée. Dès qu'elle eut envisagé Albert, sa frayeur devint plus marquée encore; ses yeux se séchèrent subitement et parurent s'enflammer; elle étendit le bras, comme pour repousser une sinistre apparition.

— Vous! vous ici! dit-elle d'une voix altérée, qu'attendez-vous de moi? Ne m'avez-vous pas assez fait de mal?... Ne m'approchez pas, ne me parlez pas, si vous ne voulez que je meure sous vos yeux!

Elle tremblait en effet et semblait près de tomber en faiblesse.

— Est-ce ainsi que vous recevez un ami? dit Albert avec étonnement; revenez à vous, mademoiselle... Ne me reconnaissez-vous pas? Vous voyant de loin vous engager seule dans ce canton solitaire, j'ai voulu vous protéger, vous offrir mes services...

— Je n'ai pas besoin de vos services, de votre protection; laissez-moi...! Ne viendriez-vous pas plutôt pour insulter à une infortune qui est votre ouvrage? Eh bien! vous devez être content... Maintenant, partez, et laissez s'accomplir ce qui est inévitable.

L'étonnement réel ou simulé d'Albert ne diminuait pas.

— Sur ma foi! mademoiselle, reprit Lovendal, j'essaye vainement de vous comprendre. Un événement que j'ignore aura exalté votre imagination, troublé votre intelligence. Voyons, Krelle, je vous en supplie, reprenez vos sens... Je ne vous ai jamais offensée. Au temps où j'avais le bonheur de fréquenter votre maison, vous étiez bonne pour moi; vous consentiez à intercéder en ma faveur auprès de Julia, dont la froide raison décourageait souvent ma tendresse.

— Osez-vous invoquer de pareils souvenirs? interrompit Krelle d'un ton farouche. Ne rougissez-vous pas d'avoir tenté de vous servir de moi pour abuser ma généreuse sœur? Vous n'aimiez personne, et vous l'aviez bien prouvé en cessant vos visites, du jour où nous sommes tombés dans l'affliction.

Lovendal crut enfin deviner la cause de cette colère qui se déchaînait contre lui.

— Krelle, dit-il, je vous en prie, ne m'accablez pas. Si je me suis abstenu de venir à la ferme ces derniers temps, il faut m'en plaindre, car j'ai dû obéir à une volonté sacrée.

— Oh! les excuses ne vous manqueront pas, et vous n'aurez garde d'alléguer la véritable... Mais, poursuivit mademoiselle Reber d'un ton plus doux, à quoi bon des reproches maintenant? Je ne dois plus avoir de colère et de fiel dans le cœur. Albert, vous avez été cruel envers ma sœur, envers moi; cependant je peux encore vous pardonner, si vous voulez au moins me promettre de respecter ma pauvre Julia. Donnez-moi votre parole que vous ne profiterez pas des circonstances funestes dans lesquelles va se trouver ma famille pour tendre quelque piége à ma sœur bien aimée. Une victime ne doit-elle pas vous suffire?

— Une victime!... un piége!... que voulez-vous dire? Vous me parlez par énigmes, Krelle, et je n'ai pas mérité ces outrageans soupçons.

— Vous vous croyez donc bien sûr de posséder seul votre abominable secret? Soit! qu'il demeure enseveli dans les ténèbres et dans l'oubli; ce ne sera pas moi qui le révélerai désormais. Seulement, je vous en conjure, ne cherchez plus à revoir ma sœur, à troubler son repos; ce serait odieux, ce serait infâme, après ce qui s'est passé... Et tenez, ajouta-t-elle avec une exaltation fiévreuse qui ressemblait à de la folie, quand ce devrait être ma dernière parole, je vous dirai tout : votre crime est d'autant plus lâche que je vous aimais, moi aussi, et que par dévouement pour Julia... Mais, c'est assez; adieu, adieu, Albert; vous ne me reverrez plus, et puisse Dieu vous donner le repentir!

En même temps elle s'enfuit et se perdit bientôt dans les sombres détours du bois.

Ces dernières paroles avaient bouleversé Albert. Tel était le désordre de ses idées que quelques instans se passèrent avant qu'il recouvrât sa présence d'esprit.

— Mais, pensa-t-il tout à coup, pour que cette malheureuse enfant ait risqué un pareil aveu, il faut qu'elle soit résolue à mourir! — Ce soupçon devint bientôt pour lui une certitude et il se mit à courir dans le sentier en criant de toute sa force : — Krelle! chère Krelle! où êtes-vous?

On ne répondit pas; seulement des clameurs lointaines s'élevèrent à l'entrée du bois, dans une direction opposée à celle qu'avait dû prendre la jeune fille; aussi Albert ne s'en inquiéta-t-il pas. Devinant le prix de chaque minute, il cessa d'appeler, perça droit à travers le taillis, et se dirigea vers l'endroit sauvage qu'on désignait sous le nom de gouffre de la Fosse.

Ce lieu avait un aspect tout à fait en harmonie avec le drame lugubre dont il semblait destiné à devenir le théâtre. C'était un bassin circulaire de rochers abrupts, ombragé de sapins et de mélèzes. Au centre se trouvait un petit lac où venaient se réunir les eaux de plusieurs sources voisines; ces eaux formaient le ruisseau qui vivifiait la vallée de l'Arche. Leur limpidité extrême permettait de voir les truites s'ébattre au fond sur le gravier, et elles circulaient au milieu de touffes de cresson, de menthes et de bécabungas. Le lac avait une teinte noire très prononcée, soit à cause de sa profondeur, soit à cause de l'ombre épaisse que les arbres et les rochers projetaient à sa surface. Du reste, sur divers points de cette nappe d'eau glaciale, des tournoiemens et des remous témoignaient d'une agitation intérieure. La tradition locale voulait en effet que les eaux, avant de s'épancher hors du bassin, fussent attirées dans des gouffres effrayans, par une force contre laquelle l'art du nageur le plus habile eût été impuissant, et c'était à cette circonstance sans doute que ce lac devait son nom.

Rien de mélancolique comme cette espèce de cirque où le soleil lançait seulement quelques rayons quand il était arrivé au milieu de sa course : aucun chant d'oiseau n'égayait sa solitude, aucun souffle n'agitait les cimes pyramidales des arbres environnans; on n'entendait d'autre bruit que le murmure faible et lointain de la cascade dont nous avons parlé déjà, et ce murmure avait un c[illegible] de tristesse indéfinissable.

Albert promena un regard d'angoisse autour de lui, mais il n'aperçut pas la personne qu'il cherchait; il appela, l'écho lui renvoya ses appels avec une sorte de moquerie. En revanche, les clameurs qu'il avait entendues déjà retentirent de nouveau derrière lui, et elles paraissaient se rapprocher; sans doute d'autres personnes avaient deviné les sinistres projets de Krelle et accouraient au secours.

Cependant la jeune fille ne pouvait être éloignée, et son obstination à se cacher, à ne pas répondre, était du plus mauvais augure. Enfin Albert aperçut une forme humaine de l'autre côté du lac, sur un rocher dont la base plongeait dans l'eau. Ce rocher, de couleur noirâtre, présentait, vers le tiers de sa hauteur, une sorte de petite plate-forme qui surplombait; les gens du pays l'appelaient la *Chaire à prêcher*, en raison de sa ressemblance avec l'objet dont ils lui avaient donné le nom. C'était Krelle, en effet, qui se trouvait sur cette saillie, à laquelle on arrivait par un sentier tournant fréquenté des enfans du voisinage; elle était à genoux et priait.

En la reconnaissant, Albert tendit les bras vers elle et l'appela de nouveau avec énergie; elle ne lui accordait aucun signe d'attention. Lovendal eût donné tout au monde pour se trouver auprès d'elle; mais, sans aucun doute, pendant qu'il ferait le tour du lac pour gagner la *Chaire à prêcher*, la jeune fille alarmée se hâterait d'exécuter le projet qui l'amenait dans ce désert. Il demeura donc en place, surveillant chaque mouvement de Kretle et lui adressant les plus ardentes supplications.

Sa prière finie, Kretle se leva, et elle demeura immobile. Albert crut qu'elle hésitait au moment d'accomplir son terrible sacrifice.

— Kretle! s'écria-t-il d'une voix qui devait aisément parvenir jusqu'à elle, songez à votre sœur, songez à votre père, songez à Dieu!

La jeune fille le regarda, et pour toute réponse secoua la tête avec tristesse; puis elle fit un signe de croix, ramena chastement ses vêtemens autour de son corps, et se lança au plus profond du lac.

Comme l'eau tumultueuse se refermait sur elle, des cris de terreur partirent de l'enceinte même du bassin; on avait vu l'accident; plusieurs personnes accouraient hors d'haleine. Mais Albert ne s'inquiéta pas d'elles; l'œil fixé sur la place où la pauvre Kretle venait de s'enfoncer, il se précipita dans le lac à son tour.

Il était bon nageur, et l'imminence du danger lui donnait une vigueur nouvelle. Ses vêtemens l'embarrassaient, et la fraîcheur de l'eau lui glaçait le sang; mais rien ne put le décourager, et, arrivé à la place fatale, il plongea résolûment. La Providence favorisa ses efforts; bientôt sa main rencontra Kretle. Il la saisit avec une vivacité convulsive, et, la serrant contre sa poitrine, tandis qu'il nageait de l'autre bras, il finit par la ramener à la surface.

Aussitôt qu'ils se montrèrent l'un et l'autre au dessus des flots, les personnes qui venaient de s'arrêter sur le bord du bassin leur adressèrent la parole tous à la fois; c'étaient Reber, Schmidt et le courtier Hermann, comme on l'a deviné sans doute. Par malheur, aucun d'eux ne savait nager, et ils ne pouvaient être d'aucun secours. Le pauvre père, à moitié fou de terreur, s'agitait sur le rivage, sans s'apercevoir qu'il avait les pieds dans l'eau, et criait à Lovendal qu'il avait reconnu :

— Courage! monsieur Albert; tenez-la ferme!... sauvez-la!... c'est mon enfant chérie, malgré ses torts; et si je venais à la perdre, j'aurais des regrets éternels... courage! et que la bénédiction d'un honnête homme retombe sur vous!

De son côté, Schmidt, penché sur l'eau, suivait avec une ardente sollicitude chaque mouvement d'Albert.

— A gauche, prenez à gauche, monsieur Lovendal, cria-t-il avec angoisse; évitez le gouffre qui se trouve sur votre droite, à deux pas de vous... Si vous vous laissez entraîner par le tourbillon, vous êtes perdu! — Ces recommandations furent inutiles; l'eau qui bruissait aux oreilles d'Albert l'empêchait de les entendre; d'ailleurs, la fatigue, le froid, la suffocation nuisaient déjà à la nette perception de ses facultés. Au lieu de suivre la direction indiquée par Schmidt, il nagea machinalement vers l'endroit dangereux. Tout à coup il se sentit attiré vers le fond par une force inconnue, mais puissante, irrésistible; le gouffre l'avait saisi. Le brave jeune homme, en acquérant cette certitude se raidit pour dominer cette attraction fatale; mais ses mouvemens convulsifs, mal combinés, étaient insuffisans, et peut-être, comme on le disait, aucun nageur n'eût-il pu réussir dans cette tâche. Quoi qu'il en fût, les forces d'Albert s'épuisèrent rapidement; il sentit l'influence ennemie devenir la plus forte. Pris de vertige, il s'agita encore un peu, sans lâcher son fardeau, et s'enfonça dans l'abîme. Cependant, avant de disparaître, il poussa un cri suprême qui retentit au loin, un de ces cris d'un caractère si poignant, si terrible, qu'on ne saurait les oublier quand on les a entendus une fois. Une clameur à peine moins effrayante partit des bords du lac. — Je m'en doutais, dit Schmidt avec désespoir. Mon Dieu! ayez pitié de leur âme!

— Ma fille, ma pauvre fille! criait Reber en se tordant les mains; et c'est moi, par ma brutalité, par mon injustice, qui suis cause de ce malheur!

Hermann lui-même semblait anéanti; il détournait la tête pour ne pas voir la sombre nappe d'eau qui se refermait comme un linceul sur ces deux beaux jeunes gens tout à l'heure encore pleins de vie et de santé.

Malgré sa douleur et son effroi, Schmidt continuait d'observer la surface du lac. Nous avons dit que l'eau, d'une transparence merveilleuse, permettait de distinguer les objets à une grande profondeur; tout à coup le maître d'école crut apercevoir quelque chose qui s'agitait entre deux eaux, à une dizaine de pas du bord. C'étaient sans doute les noyés qui avaient été portés là par un courant inférieur, ou rejetés, comme il arrive souvent, par un caprice du gouffre. Schmidt ne perdit pas sa présence d'esprit.

— Formons la chaîne! s'écria-t-il avec impétuosité. Monsieur Hermann, monsieur Reber, donnez-vous la main bien vite... Il nous reste encore cette chance de les sauver!

Ni Hermann ni Reber ne comprenaient sa pensée; Schmidt se hâta de la leur expliquer par une pantomime expressive. Le courtier dut s'accrocher d'une main à une longue branche de saule qui pendait sur le rivage; il tendait l'autre main à Reber, qui, plongé dans l'eau jusqu'à la ceinture, tenait à son tour la main de Schmidt. Celui-ci avait le poste le plus périlleux : il était chargé de saisir les noyés pour les ramener sur le rivage. Quelques secondes avaient suffi pour terminer ces dispositions.

Cependant le maître d'école, qui n'avait plus que la tête hors de l'eau, demeurait immobile, et son regard semblait sonder la profondeur de l'abîme. Les malheureux jeunes gens ne se trouvaient-ils donc plus à portée? avaient-ils été entraînés par un nouveau caprice des courans et des tourbillons? Personne n'osait interroger Schmidt, quand il plongea subitement. La chaîne se tendit de manière à faire craquer les membres de ceux qui la formaient; puis l'effort devint plus lent, plus régulier. Enfin la tête du jeune homme reparut au-dessus des flots, et l'on put voir qu'il traînait à sa suite deux corps étroitement enlacés.

— Il les tient, murmura Reber; courage!

Lui-même ne s'épargna pas; il se fût laissé écarteler plutôt que de lâcher prise. Bientôt tous, suspendus l'un à l'autre, sortirent de l'eau comme une grappe humaine et se trouvèrent en sûreté sur la rive du lac. Kretle et Albert étaient complétement inanimés. Schmidt tomba épuisé sur le rocher dans un état peu différent.

En ce moment de nouveaux personnages apparaissaient sur la lisière du bois et accouraient au secours; au milieu d'eux était une jeune fille haletante, les vêtemens en désordre, qui criait avec un accent déchirant :

— Mon père!... ma pauvre sœur!

Julia, à peine revenue de son évanouissement, avait voulu se rendre à son tour au gouffre de la Fosse, et elle s'était fait accompagner de tous les gens de la ferme, de toutes les personnes qu'elle avait trouvées sur son chemin.

Une heure plus tard, les personnages principaux de la scène terrible que nous venons d'esquisser étaient réunis dans une grande pièce parquetée et lambrissée en planches de sapin. On y entendait un bruit sourd, continuel : le grondement d'une cascade, un grincement de roues, et surtout un fracas de puissantes machines qui parfois ébranlaient le bâtiment. On se trouvait, en effet, dans une scierie mécanique située à deux ou trois cents pas du gouffre, au bord du ruisseau dont le courant servait de moteur à l'usine. Il n'existait pas d'habitation plus proche, et l'on y avait transporté Kretle et Lovendal, dont l'état dangereux réclamait des soins immédiats.

Chacun d'eux avait été déposé sur un lit, qu'entouraient d'épais rideaux de serge. Le médecin de l'Arche, mand en toute hâte, allait incessamment de l'un à l'autre malade et leur prodiguait les secours de son art. Julia et les femmes de la maison s'empressaient autour de Kretle, tandis que Reber et Schmidt, tout grelottans et les vêtemens mouillés, s'occupaient de Lovendal. Quant à Hermann, quoiqu'il fût seulement entré dans l'eau jusqu'à mi-jambes, il se tenait obstinément près d'un grand poêle de fonte qu'on venait d'allumer, et dont le ronflement commençait à dominer le bruit des machines.

Kretle avait repris connaissance, mais il avait fallu recourir à la saignée, et le front soucieux du docteur annonçait qu'il n'était pas sans inquiétude à son égard. En revanche, Albert se remit promptement de cette effroyable secousse. Revenu de son évanouissement, il prit un cordial et voulut retourner chez son père avant que la nouvelle de l'accident, amplifiée selon l'usage, eût pu parvenir jusqu'au manufacturier. Il envoya donc chercher son cheval à l'auberge de l'Arche, et, revêtu d'habits d'emprunt, car les siens n'avaient pas eu le temps de sécher, il fit ses dispositions de départ. En prenant congé, il remercia ceux qui l'avaient assisté dans le danger auquel il venait d'échapper si miraculeusement.

Ses remercîmens furent polis mais froids à l'égard d'Hermann; celui-ci, du reste, se montrait embarrassé, contraint, et paraissait avoir cédé plutôt à l'entraînement des circonstances qu'à un intérêt réel pour la famille Reber. Le fermier ne voulut même pas écouter ses expressions de reconnaissance.

— Ne parlons pas de cela, monsieur Albert, dit-il en lui secouant la main vigoureusement; vous êtes un vaillant garçon, quoique vous nous ayez beaucoup négligé dans ces derniers temps; et c'est un grand bonheur que Dieu vous ait placé aujourd'hui sur le chemin de ma malheureuse fille. Si donc vous tenez absolument à remercier quelqu'un, remerciez ce bon Schmidt, qui a tout mené dans cette affaire, car moi, je l'avoue, j'avais perdu la tête. C'est Schmidt qui a eu l'idée de cette chaîne au moyen de laquelle nous avons pu vous tirer du gouffre; c'est lui qui est entré dans l'eau et s'y est enfoncé si profondément que je l'ai cru, ma foi! noyé lui-même. Aussi sera-ce désormais entre nous à la vie à la mort, n'est-ce pas, Schmidt?

Le maître d'école, dont les vêtemens ruisselaient d'eau sans qu'il parût s'en apercevoir, balbutia timidement quelques paroles vagues.

— Je ne prétends décliner aucune de mes obligations envers monsieur Schmidt, dit Albert en serrant à son tour avec cordialité la main du pauvre garçon; il me considérera désormais comme son ami, je l'espère.

— Vous me comblez, monsieur Albert, répliqua Schmidt avec embarras; ma conduite est simple et naturelle; je ne courais personnellement aucun danger. Vous, au contraire, vous vous êtes précipité dans le lac avec une aveugle témérité, et vous avez failli la payer cher.

— Il a raison, dit Reber. Sans vouloir diminuer en rien sa part de dévouement, c'est à vous d'abord et surtout, monsieur Lovendal, que nous devons notre reconnaissance... Eh bien! Julia, poursuivit-il en s'adressant à sa fille aînée qui se tenait auprès du lit de Kretle, monsieur Albert nous quitte; n'auras-tu pas un mot de reconnaissance pour lui?

Julia s'approcha toute rouge et confuse.

— Monsieur Albert, dit-elle, ne saurait douter des sentimens qui m'animent. Personne plus que moi n'admire son courage, sa générosité; personne n'éprouve une plus vive et plus profonde gratitude...

Le ton réservé de la jeune fille choqua le fermier, qui était extrême en tout, selon l'usage des natures passionnées.

— Morbleu! s'écria-t-il, est-ce ainsi que tu parles à ce jeune homme qui vient de sauver la vie de ta sœur, qui m'a épargné à moi-même des regrets éternels? Embrasse-le plutôt... Allons! pas de simagrées; tu lui dois bien cela, que diable!

Julia, pour obéir à son père, avançait la joue avec un redoublement de confusion, quand un cri perçant partit derrière elle.

Dans l'écartement des rideaux du lit apparaissaient la tête et le bras nu de Kretle; un bras blanc et potelé, encore enveloppé de bandages sanglans, une tête pâle, dont les cheveux blonds et flottans semblaient noirs à cause de l'eau dont ils étaient imprégnés.

— Non, non, ma sœur, s'écria la malade avec énergie, ne l'embrasse pas, je t'en conjure; ne le touche pas, ne le regarde pas; chasse-le plutôt de ton cœur et oublie jusqu'à son nom... Je n'aurai pas à lui rendre grâce de ses prétendus services; que ne me laissait-il mourir? Mais il a voulu prolonger mon supplice, lui qui déjà m'avait condamnée à être une vile et misérable créature.

Tous les assistans restèrent frappés de stupeur à cette révélation inattendue. Julia seule était trop douloureusement blessée au cœur pour ne pas se départir de sa réserve ordinaire.

— Ma sœur, s'écria-t-elle, n'est-ce pas la fièvre qui te fait délirer? Serait-ce lui qui aurait été assez lâche...

— C'est lui, — répondit Kretle d'une voix distincte. Et voyant Julia chanceler : — Pardonne-moi, poursuivit-elle; je voulais emporter avec moi cet affreux secret, que ni les prières ni les ordres de mon père n'avaient pu m'arracher. Je savais combien le coup serait poignant, et j'avais désiré de t'épargner; mais ta vive reconnaissance pour ce soi-disant bienfait....

Elle ne put achever et retomba mourante sur son lit; le docteur courut à elle.

— Tu as raison, Kretle, reprit l'aînée des demoiselles Reber en enveloppant Lovendal d'un regard de mépris; la reconnaissance aurait pu avoir des dangers qui ne sont plus à craindre maintenant.

Albert, d'abord anéanti par cette grave accusation, se ranima devant la réprobation de Julia.

— Mademoiselle, dit-il avec énergie, il y a là-dessous une fatale méprise. Je suis prêt à jurer sur mon honneur...

— Silence, tous! interrompit le médecin à voix basse d'un ton d'autorité; une crise se déclare, et la moindre émotion peut tuer la malade.

Il revint auprès de Kretle qui poussait des gémissemens étouffés.

Albert, hors de lui, voulait encore protester, mais Reber le saisit d'une main de fer et l'entraîna dans la cour de l'usine où le cheval était déjà tout sellé.

— Partez, monsieur, partez vite, dit le fermier; je ne veux pas de scène en ce moment, mais nous nous reverrons bientôt, vous pouvez y compter... Vous êtes bien heureux qu'une apparence de dévouement vous mette aujourd'hui à l'abri de ma colère, car, foi de chrétien! je vous tuerais.

— Monsieur Reber, messieurs, reprit Albert en s'adressant au fermier en même temps qu'à Schmidt et à Hermann qui l'avaient suivi, je prends le ciel à témoin...

— C'est inutile... partez.

Albert sentit qu'il n'obtiendrait rien de ces esprits irrités et prévenus; il se tut et se mit en selle.

— Monsieur Reber, dit-il au moment de quitter l'usine, je ne vous demande qu'une chose, c'est d'ajourner votre jugement jusqu'à ce que vous ayez pris de nouvelles informations; vous reconnaîtrez alors votre erreur et vous la regretterez, j'en suis sûr.

Il piqua son cheval et s'éloigna. Reber et Schmidt étaient pensifs; évidemment les protestations du jeune homme avaient produit sur eux une certaine impression.

— Bah! tout mauvais cas est niable, dit Hermann en ricanant; en pareil cas, il est d'usage de faire tous les sermens possibles. Eh bien! voyez, ajouta-t-il avec ironie, je ne me serais pas attendu à de semblables découvertes. Ma foi! la vie est une singulière chose!

Reber et le maître d'école, absorbés dans leurs réflexions, ne songèrent pas à relever ces paroles qui témoignaient d'une si grande sécheresse de cœur.

Le soir, Kretle mit au monde un enfant mort.

VII

LES DEUX SOEURS.

Un mois s'était écoulé et aucun changement favorable n'était survenu dans la position de la famille Reber. Au contraire, les menaces doucereuses de Nathan se réalisaient, et la ruine du fermier devenait de jour en jour plus positive. Ses propriétés allaient être vendues; et, comme certaines gens doutaient encore, on vit un beau matin une énorme affiche rouge placardée sur la porte principale de l'habitation et portant en lettres colossales la terrible inscription : *Vente par expropriation forcée.*

D'autre part, peu de jours après les événemens accomplis au gouffre de la Fosse, Kretle avait été transportée chez son père, où, grâce à des soins empressés, elle n'avait pas tardé à se rétablir. Reber, dont le cœur était bon autant que ses passions étaient fougueuses, avait été touché du désespoir de sa fille et avait franchement pardonné. Il semblait donc que la concorde et une affection mutuelle dussent compenser pour le père et les enfans les revers de fortune dont ils étaient accablés; mais ils avaient compté sans l'opinion publique, plus impitoyable encore dans les campagnes que dans les villes.

En effet, la séduction de Kretle et la tentative de suicide qui s'en était suivie avaient fait grand bruit dans le bourg et dans toute la vallée de l'Arche. La beauté des demoiselles Reber, leurs manières distinguées, leur mise soignée, avaient, comme nous l'avons dit, excité la jalousie de bien des mères, blessé l'orgueil de bien des jeunes filles. De son côté, Reber, par sa brusquerie et ses emportemens, avait indisposé contre lui beaucoup de personnes. La malignité naturelle à l'espèce humaine fit le reste, et bientôt une hostilité générale se manifesta contre cette famille, plus digne de pitié pourtant que de mépris et de haine.

Ce n'avaient été d'abord que des chuchotemens, des rires étouffés, sur le passage de Reber ou de Julia pendant que Kretle était encore malade à la ferme; puis la moquerie avait pris des formes plus acerbes, plus provocantes, jusqu'à devenir une véritable persécution. Kretle, enfin rétablie, ayant voulu se rendre un dimanche à l'église avec sa sœur, les deux demoiselles Reber avaient vu leurs anciennes compagnes s'éloigner d'elles comme de pestiférées. Nulle femme ne leur parlait, ne répondait à leurs questions. Une chanson satirique, moitié en allemand, moitié en patois lorrain, avait été composée sur le malheur de Kretle par quelque bel esprit du canton (un amoureux dédaigné peut-être), et cette chanson résonnait incessamment sur le passage du père et des filles.

Chaque soir les jeunes gens du pays venaient la chanter en chœur sous les fenêtres de la maison; les ouvriers de la manufacture de monsieur Lovendal, qui poussaient parfois jusqu'à l'Arche pour faire la débauche, la hurlaient dans la rue et dans les cabarets du village. Julia était à peine plus épargnée que sa sœur dans cette ignoble rapsodie, et bientôt les choses en vinrent à ce point que l'une et l'autre n'osèrent plus sortir de peur d'être insultées. Leur retraite même ne les préserva pas de ces outrageantes atteintes; des lettres anonymes, remplies de grossières injures, arrivaient à la ferme; des placards calomnieux étaient affichés la nuit sur la porte d'entrée; enfin un génie malfaisant semblait s'acharner contre cette maison, pour rendre plus triste et plus honteuse sa chute prochaine.

Dans l'origine, Reber, absorbé par d'autres pensées, avait voulu mépriser ces attaques; mais elles étaient devenues si patentes, si directes, que force lui avait été de les réprimer de tout son pouvoir. Certains railleurs avaient été rudement punis; on parlait de côtes enfoncées, de têtes fendues. Mais que pouvait un homme seul contre une population? Ces châtimens avaient eu seulement pour effet de rendre plus prudens les persécuteurs; la persécution continuait non moins vive, non moins acharnée, et nul ne pouvait en prévoir la fin.

Le vide s'opérait donc de plus en plus autour de la pauvre famille; sauf les gens qui venaient à la ferme pour affaires, il n'y avait plus que Schmidt et Hermann qui s'y montrassent assidûment. Schmidt, toujours timide et réservé, paraissait cruellement souffrir de la réprobation dont on frappait ces personnes chères; mais il se bornait à faire des représentations, des protestations même, que l'on n'écoutait pas, et sa position dépendante, comme son caractère, l'empêchait d'aller plus loin.

Hermann, malgré l'équivoque de sa conduite passée, manifestait un peu plus de chaleur à défendre Reber et ses filles; plusieurs fois même, en public, soit au café, soit à la salle de danse du village, il avait essayé une justification maladroite de Kretle. En revanche, on assurait que dans l'intimité on l'avait vu sourire de certaines plaisanteries décochées contre la pauvre enfant. Du reste, s'attribuait modestement tout l'honneur du salut de Kretle au gouffre de la Fosse, et ne mentionnait jamais ni Lovendal ni Schmidt. Quant à Albert, il ne s'était pas présenté une seule fois à la ferme depuis l'événement, ce que l'on s'expliquait sans peine, car personne n'ignorait qu'il avait été dénoncé par Kretle comme son séducteur, et l'opinion publique, toujours stupide et méchante, se montrait pleine d'indulgence pour ce qui eût dû le couvrir de mépris.

Un matin, les deux sœurs achevaient de mettre en ordre la chambre de leur grand'mère. Julia avait toujours cet air contenu et réservé que nous lui connaissons; seulement une teinte plus marquée de mélancolie était répandue sur ses traits nobles et réguliers. Kretle, un peu plus pâle encore, semblait pourtant entièrement remise de ses souffrances passées, et la vigueur de la jeunesse en effaçait de jour en jour les ravages. Elle était triste comme sa sœur, mais on eût dit que son caractère vif et gai n'attendait qu'une occasion favorable pour reparaître, et que le sourire était tout prêt à s'épanouir de nouveau sur ses lèvres fraîches. Malheureusement, au train dont allaient les choses, cette occasion pouvait tarder longtemps, et à chaque heure des chagrins imprévus refoulaient ces velléités de sa nature enjouée. La vieille Dietrich rôdait autour de ses petites-filles, indifférente à leurs ennuis, et elle gênait singulièrement les jeunes ménagères, qui ne trouvaient pourtant pas une parole dure contre son imbécillité.

Reber entra en ce moment; il avait le teint animé, et déchirait en petits morceaux un papier qu'il tenait à la main.

— C'est intolérable! dit-il avec désespoir en se jetant sur un siége. Ces infâmes gredins ne se lasseront-ils pas de nous tourmenter? C'est à en perdre la raison!

Les deux sœurs avaient interrompu leur ouvrage et regardaient leur père avec inquiétude. Kretle s'avança vers lui, le prit dans ses bras et se suspendit à son cou; Julia, plus calme, demanda timidement :

— Eh quoi! mon père, avez-vous appris de fâcheuses nouvelles ce matin? Nathan a-t-il donc imaginé encore quelque chicane diabolique?

— Ce n'est pas cela, mes enfans, répliqua le fermier en se dégageant doucement des étreintes de sa plus jeune fille; le juif et son ami Duclet m'ont déjà fait tout le mal possible, et je n'attends aucun ménagement de leur part. La vente de mes pauvres morceaux de terre aura toujours lieu dans deux jours, chez le notaire de l'Arche, et il faut se résigner à un malheur inévitable. Ce qui m'irrite en ce moment et me met hors de moi, c'est que je viens de trouver, collé contre notre porte, un placard plus odieux, plus infâme encore que tous les autres.

Je l'ai arraché, et vous voyez comme je le traite. Que ne puis-je déchirer de même l'abominable drôle qui l'a écrit!

— Mon Dieu! dit Julia, rien ne saurait-il apaiser cette haine?

— Mon bon père, ma chère sœur, s'écria Kretle en fondant en larmes, je suis l'unique cause de ces insultes; l'indulgence que vous me témoignez vous rend complices de mes fautes aux yeux des méchans. Je ne dois pas le souffrir davantage : ce serait mal reconnaître votre généreux pardon, et il ne faut pas que vous portiez le poids du mépris que j'ai seule mérité. Je suis donc résolue, quoi qu'il m'en coûte, à me séparer de vous; je partirai, je quitterai ce pays où l'on est si sévère pour des torts même involontaires, et peut-être alors nos ennemis inconnus se décideront-ils à vous épargner.

Reber attira sa fille entre ses genoux, et posant sa large main sur la tête blonde de Kretle, il dit avec tristesse :

— Chère petite, songes-tu à ce que tu demandes? Tu veux partir? Et où irais-tu?

— Que sais-je, mon père! Dans une grande ville du voisinage, à Colmar, à Strasbourg, partout où je pourrais avoir l'espoir de cacher mon funeste passé, de vivre obscurément de mon travail. Oui, je n'hésiterais pas même à servir, pourvu que mon absence arrêtât enfin cette odieuse persécution.

— Servir! ma sœur! répéta Julia douloureusement; toi si délicate et si fière!

— Pourquoi non, Julia? Ne dit-on pas que le travail relève et purifie? D'ailleurs, quelle humiliation pourrait valoir les humiliations que j'endure ici et pour vous et pour moi?

— Qu'on ne me parle plus de ce projet, dit brusquement Reber. Peut-être notre condition à tous ne sera-t-elle pas plus relevée que la condition à laquelle la pauvre Kretle s'était résignée; mais du moins nous vivrons, nous souffrirons ensemble. Je n'ai pu me déterminer encore à prendre un parti; quand je songe à l'avenir, j'ai la fièvre, ma tête brûle; seulement, je n'entends pas que nous nous séparions.

— Mais alors, dit Julia, pourquoi n'acceptez-vous pas la proposition que monsieur Hermann vous a faite tant de fois et qu'il répétait hier encore en notre présence? Pourquoi n'abandonnerions-nous pas l'Arche pour aller nous établir en Amérique?

— Y consentiriez-vous, mes enfans? y consentiriez-vous sans arrière-pensée?

— De tout mon cœur! s'écria Julia.

— Et moi de même, répliqua Kretle; je ne saurais plus trouver de repos dans ce malheureux pays.

— Ainsi donc, rien ne vous retiendrait ici?

— Rien, répondit Julia.

— Rien, répéta sa sœur.

Le fermier devint pensif. Il reprit enfin :

— Nous verrons; je recule toujours devant ce parti désespéré. Vous me paraissez bien jeunes et bien faibles pour braver les fatigues et les dangers d'un voyage lointain! Hermann est sans doute de bonne foi dans son enthousiasme, mais il a pu se tromper ou être trompé... Et puis cette vieille femme que voici, n'est-ce pas beaucoup l'exposer que de lui faire traverser la mer? Quoiqu'elle ait toujours été égoïste et méchante, je remplirai mon devoir envers elle jusqu'à la fin. — Il poursuivit, après quelques minutes de réflexion : — Je veux avant tout connaître l'auteur de ces lettres injurieuses, de ces placards insultans. Le désir d'en tirer vengeance domine toutes mes autres pensées... Voyons, mes filles, ne soupçonnez-vous personne de ces lâchetés? — Kretle et Julia firent un signe de dénégation. — Schmidt, à qui l'écriture de tous les gens du pays est familière, n'en reconnaît aucune; un des placards cependant lui a paru être de la main de ce garnement d'Étienne Duclet, le fils et le premier clerc de l'huissier; mais il n'ose rien affirmer. Pour moi, s'il faut en convenir, je soupçonne fortement certaines personnes de la vallée de Molsheim. — C'était dans la vallée de Molsheim que se trouvait la manufacture de monsieur Lovendal. Les deux sœurs ne répondirent pas, Reber les regarda l'une après l'autre. — Mes filles, demanda-t-il avec une froideur affectée, l'une de vous connaîtrait-elle l'écriture de monsieur Albert Lovendal? — Kretle et Julia tressaillirent en entendant ce nom, mais elles gardèrent encore le silence. — Je vous demande, mesdemoiselles, si autrefois, ou depuis peu, l'une de vous n'aurait pas reçu une lettre, un simple billet de monsieur Albert Lovendal?... C'est à toi que je m'adresse d'abord, Julia, et, je le sais, tu n'as jamais menti.

Julia manifesta un peu d'embarras; mais bientôt, surmontant son hésitation, elle répondit avec simplicité :

— J'aurais voulu vous cacher cette circonstance, mon père, car vous avez bien d'autres soucis; mais puisque vous m'interrogez, je vous répondrai en toute franchise : Oui, j'ai reçu, il y a quinze jours environ, un billet de monsieur Albert Lovendal.

— Serait-il possible? s'écria Kretle impétueusement; et que voulait-il?

— Il me demandait un moment d'entretien pour l'heure et le lieu qui serait le plus à ma convenance, les injustes préventions de mon père contre lui ne lui permettant pas, disait-il, de venir à la ferme.

— Et qu'as-tu fait, ma sœur, demanda Kretle fort émue; es-tu donc allée à ce rendez-vous?

— J'ai déchiré le billet et je n'ai pas répondu.

— Bien, ma fille! répliqua le fermier; cependant tu aurais dû m'avertir... Et toi, Kretle, n'as-tu jamais reçu de lettres de ce beau muguet-là?

— Eh bien! oui, mon père; il y a moins de huit jours qu'il m'a envoyé un billet conçu à peu près dans les mêmes termes que celui de ma sœur.

— Et toi aussi! s'écria Julia involontairement.

Kretle la regarda d'un air de surprise et d'inquiétude; Julia baissa les yeux.

— C'est à merveille, reprit le fermier avec rage; l'aînée l'ayant repoussé, il s'est tourné vers la cadette. Et qu'as-tu répondu, Kretle?

— J'ai brûlé la lettre, mon père.

Julia ne put retenir un signe de satisfaction.

— Plus de doute, s'écria Reber, il est l'auteur de ces ignobles placards. Furieux de vos mépris, il se venge en nous accablant d'insultes. On l'a rencontré plusieurs fois rôdant autour de notre maison, et je gage... Mais, de par le diable! je vais avoir mon tour.

Il se leva impétueusement.

— Mon père, dit Julia d'un ton chaleureux, y pensez-vous? Lui, ce jeune homme instruit et bien élevé, capable de pareilles bassesses! lui se venger de cette manière abominable! est-ce ainsi qu'il se justifierait de ses torts passés?... Vous vous trompez, mon père; vous vous trompez, j'en suis sûre.

— Comme tu le défends ma sœur! soupira Kretle.

— Je suis seulement juste à son égard. Je ne saurais croire à certaines protestations contenues dans sa lettre; mais il me répugne, jusqu'à preuve du contraire, de l'accuser de ces indignités. Et puis, Kretle, si nous avons encore le bonheur de te posséder, n'est-ce pas à lui que nous le devons?

— Je ne lui serai jamais reconnaissante de ce service, répliqua Kretle d'une voix sourde; mais toi, ma sœur, tu le juges avec une grande indulgence, malgré ses fautes...

— Que veux-tu dire! Je le méprise, au lieu que toi, peut-être...

— Moi, je le hais!

Elles se jetèrent dans les bras l'une de l'autre en pleurant.

Reber, quoique fort peu expérimenté en matière de sentimens, eut l'instinct de ce qui se passait dans le cœur de ses filles.

— Que l'enfer consume cet homme-là! — murmura-t-il. Il reprit plus haut, pendant que Kretle et Julia le tenaient embrassées : — Décidément, mes enfans, nous aurons raison de quitter au plus vite cet odieux pays : pour vous comme pour moi, ce départ est devenu nécessaire. En attendant, je vais sortir, mais je ne serai pas longtemps absent; si Hermann vient à la ferme, vous lui direz que je désire lui parler aujourd'hui même.

Et il prit dans un coin le bâton ferré sur lequel il s'appuyait dans ses promenades. Les jeunes filles suivaient des yeux chacun de ses mouvemens.

— Mon père, dit Julia, vous allez à Molsheim, et l'on croirait que vous avez contre quelqu'un des projets de vengeance.

— Moi! non, je l'assure.

— Ma sœur a raison, ajouta Kretle; je crains trop votre colère pour ne pas la reconnaître à des signes certains : vous avez conçu quelque sinistre dessein.

— Allons! vous êtes folles; laissez-moi. Je sors pour mes affaires et je reviendrai bientôt. Me prend-on pour un petit garçon? Je suis mon maître, peut-être!

Il boutonna sa redingote, enfonça son chapeau sur ses yeux et quitta la ferme.

Après son départ, les deux sœurs achevèrent leur ouvrage en silence. Chacune d'elles semblait éviter les regards de l'autre, comme si elle eût craint de laisser deviner ses soupçons et ses alarmes. La grand'mère, que le son de voix redouté du fermier avait tenue clouée dans son fauteuil pendant la conversation précédente, redevint active et remuante quand un calme relatif se fut rétabli dans la chambre. Comme elle venait de renverser son guéridon, selon son invariable habitude, une des demoiselles Reber s'empressa de le relever. La vieille demanda d'un air étonné :

— Qui est là? Y a-t-il quelqu'un chez moi?

— C'est nous, grand'maman, répondit Julia distraitement; nous, vos petites-filles.

— Mes petites-filles! répéta la vieille. Ai-je des petites-filles à mon âge?... Autrefois je n'avais qu'une fille qui s'appelait, je crois, Madeleine; où est-elle donc?

— C'était notre mère; nous l'avons perdue il y a longtemps. Elle était douce et bonne; chaque jour nous ressentons plus cruellement sa perte.

Les deux sœurs s'attendrirent à ce souvenir; mais madame Dietrich, dont le cœur, du reste, avait toujours été fort sec, paraissait très occupée de poursuivre de fugitives lueurs dans la nuit de sa mémoire.

— Peut-être avez-vous raison, reprit-elle enfin; Madeleine s'était mariée contre mon gré... une mésalliance! Elle avait épousé un grossier fermier, dont les manières communes me révoltaient.

— Est-ce ainsi que vous parlez de notre père? s'écria Kretle avec vivacité. Notre mère ne s'est jamais repentie de l'avoir épousé, car il l'a rendue bien heureuse... Vous-même, grand'maman, osez-vous bien vous plaindre de lui? Il est brusque et emporté, j'en conviens; mais que seriez-vous devenue sans lui, quand vous avez perdu, je ne sais comment, votre fortune? Il vous a recueillie dans sa maison; il vous a entourée de tout le bien-être auquel vous étiez habituée autrefois, vous qui refusiez même de le voir dans les premiers temps de son mariage. Malgré les revers qui l'accablent, vous n'avez pas connu jusqu'ici les privations et la gêne; nous sommes tous empressés à vous servir.

Julia fit un signe à sa sœur, comme pour lui faire comprendre l'inutilité de ces reproches envers une femme tombée en enfance; mais la vieille marmottait des paroles indistinctes en branlant la tête. Enfin, elle dit d'une voix nette :

— Moi pauvre! moi être à la charge des autres! cela n'est pas vrai... Je suis riche, très riche; mais je ne veux pas que cette famille de paysans me dépouille de mon bien : je ne veux pas manquer du nécessaire quand j'avancerai en âge.

Kretle cligna des yeux.

— Allons donc, grand'mère, reprit-elle, vous vous moquez de nous en soutenant que vous êtes riche, car malheureusement il n'en est rien. Vous l'avez été autrefois, je le sais, et vous avez mené grand train, à ce qu'on dit, du temps de notre grand-père; mais il y a bien longtemps que ces prodigalités vous ont ruinée.

— Ce... ce n'est pas vrai; je vous dis que je suis riche.

— Où donc alors est votre richesse? Elle ne se trouve toujours pas dans ce portefeuille, que vous promenez d'une cachette à l'autre depuis qu'on l'a découvert dans un trou de muraille... Tenez, le voici, continua Kretle en tirant l'objet annoncé de derrière l'oreiller de la grand'mère; son contenu ne vaut pas une prise de tabac.

Madame Dietrich saisit avidement le portefeuille. Son œil brillait en ce moment d'une sorte d'intelligence. Elle ouvrit le ressort et examina les paperasses que contenait l'enveloppe de cuir.

—On m'a volé,—dit-elle avec énergie. Mais bientôt elle parut frappée d'un vague souvenir; elle passa plusieurs fois la main sur son front pour aider le travail de sa mémoire. — Oui, oui, j'y suis, murmura-t-elle enfin; c'était une ruse... J'avais voulu jouer un tour à ces paysans avares qui m'auraient dépouillé de mon bien. Ça m'amusait de les attraper. J'avais ôté les billets de banque pour les mettre avec mon or.

— Votre or! s'écria Kretle; allons! grand'maman, c'est assez plaisanter; vous n'avez plus ni or ni argent.

— J'ai de l'or, vous dis-je, et aussi des bijoux, des diamans... Du temps de mon mari, et même quand j'étais une jeune veuve, on m'accablait de présens. J'ai tout conservé, et tout cela était contenu dans une cassette en chêne, incrustée en cuivre, que j'apportai ici avec mes bagages; je crois être sûre d'avoir placé plus tard mes billets de banque avec le reste.

— Cette cassette je l'ai vue autrefois, dit Kretle bas à sa sœur; grand'mère l'avait enfermée dans le cabinet noir, dont elle ne laissait approcher personne... Julia, tu as pu entendre souvent notre père exprimer le soupçon que grand'maman Dietrich n'avait pas dépensé tout son bien en folies et en prodigalités, comme on le disait; ce soupçon se réalise : elle a un trésor caché.

Julia elle-même ne paraissait pas très éloignée de partager cette opinion; cependant elle répondit :

— Comment la grand'mère, après avoir été témoin de notre détresse et de nos larmes, ne serait-elle pas venue à notre secours si vraiment elle possédait un pareil trésor? Tout cela, j'en ai peur, est seulement la rêverie d'un esprit dérangé.

— Cette cassette n'est pas un rêve; elle a existé, et tu as pu la voir comme moi. Qu'est-elle devenue? c'est ce qu'il importe de savoir au plus tôt. Grand'maman, poursuivit-elle, vous devez avoir de bien belles choses dans ce coffret, et je voudrais les voir... Sans doute il est encore dans le cabinet noir?

— Non, je l'ai transporté ailleurs... Les autres, malgré toutes mes ruses, auraient fini par le découvrir.

— Qui cela, *les autres*?

— Ceux qui veulent me gruger, me prendre mon bien.

— Merci... Vous l'avez donc caché dans quelque recoin de la maison?

— Pas dans la maison; *ils* l'eussent trouvé trop aisément, et j'aimerais mieux le jeter au fond de la mer que de le leur donner.

— Grand merci, — répéta Kretle. Les deux sœurs n'avaient presque plus de doute sur l'existence de valeurs considérables enfouies par cette mégère; mais il fallait profiter de ce moment de demi-lucidité pour lui arracher son secret, car peut-être une pareille occasion ne se présenterait plus. — Maman Dietrich, reprit Kretle tout à coup, après une pause, *ils* ont résolu, la nuit prochaine, de s'emparer de votre coffret et de tout ce qu'il contient. Vous ne pourrez plus vous marier s'il se présente un parti; vous n'aurez plus ni argent ni bijoux... Hâtez-vous donc de transporter la cassette à une autre place; ma sœur et moi, nous sommes prêtes à vous aider dans cette besogne.

— Ils vont me l'enlever, dites-vous? répliqua l'aïeule avec épouvante; il faut avertir le commissaire, les gendarmes...

— Et avant leur arrivée on vous aura tout pris; le plus sûr est de transporter le coffret autre part... Où est-il?

Madame Dietrich parut chercher dans sa mémoire.

— Je... je ne sais pas, répliqua-t-elle en se frappant le front.

— Mais ils le savent, eux!

— Moi je ne me souviens plus... Oh! ma tête, ma pauvre tête!

L'anxiété de la vieille femme n'était pas feinte, et Kretle, au lieu de la presser, crut devoir aider le travail de sa mémoire.

— Voyons, reprit-elle, est-ce dans la cour? est-ce dans le jardin que vous l'avez caché?

— Non! non! c'est plus loin, dans une campagne où j'allais à la promenade... quand je pouvais encore marcher. Il y avait un bois de chênes, des rochers entassés, et puis un ruisseau bordé de saules... Je reconnaîtrais bien l'endroit si je le voyais.

— Un bois de chênes, des rochers, un ruisseau, dit Kretle bas à sa sœur; c'est le pacage attenant à l'enclos de la maison, à deux pas d'ici! Je me souviens, en effet, que grand'mère, dans les premiers temps de son séjour à la ferme, aimait beaucoup à s'y promener... Julia, ceci devient sérieux; maman Dietrich dit vrai pour cette fois; son geste, son regard, le son de sa voix annoncent une intelligence que je ne lui avais pas vue depuis longtemps, et il faut nous hâter d'en tirer parti, car cette lueur de raison peut s'éteindre d'un moment à l'autre. — Julia fit un signe affirmatif. — Eh bien donc! grand'maman, partons, reprit Kretle résolûment en se levant; je connais l'endroit dont vous parlez, et il faut nous hâter de mettre votre cassette en lieu de sûreté.

— Oui, oui, partons... Ah! les coquins, les scélérats! je me doutais bien que tôt ou tard ils voudraient s'emparer de mon argent! Mais je serai plus fine qu'eux; ils ne l'auront pas.

Et elle se dirigea seule vers la porte; mais, dès les premiers pas, ses jambes fléchirent sous elle. Ses petites filles s'élancèrent pour la soutenir, et, la prenant chacune par un bras, assurèrent sa marche chancelante.

Toutes les trois traversèrent la salle du poêle, et elles allaient franchir le seuil de la porte, quand Philippe, le garçon de ferme, leur barra le passage. Il venait du dehors et avait l'air tout effaré.

— Vous ne pouvez sortir comme ça, les demoiselles, dit-il dans son patois lorrain, et avec la vieille grand'mère encore!

— Que nous dites-vous donc là, Philippe? répliqua Kretle avec humeur; laissez-nous passer; nous n'allons pas bien loin d'ici, et il s'agit d'une affaire sérieuse. — Puis s'adressant à la vieille : — Dépêchons-nous grand'maman, reprit-elle en français, nous arriverions trop tard.

— Ne faut pas sortir, mademoiselle Kretle, reprit-il; tous les gens du bourg sont en l'air à cause de la nouvelle qui vient d'arriver, et si l'on vous rencontrait en ce moment...

— Quelle nouvelle? demanda Julia plus calme.

— Eh! qu'importe! s'écria la cadette en frappant du pied; vous nous conterez cela plus tard.

— Cependant, ma sœur, il est bon de savoir... En deux mots, Philippe, de quoi s'agit-il?

— Quoi! vous ignorez encore... Au fait, qui vous l'aurait dit, puisqu'il n'y a pas plus d'un quart d'heure qu'un ouvrier de Molsheim est venu toujours courant apporter la nouvelle aux gens du bourg, ce qui les a exaspérés contre toute la famille? Pour moi, en apprenant de quoi il s'agissait, j'ai laissé ma charrue et mes chevaux dans les champs, à la garde de Dieu, et je suis accouru pour vous défendre, s'il en était besoin; je vais barricader la porte, et s'*ils* viennent, je les recevrai comme mon grand-père autrefois recevait les Prussiens dans la ferme de la Roquette, à coups de fléau.

— Mais, Philippe, vous ne nous dites pas...

— C'est juste, voici la chose : votre père, notre maître, a rencontré *l'autre* du côté de Molsheim, et il l'a tué d'un coup de bâton.

Les deux sœurs pâlirent; elles lâchèrent spontanément les bras de la grand'mère, qui, effrayée par cette voix inconnue, s'empressa de retourner dans sa chambre, sans songer davantage à ce qui la préoccupait si vivement tout à l'heure. Les jeunes filles ne remarquèrent même pas son départ.

— Comment! Philippe, balbutia Julia; vous croyez mon père capable d'avoir tué...

— Qui a-t-il tué? demanda Kretle impétueusement.

— Pardieu! *l'autre*... vous savez bien; celui qui... enfin, c'est bien fait, et voilà.

— Le nom... dites-nous le nom?

— Bah! vous ne le devinez pas? c'est ce beau mirliflor de monsieur Albert Lovendal, qui ne l'a pas volé, je pense.

Deux cris partirent à la fois.

— Lui! murmura Julia; pauvre Albert!

— Julia, Julia, reprit sa sœur, tu le plains... Tu l'aimais donc!

— Eh bien! oui; je peux l'avouer maintenant.

— Alors tout est bien, répliqua Kretle d'un ton sombre, car nous l'aimions l'une et l'autre.

VIII

LA FABRIQUE DE MOLSHEIM.

Reber, en quittant la ferme, s'était enfoncé dans une région montueuse qui séparait la vallée de l'Arche de celle de Molsheim. Il marchait d'un pas rapide, tout en rêvant à ses griefs nombreux contre Albert Lovendal, et comme il arrive toujours en pareille circonstance, plus il y pensait plus sa colère s'exaltait. Indifférent à la raideur et aux difficultés du chemin, il atteignit ainsi le point culminant d'une montagne qui dominait la vallée de Molsheim, et il vit tout à coup au-dessous de lui la magnifique usine dont Albert devait être un jour l'unique possesseur.

Ce spectacle eût été bien capable de faire un moment diversion à ses haineuses pensées. La vallée de Molsheim, plus vaste que celle de l'Arche, tenait beaucoup de la célèbre vallée de Munster, dont elle était peu éloignée. Comme la vallée de Munster, elle était parsemée de métairies, de fabriques, de villages. Des montagnes de différentes hauteurs l'environnaient de toutes parts; du côté du couchant, c'étaient les innombrables cimes des Vosges, les unes arrondies comme les ballons dont on leur a donné le nom, les autres couronnées par des plateaux où paissent en été les vaches des marquards, mais toutes verdoyantes de la verdure sombre des pins ou de la verdure gaie des herbages. Du côté opposé, les montagnes s'abaissaient jusqu'aux proportions de simples collines. Par-dessus leur tête, on entrevoyait, dans une brume bleuâtre, une plaine immense bordée par une sorte de ruban d'argent au delà duquel se dressaient des cimes plus majestueuses encore que celles des Vosges. On eût dit de ces murs de nuages qui bornent parfois l'horizon au coucher du soleil et dessinent sur le ciel leurs fières dentelures. Cette plaine, c'était la plantureuse Alsace; ce ruban argenté, c'était le Rhin; ce mur de nuages, c'était la chaîne de la forêt Noire et des Alpes suisses. Tout cela, vu par un temps magnifique, alors que la nature entière resplendissait des vives couleurs du printemps, eût arraché des cris d'admiration à un poëte.

L'usine se trouvait au pied même de la montagne que Reber venait de gravir; elle se distinguait, par l'imporlance et l'étendue de ses constructions, des autres habitations disséminées dans la vallée. Du milieu de cet amas de bâtimens surgissait une colossale cheminée, en forme de colonne, qui vomissait incessamment des tourbillons de fumée noire et épaisse, tandis que d'autres cheminées plus petites lançaient çà et là en sifflant des jets de vapeur blanche aussitôt dissipée. Une grande animation régnait autour de la manufacture; c'était l'heure du repas, et les nombreux ouvriers de monsieur Lovendal se répandaient dans le voisinage comme des fourmis autour de la fourmilière. Malgré la distance, on croyait entendre le murmure joyeux de leurs voix, en même temps qu'un grondement sourd, formé par le grincement des machines, le tournoiement des roues, le bouillonnement des chaudières, montait par intervalles et comme par bouffées de la plaine.

La vue de cette prospérité industrielle parut porter au comble l'exaspération du fermier, car cette prospérité contrastait avec sa propre misère. Aussi Reber ne s'arrêta-t-il pas longtemps à contempler le bel établissement de monsieur Lovendal; il se mit à descendre la montagne précipitamment, soit qu'il voulût échapper à des pensées importunes, soit qu'il eût hâte d'exécuter quelque projet secret, et il se trouva bientôt près de l'usine.

Tout en courant, il faillit heurter une personne qui marchait en sens inverse et qui semblait sortir de la manufacture. Une exclamation de surprise lui fit retourner la tête; le passant n'était autre qu'Hermann, le courtier des émigrans, comme on l'appelait.

— Vous ici, monsieur Hermann? dit le fermier en s'arrêtant; sur ma foi! je ne m'attendais guère à vous voir à Molsheim, vous qui êtes de nos amis?

— Que voulez-vous, monsieur Reber? répliqua Hermann avec embarras; les affaires commandent. S'il faut le dire, il y a par ici bon nombre d'ouvriers qui songent à émigrer en Amérique, et j'étais venu pour m'entendre avec eux... Mais votre présence à Molsheim n'est pas aussi facile à expliquer, mon cher Reber, et, vu les circonstances, il eût été sage à vous de ne pas vous y montrer.

— C'est suivant, Hermann; chacun a sa manière de voir, vous savez. Je désire causer avec quelqu'un de la fabrique, et je causerai, mordieus.

— Comme vous voudrez, monsieur Reber; mais vous me paraissez assez mal disposé pour causer avec sang-froid. Il vaudrait mieux revenir à l'Arche avec moi, et, chemin faisant, je vous convaincrais peut-être de la nécessité de quitter ce pays au plus vite.

— Je suis tout convaincu, mon garçon, et, en dépit de certains scrupules, je suis déterminé à m'entendre avec vous aujourd'hui même. Nous nous reverrons pour cela. En attendant, je dois régler ici une ancienne affaire.

— Il serait plus prudent d'oublier le passé, Reber, et, si vous m'en croyez...

— Il suffit, Hermann, cela me regarde... Au revoir, à bientôt.

— Monsieur Reber, je vous supplie de réfléchir... — Mais le fermier ne l'écoutait plus et s'avançait d'un bon pas vers la manufacture. — Il va faire quelque sottise, murmura Hermann, et, dans ce cas, son départ pourrait être indéfiniment ajourné; il faut qu'il parte pourtant, et le plus tôt possible... Mais bah! il ne saurait se porter à de graves sévices, dans cette maison où il y a tant d'ouvriers et de domestiques. Il se contentera de crier beaucoup, comme à l'ordinaire, car il est très braillard, le bonhomme! D'ailleurs, quand il rabattrait un peu l'orgueil de cet insolent Albert, où serait le mal?

Et il continua tranquillement son chemin vers la vallée de l'Arche.

Reber semblait être l'objet d'une attention malveillante de la part de ceux qu'il rencontrait. En l'apercevant, on se poussait le coude, on se parlait à voix basse, et on changeait de direction pour mieux l'observer. Bientôt un certain nombre d'ouvriers le suivirent à distance; les chuchotemens devinrent plus forts, mêlés à quelques ricanemens de mauvais augure. Le fermier avait grande envie de charger avec son bâton toute cette foule, mais il surmonta cette tentation.

Il vint un moment néanmoins où la patience faillit lui échapper. Plusieurs de ceux qui le suivaient commencèrent à chanter, d'abord timidement, puis de plus en plus haut, la chanson satirique composée récemment contre sa fille. Il ne s'arrêta pas, mais il lança aux chanteurs un regard si terrible, si étincelant, que la plupart n'osèrent achever la note commencée, et que le chœur faussa tout entier de manière à déchirer les oreilles d'un dilettante.

Reber pénétra dans une vaste cour où se trouvait l'habitation de monsieur Lovendal. Les ouvriers l'y accompagnèrent, mais, par respect pour le lieu, ils cessèrent tout à coup de chanter et se mirent à observer le visiteur avec curiosité. Reber se dirigeait rapidement vers le pavillon occupé par le directeur de l'usine, quand une espèce de portier, à mine rébarbative, sortit de la loge placée près de la porte d'entrée, et lui dit avec un accent tudesque:

— Eh! l'ami, où diable allez-vous donc comme ça?

— Je veux parler à monsieur Albert Lovendal.

— A monsieur Albert? répéta le concierge en le toisant d'un regard inquisiteur; et que lui voulez-vous?

— C'est ce que je lui dirai à lui-même.

Un des ouvriers présens glissa quelques mots à l'oreille du cerbère, qui prit tout à coup une mine réservée.

— C'est bon, dit-il au visiteur, attendez ici... je vais aller voir si monsieur Albert se trouve à la manufacture et s'il peut vous recevoir.

En même temps il entra dans le corps de logis affecté au logement des maîtres.

Demeuré seul au milieu de la cour, le fermier s'appuya fièrement sur son bâton, regardant d'un air de défi les ouvriers qui l'entouraient, mais à distance. Aucun d'eux n'osait l'approcher; on eût dit de hargneux roquets rôdant autour d'un dogue de mauvaise humeur. L'un d'eux voulut reprendre la chanson interrompue, mais un mouvement de Reber arrêta de nouveau cette velléité musicale. Ils s'en vengèrent par des chuchotemens et des ricanemens plus marqués; aussi le fermier se sentait-il complètement à bout de patience quand le portier reparut enfin.

Cet homme avait maintenant un air obséquieux; il salua fort poliment Reber, en le priant de le suivre; puis, se tournant vers les ouvriers:

— Allons! fainéans, dit-il avec sévérité, allez à votre ouvrage... La cloche va sonner, et vous devriez être déjà rentrés dans vos ateliers, au lieu de bayer aux corneilles.

Les ouvriers s'éloignèrent, mais non sans faire à demi-voix des remarques passablement impertinentes sur les titres qu'avait le « papa Reber » à être bien accueilli dans la manufacture de Molsheim.

Ces circonstances étaient bien de nature à entretenir l'irritation du fermier; aussi avait-il la tête en feu quand son guide, après lui avoir fait traverser de vastes bureaux, l'introduisit dans un cabinet de travail spacieux et confortablement meublé. Reber se disposait à donner enfin carrière à sa colère longtemps contenue, mais qu'on juge de sa surprise! il ne se trouvait pas devant Albert, mais devant monsieur Lovendal père, le directeur et le propriétaire de l'usine.

Ce personnage important était un homme d'une soixantaine d'années, maigre, de constitution faible et maladive, à l'œil éteint et comme somnolent. Il était tout habillé de noir, et une calotte de velours noir, posée sur son crâne chauve, relevait la pâleur jaunâtre de son teint. Malgré cette apparence chétive, monsieur Lovendal passait pour avoir une volonté de fer, et ceux qui l'approchaient de plus près l'avaient toujours trouvé inflexible dans ses déterminations. A en juger par la langueur de ses mouvemens, par la faiblesse de sa voix, par la petite toux sèche qui venait de temps en temps scinder ses paroles, on eût pu le croire incapable d'une énergie réelle; mais les plus anciens ouvriers de la fabrique avaient constamment vu le patron dans le même état de santé. Cet homme, qu semblait toujours près de rendre l'âme, se levait depuis vingt ans à quatre heures du matin, et suffisait seul, avec une dévorante activité, à la direction de son établissement. Aussi avait-on raison de penser que ces airs maladifs, fort naturels au fond, étaient exagérés à dessein, et devenaient pour l'habile manufacturier des moyens de gouvernement.

Monsieur Lovendal se leva prestement du grand fauteuil de maroquin qu'il occupait d'ordinaire en donnant audience à ses employés et à ses ouvriers, et il salua Reber avec un sourire amical. Mais le fermier ne manifesta que de la surprise et de l'indignation :

— On s'est trompé ! s'écria-t-il ; à quoi pense donc cet imbécile de portier de m'avoir conduit ici ! Ce n'est pas à vous que j'ai affaire, monsieur, c'est à votre fils.

Le manufacturier ne s'offensa pas de cette brusquerie.

— Hem ! hem ! il n'y a pas de mal à cela, j'espère, répondit-il en souriant toujours ; Albert est absent pour le moment, et je reçois ses amis en son absence... Asseyez-vous, monsieur Reber ; vous me direz ce que vous aviez à lui dire.

— Ce n'est pas la même chose ; ce que j'ai à dire ne peut se dire qu'à lui... Puisqu'il n'y est pas, je vais l'attendre dehors, et je reviendrai plus tard.

Il s'éloignait déjà ; monsieur Lovendal le retint.

— Puisque vous voulez l'attendre, vous l'attendrez ici, je vous tiendrai compagnie, et nous causerons... S'il faut l'avouer, monsieur Reber, je soupçonne un peu le motif de votre visite.

— Vous ?

— Je suis mieux que le père d'Albert, je suis son ami, il n'a pas de secrets pour moi... Asseyez-vous donc, mon cher ; et vous me trouverez disposé à vous écouter avec indulgence et sympathie. — Reber s'assit machinalement ; Monsieur Lovendal, après avoir fermé la porte afin de ne pas être dérangé, revint prendre sa place. Il y eut un moment de silence. Le manufacturier observait en toussotant le visiteur, qui détournait la tête avec embarras. — Monsieur Reber, dit enfin Lovendal, j'irai droit au but, car je devine ce qui se passe en vous... Mon fils a des torts envers votre famille ; je conviendrai même qu'il s'est conduit comme...

— Comme un scélérat ! s'écria Reber en éclatant.

— Un scélérat ! Pouvez-vous parler ainsi de ce pauvre Albert ? Soyez raisonnable, mon ami, l'épithète *d'étourdi* est déjà bien assez forte, et, je le soutiendrai, il y a seulement de l'étourderie dans son fait.

La glace était rompue, et Reber ne se contint plus :

— Ah ! ah ! vous appelez cela de l'étourderie, vous ? s'écria-t-il ; c'est un crime, monsieur ! un crime honteux, abominable, sans excuse ! Il ne s'agit pas d'une séduction, mais d'un attentat, d'un abus de la force contre une pauvre enfant évanouie ; et, pour comble d'infamie, après avoir accompli la perte et le déshonneur d'une de mes filles, on essaye de préparer la perte et le déshonneur de l'autre. De par le diable ! je ne le souffrirai pas !

Le fermier élevait la voix, et frappait le plancher du bout de son bâton.

— De grâce, ne parlez pas si haut, reprit monsieur Lovendal ; on pourrait vous entendre dans les bureaux... D'ailleurs, ajouta-t-il d'un ton languissant, je suis malade, et le moindre bruit me fatigue cruellement... Je vous en supplie donc, monsieur Reber, soyez calme ; vous avez toujours passé pour un honnête homme ; vous devez désirer comme moi que cette malheureuse affaire se termine à la satisfaction commune. — Malgré sa colère, Reber comprit la sagesse de ces observations et se tut. Monsieur Lovendal, après avoir toussé un moment, prit sur la table un vase de porcelaine, but quelques gorgées du contenu, et dit lentement, comme si chaque parole lui eût coûté une atroce souffrance : — D'abord, monsieur Reber, mon fils nie avec énergie l'action odieuse que vous lui reprochez, et pour ma part je l'en crois tout à fait incapable. Mais j'admets pour un moment que le jeune homme, entraîné par des passions fougueuses, tenté par l'occasion, ait perdu la tête et commis cette faute, ne l'a-t-il pas suffisamment expiée par son dévouement au gouffre de la Fosse ?

— Peut-être son cœur n'est-il pas encore aussi gangrené qu'il le sera plus tard ; d'ailleurs, qui aurait été assez vil, assez méprisable pour voir en péril une pauvre créature sans essayer de lui porter secours ?

— Il est de par le monde beaucoup de séducteurs qui n'eussent pas voulu braver en pareil cas une mort presque certaine... Ne m'avez-vous pas dit, monsieur Reber, que mon fils, depuis cette époque, s'était présenté plusieurs fois chez vous pour parler à vos filles ?

— Lui ! venir chez moi ! si je l'y avais rencontré, malgré ses beaux semblans de générosité, il n'en serait pas sorti vivant. Non, il n'a pas osé venir à la ferme ; mais il a écrit séparément à chacune de mes filles, pour leur demander un rendez-vous secret.

— Ah ! il ne m'avait pas prévenu de cela ! — s'écria le manufacturier avec vivacité. Il poursuivit bientôt de sa voix dolente et mélancolique : — En définitive, cette démarche peut fort bien s'expliquer à son avantage. Il n'osait se présenter à la ferme, puisque, de votre propre aveu, vous l'auriez mal reçu ; d'un autre côté, il éprouvait le besoin de se justifier auprès des demoiselles Reber de l'accusation imméritée qui pèse sur lui, et naturellement il a tenté d'obtenir d'elles un entretien dans ce but.

— Vous avez une manière fort indulgente d'envisager les choses, répliqua Reber ; mais comment excuserez-vous la conduite infâme de votre fils depuis cet événement ? N'est-ce pas lui qui, pour se venger de nos mépris, a lancé contre nous ces insultes, ces lettres anonymes, ces placards injurieux dont nous sommes accablés, quand notre malheur ne devrait inspirer que respect et compassion ? Tout à l'heure encore, vos ouvriers ne répétaient-ils pas sur mon passage cette stupide chanson dont je voudrais tenir l'auteur pour l'écraser sous mes pieds ? Oui, tout cela part d'ici, et qui accuserais-je de ces lâchetés, sinon celui qui a de l'autorité sur cette canaille et qui l'emploie au service de ses basses rancunes ?

Le manufacturier s'oublia jusqu'à se lever d'un bond.

— Oh ! pour cela non ! s'écria-t-il d'une voix pleine et sonore ; lui, Albert, recourir à de tels moyens ! cela est faux, vous dis-je, Albert a été trop abattu ces derniers temps pour en avoir même connaissance. A la vérité, il est adoré de mes ouvriers, qui peuvent avoir, à son insu, épousé sa querelle. Mais, je vous le répète encore une fois, il est incapable d'un acte aussi déloyal ; et la preuve, ajouta-t-il avec effort, c'est que, en dépit de mes représentations, il aime encore, je le crains bien, une de vos filles.

— Et laquelle ? demanda le fermier avec ironie ; on pourrait aisément s'y tromper.

— Je... je ne sais, balbutia monsieur Lovendal ; mais pardon... je suis souffrant, épuisé... permettez-moi de respirer un peu. — Il se rassit et se renversa dans son fauteuil, soit pour reprendre haleine en effet, soit pour réfléchir au tour qu'il devait donner à la conversation. Il reprit bientôt, en buvant sa tisane à petits coups : — Cet entretien me fatigue, comme vous voyez, monsieur Reber ; aussi vous prierai-je de l'abréger et de me dire ce que vous vouliez à mon fils en venant le chercher à la fabrique.

— Ce que je lui voulais ? Ma foi ! je ne sais trop... Lui reprocher son crime, à coup sûr, et obtenir de lui une réparation quelconque.

— Une réparation ? quoi donc, aviez-vous l'intention de proposer un duel à mon fils ?

— Qui diable parle de duel ! c'est bon pour les muscadins comme votre monsieur Albert ; nous autres, bonnes gens, nous n'y mettons pas tant de façons. Quand on m'offense, moi, j'empoigne mon gourdin et je tape jusqu'à ce que la tête de mon adversaire ou le gourdin, l'un des deux, soit cassé ; ce n'est pas plus malin que cela.

Monsieur Lovendal fit une moue dédaigneuse.

— Fort bien, mon ami, reprit-il; néanmoins quand vous agissez ainsi, vous avez soin, n'est-ce pas, de ne vous adresser qu'à vos pareils, car vous pourriez vous repentir de vous êtes livré sans discernement à vos passions brutales... Mais, voyons, poursuivit-il avec plus de douceur, épargnons-nous les récriminations et les menaces. Véritablement, Reber, votre chagrin me touche, et je déplore que les assiduités de mon fils dans votre maison aient été pour votre famille et pour vous une cause de trouble. Si donc il était en mon pouvoir de vous offrir un dédommagement...

— Un dédommagement! comment l'entendez-vous, monsieur?

— Vous ne serez pas surpris de me voir au courant de vos petites affaires; tout le pays sait votre ruine, et personne ne s'en est plus affligé que moi. Or, si une somme quelconque vous était nécessaire pour désintéresser vos créanciers et rétablir votre crédit...

Reber se leva brusquement.

— De l'argent! s'écria-t-il avec indignation, vous osez m'offrir de l'argent, à moi? Oh! je reconnais bien là les gens qui ont un écu à la place du cœur! Tout est dit pour eux lorsqu'ils vous ont ouvert leur caisse... De l'argent! mon Dieu! Je n'aurais qu'à parler; on établirait un compte en règle pour les torts dont je me plains; *tant* pour le déshonneur de ma fille, *tant* pour la boue qu'on nous jette au visage... puis on me donnerait quittance, et il ne m'appartiendrait plus de faire entendre le moindre reproche! Tenez, monsieur, ajouta Reber, je m'en vais, car ni votre face de carême, ni votre âge, ni vos paroles captieuses ne pourraient m'empêcher de succomber à certaines tentations. Aussi bien cette conversation n'a ni but ni portée, et nous perdons notre temps tous les deux. Je n'ai rien à vous dire, à vous... Bonjour.

Et il se dirigea vers la porte.

Monsieur Lovendal avait espéré que sa proposition serait accueillie d'une manière différente, et il se montra fort étonné de ce refus.

— Un moment, Reber, un moment encore, je vous prie! dit-il en se levant à son tour avec vivacité; ne saurions-nous nous séparer bons amis? Je vous l'ai dit, je prends un profond intérêt à votre sort, à celui de vos charmantes filles... Eh bien! fixez vous-même la réparation que vous vous croyez légitimement due, et, si vos conditions ne sont pas trop déraisonnables...

— Eh! quelle autre réparation exiger d'un séducteur, sinon qu'il épouse la malheureuse enfant déshonorée par lui?

Lovendal haussa les épaules

— Ah! ah! en sommes-nous là, mon cher? dit-il avec dédain; mon fils épouser... Allons! vous avez raison; nous ne nous entendrons jamais, et il vaut mieux nous séparer dès à présent... Adieu donc, monsieur Reber.

Le fermier fut blessé de l'accent dédaigneux de son interlocuteur.

— En quoi donc un pareil mariage vous semblerait-il si disproportionné? Y a-t-il si loin de la fille d'un honnête cultivateur au fils d'un fabricant d'étoffes peintes?

Laissons cela. Les conditions de naissance et de fortune fussent-elles les mêmes pour nos enfans, mon fils serait au moins en droit d'exiger de sa femme un passé pur et sans honte.

— Comment! monsieur, osez-vous reprocher à cette innocente créature...

— Paix! et partez, dit le manufacturier en portant la main à un cordon de sonnette qui pendait au-dessus de sa table; une discussion est maintenant oiseuse entre nous, et épargnez-moi le chagrin de vous faire chasser d'ici.

Reber grinçait des dents, et il faillit se jeter sur monsieur Lovendal; un sentiment de pitié modéra son transport.

— Bah! il n'a que le souffle, murmura-t-il, et je le renverserais d'une chiquenaude... ce serait lâche. Qu'il aille au diable! L'autre me payera tout cela.

Et il sortit. A peine fut-il hors du cabinet, que le manufacturier donna un furieux coup de sonnette; deux garçons de bureau se présentèrent.

— Suivez cet homme, dit-il précipitamment, et veillez à ce que personne ne lui parle dans la manufacture; personne... entendez-vous?— Les garçons se mirent à suivre Reber à distance; monsieur Lovendal lui-même courut à une fenêtre qui donnait sur la cour d'entrée, et, soulevant le rideau, surveilla la retraite du fermier. La cour était maintenant déserte, et le son de la cloche venait de rappeler les ouvriers dans leurs ateliers respectifs. Cette solitude ne paraissait pas être du goût de Reber. Dans ce moment d'exaspération, il n'eût pas été fâché peut-être de trouver une occasion d'épancher sa mauvaise humeur. Il marchait, la tête haute, en sifflotant. Quand il passa devant la loge du portier, il affecta de faire tourner sa canne à la manière d'un tambour-major; mais le portier n'ayant pas jugé à propos de remarquer cette bravade, Reber continua son chemin et franchit la porte de la manufacture. Monsieur Lovendal poussa un soupir de soulagement. — Enfin le voilà parti! murmura-t-il; Albert, qui doit être à travailler dans sa chambre, pouvait le rencontrer ici, et c'eût été une scène fort désagréable. Ce malheur est évité; mais il n'importe, je n'aurai pas de repos tant que ce gros brutal et sa couple de jolies filles n'auront pas quitté le pays pour n'y plus revenir... L'affaire marche bien lentement! A quoi pense donc cet Hermann de mener les choses avec tant de mollesse? Et puis que signifie le système de persécutions qu'il a inventé pour déterminer cette famille à déguerpir? Je n'augure rien de bon de tout cela. Quel malheur d'être forcé de recourir à de pareils agens et à de pareils moyens! Sans compter que peut-être toutes ces belles combinaisons aboutiront à une catastrophe.

Cette catastrophe était plus prochaine que ne le pensait le riche industriel.

Reber, quand il fut à quelque distance de la fabrique, cessa de siffler, et perdit ses airs de matamore; son visage refléta toute la rage qui remplissait son cœur; des jurons glissèrent entre ses dents. Bientôt un rideau d'arbres et de buissons lui cacha la manufacture; il ralentit le pas, et il commençait à se calmer quand un incident nouveau vint remettre son sang en mouvement. Une personne qui semblait l'attendre sortit tout à coup de derrière une haie : c'était Albert Lovendal.

Le fils du manufacturier était en pantoufles et en négligé du matin, car il s'était échappé précipitamment de la maison afin d'avoir avec Reber cette entrevue secrète. Il aborda le fermier d'un air à la fois timide et affectueux.

— Monsieur Reber, lui dit-il, je désire depuis longtemps vous rencontrer pour réclamer de vous un entretien amical. La dernière fois que nous nous sommes vus, les circonstances n'étaient pas favorables pour une explication, et j'ai dû me contenter de protester contre l'abominable action dont on m'accusait. Aujourd'hui je prétends fournir des preuves de mon innocence, et je suis venu vous attendre ici pour...

Un geste du fermier l'interrompit. Reber, en reconnaissant le séducteur de sa fille, était devenu d'une pâleur livide, et tout son corps tremblait de fureur.

— C'est le diable qui vous amène sur mon chemin, bégaya-t-il en serrant convulsivement son bâton; tenez, ne me tentez pas davantage... partez, partez à l'instant, ou je ne serais plus maître de moi.

Albert ne montrait aucune crainte :

— Vous venez de voir mon père, répliqua-t-il, et sans doute il vous aura froissé par quelque parole irritante...

— Il m'a chassé de chez lui... Mais ne parlons pas de cela; une autre fois, plus tard... je sens qu'à cette heure je ne pourrais me contenir... Partez vite, ou je ne réponds de rien.

— Vous m'écouterez pourtant, monsieur Reber; j'ai

trop souffert de votre mépris pour ne pas profiter de l'occasion qui se présente de me disculper. Ne pouvant vous rencontrer seul, j'ai sollicité humblement une entrevue de l'une de vos filles, dans l'espoir...

— Osez-vous bien rappeler cette circonstance? vous avouez donc que vous feignez d'aimer les deux sœurs afin sans doute de les tromper l'une et l'autre?

— Je n'ai jamais trompé personne, et je n'aime que Julia.

— Taisez-vous... menteur hypocrite!

— Je n'aime que Julia, vous dis-je; et, malgré mon père, malgré le monde, malgré moi-même, je l'aimerai, je le sens maintenant, jusqu'au dernier soupir. Quant à la pauvre Kretle, je jure devant Dieu...

— Oh! c'est trop fort! Tu le veux donc? tiens!

Le fermier, fou de colère, leva son bâton et en asséna un coup terrible sur la tête du malheureux jeune homme, qui, tout préoccupé de sa justification, ne songea pas à l'éviter. Albert tomba inanimé sur le gazon sans pousser un cri.

Reber lui-même demeurait comme pétrifié en regardant sa victime. En ce moment, une voix amie se fit entendre derrière lui.

— Fuyez, monsieur Reber, disait-on; ce cruel événement coûtera des larmes à bien des yeux! Mais ne restez pas ici davantage; sauvez-vous, ou vous allez être arrêté.

Le fermier se retourna machinalement; le donneur d'avis était le pauvre Schmidt, qui semblait venir des montagnes.

— Aide-moi, lui dit Reber avec égarement en se penchant vers le blessé; ce pauvre diable ne saurait être mort pour un méchant coup de bâton. De prompts secours vont le faire revenir.

— Il n'a plus besoin de secours, j'en ai peur, répliqua tristement Schmidt; mais ne vous inquiétez pas de lui... Voyez plutôt là-bas.— Plusieurs personnes, de l'extrémité du chemin, du côté de la manufacture, avaient été témoins de la catastrophe, comme on en jugeait à leurs cris et à leurs gestes de désespoir; elles accouraient en toute hâte vers le théâtre du meurtre. — Il n'y a pas une minute à perdre, ajouta Schmidt; la funeste nouvelle va se répandre à la fabrique; les ouvriers sont déjà mal disposés pour vous, et monsieur Lovendal ne ménagera pas le meurtrier de son fils unique. Ne songez qu'à vous-même; venez, venez, il est temps.

En effet, les gens de la fabrique ne se trouvaient pas maintenant à plus de cinquante pas, et leur attitude hostile ne laissait aucun doute sur leurs intentions à l'égard du meurtrier. Reber céda donc aux instances de Schmidt, et tous les deux prirent leur course vers la montagne, dont heureusement ils n'étaient pas éloignés.

Les circonstances ne permettaient pas une conversation suivie. Cependant Schmidt apprit à son compagnon qu'en allant donner une leçon de lecture à l'un de ses écoliers, il avait rencontré Hermann, qui lui avait appris la visite de Reber à Molsheim. Obéissant à une sorte d'instinct, le maître d'école avait poussé jusque-là afin de s'assurer s'il ne pourrait être utile à son ami, et il était arrivé juste à temps pour voir tomber le jeune Lovendal.

Ils atteignirent bientôt la montagne; elle était couverte de bois et semblait offrir une retraite sûre. Les fugitifs s'arrêtèrent pour respirer; puis, se retournant, ils jetèrent un regard dans la plaine.

Tout était désordre et confusion autour de la manufacture. Comme l'avait prévu Schmidt, l'alarme s'était répandue dans la maison avec la rapidité de l'éclair; les travaux avaient été interrompus; les ouvriers sortaient tumultueusement. Bientôt on vit un groupe qui portait avec précaution dans ses bras le corps inanimé d'Albert; le pauvre père suivait, courbé en deux par la douleur, et marchait avec peine, appuyé sur le bras d'un domestique de confiance.

Ce lugubre tableau arracha des larmes à Schmidt et à Reber lui-même; mais bientôt d'autres particularités vinrent détourner leur attention. Les ouvriers semblaient être dans un état d'exaspération extraordinaire; ils s'agitaient et gesticulaient avec énergie. Plusieurs même montrèrent le poing à la montagne sur laquelle Reber s'était réfugié, bien qu'on ne pût le voir; des orateurs semblaient exciter la foule à la vengeance. Ces provocations ne tardèrent pas à produire leur effet. La foule se divisa en deux parties: tandis que l'une accompagnait tristement et tête nue le corps de la victime, l'autre, beaucoup plus nombreuse, composée d'hommes robustes et alertes, se dirigeait vers la montagne. Ces gens paraissaient fort animés contre le meurtrier, et l'on jugeait à leurs manœuvres qu'ils se disposaient à lui donner chaudement la chasse.

Le fermier était comme anéanti; mais Schmidt avait parfaitement remarqué ces dispositions menaçantes.

— Il ne faut pas froidir ici, monsieur Reber, dit-il avec vivacité; ces gaillards ont l'air de vouloir nous couper le chemin, et ils sont au moins une centaine. Si vous aviez le malheur de tomber entre leurs mains, dans ce premier moment, Dieu sait ce qu'il adviendrait de vous!

— Que m'importe! ils peuvent me tuer, je l'ai bien mérité... Pauvre jeune homme! Toute ma vie je le verrai pâle et sanglant comme il était à mes pieds tout à l'heure!

— C'est un coup malheureux, bien malheureux, monsieur Reber; néanmoins, ne vous abandonnez pas à vous-même; songez à vos filles, à vos amis; songez à moi aussi, car ces gens ne m'épargneraient guère sans doute à cause de l'assistance que je vous donne... Voyez, ils ont vraiment l'air de vouloir nous cerner!

Schmidt avait raison. Les ouvriers s'étaient éparpillés de manière à former une longue ligne; leur intention était évidemment d'entourer la hauteur, puis d'enfermer Reber et son compagnon dans un cercle de plus en plus étroit.

— Ne dirait-on pas d'une meute de chiens furieux qui poursuivent une bête sauvage? dit le fermier d'une voix sombre; mais allons, mon bon Schmidt, si coupable que je sois, je ne voudrais pas tomber entre les mains de ces gens-là. Heureusement il ne nous faut pas plus d'une demi-heure pour arriver à l'Arche.

— Il ne s'agit pas de prendre le chemin frayé et de retourner à l'Arche, mon pauvre Reber; les ouvriers ne renonceront pas facilement à leur poursuite, et ils seraient capables d'assiéger la ferme pour venger la mort de leur jeune maître. D'ailleurs, vous ne seriez pas rentré chez vous depuis dix minutes que vous verriez arriver les gendarmes. Je vous trouverai une retraite plus sûre, venez.

— Où donc me conduis-tu, Schmidt?

— Là-haut, sur le ballon Vert, à la fromagerie du marquard Burgwillers; ni les gendarmes ni les ouvriers de Molsheim n'essayeront de vous y relancer.

— Je m'abandonne à toi; je ne sais plus où je suis et ce que je veux... Mon Dieu! notre fardeau de honte et de misère n'était-il pas assez lourd déjà?

Tout en parlant, ils avaient quitté le chemin frayé, et ils cherchaient à franchir une espèce de ravin qui séparait la montagne de la chaîne principale. Comme ils traversaient cet endroit découvert, ils furent aperçus de la plaine. Aussitôt des cris menaçans montèrent jusqu'à eux; on agitait les bâtons, on ramassait des pierres pour les leur jeter. Plusieurs ouvriers, animés d'une ardeur nouvelle à la vue des fugitifs, se lancèrent en droite ligne pour les joindre, tandis que les autres tournaient la base du rocher.

— Vous le voyez, reprit Schmidt, lors même que nous voudrions nous rendre au bourg, nous ne le pourrions plus: toutes les avenues sont gardées. Nous n'avons d'autre ressource que de gagner au plus vite le ballon Vert... Imitez-moi.

Il s'accroupit sur ses talons et se laissa glisser au fond de la gorge qu'il s'agissait de franchir. Reber, moins leste, exécuta tant bien que mal la même manœuvre. D'abord étourdis par cette rapidité vertigineuse, ils finirent par se relever et regardèrent autour d'eux; de toutes parts, sur les rochers, se montraient des gens qui continuaient de les accabler d'injures. Du reste, la poursuite ne se ralentissait pas, et les deux fugitifs atteignirent la partie la plus inaccessible des montagnes, tremblant sans cesse de tomber entre les mains de leurs ennemis acharnés.

IX

LA FROMAGERIE DU BALLON VERT.

Reber et Schmidt, qui lui servait de guide, marchaient depuis près de deux heures; ils avaient quitté les étages inférieurs des montagnes pour gravir le ballon Vert, un des sommets les plus élevés de la chaîne centrale, et ils avaient fini par laisser fort loin en arrière ceux qui les poursuivaient. Les cris furieux de leurs adversaires ne retentissaient plus à leurs oreilles; ils n'apercevaient plus au-dessous d'eux ces formes humaines qui se glissaient dans les ravins et dans les halliers pour tenter de leur couper le chemin. La solitude et le silence régnaient maintenant autour d'eux. Ils venaient de quitter cette portion de la montagne où les arbres, après s'être insensiblement réduits aux proportions d'arbustes chétifs et rabougris, disparaissent pour faire place à des pâturages fleuris et parfumés. Un éther plus pur et plus frais que l'air de la plaine circulait autour d'eux; l'azur du ciel leur semblait plus foncé, le soleil perdait ses ardeurs dévorantes; ils touchaient à ces régions aériennes où il semble que les passions doivent moins exercer leur empire, car l'homme s'y croit plus près de Dieu.

Ils posèrent le pied sur un de ces plateaux herbeux qui couronnent certaines cimes des Vosges et auxquels on donne le nom de *chaumes*. Ces plateaux sont inhabitables pendant six mois de l'année; durant la mauvaise saison ils demeurent couverts d'une couche épaisse de neige, livrés aux fureurs de vents impétueux. Mais quand les tièdes bouffées du printemps ont fondu la neige, ils se parent d'une luxuriante végétation, et alors de nombreux troupeaux de vaches, sous la conduite de ces pâtres appelés *marquards*, viennent en prendre possession jusqu'à la fin de l'automne. Hommes et troupeaux se retirent le soir dans des chalets construits sur ces hauteurs; c'est là que les marquards se livrent à la confection des fromages de Gruyère, si célèbres dans toute l'Europe. Aux premières approches de l'hiver, ces habitations temporaires sont abandonnées, toute la colonie regagne la plaine, et le chaume redevient désert jusqu'à la saison suivante.

Le chaume où Reber et Schmidt venaient d'arriver après tant de fatigues était de peu d'étendue, mais l'absence complète d'arbres et d'obstacles de toute nature le faisait paraître plus vaste qu'il ne l'était en réalité. Sur ce terrain nu, plat, d'une verdure uniforme, rien n'arrêtait les yeux, et le bleu du ciel encadrait la prairie d'un cercle parfait. La brise, toujours un peu aigre à cette élévation, courbait la tête des gentianes, des anémones, des saxifrages et autres plantes alpestres qui parfumaient ce délicieux gazon. Des bruits légers, que l'éloignement rendait mélodieux, se mêlaient au frémissement de la brise; c'étaient des clochettes de vaches aux timbres variés, des trompes de berger alternant parfois avec des chants tyroliens. Les voyageurs aperçurent bientôt un magnifique troupeau qui paissait à l'extrémité du plateau sous la garde de pâtres vigilans; telle était la transparence de l'air qu'ils pouvaient, malgré la distance, admirer les belles proportions de ces paisibles animaux, reconnaître jusqu'aux traits des gardiens. Dans une coupure du sol, du côté du midi, se trouvait le chalet qui servait de demeure aux habitans du chaume, et des flocons de fumée chassés par la brise au-dessus du toit annonçaient qu'en ce moment les fromagers devaient être à l'ouvrage dans l'intérieur de la maison.

Ce fut de ce côté que Reber et Schmidt dirigèrent leur marche; ils n'avaient pas reconnu Burgwillers, le chef de l'exploitation, parmi les pâtres disséminés sur le pâturage, et ils espéraient le trouver au chalet. Ce bâtiment formait un vaste carré; outre le logement des créatures humaines et les ateliers de la fromagerie, il contenait les étables des vaches et les magasins du marquard. Il était peu élevé, mais les murailles avaient une grande épaisseur pour résister aux ouragans et aux bourrasques de neige; le toit, fort plat, était en planches de sapin qu'assujettissaient de lourdes pierres. Cette construction rustique avait l'apparence d'une extrême solidité.

Les deux compagnons entrèrent sans façon dans le chalet, dont la porte du reste était grande ouverte. Après avoir traversé le vestibule, tout encombré de moules à fromages, ils pénétrèrent dans une pièce où ils rencontrèrent enfin le maître du logis.

Cette pièce, située au centre de l'habitation et grossièrement pavée, était surtout remarquable par une immense cheminée dont le tuyau béant laissait d'ordinaire apercevoir le soleil pendant le jour et les étoiles pendant la nuit; mais, en ce moment, un feu cyclopéen montait le long de ses parois et l'emplissait de tourbillons de fumée. Au-dessus de ce feu, une chaudière d'une capacité fabuleuse contenait le lait de la journée destiné à être transformé en fromage.

Deux robustes garçons, qui fumaient leur pipe devant le foyer, attendaient que le laitage eût la température convenable pour la manipulation selon les règles de leur art. Quant au patron, assis sur un billot, devant une table de sapin, il était en train de causer confidentiellement avec un homme vêtu comme lui de grosse toile et coiffé d'un bonnet de cuir; le sac à sel suspendu sur son dos désignait cet individu comme un chef de troupeau. Ils s'entretenaient avec vivacité mais à voix basse, et sans doute il s'agissait d'un marché important à conclure, car les deux montagnards, faisant trêve à la sobriété proverbiale des pasteurs vosgiens, avaient en face d'eux un cruchon de kirsch et deux verres.

Nous connaissons déjà Burgwillers, à qui Hermann lisait au café de l'Arche une lettre venue d'Amérique, le jour où commence cette histoire. Burgwillers passait pour un des plus riches marquards du pays; outre le nombreux troupeau de vaches qui paissait dans le chaume, et la fromagerie où nous le trouvons en ce moment, il possédait dans le village de l'Arche une propriété assez considérable, voisine de celle de Reber. Pendant qu'en été il venait sur la montagne surveiller l'engraissement de ses bestiaux et la fabrication de ses fromages, l'habitation de la plaine restait à la garde d'une sœur, un peu plus âgée que lui, qui composait toute sa famille. Du reste, Burgwillers était un homme honnête, serviable, et à qui l'on pouvait seulement reprocher un peu d'âpreté au gain.

Il accueillit Reber et Schmidt avec une politesse grave, mais qui ne manquait pas de cordialité. Il les fit asseoir et leur présenta un verre de kirsch. Reber demeurait sombre et rêveur, répondant par monosyllabes aux civilités rustiques de son hôte. Schmidt dut soutenir presque seul la conversation; mais comme cette contrainte se prolongeait, il se hâta d'apprendre à Burgwillers, en employant la langue française que les gens du chalet ne comprenaient pas, la cause de cette visite à la fromagerie, et finit par lui demander une retraite pour Reber pendant quelques jours.

Le marquard, après avoir écouté ce récit, secoua la tête.

— C'est une mauvaise affaire, répondit-il dans la même langue; et si je devais habiter encore longtemps le pays, je ne me soucierais pas d'y avoir un ennemi puissant tel que le vieux Lovendal... Mais, ma foi! je ne crains pas grand'chose maintenant, et je n'abandonnerai pas un voisin dans l'embarras... Restez avec nous, Reber; les gens de la plaine ont beaucoup bavardé sur votre compte, mais il faut en prendre et en laisser dans leurs commérages. On ne viendra pas vous chercher ici, et vous pourrez attendre que les choses s'arrangent pour le mieux. Par exemple, je ne vous promets pas chez nous une vie bien douce, car nous ne nous dorlotons guère, nous autres marquards! Vous aurez une chambre, une paillasse pour lit, et vous vivrez de pommes de terre, de pain noir et de vachelin, comme nous autres; ce n'est pas somptueux, je vous en avertis.

Le fermier répondit d'une voix basse et précipitée que peu lui importait, qu'il serait toujours bien. Ces arrangemens terminés, Schmidt se leva.

— Je vais retourner à l'Arche, dit-il; les demoiselles Reber doivent être dans une inquiétude mortelle, et je n'ai pas de temps à perdre si je veux arriver au bourg avant la nuit.

Reber le remercia par un vigoureux serrement de main de cette nouvelle preuve de dévouement. Burgwillers offrit des rafraîchissemens au maître d'école, qui paraissait épuisé de fatigue; mais Schmidt se contenta d'avaler une tasse de lait et d'accepter un morceau de pain fort dur pour grignoter en chemin; puis il dit adieu à Burgwillers, qui reprit aussitôt avec l'homme au sac de sel la conversation interrompue, et il sortit suivi de Reber, qui voulait l'accompagner jusqu'à l'extrémité du chaume.

Arrivés au sentier qui, après des détours infinis, conduisait à la plaine, les deux amis s'arrêtèrent.

— Merci, Schmidt, merci encore une fois, dit Reber avec effusion; que ne puis-je te récompenser selon tes désirs! Je te recommande mes pauvres enfans. Protége-les, s'il en est besoin; encourage-les surtout; et, si tu les vois irritées contre moi, ne manque pas de leur dire que ma vive affection pour elles m'a seule poussé à ce crime.

Les larmes lui coupèrent la parole; Schmidt, très ému lui-même, l'embrassa cordialement :

— Allons, courage, monsieur Reber! répliqua-t-il; je n'ai jamais eu de bonheur, moi pauvre diable, et pourtant j'ai souvent observé que les choses finissaient par tourner mieux qu'on n'osait l'espérer. Le jeune homme n'est pas mort peut-être; et d'ailleurs, sauf l'aventure du gouffre de la Fosse, où il a vraiment agi avec générosité, sa conduite envers votre famille et envers vous a été tellement odieuse...

— Laissons cela, interrompit le fermier; tu me donneras bientôt des nouvelles, car je vais à mon tour être bien inquiet de ce qui se passe là-bas. Adieu donc, mon brave garçon; un moment encore pourtant : Si tu rencontres Hermann, le courtier des émigrans, comme on l'appelle, dis-lui de ma part que j'accepte ses conditions, qu'il se mette à l'œuvre sur-le-champ pour empêcher la vente de mes biens; je signerai tout ce qu'il voudra.

— C'est donc bien vrai, monsieur Reber? vous êtes déterminé à vous expatrier avec votre famille, à quitter vos amis?

— Il le faut, mon garçon; pour ces pauvres enfans comme pour moi, ce parti est désormais le seul qu'il nous reste à prendre. Après la catastrophe d'aujourd'hui, nous ne pouvons rester dans ce pays.

— C'est bien, murmura le pauvre Schmidt, mais moi j'en mourrai.

En même temps il se retourna brusquement et se mit à descendre la montagne à grands pas.

Reber s'assit sur l'herbe, et le suivit machinalement des yeux. Il le vit parcourir le sentier qui serpentait sur le flanc nu du ballon Vert, puis disparaître dans les bois de sapins qui couvraient la partie moyenne de la montagne, pour reparaître au delà. Grâce à la pureté de l'air, il l'aperçut encore quand il franchissait les collines inférieures; mais bientôt ce ne fut plus qu'un imperceptible point noir qui se perdait dans l'immensité, et un pli du terrain finit par le cacher entièrement. Cependant Reber ne bougea pas de place, et, l'œil fixe, la tête appuyée dans ses mains, il tomba dans une profonde rêverie.

Plus de deux heures s'écoulèrent ainsi, et le soleil baissait rapidement. Déjà il touchait les nombreuses cimes des Vosges du côté du couchant, tandis que, du côté opposé, à travers l'immense plaine qui est une province, il projetait des teintes roses et dorées sur la chaîne des Alpes et de la forêt Noire. L'ombre commençait à gagner les gorges et les vallées les plus creuses. Cette merveilleuse transparence de l'atmosphère que nous admirions tout à l'heure s'altérait sensiblement. Une brume, légère d'abord, puis de plus en plus dense, s'élevait des bas-fonds et voilait peu à peu les formes et les couleurs; on eût dit que ces vapeurs, refoulées tout le jour dans les cavités ombreuses du sol, attendaient la disparition de l'astre dominateur pour envahir de nouveau leur domaine de vallons, de bois et de prairies. Cependant le ciel demeurait pur au-dessus de la tête de l'observateur; le chaume resplendissait encore d'éblouissantes clartés; rien ne troublait la sérénité majestueuse de ce plateau aérien qui semblait placé au-dessus des tempêtes.

Ce silence imposant, cette solitude, ce spectacle solennel de la nature n'avaient pas manqué leur effet calmant sur l'esprit de Reber. L'homme se sent si humble et si chétif en présence des grandes scènes de la création, qu'en dépit de lui-même, et souvent à son insu, il est distrait de la contemplation de ses douleurs et de ses misères. Aussi les réflexions du fermier, d'abord fiévreuses et poignantes, s'étaient-elles adoucies; les mouvemens tumultueux de son âme s'étaient apaisés, et une vague mélancolie remplaçait maintenant les transports déréglés de son désespoir.

Il fut tiré de sa rêverie par Burgwillers. Le marquard, inquiet de la longue absence de son hôte, s'était mis à sa recherche; il avait un air satisfait et riant qui ne paraissait pas habituel à sa grave physionomie.

— Eh bien! voisin, dit-il d'un ton amical, vous avez assez broyé de noir, je pense! Que voulez-vous? il faut savoir souffrir ce qu'on ne peut changer... Allons, le souper est prêt au chalet, et les garçons vont ramener les vaches; ne voulez-vous pas venir manger un morceau avec nous? Que diable! le souci tuerait un chat, comme dit l'autre.

Le fermier était maintenant en état d'apprécier l'intention bienveillante qui dictait ces paroles; il se leva donc, et, après avoir remercié Burgwillers de son hospitalité plus chaleureusement qu'il ne l'avait fait jusque là, tous deux s'acheminèrent vers l'habitation.

Les vaches rentraient à l'étable, sous la conduite des pâtres, et ils s'arrêtèrent un moment devant le chalet pour les passer en revue. C'étaient de magnifiques animaux, aux formes vigoureuses, au poil lustré et entretenu avec une extrême propreté. Il y en avait une trentaine environ, et en tête du troupeau marchait la reine, belle vache blanche, à l'œil doux et intelligent; elle se distinguait par une sonnette plus grande et d'un timbre plus sonore que celles de ses compagnes. Aucun chien hargneux ne suivait le troupeau et n'accélérait par ses aboiemens la marche cadencée de ces paisibles bêtes; elles semblaient connaître parfaitement la voix et le son du cornet de leurs gardiens, et elles obéissaient sans difficulté au moindre geste. Au lieu de s'effrayer à la vue de ces deux hommes qui se tenaient près de la porte, elles s'approchèrent d'eux l'une après l'autre pour solliciter une caresse. Le marquard les flattait de la main, les appelait par leur nom, et, prenant dans un sac une pincée de sel, il les régalait de cette friandise hygiénique. Après avoir reçu ce tribut de l'affection du maître, elles regagnaient gravement l'étable, où le bruit de leurs sabots sur le parquet en planches de sapin se mêlait au tintement de leurs sonnettes et à leurs beuglemens de joie.

Quand toutes les vaches furent rentrées, les valets vinrent à leur tour recevoir les ordres du maître. Il leur distribuait l'éloge ou le blâme avec mesure; il leur parlait plutôt du ton d'un ami que du ton d'un supérieur. Ils répondaient de leur côté avec déférence, mais sans servilité, et rien ne devrait troubler habituellement la cordialité des rapports entre le chef et les inférieurs; c'était la vie patriarcale dans toute sa pureté.

Reber était émerveillé, presque attendri de ce qu'il voyait. Pendant que les bergers s'occupaient de traire les vaches et de prendre les dernières dispositions pour la nuit, avant le souper, le fermier et le marquard se promenèrent quelques instans encore devant le chalet.

— Votre existence ici doit être douce et tranquille, voisin Burgwillers, dit Reber, et je ne puis m'empêcher d'envier votre sort... Vous ne connaissez pas les charges et les tracas qui nous accablent là-bas dans la plaine; vos affaires prospèrent; tout le monde vous aime, bêtes et gens. Vous êtes bien heureux!

— Oui, oui, les affaires ne vont pas trop mal, répliqua le marquard avec distraction; le beurre et le vachelin se sont bien vendus ces dernières années, et l'on a mis quelques écus de côté. On pourrait faire mieux pourtant. J'ai mon idée.

— Ne soyez pas trop ambitieux, Burgwillers, reprit Reber. Il me semble que vous n'avez rien à souhaiter dans ce chalet, où l'on vit paisible et content.

— Je viens pourtant de le vendre, répliqua tranquillement le marquard; le chaume, la fromagerie, le mobilier, les vaches, la maison de l'Arche, je viens de tout vendre à Jacques Muller, mon premier valet, et le coquin m'a entortillé, j'en ai peur!... mais il paye argent comptant.

— Que dites-vous? s'écria Reber au comble de l'étonnement; vous allez donc quitter le pays?

— Pour aller en Amérique avec ma sœur, comme tout le monde, répliqua le marquard en se frottant les mains; aujourd'hui, quand vous êtes arrivé ici, j'étais en train de manigancer cette affaire avec Jacques Muller, qui vient de faire un héritage... Nous avons topé à un prix raisonnable, et maintenant le notaire Marais va coucher nos conventions par écrit, afin qu'on ne puisse plus s'en dédire... Nous mènerons les choses bon train, car dans huit jours je dois être en route pour le Havre.

— Ainsi donc vous allez émigrer aussi? Y avez-vous bien réfléchi, Burgwillers? Est-il besoin d'aller chercher au loin ce que vous avez déjà? Où trouverez-vous de plus beaux pâturages que ce chaume toujours vert, de plus beaux troupeaux que ces douces et bonnes bêtes qui venaient vous caresser tout à l'heure? Où trouverez-vous plus de commodité et de bien-être que dans ce chalet bâti par votre aïeul? Où réaliserez-vous des bénéfices plus nets et plus sûrs? Vous vous repentirez peut-être de votre précipitation.

Burgwillers montra quelque étonnement; sans doute il n'avait jamais envisagé sous cette face le parti qu'il venait de prendre. Après un moment de réflexion, il répondit d'un air d'opiniâtreté :

— Vous ne savez guère de quoi il retourne, voisin Reber; ici l'on ne fait que végéter; c'est seulement là-bas, de l'autre côté de la mer, que l'on peut gagner une grande fortune. Voici, par exemple, mon cousin Benoît; quand il partit, il y a de cela deux ou trois ans, il avait seulement quelques milliers de francs provenant de la vente de son bien patrimonial; aujourd'hui, c'est lui-même qui l'écrit, et tout le village de l'Arche a vu la lettre, il possède une terre qui vaut plus de dix mille dollars, c'est-à-dire plus de cinquante mille francs de notre monnaie. Consultez plutôt monsieur Hermann; il vous citera vingt personnes qui, arrivées en Amérique sans un sou vaillant, sont aujourd'hui riches à millions. Pourquoi ne ferais-je pas comme elles? Je ne suis pas plus sot qu'un autre, peut-être, et le cousin Benoît, qui a si bien réussi, n'était pas un aigle, allez! — Comme Reber ne répondait pas, Burgwillers, qui paraissait plein de son sujet, poursuivit avec une véhémence croissante : — Vous parlez de ce chaume; c'est un bon pâturage, j'en conviens; il donne aux vaches un lait abondant, plein de crème et parfumé; mais pendant six mois de l'année il est couvert de neige, inabordable. D'ailleurs, quelle étendue cela peut-il avoir? vingt arpens tout au plus, à peine de quoi nourrir une trentaine de vaches; eh bien! monsieur Hermann assure qu'on trouve là-bas en Amérique des pâturages qui ont des centaines de lieues de long, et dont les herbes sont aussi hautes qu'un homme à cheval; on appelle cette contrée la prairie, et la chose est bien vraie, car le fils de l'huissier l'a lu dans un livre d'un homme du pays. Or, avec le prix de mes vingt arpens de chaume, je peux acquérir cinq cents arpens de ces superbes prairies où l'herbe est plus haute qu'un homme à cheval. Monsieur Hermann en a plusieurs milliers d'hectares à vendre, et je compte lui en acheter un bon lot.

— Fort bien, Burgwillers; mais êtes-vous sûr de trouver des vaches pour leur faire brouter ces beaux pâturages?

— Des vaches! c'est bien la peine de s'occuper des vaches! répéta le marquard en faisant claquer ses doigts; le pays est couvert de vaches et de taureaux sauvages appelés bisons; on en trouve des troupeaux si nombreux qu'il y en a des centaines de milliers. Ces bisons n'appartiennent à personne; chacun est libre d'en tuer ou d'en prendre autant qu'il veut. Ce sera bien le diable si je ne parviens pas à en attraper quelques jeunes, à les apprivoiser et à m'en composer un troupeau qui ne me coûtera rien.

Reber manquait de lumières pour rectifier ce qu'il y avait d'erroné dans les espérances de son voisin; cependant il dit avec embarras :

— Je ne veux parler mal de personne, mon cher Burgwillers; mais enfin on a pu se tromper, vous donner de fausses indications...

— On ne m'a pas trompé en ce qui concerne ces grands troupeaux de bœufs sauvages ou de bisons, comme on les appelle; le fils de l'huissier l'a encore lu dans les livres... Allez, allez, voisin Reber, on s'est informé, on a pris ses précautions; il y a gros à gagner là-bas, et j'y ferai ma fortune.

— Dieu le veuille! Dieu le veuille!

— Mais vous-même, voisin, vous qui cherchez à détourner les autres d'aller en Amérique, n'êtes-vous pas aussi sur le point de partir avec tout votre monde?

— Le cas est bien différent; moi, je suis ruiné, calomnié, réduit au désespoir, et le funeste accident d'aujourd'hui va me susciter de nouvelles persécutions; ce pays est devenu un enfer pour mes pauvres filles et pour moi. Vous, au contraire, vous y êtes aimé et estimé, vous y avez vos habitudes, vous y prospérez; n'est-ce pas folie que de l'abandonner pour aller chercher fortune à l'autre bout du monde?

Burgwillers était embarrassé mais non pas ébranlé par ces représentations si pleines de sagesse.

— Bah! reprit-il en souriant, mon cousin est devenu riche là-bas, sans compter que monsieur Hermann et le fils de l'huissier doivent s'y connaître. D'ailleurs, j'ai topé avec Jacques Muller; le notaire de l'Arche est en train de préparer les actes, et il n'y a plus à s'en dédire... Mais entrons, voisin Reber, continua-t-il d'un ton différent; les garçons ont achevé de traire les vaches; il ne faut pas laisser refroidir les pommes de terre.

Et il pénétra dans le chalet. Le fermier le suivit sans ajouter un mot, car il sentait que ses conseils ne seraient pas écoutés et ne feraient qu'indisposer son hôte.

Tous les habitans de la maison, en vêtemens de toile et en sabots, étaient déjà réunis dans la fromagerie. Le souper consistait en plusieurs tas de pommes de terre fumantes, disposées sur la table, et en quelques jattes de lait. On y avait ajouté un peu de pain noir et un morceau de fromage pour l'habitant de la plaine, que l'on jugeait plus raffiné dans ses goûts; mais aucun des valets de Burgwillers ne partagea ces mets d'extra, et, à vrai dire, ils n'en mangèrent pas avec moins d'appétit.

Comme le repas tirait à sa fin, Burgwillers se mit à chuchoter avec Jacques Muller, et bientôt une conversation animée, quoique toujours à voix basse, s'établit entre eux. Nul ne tenta de les interrompre, et bientôt les pâtres se levèrent pour se retirer; il n'y avait plus rien à manger sur la table, et leurs sens, alourdis par la digestion, exigeaient impérieusement le sommeil. Pour des motifs différens, Reber voulut se retirer de même; après avoir touché la main de Burgwillers, qui lui souhaita distraitement une bonne nuit, il se fit conduire à sa chambre par un garçon.

Cette chambre manquait des meubles les plus indispensables. Comme l'en avait prévenu son hôte, on ne menait pas une vie somptueuse à la fromagerie. Le lit consistait en une caisse en bois de sapin, assez semblable à un cercueil, au fond de laquelle se trouvait une paillasse trouée; il y avait pour couverture une espèce de couette nauséabonde, dans l'intérieur de laquelle on sentait des ailerons entiers. Encore, pour gratifier Reber de ce coucher un peu trop primitif, avait-il fallu déplacer un des pâtres, qui était allé reposer dans l'étable auprès de ses vaches.

Comme on peut croire, Reber ne dormit guère; mais le lit eût-il été plus moelleux, le pauvre homme n'y eût pas trouvé de sommeil. Les pensées les plus lugubres troublaient son esprit; il se retournait continuellement sur sa paille. Vers le matin seulement, la fatigue l'emporta, et il finit par s'assoupir; mais alors des rêves affreux vinrent le torturer.

Tantôt il revoyait l'image sanglante d'Albert Lovendal renversé à ses pieds, tantôt c'était la forme pâle, inanimée, aux longs cheveux humides, de sa fille Kretle, telle qu'elle était au sortir du gouffre de la Fosse. Puis il lui semblait être assis au milieu d'un immense désert avec ses deux filles et la grand'mère; les pauvres femmes expiraient de fatigue et de faim, et la grand'mère essayait inutilement de grignoter des pièces d'or qu'elle tirait une à une de la poche de son tablier; enfin il demeurait seul et désolé au milieu de trois cadavres, tandis que des loups, des ours et d'autres bêtes féroces d'espèce inconnue accouraient de toutes parts pour les dévorer.

Ces visions le chassèrent de sa couche grossière dès les premières lueurs du jour. Rien ne bougeait alors dans le chalet, et des ronflemens sonores attestaient que les marquards étaient encore endormis. Reber traversa plusieurs pièces sans déranger les dormeurs, et gagna la porte extérieure, qui ne se fermait jamais, car les voleurs n'étaient nullement à craindre dans cette solitude, et d'ailleurs il n'y avait rien à voler au logis.

Comme il l'avait espéré, l'air frais et vivifiant du matin acheva de dissiper les images effrayantes qui l'avaient poursuivi toute la nuit, et, pour rétablir l'équilibre de ses facultés, il se mit à marcher à pas rapides sur le chaume.

Le soleil allait se lever maintenant derrière les hautes montagnes situées au delà du Rhin, et leurs grandioses silhouettes se dessinaient sur le fond pourpré du ciel; mais l'immense et magnifique paysage qu'on apercevait la veille de cette place avait entièrement disparu. Des vapeurs avaient envahi les basses régions de l'atmosphère, et formaient une mer onduleuse du sein de laquelle surgissaient, comme autant d'îlots, les cimes les plus élevées des Vosges et notamment celle où se trouvait Reber. Cet océan de brouillard semblait avoir aussi ses clapotis et ses perturbations; le moindre souffle de la brise y produisait une espèce de houle. Quand le soleil parut au sommet d'un des pics de la forêt Noire, la masse entière fut ébranlée et oscilla jusqu'à ses dernières extrémités, en reflétant par place les brillantes couleurs de l'iris. Mais cette sorte de tempête s'opérait dans le plus profond silence; aucun bruit, si léger qu'il fût, n'accompagnait les grands mouvemens, les ondulations, les rebondissemens de ce fluide élastique, d'un blanc argenté.

Reber s'amusait à contempler ces jeux variés de la lumière, quand des voix humaines se firent entendre tout à coup dans le brouillard au-dessous de lui; on eût dit de voyageurs encore invisibles qui se cherchaient et s'appelaient à quelque distance. Enfin le voile de vapeur se déchira; une forme humaine s'éleva au dessus du nuage et fut aussitôt suivie d'une autre. Les deux inconnus, en sortant de cette brume épaisse, furent d'abord comme éblouis par les rayons du soleil qui frappaient le sommet de la montagne; ils s'arrêtèrent sur la limite du brouillard, afin de respirer et de se reconnaître; mais le fermier ne leur en laissa pas le temps.

— Schmidt, monsieur Hermann, est-ce bien vous? s'écria-t-il au comble de l'étonnement. — C'étaient en effet le maître d'école et le courtier, qui, pour échapper aux observations des gens du pays, s'étaient mis en marche avant le jour, et qui arrivaient au chalet à cette heure matinale. En deux bonds, Reber fut auprès d'eux, et il dit à Schmidt d'une voix tremblante : — Mon ami, de grâce, ne me faites pas languir... ce malheureux jeune homme, monsieur Albert Lovendal...

— Il n'est pas mort, monsieur Reber, répliqua Schmidt avec empressement.

— Il n'est pas mort, mais il n'en vaut guère mieux, ajouta Hermann en secouant les gouttes de rosée attachées à son pardessus; ne vous livrez pas trop vite à la joie, monsieur Reber, et surtout ne vous pressez pas de redescendre dans la plaine. A la vérité, monsieur Lovendal père n'a pas encore déposé de plainte contre vous; mais il a juré de vous poursuivre impitoyablement si Albert succombait à sa dangereuse blessure, et nul ne sait ce qui a pu se passer depuis hier au soir.

— Laissez-moi plutôt espérer que l'état du blessé s'est amélioré depuis hier, et que Dieu veut m'épargner le remords d'un crime! s'écria Reber. Mais pardon, mes amis, l'impatience me dévore, et vous m'excuserez de vous adresser encore une question : Mes filles...?

— Elles se portent bien, monsieur Reber, répliqua Schmidt avec sa douceur accoutumée; seulement elles sont fort accablées de ce nouveau coup et fort inquiètes de votre sort.

— Elles n'ont pas été menacées, insultées, j'espère, à cause du malheureux événement...

— Hem! interrompit de nouveau Hermann, hier au soir, je suis arrivé à temps pour les protéger. Un rassemblement se formait déjà autour de la ferme, dont votre valet Philippe avait eu le bon esprit de barricader les portes, et il m'a fallu montrer de l'énergie pour disperser des gens exaspérés.

— Merci, Hermann, c'est un service de plus que vous nous avez rendu.

— Ne parlons pas de cela, Reber; cependant il est urgent que vous quittiez l'Arche, dans le plus court délai possible, ou les catastrophes vont se succéder sans relâche. Voyons, êtes-vous décidé cette fois à en finir?

— Parfaitement décidé. Schmidt a dû déjà vous dire de ma part... Mais ce n'est pas ici un lieu fort convenable pour causer d'affaires. Venez à la fromagerie, mes bons amis; et, quand vous vous serez reposés, nous traiterons ces questions à loisir.

Les deux voyageurs ne demandaient pas mieux. Leurs vêtemens étaient imprégnés d'humidité, et cette courte halte sur le plateau de la montagne les avait transis de froid. Hermann, craignant de nouvelles questions du fermier, se mit à marcher d'un pas rapide vers le chalet. Schmidt resta un peu en arrière avec le fermier.

— J'ai un message pour vous, monsieur Reber, lui dit-il confidentiellement; Kretle et Julia vous invitent à ne pas trop vous presser de conclure avec Hermann, car elles espèrent finir sans lui vos embarras de fortune.

— Que dites-vous, Schmidt? mes filles auraient-elles reçu en mon absence une lettre de quelque parent, de quelque ami qui se serait enfin laissé toucher par mes malheurs?

— Je ne crois pas; seulement madame Dietrich aurait prononcé certaines paroles...

— Ah! la grand'mère!... Encore la grand'mère et son

trésor caché! Ces petites sottes croient-elles encore aux radoteries d'une vieille femme? Pour moi, je sais maintenant ce que j'en dois penser; ce trésor, quel qu'il soit, a été gaspillé, donné, volé, que sais-je? Dans tous les cas, il est perdu pour nous, et ce ne seront pas les billevesées d'une pauvre créature tombée en enfance qui m'empêcheront d'agir comme je l'ai résolu.

Schmidt attendait de son message un tout autre résultat, et une vive contrariété se peignit sur son visage. Il reprit, en baissant encore la voix :

— Vous êtes le maître, monsieur Rober; cependant permettez-moi de vous mettre en garde contre les belles promesses et les paroles dorées de monsieur Hermann; on dit qu'il n'est pas franc, et...

— Comment, Schmidt, osez-vous répéter de pareilles calomnies? La conduite d'Hermann envers nous, ces derniers temps, n'a-t-elle pas été droite et généreuse? Laissons cela; votre crainte de nous voir partir égare votre jugement; elle vous rend injuste, et je ne dois pas vous écouter.

Ces paroles furent prononcées d'un ton sévère; le pauvre Schmidt se tut et soupira.

Ils atteignirent bientôt le chalet, où tout le monde était maintenant sur pied. Les pâtres trayaient les vaches dans l'étable, avant de les conduire au pâturage, et les fromagers transvasaient déjà le lait dans leur énorme chaudière. Burgwillers, en reconnaissant le courtier, manifesta une grande joie.

— Soyez le bienvenu, monsieur Hermann! s'écria-t-il; je songeais à descendre à l'Arche aujourd'hui pour aller vous voir. Je suis si impatient de conclure notre marché, afin de m'occuper de mes préparatifs de départ...

— Je ne vous ai pas oublié non plus, monsieur Burgwillers, répliqua Hermann avec impatience, en tirant de la poche de son pardessus une énorme liasse de papiers qu'il jeta sur la table, et voici la preuve... Mais, pour Dieu! vous et les autres, n'aurez-vous pas pitié de moi? Je suis brisé de fatigue, trempé, mourant de froid et de faim; ne peut-on attendre, pour me parler d'affaires, que je sois en état d'écouter, de comprendre et de voir?

En même temps il prit place sur un siége devant le feu, de l'air d'un homme qui se sait nécessaire et qui croit pouvoir se mettre à l'aise.

Deux heures après, Hermann, réconforté par le repos et par un déjeuner aussi délicat que le chalet avait pu le fournir, avait recouvré sa bonne humeur. Il était installé devant une table sur laquelle se trouvaient de nombreux papiers et tout ce qu'il fallait pour écrire; il parlait avec sa faconde habituelle à Reber et au marquard Burgwillers, qui l'écoutaient bouche béante. Tous les gens de service avaient été congédiés; il n'y avait plus là que le pauvre Schmidt, qui, assis à l'écart devant le feu, ne perdait pas un mot de la conversation.

Burgwillers, ne sachant pas écrire, venait d'apposer une croix au bas d'un acte provisoire présenté par Hermann, en attendant qu'un notaire eût donné une forme plus authentique à leurs conventions. Ceci réglé à la satisfaction mutuelle, Hermann se tourna vers le fermier :

— A votre tour, monsieur Reber, lui dit-il; on a cherché jadis à vous inspirer de fâcheuses préventions contre moi; vous allez juger si elles sont méritées. — Reber voulut protester; le courtier l'arrêta par un geste d'indifférence. — Bah! venons au fait, reprit-il, car les faits et les chiffres ont seuls de la valeur. Vous vous souvenez des propositions que je vous adressai il y a quelques semaines; j'étais disposé à rembourser au juif Nathan les dix mille francs dont vous lui êtes redevable, et à vous payer de plus une somme de cinq mille francs que vous emploieriez à acquérir une propriété en Amérique. Depuis ce temps, il y a eu des frais de poursuite considérables qui devraient retomber à votre charge, mais je n'y regarderai pas de si près avec un ami. Je consens encore à désintéresser vos créanciers et à vous compter intégralement la somme convenue, à la condition que je serai mis en possession de votre propriété dans le plus bref délai; voyons, cela vous plaît-il, oui ou non? — Il y avait vraiment dans cette offre une grande apparence de générosité. On verra plus tard que mons Hermann n'y mettait pas beaucoup du sien, et qu'il eût pu, sans risques personnels, se montrer plus libéral; mais le fermier, qui ignorait le fond des choses, se répandit en paroles de gratitude. Hermann interrompit encore l'expression un peu verbeuse de sa reconnaissance : — Vous acceptez, il suffit, reprit-il; alors vous allez partir sans retard pour le Havre, où vous vous embarquerez pour l'Amérique?

— Sans doute, monsieur Hermann; cependant la difficulté du voyage sur mer avec trois pauvres femmes, dont une vieille en enfance, me donne de grandes inquiétudes, je l'avoue.

— Le voyage, comme je l'ai dit cent fois, est la chose du monde la plus simple et la plus facile; notre maison s'engage à vous transporter jusqu'à New-York à peu de frais. Par exemple, de New-York au lieu de votre résidence, ce sera votre affaire; mais les communications là-bas sont si faciles, si peu dispendieuses, que ce n'est pas la peine d'en parler... Ainsi donc, c'est entendu; vous émigrez, comme Burgwillers que voici, comme le père Laurent, et une foule d'autres gens du pays qui s'ennuient de traîner ici la misère. Maintenant, il vous faut une belle propriété, qui, fécondée par votre travail et votre activité acquière bientôt une valeur immense; et nous allons vous choisir, dans nos concessions du Kansas, un sol fertile où vous pourrez vous établir et vivre en paix.

En même temps il étala sur la table une carte, faite en apparence avec beaucoup de soin et enluminée des plus riches couleurs, qui représentait les territoires en question; malheureusement les indications et les légendes étant en anglais n'apprenaient pas grand'chose aux honnêtes paysans alsaciens qui désiraient l'étudier. Reber dit timidement :

— Songez, monsieur Hermann, que, sur les cinq mille francs que vous vous engagez à me compter, il ne me restera pas beaucoup d'argent, notre voyage payé, pour l'acquisition d'une propriété.

— Bon! n'avez vous pas vu comment j'ai traité avec ce brave Burgwillers? Nous pouvons donner la plupart de ces terres au prix d'un dollar l'acre ou l'arpent, environ deux dollars l'hectare; ainsi, pour deux cents dollars, un peu plus de mille francs, vous pouvez choisir dès à présent une propriété de cent hectares, c'est-à-dire un terrain aussi vaste que la vallée de l'Arche tout entière.

—C'est à n'y pas croire, dit Reber en ouvrant de grands yeux; et pour cette somme de mille francs je serai bien et dûment propriétaire de cet immense domaine?

— Propriétaire aussi légitime et aussi sûr que vous l'étiez des trois ou quatre misérables champs dont vous allez me faire la cession dans le village... Quant aux droits que je peux avoir de vendre ces terrains, vous verrez par mes pouvoirs, déposés chez monsieur Marais, le notaire de l'Arche, que je suis pleinement autorisé à conclure des marchés, et que la maison archimillionnaire William Bell et Ce les confirme d'avance. Ainsi donc, ayez l'esprit en repos : toutes garanties vous seront données, et vous pouvez choisir dans les lots encore disponibles ceux qui seront le mieux à votre convenance.

— Cent hectares! répondit Reber ébloui; de quoi former quatre ou cinq grandes fermes... et j'avais seulement ici quelques arpens d'un sol ingrat!

Il commençait à s'exalter; ses yeux brillaient. On sait avec quelle ardeur le cultivateur aspire à la possession du sol; cette passion est aussi puissante chez lui que celle de l'avare pour l'argent, celle de l'ivrogne pour les boissons alcooliques, celle de l'ambitieux pour les honneurs. Reber se voyait déjà grand propriétaire, et sa tête se montait.

Il se mit à examiner avec attention le plan étalé sous ses yeux; mais comme les compartimens versicolores et les légendes en langue étrangère qui couvraient la carte ne lui apprenaient pas grand'chose, il appela Schmidt pour le consulter. Le pauvre maître d'école vint lentement.

— Si vous voulez me permettre de vous conseiller, monsieur Reber, reprit Hermann, en désignant du doigt un point de la carte, vous choisirez votre lot de ce côté. Cette couleur fauve vous indique des terrains à céréales de première qualité. On s'arrangerait pour vous donner aussi quelques acres de cette forêt que vous voyez à gauche, et où vous auriez en abondance du bois pour vos constructions, vos palissades et votre chauffage. Vous vous trouveriez là au bord de la rivière Jaune, qui est un des affluens de l'Arkansas; et qui sait s'il ne vous conviendra pas d'établir plus tard une usine, un moulin, une scierie, sur ce cours d'eau? Enfin vous pourriez construire votre maison d'habitation sur cette colline, où elle serait à l'abri des inondations. Vous auriez pour voisin Burgwillers, qui vient de m'acheter quatre cents acres de ces terrains désignés prairies. Il n'a pas voulu d'autres terrains, ajouta Hermann avec un singulier sourire. Il ne songe pas à défricher, lui; pourvu qu'il y ait dans son lot de hautes herbes et des bisons ou bœufs sauvages, c'est tout ce qu'il demande; n'est-il pas vrai, Burgwillers?

— Et il y en a, monsieur Hermann? dit le marquard avec inquiétude, vous ne m'avez pas trompé, je pense?

— Des herbes hautes comme votre chalet, des bisons deux fois plus gros que la plus grosse de vos vaches, je vous le garantis.

— A la bonne heure, et avec cela on verra ce que pourra faire un marquard des Vosges!

Le courtier réprima un nouveau sourire, et il poursuivit en s'adressant à Reber :

— Vous remarquerez aussi que votre domaine se trouvera seulement à dix ou douze milles, c'est-à-dire à trois ou quatre lieues environ de la ville, et ce n'est pas un mince avantage, car vous aurez ainsi un débouché facile pour vos denrées.

— Fort bien; mon usine, ma maison, mes terres à blé seraient ainsi à portée de la ville, dit Reber profondément absorbé.

— Il y a donc une ville sur votre territoire, monsieur Hermann? demanda Schmidt.

— La ville de Stokton, répondit Hermann avec aplomb.

— Je ne la connais pas.

— Je le crois bien; elle est de fondation trop récente pour se trouver dans vos livres de géographie. Vous pouvez pourtant en voir le plan sur ce coin de la carte... Voici le temple ou l'église, voici la bourse, voici la salle de spectacle; et puis la rue Washington, la rue Lafayette, sans compter toutes ces rues indiquées seulement et qui attendent un nom; chaque colon sera libre de leur donner le sien.

— Et cette ville a-t-elle une nombreuse population, monsieur Hermann? demanda Schmidt.

— Je... je pense que oui. A vrai dire, on ne s'inquiète guère de la population là-bas; les habitans viennent en foule dès qu'on les appelle sur un point du territoire. La place où se trouve Chicago, aujourd'hui une des plus belles villes de l'Union, offrait l'aspect d'un véritable désert il y a moins de dix ans; il n'y avait ni une maison, ni un habitant; mais l'Amérique est le pays des miracles. Or, Stockton a bien plus d'avenir que Chicago, et d'ici à peu d'années peut-être elle deviendra la capitale de tout le Kansas.

— Et le Kansas lui-même, où est-il situé, monsieur Hermann?

— Assez loin dans l'Ouest, naturellement; on ne pourrait donner des terrains à ce prix-là sur le littoral de l'Atlantique... Mais peut-on savoir en quoi tous ces détails intéressent monsieur Schmidt?

— Excusez ma curiosité, réplique le maître d'école; je ne vous adresserai plus qu'une question : ce nom de *Pawnies*, que je vois tracé sur votre carte, n'est-il pas le nom d'une tribu de sauvages?

— En effet.

— Et ne craignez-vous pas que ces sauvages ne soient de mauvais voisins pour les colons?

— Fi donc! vous aurez lu quelque roman de Fenimore Cooper, maître Schmidt, et vous partagez le préjugé que l'on conserve en France contre ces pauvres peaux rouges. Ils ne sont pas aussi féroces qu'on le dit, et la civilisation les a singulièrement changés... Mais est-ce fini? poursuivit Hermann avec impatience. Burgwillers, que voici, ne m'a pas adressé le quart de ces questions pour m'acheter quatre cents acres de terre!

— Je vous prie encore une fois de m'excuser, monsieur Hermann, répliqua Schmidt humblement en regagnant sa place.

Cependant il jeta un regard oblique vers le fermier, pour s'assurer si ses observations n'avaient pas éveillé quelque défiance chez Reber; celui-ci, plongé dans ses rêveries ambitieuses, n'avait même pas écouté la conversation précédente.

— Eh bien! dit Hermann après une courte pause, êtes-vous décidé? Je ne suis pas embarrassé des terrains que je vous propose, je vous en avertis.

— Je les prends! s'écria le fermier réveillé comme en sursaut; je les prends, et j'espère que ma fortune est faite!

— Moi, je n'ai aucun doute sur ce point, répliqua froidement Hermann.

Il inscrivit au crayon, sur le plan même : *Deux cents acres à Reber;* puis il tira de sa poche un papier imprimé qu'il fit signer au fermier, après l'avoir signé lui-même.

— Nous allons nous hâter de remplir les autres formalités, poursuivit-il; car votre situation peut devenir plus critique d'un moment à l'autre et nous susciter de nouveaux embarras. D'ailleurs, notre navire la *Jenny* appareillera dans dix jours, et il faut que nous soyons tous au Havre à cette époque. Je dis *nous*, car je dois aussi me rendre immédiatement en Amérique. Nous n'avons donc pas une minute à perdre; maintenant que je suis délassé, je vais retourner à l'Arche et prier Marais de préparer les actes sur-le-champ. Rien ne s'opposera, j'espère, monsieur Reber, à ce que vous descendiez au village ce soir, à la chute du jour, pour les ratifier. Avec quelques précautions, il vous sera facile d'éviter les regards des gens du pays. Si vous y consentez, je me chargerai de prévenir vos filles.

— Très volontiers, mon cher Hermann; prévenez ces pauvres petites; j'ai une grande impatience de les voir. Elles ont tant souffert! peut-être vais-je leur procurer d'heureux jours!

— Et pourquoi non, voisin? reprit Burgwillers; et puis, nous allons être riches, pourquoi ne serions-nous pas bons amis là-bas comme ici?

— Comme vous dites, Burgwillers, nos terres se touchent, et nous pourrons nous réunir tantôt chez l'un tantôt chez l'autre... Je m'arrangerai pour que mon garde-manger soit toujours bien garni, et ma cave aussi, voisin.

— Et si les bestiaux vous manquent, ami Reber, je me chargerai de vous fournir le lait, le beurre et le fromage... Vos jolies demoiselles ne dédaignent pas trop une bonne crème, je pense.

— Je crois bien... et nous irons tous les dimanches à la ville pour nous divertir... Nos moyens nous permettront de nous donner quelques petites douceurs, n'est-ce pas, Burgwillers?

— Certes, et je n'irai à Stockton qu'en char à bancs.

— Et moi j'aurai un cabriolet pour y conduire mes petites.

— Ma maison aura un jardin qui sera toujours plein de fleurs, avec des ruches à miel.

— Et moi, du diable si je ne songe pas à me faire construire une habitation aussi grande qu'un château...! Oui, oui, nous serons bien heureux, Burgwillers!

— Comme des rois, Reber.

Et ils se serrèrent la main avec effusion, sans remarquer le sourire ironique qui se jouait toujours sur les lèvres d'Hermann.

Le courtier venait de rassembler ses paperasses et se préparait à retourner au bourg; Schmidt, qui était demeuré à l'écart pendant que les deux nouveaux colons construisaient des châteaux... en Amérique, se rapprocha vivement de lui.

— Monsieur Hermann, je vous en conjure, dit-il en joignant les mains, donnez-moi le moyen d'aller en Amérique avec monsieur Reber et..... les autres.

— Ah! ah! mon garçon, demanda le courtier en ricanant, vous avez donc aussi votre petit grain d'ambition? C'était bien la peine de faire tant le difficile!

— Ce n'est pas cela, répliqua Schmidt. Peut-être ma mauvaise chance me poursuivra-t-elle là-bas comme ici; mais je ne saurais quitter monsieur Reber, et j'ai dans l'idée que je pourrais encore lui rendre service à lui et aux siens... Emmenez-moi, je vous en supplie.

— Et que diable voulez-vous que l'on fasse de vous? vous n'avez même pas de quoi payer le voyage. A supposer que je fusse assez sot pour vous avancer le prix de votre passage, on refuserait, à New-York, de vous recevoir, et vous seriez obligé de revenir plus misérable que vous ne seriez parti.

— J'ai un état, pourtant, répliqua Schmidt. Vous avez dit, je crois, que l'on recevait sans exiger d'eux aucun pécule les ouvriers qui pouvaient exercer un métier... est-ce qu'on ne porte pas de sabots en Amérique?

Hermann partit d'un éclat de rire.

— Ma foi! je l'ignore, répliqua-t-il; on n'en porte pas à New-York; mais peut-être que dans l'Ouest... Allons! ne songez pas à cela, c'est une folie!

— Mais je sais aussi sculpter de petites figures que l'on trouve assez jolies; et je sais travailler le bois de bien des manières.

— Vous auriez plus de chances de réussir là-bas si vous saviez pêcher la morue et saler le hareng; ces Yankees sont positifs en diable... C'est une folie, vous dis-je, et il n'y faut plus penser.

Reber fut touché du désespoir qui se peignait sur l'honnête figure du maître d'école.

— Hermann, dit-il, un jeune homme instruit, tel que Schmidt, pourrait m'être d'une grande utilité sur mes domaines pour tenir mes comptes et surveiller les travailleurs; et, s'il n'en devait pas coûter cher pour l'emmener avec moi...

— Allons donc, Reber, vous n'avez pas déjà trop pour vous-même, et, si vous m'en croyez, vous vous contenterez de vos propres charges... Mais nous devrions être partis déjà... Adieu, messieurs; à ce soir, chez le notaire Marais... Venez-vous, Schmidt?

— Je vous suis, — dit le pauvre garçon. Et il murmura à part, en s'essuyant les yeux : — Quand je devrais vendre mon âme au démon, il faut que je parte avec eux.

X

LA MAISON NATALE.

C'était une de ces matinées pluvieuses qui, au milieu même de l'été, rappellent les mauvais jours d'hiver. Des nuages bas, épais et lourds, avaient envahi le ciel au-dessus du bourg de l'Arche, et restreignaient considérablement l'horizon. Les montagnes éloignées étaient devenues invisibles, les cimes les plus rapprochées n'apparaissaient que vaguement dans la brume. Par momens, des *grains* passagers arrivaient avec leur cortége ordinaire de pluie tourbillonnante et de vent, laissant après eux le sol parsemé de flaques d'eau et le paysage brillant comme un tableau fraîchement verni. Mais ces ondées rapides ne nettoyaient pas l'atmosphère; toujours des nuages noirs succédaient aux nuages, et ce jour terne, irrégulier, blafard, eût inspiré de la mélancolie aux plus heureux et aux plus gais.

Or, la population de la vallée de l'Arche et des vallées environnantes n'était rien moins que gaie en ce moment. L'heure du départ était venue pour les nombreux émigrans qu'Hermann avait recrutés dans le pays. Dès les premières lueurs du jour, on avait vu de ces humbles voyageurs, les uns isolés et à pied, les autres par groupes ou par familles, à cheval ou en voiture, traverser la vallée et se diriger vers la ville voisine, où ils devaient prendre le chemin de fer. Des hommes, des femmes, des enfans couraient dans les rues du village pour aller embrasser encore une fois des parens, des amis, et leur dire un dernier adieu. Les cabarets regorgeaient de monde, et certains émigrans, comme les conscrits, s'efforçaient de s'étourdir en buvant et en faisant grand bruit. C'étaient des embrassades, des poignées de main, des protestations à n'en plus finir, sur la voie publique et dans les maisons. Là, on se lamentait; plus loin, on riait et on chantait; mais les chants et les rires avaient quelque chose de forcé qui serrait le cœur.

Devant la maison de Reber, qui était, nous le savons, un peu écartée du village, stationnait un chariot que l'on était en train de charger de bagages; mais là tout se faisait sans bruit, avec cette tristesse morne que justifiaient les circonstances. Aucun voisin n'avait offert ses services, aucun ami n'accourait pour prendre congé. Reber arrangeait les paquets dans la charrette, couverte de toile cirée et attelée de deux vieux chevaux de grandeur inégale; il n'était aidé dans cette besogne que par son valet Philippe, chargé de garder la maison, sous la surveillance du notaire Marais, en attendant qu'Hermann, le nouveau propriétaire, en eût disposé. Par la fenêtre ouverte on apercevait Julia et Kretle, habillées déjà pour le voyage, toutes deux sombres, abattues, le visage baigné de larmes, tandis que la grand'mère, inquiète de la perturbation apportée à ses habitudes, rôdait autour d'elles en grommelant.

On entendit le bruit des pas d'un cheval qui arpentait la grande rue de l'Arche, et bientôt une voix haute et fière sembla gourmander plusieurs personnes. C'était Hermann, qui parcourait le village de l'air d'un général passant la revue de ses troupes. Bientôt il parut lui-même. Il était parfaitement monté et comfortablement équipé. Une casquette de forme anglaise était posée sur son oreille; enveloppé d'un mackintosh qui laissait voir des bottes dignes d'un jockey de New-Market, il fumait négligemment un cigare. Il s'arrêta devant la maison, et, sans même descendre de cheval, il cria d'un ton d'impatience :

— Comment! papa Reber, pas encore parti?... Songez qu'il vous faut être à la ville pour le convoi de six heures du soir, et vos chevaux ne me semblent pas des meilleurs. Demain à Paris, après-demain au Havre, voilà la consigne, tant pis pour les retardataires! ils seront mal placés à bord de la *Jenny*, ou ils ne partiront pas.

Au son de cette voix, les deux jeunes filles s'empressèrent d'essuyer leurs yeux et de mettre la tête à la fenêtre; mais ni l'une ni l'autre ne put prononcer un mot; elles se contentèrent de saluer Hermann d'un signe amical. Reber, qui déjà revêtu de sa blouse de voyage travaillait au fond de la voiture, souleva un coin de la toile cirée et dit d'une voix éteinte :

— Nous serons prêts dans un instant, monsieur Hermann, le temps d'installer ces pauvres femmes le mieux possible... C'est un rude et long voyage que nous allons entreprendre, voyez-vous! et maintenant qu'il n'y a plus à s'en dédire, le diable m'emporte si je ne me repens pas de vous avoir écouté!

— Voilà des réflexions qui viennent un peu tard, monsieur Reber; d'ailleurs il me semble que vous n'aviez guère la faculté d'agir autrement... Mais allons, allons!

poursuivit le courtier d'un ton léger, il faut prendre son parti en brave, et tout ira bien.

— Que Dieu vous entende! Cependant, au moment de quitter cette pauvre maison, j'ai le cœur serré comme si j'allais être frappé de nouveaux malheurs... Enfin, vous avez raison, il faut en prendre son parti et espérer dans la bonté de Dieu... Ne vous inquiétez pas de notre retard; nous serons à la ville presque aussitôt que vous, car vous y allez sans doute?

— En effet, répliqua Hermann avec suffisance; je veille sur mes émigrans comme le pasteur sur son troupeau, ou plutôt comme un père sur ses enfans, et je me séparerai d'eux le plus tard possible... Toutefois, je ne peux voyager avec vous, et nous ne nous retrouverons qu'au Havre, où je compte vous recommander au capitaine de la *Jenny*... En attendant, continua-t-il en adressant à Kretle et à Julia un salut familier, j'espère que ces aimables demoiselles ne se désoleront pas trop de quitter ce vilain pays; je leur prédis de nombreux admirateurs en Amérique et des maris millionnaires.

— Souhaitez-leur de la santé, du courage et de la tranquillité d'esprit, répliqua le fermier avec mélancolie, cela vaudra mieux peut-être... Au revoir donc, Hermann; nous nous retrouverons au Havre, comme vous dites... Mais, un mot encore, ajouta-t-il d'un ton mystérieux en baissant la voix, avez-vous des nouvelles de... de Molsheim?

— De mauvaises, répliqua le courtier de même, et vous faites prudemment de partir.

— Quoi donc! l'état du jeune homme aurait-il empiré?

— Pas précisément; mais le père est toujours monté contre vous, et, d'après tout ce qui me revient, vous agissez sagement en changeant d'air au plus vite.

En même temps, Hermann toucha sa casquette, et partit au galop en sifflotant.

Bientôt les préparatifs de Reber furent achevés; les paquets et les bagages remplissaient la partie postérieure de la voiture, tandis que deux banquettes, placées sur le devant, étaient destinées à recevoir les voyageuses. Le fermier mit pied à terre, et rentra dans la salle du poêle où se trouvaient ses filles et sa belle-mère.

Les deux sœurs étaient vêtues uniformément de robes de laine de couleur sombre, et coiffées de chapeaux de paille d'une extrême simplicité. La tristesse empreinte sur leurs traits gracieux ajoutait une poésie nouvelle à toute leur personne. Madame Dietrich avait été habillée de même, aussi convenablement que possible pour le voyage; elle avait sur la tête une capote de soie verte bien ouatée, ouvrage de Kretle et de Julia : un grand voile vert protégeait sa vue contre la lumière trop vive. Sur le dos d'une chaise, on avait disposé les mantes des jeunes filles et un châle épais destiné à la grand'mère, de manière à ce que les voyageuses pussent obéir instantanément à l'appel du chef de famille.

Ce signal qu'on attendait, Reber se présenta sur le seuil dans l'intention de le donner; mais quand le pauvre fermier eut promené son regard dans cette pièce familière, où il avait passé de si heureux jours, et qu'il ne devait plus revoir, quand surtout ce regard se fut arrêté sur le groupe navrant que formaient les trois femmes, la force lui manqua, les paroles expirèrent sur ses lèvres; il se laissa tomber sur un siége, et, se couvrant le visage de ses deux mains, il se mit à sangloter.

Aussitôt les jeunes filles, si accablées tout à l'heure, s'élancèrent vers lui, le prirent dans leurs bras, le couvrirent de baisers. Le malheureux père s'efforça de se calmer.

— Pardonnez-moi, chères petites, leur dit-il d'une voix brisée; vous deviez attendre de moi l'exemple du courage, et je montre une faiblesse indigne d'un homme. Je ne sais où sont allées les brillantes espérances que je caressais ces derniers jours; à présent, je n'envisage qu'avec terreur votre avenir à vous, si jeunes encore et qui avez tant souffert, l'avenir de cette vieille femme elle-même qui, malgré ses torts passés, eût dû finir ici paisiblement sa longue existence; je frémis de penser à quels hasards terribles je vais exposer de pauvres créatures que Dieu m'avait confiées pour les protéger et les rendre heureuses... Et puis, continua-t-il en étendant la main, je ne saurais quitter sans avoir le cœur déchiré cette humble maison qui ne m'appartient plus. C'est là que j'ai passé dix années de bonheur avec votre mère, c'est là que vous êtes nées l'une et l'autre, c'est là que ma bien-aimée Madeleine a expiré dans mes bras... Où retrouverons-nous ces pieux et chers souvenirs?

Julia se redressa.

— Mon père, dit-elle avec émotion, notre dernier acte en quittant notre demeure doit être de prier pour celle qui en a fait si longtemps la joie... Prions pour ma mère, cela nous portera bonheur.

— Oui! s'écria Kretle, et du haut du ciel à son tour elle bénira notre voyage.

Il y avait au-dessus du poêle un vieux crucifix d'étain dont la croix de bois noir tranchait sur la blancheur du mur. Le père et les filles vinrent se prosterner devant cette image. Seule, la vieille grand'mère demeura debout; elle s'était toujours montrée esprit fort dans le cours de sa vie mondaine; mais ce qui l'empêchait à cette heure de se joindre à cet acte de dévotion, c'est qu'elle ne le comprenait pas. Elle regardait d'un œil terne et hébété ses petites-filles et son gendre agenouillés devant la croix; ce tableau ne disait rien à son intelligence ni à son cœur.

Pendant que le père et les filles remplissaient ce pieux devoir, quelqu'un entra doucement dans la salle, et, après avoir déposé à terre un sac assez lourd, vint s'agenouiller derrière eux. Quand la famille se releva, fortifiée par l'espérance et la confiance en Dieu, elle reconnut Schmidt dans la personne qui venait de prier avec elle.

Le maître d'école était en grande toilette; un vieux feutre, un peu rouge, mais solide encore, avait remplacé sa petite casquette d'étudiant allemand, et il avait un pantalon de gros drap, son pantalon des jours de fête. Le sac déposé à terre paraissait contenir quelques effets de rechange et divers outils en usage pour travailler le bois.

Cette visite causa grand plaisir à Reber et à ses filles.

— Te voilà donc, mon brave garçon? dit le fermier attendri en lui tendant la main; tu viens nous dire adieu et je t'en remercie, car tu peux t'assurer qu'il n'y a pas foule... J'avais pourtant fait quelque bien dans ce pays et rendu service à plus d'un, mais les malheureux n'ont point d'amis. Il m'eût été pourtant bien pénible de partir sans te voir et de songer que, toi aussi, tu nous avais oubliés!

— J'étais sûre que monsieur Schmidt serait incapable d'une pareille indifférence, dit Julia.

— Et moi aussi, ajouta Kretle.

Ces paroles amicales touchèrent le bon Schmidt.

— Monsieur Reber, mesdemoiselles, vous avez donc un peu d'affection pour moi? demanda-t-il avec naïveté; eh bien! alors, je ne tarderai pas davantage à vous apprendre qu'il ne s'agit nullement d'adieux entre nous.

— Comment cela, mon garçon?

— C'est une surprise, monsieur Reber; je n'ai pas voulu vous dire la vérité plus tôt de peur d'objections de votre part. En deux mots, permettez-moi de placer mon paquet sur votre char à bancs et de marcher à vos côtés; je pars avec vous.

— Il n'est pas besoin de permission pour cela, Schmidt; mais sans doute tu t'arrêteras à la ville?

— Je ne m'y arrêterai pas plus que vous, monsieur Reber; j'émigre aussi, et je vous suis en Amérique.

Reber et ses enfans poussèrent des exclamations de surprise.

— Serait-il possible? demanda le fermier. Sans t'offenser, mon ami, comment t'es-tu procuré les moyens...?

— Ecoutez, monsieur Reber; je possédais une montre et une chaîne d'or qui provenaient de mon oncle; c'était tout ce qui me restait de lui, et quoique j'aie passé de bien mauvais jours, je n'ai jamais voulu m'en défaire. Ce bijou unique, je l'ai vendu, et je n'aurai plus désormais de souvenir de mon pauvre oncle que dans mon cœur... L'argent que m'a donné le juif Nathan pour la montre et pour mon chétif mobilier forme une somme bien modique; mais monsieur Hermann la trouve suffisante pour payer mon voyage jusqu'à New-York, à la condition que je m'astreindrai à la plus stricte économie... Heureusement, ajouta Schmidt avec un faible sourire, je ne suis pas habitué à la dépense.

— Mais quand tu seras à New-York, que feras-tu? On est, dit-on, très sévère aux États-Unis pour les émigrans dénués de ressources. Que deviendras-tu si l'on refuse de te recevoir? Voyons, il en est temps encore, Schmidt, réfléchis...! Que peux-tu attendre d'un pareil voyage?

— Et que risqué-je de l'entreprendre, monsieur Reber? Pourquoi la misère m'effraierait-elle en pays étranger? Aurai-je beaucoup à regretter là-bas les champignons, les airelles et les mûres de ronces qui tant de fois ici m'ont fourni mon dîner? Je travaillerai et je réussirai peut-être... D'ailleurs, ajouta-t-il en baissant la voix, je ne saurais vivre où vous n'êtes plus; vous et vos charmantes filles, vous êtes les seules personnes que j'aie bien aimées depuis la mort de mon père adoptif. Je m'attache à vos pas, et Dieu me fournira peut-être encore des occasions de vous être utile.

Les objections de Reber ne tinrent pas contre une détermination si bien arrêtée.

— Eh bien! soit, mon bon Schmidt, dit-il en embrassant le maître d'école avec effusion; viens donc avec nous, puisque rien ne peut t'en empêcher. Tu seras comme un membre de la famille, et nous partagerons avec toi le peu que nous possédons...

— Oh! pour cela, non, monsieur Reber; entendons-nous dès à présent. Je ne veux dans aucun cas augmenter vos charges; je n'accepterai jamais rien qui pourrait être prélevé sur vos besoins, sur ceux de votre famille. Je suis homme, et depuis longtemps habitué aux privations; vous m'épargnerez donc l'humiliation d'une offre... Cependant, vous me permettrez bien de rester près de vous, de vous rendre, à vous et à ces chères demoiselles, tous les soins, tous les services que l'on peut recevoir d'un ami?

— C'est-à-dire que nous serons toujours tes obligés, Schmidt, et que tu ne voudras jamais être le nôtre? Mais ce n'est pas le moment de traiter de pareilles matières... Sache seulement, mon brave garçon, que j'éprouverai une grande satisfaction d'avoir près de moi un homme de bon sens et de cœur, capable de m'aider à remplir ma pénible tâche.

— Comptez sur moi, Reber; comptez-y à la vie et à la mort.

— Vous le voyez, mon père, dit Julia, Dieu exauce déjà nos prières; au moment où le courage nous manquait, il nous envoie un ami sûr et dévoué pour partager avec nous la bonne et la mauvaise fortune.

— Qu'il soit donc le bienvenu, dit Kretle, nous l'aimerons comme un frère.

— Comme un frère, mademoiselle? répéta le maître d'école en lui adressant un regard humide.

— Pas autrement, Schmidt, répondit la jeune fille avec résolution. A mon tour, je veux m'expliquer dès à présent avec vous, en présence de mon père et de Julia. Ne vous faites aucune illusion sur mes sentimens: je suis fermement décidée à ne me marier jamais, et toute sollicitation à cet égard serait une offense pour moi. Bannissez toute arrière-pensée, afin que je m'abandonne avec confiance à l'estime et à l'affection que vous m'inspirez... Voici ma main, c'est celle d'une sœur... Voulez-vous la prendre?

Schmidt saisit cette main qu'on lui tendait et la pressa contre ses lèvres.

— Eh bien, soit! Kretle, répliqua-t-il en soupirant; je suis prêt à vous faire tous les sacrifices... Je remplirai auprès de vous, comme auprès de Julia, les devoirs d'un frère, et, s'il subsiste dans mon cœur un sentiment plus tendre, je vous le cacherai soigneusement, je vous le promets.

— N'en parlons plus, interrompit brusquement Reber; ces sensibleries sont hors de saison... Allons, Schmidt, embrasse tes deux sœurs, puisque sœurs il y a, et mettons-nous en route; il est temps.

Le jeune homme obéit gauchement. Sa présence avait fait diversion aux douloureuses impressions de toute la famille; Reber et ses filles se sentaient assez forts maintenant pour accomplir la dernière et la plus poignante épreuve. Mais, au moment de sortir, on rencontra une énergique résistance où on ne l'attendait pas.

Kretle et Julia venaient de mettre leurs mantes, puis elles avaient enveloppé la grand'mère dans son châle de voyage. La vieille femme, depuis quelques instans, donnait certains signes d'intelligence; elle regardait autour d'elle d'un air effaré; elle écoutait la conversation, et de temps en temps elle passait la main sur son front. Evidemment, son esprit, surexcité par les circonstances, était dans un de ces accès de demi-lucidité où elle avait conscience des événemens réels. Elle s'était laissé patiemment arranger par ses petites-filles; mais quand elles voulurent la prendre chacune par un bras afin de la soutenir jusqu'à la voiture, elle les repoussa énergiquement.

— Où voulez-vous me conduire? demanda madame Dietrich à ses petites-filles; le temps est noir, il fait froid, il pleut... je ne sortirai pas.

— Grand'maman, répondit Julia doucement, nous allons tous partir; nous ne pouvons vous laisser seule ici.

— Nous reviendrons bientôt, grand'maman, ajouta Kretle d'un ton cajoleur; le temps de rendre visite à des dames du voisinage.

— Vous me trompez, répliqua la vieille femme avec dureté. Croyez-vous que je ne sache pas de quoi il s'agit? Vous parlez pour un voyage lointain et vous voulez m'emmener avec vous. Mais je suis ma maîtresse, peut-être Je n'irai pas... Allons! que l'on m'ôte ce châle et ce chapeau, et que l'on me reconduise à ma chambre; je ne veux pas sortir.

Les deux sœurs ne savaient quel moyen employer pour vaincre cette obstination; leur père intervint avec sa brusquerie habituelle:

— Pas d'enfantillages, maman Dietrich, lui dit-il. Puisque vous paraissez pour le moment en état de me comprendre, sachez qu'il vous faut absolument partir avec nous; rien ici ne nous appartient plus, et, si nous tardions à quitter cette maison, on viendrait nous en chasser... Peut-être, si vous aviez voulu, ne serions-nous pas si misérables; mais il n'est plus temps de vous adresser des reproches. Venez donc; malgré vos torts, nous ne manquerons pas à nos devoirs envers vous, et, tant qu'il nous restera un morceau de pain, vous en aurez la moitié... Maintenant, ne nous irritez pas avec des simagrées inutiles; nous avons assez d'autres chagrins.

Madame Dietrich eut l'air de réfléchir, puis elle répondit posément:

— Vous êtes pauvres, à ce qu'il paraît, et l'on vous chasse d'ici... Bon pour vous; mais moi, je suis riche, j'ai de l'or, des diamans, des billets de banque! Qu'ils y viennent, ces croquans! Je ne suis pas une paysanne, moi; je suis la veuve d'un commissaire des guerres, et l'on y regardera bien à deux fois avant de me faire une avanie. On payera ce qu'il faudra, et qu'on me laisse en repos!

Reber ne put retenir un mouvement d'humeur.

— Toujours la même chanson! répliqua-t-il. Vos trésors se sont envolés, maman Dietrich, et vous n'en avez jamais fait profiter votre famille, qui en aurait eu grand besoin pourtant. Aussi êtes-vous obligée maintenant de partager notre triste sort et de vous exposer, à votre âge, aux incertitudes et aux dangers d'un voyage pénible... C'est peut-être un châtiment du ciel pour vos fautes passées!

Madame Dietrich ne s'émut point de ces paroles amères, dont elle semblait pourtant sentir toute la portée; une autre idée l'absorbait.

— Ils soutiennent toujours que je suis pauvre, dit-elle comme à elle-même; il n'en est rien pourtant. Oui, un coffret en bois de chêne, garni en cuivre, tout plein d'or, de bijoux, de billets de caisse. Je l'ai caché... Où donc l'ai-je caché?

— Grand'mère! s'écria Kretle n'y tenant plus, nous sommes allées ensemble dans le pâturage qui est derrière l'enclos pour chercher cette cassette, et vous n'avez pu nous dire où vous l'aviez enfouie.

— Elle y est pourtant. Qui l'aurait prise? Oh! je connais bien l'endroit... au bord d'un ruisseau, près d'un petit bois, des rochers à l'entour... Eh bien! je vais la retirer à l'instant même et l'on saura enfin si je suis riche!

Elle voulut sortir; la force semblait lui être subitement revenue; sa taille voûtée s'était redressée. Les deux jeunes filles regardèrent le fermier avec hésitation:

— Que ferons-nous? dit Julia; la grand'mère, cette fois, paraît sûre de son fait.

— De plus, poursuivit Kretle, elle a renoncé à son fatras de dot, d'amoureux, de coquetterie; elle a l'air de juger nettement de notre fâcheuse situation... Qu'en dites-vous, cher père? ne conviendrait-il pas de tenter une dernière expérience?

— A quoi bon, mes enfans? Tout ce qui passe par le cerveau de cette pauvre vieille n'est que fantaisies, billevesées, songes creux; vous avez déjà visité, il y a huit jours, l'endroit où elle veut vous conduire de nouveau, qu'avez-vous trouvé?

— Il est vrai, mon père, dit Julia; mais les circonstances ne nous avaient pas permis de profiter du moment lucide de la grand'maman pour faire cette épreuve; il nous fallut attendre au lendemain, et alors sa faiblesse d'esprit lui était revenue, l'impression était passée; elle ne nous comprenait plus, elle ne se souvenait plus de rien... au lieu qu'aujourd'hui...

— Soit donc, interrompit le fermier en haussant les épaules; comme cela vous n'aurez pas de regrets. Je vous accorde dix minutes, pas davantage, entendez-vous? Pendant ce temps, je vais parcourir une dernière fois la maison pour m'assurer si je n'aurais pas oublié quelqu'une des choses que nous avons le droit d'emporter, et pour donner mes instructions à ce pauvre Philippe, que monsieur Marais et Hermann ont chargé de la garde de la propriété.

— Dix minutes, reprit Kretle avec vivacité, c'est tout le temps qu'il nous faut... Julia, aide-moi à soutenir la grand'maman... Vous, Schmidt, prenez une bêche et une pioche, pour le cas où il serait nécessaire de creuser, et venez avec nous.

Schmidt, sans demander d'explication, alla chercher dans un coin les outils désignés et suivit les trois femmes.

On traversa un jardin rempli de fleurs, dont Julia et Kretle avaient pris soin jusqu'à ce jour, et qui ne devaient plus s'épanouir pour elles; puis l'enclos où les arbres étaient chargés de fruits naissans que ses anciens maîtres ne devaient plus voir mûrir; mais les deux sœurs ne pensaient pas à cela. L'esprit faible de la grand'mère était d'une telle mobilité que, dans le trajet de la maison au pâturage, elle pouvait oublier l'objet de cette courte excursion. Ses petites-filles, pour éviter ce danger, ne cessaient de lui parler chemin faisant du trésor perdu qu'il s'agissait de retrouver. Madame Dietrich, du reste, n'avait pas besoin de ces incitations; elle marchait d'un pas ferme, la tête droite, sans user de l'appui que ses enfans lui offraient; une surexcitation nerveuse ranimait ses forces physiques, tout en réveillant son intelligence depuis si longtemps assoupie.

On atteignit ainsi l'endroit indiqué; c'était un terrain vague, assez peu fertile, qui s'étendait derrière l'enclos; à droite et à gauche, des haies touffues servaient de clôture aux héritages voisins; en face coulait le ruisseau qui traversait la vallée de l'Arche. De l'autre côté du ruisseau, sur le penchant d'une colline, on voyait un bois où chantaient les grives et les loriots. Quelques vieux arbres étaient disséminés sur ce sol impropre à la culture, et de gros rochers perçaient le tapis de gazon dont il était revêtu. Cet emplacement, quoique peu éloigné du village, présentait toutes les conditions de solitude qui avaient pu déterminer la vieille femme à y cacher son trésor.

— Réfléchissez-bien, grand'maman, demanda Kretle; est-ce ici?

Madame Dietrich posa sa main au-dessus de ses yeux, son geste habituel quand elle voulait examiner quelque chose avec soin, et, après avoir marmotté entre ses dents, elle finit par répondre d'une voix distincte:

— C'est ici.

Les deux jeunes filles ne purent retenir un cri de joie. A la visite précédente, la grand'mère n'avait pas reconnu cette localité ou n'avait répondu que d'une manière confuse. Les pauvres petites entrevirent, comme dans un rêve, des monceaux d'or, leur père heureux et souriant, toutes les joies de ce monde.

— Grand'mère, poursuivit Kretle, puisque nous avons trouvé la place, montrez-nous bien vite où vous avez enfoui votre coffret.

— Attendez, attendez, répliqua madame Dietrich en promenant autour d'elle son regard clignotant; autrefois je venais souvent en cet endroit, presque tous les jours; mais je n'y suis pas venue depuis longtemps, et dans l'intervalle tout a bien changé. Lors de ma dernière visite, c'était un soir d'hiver; il faisait grand froid, et quand je remportai la cassette, mes pauvres mains glacées avaient peine à la soutenir.

— Songez donc à ce que vous dites, grand'maman. Si vous avez remporté la cassette, comment voulez-vous que nous la trouvions ici?

— Oui, oui, je l'ai déterrée, répliqua madame Dietrich sèchement; elle pouvait être découverte par ces paysans avides qui se disent de ma famille; ils ne l'auront pas!

Ces divagations, ces contradictions apparentes de l'aïeule rejetèrent Kretle et Julia dans leurs incertitudes.

— S'il en est ainsi, grand'maman, il est inutile de chercher. Retournons à la maison, où le char à bancs nous attend, et nous allons partir. Sans doute mon père s'impatiente déjà.

Ce mot de *partir* donna une direction nouvelle aux idées de madame Dietrich.

— Un moment, un moment donc! reprit-elle; je crois me souvenir... N'y a-t-il pas de ce côté un vieil arbre tortu, crevassé et couvert de mousse?

— Le voici, s'écria Julia en désignant un cerisier sauvage qui s'élevait à quelques pas d'elles.

— Alors, par ici, continua la vieille en étendant le bras dans une direction opposée, doit se trouver une roche de couleur rougeâtre, couronnée de fougères et de polypodes?

— La voici, s'écria Kretle à son tour.

Et elle courut vers une grosse pierre qui s'accordait avec la description de la grand'mère.

— Maintenant, poursuivit madame Dietrich, ne voyez-vous pas sur cette roche une petite croix que j'y traçai à grand'peine avec la pointe d'un couteau?

Les deux sœurs étudièrent minutieusement la surface de la pierre, et, malgré les lichens qui la cachaient, elles finirent par découvrir le signe annoncé.

— Eh bien! reprit la grand'mère avec assurance, creusez au pied du rocher, juste au-dessous de la croix, et vous trouverez le coffret.

— En effet, ma sœur, s'écria Kretle au comble de la joie, le sol à cette place paraît avoir été fouillé il n'y a pas bien longtemps... Ah! grand'maman, serait-il possible que nous vous dussions notre bonheur?

— Prends garde, Kretle, répliqua Julia en soupirant, de t'abandonner encore à de vaines espérances. Notre pauvre grand'mère nous a trompées ou plutôt s'est trompée si souvent!

— Nous allons voir... Schmidt, mon ami, je vous en

conjure, hâtez-vous de creuser à cette place, ou plutôt donnez-moi cet outil, je saurai bien moi-même...

— Vous allez vous blesser, mademoiselle Kretle, dit Schmidt; de grâce, laissez-moi seul m'acquitter de cette besogne... Mais, poursuivit-il avec intérêt, si nous trouvions là ce que vous espérez, renonceriez-vous à ce long et dangereux voyage?

— Peut-être, mon cher Schmidt.

— Alors laissez-moi faire; vous avez certainement moins le désir de trouver que moi-même.

Il attaqua le terrain avec vigueur; en quelques coups de pioche il eut pratiqué au pied du rocher une excavation assez profonde. Les deux jeunes filles, immobiles à ses côtés, observaient avidement les progrès de son travail, tandis que madame Dietrich demeurait un peu à l'écart.

Toutefois, à mesure que l'ouvrage avançait, Kretle et Julia sentaient diminuer leur confiance. Une femme aussi faible que l'était déjà madame Dietrich deux ou trois années auparavant n'avait pu creuser seule une fosse semblable à celle que Schmidt venait d'ouvrir; cependant on ne trouvait rien; bientôt même le fer de la pioche résonna sur le rocher; toute la terre végétale avait été enlevée, et il était inutile de pousser plus loin les recherches. Schmidt s'arrêta. Les deux sœurs étaient consternées.

— Ah! grand'maman, dit Kretle d'un ton de reproche, pourquoi vous êtes-vous jouée de nous? le coffret n'est pas là.

La vieille femme regarda l'excavation d'un air hébété, tâta le rocher, puis un vague sourire erra sur ses lèvres flétries.

— Ah! ah! murmura-t-elle, il faut donc que je l'aie transporté ailleurs... le soir qu'il faisait [illegible] oid!

— Oui, oui, vous l'avez transporté [illegible]lleurs, s'écria Kretle, prompte à saisir l'à-propos. Voyons, grand'mère, tâchez de vous mieux souvenir cette fois, et conduisez-nous...

Un éclat de rire douloureux et moqueur partit derrière elle.

— Eh bien! mes beaux chercheurs de trésors, dit Reber, qui s'était approché sans être aperçu, êtes-vous convaincus maintenant? Cette bonne femme a la manie, commune à beaucoup de vieillards, de se croire millionnaire; mais il faut être aussi fou qu'elle pour s'y laisser prendre. Enfin, vous avez voulu tenter l'expérience, et vous devez être tranquille, il est bien sûr que nous ne laissons pas de trésors derrière nous!

— Cependant, mon père, dit Kretle, grand'maman vient encore de prononcer des paroles qui pourraient donner à penser. Il semblerait que le coffret, d'abord caché au pied de cette roche, aurait été transporté ailleurs, et peut-être...

— A tous les diables le coffret et celle qui s'en croit la maîtresse! s'écria Reber avec vivacité. Qu'il ne soit plus question de ces sottises, ou je me fâche, à la fin!... Voyons, partirons-nous?

Il n'y avait plus à répliquer. Schmidt ramassa ses outils, pendant que les deux sœurs, non sans regretter peut-être cette précipitation, prenaient le bras de la grand'mère pour la ramener vers la maison. Mais madame Dietrich résista de nouveau; elle poussa des cris aigus et trépigna comme un enfant en colère.

— Non, non, je ne veux pas partir, abandonner mon or! disait-elle; je ne veux pas être pauvre, malheureuse; je veux rester ici, je veux...

— Ah çà! faut-[illegible] me que je m'en mêle? s'écria Reber en enflant sa voix; [illegible]in! la grand'maman, allez-vous être méchante à présent?

Ce ton formidable imposait toujours à la vieille femme. Elle se calma tout à coup, et ses traits exprimèrent une frayeur puérile; mais en même temps le peu d'intelligence qui avait rayonné jusque-là sur son visage disparut complétement. Elle baissa la tête, fléchit les épaules, et balbutia épouvantée :

— Ce n'est pas moi... Ne me maltraitez pas... je n'ai rien fait.

Kretle ne se méprit pas à ces signes bien connus.

— Plus d'espoir maintenant, dit-elle avec un soupir; la voilà retombée dans son imbécillité habituelle; tout est fini et bien fini pour cette fois... nous pouvons partir.

On se dirigea vers la maison; madame Dietrich se laissait conduire, en rechignant avec timidité; Schmidt et Reber formaient l'arrière-garde, et le fermier expliquait à son compagnon ce qu'il appelait les *lubies* de la grand'mère.

Comme l'on traversait l'enclos, un polisson d'une dizaine d'années, pieds nus, vêtu seulement d'une chemise et d'un pantalon de toile, apparut à la trouée d'une haie voisine; il courut en gambadant vers Julia, qu'il arrêta par sa mante.

— Demoiselle Julia, dit-il en patois, d'un air à la fois railleur et mystérieux, venez donc un moment par ici... Il y a quelqu'un qui voudrait vous dire adieu.

Et il désignait un verger situé de l'autre côté de la haie.

— Ah! c'est toi, Pierre, dit Julia étonnée dans la même langue. Qui me demande? Serait-ce ta sœur Joséphine, par hasard?

— Peut-être bien, répliqua le petit paysan.

Joséphine était une jeune fille de l'Arche, autrefois amie des demoiselles Reber, mais qui avait cessé de les voir depuis le malheur de Kretle. Julia fut choquée de cette invitation.

— Eh bien! reprit-elle sèchement, tu diras à Joséphine que, si elle veut me dire adieu, elle me trouvera tout à l'heure à la maison avec mon père et ma sœur.

— Y penses-tu, Julia? interrompit Kretle, à qui pourtant cette humiliation avait fait monter le rouge au visage; c'est toi, toi seule que l'on veut voir... tu ne peux refuser la preuve d'estime et d'affection que l'on désire te donner. Va, ma sœur.

— Mais, Kretle, je ne trouve pas convenable...

— Chère Julia, c'est probablement un éternel adieu que vous allez vous dire, Joséphine et toi; ne dédaigne pas cette dernière marque de sympathie, que je t'envierais en d'autres circonstances. Va, va, je t'en conjure.

— Qu'en dites-vous, mon père? demanda Julia irrésolue.

— Fais ce que tu voudras, mais fais vite; nous devrions déjà être en route.

Julia suivit le petit paysan, tandis que le reste de la troupe regagnait la maison.

La trouée de la haie était assez large pour que mademoiselle Reber pût passer sans difficulté. Quand elle fut de l'autre côté, Julia se trouva dans un terrain inculte qu'ombrageaient des arbres fruitiers rabougris. Elle regardait avec surprise et défiance autour d'elle; le petit paysan lui dit avec volubilité :

— Ma sœur Joséphine n'y est pas; vous voilà bien attrapée.

En même temps, il tira la langue à la manière des polissons, et s'enfuit vers l'extrémité de l'enclos, où l'on voyait un cheval, tout sellé et bridé, attaché à un arbre.

Julia, se croyant victime d'une espièglerie, haussa les épaules et allait revenir sur ses pas, quand un jeune homme, élégamment vêtu, apparut derrière une touffe de feuillage. Il était coiffé d'une casquette de drap, par-dessous laquelle on apercevait un bandeau de linge. Bien qu'il fût pâle et amaigri, mademoiselle Reber le reconnut du premier coup d'œil : c'était Albert Lovendal.

La présence subite d'Albert, qu'elle croyait mourant à Molsheim, la frappa d'abord de stupeur; mais, bientôt rendue à elle-même, elle voulut se retirer sans prononcer une parole. Albert la retint par un geste suppliant.

— Mademoiselle, balbutia-t-il, pardonnez le subterfuge que j'ai dû employer pour obtenir de vous quelques minutes d'entretien. Je ne pouvais sans inconvénient me présenter devant votre père, devant votre sœur...

— En effet, monsieur; mais j'étais si loin de m'attendre... On vous disait encore malade des suites de...

— Et vous alliez partir sans m'accorder une pensée, un souvenir, tandis que moi, sur mon lit de souffrance, je n'étais occupé que de vous! Julia, quand ce matin j'ai appris que vous alliez quitter le pays avec toute votre famille, j'ai ressenti la plus grande douleur que j'aie éprouvée depuis ma naissance; j'ai trompé l'inquiète tendresse de mon père, la vigilance des personnes qui m'entouraient; je me suis glissé inaperçu jusqu'à l'écurie, j'ai sellé moi-même mon cheval, et j'accours ici pour vous supplier de m'écouter un instant.

— Je ne le peux ni ne le dois, monsieur; il me suffit de voir qu'on m'avait exagéré la gravité de votre mal, et que la violence de mon père n'aura pas de suites sérieuses. Je fais des vœux pour votre rétablissement complet. Adieu.

Et elle voulut encore s'éloigner.

— Oh! vous m'entendrez, Julia! dit Albert avec véhémence; nous ne nous reverrons peut-être plus sur la terre; vous me devez, vous vous devez à vous-même de m'accorder cette faveur. Quand la vérité vous sera connue, et elle vous sera connue tôt ou tard, j'en ai la certitude, vous regretterez amèrement votre dureté, votre injustice envers moi!

Julia ne pouvait résister à une adjuration aussi solennelle; elle répondit en baissant les yeux :

— Eh bien! soit, monsieur; mais le temps me presse, mon père m'attend... qu'avez-vous à me dire?

— J'ai à vous dire, Julia, répliqua Lovendal d'une voix pénétrante, que je n'ai jamais aimé, que je n'aimerai jamais que vous!

Une fugitive nuance de joie passa sur le frais visage de la jeune fille; mais aussitôt mademoiselle Reber se redressa et répliqua avec une froide dignité :

— Vos paroles sont une insulte pour moi, monsieur.

— Pourquoi une insulte, Julia? Mes intentions ne sont-elles pas honorables? Je ne m'en cache pas; cédant d'abord aux instances et aux larmes de mon père, qui avait d'autres projets sur moi, j'ai voulu étouffer cet amour dans mon cœur; j'avais promis, j'avais juré de ne jamais remettre le pied ici, de ne jamais vous revoir; cette promesse, il a été au-dessus de mon pouvoir de la tenir. Maintenant même, quand j'ai failli périr de la main de votre père, toutes les forces de mon âme m'entraînent vers vous... Je ne résiste plus, je cède à une affection plus puissante que tout raisonnement, que toute volonté; si je dois vivre loin de vous, la vie me deviendra odieuse, et je la rejetterai bientôt comme un fardeau trop lourd.

Julia était profondément émue; mais elle se raidit contre sa faiblesse.

— Monsieur Albert, reprit-elle, comment pourrais-je vous croire, quand vous vous êtes rendu coupable d'un crime, d'une lâcheté abominable?

— Ce crime, je ne me lasserai pas de protester que j'en suis complétement innocent! s'écria Lovendal avec une sorte de désespoir; j'en suis innocent, Julia, je vous le jure sur l'honneur, je vous le jure par la mémoire de ma mère, par tout ce qu'il y a de plus sacré en ce monde et dans l'autre!

Cette protestation avait un tel accent de vérité qu'un doute finit par s'élever dans l'esprit de Julia.

— Serait-il vrai? s'écria-t-elle; dans ce cas, monsieur Albert, notre conduite envers vous eût été bien odieuse et bien cruelle! Mais non, non, mon père... ma sœur surtout n'aurait pu se tromper à ce point!

— Votre père s'est abandonné sans examen à ses emportemens sauvages; votre sœur a refusé obstinément de me fournir aucun éclaircissement. Quant à mademoiselle Kretle, je comprends sans peine son horreur et son dégoût pour le misérable dont elle a été victime; mais je cherche en vain à m'expliquer comment elle a pu croire que ce misérable c'était moi. Ne vous ai-je donc pas donné, en sa présence, assez de preuves de mon estime et de ma tendresse?... Julia, chère Julia, ce n'est plus indulgence que je vous demande, mais justice. Cette explication si délicate, que je ne puis réclamer moi-même, vous l'obtiendrez peut-être. Un mystère inconcevable plane sur cette affaire; usez de tous les moyens, je vous en conjure, pour l'éclaircir. A la première occasion favorable, pressez votre sœur de questions; qu'elle précise enfin les apparences qui m'accusent, et si, après mûr examen, je vous parais encore coupable à l'une et à l'autre, alors seulement vous serez en droit de me haïr, de me mépriser...

— Votre demande est légitime, monsieur Albert; jusqu'ici je n'ai pas osé questionner ma malheureuse sœur sur ce pénible sujet, et peut-être se passera-t-il longtemps encore avant que je trouve un moment favorable pour provoquer ses confidences; mais j'ai un ardent désir d'arriver à la connaissance de la vérité, et j'y arriverai sans aucun doute. Votre dévouement envers Kretle, lors de la catastrophe du gouffre de la Fosse, m'a plus d'une fois donné à penser; tant de courage et de générosité pourraient-ils s'allier à tant de lâcheté et de bassesse? Oh! je vous le jure à mon tour, Albert, je serais heureuse d'acquérir la preuve que vous êtes toujours un honnête homme et un homme de cœur!

— Et si cette preuve vous était donnée, Julia, me serait-il alors permis d'espérer...

— N'espérez rien, monsieur Albert; quoi qu'il arrive, nos relations sont à jamais finies, et nous ne devons plus nous rencontrer. Sans parler d'autres obstacles, oubliez-vous quelle immense distance va nous séparer désormais? — En ce moment, la voix sonore du fermier appela Julia du côté de la maison. — Mon père s'impatiente, reprit la jeune fille, et je ne peux rester davantage.

— Il est donc bien vrai que vous partez, s'écria Lovendal avec un transport de désespoir; on me l'a dit, je le vois de mes yeux, et je ne puis y croire encore! Comment, vous si jeune et si faible, allez-vous braver les hasards de ces contrées lointaines? Je vous en conjure, renoncez à ce voyage, il vous sera funeste à tous, à vous, à votre sœur et à votre père... J'ai des motifs de croire qu'on vous a induits en erreur sur ses résultats possibles, et que vous êtes victimes de machinations égoïstes...

Il s'arrêta brusquement.

— Des machinations? Au nom de Dieu! Albert, que voulez-vous dire?

— Rien, rien; mes soupçons ne sont pas fondés peut-être; cette intrigue n'existe pas... Mais si l'on m'avait pris pour dupe, si l'on s'était joué de moi, aucune considération ne pourrait plus me retenir, et l'on verrait de quoi je suis capable!

L'égarement qui perçait dans ces dernières paroles et leur obscurité empêchèrent Julia d'insister. D'ailleurs, un appel plus bruyant que le premier s'éleva de nouveau du côté de la ferme.

— Il est impossible de revenir sur ce qui est déjà un fait accompli, répliqua Julia rapidement. Adieu, monsieur Albert; puissiez-vous être plus heureux que nous!

Et elle s'éloignait déjà.

— Julia! s'écria Lovendal d'une voix brisée, un mot encore, je vous en supplie!... Puisqu'il faut nous séparer, puisque nous ne nous verrons peut-être plus en ce monde, dites-moi du moins que vous ne me méprisez pas, que vous ne croyez pas à l'accusation infâme portée contre moi.

— Je le ferai, Albert, car c'est la vérité. Votre accent de sincérité, vos explications loyales ne me laissent aucun doute que ma pauvre sœur n'ait été abusée par de fausses apparences. Maintenant vous devez être satisfait... Adieu donc encore une fois!

En dépit de son pouvoir sur elle-même, mademoiselle Reber avait les yeux pleins de larmes.

— Julia! Julia! murmura Lovendal.

Épuisé d'émotion, il était devenu subitement d'une pâleur livide; ses jambes fléchissaient sous lui, et il s'appuyait contre un arbre.

Julia voulait lui porter secours; mais elle aperçut, à

l'autre bout do l'enclos, un domestique de confiance qui accourait vers son maître. Rassurée au sujet d'Albert, elle éleva sa main vers le ciel noir et chargé de nuages, comme pour lui faire entendre qu'ils ne devaient plus se revoir que là, puis elle franchit rapidement la trouée de la haie et s'enfuit vers la maison.

Julia rejoignit, hors d'haleine, sa sœur qui l'attendait, assise sur un banc de bois, tandis que Reber, son fouet sur l'épaule, allait et venait autour de la voiture.

— Eh! morbleu! Julia, dit-il avec humeur, à quoi songes-tu donc? était-ce le moment de se livrer à des caquetages de jeunes filles? Nous devrions être déjà loin, d'autant plus que la pluie menace et que les routes ne seront pas dans le meilleur état. Mais allons, montez vite, et regagnons le temps perdu, s'il est possible.

De son côté, Kretle observait sa sœur avec une sorte de défiance.

— Il me semble, Julia, lui dit-elle, que tu as causé bien longtemps... avec Joséphine.

Julia ne répondit pas, et les deux sœurs s'installèrent dans la carriole; mais quand il fut question de faire monter madame Dietrich, à qui l'on avait réservé la meilleure place au fond de la voiture, la vieille femme, qui semblait plongée dans son atonie habituelle, se ranima tout à coup et renouvela ses velléités de résistance.

— Non, non, je ne veux pas, disait-elle en trépignant; partez, vous autres, peu m'importe. Moi, je reste ici; j'y vivrai fort bien toute seule. Je ne veux pas aller avec vous là-bas, j'y mourrais... oui, j'y mourrais, j'en suis sûre!

Reber fronça les sourcils.

— Nous devons tous mourir tôt ou tard, répliqua-t-il. Peut-être, si vous l'aviez voulu, grand'mère, nous n'en serions pas réduits à courir maintenant les aventures. Mais finissons-en, mille tonnerres! allez-vous monter?

— Je ne veux pas.

— Grand'maman, soyez raisonnable, dit Julia doucement du fond de la voiture; nous vous aimerons tant, nous aurons si grand soin de vous!

— Nous vous ferons de jolies robes, vous verrez beaucoup de beau monde, ajouta Kretle d'un ton cajoleur.

— Je ne veux pas... jamais, jamais!

Le fermier perdit patience.

— Ah! c'est comme ça! dit-il; nous verrons bien qui sera le plus fort.

En même temps, il saisit la vieille femme par la taille, malgré sa résistance et ses cris désespérés, l'enleva dans ses bras robustes comme il eût fait d'une petite fille, et, la plaçant dans la carriole, il la força de s'asseoir entre Kretle et Julia.

Madame Dietrich continuait de se débattre; mais son impatience semblait avoir maintenant un autre objet. Elle se penchait hors de la voiture, et elle criait, en trépignant de plus belle :

— Mon livre! rendez-moi mon livre! — Reber ne tenait pas compte de ces paroles, quand Kretle s'aperçut que la grand'mère en s'agitant avait laissé tomber dans la boue ce vieux et sordide volume de Pigault-Lebrun dont elle ne se séparait jamais. Sur un signe de la jeune fille, Schmidt ramassa le livre, qu'il s'empressa de remettre madame Dietrich. Celle-ci le prit avec avidité et s'empressa de le cacher dans une de ses vastes poches en murmurant, — A la bonne heure! j'ai mon livre... Ils ne l'auront pas!

Ni le fermier ni ses filles ne remarquèrent l'intérêt étrange que la vieille semblait attacher à la possession de ce bouquin.

— Maintenant, en route! s'écria Reber; montez-vous, Schmidt? — Mais Schmidt, toujours timide, craignait d'incommoder les dames, et il préféra marcher. — En route donc! reprit le fermier avec une brusquerie qui cachait une vive émotion; adieu, la vieille maison! adieu, toi aussi, mon pauvre Philippe (et il adressait un signe amical au valet de ferme qui se tenait tout en larmes sur le seuil de sa porte), que le bon Dieu nous protége tous! Il lança un coup de fouet aux chevaux, qui partirent en agitant leurs grelots. Comme la voiture s'ébranlait, les deux jeunes filles firent un signe de croix et laissèrent échapper des sanglots, tandis que la vieille recommençait ses cris et ses trépignemens. En ce moment un gros nuage crevait sur la vallée, et les crépitations de la pluie, les mugissemens du vent couvrirent les lamentations des pauvres voyageuses. La petite caravane monta lentement une pente escarpée qui dominait le bourg de l'Arche. Le vent cessa bientôt, mais la pluie tombait toujours en abondance. Quand on fut au sommet de la colline, où l'on allait perdre tout à fait de vue la vallée et le village, la carriole s'arrêta comme d'elle-même, et les émigrans contemplèrent une dernière fois le pays natal. Kretle et Julia versaient encore des larmes, mais des larmes silencieuses, tandis que les traits contractés de Reber trahissaient une poignante émotion : — Bah! dit-il enfin de sa voix rude, pourquoi ici plutôt qu'ailleurs? Et pourtant, ajouta-t-il en se frappant le front, le bonheur était peut-être caché là-bas dans quelque coin de notre humble demeure! — Comme on allait repartir, Reber remarqua le pauvre Schmidt lui-même, qui, appuyé sur son bâton de voyage, pleurait à l'écart en regardant la vallée. — Quoi donc! et toi aussi, Schmidt? lui dit-il brusquement. N'as-tu pas été assez malheureux dans ce pays où tu ne possédais rien au monde? que peux-tu y regretter, toi?

— Bien des choses, monsieur Reber. L'air pur des montagnes, la verdure, le soleil, les joies de ma première enfance, et jusqu'aux misères de ma jeunesse!

XI

LA JENNY.

Depuis une quinzaine de jours, un trois-mâts de quatre à cinq cents tonneaux de jauge, portant le pavillon bleu étoilé des Etats-Unis, stationnait, près du quai, dans un des bassins du port du Havre; c'était *la Jenny* de New-York, le bâtiment destiné à transporter en Amérique la famille Reber et les autres émigrans recrutés par le courtier Hermann.

Ce navire était un peu vieux, et un marin expérimenté eût pu trouver, dans les proportions de sa coque ou dans la tenue de son gréement, bien des choses à reprendre; mais ces détails échappaient au vulgaire, et tout autre qu'un homme du métier se fût laissé prendre à ses coquettes apparences. Il avait été récemment peint à neuf; ses voiles, noircies et déchirées, étaient soigneusement empaquetées sur les vergues et enveloppées de fourreaux de toile blanche. Le pont, que l'on apercevait du haut du quai, était propre et bien rangé; la cuisine y étalait ses grandes chaudières, ses ustensiles de cuivre brillant comme de l'or; le moindre objet de métal reluisait par le soin continuel des mousses.

Comme l'on savait *la Jenny* destinée à transporter des émigrans, bon nombre d'oisifs et de curieux venaient en visiter les installations intérieures. Un mousse français, préposé *ad hoc*, les promenait complaisamment dans le navire; il leur montrait sous les ponts les doubles rangs de couchettes, disposées symétriquement, avec leurs petits rideaux de toile grise et leurs embrasses rouges; il leur faisait remarquer la parfaite aération, le bon ordre qui régnaient partout; il leur vantait l'excellence des approvisionnemens contenus dans des barils bien fermés; il les renvoyait convaincus que le sort des émigrans était fort digne d'envie. Il va sans dire qu'un bon pourboire, offert au cicerone, qui ne refusait pas, était d'ordinaire le témoignage de leur satisfaction.

Toutefois, l'équipage et le capitaine de *la Jenny* n'avaient pas l'air engageant, la mine joyeuse du mousse chargé de recevoir les visiteurs à bord. Les matelots étaient connus dans les cabarets du Havre par leur humeur tapageuse et leur ivrognerie; leurs querelles avaient nécessité plus d'une fois l'intervention de la police et de la force armée. Grossiers et farouches, ils ne frayaient qu'entre eux, et ils étaient justement redoutés des autres marins en relâche dans le port. Quant au capitaine James Davidson (ainsi s'appelait le commandant du navire), il paraissait tout à fait digne de cet équipage de chenapans; c'était un homme de moyenne taille, trapu, aux cheveux rouges; il avait un caractère bourru, et il semblait toujours prêt à appuyer ses paroles de gestes énergiques; souvent même le geste précédait la parole. Vêtu d'un grand caban écossais dont les rayures étaient effacées depuis longtemps par l'action combinée du soleil et de la pluie, il avait pour coiffure un vieux chapeau déformé qu'il n'ôtait pour personne. Des émigrans avaient même prétendu qu'il couchait avec ce maître chapeau; mais c'était sans doute une calomnie, car le capitaine Davidson ne se couchait guère; on le voyait rôder la nuit comme le jour dans le navire, veillant à tout, et relevant avec brutalité la moindre infraction à la discipline. Du reste, il avait deux physionomies parfaitement distinctes, selon qu'il se trouvait à la mer ou dans le port. A la mer, il se montrait violent, despote, impitoyable, et il fallait que tout tremblât devant lui; dans le port, il était seulement taciturne, froid et attentif; une espèce de sourire s'épanouissait sur ses lèvres, bien que son regard demeurât sec et dur. D'ordinaire, il se tenait sur le pont, à côté d'une petite table chargée de tabac, de verres et de bouteilles de rhum. Là, il buvait et fumait des journées entières, assis sur une chaise, et les pieds appuyés contre le bordage du navire, à la hauteur de son visage. S'ils se présentait un visiteur, il tournait la tête vers lui, et disait laconiquement, sans se déranger : « Du grog?... des cigares? » On était libre de prendre sans dire merci. Cette politesse à tous venans, ce rire silencieux, faisaient croire à certaines gens que le capitaine de *la Jenny* était hospitalier et plein de gaîté.

Or, c'était cette mine de *port* et de *beau temps* qu'avait le capitaine Davidson le jour de l'appareillage de *la Jenny*. Dès le matin, après avoir conduit son navire dans le premier bassin, il s'était établi devant sa table, où le grog et le tabac étaient préparés en plus grande abondance qu'à l'ordinaire. Les matelots travaillaient avec activité aux préparatifs de départ; une large planche qui joignait le navire au quai était traversée incessamment par des hommes chargés de colis et de bagages. Toutefois, les émigrans que *la Jenny* devait emporter vers le nouveau monde n'étaient pas nombreux encore, et l'on en voyait seulement une cinquantaine, d'apparence assez misérable, sur la partie du pont qui leur était destinée. Les autres étaient attendus sans doute de moment en moment, car le navire devait avoir sa cargaison complète et quitter le port à la marée du soir.

A l'époque où se passaient les événemens de cette histoire, le contrôle sévère qui s'exerce aujourd'hui dans les ports français sur les navires de cette espèce n'existait pas encore, et des lois protectrices n'avaient pas fait disparaître la plupart des monstrueux abus auxquels a donné lieu cette sorte de *traite des blancs*. Les malheureux que la misère ou le désir de s'enrichir forçait de s'expatrier, étaient abandonnés à peu près sans défense aux intrigues de spéculateurs effrontés tels que le courtier Hermann, et à la rapacité de certaines gens sans cœur et sans foi.

Cependant un officier de police examinait les passe-ports des émigrans sur le pont de *la Jenny*, tandis qu'un inspecteur s'assurait du bon état des provisions et de la navigabilité du navire. Mais ces fonctionnaires n'avaient sans doute rien de bien redoutable pour le capitaine Davidson, car il s'était contenté de leur dire quand ils avaient passé près de lui : « Un grog? du tabac, messieurs? » et il n'avait pas quitté sa pose nonchalante, laissant à son second, vieux marin à peine moins taciturne que lui, le soin de conduire ces agens de l'autorité sur le navire.

Il vint un moment néanmoins où le capitaine dut montrer toute l'urbanité dont il était capable. Deux élégans gentlemen, après avoir examiné le navire du haut du quai avec leurs lorgnons d'or, s'étaient aventurés sur la planche qui servait de pont, et s'avançaient vers le commandant en faisant craquer leurs bottes vernies sur le plancher de sapin. Or, il ne s'agissait plus d'oisifs de la ville venant visiter les installations du bord : l'un d'eux n'était rien de moins que monsieur Bidois, le correspondant au Havre de la maison William Bell et compagnie, à laquelle appartenait *la Jenny*. Il avait des cheveux gris, des manières compassées, une mine austère, ce qui ne l'empêchait pas d'être aussi connu dans les coulisses du théâtre qu'à la bourse de la ville. Son compagnon était monsieur Hermann, plein d'aisance et d'aplomb comme à l'ordinaire.

A la vue de ces personnages importans, Davidson se leva. Ce douteux sourire qu'il avait en temps calme devint plus distinct; en même temps il ôta son cigare de sa bouche et porta la main à son chapeau. A la vérité, il n'ôta pas l'inamovible couvre-chef, mais il le toucha; tous les hommes qui se trouvaient sur le pont purent le constater. Enfin il saisit la main des visiteurs et la secoua rudement, en disant en anglais :

— Bienvenus! bienvenus!... Du grog, des cigares, messieurs?

Monsieur Bidois refusa d'un petit air dédaigneux; Hermann, moins fier, prit sur la table un cigare qu'il alluma.

— Eh bien! capitaine Davidson, demanda-t-il d'un ton familier en mauvais anglais, tout est-il paré? Dans quelques instans le train du chemin de fer arrivera; nous allons être envahis par nos gens, et ce sera un encombrement du diable. Cependant monsieur Bidois insiste pour que vous partiez aujourd'hui à la marée du soir.

— Certainement, dit monsieur Bidois dans la même langue; les émigrans vont s'établir à bord, comme c'est leur droit, d'après leurs polices, et il nous faudrait les nourrir pendant vingt-quatre heures de plus que le temps rigoureusement nécessaire; nous perdrions à cet arrangement plusieurs centaines de rations qu'il est bon d'économiser... Il faut donc partir aujourd'hui même; si l'arrimage n'est pas entièrement terminé, il sera facile en mer de l'achever.

— On partira ce soir, répondit le capitaine avec son laconisme habituel.

— Décidément, ce voyage donnera de beaux bénéfices à notre maison, poursuivit monsieur Bidois avec satisfaction; vous avez fait merveilles, Hermann! Cent soixante passagers recrutés par vous en Lorraine et en Alsace seulement, sans compter plusieurs milliers d'acres de terrains vendus à un dollar l'acre! la compagnie doit être contente de vous.

— On fait de son mieux, répondit Hermann d'un air de fausse modestie. Tenez, capitaine Davidson, voici la liste de mes recrues, avec toutes les indications de sexe, d'âge et de fortune. Sauf quelques pauvres diables que j'ai acceptés pour grossir le nombre, ils sont assez bien munis d'argent, et vous remarquerez que fort peu d'entre eux emportent des provisions; la plupart seront nourris à la cantine du bord, et sans doute vous trouverez avec eux vos petits bénéfices particuliers... Il n'y a pas de mal à cela, Davidson; il faut que chacun profite des avantages de sa position.

Cet aphorisme laissa le capitaine impassible.

— Parbleu! Hermann, reprit monsieur Bidois, puisque les affaires de la maison exigent votre présence à New-York, pourquoi ne vous embarqueriez-vous pas sur *la Jenny*, au lieu d'aller prendre le steamer à Southampton? Davidson a des cabines très confortables, et vous économiseriez ainsi à la compagnie vos frais de déplacement.

— Au diable vos propositions, Bidois! répliqua Hermann avec humeur; je recommande beaucoup *la Jenny* à nos cliens, et personne n'en dit autant de bien; mais je n'en use pas pour moi-même. Si j'étais à bord, je serais sans cesse assailli de réclamations, et je n'y pourrais tenir. C'est pour cela que je n'ai pas voulu accompagner les émigrans sur le chemin de fer, et que je suis venu par un autre convoi, en les laissant se dépêtrer comme ils pourraient. Ils ont toujours quelque demande à faire, quelque plainte à porter... Écoutez donc : on est obligé, pour enjôler tous ces paysans, de leur promettre plus de beurre que de pain, et il est dangereux de se trouver à leurs côtés quand ils commencent à s'apercevoir de certains mécomptes. Aussi ne veux-je pas me prodiguer trop avec eux... D'ailleurs, continua-t-il avec un sourire malin, je connais de réputation la cuisine du capitaine Davidson, et je n'éprouve pas la moindre tentation d'en goûter. — Le capitaine ne parut nullement flatté de l'observation, et grogna sourdement. — Allons! allons! Davidson, ne nous fâchons pas, poursuivit Hermann d'un ton léger, votre cuisine est ce qu'elle est, et je ne veux porter aucune atteinte à l'honneur de votre maître coq; mais, que diable! votre ordinaire, je pense, ne peut se comparer à celui des grands vapeurs anglais, où chaque passager paye huit ou dix dollars par jour. Ne vous fâchez pas, vous dis-je; aussi bien j'ai un service à vous demander. Pardon, Bidois, je veux dire quelques mots en particulier au capitaine.

— Faites, dit Bidois.

Il enfonça ses mains dans les poches de son paletot, et se mit à rôder dans le navire, pour chercher quelque nouvelle économie à réaliser.

Hermann avait tiré Davidson à l'écart, et lui parlait bas avec chaleur, en lui montrant du doigt certains noms sur la liste des passagers. D'abord le grossier marin avait peine à concevoir ce qu'on exigeait de lui, et Hermann dut y revenir à plusieurs fois pour se faire comprendre de cette épaisse intelligence. Enfin le capitaine cligna des yeux et répliqua froidement :

— C'est possible, mais j'y perdrai un passager, moi.

— Bah! je vous tiendrai compte du prix du passage... est-ce entendu?

— C'est possible, répéta le capitaine.

Le courtier dit encore quelques mots avec vivacité.

— Séducteur! murmura Davidson.

Hermann se mit à rire; il allait répondre, quand monsieur Bidois les rejoignit, et, désignant une troupe assez nombreuse qui venait d'apparaître sur le quai et se dirigeait vers *la Jenny* :

— Voyez, Hermann, dit-il, ne sont-ce pas là nos gens?

C'étaient en effet les émigrans. Ces pauvres gens, qui venaient de traverser la France, semblaient très ahuris, et le désordre de leur mise attestait combien ils avaient eu peu de temps à donner aux soins de leur personne. Il y en avait de tout sexe et de tout âge, depuis l'enfant à la mamelle que la mère portait dans ses bras ou sur son dos, jusqu'au vieillard impotent qui marchait appuyé sur un fils ou un petit-fils. Quelques femmes avaient encore le costume pittoresque de l'Alsace, jupon rouge et coiffe noire brodée de paillettes. Plusieurs hommes, parmi lesquels se trouvait Burgwillers, conservaient le costume des marquards des Vosges, veste et pantalon de grosse toile avec la calotte de cuir; mais tous ces vêtemens étaient fripés, couverts de poussière. Les services de portefaix étant trop chers pour ces voyageurs, chacun portait son bagage, et ils ne songeaient pas à examiner les choses curieuses et inconnues qui s'offraient de toutes parts à leurs yeux dans cette ville maritime.

Aussitôt que cette cohue envahit le pont, le capitaine ne manqua pas de besogne. Non-seulement lui, mais encore son second et tous les employés administratifs de *la Jenny* durent se multiplier pour répondre aux nouveaux venus, qui ne savaient de quel côté tourner et qui voyaient pour la première fois un navire. Hermann et monsieur Bidois eux-mêmes furent obligés d'intervenir pour aider à mettre un peu d'ordre dans ce chaos. Tout le monde parlait à la fois; le pont était encombré de bagages. Les marins pestaient, les passagers s'égosillaient; mais à quoi bon? Les matelots de *la Jenny* ne comprenaient que l'anglais, et la plupart des émigrans, de leur côté, ne parlaient que l'allemand ou le patois de leurs montagnes.

Hermann était trop égoïste et trop insouciant pour s'affecter beaucoup de l'embarras de ses cliens; aussi ne tarda-t-il pas à sortir de la foule, laissant le capitaine et les employés spéciaux se tirer d'affaire comme ils le pourraient. Il était fort surpris de l'absence des Reber, qui avaient dû arriver par le même convoi que les autres émigrans, et il allait s'informer d'eux quand il les vit sur le quai, se dirigeant à leur tour vers *la Jenny*. Ils avaient été retenus à la gare par quelques difficultés relatives à leurs bagages, et d'ailleurs il fallait se mettre au pas de madame Dietrich, qui ne pouvait aller bien vite. Un commissionnaire leur servait de guide, portant sur ses crochets les malles les plus lourdes; puis venaient Reber et le fidèle Schmidt, chargés l'un et l'autre de volumineux paquets. Derrière eux, les deux jeunes filles, un panier à l'un de leurs bras, soutenaient de l'autre la marche appesantie de l'aïeule. Cette petite caravane avait un air triste, mais décent, qui contrastait avec la vivacité irréfléchie et la turbulence de ses compagnons de voyage.

— Enfin les voilà! — murmura Hermann triomphant. Et sans écouter les interpellations qu'on lui adressait de toutes parts, il sauta sur la chaussée pour courir au-devant d'eux. Reber et ses filles, ainsi que Schmidt, avaient vécu dans une sorte d'enivrement depuis qu'ils avaient quitté le bourg de l'Arche. Habitués à la vie paisible de la campagne, ils n'avaient eu jusqu'alors aucune idée des objets et des pays nouveaux qui se succédaient sans relâche à leurs yeux; les sensations, en se multipliant avec rapidité, ne laissaient plus trace dans leur intelligence. Souvenirs du passé, espérances pour l'avenir, tout était engourdi. Ils étaient éblouis, fascinés, comme pris de vertige; et ils allaient en avant, comme on va dans un rêve, sans avoir conscience du motif et du terme du voyage. C'était ainsi qu'ils avaient franchi plusieurs centaines de lieues, emportés avec la vitesse effrayante de la vapeur. Bourgs, villes, provinces avaient passé devant leurs yeux comme les tableaux d'une lanterne magique. Ils avaient vu Paris, où ils s'étaient même arrêtés quelques heures; mais il leur était resté seulement de la grande cité une vague et fugitive impression de monumens grandioses, de bruit assourdissant, d'éblouissantes lumières. Et maintenant qu'ils arrivaient à la dernière étape de leur voyage terrestre pour affronter les hasards bien autrement dangereux d'un voyage maritime, ils marchaient comme des gens mal éveillés qui auraient à peine conscience de leurs actions. Cependant la vue d'Hermann parut leur causer une joie extrême. Reber s'arrêta, sans déposer son fardeau, tandis que les deux sœurs rougissaient de plaisir. — Arrivez donc, chers voyageurs, et vous charmantes voyageuses! dit le courtier en prenant son air le plus aimable; vous êtes en retard, et, sans moi, les autres auraient choisi les meilleures places à bord de *la Jenny*; mais je vous ai recommandés au capitaine, et rien n'est perdu.

— Comment, monsieur Hermann, demanda Reber, vous trouvez-vous au Havre avant nous? Nous vous avions laissé en arrière, et il m'a semblé que nous marchions aussi vite que le vent.

— Bah! j'aurai sans doute marché plus vite que le vent, répliqua le courtier en souriant.

Il s'informa d'un ton amical comment s'était accompli le voyage. Personne ne se plaignit; les voyageurs, sauf l'espèce d'étourdissement dont nous avons parlé, étaient parfaitement portans, même la vieille grand'mère, qui, ayant dormi à peu près sans relâche depuis le départ, ne paraissait pas aussi fatiguée qu'on eût pu le craindre pour une femme de son âge.

Pendant cette conversation, on s'était remis en marche, et l'on atteignit bientôt la partie du quai où se trouvait accolée *la Jenny*. L'arrivée de la famille Reber excita une vive curiosité, non-seulement parmi les émigrans qui se trouvaient déjà à bord, mais encore parmi les désœuvrés réunis sur la chaussée. La beauté des deux demoiselles Reber, le grand âge de l'aïeule, l'air honnête et intelligent du chef de famille, la mise simple et convenable de tous, donnaient à ce groupe un intérêt tout particulier. Si Krelle et Julia avaient prêté l'oreille à ce qui se disait autour d'elles, elles auraient pu entendre ces mots répétés par les spectateurs :

— Pauvres filles! quel dommage! si jeunes et si jolies!

Reber et Schmidt franchirent aisément, malgré leurs fardeaux, le pont de planches qui conduisait au navire; mais quand vint le tour des femmes de passer, les velléités de résistance de madame Dietrich se réveillèrent. Elle refusa tout d'abord d'avancer.

— Je n'irai pas là! dit-elle avec énergie; laissez-moi... je ne veux pas y aller! — Les deux sœurs, s'apercevant que cette scène appelait sur elles l'attention des assistans, étaient toutes confuses, et suppliaient la grand'mère de se laisser conduire. — Je ne veux pas, vous dis-je, répliqua-t-elle d'un air égaré; je suis trop vieille... j'y mourrais. Si vous m'obligez à entrer là-dedans, je n'en sortirai que morte... c'est mon tombeau, je le sais, j'en suis sûre, je le vois!

Ces paroles, que l'âge avancé de cette malheureuse créature semblait rendre prophétiques, firent frémir les auditeurs.

— Plaise à Dieu que ce navire ne devienne pas en effet son tombeau! murmura Reber; mais elle doit partager notre sort quel qu'il soit.

En même temps, il prit la vieille femme dans ses bras, et la transporta dans le vaisseau, où il la déposa toute palpitante mais muette et domptée.

DEUXIEME PARTIE

I

A BORD.

Nous n'entrerons pas dans le détail des formalités nombreuses que les émigrans eurent à remplir pour être admis définitivement à bord, des questions minutieuses, souvent même fort indiscrètes, qui leur furent adressées par les employés de diverse nature chargés de surveiller l'embarquement. On fit bien quelques observations sur l'état de faiblesse et d'imbécillité où semblait être madame Dietrich; mais elle était entourée d'une famille attentive et affectionnée; nul n'avait le droit de la séparer de ses proches. L'admission de Schmidt présenta plus de difficultés; on avait inspecté les bagages du pauvre garçon, et, vu l'insuffisance de ses ressources, on avait exprimé la crainte qu'il ne tombât à la charge, soit des expéditeurs du navire, soit du pays auquel il allait demander l'hospitalité. Reber et Burgwillers, dont la qualité de gros propriétaires dans le Kansas faisait des personnages parmi les émigrans, furent obligés de se porter caution pour lui; quelques mots glissés à l'oreille de Davidson par Hermann achevèrent de lever les obstacles, et Schmidt fut enfin autorisé à suivre la destinée de sa famille d'adoption.

Ces arrangemens terminés, Hermann revint aux deux sœurs; elles s'étaient assises sur des paquets avec la grand'mère, et considéraient machinalement le spectacle animé qui s'offrait à elles.

— Monsieur Hermann, demanda Krelle avec naïveté, voilà donc la mer dont on parle tant?

Le courtier se mit à rire.

— La mer... ceci? vous ne voyez là qu'un bassin du port. Ce soir, si vous le voulez bien, nous irons nous promener sur la jetée, et vous verrez la vraie mer, que vous pourrez, du reste, examiner à loisir pendant votre longue traversée... Mais, avant tout, ne venez-vous pas prendre possession de votre logement dans l'entrepont?... Dame ce n'est pas luxueux, mais sur les navires on n'a pas toutes ses aises.

— Nous sommes habituées depuis longtemps à nous contenter de peu, murmura Julia doucement.

En ce moment, ils furent rejoints par Reber et par Schmidt, qui était joyeux de son admission à bord de *la Jenny*. L'un et l'autre portaient les bagages qu'il leur était permis de garder avec eux dans l'entrepont, les effets les plus lourds devant être placés à fond de cale. On descendit par le grand panneau, et l'on se trouva bientôt dans la partie du bâtiment destinée au logement des passagers.

C'était, comme nous l'avons dit déjà, une grande pièce qui occupait presque toute la longueur du navire. Le plafond n'était pas élevé de plus de cinq ou six pieds, et un homme de haute taille pouvait craindre de se briser le front contre les solives en se redressant brusquement. Néanmoins deux rangs de couchettes superposées étaient disposées le long des flancs du vaisseau, et certes il fallait une adresse peu commune pour se glisser dans ces lits maritimes. En outre des deux écoutilles ouvertes à chaque extrémité, l'entrepont était éclairé par un certain nombre de lucarnes rondes, munies d'épaisses lentilles de verre qui ne laissaient passer qu'un jour terne et blafard.

Cette propreté et cette symétrie que les voyageurs avaient tant admirées quelques jours auparavant n'existaient déjà plus. Plusieurs familles d'émigrans avaient envahi l'entrepont et procédaient à leur installation définitive. Des matelots clouaient les caisses au plancher pour les empêcher de rouler aussitôt que le navire serait en mouvement. Des passagers, assis par terre, faisaient leurs repas avec des provisions qu'ils avaient apportées; d'autres, épuisés de fatigue, dormaient dans leur cadre. Une odeur nauséabonde de poisson sec et de viande salée se mêlait à cette odeur du goudron qui est inévitable à bord d'un navire, et qui présageait déjà les émanations pestilentielles qui régneraient plus tard dans ce lieu.

Reber et ses filles, habitués à l'air pur, à l'éclatante lumière de leurs montagnes, n'avaient eu jusqu'alors aucune idée du bouge obscur et fétide où ils allaient être entassés avec tant d'autres malheureux. Hermann se mit à rire de leur désappointement.

— Je vous disais bien que ce n'était ni beau, ni commode, reprit-il; mais on s'y fait. Si vous voyiez les installations du second pont, où doit coucher l'équipage, vous vous trouveriez par comparaison logés comme des princes. Tenez, ajouta-t-il en les conduisant vers l'arrière, voici la place que je vous ai choisie. Vous occuperez ces cinq couchettes près de l'écoutille; là vous aurez à discrétion de l'air et de la lumière, ce qui n'est pas à dédaigner dans un voyage de long cours.

Les pauvres gens, les femmes surtout, n'osaient parler, de peur de montrer sans ménagement leur désespoir. Cependant Reber demanda rondement :

— Ah çà! monsieur Hermann, allons-nous coucher sur ces galettes? Du diable si l'on pourra entrer dans ces espèces de tiroirs, en sortir ou y rester, sans risquer de se rompre le cou!

— Ah! mon cher Reber, ce ne sont pas là vos lits alsaciens, où l'on ne monte qu'au moyen d'une échelle et où l'on se trouve enseveli dans la plume; ce sont des lits de marins, et le capitaine lui-même n'en a pas un meilleur.

— Mais, demanda Kretle, je ne vois ici ni tables, ni chaises... où nous placerons-nous? où ferons-nous asseoir la grand'mère?

— Sur vos bagages, que l'on va fixer du mieux possible autour de votre poste. En mer, quand le temps sera beau, ce qui est l'ordinaire dans cette saison, vous pourrez vous tenir sur le pont.

— Mais, s'écria Julia, cette salle va ressembler à une place publique, et, quant à moi, je n'oserai jamais y dormir. Voyons, monsieur Hermann, ne pourrait-on trouver un coin où nous serions tranquilles et isolées avec la grand'maman? Si noir, si triste qu'il fût, nous nous en accommoderions volontiers.

— En effet, dit Reber, ces pauvres petites et leur grand'mère ne peuvent rester ici confondues avec tout ce monde.

— Le navire a bien plusieurs cabines, répliqua Hermann, mais la location serait d'un prix élevé, et ces frais supplémentaires tomberaient naturellement à votre charge. Cependant que ces demoiselles ne s'inquiètent pas; je parlerai au capitaine pour arranger tout cela. Au moyen de quelques morceaux de vieille toile à voile, on établira une tente autour de vos cadres; alors vous aurez ici autant de bien-être et de tranquillité que vous en aviez là-bas dans votre ferme de l'Arche.

Ce souvenir intempestif arracha un soupir aux deux sœurs et à Reber lui-même. Bientôt Hermann reprit :

— Ayez bon courage. Je vais vous envoyer le petit mousse Charlot, un enfant intelligent, qui vous mettra au courant des usages du navire, et qui en même temps vous aidera dans vos arrangemens. Quant à moi, j'ai des affaires en ville, mais je viendrai vous prendre tous vers les quatre heures. Je vous montrerai le Havre, qui vaut bien une visite, puis nous irons voir la mer, dont mademoiselle Kretle n'a pas encore une idée bien précise. Enfin nous dînerons dans un restaurant du faubourg d'Ingouville, et nous serons de retour à bord pour l'heure du départ... Voyons, est-ce entendu? Monsieur Reber, mesdemoiselles, vous ne pouvez refuser mon invitation ; ce sera notre dîner d'adieu, car je ne vous reverrai plus qu'à New-York... Je veux trinquer avec vous, père Reber, à votre heureux voyage et à vos succès en Amérique.

Cette proposition, présentée avec l'apparence de la cordialité, tenta Reber, qui dans l'occasion ne dédaignait pas une joyeuse partie. Kretle, de son côté, semblait avoir grand désir de voir les choses curieuses dont on parlait; seule, Julia crut devoir refuser.

— Il serait impossible d'amener la grand'mère avec nous, répondit-elle, et je ne veux pas la quitter. Je resterai donc ici avec elle, sous la protection de monsieur Schmidt, jusqu'à votre retour.

Schmidt annonça qu'il était obligé de sortir pour aller acheter ses provisions de voyage, car nous savons que, par mesure d'économie, il devait se pourvoir lui-même de vivres.

— Eh bien! répliqua Julia, je ne pense pas que nous ayons rien à craindre ici. Mon père et toi, Kretle, vous pourrez répondre aux obligeantes intentions de monsieur Hermann; rien ne s'y oppose.

Je regrette bien l'absence de mademoiselle Julia à ce petit dîner d'adieu, dit Hermann; mais puisqu'il le faut absolument... Eh bien! papa Reber, je viendrai vous prendre à quatre heures. Pour vous, monsieur Schmidt, ajouta-t-il en se tournant vers l'ancien maître d'école, je vous faciliterai les moyens de vous procurer sans retard les approvisionnemens dont vous avez besoin. Prenez cette carte et présentez-vous de ma part dans la maison dont voici l'adresse; c'est la première du Havre pour ces sortes de marchandises : biscuits, salaisons, riz, tout est au plus juste prix.

Comme on le voit, Hermann était toujours spéculateur, et il comptait bien avoir sa remise sur les chétives acquisitions du pauvre émigrant. Cependant Schmidt remercia d'un air empressé et sortit pour s'occuper de ces soins importans.

Le courtier, après avoir de nouveau recommandé à Reber et à Kretle de se trouver prêts pour l'heure indiquée, prit congé amicalement et sortit à son tour.

— Quel excellent ami nous avons là! dit Reber à ses filles dès qu'il se fut éloigné; sans lui je me demande ce que nous fussions devenus.

— Oui, oui, il est bien bon pour nous, ajouta Kretle; il nous montre une obligeance, un dévouement... Mais qu'en penses-tu, Julia? poursuivit-elle en regardant sa sœur; n'es-tu pas reconnaissante comme nous des égards infinis que nous témoigne monsieur Hermann?

— Si, si, ma sœur, répondit Julia en soupirant; et pourtant que d'humiliations, de souffrances et de misères dont il ne pourra nous sauver!

II

LE PIÈGE.

A l'heure convenue, Hermann revint au navire, où il trouva Reber et Kretle qui l'attendaient. Déjà un peu d'ordre avait été mis dans les bagages de la famille émigrante; la grand'mère était installée sur un matelas qu'on avait arrangé en forme de siége, et là, son vieux livre à la main, elle demeurait immobile, abattue, bien qu'elle ne parût ressentir aucune souffrance. Reber avait ôté sa blouse et l'étui en toile cirée qui couvrait son chapeau; il se montrait maintenant sous son costume simple mais propre de bourgeois campagnard. Quant à Kretle, elle se fût trouvée dans l'impossibilité de changer de toilette, lors même qu'elle l'eût voulu, à cause de la cohue qui régnait dans l'entrepont. Elle s'était donc contentée de remettre en ordre ses beaux cheveux blonds, d'épousseter sa robe et son chapeau de paille, de draper son petit châle d'une manière plus coquette, et, malgré la simplicité de ces apprêts, elle était toujours charmante.

Nous savons que Julia devait rester auprès de la grand'mère, à qui elle préparait un léger goûter; mais Schmidt, déjà revenu de son excursion chez les marchands de la ville, promettait de veiller sur elles avec sollicitude. Reber et sa plus jeune fille pouvaient donc s'absenter sans inconvénient; aussi, après avoir embrassé Julia, suivirent-ils Hermann, qui les pressait de partir, et ils montèrent sur le pont.

Là encore la foule était très compacte, et Davidson fumait philosophiquement son cigare au milieu d'une grande quantité de passagers qui lui parlaient tous à la fois. Le capitaine demeurait impassible, et pour cause : il ne les comprenait pas. Plusieurs des réclamans voulurent intéresser Hermann à leurs sollicitations; mais le courtier, qui donnait le bras à Kretle, les écarta cavalièrement et passa outre. Toutefois, en s'éloignant, il fit un signe mystérieux à Davidson, qui, de son côté, cligna des yeux d'un air particulier. Ils s'entendaient.

On atteignit le quai, et Reber, qui avait certaines emplettes à faire dans la ville pour ses filles et pour madame Dietrich, voulait d'abord s'acquitter de ses commissions; mais Hermann lui remontra que ce serait se charger inutilement, pendant la promenade, d'un poids embarrassant, qu'il aurait tout le temps d'opérer ses acquisitions au retour. L'émigrant se rendit à ses raisons, et l'on se dirigea vers la jetée.

Tout le monde connaît le panorama magnifique dont on jouit de la jetée du Havre. A droite, la pleine mer, c'est-à-dire le ciel et l'eau; à gauche l'embouchure de la Seine, à peine moins imposante que la mer elle-même; et partout, sur cette surface glauque et mobile, des navires grands et petits, des voiles blanches, les traînées de fumée des bateaux à vapeur. En face, les côtes de la basse Normandie, avec leurs falaises crayeuses et estompées par l'éloignement. Autour de soi, les dentelures de la côte qui finit au cap si célèbre de la Hève; les fortifications de la ville, la tour lourde et écrasée de François Ier, les environs pittoresques d'Harfleur, la noble ville déchue. Tout cela forme un ensemble splendide et grandiose qui frappe les intelligences les plus obtuses et dépasse même les imaginations du poëte.

Reber et sa fille, appuyés sur le parapet, regardèrent d'abord ce tableau avec une muette admiration. Kretle avait les yeux pleins de larmes; Reber lui-même, quoique difficile à s'exalter en pareille matière, semblait vivement ému. Cependant, à cette contemplation silencieuse succéda bientôt une ardente curiosité, qui se traduisit en nombreuses questions adressées à Hermann. Celui-ci répondit avec une obligeance infatigable; il dut faire un petit cours de géographie, de cosmographie, de météorologie et même de marine à l'usage de ses auditeurs, et si ses explications n'étaient toujours ni bien claires, ni bien exactes, elles n'en furent pas accueillies avec moins de bienveillance. Le père et la fille ne se lassaient pas de l'écouter, quand il leur remontra doucement qu'il était temps de quitter la jetée.

— Nous avons autre chose à voir ici, dit-il en souriant; et maintenant que vous avez fait votre première visite de politesse à la mer, vous aurez tout le temps de cultiver sa connaissance... une connaissance un peu fâcheuse parfois, puissiez-vous ne pas l'apprendre à vos dépens!... Si donc vous m'en croyez, nous en resterons là pour aujourd'hui. Aussi bien la marée est tout à fait basse, et l'entrée d'un port n'offre pas beaucoup d'intérêt à pareille heure.

On se remit en marche, et l'on visita l'intérieur de la ville du Havre, les bassins remplis de navires et les établissemens maritimes. Hermann donnait le bras à Kretle et lui expliquait chemin faisant les curiosités locales, tandis que Reber, les yeux grands ouvert et la bouche béante, allait et venait autour d'eux, s'arrêtant fréquemment pour examiner les objets qui lui paraissaient dignes d'une attention spéciale. Kretle, émerveillée de l'érudition de son cicerone, le remerciait à chaque instant de sa complaisance; Hermann se contentait de serrer contre sa poitrine le bras de la jeune fille, et redoublait de verve pour mériter ses éloges.

Cependant la journée tirait à sa fin, et la liste des curiosités havraises était épuisée. Hermann annonça qu'il était temps d'aller dîner afin d'être de retour au navire un peu avant le départ. On gagna les faubourgs, et le courtier eut bien vite découvert, sur le penchant du coteau d'Ingouville, un cabaret d'assez bonne apparence, où sans doute il avait déjà fait plus d'une partie. La maison était blanche et proprette; dans le jardin, orné de berceaux de lilas et de clématites, des tables étaient disposées pour les consommateurs.

Ce fut sous un de ces berceaux qu'Hermann conduisit ses hôtes. De là on jouissait d'une vue charmante sur la mer et sur l'embouchure de la Seine. Le flot commençait à monter en ce moment, et des vagues d'une blancheur de neige venaient se briser contre les angles caillouteux de la grève. Des navires se montraient à l'horizon, et se tenaient prêts à entrer dans le port dès que la hauteur de l'eau le permettrait. Du reste, le temps était magnifique, et bien qu'un léger brouillard couvrît la mer au large, le soleil brillait radieux dans un ciel pur.

Kretle et son père ne pouvaient se lasser d'admirer ce beau spectacle; mais l'arrivée du dîner vint couper court à leur contemplation, et Hermann les invita gaîment à se mettre à table. Le repas fut aussi recherché que le permettaient les ressources du lieu; les vins étaient choisis et en abondance. L'amphitryon faisait bien les choses, et, tout en excitant avec un cordialité apparente ses convives à manger et à boire, il prêchait d'exemple de son mieux.

Reber, né dans un pays vignoble, savait apprécier une bouteille de bon vin; d'ailleurs, bien des idées pénibles venaient encore bourreler son esprit par momens, et il pouvait vouloir chercher dans l'ivresse les consolations et l'oubli qu'elle procure quelquefois. Aussi vidait-il son verre sans s'apercevoir qu'on le remplissait incessamment, et sa fille le regardait avec inquiétude.

En dépit de ces nombreuses libations, peut-être même à cause d'elles, la conversation prit à la suite du dessert des allures sentimentales. Hermann ayant prononcé étourdiment le nom du village de l'Arche, Reber répondit d'un air attendri :

— Ne parlons pas du pays, mon cher Hermann; ça me donne comme un coup de couteau dans le cœur, voyez-vous, quand je songe à cette petite maison où j'ai passé de si heureux jours avec ma bonne Madeleine, à ces vignes, à ces pâturages, à ces champs que j'avais hérités de mon père! Puisqu'il fallait y renoncer, j'aime mieux savoir mes biens de famille entre vos mains qu'entre celles de tout autre, car vous êtes un brave garçon, serviable, loyal, et vous vous êtes bien conduit envers nous tous... Mais tenez, Hermann, je vous prie, si la chose est possible, de ne pas vous hâter de revendre ma pauvre ferme, car, si les choses tournaient bien à Stok[illegible]n, je vous la rachèterais plus tard pour le prix que vous en demanderiez.

— Nous verrons cela en temps et lieu, papa Reber, répliqua le courtier d'un ton léger qui dissimulait mal un certain embarras, [illegible] ferme ne s'envolera pas, et vous me verrez plus [illegible], comme toujours, disposé à vous rendre service... Mais l'important maintenant est de vous faire arriver sans encombre dans ce beau pays d'Amérique, où tant de prospérités vous attendent. Or, je ne dois pas vous le cacher, à présent que j'ai vu les choses de près, je suis tenté de regretter que vous ayez pris passage sur *la Jenny*.

— Que dites-vous, Hermann? Auriez-vous sujet de vous inquiéter...

— Je n'ai aucune inquiétude pour vous, Reber, vous vous habituerez aisément au régime du bord; mais en sera-t-il de même pour vos charmantes filles, et en particulier pour mademoiselle Kretle, qui est à peine remise de ses dernières secousses?

— Ce que mon père et ma sœur supporteront, je saurai bien le supporter aussi, dit Kretle. Mais vraiment, monsieur Hermann, que craignez-vous donc?

— Mon Dieu! mademoiselle, rien de plus que les inconvéniens ordinaires d'un pareil voyage. La traversée sera longue; la vie sur un navire est si opposée à vos habitudes! Et puis vous savoir, Julia et vous, confondues avec les gens grossiers qui forment les passagers de *la Jenny*.

— Bon! répliqua Reber, ne serais-je pas là pour les protéger? Si quelqu'un osait les regarder de travers!... Et puis elles ne sont pas difficiles, et je n'épargnerai rien pour rendre leur position supportable.

— Et vous y parviendrez sans aucun doute, Reber. Au fait, j'ai tort, et les choses pourront se passer à merveille.

Cependant Hermann s'aperçut que Kretle était devenue soucieuse. Reber reprit brusquement :

— N'est-il pas temps de partir, Hermann? La marée doit être montée maintenant, car l'eau est bien plus haute que tout à l'heure. Le capitaine, qui paraît aimable comme un hérisson, serait capable de ne pas nous attendre; et d'ailleurs vous savez qu'avant de retourner à *la Jenny* j'ai différens objets à acheter dans la ville.

— Rien ne presse, répliqua le courtier en tirant sa montre; m'enviez-vous donc les trop courts momens qu'il me reste à passer avec vous? Nous avons tout le temps de prendre notre café.

Le café arriva, puis on apporta les liqueurs. L'émigrant ne put refuser les tostes nombreux que lui proposait Hermann, tantôt au succès du voyage, tantôt à la santé de sa famille, tantôt à sa prospérité en Amérique. Il eût cru manquer d'égard envers son hôte en montrant trop d'empressement à le quitter, et d'ailleurs, s'il faut le dire, ses idées commençaient à n'être pas des plus nettes.

Le soleil était couché, la nuit approchait à grands pas ; l'activité extraordinaire qui régnait dans le port prouvait d'une manière indubitable que la marée était haute et que l'heure du départ était venue. Mais Kretle et son père avaient trop peu d'expérience en pareille matière pour reconnaître la vérité à ces signes certains, et la parfaite tranquillité d'Hermann les rassurait. Enfin le courtier parut comprendre qu'il serait imprudent d'attendre davantage ; il paya la carte, se leva, offrit de nouveau son bras à mademoiselle Reber, et l'on se mit en devoir de redescendre vers la ville.

Hermann s'était adroitement ménagé pendant le repas, et avait conservé tout son sang-froid, mais le pauvre Reber ne paraissait pas bien ferme sur ses jambes. Il se mit à remercier Hermann de son aimable réception, avec une vivacité, une exagération et surtout une constance qui mettaient Kretle au supplice, bien qu'elle n'osât rien dire à son père. Le brave homme n'était pas encore au bout de ses complimens ampoulés, quand on entra dans la ville. Tout à coup Hermann tira sa montre, et dit avec un accent d'inquiétude :

— Laissons cela, papa Reber ; il s'agit de doubler le pas, car véritablement nous nous sommes attardés, et ce sournois de Davidson serait capable de vous brûler la politesse. Que voulez-vous ? quand on est si bien ensemble, on s'oublie !

Et il serra doucement le bras de Kretle.

— Comment ! monsieur Hermann, demanda la jeune fille alarmée, le vaisseau pourrait-il partir sans nous ? que deviendrait alors ma pauvre grand'mère et ma bonne Julia ?

— Un proverbe maritime dit que « le vent et la marée n'attendent personne, » répliqua le courtier en souriant ; rassurez-vous pourtant, j'espère que, par considération pour moi, Davidson ne vous jouera pas ce mauvais tour... Mais j'y songe, Reber, poursuivit-il en s'adressant à l'émigrant, et vos emplettes ?

— C'est juste ; de par le diable ! je les avais oubliées... Il s'agit pourtant de choses indispensables pour ces pauvres femmes... Eh bien ! si nous trouvions une boutique sur notre chemin, j'y entrerai ; ce serait l'affaire d'un instant.

— Mais cet instant perdu pourrait avoir des conséquences fâcheuses, reprit Hermann sérieusement ; le port est plein d'eau, et Davidson doit jurer contre vous tous ses jurons yankees... Ecoutez, si vous tenez absolument à ces emplettes, un seul moyen vous reste à prendre : là, dans la grande rue, vous trouverez des magasins bien fournis de tous les objets dont vous avez besoin, et il vous sera facile de terminer très promptement vos acquisitions. Pendant ce temps, je vais me rendre à bord avec mademoiselle Kretle par le plus court chemin, et j'obligerai bien Davidson à vous attendre. Il se fâchera sans doute, car en définitive nous sommes en faute, mais j'userai de mon autorité, s'il en est besoin, pour le décider à prendre patience jusqu'à votre retour.

— Oui, oui, c'est cela, répliqua Reber avec empressement ; vous êtes encore et toujours notre providence, mon cher Hermann.

Mais cet arrangement n'était pas du goût de Kretle, qui dit avec timidité :

— Mon père, je préférerais ne pas vous quitter ; vous paraissez un peu indisposé... monsieur Hermann ne saurait-il aller seul jusqu'au navire pour faire prendre patience au capitaine ? A nous deux nous terminerions bien plus vite.

Reber devint rouge de colère.

— Ah ! ah ! est-ce ainsi ? demanda-t-il en se redressant ; me croit-on ivre, incapable de me conduire ? c'est ce que nous allons voir... Partez, Hermann, et emmenez cette sotte fille... Je serai à bord aussitôt que vous.

Et, sans vouloir rien entendre, il se dirigea d'un pas qu'il croyait majestueux vers la rue indiquée.

Kretle le suivit des yeux jusqu'à ce qu'il eût disparu.

— Vous l'avez trop fait boire, monsieur Hermann, balbutia-t-elle ; et je crains...

— Bah ! répliqua le courtier en ricanant, il a une pointe légère, et il n'en sera que plus prompt à conclure ses marchés... Kretle, ma chère Kretle, continua-t-il en baissant la voix, regrettez-vous donc de vous trouver un moment seule avec moi ?

— Non, sans doute, monsieur Hermann ; mais, de grâce, hâtons-nous de retourner à *la Jenny*.

— Nous y allons, chère enfant, répondit Hermann d'un ton plus caressant encore ; bon Dieu ! comme vous êtes impatiente de me quitter, moi qui éprouve tant de bonheur à me trouver ainsi près de vous !

En effet, on marchait à grands pas ; mais au lieu de prendre la direction suivie par Reber, on s'engageait dans une direction opposée. Kretle en fit l'observation ; il lui fut répondu que l'on prenait le chemin le plus court, et que l'on serait arrivé dans un instant. Malgré cette assurance, on parcourait des rues, on traversait des places, des carrefours, et les bassins du port ne se montraient pas. Déjà la nuit tombait, le gaz commençait à s'allumer dans la ville ; l'heure fixée pour le départ de *la Jenny* était évidemment passée, mais Hermann ne paraissait pas y songer : il continuait de parler bas à la jeune fille, qui, toute haletante et pleine d'angoisses, n'était plus en état de le comprendre.

Cependant Reber, malgré un commencement réel d'ivresse, s'était acquitté de ses commissions beaucoup plus vite et plus heureusement qu'on n'aurait pu s'y attendre. Ses emplettes terminées, il se mit à courir, chargé de paquets, vers le bassin où était amarrée *la Jenny*, et, grâce aux indications des passans, il y arriva sans difficulté.

Il était temps : le navire, dont la marée élevait maintenant la coque noire au-dessus du quai, semblait prêt à partir ; ses voiles pendaient en festons, et un gros vapeur, qui devait le remorquer hors du port, grondait sourdement à côté de lui en lançant vers le ciel des jets de fumée. Le pont du trois-mâts était chargé de monde ; outre les passagers, tous les hommes d'équipage y étaient réunis pour les besoins de la manœuvre. Un grand nombre de personnes se massaient aussi sur le quai ; mais ce n'étaient ni des parens ni des amis, car les pauvres émigrans n'avaient ni parens ni amis au Havre ; c'étaient tout simplement de ces désœuvrés qui, dans les ports de mer, viennent assister au départ ou à l'arrivée des navires ; et ceux-ci regardaient d'un œil indifférent les malheureux qui abandonnaient le sol de la patrie pour aller chercher au delà des mers le bonheur et la richesse, au risque de n'y trouver ni l'un ni l'autre.

Heureusement pour Reber, il ne s'était pas trouvé seul en retard ; beaucoup d'autres émigrans avaient obtenu comme lui la permission d'aller à terre, et ne s'étaient pas montrés plus ponctuels. Tout en enrageant, le capitaine avait bien été forcé de les attendre. Ils arrivaient successivement et par petits groupes, quelques-uns tellement ivres qu'ils n'auraient pu se soutenir sans le secours de leurs compagnons. Cependant tous venaient de rentrer, et Davidson allait définitivement donner au remorqueur le signal de se mettre en marche, quand Reber parut.

Il fut accueilli par une bordée d'injures et d'imprécations dès qu'il eut sauté sur le pont ; au même instant, Schmidt fendit la foule et accourut au-devant de lui :

— Ah ! monsieur Reber, s'écria-t-il, est-ce vous enfin ? On vous attend avec une vive impatience.

— On m'attend, on m'attend, répliqua Reber d'un ton bourru ; parbleu ! on en a, ce me semble, attendu bien d'autres. Ce brave garçon d'Hermann nous a si bien régalés ! Ah ! mon pauvre Schmidt, que n'étais-tu de la fête ? Quel vin ! quels mets délicats ! Mais aide-moi donc un peu à porter ces objets dans l'entrepont. Je suis tout essoufflé d'avoir couru.

Schmidt prit machinalement les paquets; mais il regardait autour de lui avec inquiétude.

— Eh bien! monsieur Reber, demanda-t-il, est-ce que vous revenez seul? Je ne vois pas...

— Qui donc?

— Mademoiselle Krelle.

— Comment! n'est-elle pas rentrée avec Hermann? Ils doivent être ici depuis plus d'un quart d'heure.

— Je suis toujours resté sur le pont, et je ne les ai pas vus.

— Ils sont ici, te dis-je! Il fait déjà si sombre! et puis, au milieu de cette foule, ils ont pu passer sans être remarqués... Descendons, nous les trouverons certainement avec la grand'mère et Julia.

Malgré son assurance apparente, Reber sentait une sueur froide couler sur son front, et il s'élança vers l'écoutille la plus voisine en bousculant tous ceux qu'il rencontrait sur son chemin; Schmidt le suivit avec une ardeur égale.

En ce moment, le capitaine donna un ordre à travers son porte-voix; aussitôt, le grondement de la vapeur changea de nature; le remorqueur s'écarta pesamment du quai, ses roues se mirent en mouvement, et il se dirigea vers le goulet du port en entraînant *la Jenny* avec une rapidité toujours croissante.

Une bruyante acclamation s'éleva de toutes les parties du vaisseau quand on sentit qu'il marchait; mais Reber ne l'entendit pas et ne partagea pas l'émotion commune. Il ne s'aperçut même pas que le plancher bougeait sous ses pieds, ou peut-être attribua-t-il à l'ivresse le balancement qu'il éprouvait. Il franchit rapidement l'escalier de l'écoutille, et courut vers le poste assigné à sa famille.

L'entrepont avait un aspect plus repoussant et plus triste que jamais. Il s'y trouvait seulement un petit nombre de personnes, la plupart des passagers ayant voulu assister à l'appareillage. Quelques femmes, quelques enfans fatigués reposaient sur leurs couchettes; des ivrognes, jetés sur le plancher nu, poussaient de faibles gémissemens. Des quinquets fumeux, suspendus aux mâts, répandaient autour d'eux une pâle lumière, et mêlaient leurs âcres senteurs aux émanations fétides venues de la cale.

Julia était assise sur un coffre à côté de madame Dietrich, qui sommeillait déjà dans son cadre. A la vue de Reber, elle se leva d'un bond et se suspendit à son cou.

— Ah! mon père, lui dit-elle, pourquoi nous avez-vous abandonnées si longtemps? Quand vous n'êtes pas là, je n'ai plus ni force ni courage.

Mais Reber se dégagea brusquement.

— Julia, demanda-t-il, où est ta sœur?

— Ma sœur, bon Dieu! n'est-elle pas sortie avec vous et avec monsieur Hermann?

— Et Hermann lui-même, tu ne l'as pas revu?

— Non, mon père.

Reber fit un geste de désespoir.

— Ils ne sont pas rentrés, s'écria-t-il, et le vaisseau est déjà en route!

— Ne vous désolez pas, monsieur Reber, dit Schmidt, qui pourtant était non moins pâle et tremblant; nous allons sans aucun doute les retrouver sur le pont.

Tous les deux coururent de nouveau vers l'écoutille; Julia elle-même, muette de terreur, oublia la grand'mère, qui heureusement n'avait pas besoin de surveillance pour le moment, et s'aventura sur l'escalier afin de connaître plus tôt le résultat de leurs recherches.

L'affluence était toujours considérable sur le pont; les émigrans, dans leur ardent désir de voir, gênaient l'équipage, et ils étaient continuellement culbutés par les matelots qui s'empressaient d'exécuter les ordres du capitaine. Celui-ci, monté sur l'arrière, surveillait d'un air sérieux les manœuvres, toujours si délicates à l'entrée et à la sortie d'un port. Sa voix tonnante, renforcée encore par son porte-voix, les sifflets aigus des contre-maîtres, les cris cadencés des marins, formaient, avec le mugissement de la vapeur, un bruit confus et discordant. Le crépuscule devenait de plus en plus sombre, et, en dépit des lanternes allumées à bord, le vent rabattait sur le pont de *la Jenny* la fumée du remorqueur avec tant de force que les passagers ne pouvaient se reconnaître à deux ou trois pas de distance. Cependant, quand le mouvement de l'air écartait ce voile de fumée, on pouvait s'assurer que le navire avait déjà quitté l'avant-port et s'était engagé dans le chenal étroit qui longe la jetée. Quelques minutes plus tard, on allait entrer en mer.

Reber se précipitait comme un fou au milieu des groupes d'émigrans et de matelots, sans s'inquiéter des malédictions dont on le chargeait ni des bourrades qu'il recevait. Il appelait Krelle de toute sa force, et, malgré le tumulte, il n'eût pu manquer d'être entendu si sa fille se fût trouvée sur le navire. Mais personne ne répondit, et, parmi ceux qui l'entouraient, il ne reconnaissait pas les traits si connus de sa chère Krelle. Au pied du grand mât, il rencontra Schmidt qui cherchait de son côté.

— Eh bien? demanda-t-il avec angoisse.

— Rien... et vous?

— Rien... plus de doute! ils sont encore à terre. Il faut que je parle à l'instant au capitaine.

Et Reber hors de lui s'élança vers l'arrière.

— Prenez garde, mon ami, dit Schmidt; parlez au capitaine avec ménagement... Il est roi à son bord; employez la douceur, si vous m'en croyez.

Mais Reber ne l'écouta pas, et il rejoignit Davidson, qui continuait de surveiller avec une attention inquiète chaque mouvement de *la Jenny*.

— Monsieur le capitaine, lui dit-il avec chaleur, je vous en conjure, faites arrêter le vaisseau... Une de mes filles est restée à terre avec monsieur Hermann; l'un et l'autre devraient être ici déjà, et ils ne peuvent tarder. Je vous demande seulement quelques instans... Au nom de Dieu! capitaine, ne repoussez pas la prière d'un père au désespoir!

Davidson demeurait aussi impassible que si le passager se fût adressé à la statue de bois placée à l'avant du navire.

— Amure le grand foc! cria-t-il dans son porte-voix.

Comme plusieurs matelots s'élançaient pour exécuter ce commandement, Reber poursuivit, les larmes aux yeux et en joignant les mains:

— Par pitié, capitaine, ordonnez que *la Jenny* s'arrête un moment. Il ne saurait y avoir grand inconvénient à cela. Comprenez donc: je ne peux abandonner ainsi ma plus jeune fille! Que deviendrait-elle seule au Havre, sans connaissances et sans appui, la pauvre enfant?... Arrêtez, je l'exige, au nom de mon ami monsieur Hermann, votre chef... Mais répondez-moi donc! Et, tenez, si vous ne pouvez vous arrêter, du moins débarquez-moi sur-le-champ avec ma famille; plusieurs canots suivent le navire, jetez-nous à terre au plus vite, et nous irons à la recherche de ma pauvre Krelle. Oui, oui, j'y suis décidé; débarquez-nous à l'instant, je le veux!

— Tribord la barre! cria de nouveau Davidson dans son porte-voix.

Reber perdit patience.

— Tonnerre! vous moquez-vous de moi? reprit-il en frappant du pied; je vous dis de me renvoyer à terre avec mon monde et mes bagages. On ne peut me retenir malgré moi, que diable! Je suis encore ici sous la protection des lois françaises, et je ne me laisserai pas tyranniser, je vous en avertis! — Enfin le capitaine daigna s'apercevoir qu'on lui parlait; il répondit brièvement en mauvais français que « les règlemens lui défendaient de s'arrêter à l'entrée d'un port, et qu'on verrait plus tard. » Puis il continua de commander la manœuvre. Cette réponse flegmatique acheva d'exaspérer l'ancien fermier. — Mais il ne sera plus temps! dit-il en s'arrachant les cheveux; nous nous éloignons toujours de terre!... la pauvre enfant ne pourra plus nous rejoindre... Que la foudre vous écrase! — Tout à coup des cris et des appels partirent de l'une des jetées qui protégent l'entrée du port, et, soit réalité, soit illusion, Reber crut reconnaître la voix de sa fille. — L'entendez-vous? c'est elle, c'est Krelle! reprit-il impétueusement; scélérat, si vous n'arrêtez pas sur-le-champ le navire, je vous brise le crâne!

D'un mouvement dont il ne fut pas le maître, il fit voler au loin l'inamovible chapeau du capitaine américain. De toutes les insultes imaginables, celle-ci semblait être la plus sanglante aux yeux de Davidson; il poussa une imprécation en anglais, et riposta par un coup de poing qui renversa Reber à ses pieds.

Des exclamations de divers genres s'élevèrent autour d'eux; mais la voix perçante de Julia domina toutes les autres :

— Mon père, mon pauvre père! s'écria la jeune fille en accourant vers lui; par grâce, monsieur, ne le tuez pas!

— C'est une infamie! dit Schmidt à son tour; vous n'avez pas le droit, capitaine, de maltraiter ainsi vos passagers.

On ne les écoutait pas. Reber s'était relevé promptement, et s'avançait en grinçant des dents afin de rendre avec usure le coup qu'il venait de recevoir. De son côté, Davidson, expert dans l'art du *boxing*, se tenait en garde, les deux poings fermés, prêt à riposter avec vigueur. Mais la lutte ne devait pas se prolonger davantage; des matelots se hâtèrent de s'interposer, et, saisissant Reber qui rugissait de fureur, ils le mirent dans l'impuissance de nuire.

— Qu'en ferons-nous maintenant? demanda l'un d'eux au farouche capitaine.

— Enfermez-le à fond de cale, répondit celui-ci; ce compte sera réglé quand nous serons au large; je n'ai pas le temps à cette heure.

Aussitôt Reber, enlevé par une douzaine de bras robustes, fut emporté vers l'écoutille, où il disparut, pendant qu'il disait avec désespoir :

— Krelle, ma pauvre Krelle, que vas-tu devenir?

Davidson, son chapeau sur la tête, s'était remis à la manœuvre comme si rien ne s'était passé, quand Julia et Schmidt vinrent le supplier de la manière la plus touchante de pardonner à Reber, et de prendre quelque mesure pour donner à la passagère attardée le temps de rejoindre le navire. Le capitaine ne répondait pas, selon son habitude; enfin, impatienté de ces importunités, il dit à ses gens :

— Qu'on me délivre de ce bavard et de cette pleurnicheuse!

Mademoiselle Reber et Schmidt furent entraînés dans l'entrepont, avec une sévère injonction d'y demeurer jusqu'à nouvel ordre. Comme plusieurs émigrans murmuraient de la manière brutale dont le chef du navire en usait avec eux, le petit mousse français leur dit en ricanant :

— De quoi vous plaignez-vous? Vous en verrez bien d'autres! A bord, le capitaine est en droit de tuer un passager qui se révolte. Il s'est contenté de faire jeter celui-ci dans la cale; mais ne vous y fiez pas, et tenez-vous pour avertis.

Personne ne souffla, et le navire continua de marcher vers la pleine mer.

II

LE PROTECTEUR.

Nous avons laissé Krelle et Hermann parcourant à grands pas les rues du Havre. On marchait depuis longtemps déjà et l'on n'arrivait pas à *la Jenny*. Bientôt Krelle n'eut aucun doute qu'au lieu de se rapprocher du port on ne s'en éloignât de plus en plus. Cette pensée une fois entrée dans son esprit, elle interrompit le bavardage sentimental de son guide, et lui dit en s'arrêtant tout à coup :

— Monsieur Hermann, nous nous sommes égarés, j'en suis sûre; l'obscurité ou peut-être une distraction vous aura fait prendre une route pour une autre, à moins que...

— Eh bien!

— Rien, rien, mais je n'irai pas plus loin de ce côté. Ma famille m'attend, et elle doit être dans de mortelles angoisses à mon sujet.

Hermann promena les yeux autour de lui en affectant l'étonnement.

— Serions-nous vraiment égarés? reprit-il; ma foi! ce serait bien possible, car je ne reconnais nullement l'endroit où nous sommes. L'obscurité, comme vous dites, ou plutôt le bonheur de m'entretenir avec vous...

— Alors hâtons-nous de demander le chemin aux passans. Justement, voici quelqu'un qui pourra nous renseigner.

Et Krelle désignait un homme qui les suivait depuis un moment, et qui venait aussi de s'arrêter à une courte distance. Mais, au mouvement qu'elle fit, l'inconnu renfonça son chapeau sur ses yeux et essaya de se dissimuler sous une porte cochère, comme s'il eût voulu éviter d'être remarqué. Hermann, qui n'avait pas lâché le bras de sa compagne, la retint avec force.

— Nous n'avons besoin de recourir à personne, répliqua-t-il; revenons sur nos pas, et je ne tarderai pas à retrouver la bonne voie.

En effet, on rebroussa chemin et l'on passa devant l'inconnu, qui demeura immobile dans un angle de muraille; mais quand les deux promeneurs se furent éloignés, il sortit de sa cachette et les suivit de nouveau.

Krelle ne pouvait plus dissimuler son inquiétude et son mécontentement.

— Votre distraction, monsieur, dit-elle à Hermann avec aigreur, est d'autant plus inexcusable qu'elle ne semble pas être involontaire.

— Ah! mademoiselle, pouvez-vous croire...?

— Je ne crois rien, monsieur; mais si ma famille était partie sans moi, ou, ce qui serait à peine moins funeste, si elle avait laissé partir le navire pour m'attendre, ce malheur n'aurait-il pas pour cause notre aveugle confiance dans votre amitié?

Hermann semblait embarrassé; cependant il reprit avec un accent de reproche :

— Ah! Krelle, cela n'est-il pas de l'ingratitude? Est-ce ainsi que vous me jugez? Ma conduite vous paraît-elle si noire, malgré les services que j'ai eu le bonheur de vous rendre à vous et à votre famille? En m'adressant cette cruelle parole, vous avez donc oublié, Krelle, certaines circonstances où je n'hésitai pas à exposer ma vie pour vous?

La jeune fille tressaillit à ce lugubre souvenir qu'on lui rappelait d'une manière si étrange.

— Ne parlez pas de cela, monsieur Hermann, dit-elle d'une voix étouffée; par pitié! ne réveillez pas des douleurs endormies. Je n'ignore pas quelles obligations j'ai contractées envers vous et envers d'autres encore; mais, en ce moment, j'ai l'esprit si troublé que je sais à peine ce que je fais, ce que je vois, ce que je dis.—Tout en causant, on continuait de marcher rapidement, et l'on arriva bientôt au quartier bruyant et animé qui avoisine le port; puis le port apparut lui-même avec ses eaux clapoteuses qui réfléchissaient de nombreuses lumières et ses navires balancés doucement par la marée. — Enfin, nous y voici s'écria Krelle haletante. Pourvu qu'il ne soit pas trop tard!

Elle n'avait plus besoin de guide, et elle courait vers l'endroit où devait se trouver le navire; Hermann s'efforçait vainement de lui faire ralentir le pas.

— Allons! soyez calme, ma chère Krelle, disait-il d'un ton caressant; l'heure du départ est passée, et nous devons nous attendre à tout... Mais lors même que *la Jenny* aurait gagné le large sans vous, il ne faudrait pas vous désoler; vous ne seriez pas abandonnée pour cela. Ne suis-je pas là, moi votre ami et l'ami de votre père? Nous partirions ensemble par le paquebot anglais, et nous serions à New-York bien avant cette lourde guimbarde à voiles de Davidson. Vous feriez ainsi le voyage plus commodément, plus sûrement; je serais pour vous plein d'égards et de respects; vous auriez une cabine de première classe, et vous mangeriez à la table du capitaine avec les ladies. Ma foi! je ne sais si l'on ne doit pas souhaiter, dans votre intérêt, que ce maudit navire soit déjà en pleine mer!

Toutes ces consolations étaient perdues pour Kretle; elle n'écoutait pas et continuait d'avancer. Enfin elle atteignit la partie du quai où *la Jenny* était amarrée le matin; *la Jenny* ne s'y trouvait plus. La pauvre fille faillit tomber à la renverse. Toutefois, comme elle pouvait ne pas reconnaître le navire à cette heure de la soirée, au milieu des bâtimens qui encombraient le bassin, elle demanda d'une voix tremblante, à trois ou quatre personnes qui causaient autour d'un cabestan :

— *La Jenny*, messieurs, le trois-mâts du capitaine Davidson, de New-York, pourriez-vous me dire où il est maintenant?

— Parti, ma belle enfant, répliqua un vieux marin en portant la main à son bonnet. Tenez, voyez-vous là-bas ce panache de fumée? c'est celui du *Centaure*, le bateau à vapeur qui remorque *la Jenny*. Ils achèvent de franchir le chenal; mais s'il y a sur ce navire quelques personnes qui vous intéressent, vous pourrez encore les voir et leur faire signe du haut de la jetée.

Bien que Kretle dût être préparée à cette nouvelle terrible, elle ressentit une violente secousse au cœur; mais elle surmonta sa faiblesse. Après avoir remercié brièvement l'obligeant matelot, elle saisit de nouveau le bras d'Hermann, en murmurant :

— Partons vite... Nous les appellerons du haut de la jetée... Vite, vite, vous dis-je!... O mon père, ma sœur, ma pauvre vieille grand'mère, pourquoi vous ai-je quittés?

Et elle se mit à courir vers l'entrée du port, tandis que le matelot disait en souriant :

— Hum! elle n'a pas l'air content, la petite mère... Je gagerais que son amoureux se trouve parmi les émigrans!

Tout en se laissant entraîner, Hermann tâchait toujours de calmer sa compagne par des protestations hypocrites.

— Au nom de Dieu! ma chère enfant, disait-il, soyez raisonnable; ce qui est fait est fait; le navire est parti avec votre famille, et nous n'y pouvons rien. Le vapeur qui remorque *la Jenny* la quittera seulement en pleine mer, et aucune embarcation désormais ne saurait l'atteindre. Le mal est sans remède, je vous le répète. Charmante, poursuivit-il en baissant la voix, pouvez-vous tant regretter que le soin de vous protéger, de vous aimer, soit confié désormais à moi seul? Doutez-vous de mon affection, de mon dévouement?

— Taisez-vous, monsieur, interrompit la malheureuse jeune fille; c'est avec intention que vous m'avez poussée dans l'abîme où je suis, je n'en peux plus douter maintenant.

— Eh bien! quand cela serait? répliqua Hermann, qui croyait le moment venu de jeter le masque. Chère Kretle, serais-je vraiment sans excuse si, emporté par un amour violent, irrésistible, j'avais employé ce subterfuge afin de demeurer près de vous? Je vous l'ai dit déjà, votre existence à bord de *la Jenny* eût été pénible, humiliante, insupportable. L'agglomération de tant de personnes sur le navire, les fatigues, les privations de toute nature, la brutalité et la rapacité de Davidson, eussent été pour vous la cause de tortures incessantes. Ne pouvant soustraire la famille entière à ce supplice, j'ai voulu du moins vous l'épargner à vous. Dites, ma jolie Kretle, suis-je donc si coupable? Dans un mois vous serez rendue à votre père, à votre sœur, et, au lieu de craindre leurs reproches, je compte avoir droit à leurs remercîmens.

Kretle essaya de dégager son bras qu'Hermann retenait fortement.

— Jamais!... laissez-moi! balbutia-t-elle avec énergie; vous m'avez trompée, je ne veux plus vous voir!

— Fort bien, ma chère; mais que deviendrez-vous? Arrivée au Havre depuis ce matin, vous n'avez ici ni amis ni connaissances; vos bagages sont restés à bord de *la Jenny*. Peut-être même ne trouveriez-vous pas assez d'argent dans votre poche pour payer votre gîte de cette nuit.

Hélas! c'était vrai. La pauvre Kretle se sentait complètement à la merci des événemens et de la charité publique; cependant elle répondit avec chaleur :

— N'importe! je préfère tout à la honte de subir vos services.

— Allons, mademoiselle, pas d'enfantillage! Que pouvez-vous craindre en acceptant mes offres? ne vous sont-elles pas imposées par une nécessité impérieuse? Quel autre parti auriez-vous à prendre? Proposez du moins un plan raisonnable, et je me rendrai peut-être à votre avis. —Il savait bien que la malheureuse enfant n'avait aucune idée arrêtée, aucun projet; comme elle se taisait, il ajouta : — Nous ménagerons avec soin votre réputation; et quand, en retour de mes peines, de mes sacrifices, je solliciterais humblement un peu d'amour, serais-je donc si exigeant?

Kretle, par un effort subit et convulsif, parvint cette fois à se dégager.

— C'est infâme! dit-elle; monsieur, je ne dois plus vous entendre... laissez-moi!

— En vérité, mademoiselle, répliqua Hermann brutalement, vous avez des airs de princesse offensée qui peuvent paraître bien singuliers quand on est au courant de certaines particularités récentes...

— Oh! le lâche! le lâche! dit la jeune fille avec indignation; après m'avoir attirée dans un piége abominable, il m'insulte à présent!... Tenez, monsieur, vous ne m'inspirez plus que du dégoût... Éloignez-vous de moi!... Je ne vous connais pas.

Elle lui tourna le dos et reprit sa course vers la jetée, mais le courtier la suivit résolûment.

— Pas de folies, Kretle, dit-il tout en marchant; cette résistance est absurde. Allons, faisons la paix et reprenez mon bras. Nous chercherons un hôtel où vous vous installerez pour la nuit, et demain je vous procurerai une garde-robe plus convenable que celle qui est restée à bord de *la Jenny*. M'entendez-vous? Je n'aurai garde de vous abandonner ainsi, malgré vos colères ridicules.

— Ne me touchez pas, je vous le défends!

— Je ne dois pas tenir compte de vos majestueuses injonctions; votre père vous a confiée à ma garde, et je prétends user du droit de protection qu'il m'a donné sur vous.

— Vous n'avez d'autre droit que celui du mensonge de la trahison! Misérable! ne portez pas la main sur moi, ou j'appelle au secours.

— Appelez si cela vous plaît, ma chère; excitez du scandale, vous verrez qui en souffrira le plus.

Et il tenta encore de s'emparer du bras de la jeune fille; celle-ci poussa des cris de terreur.

Le théâtre de cette scène était un endroit obscur et dépourvu de maisons, situé entre la porte de la ville et la jetée. Les passans étaient rares; d'ailleurs cette altercation avait eu lieu jusqu'alors à voix basse et n'avait pu attirer leur attention.

Mais, aux premiers cris de mademoiselle Reber, un homme parut tout à coup et vint se placer entre elle et Hermann : c'était l'individu qui les suivait à leur insu depuis quelques instans. Il dit à Kretle avec fermeté :

— Prenez mon bras, mademoiselle, et nous verrons

qui osera vous insulter, si vous voulez bien accepter ma protection.

Kretle, malgré son trouble, jeta un regard rapide sur le défenseur que Dieu lui envoyait. Malheureusement, la nuit était déjà fort sombre ; d'ailleurs, l'inconnu avait, comme nous l'avons dit, le collet de son paletot relevé autour du cou, et son chapeau à larges bords lui couvrait une partie du visage. Sa mise cependant annonçait un homme jeune, appartenant à la classe aisée ; sa voix noble et sympathique inspirait la confiance. Aussi Kretle n'hésita-t-elle pas à accepter l'appui qu'on lui offrait.

— Monsieur, je vous en prie, défendez-moi, dit-elle en se pressant contre l'inconnu ; si vous saviez...

— Je sais déjà une partie de la vérité, mademoiselle, et j'ai deviné le reste. J'étais près de vous tout à l'heure quand vous avez demandé sur le port des nouvelles de *la Jenny* ; j'ai été témoin de votre douleur, et quelques mots de votre conversation surpris par hasard m'ont mis au courant de la situation. Vous appartenez à une famille d'émigrans embarquée sur *la Jenny*, et, par la faute d'un misérable qui a trompé votre confiance, vous avez manqué le départ ; n'est-ce pas cela ? Eh bien ! parlez, qu'attendez-vous de moi ? je suis entièrement à vos ordres.

Le son de cette voix, quoique étouffée et déguisée peut-être à dessein, augmenta encore le trouble de Kretle ; elle regardait l'inconnu d'un air effaré, mais sans parvenir à distinguer ses traits. Elle balbutia enfin :

— Je vous demande seulement, monsieur, de me soustraire aux persécutions de cet homme odieux, afin que je puisse me rendre bien vite à la jetée.

— Vous l'entendez, monsieur, dit l'inconnu en se tournant vers Hermann, mademoiselle ne veut pas de vos services, et je ne souffrirai pas que vous l'importuniez davantage... Retirez-vous !

L'accent de cette voix frappa le courtier comme il avait frappé Kretle Reber. D'ailleurs l'inconnu parlait avec une autorité bien capable de lui imposer, car Hermann, on le sait, ne brillait pas par le courage. Il répondit pourtant :

— L'honneur me défend d'abandonner ainsi une enfant imprudente dont je dois compte à son père... Eh quoi ! mademoiselle, poursuivit-il en s'adressant à Kretle, vous fierez-vous plutôt au premier venu qu'à l'ami, je dirai même au bienfaiteur de votre famille ?

— N'invoquez pas ces titres ; vous en avez déjà honteusement abusé... Du reste, qu'on me laisse agir à ma guise ; voilà tout ce que je demande ; si je ne réussis pas à me faire entendre de *la Jenny*, je saurai bien trouver seule un remède à mes maux.

Hermann voulut répliquer.

— Finissons-en, reprit l'inconnu.

La jeune fille crut qu'il voulait employer la force contre Hermann et poussa un cri ; mais son nouvel ami la rassura d'un signe, et, s'approchant du courtier qui se tenait lui-même sur la défensive, il se mit à lui parler à voix basse. Hermann laissa voir une grande surprise et une grande confusion ; subitement radouci, il répondit avec une déférence qui touchait à l'humilité. Mais Kretle ne chercha pas à écouter leur entretien ; sûre maintenant qu'un conflit n'était pas à craindre entre son défenseur officieux et son persécuteur, elle reprit sa course vers l'entrée du port.

La jetée était solitaire en ce moment ; la fraîcheur de la brise avait chassé les promeneurs ; on ne voyait assis sur le parapet de pierre que le douanier de service, l'employé aux signaux et le maître haleur qui causaient nonchalamment. Le ciel avait encore quelques teintes lumineuses du côté de l'ouest, mais la terre et la mer se couvraient d'une espèce de brume de plus en plus sombre, et les deux phares qui marquent l'entrée du canal étaient allumés. Un calme profond régnait sur la chaussée ; on n'entendait que le sifflement de la brise et le bruit sourd des lames qui venaient frapper à intervalles égaux les murs de granit.

En arrivant au bout de la jetée, Kretle porta ses regards avides vers la mer. A quelques centaines de pas seulement du rivage, on apercevait une masse sombre que dominaient trois mâts élancés ; derrière elle, une forme plus massive encore s'éclairait par intervalles d'une teinte ardente et vomissait des nuages de fumée ; c'étaient *la Jenny* et son remorqueur. Malgré la distance, on distinguait faiblement le ronflement de la machine, et la régularité des lames sur la grève était troublée par l'action puissante des roues du vapeur.

La pauvre Kretle devina la vérité, et elle poussa les cris de désespoir qui furent entendus de Reber à bord de *la Jenny* ; malheureusement, nous savons que Davidson n'en tint aucun compte, et les deux navires impassibles continuèrent leur marche vers la haute mer.

En acquérant cette certitude, mademoiselle Reber ne put plus se contenir ; elle se frappait le visage, elle se tordait les bras et prononçait des paroles incohérentes, sans répondre aux employés du port qui la questionnaient avec intérêt. Elle courait éperdue d'un parapet à l'autre. Enfin, elle allait enjamber le garde-fou et se précipiter dans le plus profond du chenal, quand une main vigoureuse la retint par sa robe. C'était l'inconnu, qui venait de la rejoindre en toute hâte, après avoir réussi, par des moyens mystérieux, à congédier Hermann.

— Ah ! mademoiselle, lui dit-il d'une voix vibrante, qu'allez-vous faire ?

— Laissez-moi, monsieur, murmura la pauvre Kretle en se débattant ; je ne peux vivre séparée de ceux que j'aimais le plus au monde... cette fois ce serait un crime de m'empêcher de mourir !

L'inconnu l'obligea de s'asseoir sur un banc, et, tout en lui tenant les mains avec force, il lui dit :

— Par pitié pour vous-même, mademoiselle, calmez-vous ; je suis arrivé au Havre depuis quelques heures seulement, et je n'ai aucune expérience des usages des ports de mer. Cependant votre situation ne peut être désespérée ; il doit y avoir des moyens d'atteindre le navire que nous voyons encore, et, si vous vouliez rentrer un peu en vous-même, je tâcherais de m'informer.

— Oui, oui, faites cela, monsieur, je vous en conjure, s'écria Kretle subitement ranimée ; il faut que je rejoigne mon père et ma sœur... Oh ! si vous parveniez à me réunir à eux, je vous bénirais tous les jours de ma vie !

— Eh bien ! me promettez-vous de renoncer à votre funeste dessein ?

— J'aurai du courage tant qu'il me restera une chance de succès.

Rassuré par cette promesse, l'inconnu allait accoster les fonctionnaires de la jetée et les consulter sur les mesures les plus promptes à prendre dans les circonstances présentes ; quelqu'un le prévint. Depuis un moment un bruit de bottes fortes résonnait sur les dalles et se rapprochait rapidement. Un homme de haute taille, portant l'uniforme de la gendarmerie de marine, passa devant Kretle et son protecteur, et aborda le groupe d'employés.

— *La Jenny*, le navire d'émigrans, est-il bien loin, messieurs ? dit-il d'un ton bref en touchant son chapeau.

— Le voici, brigadier, dit un des assistans en désignant le bâtiment qui se trouvait alors à un quart de lieue de la côte ; c'est ce trois-mâts américain que remorque *le Centaure*.

— Au diable ! répliqua le brigadier avec dépit en essuyant son front baigné de sueur ; j'espérais arriver à temps pour le héler, et voici que, si je veux lui parler, il faudra, selon toute apparence, que je risque une petite promenade au large... Mais voyons, poursuivit-il en s'adressant à l'employé aux signaux, ne pourriez-vous avertir *la Jenny* qu'elle ait à mettre en panne sur-le-champ ? Il va sans dire, monsieur, qu'il s'agit d'un service public, et que je requiers votre concours au nom de la loi.

— On n'y voit plus, monsieur le brigadier, répondit l'employé, et nos signaux ne seraient ni aperçus ni compris. D'ailleurs, ces capitaines étrangers ne se gênent pas avec la consigne quand ils sont à quelques encâblures de la côte... Vous ferez mieux de requérir le premier bateau qui va passer, et de chercher à atteindre le navire américain avant qu'il ait gagné le large.

— Il faut bien prendre ce parti, répondit le gendarme, puisqu'il n'y a pas moyen de faire autrement.

L'inconnu avait écouté avec intérêt cette conversation, et il en attendait anxieusement le résultat. Mais Kretle, ne comprenant rien à ce qui arrivait, s'étonnait de son inaction, et il dut lui expliquer comment une circonstance favorable associait leurs efforts à ceux de l'autorité. Un rayon d'espoir se glissa dans le cœur de la pauvre fille abandonnée, et elle devint attentive à son tour.

L'entretien continuait entre les employés de divers ordres qui se trouvaient sur la jetée.

— Comme cela, brigadier, disait l'un d'eux, il y a parmi ces émigrans un malfaiteur que vous êtes chargé d'arrêter ?

— Il ne s'agit pas d'un malfaiteur, répliqua le gendarme, mais d'un fils de famille qui suit la fille d'un émigrant, au grand désespoir d'un père immensément riche. Une dépêche télégraphique, arrivée tout à l'heure, nous enjoint de nous rendre à bord de *la Jenny* pour engager ce jeune homme à retourner immédiatement dans son pays, où son père est malade et en danger de mort. Il est probable que notre amoureux reviendra de bonne volonté, sinon nous avons ordre de le contraindre et de l'*emballer* de gré ou de force dans un vagon du chemin de fer... Mais, de par le diable ! continua le gendarme en se penchant sur le parapet, n'y a-t-il donc pas de barque pour me conduire au large ?

— Et pourtant, répliqua l'employé en braquant sa lunette de nuit sur la mer, les deux navires poursuivent leur bonhomme de chemin. Du reste, *le Centaure* ne peut aller bien loin maintenant, car *la Jenny* est déjà en position de prendre le vent, et elle va bientôt marcher seule comme une grande fille.

— Mais, en attendant, répliqua le brigadier, mes gaillards se donnent de l'air... et j'ai mes ordres.

Le protecteur de Kretle avait tressailli en apprenant certaines particularités de la mission du brigadier. Néanmoins, il l'aborda poliment, lui exposa en peu de mots la situation terrible où se trouvait mademoiselle Reber, et finit par le supplier de prendre la jeune fille sous sa protection.

— Il va sans dire, monsieur le brigadier, ajouta-t-il, que je me chargerai de toutes les dépenses nécessaires ; je ne reculerai devant aucun sacrifice d'argent pour que cette pauvre enfant soit rendue à sa famille.

Le militaire observait attentivement l'inconnu, dont les manières, le langage, le désintéressement annonçaient un homme distingué, bien qu'on ne pût voir sa physionomie. D'autre part, l'air honnête et modeste de Kretle, sa douleur, ses beaux yeux pleins de larmes eussent ému le cœur le plus dur.

— Monsieur, je vous en conjure, dit-elle en joignant les mains, assistez-moi dans mon malheur. Si les bonnes âmes ne me secourent pas, que vais-je devenir ?

Le brigadier, homme d'action avant tout, ne resta pas longtemps indécis :

— Je ne vois aucun inconvénient à faire ce que demande cette petite demoiselle, répliqua-t-il ; et si vous, monsieur, vous êtes disposé à payer les frais d'une courte excursion en mer...

— Je vous accompagnerai en personne jusqu'au navire, répondit l'inconnu, et l'argent ne manquera pas... Mais songez, monsieur, que chaque minute perdue diminue nos chances d'atteindre *la Jenny*.

— Bah ! bah ! nous l'atteindrons... Si seulement je rencontrais certains matelots de ma connaissance... Mais, parbleu ! voici, je crois, notre affaire !

Une barque légère, conduite par deux rameurs, venait d'entrer dans la sphère lumineuse que formaient les fanaux du port ; le brigadier se fit un porte-voix de ses deux mains et la héla. Aussitôt les avirons sortirent de l'eau, et le patron de la barque, croyant qu'on lui demandait son nom, se leva debout :

— Le *pratique* Gervais, cria-t-il ; je rentre après avoir piloté au large un charbonnier de Newcastle.

— Gervais ! répéta un des employés ; vous avez la main heureuse, brigadier. Vous tombez justement sur le meilleur *pratique* et sur la meilleure embarcation du port... Gervais et son canot ont eu le prix aux dernières régates de la ville.

Le pilote, cette formalité remplie, avait repris ses rames, et se disposait à franchir le goulet :

— Un moment donc, monsieur Gervais, reprit le gendarme ; il y a dix francs à gagner si vous voulez me conduire avec deux autres personnes à *la Jenny*, ce navire d'émigrans que remorque *le Centaure*.

— *La Jenny !* répliqua Gervais, c'est sans doute ce gros trois-mâts que j'ai rangé tout à l'heure ; mais il va vite, et dix francs pour une course de nuit...

— Vingt francs... cinquante... tout ce que vous demanderez ! s'écria le protecteur de Kretle.

Comme Gervais cherchait à voir la personne généreuse qui venait de parler, le brigadier dit à l'inconnu d'un ton de bonne humeur :

— Allons ! monsieur, il ne faut pas gâter ces gens-là... Je serais en droit de requérir au nom de la loi le pratique Gervais et son canot, car il y a urgence, et on le payerait selon le tarif, qui est assez parcimonieux... Gervais, continua-t-il en s'adressant au pilote, nous avons affaire à un bourgeois libéral, et vous serez content... Etes-vous prêt à nous recevoir ?

— Oui, oui, brigadier, descendez... Je vais vous attendre en face de Frascati.

Aussitôt la barque se mit en mouvement pour gagner la place indiquée.

— Et nous, partons, dit le militaire résolûment ; monsieur, mademoiselle, hâtons-nous.

Kretle était radieuse.

— Ah ! messieurs, s'écria-t-elle, que de reconnaissance je vous devrai... ! A vous surtout, continua-t-elle en s'adressant à son protecteur, à vous qui, sans me connaître, avez bien voulu prendre tant d'intérêt à mon sort !

— Bonne chance, la jolie petite émigrante ! dit un des employés ; vous allez embrasser papa et maman, je vous le garantis, ou Gervais y perdra son nom... Bonne chance et courage !

La jeune fille remercia ces braves gens par une révérence, et prit le bras que lui offrait son mystérieux ami.

On gagna la grève, et en dépit des monceaux de galets que la mer accumule sur la côte, on atteignit rapidement l'endroit où se trouvait déjà le canot du pilote. Mais il y avait entre l'embarcation et le rivage un espace de deux ou trois pas où les lames se brisaient avec bruit. Quoique la mer, comme nous l'avons dit, fût assez calme en ce moment, ce fracas inattendu, ces nappes d'écume blanche qui se déroulaient à ses pieds, frappèrent de crainte la pauvre Kretle ; elle s'arrêta toute frémissante, et son compagnon l'imita.

Le brigadier, à qui de pareils inconvéniens étaient familiers, sauta dans l'embarcation, malgré de légères atteintes de l'eau salée dont ses grandes bottes ne purent le garantir ; mais ses compagnons restaient immobiles, ne sachant trop quel parti prendre dans cette circonstance nouvelle pour eux. Le pilote Gervais vit d'un coup d'œil de quoi il s'agissait : laissant la barque à la garde de son mousse, qui la maintenait au moyen d'un aviron enfoncé dans le sable, il s'élança lestement à terre, saisit à l'improviste la jeune fille et la porta dans le canot. Kretle ne put retenir un cri de terreur, mais comprenant qu'il fallait obéir à la nécessité, elle se tut. Au même instant l'inconnu fut à ses côtés.

— Qu'y a-t-il, mademoiselle ? demanda-t-il avec intérêt ; vous n'êtes pas blessée, j'espère ?

Kretle balbutia quelques paroles inintelligibles.

— Bah ! bah ! de petites simagrées, dit le pilote en ricanant; nous connaissons cela... Mais allons! Pierre, continua-t-il en s'adressant à son mousse, bordo tes avirons et jouons des poignets. Ça presse, à ce qu'il paraît.

— Il s'agit d'un service public, répéta le gendarme.

— Et si vous parvenez à rejoindre le navire d'émigrans, ajouta l'inconnu, je vous laisserai le soin de fixer vous-même le prix de votre course.

— Ça va, répliqua Gervais laconiquement.

Pendant cette courte conversation, les passagers s'étaient assis dans le canot, Kretle et son protecteur à l'arrière, le gendarme à l'autre bout afin de ne pas gêner les rameurs. Alors l'embarcation vira sur elle-même et commença de nager hardiment vers le large.

Les impressions de Kretle changèrent bientôt de nature. Les lames, poussées par la marée, secouaient le frêle bateau et semblaient devoir le chavirer à chaque instant. Quelques-unes même franchirent le rebord du canot et lancèrent des jets d'écume sur les passagers. A mesure que l'on s'éloignait du rivage, les soubresauts devenaient moins brusques; mais alors l'obscurité, l'immensité de cette plaine d'eau, le gémissement continuel du vent, causèrent à la jeune montagnarde de nouvelles alarmes. Elle se voyait à la merci des flots, dans une espèce de coquille de noix que le moindre choc pouvait renverser, à la garde de gens inconnus qui, malgré leur bienveillance pour elle, lui semblaient impuissans à la protéger. La terre avait disparu dans la brume; on n'apercevait plus que les feux du port et des lumières errantes qui, sur divers points de l'horizon, trahissaient des navires en marche. Ce tableau, si différent de ceux qui frappaient habituellement ses yeux, jetait la pauvre Kretle dans une surexcitation douloureuse; ses nerfs étaient tendus; elle n'osait ni se mouvoir ni respirer librement. Raide, cramponnée des deux mains à la planche sur laquelle elle était assise, elle souffrait mille tortures, mais elle gardait un silence stoïque.

L'habileté des bateliers, la légèreté merveilleuse de l'embarcation eussent dû pourtant la rassurer. Le canot voltigeait à la surface des lames comme un goëland; ses avirons frappaient l'eau avec une régularité et une vigueur étonnantes. Il traçait un sillon d'écume à la surface des flots, et filait droit vers son but sans s'en détourner jamais, sans se ralentir d'un instant. Ce but, Kretle ne le voyait pas; mais le pilote Gervais, tout en manœuvrant sa rame, avait l'œil fixé sur une lumière qui brillait, semblable à une étoile rouge, du côté de la haute mer; et cette lumière, en grandissant de minute en minute, donnait à penser qu'on gagnait rapidement sur elle.

Bientôt un gros navire à vapeur passa non loin du canot, et celui-ci fut ballotté de nouveau par le choc des lames que soulevait cette pesante masse. Kretle cette fois ne put retenir un mouvement de terreur. L'inconnu lui saisit la main.

— Ne craignez rien, mademoiselle, murmura-t-il; il n'y a pas de danger, je l'espère.

— C'est *le Centaure*, dit le pilote en suivant des yeux le vapeur qui se perdit dans l'obscurité; il vient d'abandonner le trois-mâts à lui-même. Tenez, déjà l'Américain commence à jouer des jambes!

Et il désignait *la Jenny*, qui se dressait d'un autre côté comme une immense pyramide de toile; ses voiles se gonflaient l'une après l'autre, et elle marchait avec une rapidité toujours croissante. Le brigadier mesura des yeux la distance où l'on se trouvait encore du navire, et il dit avec un accent d'inquiétude :

— Sans vouloir déprécier votre canot, Gervais, je crois que nous aurons de la peine à joindre ce grand escogriffe là-bas... Le diable m'emporte! il met au vent autant de voiles qu'un vaisseau de ligne.

— Il peut en mettre dix fois davantage, brigadier, répliqua le pilote en crachant dans la mer, je m'en soucie comme de ça... J'ai jaugé mon gaillard quand il était dans nos bassins, c'est la coque la plus lourde, la plus paresseuse du monde entier. On n'emploie pas d'ordinaire les plus fins navires pour le transport des émigrans aussi, celui-ci serait-il couvert de voiles depuis son pont jusqu'à ses pommes de girouettes, que je répondrais de l'attraper avant dix minutes.

— Allons! Gervais, pas de fanfaronnades; parce que je suis militaire, vous voulez vous gausser de moi, suivant votre habitude à vous autres marins.

— Je ne me gausse pas de vous, brigadier; mais j'ai dit et je répète que je suis sûr d'atteindre le trois-mâts, maintenant qu'il n'est plus à la remorque du *Centaure*. Il a beau déployer ses douze ou quinze cents aunes de toile, moi je le dépasserai, rien qu'en faisant flotter un mouchoir de poche... En voulez-vous la preuve?—Il se tourna vers le mousse : — Pierre, dit-il, embarque tout.

Aussitôt les avirons furent retirés de l'eau; une perche fut dressée pour servir de mât, et une voile, à peine plus grande en effet qu'un mouchoir de poche, fut hissée au sommet. Dès qu'elle eut été convenablement orientée, Gervais alla s'asseoir au gouvernail, et l'embarcation se fraya sa route à travers les vagues avec une inconcevable facilité.

Les dix minutes n'étaient pas écoulées qu'elle se trouvait à quelques encâblures seulement de *la Jenny*.

— Quand je vous disais! reprit le pilote d'un ton de triomphe; les savans cherchent le moyen de voler dans l'air; s'il s'agissait de voler sur l'eau, mon canot pourrait leur donner une idée de la chose... Mais parlez à l'Américain, brigadier; cela vous regarde.

Le gendarme héla le navire; on ne répondit pas.

— Il n'est pareils sourds que ceux qui ne veulent pas entendre, reprit Gervais; peut-être le capitaine soupçonne-t-il de quoi il retourne... Approchons encore; il faudra bien qu'il finisse par nous entendre, à moins qu'il n'ait du coton dans les oreilles.

Au bout d'un moment, le gendarme héla de nouveau le navire, et cette fois on lui répondit de la manière accoutumée.

— Au nom de la loi, poursuivit le brigadier, mettez en panne, et recevez-moi à votre bord; j'ai une mission à remplir de la part des autorités du Havre.

Davidson, que l'on pouvait reconnaître à son mauvais accent, répondit avec brutalité :

— Allez au diable! Je ne reconnais plus d'autorité civile sur dix brasses d'eau.

Et *la Jenny* continua de cingler vers le large.

— Parlez-lui de la fille, souffla Gervais en accélérant la marche du canot.

Le trois-mâts et l'embarcation ne se trouvaient pas maintenant à plus de dix pas l'un de l'autre, et l'on distinguait parfaitement les formes humaines qui se mouvaient sur le pont de *la Jenny*.

— Vous vous arrêterez du moins, reprit le brigadier en élevant à peine la voix au-dessus de son diapason ordinaire, pour recevoir une de vos passagères en retard, une jeune fille émigrante dont la famille se trouve à votre bord.

A peine avait-il achevé ces mots, qu'une voix de femme s'écria du navire :

— Ma sœur, ma sœur, est-ce toi?

— Mademoiselle Kretle, ajouta un organe plus grave, mais non moins ému, nous êtes-vous enfin rendue?

Kretle se souleva impétueusement de son banc; l'espèce de torpeur qui s'était emparée d'elle depuis qu'elle avait posé le pied dans la barque cessa tout à coup.

— C'est moi, Julia, c'est moi, Schmidt, s'écria-t-elle à son tour; au nom de Dieu! priez le capitaine de m'attendre.

Il sembla qu'en effet l'on adressât de vives instances au capitaine. Tel était le silence qui régnait à bord du canot et de *la Jenny* que l'on pouvait saisir les plus faibles sons. Après deux ou trois répliques brutales, Davidson dit enfin dans son mauvais français :

— Que cette petite *birch* monte à bord si elle veut et

comme elle pourra; quant à moi, je ne m'arrête pour personne.

Et il donna l'ordre de gréer les bonnettes afin d'accélérer encore la marche de son navire.

— Mais c'est une infamie! s'écria l'inconnu avec indignation.

— Je vais adresser un rapport à l'autorité, répliqua le brigadier furieux; on portera plainte à l'ambassadeur des Etats-Unis, s'il le faut, et l'on fera punir cet insolent capitaine.

Kretle pleurait et se lamentait, l'inconnu parlait avec véhémence, le brigadier et Gervais juraient à qui mieux mieux, quand plusieurs personnes à bord se disposèrent à tenter quelque chose en faveur de la délaissée, malgré le mauvais vouloir de Davidson. Une espèce d'échelle fut suspendue aux flancs du trois-mâts, et deux hommes s'aventurèrent sur cet escalier tremblant : c'étaient Schmidt et un vieux matelot qui s'était laissé toucher par les instances de Julia.

— Kretle! appela Schmidt avec précaution.

Aussitôt le canot, dont on avait plié la voile et que le pilote manœuvrait à la rame avec sa dextérité habituelle, vint se ranger contre *la Jenny;* on attrapa un cordage qui pendait le long du bord, et on se laissa entraîner. Malheureusement l'échelle sur laquelle se trouvaient Schmidt et son compagnon était trop élevée pour que mademoiselle Reber pût y poser le pied; son protecteur ne parut pas s'effrayer de cette difficulté. Il se pencha vers elle, et lui dit bas d'un ton qui la fit tressaillir :

— Adieu, Kretle; vous allez être réunie à votre famille, puissiez-vous être heureuse!... En souvenir du service que je viens de vous rendre, croyez ce que vous dira votre sœur!

Plusieurs fois, dans le cours de la soirée, certaines intonations de cette voix avaient frappé la jeune fille, comme nous l'avons dit, et si Kretle n'avait pas été sous le coup des plus mortelles angoisses, elle n'eût pas manqué de réfléchir à cette circonstance. Le vague soupçon qui avait traversé son esprit devint alors presque une certitude.

— Qui êtes-vous? qui êtes-vous? demanda-t-elle avec précipitation en cherchant à distinguer les traits de l'inconnu.

Celui-ci ne répondit pas; la saisissant par la taille, il l'éleva rapidement jusqu'à Schmidt, qui la saisit à son tour. Avant qu'elle eût pu se reconnaître, elle se trouva sur le pont de *la Jenny*, et dans les bras de sa sœur qui pleurait de joie.

Aussitôt que Kretle eut été hissée sur le navire, l'inconnu, qui était resté dans le canot avec le brigadier, commanda d'un ton d'autorité au mousse qui tenait le cordage :

— Lâchez tout!

Le marin obéit machinalement, et l'embarcation, cessant d'être traînée à la remorque par *la Jenny*, resta en arrière.

— Que faites-vous! demanda le brigadier avec vivacité; ma mission à moi n'est pas remplie; je veux aussi monter à bord du bâtiment et m'assurer...

— Monsieur le brigadier, lui dit l'inconnu, la personne au sujet de laquelle vient d'arriver une dépêche télégraphique n'est-elle pas monsieur Albert Lovendal, le fils de monsieur Lovendal, manufacturier à Molsheim, dans les Vosges?

— C'est vrai.

— Eh bien! je suis cet Albert Lovendal, et je vais obéir sur le champ à l'ordre qui m'est transmis. Vous n'aurez pas besoin d'employer la force, monsieur, pour m'obliger de retourner à Molsheim. Mon père a eu des torts graves envers une malheureuse famille à laquelle je porte un vif intérêt, et quand j'ai découvert la vérité, j'ai voulu les réparer autant qu'il était en moi. Mais il suffit que mon père me rappelle d'une manière expresse et qu'il soit en danger pour que je renonce à mes projets. Dix minutes après mon arrivée au Havre, je monterai dans un vagon pour aller le rejoindre.

Comme le brigadier paraissait douter de ces allégations, Albert lui donna de telles preuves de son identité que le gendarme fut enfin convaincu.

— Mais alors, reprit-il d'un ton d'humeur, pourquoi ne m'avoir pas épargné cette désagréable promenade sur l'eau? Ne pouviez-vous me dire là-bas sur la jetée...

— Il fallait venir en aide à cette pauvre enfant, et votre présence me paraissait nécessaire... Mais laissons le passé... Aucun de ceux qui m'ont rendu service cette nuit n'aura lieu de se plaindre de moi. Ramez donc, mes amis, ramez ferme, ajouta-t-il en s'adressant aux marins; il faut que demain soir j'aie traversé la France et que je sois auprès de mon père.

Pendant ce temps, Kretle, à bord de *la Jenny*, recevait d'un air distrait, et les yeux tournés vers la mer, les caresses de sa sœur, les félicitations de Schmidt. Tout à coup elle parut revenir à elle :

— Bon Dieu! Julia, demanda-t-elle, où est notre père? Pourquoi ne le vois-je pas?

Julia lui apprit comment Reber, pour cause de rébellion envers le capitaine, avait été mis à fond de cale. Kretle se faisait répéter ces détails, quand Davidson lui-même s'approcha d'elle :

— Voilà donc, dit-il avec rudesse, la belle demoiselle qui s'oublie à terre avec les jeunes gentlemen?... Fort bien; mais qu'on me débarrasse le pont au plus vite! Ce n'est pas l'heure où les passagers viennent prendre l'air, et il y en a deux déjà qui devraient être punis pour être montés sans ma permission.

— Capitaine, capitaine, grâce pour mon père! dit Kretle.

Mais Davidson fit un signe menaçant, et les jeunes filles s'enfuirent avec Schmidt dans l'entrepont, où elles ne devaient pas même avoir la consolation de pleurer et de causer en toute liberté.

IV

LA RÉVÉLATION.

Nous n'avons pas l'intention de relater jour par jour, heure par heure, les mécomptes et les souffrances de nos personnages à bord de *la Jenny;* il nous suffira de mentionner les événemens les plus notables et ceux qui tiennent le plus intimement à notre sujet.

Dix ou douze jours s'étaient passés depuis que le navire avait quitté le Havre, et dans cet intervalle les pauvres émigrans, absolument étrangers pour la plupart aux usages de la mer, avaient fait un rude apprentissage de la vie du bord. Parqués dans un entrepont fétide et obscur, où tous les âges ainsi que les sexes étaient confondus, travaillés par le mal de mer, obligés de se contenter d'une nourriture misérable et insuffisante, vexés par le despotisme cupide et brutal du capitaine, ils étaient vraiment dignes de pitié.

Les demoiselles Reber surtout souffraient un incessant martyre. D'abord la captivité de leur père, que le rancunier capitaine avait retenu trois jours à fond de cale, puis une indisposition de madame Dietrich, qui, habituée au bien-être, à l'air pur, à une nourriture choisie, ne pouvait supporter ce régime inhumain et ne quittait plus sa couchette, avaient été pour elles une source continuelle de chagrins. D'ailleurs l'étrangeté de leur nouveau genre de vie, la rigidité de la discipline sur le navire, la brutalité du capitaine et de l'équipage, la grossièreté même des autres émigrans au milieu desquels il leur fallait vivre, les révoltaient intérieurement sans qu'elles osassent s'en plaindre. Aussi les deux sœurs, si fraîches et si bien portantes quand elles étaient arrivées sur *la Jenny*, étaient-elles maintenant pâles, fatiguées, languissantes, méconnaissables.

Reber souffrait moins personnellement de toutes les petites et les grandes misères auxquelles il fallait se résigner sur *la Jenny*. Il était assez indifférent aux aises de la vie, et, sauf la discipline tyrannique du bord, il se fût soumis sans peine aux exigences de sa position actuelle. Il passait sur le pont une partie de ses journées à fumer sa pipe avec Burgwillers. Les deux amis causaient incessamment des plans qu'ils comptaient réaliser au Kansas, l'un pour la domestication des bisons, l'autre pour l'établissement d'une ferme modèle, et les heures s'écoulaient vite dans cet agréable entretien. Plusieurs autres émigrans, que Reber connaissait de longue date ou dont il avait fait connaissance à bord, venaient parfois se joindre à eux, et l'on parlait longuement de l'Amérique. L'ancien fermier eût donc pris peut-être son mal en patience si toute sa bile ne se fût mise en mouvement quand il voyait le capitaine, avec sa mine de dogue en colère, ses cheveux rouges et son inamovible chapeau, se promener fièrement sur le pont. Il n'avait pas oublié le coup qu'il avait reçu de Davidson ; il n'avait pas oublié non plus les trois jours passés à fond de cale, sur un plancher boueux, en compagnie d'une légion de rats, et il eût bien voulu trouver une occasion de se venger. Mais il n'osait pas se faire justice avec ses poings et son bâton, comme il en avait la déplorable habitude, moins pour lui-même que pour sa famille, dont un nouveau conflit avec le commandant du navire eût aggravé la position déjà si triste ; il s'était promis d'éviter désormais une collision avec le farouche marin, se réservant toutefois de prendre sa revanche quand il le pourrait sans danger pour les siens.

De tous les émigrans, aucun peut-être ne se fût habitué plus facilement à son nouveau genre de vie et n'en eût tiré un meilleur parti que Schmidt, si le brave garçon n'eût pris à cœur les peines des demoiselles Reber, et de Kretle en particulier. Doux, complaisant, inoffensif, il n'offusquait personne, et se conciliait la bienveillance de la plupart de ceux qui l'approchaient. Comme les passagers, en général, ne savaient pas écrire, c'était Schmidt qui rédigeait leurs lettres à leur famille ; on le rencontrait fréquemment, assis sur l'escalier de l'écoutille ou même sur le pont, griffonnant d'interminables missives sous la dictée d'un Alsacien ou d'un Allemand.

Ses services étaient ordinairement rémunérés par de petits cadeaux en nature qui augmentaient son bien-être, ou par quelques pièces d'argent qu'il mettait avec soin en réserve. Davidson lui-même avait eu plus d'une fois recours à sa plume, et l'avait chargé de lui rédiger certains rapports destinés à ses correspondans français. Schmidt s'était acquitté de cette tâche à la satisfaction du capitaine ; aussi était-il devenu une espèce de puissance à bord de *la Jenny*, et les plus grossiers maîtres d'équipage n'osaient le malmener comme ils malmenaient, à l'exemple de leur chef, les autres passagers.

Il profitait de cette modeste influence pour protéger les deux sœurs et rendre leur position moins intolérable. Reber, malgré son affection pour ses filles, ne comprenait pas certaines privations, certaines délicatesses dont elles souffraient cruellement ; d'ailleurs elles craignaient de se plaindre à lui, de peur de l'affliger ou de le pousser à des éclats fâcheux. C'était donc Schmidt qui écoutait leurs doléances. Il était pour elles comme un frère, bien plus, comme un serviteur fidèle et dévoué. Nuit et jour il veillait à ce que nul ne s'écartât du respect envers elles ; il leur procurait de légères faveurs que la règle du bord interdisait aux autres passagers, et sans lui les pauvres femmes n'eussent pu trouver le courage nécessaire pour résister à tant de maux. Quand elles voulaient le remercier, il leur disait avec sa résignation mélancolique :

— Vous rendre service, si peu que ce soit, est la plus douce satisfaction que j'aie éprouvée sur la terre ; vous ne me devez donc pas de reconnaissance.

Tel était l'état des choses le jour où nous reprenons le cours des événemens. Depuis longtemps le navire avait quitté la Manche pour chercher sa route à travers les immensités de l'océan Atlantique, et comme jusque-là le temps n'avait pas cessé d'être favorable, les émigrans n'avaient pas eu trop à pâtir par la faute des élémens. Mais, le jour dont nous parlons, vers le soir, de nombreux pronostics annoncèrent un changement de temps. Le ciel se chargeait de vapeurs ; la brise fléchissait et laissait par intervalles retomber les voiles toutes plates contre les mâts. De son côté, la mer semblait s'affaisser sur elle-même. C'était à peine si une lame paresseuse venait de temps en temps frapper les flancs du navire presque immobile. L'air était lourd, suffocant ; tout annonçait un orage prochain.

Soit que l'état électrique de l'atmosphère l'eût impressionnée d'une manière fâcheuse, soit effet naturel de sa maladie, madame Dietrich était plus abattue qu'à l'ordinaire. La pauvre vieille femme, comme ses petites-filles, n'avaient pas eu un seul instant de bien-être sur *la Jenny*, et, depuis le premier jour de l'embarquement, elle n'avait fait que décliner ; mais pendant cette soirée orageuse son état devint particulièrement alarmant. On l'avait couchée sur un matelas au centre de la petite tente qui servait d'appartement à la famille, et, à cause de l'intensité de la chaleur, on avait relevé les toiles. Ses traits étaient pâles et décomposés ; évidemment elle ne devait pas arriver jusqu'à New-York. Sans doute cette femme avait été égoïste et injuste dans le passé ; mais après avoir mené une existence heureuse et enviée pendant tant d'années, après avoir joué un rôle brillant dans le monde, n'était-ce pas chose navrante que de venir mourir sur ce vieux vaisseau, dans cet entrepont pestilentiel, au milieu de l'Océan ?

Julia et Kretle, assises sur des paquets à côté de la malade, veillaient sur elle avec une touchante sollicitude. Autour d'elles on voyait, à la faible lumière qui provenait encore des écoutilles, plusieurs groupes d'émigrans ; dans les uns on travaillait, dans les autres on jouait aux cartes ou aux dés. Quelques passagers, accablés par la chaleur, dormaient sur leurs bagages, mais la plus grande partie étaient montés sur le pont pour chercher un peu de fraîcheur. Reber se trouvait parmi ceux-là ; quant à Schmidt, il avait été mandé par le capitaine, et depuis plusieurs heures il travaillait avec lui.

Au moment où le soleil se couchait derrière de grands nuages noirs, Reber descendit dans l'entrepont pour inviter ses filles à venir respirer un peu d'air frais à leur tour. Les deux sœurs refusèrent d'abord, ne voulant pas quitter la malade. Reber examina la vieille femme, elle était assez calme et avait les yeux fermés, comme si elle eût dormi ; une légère teinte rouge colorait ses joues et simulait les couleurs de la santé.

— Bah ! dit-il, elle ne m'a jamais paru aussi bien... Allons, montez ; on étouffe ici. Je resterai, s'il le faut, auprès de maman Dietrich ; mais elle n'aura besoin de personne. Voyez comme elle a bonne mine et comme elle dort paisiblement !

— C'est l'effet de la fièvre, répliqua Julia ; quoi que vous en disiez, cher père, l'état de la grand'maman est fort grave, et je regrette que nous ne puissions consulter un médecin.

— Il n'y a pas de médecin à bord.

— Si encore il y avait des médicamens, dit Kretle. Nous connaissons le tempérament de grand'maman, et nous pourrions peut-être...

— Il n'y a pas plus de médicamens que de médecin ; il n'y faut pas songer.

— Eh bien ! dit Julia en soupirant, si l'on n'a ici ni médicamens ni médecin pour aider les malheureux à vivre, il devrait y avoir du moins un prêtre pour les aider à mourir.

— Ah bien oui ! un prêtre ! croyez-vous être ici dans

une paroisse? J'imaginerais plutôt que nous sommes en enfer, et que notre scélérat de capitaine en est le grand diable... Mais allons! vous vous exagérez, chères petites, la position de maman Dietrich... C'était une maîtresse femme dans son temps, et elle a toujours eu une santé de fer... Aussi, croyez-moi, allez faire une petite promenade sur le pont; vous tomberiez malades vous-mêmes à rester constamment enfermées dans cet endroit abominable.

Ainsi pressées, les jeunes filles durent céder. Après avoir recommandé à leur père de ne pas quitter d'un instant la malade, elles se prirent par le bras et montèrent sur le pont.

Comme nous l'avons dit, la plupart des émigrans s'y trouvaient déjà. Sur les bancs, sur les rouleaux de câbles, sur les espars de rechange, étaient assis des hommes et des femmes qui travaillaient ou causaient. Les voiles étaient carguées; la tente qui couvrait le pont d'ordinaire, afin de préserver les passagers des ardeurs du soleil, avait été abattue; le navire avait fait ses préparatifs pour recevoir l'orage. L'œil, habitué à la prodigieuse quantité de voiles que portait habituellement *la Jenny*, avait peine à la reconnaître maintenant qu'elle était dépouillée de sa majestueuse parure.

Toutes les places étaient prises, et aucun des émigrans n'offrit la sienne aux deux timides jeunes filles, en vertu de l'axiome *primo mihi*, si cher aux voyageurs. Elles restèrent donc debout au pied d'un mât, et elles se mirent à regarder avec une admiration mêlée de crainte le tableau grandiose qui se présentait à leurs yeux.

Ce tableau était pourtant d'une simplicité étonnante; rien qu'un ciel nuageux et une mer immobile; mais ces nuages avaient toutes les teintes, depuis celle du blanc argenté jusqu'à celle du noir de la poudre; les eaux, de couleur plombée et livide, prenaient un caractère effrayant dans leur immobilité. La brise était tombée tout à fait; seulement, de folles bouffées qui soufflaient de tous points de l'horizon se jouaient parfois dans les agrès et poussaient *la Jenny* de çà, de là, pendant quelques secondes, pour la laisser bientôt inerte et sans mouvement. Une lueur blafarde venait encore de la partie éloignée du ciel où s'était couché le soleil, et ajoutait à l'effet général de ce lugubre spectacle. Un morne silence régnait à l'entour du navire, dans l'air et sur les eaux; mais un grondement sourd annonçait au loin, par intervalles, les approches du tonnerre.

Les matelots s'agitaient sur les vergues et dans les hunes pour achever de plier les voiles. On les voyait se suspendre aux cordages avec une hardiesse qui donnait le vertige. A chaque instant des cris rauques, qui semblaient descendre des nuages, annonçaient l'exécution d'un ordre à peine reçu, et ces cris, mêlés aux sifflets des maîtres d'équipage, résonnaient d'une manière funèbre au milieu du silence de la nature. Toutefois le capitaine Davidson ne jugeait pas sans doute qu'une manœuvre aussi simple exigeât sa présence sur le pont; il laissait à son lieutenant le soin de prendre les dispositions d'usage pour la sûreté du bâtiment. Quant à lui, retiré dans sa cabine où il travaillait avec Schmidt, il se contentait de montrer de temps en temps sa tête à la porte, et de jeter un regard sur le ciel; puis il rentrait, se réservant sans doute pour une nécessité plus pressante.

Comme Kretle et Julia contemplaient d'un air ébahi cette scène inattendue, Schmidt, sa plume à la main, s'élança de la cabine où se trouvait Davidson, et se dirigea vers les deux sœurs.

— Mesdemoiselles, leur dit-il d'un ton joyeux, montez sur la dunette, le capitaine vous le permet; vous y serez plus tranquilles et vous y aurez plus de fraîcheur.

Il est bon de savoir que le gaillard d'arrière ou dunette avait été jusqu'alors rigoureusement interdit aux émigrans et que Davidson se l'était réservé pour son usage exclusif. C'était donc une faveur signalée qu'on accordait aux demoiselles Reber, et elles en furent aussi surprises que charmées.

— Je gage que c'est encore à vous, monsieur Schmidt, dit Julia affectueusement, que nous devons cette grâce du capitaine.

— Eh bien! c'est ce qui vous trompe, mademoiselle Julia: l'idée est de lui. Tout à l'heure il vous a vues l'une et l'autre errer d'un air embarrassé au milieu des passagers, et il m'a chargé de venir vous dire... Mais n'avez-vous pas observé que depuis quelque temps le capitaine était avec vous d'une politesse extraordinaire?

— En effet, dit Julia; je crois même être sûre qu'une fois, en passant devant moi, il a ôté son chapeau.

— Allons! ma sœur, répliqua Kretle avec gaîté, tu t'es trompée sans doute; je ne croirai jamais cela de lui.

— Oui, vraiment, poursuivit Schmidt en baissant la voix, vous avez apprivoisé notre ourson de capitaine, et la chose aurait pu paraître impossible... Montez donc sur la dunette, personne ne viendra vous y déranger. Pour moi, je retourne bien vite rejoindre monsieur Davidson, car il m'attend, et la patience n'est pas sa vertu favorite.

Il salua de la main et s'éloigna précipitamment, tandis que Kretle et Julia montaient l'escalier de l'arrière, au grand étonnement des autres passagers.

Les deux sœurs se trouvèrent avec une vive satisfaction toutes seules sur la petite plate-forme de la poupe. Depuis qu'elles étaient à bord, comme nous l'avons vu, elles n'avaient pas eu la faculté de causer ensemble librement et d'une manière suivie; cet instant de solitude leur était donc bien précieux. Elles s'assirent sur un banc, et comme les signes de plus en plus évidens d'une tempête prochaine n'éveillaient en elles aucune idée de danger immédiat, elles se laissèrent aller à leur rêverie.

Enfin Julia poussa un profond soupir, et, posant la tête sur l'épaule de sa sœur, pendant que ses yeux erraient dans le vague de l'immensité:

— Kretle, lui dit-elle, ne te semble-t-il pas que les événemens accomplis depuis peu sont comme un rêve bizarre, incroyable, absurde, auquel on ne peut ajouter foi quand on est éveillé? Que de changemens étranges depuis quelques mois! Nous, si paisibles et si heureuses naguère dans notre ferme de l'Arche, nous voici, après avoir éprouvé les malheurs les plus inattendus, les souffrances les plus poignantes, embarquées sur un navire d'émigrans, sans espoir de revenir jamais dans notre pays natal, exposées avec nos parens les plus proches à toutes les misères, à tous les dangers du présent, à toutes les incertitudes d'un avenir inconnu!... Oui, oui, ma sœur, il y a des momens où je crois rêver... Et pourtant, ajouta-t-elle en étendant le bras, ce navire, cette mer sans bornes, sont bien des réalités; ce n'est plus l'humble demeure où nous sommes nées, ce ne sont plus les riantes vallées, les vertes montagnes que nous étions habituées à voir, où nous nous promenions si joyeuses autrefois avec notre pauvre mère!

Ses yeux devinrent humides; Kretle partagea son émotion.

— Tu as raison, Julia, les temps sont bien changés! murmura-t-elle. Mais toi, du moins, tu peux songer au passé sans trouble et sans honte, tandis que moi...

— Que dis-tu, Kretle? Persistes-tu à te reprocher une faute involontaire et si cruellement expiée? Eh bien! ma sœur, puisque l'occasion se présente d'épancher nos cœurs, je dois t'adresser certaines questions pénibles pour nous deux; mais une parole donnée, un intérêt de justice m'obligent à revenir encore une fois en ma vie sur un sujet que nous devrons ensuite oublier l'une et l'autre.

— Une parole donnée! Que veux-tu dire, Julia?... Mais j'y songe, on m'a prévenue, il n'y a pas encore bien longtemps, que tu avais des révélations à me faire et que je devais te croire aveuglément. Explique-toi donc avec confiance, je t'écoute.

— Tu as été avertie, dis-tu? Il faut que nous ne nous entendions pas, car il est impossible... Tiens, armons-nous de courage et abordons une explication qui ne saurait être ajournée sans de graves inconvéniens.

Malgré ces excitations, les deux jeunes filles gardèrent un moment le silence. Enfin Julia se pencha vers sa cadette et, lui prenant les mains, elle demanda si bas qu'on l'entendait à peine :

— Pour quelles raisons, ma sœur, crois-tu monsieur Albert Lovendal l'auteur de l'attentat dont tu as été victime? Tu étais complétement évanouie.

— Ne m'interroge pas, Julia, répondit Kretle en frémissant.

— Pardonne-moi si j'insiste; mais tu as pu être trompée par de fausses apparences, car celui dont nous parlons proteste de son innocence avec une constante énergie.

— Et pourtant il m'aime, Julia; j'en ai maintenant la certitude.

— La certitude! répliqua Julia en pâlissant.

Les mains entrelacées se séparèrent, et les deux jeunes sœurs s'éloignèrent l'une de l'autre. Cependant Julia, le premier mouvement passé, reprit avec douceur :

— Kretle, ma sœur chérie, Dieu m'en est témoin, je ne voudrais rien dire qui pût t'affliger ou te déplaire, quand je devrais me condamner moi-même aux plus durs sacrifices; mais une illusion de ta part pourrait être dangereuse, et il importe de t'éclairer. Quels motifs as-tu de croire qu'il t'aime? Te l'a-t-il dit?

— Jamais, je l'avoue; mais son dévouement si complet au gouffre de la Fosse n'est-il pas une preuve?...

— C'était un acte de simple humanité, l'effet de sa générosité naturelle.

— Enfin, répliqua Kretle avec impatience, je ne puis douter qu'il ne prenne un vif intérêt à mon sort et qu'il ne veille sur moi avec une ardente sollicitude.

— Comment cela, Kretle? Aurais-tu vu, toi aussi, ce jeune homme depuis la catastrophe du gouffre de la Fosse?

— Moi aussi! Tu l'as donc revu, toi, Julia?

Julia devint pourpre.

— Je n'avais aucun motif de le cacher; mais les fatigues et les préoccupations incessantes de ce triste voyage... Eh bien! ma sœur, la personne qui me fit apppeler au moment même où nous allions partir de la ferme, c'était monsieur Albert.

— Oui, oui, vous eûtes une conférence assez longue, et notre père s'impatientait fort... Mais que te voulait-il?

— Protester de nouveau contre les imputations infâmes portées contre lui? Il s'exprimait avec tant de force qu'il me laissa convaincue de son innocence, je n'en disconviens pas.

— Serait-il possible? reprit Kretle en se cachant le visage dans ses mains. Et moi qui pensais... Mais, en effet, la dernière fois que je l'ai vu, il m'a recommandé expressément de croire tout ce que tu me dirais de sa part.

— A ton tour, ma sœur, où l'as-tu donc vu?

Kretle jusqu'ici, en parlant des événemens du Havre, s'était bornée à mentionner vaguement le piége qui lui avait été tendu par Hermann et le secours qu'elle avait trouvé dans un généreux inconnu; elle apprit alors à sa sœur que cet inconnu était Albert Lovendal, et lui répéta les dernières paroles que le jeune homme avait prononcées en la quittant.

— Tu vois bien, Julia, poursuivit-elle avec chaleur, qu'Albert m'aime, puisqu'il m'avait suivie malgré son père, puisqu'il épiait mes démarches, puisqu'il m'a soutenue contre cet odieux Hermann et contre mon propre désespoir.

— Il est vrai, chère Kretle, mais il t'a invitée aussi à croire ce que je te dirais; et je dois te dire qu'il repousse de toutes ses forces le crime dont tu l'accuses, qu'il a seulement pour toi l'affection d'un frère pour sa sœur...

— Et sans doute qu'il en aime une autre d'une manière différente? — répliqua Kretle avec amertume. Julia ne répondit pas. Les deux sœurs gardèrent un nouveau silence. La mer et le ciel étaient toujours plongés dans un calme profond; cependant les nuages noirs envahissaient rapidement le zénith, et à l'horizon on apercevait comme un brouillard lumineux qui semblait courir à la surface des eaux. Le timonier, appuyé sur la barre, tournait fréquemment la tête vers cette sinistre lueur; mais, quoi qu'il pût en penser, il n'avait rien à faire, car le navire, immobile, n'obéissait plus au gouvernail. Les jeunes filles paraissaient du reste tout à fait indifférentes aux variations menaçantes de l'atmosphère. Bientôt Kretle sortit de ses réflexions, et dit à sa sœur avec un accent de cordiale franchise : — Julia, tout malentendu doit cesser entre nous, et, quand je devrais en mourir de honte, tu sauras la vérité. — En dépit de ce préambule, la pauvre enfant manqua de courage pour faire l'aveu qu'elle annonçait, et se cacha le visage dans le sein de sa sœur. Celle-ci l'encouragea, la combla de caresses. Kretle, sans relever la tête, lui dit enfin d'une voix à peine intelligible : — Ecoute-moi. Tu te rappelles comment j'allai à cette fête du village, malgré toi, à l'insu de notre père. J'étais en compagnie de madame Martin et de sa fille, nos voisines et nos amies. La soirée fut gaie; je dansai plusieurs fois avec monsieur Albert, avec monsieur Hermann et d'autres jeunes bourgeois qui assistaient à ce bal. Malheureusement, Joséphine Martin, s'étant trouvée indisposée, partit avec sa mère sans me prévenir; je fus donc forcée de revenir seule à la ferme au milieu de la nuit. Quelqu'un me poursuivit, j'eus peur... je tombai... je m'évanouis... Quand je revins à moi, j'étais seule, mais, en étendant les mains au hasard, je trouvai par terre cet objet que j'ai soigneusement conservé.

Elle tira d'un étui une broche, garnie d'un camée en corail, que Julia se mit à examiner avec attention.

— En effet, quand monsieur Albert venait à la maison, il portait souvent un camée de ce genre; mais...

— C'est le même, Julia, c'est le même, je n'en saurais douter... Tu te souviens qu'à la même époque monsieur Albert cessa tout à coup ses visites à la ferme, ce qui confirma mes soupçons; je supposais qu'il redoutait mes reproches, et que la honte, le remords, l'empêchaient de se présenter devant moi. Cependant j'attendais de la loyauté de son caractère quelque démarche généreuse en ma faveur; cette démarche, il ne la fit pas; il me laissa exposée sans pitié au mépris public, à la fureur légitime de mon père. Je ne voulus pas le trahir; je ne voulus pas être la cause d'une lutte affreuse entre mon père et lui; je me résolus à mourir avec mon secret. Tu sais comment il me sauva; mais, à la scierie de la Fosse, où l'on m'avait transportée, mon secret m'échappa. En te voyant si pénétrée de reconnaissance pour ses prétendus services, je ne pouvais hésiter à t'apprendre quel abîme il avait creusé entre toi et lui... Tu n'as pas oublié quelles conséquences terribles faillit avoir cette imprudence, et tu peux juger si mes illusions n'avaient pas pour elles une apparence de réalité.

— Un mot suffira néanmoins pour les dissiper, ma pauvre Kretle, répliqua Julia en serrant sa sœur dans ses bras; ce camée n'appartenait pas à monsieur Albert Lovendal.

— Comment? Tu reconnaissais tout à l'heure toi-même...

— Je reconnaissais que monsieur Albert en avait porté un pareil; mais il ne saurait avoir perdu celui-ci à l'époque dont tu parles, puisqu'il portait encore le sien, je m'en souviens parfaitement, le jour où je le vis pour la dernière fois dans l'enclos de la ferme.

— En es-tu sûre, ma sœur?

— Kretle, reprit Julia, nous nous sommes promis de parler avec une entière franchise, sans demi-mots et sans réticences, afin que nous n'ayons plus à revenir sur ce douloureux sujet; j'aurai donc le courage d'exprimer toute ma pensée, quoi que tu doives en souffrir. N'y avait-il à cette funeste fête aucune autre personne que tu pusses soupçonner d'une pareille lâcheté? Ne s'y trouvait-il pas, par exemple, un jeune homme du pays qui, devenu riche, jalousait en toutes circonstances monsieur Albert, qui singeait sa mise et ses manières, qui, notamment, s'était faire chez un orfèvre de Strasbourg des bijoux entièrement semblables à ceux de monsieur Lovendal ?

— C'est vrai, balbutia Kretle ; Hermann !... le misérable !

Elle pâlit et demeura presque évanouie dans les bras de sa sœur ; mais bientôt elle se redressa et reprit d'une voix étouffée :

— Tu as deviné juste, Julia... Cette pensée s'était déjà présentée à mon esprit, mais je croyais avoir trop de motifs... Oui, oui, tu as raison, ce ne peut être que lui... Autrefois, en effet, il m'avait adressé quelques galanteries dont je n'avais fait que rire ; mais, après l'événement, il se montra plein de réserve avec moi, de peur sans doute d'attirer les soupçons sur lui... Oh ! malheureuse, malheureuse ! pourquoi ne m'a-t-on pas laissé mourir ? Je comprends maintenant les poursuites de ce scélérat ; je m'explique les paroles obscures qu'il m'adressait au Havre pendant que j'étais presque en son pouvoir... Honte sur moi ! honte sur lui !

Des larmes abondantes vinrent soulager son cœur, et Julia ne put retenir les siennes.

— Pauvre sœur ! disait l'aînée, je m'explique maintenant ton erreur ; mais que de chagrins tu nous eusses épargnés à tous si, dès le premier jour, tu n'avais pas reculé devant ces cruels aveux !

— Je n'osais pas, ma sœur, et si aujourd'hui encore tu n'avais pas insisté avec tant de force... Pauvre Albert ! continua Kretle avec désespoir, combien ma méprise lui a été fatale ! Et pourtant il ne s'est vengé de moi que par son dévouement sans bornes au gouffre de la Fosse et sur la jetée du Havre... Mais je ne peux plus me méprendre sur le véritable motif de sa conduite : c'est toi qu'il aime, Julia, et tout ce qui te touche lui est cher...

— Kretle, penses-tu vraiment... ?

— Il t'aime, te dis-je, et tu es seule digne de son amour. Ma sœur, maintenant que je ne suis plus aveuglée par de fausses apparences, maintenant que tu peux t'abandonner sans crime à tes sentimens pour ce brave et généreux jeune homme, aime-le, aime-le bien, c'est moi qui t'en prie. Quant à moi, pauvre créature déshonorée, j'arracherai de mon cœur de folles espérances qui s'y sont développées un moment... J'y parviendrai, Julia ; j'y parviendrai, je te le promets. On dit que l'on peut ce que l'on veut, et ma vive affection pour toi me donnera la force nécessaire pour triompher de moi-même.

Julia l'embrassa plus chaleureusement peut-être qu'elle n'avait fait jusque-là.

— Merci, ma bonne sœur, dit-elle avec un triste sourire ; mais oublies-tu donc la réalité présente ? Bientôt plusieurs milliers de lieues nous sépareront de celui dont tu parles, et, selon toute apparence, nous ne le reverrons jamais.

— Qui sait, Julia ? Peut-être la Providence...

Kretle s'interrompit tout à coup : quelqu'un semblait les écouter. Les jeunes filles tressaillirent quand elles reconnurent le capitaine Davidson, qui, en montant sur le pont pour prendre le commandement, s'était arrêté devant elles pour les regarder. Certainement il n'avait pu rien entendre de leur entretien confidentiel ; néanmoins elles s'éloignèrent l'une de l'autre avec embarras.

Le capitaine, les mains dans ses poches, continuait de les examiner avec une admiration passablement impertinente.

— Ne vous dérangez pas, petites, grogna-t-il dans son français peu orthodoxe. Eh ! eh ! Dieu me damne ! charmantes toutes les deux... surtout la grande avec ses cheveux noirs comme l'aile d'un corbeau... C'est un joli compagnon de route, sur ma parole !

Les deux sœurs ne savaient comment accueillir ces complimens grossiers, que du reste elles comprenaient à peine ; mais Davidson ne leur laissa pas le temps de répondre ; un coup d'œil jeté sur la mer détourna son attention, et, sans paraître s'apercevoir davantage de leur présence, il donna des ordres pour que l'on rectifiât sur-le-champ certaines dispositions de son lieutenant dans les manœuvres de *la Jenny*. Marin avant tout, il songeait d'abord à son navire, qui allait soutenir une lutte terrible contre les élémens.

Kretle et Julia, de leur côté, étaient trop émues de leurs mutuelles confidences pour s'inquiéter beaucoup de ce qui se passait autour d'elles ; aussi ne tardèrent-elles pas à se rapprocher l'une de l'autre et à reprendre leur entretien.

Tout absorbées par ces affectueux épanchemens, elles n'entendirent pas leur père qui les appelait de l'autre extrémité du navire ; d'ailleurs, en ce moment le capitaine venait de donner l'ordre de renvoyer les passagers sous le pont, et cet ordre s'exécutait avec un bruit et des protestations qui couvraient la voix de Reber. L'ancien fermier, apercevant ses filles sur l'arrière, n'hésita pas à monter l'escalier pour aller les rejoindre.

— Mes enfans, leur dit-il avec inquiétude, vous aviez raison tout à l'heure... Décidément votre grand'mère n'est pas bien, et cette chaleur accablante paraît la fatiguer beaucoup.

Les deux sœurs se levèrent.

— Nous voici, père, répondirent-elles ; nous descendons.

— Une de vous suffira ; l'autre pourra rester ici quelques momens encore. Ici du moins on respire un peu, tandis que là-bas on se croirait à la fois dans un charnier et dans une fournaise.

Et le bonhomme aspirait avec délices une bouffée d'air. Kretle et Julia se disputaient à qui courrait auprès de la malade tandis que l'autre demeurerait sur la dunette ; pendant cette discussion amicale, Reber fut poussé si rudement qu'il en faillit perdre l'équilibre.

— Que faites-vous ici ? lui demanda Davidson en colère ; pourquoi êtes-vous sur l'arrière ? cette place est interdite aux passagers, et, si je vous y retrouve !... Allons, marchez !... aussi bien j'ai commandé que tout le monde rentrât sous le pont.

Le premier mouvement de Reber avait été de riposter par un coup de poing à cette agression brutale, mais il se contint.

— N'y revenez pas, dit-il pâle de fureur, sinon, fussiez-vous cent fois capitaine... ! N'ai-je pas le droit d'accompagner mes filles partout où elles vont ?

— Eh bien ! je vous défends, moi, de monter ici ; et si je vous y retrouve jamais, je vous donnerai des coups de garcette.

— Des coups de garcette, à moi ! Si vous aviez cette hardiesse... !

Une nouvelle lutte semblait imminente entre Reber et l'insolent capitaine ; mais en ce moment le vent s'abattit sur le navire avec une force épouvantable, et un coup de tonnerre ébranla le ciel tout en feu.

— Voici l'orage ! crièrent les jeunes filles ; père, redescendons bien vite.

Le fracas subit de la tempête, le mouvement désordonné du navire qui semblait vouloir se coucher sur l'eau, tantôt à droite, tantôt à gauche, étourdirent Reber et le mirent dans l'obligation de songer d'abord à sa sûreté et à celle de ses enfans. D'ailleurs, le capitaine était déjà loin, et sa voix, dominant le bruit du vent et de la mer, donnait les ordres pour que le navire fût en état de tenir tête à la bourrasque.

Le père et les filles descendirent avec peine du gaillard d'arrière, en se soutenant les uns les autres et en s'appuyant aux manœuvres. Quand ils atteignirent l'écoutille, un matelot se disposait à la fermer pour mettre l'intérieur du navire à l'abri des lames. On les poussa cavalièrement, et, à peine étaient-ils au pied de l'escalier, que le panneau tomba, interceptant le peu de fraîcheur et de lumière qui venaient encore du dehors.

V

TROP TARD.

L'entrepont présentait un aspect repoussant. Plusieurs centaines de personnes étaient entassées dans cet étroit espace dont les deux misérables quinquets suspendus aux mâts ne pouvaient vaincre les épaisses ténèbres. Dans cette lugubre pénombre, on entrevoyait des malheureux de tout sexe et de tout âge qui se débattaient déjà contre les atteintes du mal de mer. Les uns, hâves et défaits, étaient assis sur des ballots et poussaient des cris d'épouvante à chaque soubresaut du navire; d'autres avaient été obligés, faute de place, de s'étendre dans leurs couchettes, bien que l'heure du sommeil ne fût pas encore venue. Des enfans pleuraient, des hommes juraient. Quelques caisses mal arrimées roulaient sur le plancher à chaque nouvelle secousse du bâtiment, et risquaient d'écraser les passagers contre les flancs du navire; mais leurs propriétaires, loin de pouvoir les fixer de nouveau, avaient assez de peine eux-mêmes à se tenir en équilibre. Une odeur nauséabonde régnait dans ce bouge, dont l'air lourd et vicié menaçait de devenir tout à fait impropre à la respiration, maintenant qu'il n'était plus renouvelé par une communication constante avec l'extérieur.

Reber et ses filles ne songèrent d'abord qu'à la grand'mère, dont l'état de faiblesse et de souffrance réclamait la plus sérieuse attention. Elle était toujours étendue dans son cadre, et son état semblait s'aggraver de plus en plus. Sa respiration était pénible, oppressée; néanmoins ses yeux grands ouverts avaient un éclat inaccoutumé. Auprès d'elle se trouvait déjà le bon Schmidt, qui, après avoir quitté le capitaine, s'était hâté d'accourir dans l'espoir de rendre quelque service à sa famille d'adoption.

Tandis que l'une des deux sœurs préparait une boisson pour la malade, l'autre adressait à la grand'mère des paroles encourageantes. Quant à Reber, en apercevant Schmidt, le souvenir de sa récente querelle avec le chef du navire lui revint, et il dit avec un reste d'animation :

— Morbleu! mon garçon, voici une tempête qui est arrivée bien à propos pour ton ami le capitaine! Sans elle, j'allais lui donner la monnaie de sa pièce, et de la bonne façon!... Mais ce n'est que partie remise, et je jure bien qu'à la première rencontre...

— Paix! mon gendre, interrompit la malade d'une voix cassée mais claire et distincte. Allez-vous troubler mon repos par le bruit de vos ridicules querelles.

Tous les assistans se regardèrent avec étonnement; l'accent de madame Dietrich et la pertinence de ses paroles témoignaient d'une lucidité d'esprit dont elle ne jouissait plus depuis longtemps.

— Elle a de la fièvre, dit Krelle à demi-voix.

Madame Dietrich, quoique sourde habituellement, parut non-seulement avoir entendu ces paroles, mais encore les avoir comprises.

— La fièvre? répéta-t-elle doucement; c'est possible, et cependant il me semble que je m'éveille d'un long sommeil... Comment suis-je venue ici? — On ne répondait pas; elle poursuivit avec plus de force : — Julia, Krelle, mes chères enfans, où sommes-nous donc? Comme tout est noir et triste autour de moi! Et puis c'est du feu que l'on respire... Où sommes-nous?

Krelle, dont la voix était particulièrement familière à la vieille femme, répondit d'un ton caressant :

— Rassurez-vous, grand'maman, tout va bien; vous êtes au milieu de votre famille, de vos amis... Nous arriverons bientôt dans un pays où nous serons riches et heureux, où rien ne vous manquera plus.

— Ne me parle pas comme à une enfant, ma fille, reprit sévèrement madame Dietrich; je suis en état de discerner la vérité... Toi, Julia, réponds-moi; encore une fois, où sommes-nous? Quel est ce mouvement désordonné qui semble devoir me précipiter hors de ce misérable lit? D'où vient ce fracas au-dessus de nos têtes? D'où viennent ces cris et ces lamentations? Parle et ne me trompe pas.

L'étonnement de la famille était à son comble. Evidemment, soit effet de la fièvre, soit effet d'une mystérieuse et passagère révolution accomplie dans son organisme, la vieille femme avait miraculeusement recouvré ses facultés.

Ce signe était du plus mauvais augure et annonçait peut-être une mort prochaine; toutefois Julia comprit que les ménagemens ordinaires à l'égard de la grand'mère n'étaient plus de saison, elle répondit avec simplicité :

— Eh bien! grand'maman, puisque vous voulez le savoir, nous sommes sur un vaisseau qui nous transporte en Amérique; ces gens que vous entendez, ce sont des émigrans comme nous; ce fracas au-dessus de nos têtes, c'est celui d'un ouragan qui bouleverse la mer et menace de nous engloutir, ce dont Dieu nous préserve!

Et elle fit un signe de croix. Madame Dietrich ne songea pas à l'imiter.

— L'Amérique... un vaisseau... une tempête! répéta-t-elle; oui, on me l'avait dit, ou je l'avais vu, ou je l'avais rêvé... que sais-je!... Mais pourquoi donc avons-nous quitté cette maison de l'Arche où nous vivions si tranquilles?

— Notre père a été ruiné, grand'maman, et il n'y avait plus ni ressources ni espérances pour nous dans notre pays natal.

La grand'mère parut méditer cette réponse, et coordonner dans son esprit des pensées incohérentes.

— En est-il ainsi? murmura-t-elle. Voilà donc mon ouvrage! Ces pauvres enfans étaient pourtant les filles de ma fille; elles avaient pris soin de ma vieillesse et embelli mes derniers jours; leur père était grossier, mais honnête et bon... J'aurais pu les rendre tous heureux, et je ne l'ai pas voulu!

Elle s'arrêta épuisée; une de ses petites-filles lui présenta une tasse de tisane, tandis que l'autre lui soutenait la tête avec précaution; mais le mouvement saccadé du navire empêcha que la malade pût même rafraîchir ses lèvres au contact de la liqueur bienfaisante.

— Hum! disait Reber à Schmidt d'une voix étouffée, la pauvre grand'mère parle comme un livre, et, depuis que je la connais, je ne l'avais jamais entendue dire tant de bonnes choses. Ah! si elle avait toujours été ainsi!

Madame Dietrich, dont l'ouïe semblait être devenue aussi fine qu'elle était obtuse autrefois, tenta inutilement de se soulever sur sa couche.

— Qui est là? demanda-t-elle. Reber, le mari de ma fille, est-il près de moi?

— Me voici, grand'mère, répliqua l'ancien fermier; que désirez-vous?

Le son de cette voix ne produisit pas sur la malade l'impression de terreur ordinaire.

— Approchez, Reber, dit-elle avec douceur. J'ai été bien injuste à votre égard, quoique vous ayez toujours rempli loyalement vos devoirs envers moi. Pourrez-vous me pardonner mes torts, mon égoïsme, ma sécheresse de cœur? Ma pauvre fille qui n'est plus, et ces enfans innocentes me le pardonneront-elles? Orgueilleuse et avare, je n'ai pas compati à vos chagrins quand il m'était si facile de les faire cesser. Je suis bien punie maintenant. Cet or que j'aimais tant a été perdu pour vous comme pour moi, et nous sommes tous condamnés aux mêmes souffrances, peut-être à la même fin misérable!

Malgré le bon sens incontestable de ces paroles, Reber dit bas à Schmidt : — Voilà le trésor qui revient sur l'eau... ça n'a pas duré longtemps. — Il poursuivit tout haut ; — Allons, allons, grand'mère, ce qui est passé est passé, et il est inutile de revenir cent fois sur la même chose. Ne songez plus à votre cassette ; j'en ai fait mon deuil. Sur ma foi ! je n'y pense plus du tout.

— Je veux pourtant vous apprendre... Mais ce mauvais air, cette chaleur accablante... Ouvrez une fenêtre !... de l'air... j'étouffe !

La malheureuse femme agitait les bras ; sa poitrine se soulevait convulsivement et par secousse.

— C'est une crise nerveuse déterminée par la fièvre, dit Kretle en cherchant précipitamment un flacon d'éther.

— Non, non, ma sœur, répondit Julia avec angoisse, elle a dit vrai, c'est l'air qui lui manque... elle suffoque.

L'aînée des demoiselles Reber avait raison ; l'air de l'entrepont, rapidement corrompu par les émanations fétides de la cale et la respiration de deux cents personnes, n'était plus suffisamment vital pour cette créature affaiblie.

— Schmidt, mon bon Schmidt, dit Kretle, qui s'exagérait le crédit de l'ancien maître d'école auprès du capitaine, obtenez, de grâce, que l'on ouvre un panneau, ou ma pauvre grand'mère va mourir étouffée !

Schmidt secoua tristement la tête ; une pareille requête, en effet, avait bien peu de chances d'être accueillie en ce moment. *La Jenny* n'était pas munie de ces roufles, de ces manches à vent qui sont aujourd'hui obligatoires sur les navires chargés d'émigrans et qui servent à ventiler l'intérieur pendant le gros temps ; la sûreté commune semblait exiger que les écoutilles demeurassent hermétiquement closes. Aux soubresauts effrayans du bâtiment, on jugeait qu'il luttait avec effort contre la tempête. Les lames faisaient rage contre ses flancs ou s'abattaient sur le pont avec fracas, roulant impétueusement de la poupe à la proue. L'eau de mer filtrait abondamment à travers les écoutilles, et deux matelots étaient en faction au pied des échelles pour empêcher les passagers de soulever les panneaux.

Néanmoins Schmidt s'empressa d'aller supplier successivement les sentinelles pour qu'elles prissent sur elles de tempérer les rigueurs de la consigne ; mais il revint bientôt morne et consterné.

— Impossible, dit-il ; la sûreté du navire serait, dit-on, compromise par une semblable imprudence... La tempête est maintenant dans toute sa force... On n'a même pas voulu me permettre d'aller rejoindre le capitaine sur le pont.

— Mais c'est horrible, cela ! s'écria Reber ; j'étranglerai le capitaine ! j'assommerai son équipage de vauriens !... Mes amis, poursuivit-il avec énergie en s'adressant à la foule qui remplissait l'entrepont, nous allons tous périr étouffés si l'on ne nous donne pas de l'air au plus vite... Voilà déjà ma pauvre belle-mère à l'agonie... De par tous les diables ! ne nous aiderons-nous pas nous-mêmes ?

Personne ne répondit à cet appel, et il ne fut même pas entendu au milieu du fracas de la tempête. Les trois quarts des passagers étaient en proie aux horribles souffrances du mal de mer. Les autres, loin d'être capables d'une agression, se cramponnaient, tremblans de frayeur, à leurs bagages pour n'être pas renversés. Tous semblaient avoir perdu le sang-froid nécessaire pour apprécier sainement leur situation.

Heureusement les jeunes filles, en faisant respirer des sels à la grand'mère, en lui bassinant les tempes et le visage avec un peu d'eau qu'elles avaient mise en réserve sur leur ration, parvinrent à la ranimer. Madame Dietrich, quoique toujours affreusement oppressée, recouvra connaissance, et elle balbutia :

— Merci, mes enfans... Dieu vous bénira. — Après un moment de repos, elle reprit avec cette lucidité qui ne lui avait pas fait défaut depuis le commencement de l'entien : — Hâtons-nous, Reber, car je ne sais si j'aurai le temps... Vous ne m'avez pas crue quand je vous parlais de mon argent caché... A la vérité, j'ai multiplié les ruses et les mensonges pour vous tromper... Ne me reprochez rien ; j'étais folle, vous le savez. Maintenant je voudrais vous indiquer où j'ai caché cette cassette... oui, je le veux ; mais ma pauvre tête... O mon Dieu ! que je souffre !

La voix lui manqua de nouveau.

— Bah ! grand'mère, reprit Reber affectueusement, ne vous fatiguez pas l'esprit à ce sujet... Au diable la cassette ! Songez plutôt...

La malade lui imposa silence par un mouvement convulsif de la main, et elle dit avec des peines infinies, en s'arrêtant à chaque mot :

— Cet argent... je le lègue à mes petites-filles... Elles m'ont entourée de soins à mes derniers jours... puisse-t-il... — Elle n'acheva pas ; les suffocations revenaient, sa respiration était sifflante comme un râle. En dépit des soins que lui prodiguaient Kretle et Julia, tout semblait fini pour elle, lorsque, dans un suprême effort, elle chercha en tâtonnant sur sa couchette le vieux livre qui ne la quittait jamais, et elle le tendit à Reber en murmurant : — Là-dedans... vous trouverez... O mon Dieu ! pitié de moi !

Elle retomba sur sa couche en se débattant faiblement, et le livre roula par terre au milieu des bagages.

Comme madame Dietrich s'agitait encore, Julia continua de lui donner des soins ; mais Kretle perdit la tête et se mit à courir, en criant avec désespoir :

— Bonnes gens, au secours !... ma grand'mère est mourante ! aidez-nous !

Mais son appel ne fut pas plus écouté que celui de son père ; le mal de mer et la terreur avaient rendu les passagers indifférens à tout, excepté à leurs propres dangers. De son côté, Reber se démenait comme un fou.

— Mille tonnerres ! s'écriait-il, laisserons-nous mourir cette pauvre vieille avant son heure ? Eh bien ! puisque ces couards ne veulent rien tenter pour eux ni pour nous, donne-moi un coup de main, Schmidt ! à nous deux nous viendrons bien à bout de ce gredin-là.

Et il se dirigea vers le matelot qui était en faction au pied de l'échelle la plus voisine. Schmidt, quoiqu'il connût le danger d'une semblable rébellion, ne voulut pas abandonner le père de Kretle dans une circonstance aussi grave et le suivit résolûment. La sentinelle, en les voyant venir, devina leur intention et croisa sa demi-pique ; mais cette démonstration était inutile. Dès les premiers pas que Schmidt et Reber voulurent risquer sans appui, ils furent renversés l'un et l'autre par un mouvement furieux du navire, et ils tombèrent au milieu des ballots sans pouvoir se relever de quelques instans.

Le grossier marin se mit à rire de leur déconvenue, tandis que des cris d'effroi partaient de toutes les parties de l'entrepont, car plusieurs passagers avaient été renversés par ce terrible coup de tangage.

Reber se confondait en imprécations ; mais sentant que la force ne lui réussirait pas contre les sentinelles, il se redressa du mieux qu'il put et se mit à frapper de son poing fermé une des lentilles de verre incrustées dans le flanc du navire. Le verre était si épais qu'il ne put le briser, et il allait chercher un corps dur pour y parvenir, quand Julia lui dit d'un ton solennel :

— C'est inutile, mon père... nous n'avons plus qu'à prier pour elle.

Reber se retourna vivement. A la clarté sépulcrale de la lampe, il vit la malheureuse femme les traits livides et décomposés, les yeux demi-clos, la bouche ouverte et sans haleine. L'agitation du navire semblait lui communiquer encore quelque mouvement, mais aucun doute n'était possible : la grand'mère était morte. Les jeunes filles se prosternèrent tout en pleurs devant la couchette.

Ce tableau calma subitement la colère de Reber, et il ne put retenir ses larmes.

— Voilà ce que nous eussions dû prévoir, murmura-t-il ; mais la fatalité l'a voulu ! — Il reprit après une pause : — Pauvre femme ! quelles fautes de sa vie ne seraient pas expiées par une mort si affreuse et si misérable ?

Puis il vint s'agenouiller à son tour à côté de ses enfans et de Schmidt; les autres émigrans demeuraient aussi indifférens que s'ils n'avaient pas à craindre d'un moment à l'autre un sort pareil pour eux-mêmes.

Vers le milieu de la nuit, la bourrasque se calma; les mouvemens de *la Jenny* devinrent de moins en moins désordonnés, et les grosses lames cessèrent de rouler à grand bruit sur le pont. Enfin une des écoutilles s'ouvrit, et le capitaine Davidson, revêtu de son manteau de mer qui ruisselait d'eau, descendit l'échelle avec une portion de son équipage. Un des matelots en faction lui apprit la mort d'une passagère, qui avait été, disait-il, étouffée par le manque d'air dans l'entrepont.

Le capitaine répliqua froidement en anglais :

— Il fallait qu'elle eût la vie diablement fragile! Mais je sais qui vous voulez dire... c'est la grand'mère de ces jolies petites créatures, une vieille qui n'avait que le souffle, et je me doutais bien que tôt ou tard elle finirait ainsi... Eh bien! on réglera son compte demain matin, et on l'ensevelira dans l'eau salée. Que pouvons-nous faire de plus?

Puis il regagna sa cabine, tandis que les hommes de l'équipage allaient s'étendre dans leurs hamacs.

La famille Reber et Schmidt veillèrent pieusement toute la nuit auprès du corps de la morte.

VI

L'HÉRITAGE.

La matinée qui suivit cette nuit d'angoisses et de deuil était charmante; le soleil levant resplendissait dans un ciel azuré, et la mer ondulait d'une manière majestueuse au souffle d'une brise régulière. Aussi *la Jenny* avait-elle retrouvé sa parure de voiles, et glissait avec aisance à travers les lames richement colorées par les feux du matin. Quelques matelots étaient à l'œuvre dans la mâture afin de réparer les avaries causées par l'orage, tandis que d'autres travaillaient sur le pont à enlever les impuretés que les vagues y avaient apportées; mais ces divers travaux excédaient à peine les soins journaliers que les marins donnent à leur navire. A l'heure de l'inspection, tout était aussi bien en ordre sur le trois-mâts que s'il n'eût pas été en danger de périr peu d'heures auparavant.

Cependant ce jour-là un événement insolite semblait se préparer à bord de *la Jenny*. Quand les passagers montèrent sur le pont, ils étaient beaucoup plus nombreux qu'à l'ordinaire, et bientôt l'espace qui leur était réservé se trouva complétement envahi. Hommes, femmes et enfans, quoiqu'ils eussent encore les yeux battus et le visage blême par suite des souffrances de la nuit précédente, avaient revêtu leurs habits les plus propres, et l'on reconnaissait dans ces groupes bariolés les costumes pittoresques de l'Alsace à côté des costumes non moins brillans de la Suisse et du grand-duché de Bade. Néanmoins ces pauvres gens endimanchés ne montraient pas cette gaieté, cette vivacité qu'ils manifestaient parfois quand ils venaient respirer l'air frais et balsamique du matin; au contraire, ils avaient une mine triste et abattue; ils ne se parlaient qu'à voix basse, et une vague curiosité paraissait seule faire diversion à leurs sombres pensées.

C'est qu'en effet les émigrans étaient réunis pour assister aux funérailles de madame Dietrich, morte étouffée dans l'entrepont quelques heures auparavant, et une pareille cérémonie, comme une pareille mort, était bien de nature à leur inspirer de tristes réflexions. Aucun d'eux cependant ne se souvenait des événemens accomplis presque sous ses yeux la nuit précédente; ceux même qui occupaient les cadres les plus voisins de la famille Reber n'avaient pas eu nettement conscience de ce qui s'était passé. Tous gardaient seulement la mémoire de leurs propres angoisses, de leurs souffrances, de l'anéantissement mortel où ils avaient été plongés; ils se demandaient s'ils n'avaient pas été eux-mêmes sur le point de partager le sort de la victime, et si à la prochaine tempête leur tour ne viendrait pas de périr de la même manière. Jusqu'à ce jour, en dépit de la gêne et des privations qu'ils supportaient sur *la Jenny*, ils avaient conservé des illusions, des espérances, et ce lugubre événement leur faisait déjà entrevoir une des faces de la réalité.

L'heure désignée pour la cérémonie était arrivée, et, malgré l'extrême simplicité des préparatifs, rien n'annonçait que les funérailles dussent avoir lieu de sitôt. La tente qui servait de demeure à la famille Reber était close depuis le matin, et Schmidt veillait à l'entour afin que nul ne vînt troubler les deux pauvres filles occupées à ensevelir le corps de leur aïeule. Reber les assistait, et rien au dehors ne trahissait ce qui se passait derrière cette toile, rien qu'un sanglot échappé de temps en temps d'une poitrine oppressée. Du reste, sauf quelques malades encore étendus sur leurs couches, tous les passagers étaient sur le pont, où l'on attendait le capitaine; mais Davidson, retenu sans doute dans son cadre après cette nuit de fatigues, ne se pressait pas de monter et se laissait attendre.

Enfin pourtant il sortit de sa cabine et parut sur le pont, les vêtemens en désordre, ses cheveux rouges tout hérissés sous son énorme chapeau; ses mains étaient fourrées dans les poches de son paletot, et sa physionomie avait la gracieuse expression de celle d'un dogue à qui l'on vient d'arracher un os. Il jeta d'abord un regard sur le ciel, puis sur la voilure du navire, et alors seulement il remarqua l'affluence extraordinaire des émigrans autour de lui.

Comme il écarquillait ses gros yeux étonnés, l'officier de quart s'approcha et lui parla bas.

— Ah! la morte!... c'est vrai! répondit Davidson en bâillant et s'étirant les bras; je l'avais oubliée! Eh bien! on peut commencer quand on voudra. — Le marin fit encore quelques questions. — Mettre *la Jenny* en panne! descendre le pavillon à mi-mât! répliqua le capitaine avec impatience, à quoi diable pensez-vous? Est-il besoin de tant de façons? Nous perdrions une demi-heure à tout cela, et cette jolie brise vaut bien la peine qu'on ne la gaspille pas, surtout après le retard causé par la bourrasque de la nuit dernière... Allons! qu'on ouvre le sabord de chasse et qu'on en finisse au plus vite...! Dites à mon mousse de m'apporter ma pipe et mon verre de grog sur l'arrière.

Et il monta, toujours bâillant, sur la dunette, tandis que l'officier de quart transmettait ses ordres à l'équipage.

Bientôt un bruit sourd se fit entendre dans l'entrepont, et l'on vit surgir du grand panneau quatre robustes matelots, aux visages bronzés et impassibles, portant sur une planche une forme humaine enveloppée d'un drap blanc. Immédiatement après le corps venaient les deux petites-filles de la morte, la tête penchée et le visage baigné de pleurs. Elles n'avaient pas de vêtemens de deuil, mais elles s'étaient habillées d'étoffes sombres, et leur douleur suppléait à ce qui manquait au costume. Julia tenait d'une main un bout de bougie allumée, de l'autre un livre de prières, et lisait à voix basse l'office des morts. Kretle avait aussi une bougie allumée et une petite fiole contenant de l'eau bénite dans laquelle trempait un rameau de buis desséché. Il n'y avait pas de prêtre à bord de *la Jenny;* il fallait bien que les pauvres filles en remplissent les fonctions. Derrière elles venaient Reber et Schmidt. La marche était fermée par le marquard Burgwillers et sa sœur, les seuls parmi les émigrans qui eussent des relations suivies avec la famille affligée.

Les assistans se découvrirent devant le corps, et ceux qui étaient catholiques firent dévotement le signe de la croix; tous gardèrent un respectueux silence et s'avancèrent à pas lents pour se joindre à l'humble cortége.

Le corps fut déposé avec sa planche à l'ouverture du sabord. Alors les jeunes filles s'agenouillèrent, leurs bougies à la main, et psalmodièrent un *De Profundis*. Les autres passagers les imitèrent et répétèrent les paroles consacrées. Quelques matelots, leurs bonnets sur la tête, contemplaient cette cérémonie d'un air plus étonné que recueilli, et le capitaine, du haut de la dunette, lançait philosophiquement des bouffées de tabac au souffle de la brise.

La prière achevée, Julia trempa l'extrémité du rameau de buis dans l'eau bénite, et le secoua sur le cadavre immobile à ses pieds; puis vint le tour de Kretle, puis celui de Reber et de Schmidt. Les autres émigrans voulaient aussi rendre à leur compagne d'infortune ce dernier hommage; mais ils n'en eurent pas le temps. Le capitaine s'impatientait sur le gaillard d'arrière; il fronça le sourcil et fit signe à l'un des matelots qui se tenaient près du corps. Cet homme dit quelques mots bas à un autre marin, et, saisissant l'extrémité de la planche, ils la firent basculer subitement.

— *Amen!* dirent-ils d'une voix à la fois railleuse et sinistre.

Et le corps, dont les pieds étaient munis d'un poids, glissa dans la mer.

Un coup de canon, selon les usages maritimes, eût dû accompagner l'immersion du cadavre; mais on n'avait pas de canon à bord de *la Jenny*, et, si l'on en avait eu, on y eût sans doute regardé à deux fois avant de brûler plusieurs livres de poudre. En revanche, deux cris perçans retentirent au milieu du silence de l'assemblée : c'étaient Kretle et Julia qui, surprises et navrées de cette brutalité, n'avaient pu retenir une exclamation de douleur et de protestation. Elles se penchèrent précipitamment à l'ouverture du sabord, et cherchèrent à voir encore une fois celle à qui elles avaient prodigué pendant sa vie tant de soins et de tendresse; mais le corps avait déjà disparu dans le sillage du navire en marche, un léger remous s'était formé, et l'eau verte s'était refermée sur sa proie. Seulement les pauvres enfans crurent apercevoir, à une certaine profondeur, le ventre argenté d'un de ces monstrueux requins qui suivent habituellement les navires au large.

Tout était fini pour cette femme dont l'existence avait été autrefois si enviée et si brillante. Les matelots se hâtèrent de refermer le sabord de chasse avec un bruit sourd semblable à celui d'une porte de tombeau. On emmena les deux jeunes filles éplorées, la foule se dispersa, les hommes de quart retournèrent à leurs occupations habituelles, et, cinq minutes après la cérémonie, rien ne pouvait plus la rappeler à bord de *la Jenny*. Le ciel était pur, la mer belle, la brise fraîche, et le navire continuait paisiblement sa route, sans s'inquiéter de la proie qu'il venait de jeter aux poissons de l'Atlantique.

Reber et ses enfans vinrent s'asseoir à l'avant du navire, et bientôt Reber fut entouré d'une foule de passagers qui lui parlaient à voix basse, mais avec une grande énergie. Quant à Schmidt, qui avait toutes les délicatesses de la femme en même temps que le courage et la fermeté de l'homme, il était descendu dans l'entrepont afin de cacher les objets qui eussent pu rappeler trop douloureusement aux deux sœurs la perte de leur grand'mère.

Davidson, du haut de la dunette, les observait l'une et l'autre à la dérobée, et il disait en lançant vers l'azur du ciel des bouffées de tabac :

— Goddam! les jolies pleureuses!... Mais la grande pleure bien plus joliment que la petite!... Je préfère la grande, d'autant plus que je me ferais une affaire avec Hermann... Hé! hé! diable! il faut penser à cela!

Quelques heures plus tard, le capitaine eut l'explication du long entretien qui avait eu lieu entre Reber et les autres émigrans. Comme il était occupé dans sa cabine à calculer la marche du navire, son mousse vint lui annoncer qu'une députation des passagers de *la Jenny* désirait lui parler au nom de tous. Cette députation se composait de Reber, de Burgwillers, de Schmidt et de quelques autres notables émigrans; elle était chargée de faire à Davidson des représentations au sujet du tragique événement de la nuit précédente.

Le capitaine la reçut debout, le chapeau sur la tête, avec cet air rogue et froidement insolent qui lui était habituel. On avait d'abord désigné Reber pour porter la parole, comme étant le plus directement intéressé à cette réclamation; mais Schmidt n'avait pas voulu y consentir, en raison des démêlés antérieurs de l'ancien fermier avec Davidson, surtout parce que Reber, dans sa douleur légitime, pouvait laisser échapper quelque parole peu mesurée, et c'était lui, Schmidt, qui, comme le plus lettré et le plus judicieux, avait été chargé d'exposer au chef du navire les doléances communes.

Il s'acquitta de sa tâche avec convenance et fermeté. Il remontra brièvement au capitaine que l'agglomération de tant de personnes dans l'entrepont était des plus funestes à la santé de tous, que madame Dietrich avait péri par manque d'air, alors que les écoutilles étaient fermées, et il termina en le suppliant de prendre promptement des mesures afin que l'aération de l'entrepont pût avoir lieu à toutes les heures et par tous les temps.

Davidson, blasé sur de pareilles lamentations, ne s'en émut guère. Il répondit dans un français peu intelligible que les passagers n'avaient pas sujet de se plaindre, que la défunte, vieille et cassée, serait « probablement » morte par une autre cause, quelques minutes plus tard, si elle ne fût pas morte par manque d'air, ce qui, du reste, n'était pas clairement prouvé. Néanmoins, il promettait de faire droit à ces réclamations, et de pourvoir *la Jenny*, « à son prochain voyage, » d'un système de ventilation qui ne laisserait rien à désirer.

— Parbleu! gronda Reber, cela nous avancera bien, nous autres qui sommes enfermés dans cette galère, et ça avancera bien aussi ma pauvre belle-mère, qui est morte!

Schmidt l'arrêta en lui jetant un regard suppliant. Heureusement Davidson n'avait pas entendu cette observation malsonnante; après avoir ajouté quelques mots secs à la réponse officielle qu'il faisait invariablement aux passagers mécontens, il congédia la députation d'un air qui ne donnait pas envie d'insister.

Les pauvres émigrans s'empressèrent de se retirer, et Schmidt entraînait Reber avec les autres, quand, à son grand étonnement, le capitaine les retint tous deux. Davidson dit à l'ancien fermier, avec une sorte de bienveillance grossière :

— Eh! l'ami, vous n'êtes pas civil, vous; mais vous avez deux jolies miss qui m'intéressent *beaucoup* fort, surtout la grande qui a des cheveux noirs... Je veux leur prouver que je suis un parfait gentleman. Il y a là deux cabines inoccupées; pourquoi ne s'y installeraient-elles pas? Elles seraient bien tranquilles, bien à l'aise jusqu'à la fin du voyage, et je ne leur demanderais pas un dollar pour cela.

Aucune proposition ne pouvait être plus agréable à Reber, et dans sa joie il oublia ses griefs anciens et nouveaux contre le brutal Davidson.

— Ah! pour cela, capitaine, s'écria-t-il chaleureusement, c'est fièrement bien de votre part! Vous avez du bon, à ce qu'il paraît, quoique vous fassiez parfois le méchant avec nous autres, et avec moi en particulier; mais je vous pardonne bien des choses en faveur de votre idée de donner des cabines à ces chères petiotes, qui sont si malheureuses dans la grande chambre! aussi bien, pourquoi ne les leur donneriez-vous pas, puisqu'elles ne servent à personne? Mais je ne vous en remercie pas moins... Ah! si la pauvre vieille qu'on vient de jeter à la mer avait eu aussi une cabine, peut-être vivrait-elle encore!

— Comprenez-moi bien, l'homme, reprit Davidson froidement, ce n'est pas à vous que j'accorde cette faveur, mais aux jeunes miss toutes seules. Je ne vous empêcherai pas d'aller les voir pendant la journée, tant que vous voudrez, mais vous coucherez dans l'entrepont, selon l'usage. Sans cela ce seraient des jalousies à n'en pas finir, et je ne peux point donner ainsi des cabines pour rien à mes passagers.

— C'est entendu, répliqua Reber à qui ces raisons semblaient péremptoires. Eh bien! capitaine, quand pourrons-nous prendre possession de ces bienheureuses cabines? A vrai dire, mes pauvres filles sont accablées de fatigue, et peut-être ne seraient-elles pas fâchées de se reposer dès à présent dans leur nouvelle demeure.

— Rien de plus facile, répliqua l'obligeant Davidson.

Il porta un sifflet d'argent à ses lèvres, et donna des ordres au mousse qui s'était empressé de se rendre à cet appel. Bientôt Reber prit congé, non toutefois sans avoir remercié de nouveau le capitaine de sa générosité inattendue.

Chose singulière! Schmidt, toujours si prévenant et si attentif pour Kretle et Julia, n'avait manifesté aucune joie en apprenant la faveur qui leur était accordée; elle paraissait au contraire exciter en lui une grande défiance. Cependant il ne dit rien, et aucun signe ne trahit ses soupçons.

Moins d'un quart d'heure après cet entretien, les bagages des deux sœurs avaient été transportés dans les cabines, et elles-mêmes venaient en prendre possession. Ces cabines tant convoitées consistaient en deux logettes contiguës, et séparées seulement de la chambre du capitaine par une mince cloison. Chacune d'elles était si étroite qu'on pouvait à peine s'y retourner, et elle ne recevait de lumière que par une lentille de verre incrustée dans la paroi du navire. Toutefois, c'était une grande douceur pour les pauvres filles que d'avoir la jouissance de ces sombres réduits; du moins elles pourraient pleurer, causer, dormir sans être obsédées par une curiosité indiscrète, et depuis peu elles sentaient vivement le prix d'un pareil avantage.

Chaque mobilier consistait en une chaise, une table, et un de ces placards appelés cadres, qui servent de lits; cependant les deux sœurs s'installèrent avec une joie enfantine dans leur petit « chez elles. » Leurs arrangemens terminés, elles songèrent à prendre un peu de repos; elles n'avaient pas fermé l'œil de la nuit précédente, et les terribles émotions de la matinée avaient épuisé leurs forces. Elles témoignèrent donc à leur père le désir d'être seules pendant quelques heures.

— Fort bien, chères petites, répliqua Reber; vous devez être très souffrantes, en effet, et je vais vous laisser dormir dans vos jolies niches; mais auparavant il me faut vous dire quelques mots au sujet de votre grand'mère, dont vous êtes les héritières, suivant la volonté formellement exprimée par elle à ses derniers momens. — Il s'assit sur la table, tandis que Kretle et Julia prenaient place comme elles pouvaient dans l'étroite enceinte de la cabine. — L'héritage n'est pas bien considérable, poursuivit Reber avec un mélange de tristesse et d'enjouement; il consiste en de pauvres vieilles nippes et en ceci. — Il montrait le volume tout usé dont la grand'mère faisait sa lecture habituelle, et qui était tombé de sa main tremblante quand elle avait rendu le dernier soupir. — C'est un chétif bouquin, continua-t-il, et il appartient à cette espèce d'ouvrages que notre curé appelait autrefois de *mauvais livres*. Votre grand'mère est venue dans un temps, elle a vécu dans un monde où de pareils ouvrages étaient à la mode. Cependant je ne vous permettrai pas de lire celui-ci, et j'ai eu d'abord la pensée de lui faire faire un saut dans la mer; j'aurais eu tort, comme vous allez voir. — Puis, changeant de ton tout à coup : — Mes enfans, reprit-il avec gravité, dans ce vieux livre j'ai fait une importante découverte. Votre grand'mère, à une époque où elle commençait à se défier de son intelligence et de sa mémoire, y a caché des notes, dignes à mon avis d'une certaine attention... Tiens, Julia, toi qui a mieux que moi l'habitude de l'écriture, vois ce dont il s'agit.

Et il tendit à sa fille aînée le livre ouvert à une place déterminée. Deux feuillets avaient été collés sur les bords avec des pains à cacheter, et entre ces feuillets on avait glissé un morceau de papier plus petit, sur lequel se trouvaient deux notes manuscrites. De la sorte, le livre avait pu tomber ou s'ouvrir sans laisser soupçonner ce qu'il contenait.

De ces deux notes, la première était ainsi conçue :

« Le 8 juillet 18.., enlevé la cassette de l'enclos, où l'humidité pouvait altérer les billets de caisse et rouiller les » bijoux. Transporté le tout, pendant la nuit, dans mon » grand cabinet de toilette, derrière l'armoire à linge, » sous une planche que j'ai soulevée et reclouée moi-» même. »

Ces indications étaient écrites en gros caractères et soulignées, ce qui n'avait pas empêché la vieille d'oublier plus tard et la note et la place où elle l'avait cachée.

La seconde n'était pas moins significative; elle avait pour titre : *Etat des sommes et des objets précieux renfermés dans le coffret*. Cet état, outre les trente mille francs contenus autrefois dans le portefeuille du notaire Marais, et que madame Dietrich, après les avoir promenés longtemps, avait joints au reste du trésor, mentionnait vingt-cinq mille francs en billets de banque, une douzaine de mille francs en or, des diamans montés et sur papier; le tout pouvait s'évaluer à une centaine de mille francs au moins.

Après avoir écouté la lecture de ces notes et l'énumération de ces richesses, Reber regarda ses filles stupéfaites, et leur dit avec une impassibilité affectée :

— Eh bien! que dites-vous de la succession de votre grand'mère? Croyez-vous que ces trésors aient jamais existé, ou que tout ceci soit seulement une imagination de vieille folle?

— Mon père, s'écria Kretle avec vivacité, l'histoire de ce livre s'accorde à merveille avec ce que nous savons déjà des manies et des cachotteries de la défunte. Je connais fort bien le cabinet de toilette, la grande armoire, la planche dont elle parle, et je m'étonne que l'idée ne me soit pas venue d'aller fouiller là. Aussi mettrais-je ma main au feu que ces indications sont exactes et que l'écrit de maman Dietrich a dit vrai.

— Oh! toi, tu ne doutes jamais de rien, répliqua Reber, en mitigeant toutefois ce reproche par un sourire d'indulgence; et toi, Julia, quel est ton avis?

— Je pense comme ma sœur, cher père, répondit Julia doucement. Si j'en juge par la date de ces notes, la grand'mère jouissait de tout son bon sens lorsqu'elle les a écrites, ou du moins elle n'avait alors que de rares momens d'absence. D'ailleurs, par une singularité que je ne saurais expliquer, elle a recouvré au moment de la mort toute sa raison, et à cette heure solennelle elle ne pouvait vouloir nous induire en erreur.

Ainsi donc, mes enfans, demanda Reber avec un accent contenu, suivant votre opinion, nous nous serions trop hâtés de quitter notre pays et notre maison natale pour aller au loin tenter la fortune? Ainsi donc il y avait là, près de nous, sous notre main, une somme considérable, dont nous étions les maîtres légitimes? — Kretle et Julia firent un signe d'assentiment. — Eh bien! s'il faut le dire, répliqua le fermier, je pense maintenant comme vous, et c'est moi surtout qui suis coupable dans cette malheureuse affaire. Si je ne m'étais pas tant pressé de regarder comme des billevesées vos espérances et les dires de la grand'mère, nous eussions évité une foule d'incertitudes et de dangers devenus maintenant inévitables; cette somme eût suffi pour nous rendre sinon les plus heureux, du moins les plus riches de notre village... Mais c'est la faute de la grand'mère aussi, poursuivit-il avec désespoir; que n'a-t-elle eu confiance en nous? Nous n'en serions pas où nous sommes, et elle, la pauvre femme, aurait eu, à la fin de ses jours, une autre sépulture que celle qu'on lui a donnée ce matin!—Les deux sœurs poussèrent un profond soupir. — L'existence de ce trésor admise, reprit bientôt Reber, devons-nous le considérer comme perdu pour nous ou employer tous les moyens pour le récupérer? Cette dernière entreprise me paraît chanceuse et difficile, je l'avoue; notre ferme appartient aujourd'hui à ce coquin d'Hermann, et je doute qu'il nous permette...

— Mon père, s'écria Kretle avec véhémence, n'attendez rien de cet homme! il ne doit inspirer que haine et mépris.

— Oui, oui, répliqua Reber dont les yeux brillèrent de colère à ce souvenir; il nous a joué un tour infâme là-bas, au Havre, et il me payera cela, s'il se trouve encore sur mon chemin... En attendant, il a quitté le pays comme nous, et l'on pourrait profiter de son absence pour opérer des recherches dans la maison, à la place indiquée par l'écrit de la grand'mère... Voyons, mes enfans, quel parti prendre? Faudra-t-il profiter de la première occasion de retourner en France pour faire nous-mêmes les recherches nécessaires, ou bien conviendra-t-il de charger une personne sûre de nos intérêts?

— Ce serait jouer gros jeu, mon père, dit Julia timidement, que de renoncer à nos projets actuels sur la foi d'une éventualité. D'ailleurs ces voyages répétés seraient fort coûteux, et peut-être épuiseraient-ils nos faibles ressources.

— C'est vrai, répliqua l'émigrant en baissant la tête.

— Mon père, s'écria Kretle chaleureusement, je connais une personne qui se chargera de retrouver le trésor de la grand'mère et de nous le faire parvenir intact partout où nous serons... une lettre de vous suffira pour cela.

— Et quel est l'ami si sûr dont tu parles, ma fille? Excepté notre bon Schmidt, nous n'avions guère d'amis là-bas.

— Un homme que j'ai indignement calomnié, mon père, et pour lequel, vous-même, vous avez été bien cruel, répliqua Kretle, en rougissant, mais avec fermeté; c'est monsieur Albert Lovendal.

Reber tressaillit et la regarda d'un air de surprise et de colère :

— Malheureuse enfant, comment oses-tu prononcer ce nom!

— C'est celui d'un homme de bien et d'un homme d'honneur, mon père; Julia vous l'assurera comme moi. J'ai été trompée par de fausses apparences; j'en ai la certitude aujourd'hui, et la loyauté de monsieur Albert, son affection honorable pour ma sœur, eussent dû le mettre à l'abri de ces funestes soupçons.

— Que dis-tu là, ma fille? Dans ce cas, j'aurais moi-même de grands torts envers ce jeune homme; j'ai failli le tuer, et peut-être... Mais alors, qui est donc le coupable?

— Ne m'interrogez pas, je vous prie; je ne peux pas, je ne dois pas vous le dire. Sachez seulement qu'il serait dans l'impuissance de réparer son crime, et que j'aimerais mille fois mieux mourir que de devenir sa femme?

— Cependant il m'importe de connaître...

— A quoi bon, cher père? demanda Julia à son tour en passant les bras autour du cou de l'émigrant. Il s'agit de quelqu'un bien éloigné de nous maintenant, et que, selon toute apparence, nous ne reverrons jamais. Kretle a raison; oublions, s'il est possible, ce triste passé, puisque aussi bien, dans le pays où nous allons, nous devons tous recommencer une existence nouvelle.

Reber ne céda pas facilement sur ce point; mais le sentiment de son impuissance à venger l'injure finit par l'emporter sur sa colère, et il promit à ses filles de ne plus les presser de questions à ce sujet.

On s'entendit alors sur la marche à suivre pour entrer en possession du trésor que l'on supposait caché à l'Arche. S'il existait réellement, peut-être avait-il été déjà découvert par les nouveaux habitans de la ferme, ou peut-être encore Hermann, le propriétaire actuel, s'opposerait-il à des perquisitions dans le bâtiment. En présence de pareils doutes, il eût été dangereux de sacrifier les espérances de fortune que l'on allait réaliser en Amérique. Il fut donc convenu que, tout en ne négligeant rien pour recouvrer cette somme considérable, on agirait comme si elle était perdue en effet. Seulement, en arrivant à New-York, on écrirait, soit à Albert Lovendal, soit au notaire Marais, dont la probité inspirait pleine confiance, soit peut-être à tous les deux à la fois, afin de les charger des recherches nécessaires. Ceci arrêté, Reber embrassa ses filles et se retira pour les laisser prendre du repos.

Pendant plusieurs jours, la vie des deux sœurs à bord de *la Jenny* parut infiniment plus supportable que par le passé. Depuis la mort de la grand'mère, elles n'étaient plus absorbées par une surveillance incessante, par des soucis continuels; d'ailleurs, la satisfaction qu'elles éprouvaient de se trouver dans leurs chambrettes, où elles pouvaient agir et parler en liberté, leur faisait oublier les autres incommodités de ce pénible voyage. La mer continuait à être belle et le vent favorable; on espérait une heureuse traversée. Aussi prenaient-elles en patience les fatigues et les ennuis inséparables d'une longue navigation. Elles venaient aussi plus fréquemment prendre l'air sur le pont, non pas sur la dunette où leur père n'avait pas la permission de les accompagner, mais à l'avant, avec les autres passagers. Le capitaine Davidson cependant ne leur épargnait pas les invitations, et Julia semblait toujours être l'objet de ses attentions particulières. Chaque fois qu'il la rencontrait sur son chemin, il s'arrêtait court et lui disait de son ton le plus aimable :

— Bonjour, Julia; vous devenez, Dieu me damne! de plus en plus jolie.

Le bonhomme Reber paraissait enchanté de ce changement. Quant à Schmidt, il était beaucoup moins ravi des préférences du capitaine pour les deux sœurs; il errait fréquemment avec défiance autour du nouveau domicile de Kretle et de Julia. Le lendemain de leur installation dans les cabines, leur père ayant voulu enlever l'espèce de tente qui leur avait servi de chambre dans l'entrepont, Schmidt le pria de n'en rien faire :

— Attendez encore, monsieur Reber, dit-il d'un ton suppliant qui n'excluait pas une espèce de fermeté; que savez-vous si vos demoiselles se plairont dans ces huttes étroites sans air et sans lumière? C'est seulement à l'usage que l'on reconnaît les inconvéniens de certains arrangemens... Et puis Davidson peut se raviser. Avez-vous observé que ces cabines touchent presque à la sienne? Le capitaine est absolu en diable, et, s'il venait à trouver qu'on le dérange... Enfin, croyez-moi, laissez provisoirement les choses dans l'état où elles sont.

Reber y consentit, quoiqu'il ne comprît pas bien les motifs de cet ami dévoué, et les événemens donnèrent bientôt raison à Schmidt.

Par une nuit calme mais brûlante, le brave jeune homme s'agitait à demi vêtu dans son cadre, sans pouvoir dormir. Rien cependant n'était de nature à l'alarmer en ce moment; on n'entendait d'autre bruit que les pas des hommes de quart sur le pont, le murmure doux et régulier des lames qui glissaient le long des flancs du navire. Tout le monde dormait dans l'entrepont, et des ronflemens variés s'élevaient d'une extrémité à l'autre de cet immense dortoir. Reber lui-même faisait sa partie dans ce concert, et de tous les passagers Schmidt semblait être le seul qui ne sût pas mettre à profit les heures du repos.

Tout à coup, au milieu de cette scène de sommeil, un cri aigu, perçant, sembla partir des cabines des demoiselles Reber. Schmidt prêta l'oreille; il avait cru reconnaître la voix de Julia.

Comme les dormeurs continuaient à demeurer immobiles sur leurs couchettes, et comme Reber lui-même n'avait fait aucun mouvement, Schmidt crut d'abord s'être trompé; mais bientôt de nouveaux cris s'élevèrent dans la même direction, et cette fois on pouvait nettement distinguer des voix de femmes.

Schmidt n'hésita plus et sauta lestement à bas de son cadre, et courut de toute sa vitesse vers les cabines.

Alors tout redevint silencieux, et, au bout d'un instant, on vit Krelle et Julia entrer dans le dortoir commun et se diriger vers la tente où se trouvait leur père.

Schmidt, qui marchait derrière elles, retournait fréquemment la tête, comme s'il eût craint d'être poursuivi.

Reber, éveillé par le bruit, regarda ses filles à la clarté du quinquet qui éclairait l'entrepont, et leur demanda pourquoi elles quittaient ainsi leurs cabines au milieu de la nuit.

— Rien n'est plus simple, mon père, répliqua Julia, dont la voix était encore un peu tremblante; ma sœur et moi nous avions peur en nous trouvant si loin de vous, et cette nuit nous avons eu plus de frayeur qu'à l'ordinaire. Aussi, n'y tenant plus...

— Mille tonnerres! dit Reber en se dressant sur sa couche, auriez-vous été insultées?

— Non, certainement; oubliez-vous, mon père, combien les règlemens du bord sont sévères pour une pareille faute? Non, non. Seulement une folle frayeur s'est emparée de nous. Et puis ces cabines sont si étroites, la chaleur y est suffocante...Toute réflexion faite, nous préférons reprendre notre ancienne place auprès de vous. Nous reposerons bien plus paisiblement sous votre garde.

Reber rêva un moment; cette détermination subite lui semblait suspecte.

— Du diable si je comprends rien aux femmes! dit-il enfin avec humeur; autrefois ces deux petites sottes ne souhaitaient rien autant que d'avoir un coin sur le navire pour pouvoir dormir et s'attifer en liberté, et maintenant qu'elles l'ont, elles le quittent au milieu de la nuit, par un caprice ridicule. Enfin, mes enfans, demeurez ici, si vous en avez la fantaisie; mais que dira le capitaine?

— Avec votre permission, monsieur Reber, répliqua Schmidt humblement, je me propose d'arranger cela demain avec lui, et il ne soufflera mot, je vous l'assure.

Reber le regarda en bâillant.

— Ah! mon garçon, es-tu là aussi? demanda-t-il; comment te trouves-tu sur pied à pareille heure? que se passe-t-il? Il me semble qu'on me cache quelque chose.

Schmidt s'excusa sur la chaleur qui le tenait éveillé; Reber, qui tombait de sommeil, l'interrompit au milieu de ses explications.

— Allons, allons, reprit-il; nous causerons demain... Couchez-vous, petites, si vous le voulez... Vous n'avez rien à craindre près de moi.

Il se tourna de l'autre côté et se rendormit. Krelle et Julia, au lieu de se rendre à son invitation, s'assirent dans un coin du poste et passèrent le reste de la nuit à chuchoter avec Schmidt.

A partir de ce moment, ni l'une ni l'autre ne voulut retourner aux cabines, et jusqu'à la fin du voyage elles se résignèrent à la gêne insupportable qu'elles éprouvaient dans le dortoir commun.

Le lendemain matin, quand le capitaine parut sur le pont, l'équipage reconnut d'abord à sa mine qu'il était d'une humeur massacrante. En effet, après quelques minutes passées au milieu des émigrans et des matelots, il avait trouvé déjà l'occasion de gratifier l'un d'un coup de poing, l'autre d'un coup de corde, et d'en envoyer deux ou trois aux fers. Malgré ces façons terrifiantes, Schmidt profita du moment où Davidson se trouvait seul sur le gaillard d'arrière pour s'approcher et lui dire avec fermeté :

— Capitaine Davidson, pour l'honneur même de celle que vous avez insultée, le plus profond secret couvrira votre mauvaise action. Seulement, sachez-le bien, si vous profitiez de votre autorité pour molester, soit les pauvres jeunes filles, soit leur père, on saurait bien vous en faire repentir. Il y a des lois en Amérique contre les capitaines de navires qui abusent de leur pouvoir à bord pour outrager leurs passagères, et ces lois, monsieur Reber s'empresserait de les invoquer en arrivant à New-York. On pourrait, nous ne l'ignorons pas, vous faire condamner à une réparation pécuniaire, à une forte amende; et vous y réfléchirez, je l'espère.

Ces mots « d'amende » et de « réparation pécuniaire » prouvaient que déjà Schmidt connaissait parfaitement et le pays où il allait, et le caractère de l'avare Davidson. Aussi le capitaine intimidé ne trouva-t-il rien à répondre, et si plus tard il n'accorda pas de faveurs à la famille Reber, du moins ne la vexa-t-il pas plus que les autres malheureux placés sous sa dépendance.

VII

L'OFFICE DE WILLIAM BELL.

Dans la partie basse de la ville de New-York, au centre de ce quartier où l'on ne trouve que des *offices* et des banques, existait une grande maison dont chaque étage formait le bureau d'un homme d'affaires (*business man*). Celui de ces bureaux où nous allons introduire le lecteur était situé au premier, et on lisait sur une plaque de cuivre poli incrustée dans la porte : *William Bell et C*°.

C'était là en effet qu'était « le siége social, » pour parler le langage consacré, de l'opulente maison qui avait des comptoirs dans plusieurs villes de l'Europe et de l'Amérique, d'une maison dont les vaisseaux sillonnaient toutes les mers, et qui possédait dans l'Ouest des terrains vastes comme l'un de nos départemens français.

Hâtons-nous de dire, avant d'aller plus loin, qu'heureusement les maisons de ce genre en Amérique ne ressemblent pas toutes à celles-ci.

Or, l'office d'où rayonnait cette dévorante activité commerciale n'aurait pu en donner une idée exacte à quiconque n'eût pas bien connu les habitudes des hommes d'affaires américains. Il se composait de deux pièces, l'une intérieure, où l'on entendait grincer des plumes et chuchoter des commis; puis d'une salle d'entrée où se trouvait le maître, et où le public était admis. Celle-ci eût dû, d'après nos idées, sinon être décorée avec luxe, du moins tenue avec convenance et propreté. Loin de là, elle était misérablement meublée d'un vieux bureau de bois noirci, de quelques chaises de paille, de deux ou trois fauteuils de cuir, et d'un pot à l'eau ébréché. Un maigre petit tapis tout déchiré s'efforçait de cacher le parquet raboteux et sordide.

Monsieur William Bell, assis dans un fauteuil gras de vétusté, écoutait attentivement, tout en hachant son bureau avec un canif, une personne qui avait pris place en face de lui. Monsieur Bell était un gentleman à cheveux gris, de costume irréprochable, au parler bref, aux manières raides et gourmées; toutefois son œil gris, un peu enfoncé sous l'arcade sourcilière, brillait de finesse, comme il convient à un homme qui a l'expérience des affaires et que ses confrères considèrent comme *smart* (subtil) au dernier degré. Le riche négociant ne paraissait nullement mal à l'aise dans cet office sombre et misérable; personne n'eût pu supposer qu'il possédait à l'autre extrémité de la ville une maison vaste, aérée, somptueuse comme un palais, où vivait sa famille, et où il se retirait chaque soir après avoir fermé ses bureaux et congédié ses commis.

Son interlocuteur n'était autre que notre ancienne connaissance Hermann. Celui-ci, arrivé depuis peu de jours de New-York par un steamer, rendait à son patron un compte détaillé de ses opérations en France. Vêtu, comme à l'ordinaire, avec une élégance de mauvais goût, il se balançait sur sa chaise, tout en énumérant avec volubilité les avantages que son voyage avait procurés à la compagnie, et il ne paraissait pas s'épargner l'encens à lui-même. Monsieur Bell, au contraire, l'écoutait d'un air froid, guindé, et répondait à longs intervalles par un monosyllabe qui semblait s'échapper avec effort entre ses dents serrées.

Quelle que fût la faconde du courtier des émigrans, il vint un moment où il dut s'arrêter pour attendre les complimens de son chef. Celui-ci ne se pressa pourtant pas de payer le tribut exigé, et ce fut seulement après une minute de réflexion qu'il répliqua d'un air sentencieux :

— Vous êtes jeune, monsieur Hermann, et quoique vous soyez libre d'agir et de penser comme il vous plaît, vous me permettrez bien de vous dire que, si vous voulez réussir dans les affaires, il faut renoncer à votre habitude française de parler trop longuement. On ne se repent jamais d'avoir parlé peu. — Hermann ne parut pas s'offenser de cette leçon ; au contraire, il répondit d'un ton cajoleur que les conseils de monsieur Bell étaient pleins de sens, et qu'il s'empresserait toujours de les suivre. Le négociant parut insensible à cette déférence et à cette flatterie. — *Very well!* répliqua-t-il froidement. Eh bien ! donc, je m'en vais discuter avec vous chacune de vos opérations, et vous serez vous-même juge des bénéfices réalisés au profit de notre maison dans votre dernière campagne.

Il examina les entailles faites avec son canif sur le bureau, comme si chacune d'elles eût dû lui rappeler un argument ou une observation à l'encontre du prolixe et glorieux Hermann.

— D'abord, dit-il en posant la pointe du canif sur la première entaille, vous avez induit la maison en dépenses inutiles en prenant passage sur le steamer de Jacobs et fils, tandis qu'il se trouvait sur *la Jenny* des cabines vides où vous auriez été à merveille et qui n'auraient rien coûté... cela augmente vos frais d'une centaine de dollars.

Hermann cessa de se balancer, et répondit avec un ricanement qui ne pouvait entièrement dissimuler sa mauvaise humeur.

— Monsieur Bidois du Havre m'avait déjà fait une semblable observation ; mais d'abord, monsieur Bell, je gagnais plusieurs jours en m'embarquant sur un vapeur, et vous n'avez pas oublié votre proverbe : « Le temps, c'est de l'argent. » Et puis je ne me lasserai pas de répéter qu'il eût été fort imprudent à moi de me trouver sur un navire avec des émigrans que j'ai eu tant de peine à tirer de leur pays natal. Le diable m'emporte! si j'avais pris passage sur *la Jenny*, j'aurais craint qu'ils ne me jetassent par-dessus bord.

L'argument ne parut nullement péremptoire au flegmatique *business man*, convaincu sans doute que la chance d'être jeté par-dessus bord devait être courue comme toute autre chance quand on avait la certitude de gagner de l'argent. Aussi ne sourcilla-t-il pas, et reprit-il de son ton monotone, en touchant la seconde entaille du bureau :

— Vous n'avez pas à vous vanter de vos nouvelles recrues, monsieur Hermann. D'après l'état que voici (et il désignait la liste des passagers de *la Jenny* déposée sur son bureau), vous n'avez guère embauché que de pauvres hères. Ils sont plus de deux cents, et ils ne *valent* pas tous ensemble vingt mille dollars. Chacun des plus riches ne possède pas deux mille dollars de capital, et il en est de pauvres qui ne possèdent rien du tout, ce qui nous causera certaines difficultés quand il s'agira de les débarquer. Quels bénéfices peut-on réaliser avec de pareilles gens? Aussi Davidson n'a-t-il pas un seul passager de cabine.

— Allons! allons! monsieur Bell, reprit Hermann en ricanant toujours, je sais ce que je sais, et la maison n'est pas en perte. Elle a bénéficié sur le prix du voyage par terre, sur le transport par mer, sur les approvisionnemens de toute nature qu'on a vendus à ces pauvres diables, et, ne valussent-ils tous ensemble que vingt mille dollars, ce serait encore une jolie somme, dont, si je ne me trompe, la meilleure partie reviendra, d'une manière ou d'une autre, à la maison William Bell et compagnie, quand nos passagers auront posé le pied sur le sol américain... D'ailleurs, comptez-vous pour rien les cinq mille acres de terre vendus à ces gens sur le pied d'un dollar l'acre, si bien que j'ai versé au comptoir de Bidois, au Havre, cinq mille dollars en belle monnaie?... Vous avez dû recevoir la lettre d'avis, monsieur Bell?

— Oui, oui, je l'ai reçue, répliqua le négociant sans s'émouvoir et en posant la pointe du canif sur une entaille plus large et plus profonde que les deux autres; eh bien! Hermann, cette vente est la plus désastreuse de vos opérations.

— Que voulez-vous dire, monsieur Bell? je ne vous comprends plus. Ne sais-je pas que ces terrains, situés à une immense distance dans l'Ouest, sont en friche, stériles, réputés malsains, et que votre maison en a fait primitivement l'acquisition au prix d'un schelling (1) l'acre? Le bénéfice est assez honnête, ce me semble.

— Et cependant votre marché, s'il était maintenu, nous constituerait en perte de plus de dix mille dollars.

— Pas possible! s'écria Hermann, qui ne pouvait imiter l'imperturbable sang-froid de son patron et qui bondissait sur sa chaise; vous me parlez par énigmes, monsieur.

— Avez-vous passé à la bourse depuis votre retour, monsieur Hermann?

— Non, je l'avoue.

— C'est un tort; un homme d'affaires doit toujours être au courant des variations de la bourse; c'est là qu'il doit se rendre en descendant du paquebot. Si vous aviez pris cette précaution, vous sauriez que nos terrains sont cotés actuellement à trois dollars l'acre, et ils sont demandés.

— Trois dollars! s'écria le courtier des émigrans en ouvrant de grands yeux; qui diable se serait attendu à cette hausse prodigieuse? Mais, voyons, qu'est-il arrivé pendant mon absence? Ces terrains se sont-ils trouvés d'une meilleure qualité qu'on ne pensait? y aurait-on découvert récemment une mine d'or ou d'argent? Personne n'en voulait à mon départ au prix d'un schelling.

— Ils sont à trois dollars, répliqua l'Américain avec un faible sourire de modestie.

— Je comprends, monsieur Bell, dit Hermann d'un air d'admiration; c'est là sans doute le résultat de votre habileté ordinaire; mais comment diable êtes-vous parvenu à relever une valeur si abominablement dépréciée? quel conte des *Mille et une Nuits* avez-vous pu forger pour...

— J'y suis parvenu. Quoi qu'il en soit, vous voyez qu'en vendant à ces Allemands et à ces Français cinq mille acres au prix d'un dollar l'acre, vous avez constitué notre maison en perte de dix mille dollars.

Hermann était consterné, il se leva impétueusement et se mit à se promener dans l'office.

— Qui se serait attendu à cela? répéta-t-il; je croyais avoir accompli un chef-d'œuvre d'adresse, et je comptais recevoir vos félicitations pour mes habiles manœuvres... Mais, après tout, monsieur Bell, ajouta-t-il en se rasseyant, il faut savoir en prendre son parti. Votre concession est immense; elle embrasse un pays considérable; il vous reste plusieurs milliers d'acres de terrain que vous pourrez livrer au taux actuel, et vous réaliserez encore de beaux bénéfices.

— Jamais un Français n'entendra rien aux affaires, dit le *business man* avec dédain; ne voyez-vous donc pas la conséquence de vos marchés? Si l'on apprend à la bourse qu'une forte partie de nos terrains a été cédée aux émigrans à un prix misérable, la hausse ne pourra se soutenir, et nos valeurs retomberont à la cote la plus basse, aussitôt que *la Jenny* sera entrée dans le port.

— C'est vrai. Mais comment remédier à cela?

Monsieur William Bell ne se pressa pas de répondre; il savait très bien comment sortir d'embarras, mais il voulait donner à Hermann le temps de mesurer la grandeur de la difficulté.

— Hermann, demanda-t-il enfin avec une lenteur calculée, êtes-vous bien sûr que tous les contrats de vente aient été dressés dans les formes voulues, et qu'aucune

(1) Un franc vingt centimes.

prescription de la loi des Etats-Unis n'ait été omise dans leur rédaction ?

— Ma foi ! monsieur Bell, j'avoue bonnement que j'ai fait tous mes efforts pour cela. Croyant que mes acheteurs contractaient des marchés de dupes, je n'ai rien négligé afin de rendre les contrats irrévocables... Peut-être pourrions-nous chicaner sur quelques-uns; mais vous ne sauriez croire combien on nous tracasse en France quand il s'agit de nous donner de beaux et bons écus pour nos titres de propriété. On se défie de nous; on multiplie les formalités; tous les gens de lois, voire les consuls et les ambassadeurs, sont mis en réquisition; ce sont des visas et des signatures à n'en plus finir. Il y avait surtout là-bas, dans les Vosges, un certain notaire Marais qui a épluché mes pouvoirs avec un soin particulier, et tous les actes dressés par ce madre-là me semble inattaquables.

— Vous croyez cela, Hermann ? répliqua monsieur Bell froidement; allons j'ai eu raison de prendre mes précautions de longue main. Nous vous désavouerons, monsieur; il n'existe pas d'autre moyen de nous tirer d'affaire.

— Me désavouer ! répéta Hermann avec colère; y pensez-vous, monsieur ? Je ne le souffrirai pas.

— Avez-vous à me proposer un autre moyen de rentrer dans la possession de ces dix mille dollars ? demanda le patron en fixant sur lui un regard clair et assuré.

— Non, sans doute; mais ma considération... ma délicatesse... — Monsieur Bell haussa les épaules. — D'ailleurs, poursuivit Hermann, mes pouvoirs étaient parfaitement réguliers, et ils ne sauraient être annulés.

Le *business man* appela un commis et lui donna un ordre à voix basse; le commis lui apporta un papier qu'il était allé prendre dans un carton de la seconde pièce, et se retira.

Monsieur Bell ajusta son lorgnon sur son nez, examina le papier, et, posant le doigt sur le passage qu'il cherchait, il dit avec un sourire dédaigneux :

— Décidément vous n'êtes pas retors en affaires, Hermann; où en serions-nous si je n'avais pas prévu le cas actuel? Tenez, examinons ensemble le pouvoir que vous avez reçu de nous au sujet de ces terrains du Kansas. Il y est dit, poursuivit-il en pesant sur chaque mot, que nous vous autorisons à vendre ou aliéner tout ou partie de ces terrains, mais « sauf ratification de la part de monsieur William Bell à New-York. » C'est clair, cela; or, je ne ratifie pas les ventes, je rends aux émigrans les sommes payées par eux. Qui pourrait contester mon droit d'agir ainsi?

— Monsieur Bell, dit Hermann avec stupéfaction, je ne comprends pas cette clause relative à la ratification de mes marchés. Je n'en avais pas connaissance, et elle m'eût certainement causé de grandes difficultés là-bas si on l'avait relevée dans l'acte dont j'étais porteur.

— Elle devait pourtant s'y trouver; mais peut-être notre traducteur français aura-t-il négligé de la mentionner. Or, comme nous ne sommes pas engagés par la traduction, mais par l'acte original, j'ai pleinement qualité pour annuler ces ventes onéreuses.

Le courtier voyait enfin la ruse ou plutôt l'insigne mauvaise foi du *business man*. Au moyen d'une petite phrase omise dans la traduction française, le droit spoliateur de monsieur Bell semblait incontestable.

— Mais alors, reprit Hermann, quand ces traités auront été rompus, les émigrans m'actionneront à leur tour, et ils me feront condamner peut-être à des dommages-intérêts considérables pour les avoir trompés ?

— Bah ! il faudrait pour cela qu'ils s'entendissent ensemble, qu'ils eussent du temps et de l'argent à perdre pour suivre un long procès. Ne craignez rien de pareil, Hermann; d'ailleurs, vous n'êtes pas associé reconnu de la maison, vous n'avez aucune propriété, on n'aura pas de prise contre vous... En mettant les choses au pis, qu'auriez-vous tant à redouter si vous étiez condamné?

— Mais je ne veux pas de cela ! s'écria Hermann; vous m'abandonneriez dès que je serais chargé de toutes les iniquités, comme le bouc émissaire de votre Bible. Pas si bête ! Je connais vos ruses, monsieur Bell, et je ne m'y laisserai pas prendre. Je soutiendrai la validité des contrats.

— Soit, dit le négociant sans s'émouvoir; quant à moi, je soutiendrai le contraire, dans l'intérêt de notre compagnie.

— Fort bien, monsieur Bell, reprit Hermann furieux en se levant, voilà comment vous récompensez mon zèle et mon dévouement. A merveille ! mais j'ai bec et ongles, je saurai défendre mon honneur, ma probité. Je me séparerai de vous d'une manière éclatante, et je ne serai pas embarrassé pour trouver une maison de commerce où l'on appréciera mieux mon mérite et mes services.

Il n'entrait pas dans les intentions de monsieur Bell de pousser à bout son vertueux associé. Hermann possédait au plus haut point cette verve gasconne et intarissable qui est fort prisée en Amérique; nul n'avait plus d'éloquence pour donner du relief à une affaire véreuse, pour enjôler un client soupçonneux. Monsieur Bell et les autres chefs de la maison n'avaient guère que l'éloquence d'un chiffre, et leur aménité personnelle laissait beaucoup à désirer. Hermann les complétait dans un pays où la réclame, l'éloge exagéré, le puff enfin, sont les principales conditions de succès. Aussi l'habile *business man* crut-il le moment venu d'apaiser son irascible agent.

— Voyons, Hermann, reprit-il avec plus de chaleur qu'il n'en avait montré jusque-là, causons sérieusement, et ne venez plus me jeter à la tête ces mots d'honneur et de délicatesse. Est-ce qu'il s'agit de cela ? Il s'agit d'affaires, que diable ! et il faut traiter les affaires avec le calme convenable... Reprenez votre place, et écoutez-moi.

Hermann se rassit d'un air de défiance, et Bell, le saisissant par un bouton de son habit, se mit à lui parler bas assez longuement, malgré l'horreur qu'il avait exprimée pour la prolixité de son compagnon. Celui-ci se montrait très réservé et semblait flairer un piége sous les brillantes promesses du rusé négociant; enfin, il dit d'un air à demi convaincu :

— Si je le croyais, monsieur Bell... si vous vouliez être franc avec moi... — Monsieur Bell ne se répandit pas en protestations auxquelles on n'aurait pas cru sans doute, mais il donna des garanties qui finirent par rassurer Hermann. — Allons, allons ! c'est entendu, dit-il avec satisfaction; à ce prix j'accepterai le désaveu, et je prendrai tout sur moi... Seulement, monsieur Bell, l'engagement en question sera signé aujourd'hui, et je prétends rédiger l'acte moi-même... j'ai mes raisons pour cela.

Cette injurieuse défiance n'offensa nullement monsieur Bell, et les deux associés continuèrent à s'entretenir à voix basse. La plus parfaite harmonie semblait régner entre eux, quand un employé s'approcha du patron.

— Monsieur Bell, dit-il, le navire qui était en vue depuis ce matin entre en ce moment dans la rade, et, comme on l'avait supposé, ce navire est bien *la Jenny*, capitaine Davidson, chargé d'émigrans à destination de New-York.

Puis l'employé sortit sans attendre de réponse.

Monsieur Bell laissa voir une certaine satisfaction.

— *Very well!* reprit-il, Davidson est de huit jours en avance sur le temps ordinaire de la traversée, et l'on ne pouvait attendre autant d'un navire aussi lourd et aussi vieux que *la Jenny*. Ce voyage sera certainement avantageux pour la maison.

— Oui, oui, répliqua Hermann, on peut s'en rapporter à Davidson pour réaliser des économies de toute sorte..... Mais, diable ! le navire arrive plus tôt que je ne le pensais, et j'ai bien des précautions à prendre. Décidément, monsieur Bell, il sera sage à moi de ne pas me montrer à ces émigrans dans les circonstances présentes; cela nous épargnera des réclamations, des pourparlers à l'infini. D'ailleurs, quelques-uns d'entre eux ne me veulent pas de bien, et, s'ils venaient à me rencontrer...

— On pourra dire que vous êtes en France. Mais rien ne presse de vous cacher, Hermann; les passagers vont avoir affaire aujourd'hui à la douane et à la santé, ils ne débarqueront pas avant demain. D'ici là nous allons prendre nos mesures pour obtenir notre part des vingt mille dollars qu'ils ont encore.

— C'est juste, reprit le courtier en ricanant; n'oublions pas notre adage : « Les émigrans n'ont chance de faire fortune qu'après avoir perdu leur capital. » Il faut mettre le plus tôt possible ces pauvres diables en position de faire fortune, monsieur Bell... Mais je vous laisse, et je vais moi-même voir l'état des choses sur le port; après quoi je disparaîtrai, et bien fin qui me trouvera. N'oubliez pas nos conventions, et disposez-vous à signer l'acte en question dès que je vous l'apporterai en cachette.

— Il serait imprudent peut-être de vous montrer ici à l'office; pourquoi ne viendriez-vous pas me l'apporter à ma maison de la sixième avenue, Hermann? Vous dîneriez avec moi, et je vous présenterais à ma famille.

Il faut savoir combien le *chez soi* d'un Américain est sacré, jalousement clos, inaccessible à tous, pour comprendre la faveur que le riche négociant accordait au courtier en l'invitant à dîner dans son domicile privé. Jusqu'à ce jour, Hermann n'était jamais entré dans cette somptueuse habitation, et il n'avait eu accès qu'à l'office de la basse ville, comme le commun des mortels. Aussi remercia-t-il chaleureusement son patron en lui promettant d'être exact à l'heure du dîner, et il se retira après lui avoir secoué la main.

Toutefois, en descendant Wall-street, il murmurait à part lui :

— Hum! monsieur Bell est diablement poli à mon égard... Prenons garde!...—Il atteignit bientôt le quai, et, sans donner un regard à la prodigieuse quantité de bâtimens qui encombraient le port, il dirigea son attention vers un trois-mâts qui arrivait du large, remorqué par un vapeur. Ce navire était chargé de monde depuis le pont jusqu'aux hunes, et on reconnaissait facilement dans tous ces curieux des émigrans qui, après une longue et pénible traversée, jetaient avidement un premier regard sur la terre promise d'Amérique. C'était bien *la Jenny*, et Hermann ne pouvait conserver aucun doute. — Sans doute, se dit-il, parmi tous ces badauds qui se pressent là-bas sur le pont, le cou tendu, se trouve la petite bégueule qui s'est si bien moquée de moi au Havre; nous verrons si je prendrai ma revanche à New-York! Pourvu que cet orgueilleux Albert Lovendal n'ait pas eu l'idée de suivre la famille Reber sur le navire de Davidson! c'est là mon principal souci. Enfin je saurai bientôt à quoi m'en tenir... S'il est resté en France, toute la famille sera bientôt à ma discrétion... Patience!

Et il regagna la haute ville d'un pas précipité, comme s'il eût craint d'être aperçu du navire, malgré la distance.

VIII

DÉSAPPOINTEMENT.

Ce ne fut en effet que le lendemain, après avoir rempli les formalités exigées par la douane et la santé, que les passagers de *la Jenny* purent débarquer. Bien qu'à l'époque où se passe cette histoire la législation des États-Unis ne se montrât pas aussi sévère qu'aujourd'hui à l'égard des émigrans dénués de ressources, ce ne fut pas sans peine que Schmidt et quelques autres passagers peu fortunés furent autorisés à quitter *la Jenny*. Il fallut encore que Reber et Burgwillers répondissent personnellement pour l'ancien maître d'école, en s'engageant à lui donner du travail dans les établissemens qu'ils allaient fonder au Kansas. Ces difficultés ayant été enfin levées, tous les passagers obtinrent la permission d'aller à terre.

Il était temps; ce que ces malheureux avaient souffert pendant un mois de traversée ne pourrait se décrire. Plusieurs étaient morts depuis la pauvre vieille Dietrich; et, sauf un petit nombre de vigoureux paysans, endurcis aux fatigues et aux privations, tous étaient maigres, pâles, affaiblis; quelques-uns même se trouvaient si malades au moment de l'arrivée qu'il fallut les porter dans les chaloupes.

Reber, dont l'organisation robuste s'accommodait pourtant de tout, avait perdu, à l'affreux régime du bord, une partie de sa vigueur. Les jeunes filles étaient dans un état digne de pitié; leurs joues creuses et blêmes, d'où avait disparu la fraîcheur de la santé, leur œil éteint, la faiblesse de leurs mouvemens, témoignaient des ravages que cet horrible régime avait produit sur leur constitution. Julia, pendant les derniers jours de la traversée, avait été retenue dans son cadre par de violens accès de fièvre. Schmidt lui-même, quoique habitué de longue date aux privations, n'avait pas été mieux traité sur *la Jenny*. A partir du jour où il s'était brouillé avec le capitaine, il avait essuyé toutes sortes de vexations et d'avanies de la part du vindicatif Davidson. A chaque instant, il était privé de sa ration de riz et de vin, ou consigné sous le pont. De plus, soit hasard, soit mauvaise foi des vendeurs, les modestes provisions qu'il avait achetées au Havre et qu'il avait dû, selon l'usage, confier au munitionnaire du bord, s'étaient trouvées gâtées, si bien qu'il lui avait fallu vivre plusieurs jours de biscuits moisis et de salaisons avariées. Ces privations, jointes aux soucis et aux inquiétudes que lui causait l'état des demoiselles Reber, l'avaient cruellement fait dépérir. Le pauvre garçon n'était plus qu'un squelette en arrivant à New-York, et ses membres amaigris flottaient dans ses vêtemens devenus trop larges.

Heureusement Schmidt, au milieu de ses misères, ne s'était jamais abandonné lui-même. En proie aux horreurs du présent, il n'avait rien négligé en vue d'un meilleur avenir. Nous croyons avoir dit déjà que, dans son enfance, il avait pris quelques leçons d'anglais; aussi avait-il apporté une grammaire anglaise dans son mince bagage, et, pendant la traversée, il s'était mis à l'étudier avec ardeur. Un officier, qui avait passé plusieurs années en France, s'était offert complaisamment à lui donner des indications sur la prononciation si difficile de sa langue, et, son énergique volonté aidant, Schmidt, dans ce court espace de temps, était devenu capable, sinon de soutenir une conversation en anglais, du moins de demander les choses les plus nécessaires à la vie. D'autre part, soit en lisant des ouvrages spéciaux dont certains passagers étaient munis, soit en prenant connaissance de lettres écrites par d'anciens émigrans établis aux États-Unis, soit enfin en causant avec les matelots, il s'était familiarisé avec les usages et les mœurs de la contrée qu'il allait habiter, il s'était mis en garde contre une foule de dangers qui attendaient ses compagnons moins expérimentés. Aussi, quand Reber eut répondu pour lui devant les autorités américaines, le pauvre Schmidt lui dit-il, les larmes aux yeux, en lui serrant la main :

— J'espère ne pas vous être à charge, monsieur Reber, et certainement je trouverai une occasion de reconnaître vos bons offices.

Au moment du débarquement, pour Schmidt comme pour Reber, comme pour tous les passagers de *la Jenny*, les tortures de la traversée, les fatigues et les dégoûts furent oubliés. L'espérance et la joie revinrent; on était au terme du voyage; les souffrances passées ne comptaient plus, on ne songeait qu'aux prospérités prochaines. Aussi, lorsqu'on descendit dans les barques destinées à transporter les émigrans avec leurs bagages dans le port, prit-on congé, sans trop de rancune même, du despotique et farouche capitaine.

L'aspect sous lequel se présentait aux émigrans leur

nouvelle patrie était bien de nature à entretenir ces illusions. La magnifique baie Staten-Island qu'ils traversaient était unie comme un miroir et sillonnée en tous sens par d'innombrables navires à voiles et à vapeur. Un soleil éblouissant illuminait le port où se dressaient des milliers de mâts, l'immense ville de New-York qui s'élevait au-dessus, les côtes verdoyantes qui s'étendaient à droite et à gauche, chargées de riantes maisons de campagne, de délicieux cottages. A chaque instant, ils se croisaient avec ces embarcations appelées poste-aux-choux, qui portent des provisions fraîches aux navires en rade; elles étaient remplies jusqu'au comble des plus beaux légumes et des plus beaux fruits connus en Europe, et, en outre, d'ananas, de noix de cocos et de mille autres fruits tropicaux dont les émigrans n'avaient jamais entendu parler. Tout étonnait ces pauvres gens étrangers à tout, et dont la plupart ne savaient même pas lire. L'air, le ciel, le pays et les habitans étaient nouveaux pour eux; ils avaient regardé avec stupéfaction les douaniers en habit noir qui étaient venus visiter le navire, et les bateliers en habit noir qui leur avaient offert leurs services. Une grosse Alsacienne faillit s'évanouir de frayeur en voyant un nègre qui était monté à bord pour vendre des fruits aux voyageurs; la pauvre femme, jusque-là, n'avait jamais vu de nègre, et, croyant se trouver en présence du diable, elle avait poussé des cris aigus, répétés aussitôt par les enfans des passagers.

Bientôt les bateaux atteignirent le débarcadère; mais les émigrans n'eurent pas le temps de faire des remarques et de se livrer à leurs impressions. A peine avaient-ils posé le pied sur le quai, qu'ils furent assaillis par des nuées de charretiers et de portefaix blancs, nègres ou mulâtres, mais toujours en habit noir, qui se disputaient les bagages avec des cris furieux comme pour les piller; c'était des commissionnaires, des valets d'hôtels garnis (*boarding houses*). Ils s'emparaient sans façon des ballots, et s'éloignaient chacun de son côté. Les voyageurs couraient, criaient, juraient pour se faire rendre leurs effets, et ils n'y parvenaient pas toujours; plusieurs, dans le premier moment de surprise et d'ahurissement, n'ayant pas su défendre leur bien avec assez de vigueur, une partie de leur bagage disparut, et ils n'en eurent plus de nouvelles.

Heureusement Schmidt était sur ses gardes; ayant placé en tas sur le quai les paquets de la famille Reber et les siens, il les défendit à beaux coups de poing contre ces vautours en habit noir. Reber l'assista, et, à eux deux, ils parvinrent à mettre les pillards en fuite. Alors Schmidt engagea Reber et les jeunes filles à s'asseoir sur les caisses, et, après leur avoir recommandé expressément de ne laisser approcher personne, il s'éloigna pour se mettre en quête d'un gîte décent où la famille pût sans trop de frais s'établir pendant son séjour à New-York.

Un pareil gîte n'était pas facile à trouver. A cette époque, le gouvernement de l'Union américaine n'avait pas encore songé à utiliser les vastes bâtimens de Castle-Garden pour y loger les pauvres émigrans qui viennent de toutes les extrémités du monde lui apporter le tribut de leur travail et de leur industrie. Les malheureux étrangers étaient abandonnés sans défense à la rapacité des aubergistes, logeurs, hôteliers de toutes les nations, qui, établis dans les plus hideux quartiers de la basse ville, les considéraient comme une proie.

Mais, cette fois encore, Schmidt avait prévu la difficulté; il s'était procuré l'adresse d'une vieille hôtesse allemande dont on lui avait vanté l'honnêteté. Cette femme demeurait dans une rue borgne, voisine du port, et il n'eut pas de peine à la trouver. La maison de madame Kastner, ainsi s'appelait l'hôtesse, n'était ni claire, ni propre, ni comfortable; cependant le jeune homme, qui avait les pleins pouvoirs de ses amis, s'accommoda pour un prix raisonnable d'un cabinet assez mal éclairé et encore plus mal aéré, où logeraient les demoiselles Reber et où l'on enfermerait les bagages. Quant à Reber et à Schmidt lui-même, ils devaient coucher dans une grande chambre commune où se trouvait déjà installée une nombreuse compagnie.

Ces arrangemens terminés, il vint rejoindre la famille émigrante, qui l'attendait toujours en gardant les malles, et l'on se mit en marche pour aller prendre possession du nouveau logement. Schmidt, malgré sa faiblesse, voulut se charger de plusieurs paquets; Reber en prit une autre partie; un nègre, avec lequel on avait fait prix d'avance et que l'on ne perdit pas de vue dans le trajet, se chargea du reste. Kretle soutenait la marche de sa sœur, à qui les fatigues et les émotions du débarquement avaient donné un nouvel accès de fièvre. Déjà les autres voyageurs s'étaient éloignés de leur côté et s'étaient logés un peu au hasard dans le voisinage, au risque d'être écorchés sans pitié par les spéculateurs de bas étage qui les guettaient.

Le logement, comme nous l'avons dit, était triste et misérable; cependant les jeunes filles s'y établirent avec une grande satisfaction, surtout la pauvre Julia, qui s'empressa de se coucher. Bientôt madame Kastner, l'hôtesse, monta pour offrir ses services aux deux sœurs. C'était vraiment une assez bonne femme, dont l'amour du gain, ce vice dominant des Etats-Unis, n'avait pas encore étouffé tous les honnêtes instincts germaniques. Elle examina la malade et affirma que l'indisposition céderait à quelques jours de repos; en attendant, une potion calmante, prise chez le *schmist* le plus voisin, procura une amélioration sensible à la pauvre enfant, qui demeura sous la garde de sa sœur, tandis que Reber et Schmidt, rassurés, sortaient pour s'occuper déjà de leurs affaires.

Reber avait hâte surtout de se mettre en rapport avec la maison William Bell et Cᵒ, afin de régulariser le plus tôt possible son droit de propriété sur les terres achetées dans le Kansas, et Schmidt, investi de sa confiance, n'avait pu se refuser de l'assister dans cette importante démarche. Tous les deux donc, après s'être informés du domicile de monsieur Bell et s'être munis des titres nécessaires, se mirent en route pour l'office du négociant.

L'office, comme nous savons, n'était pas très éloigné du port, et le quartier que les deux émigrans avaient à traverser n'était ni le plus riche ni le plus brillant de la ville. Cependant ils étaient abasourdis par le spectacle de cette activité, de ce mouvement qui font de New-York la ville la plus commerçante de la terre entière après Londres. Reber surtout suivait des yeux les passans, nègres ou blancs, matelots ou gentlemen, mais à peu près uniformément vêtus de l'éternel habit noir et du chapeau de forme si connue dont l'usage s'est répandu de l'Angleterre au reste du monde. Nous devons convenir ici que Reber, dans son obscure bourgade des Vosges, ayant beaucoup entendu parler des sauvages qui habitaient l'Amérique, cherchait bonnement des sauvages à New-York.

Les préoccupations de Schmidt n'étaient pas moins vives, mais elles paraissaient de nature différente. Au lieu de regarder les passans au visage, il les regardait aux pieds, et le résultat de ses observations l'affligeait cruellement.

— Ah! monsieur Reber, dit-il avec accablement, pourquoi suis-je venu dans ce maudit pays? Ces gens-là semblent avoir juré de porter toutes les chaussures imaginables, excepté des sabots. Parmi ceux qui ont passé près de nous, les uns ont des souliers, les autres des bottes, d'autres des brodequins ou des babouches, ou des sandales, ou n'importe quoi... mais, quant à nos chaussures de bois, si commodes, si chaudes, si économiques, pas un... pas un! Mon Dieu! aurai-je donc toujours du malheur, et le sort cessera-t-il de me persécuter?

— Allons, mon garçon, si tu ne peux gagner ta vie à fabriquer des sabots, répliqua Reber amicalement, tu viendras avec nous dans l'Ouest; tu sais que j'ai de grands projets: une ferme, un moulin à construire, cent acres de terre à défricher... Il nous faudra des bras pour tout cela! Tu n'es pas robuste, mais tu es ingénieux, entendu en mille choses; tu nous rendras de grands services, j'en suis sûr,

Ainsi c'est convenu, je t'emmène. Mes filles le veulent, elles me l'ont dit, et, sur ma foi! Kretle semble tenir encore plus que sa sœur à te garder auprès de nous.

— Kretle! mademoiselle Kretle! s'écria Schmidt transporté.

— Elle-même, mon garçon; vraiment, depuis peu, elle ne te voit plus du même œil qu'autrefois. Tu es si bon, si dévoué! Aussi ne nous quitte pas... Je ne te dis que cela.

Schmidt allait répondre avec émotion à ces paroles affectueuses, quand ils aperçurent Burgwillers et d'autres passagers de *la Jenny* qui venaient à eux en causant avec une grande animation. Les émigrans sortaient de l'office William Bell, et la consternation, le désespoir étaient peints sur leur visage. A la vue de Reber, Burgwillers courut à lui et dit en allemand avec agitation :

— Eh bien! voisin, savez-vous la nouvelle?

— Quelle nouvelle, Burgwillers?

— Quoi? vous ignorez encore?... Ah! Reber, quel malheur! nous sommes tous ruinés... Chien de pays! abominables coquins!... que le feu du ciel les consume tous!

— Mais enfin, de quoi s'agit-il?

L'ancien marquard voulut exposer l'affaire, mais il était si troublé, si chagrin, si furieux, que l'on ne pouvait rien comprendre à ses explications. Reber et Schmidt résolurent donc d'aller jusqu'à l'office pour connaître par eux-mêmes l'état des choses, et toute la bande revint sur ses pas, en continuant de se lamenter.

Ils trouvèrent monsieur William Bell dans son bureau, mais cette fois il n'était pas seul. A une petite table travaillaient deux commis, choisis évidemment parmi les plus vigoureux et les plus déterminés de l'administration; et, la porte de la seconde pièce étant entr'ouverte, on voyait plusieurs autres employés qui sans doute ne manqueraient pas d'accourir au moindre bruit. Enfin les émigrans, en entrant dans la maison du *business man*, auraient très bien pu remarquer deux ou trois hommes qui rôdaient devant la porte et les observaient avec un certain intérêt; c'étaient des policemen.

Dans l'office, on ne parut pas accorder une grande attention aux survenans. Les commis continuèrent de faire courir leur plume sur le papier, sans lever les yeux; quant au gentleman, qui était en train de parcourir un journal de dimensions colossales, il les regarda froidement à travers les verres de son lorgnon, et, sans répondre à leur salut, sans témoigner par aucun signe qu'il se fût aperçu de leur présence, il poursuivit sa lecture.

Reber marcha droit à lui et dit en français :

— Est-ce vous, monsieur, qui êtes monsieur William Bell? J'aurais besoin de parler au chef de la maison William Bell et compagnie.

L'homme d'affaires ne fit pas le moindre mouvement, et peut-être en effet n'avait-il pas compris cette question; mais un des commis se redressa, et, se tournant à moitié vers Reber, il répondit dans un français aussi barbare que celui de Davidson :

— Que lui voulez-vous, à monsieur Bell?

— Ce que je lui veux? Eh, pardieu! je veux qu'il me mette en possession des terrains qu'on m'a vendus. Je suis un des émigrans arrivés ce matin sur *la Jenny*, et...

— C'est bon, répliqua sèchement le commis; lisez cela.

Il désigna une grande pancarte suspendue à la muraille, puis, se courbant sur son papier, il se remit tranquillement à écrire.

Reber voulait se fâcher; mais Schmidt l'arrêta, et Burgwillers murmura en allemand :

— Vous voyez comme ils nous reçoivent! On n'a même pas la satisfaction de savoir d'eux comment et pourquoi ils vous volent... Nous verrons pourtant s'il y a dans ce pays des lois contre les fripons!

Reber ne l'écoutait déjà plus; il avait été entraîné par Schmidt vers la pancarte étalée à l'endroit le plus apparent de l'office, et ils lisaient avidement tous les deux l'avis qu'elle contenait. Cet avis, rédigé en trois langues, l'anglais, l'allemand et le français, était ainsi conçu :

« Un agent de la maison William Bell et Cᵉ ayant outrepassé ses pouvoirs et vendu à vil prix, en pays
» étrangers, les terrains du Kansas dont cette maison est
» concessionnaire, monsieur William Bell prévient les
» ayans droit que ces marchés ne seront pas ratifiés.
» En conséquence, les soi-disant acquéreurs de ces terrains sont prévenus qu'ils auront à présenter leurs titres, dans le délai de trois jours, à la banque de messieurs Bell et Cᵉ, pour être remboursés de leurs versemens, soit en argent, soit en valeurs, sauf les retenues ordinaires du change et de l'escompte, qui auront lieu au cours du jour.

» Signé, BELL et Cᵉ. »

Cet insolent et laconique avertissement avait été déjà lu par les autres émigrans, et il était cause de leur exaspération.

Après avoir lu l'avertissement placardé dans l'office de la maison Bell et Cᵉ, Reber, à son tour, ne put retenir sa colère.

— Mais c'est affreux, cela! s'écria-t-il en frappant le plancher de sa canne; nous avons traité de bonne foi, et ce scélérat d'Hermann n'a jamais dit qu'il fût besoin d'une ratification. On nous a trompés, et j'ai envie de vous casser les reins à tous!

— Oui, oui, ajouta Burgwillers, qui, se voyant soutenu, s'abandonna sans contrainte à son indignation; ça ne se passera pas ainsi; et puisque nous ne pouvons nous en prendre à ce brigand d'Hermann, tombons sur les autres coquins : ils sont de connivence avec lui!

— C'est juste; d'ailleurs, que risquons-nous maintenant?

L'indignation de ces pauvres gens allait peut-être se traduire en actes hostiles contre monsieur Bell et ses commis, si Schmidt, dont ses compagnons estimaient le jugement, ne les eût conjurés de se calmer. Il leur représenta que des violences pouvaient gâter leur cause, dont il ne fallait pas encore désespérer; il réussit enfin à les apaiser pour le moment, et ils le chargèrent de demander au nom de tous de nouvelles explications.

Pendant ces démonstrations menaçantes, monsieur Bell avait conservé son superbe sang-froid, et les employés avaient imité de leur mieux son apparente tranquillité, bien que leurs doigts tremblassent un peu en écrivant. Schmidt s'approcha de celui qui parlait français, et lui dit poliment, mais avec fermeté :

— Nous venons de lire l'avis affiché dans ce bureau, monsieur, mais nous ne pouvons croire qu'il concerne plusieurs des personnes ici présentes, Reber et Burgwillers, par exemple.

L'employé plaça gravement sa plume derrière son oreille.

— Reber... Burgwillers... répéta-t-il en ouvrant un énorme registre; je vais voir.

Les pauvres émigrans eurent un moment d'espoir. L'employé parcourut avec lenteur de longues colonnes de noms, et répondit enfin :

— Reber, Burgwillers... voilà!... L'un a deux cents acres, l'autre cinq cents... n'est-ce pas cela?

Les intéressés firent un signe d'assentiment.

— Eh bien! poursuivit flegmatiquement le commis, pour les susnommés, comme pour tous les autres qui ont traité avec Hermann, les ventes ne sauraient être ratifiées par le chef de la maison.

Une nouvelle explosion de jurons et de menaces accueillit cette sentence définitive. Schmidt eut peine à obtenir silence de ses compagnons.

— Monsieur, reprit-il d'une voix altérée, car en dépit de la douceur de son caractère le brave garçon ne pouvait se défendre d'une vive indignation, les actes dont votre maison refuse la ratification ont été dressés suivant toutes les prescriptions de la loi française, et d'après cette loi ils sont inattaquables.

— Nous ne sommes pas en France, répondit l'employé.

— Oui, mais vous avez un comptoir au Havre.

Sans doute cette objection ne s'était pas encore offerte à l'esprit du commis, car il parut embarrassé et dit quelques mots en anglais à monsieur Bell. Celui-ci interrompit à peine la lecture de son journal, et répliqua brièvement d'un ton d'insouciance. Alors l'employé se tourna vers Schmidt :

— Vous pourrez attaquer notre maison du Havre devant la justice de votre pays, dit-il.

Schmidt savait la chose plus facile à dire qu'à faire. Comment ses amis, sans conseils et presque sans ressources, intenteraient-ils un procès d'une longueur interminable, soit en Amérique, soit en France, à leurs riches et madrés adversaires ? Il reprit pourtant :

— Au moins mettez-nous en présence de monsieur Hermann, votre agent ; il doit être arrivé à New-York, et sans aucun doute il ignore la spoliation indigne...

— Monsieur Hermann n'est pas ici ; nous ne savons où il peut être.

— Et il fera bien d'éviter les endroits où je serai ! s'écria Reber en agitant son bâton ; partout où je le rencontrerai, je l'assommerai, foi de brave homme !

— Moi de même ! s'écria Burgwillers.

Toute insistance était inutile en présence du mauvais vouloir et de la force d'inertie qu'opposait la maison William Bell aux réclamations des émigrans, et ils n'avaient plus qu'à se retirer. Schmidt le leur conseilla, en leur disant pour les tranquilliser que les lois du pays ne pouvaient manquer de reconnaître des ventes régulières, mêmes faites à l'étranger, et il parvint à les entraîner hors de l'office.

Dans la rue, ils recommencèrent à discuter et à se plaindre ; mais, comme on ne s'entendait pas, on convint que tous les acquéreurs de terrains se réuniraient le soir dans une taverne qui occupait le rez-de-chaussée de la maison où Burgwillers était descendu, et que l'on se mettrait d'accord sur les mesures à prendre en commun.

Reber et Schmidt retournèrent chez madame Kastner, mais en route ni l'un ni l'autre ne songeait plus à examiner la tournure excentrique des passans ni les curiosités de cette partie de la ville. Ils étaient consternés, anéantis ; et l'on eût pu entendre le chef de famille dire à demi-voix avec accablement :

— Ma ferme, mon moulin, mes terres à blé, mes pâturages ! une fortune immense, certaine... tout est perdu !... les scélérats !

Cependant, il fut convenu entre lui et Schmidt que l'on ne parlerait pas encore aux deux jeunes filles de ce terrible mécompte, de peur de les effrayer prématurément. Il serait temps de leur annoncer la fâcheuse nouvelle après l'assemblée qui devait avoir lieu le soir, et où l'on finirait peut-être par trouver remède au mal.

L'assemblée eut lieu en effet, mais le résultat désiré ne fut pas atteint. On but force cidre et force bière, on cria beaucoup, mais on ne put s'entendre. Les uns étaient d'avis d'accepter la restitution des sommes payées et d'annuler les marchés ; d'autres, au contraire, voulaient tirer vengeance de l'insigne mauvaise foi qui les avait poussés à s'expatrier, qui les menaçait d'une ruine complète, eux et leurs familles. Tous cependant redoutaient les lenteurs et les frais élevés d'un procès contre des adversaires déloyaux, experts dans la chicane de leur pays, et qui devaient avoir pris leurs précautions avant de manquer avec tant d'impudence à leurs engagemens. Cette difficulté, ces dissidences, rendaient impossible toute action commune. On se sépara donc sans rien décider, et chacun demeura libre d'agir isolément, suivant les conseils de sa passion ou de son intérêt.

Reber et Schmidt, en rentrant chez leur hôtesse, trouvèrent les deux sœurs dans leur petite chambre éclairée par un mince bec de gaz, car, à New-York, les plus pauvres demeures n'ont pas d'autre éclairage. Julia, calme et sans fièvre, était enveloppée dans sa mante et assise sur son lit. Kretle, debout devant elle, lui donnait la becquée avec du pain frais trempé dans du lait, régal dont la jeune malade était privée depuis longtemps et dont elle se montrait friande. Aussi sa sœur lui adressait-elle en riant de beaux sermons sur les dangers de la gourmandise. Ces deux charmantes filles, dans cette attitude, formaient un couple naïf et gracieux dont la sécurité contrastait avec les sinistres nouvelles qu'on allait leur apprendre.

Elles accueillirent leur père avec leur affection accoutumée, et Schmidt avec cette familiarité amicale à laquelle son dévouement lui donnait des droits ; mais elles ne tardèrent pas à remarquer l'air sombre des visiteurs, et elles en conçurent de vives alarmes. Julia repoussa sa sœur, qui voulait lui faire achever son pain et son lait :

— Au nom de Dieu ! mon père, demanda-t-elle, que vous est-il arrivé ?

Pour toute réponse, Reber se laissa tomber sur un siége en lançant une bordée de malédictions et d'injures contre un personnage invisible. Cela n'apprenait rien à ses filles, qui se tournèrent vers Schmidt ; le pauvre garçon baissa la tête.

— Et Schmidt aussi ? s'écria Kretle ; ce doit être bien grave pour que notre sage et fidèle ami se laisse aller aussi au découragement... Allons, de grâce ! ne nous faites pas languir l'un et l'autre.

Ainsi pressés, les deux hommes durent enfin annoncer aux demoiselles Reber comment l'annulation du marché conclu avec Hermann rendait leur situation extrêmement précaire.

— De celui qui a proposé ce marché, s'écria Kretle, nous ne devions attendre que tout mal et toute injustice ! Le misérable ! Dieu ne nous soustraira-t-il pas enfin à ses infâmes entreprises ? Mais, courage ! mon père ; oubliez-vous que nous avons peut-être d'autres ressources, un autre espoir ?

— D'autres ressources, un autre espoir ? répéta Schmidt avec étonnement.

Kretle se tut et regarda son père et Julie.

— Je me suis habituée à parler devant Schmidt, reprit-elle enfin, comme je ferais en présence d'un frère bien-aimé ; n'a-t-il pas acquis des droits à notre confiance absolue ?

— C'est vrai, dit Julia, qui dans la vivacité de son geste dégagea son bras nu de dessous sa mante ; et il me semble depuis longtemps que nous ne devrions plus avoir de secrets pour lui.

— Vous avez, parbleu ! raison, mes petites, dit Reber avec rondeur ; et, s'il faut l'avouer, je me reproche d'avoir caché jusqu'ici à ce brave garçon certaines choses qui nous intéressent. Malgré sa jeunesse, il a bien gagné notre confiance, comme vous dites. Je ne peux comprendre où il est allé chercher tout ce qu'il sait, et il m'a empêché déjà de commettre bien des sottises. D'ailleurs il pourra encore une fois nous donner un bon conseil, et vraiment un bon conseil peut être maintenant aussi précieux pour nous que de l'or.

Il se mit alors à expliquer à Schmidt, en baissant la voix, les circonstances particulières qui avaient accompagné la mort de madame Dietrich ; il lui montra le vieux livre où se trouvaient les notes de la défunte ; enfin il lui exposa quels motifs il avait de croire qu'une somme considérable était demeurée enfouie à la ferme de l'Arche.

En écoutant cet étrange récit, Schmidt ne manifesta que de l'étonnement, et les jeunes filles ne purent remarquer sur son visage, fin et naturellement triste, le moindre indice de satisfaction. Il dit d'un air pensif :

— Cette confidence mérite un examen approfondi, et je vous remercie, monsieur Reber, je vous remercie aussi, mesdemoiselles, de m'avoir donné part dans ce secret de famille ; mais ce trésor existât-il, ce dont je doute encore, je vous engagerais à ne pas trop compter sur lui. Sa récupération actuellement me semblerait bien difficile, et, dans tous les cas, elle serait trop tardive pour vous tirer des embarras où vous vous trouvez.

— Quoi! Schmidt, s'écria Reber, la grand'mère aurait-elle pu nous mentir encore à sa dernière heure? Plus j'y réfléchis, plus je suis convaincu...

— Ne vous abandonnez pas trop à de pareilles espérances, monsieur Reber; pour moi, je ne vois encore que des incertitudes, d'insurmontables difficultés. — Les jeunes filles et leur père lui-même ne purent cacher leur consternation; à force de penser à la cassette de la grand'mère, la famille avait fini par considérer le recouvrement de cette cassette comme une chose possible, presque certaine. Reber communiqua pourtant à son ami le projet qu'il avait conçu de s'adresser à Albert Lovendal. Ce nom frappa Schmidt de surprise; il regarda Reber, puis Kretle qui rougit. Le père, devinant sa pensée, s'empressa de lui apprendre en peu de mots comment Albert était reconnu innocent du crime dont on l'avait accusé. — S'il en est ainsi, dit Schmidt avec une chaleur qui lui valut toutes les sympathies de Julia, monsieur Albert est un bon et généreux jeune homme. On ne pouvait lui reprocher que l'action abominable dont vous parliez tout à l'heure; et, puisqu'il ne l'a pas commise, il mérite votre confiance la plus entière. Cependant la mission dont il s'agit est délicate, elle exigerait un homme d'une certaine expérience... Permettez-moi de réfléchir jusqu'à demain sur cette affaire et sur celle de votre marché avec Hermann... Dans les deux questions, je craindrais de vous donner un mauvais conseil.

— A demain donc, Schmidt, répliqua Reber avec accablement; aussi bien ces enfans ont besoin d'une nuit de sommeil, après tant de mauvaises nuits... Dormez, chères petites, poursuivit-il en les baisant au front avec attendrissement, et surtout ayez l'esprit en repos, tout s'arrangera... N'est-il pas vrai, Schmidt?

— Je l'espère, répondit le jeune homme avec un soupir qui contredisait cette affirmation.

Ils sortirent en laissant les deux sœurs en proie aux plus tristes réflexions. Cependant, la fatigue et l'épuisement ne tardèrent pas à l'emporter chez Kretle et chez Julia sur l'inquiétude; la nature reprenant ses droits, elles s'endormirent d'un profond sommeil jusqu'au lendemain.

Quant à Schmidt et à Reber, ils passèrent la nuit à s'agiter sur leur couche dure, malpropre, infestée d'insectes; mais leurs pensées étaient plus cuisantes encore que leurs souffrances matérielles.

IX

LE CONSUL.

Le lendemain matin, Schmidt et Reber étaient en train de déjeuner dans la salle basse de madame Kostner, avec une tranche de bœuf froid et un verre d'eau, à la mode américaine, tandis que les jeunes filles déjeunaient dans leur chambre d'une tasse de café au lait, à la mode française. Schmidt était pensif, l'ancien fermier était taciturne, et l'on eût dit qu'ils craignaient de se communiquer le résultat de leurs pénibles méditations. Cependant, à la fin du repas, Schmidt dit à son compagnon, avec sa timidité mélancolique :

— Monsieur Reber, je laisse encore à votre charge mes dépenses personnelles, car mes misérables épargnes ont été épuisées par les frais de débarquement et d'installation; mais j'inscris soigneusement toutes les petites sommes que vous déboursez pour moi, et dès que j'aurai pu me créer des ressources...

— Y penses-tu, mon garçon? dit Reber avec cordialité, et peut-il être question de pareilles choses entre nous? Je te considère comme mon fils, et c'est entre nous maintenant à la vie et à la mort. En vérité, je ne saurais plus comment désormais me passer de toi... Mais laissons cela et parlons sérieusement : as-tu réfléchi aux difficultés de notre situation? Nous viendrons plus tard à l'affaire de la cassette; le plus pressé maintenant est de prendre un parti au sujet de ma belle propriété du Kansas. Pour moi, plus j'y songe, plus je crois qu'il serait absurde de donner sans résistance gain de cause à nos adversaires; mais je ne sais comment faire valoir mes droits. Toi, du moins, mon cher Schmidt, as-tu trouvé quelque chose?

— Rien, monsieur Reber; cependant il m'est venu une idée. Bien que nous nous trouvions en Amérique, nous sommes encore ici sous la protection de la France, notre patrie, et certainement une autorité française ne laissera pas s'accomplir l'abominable spoliation dont vous êtes victime. J'ai entendu parler de monsieur ***, notre consul à New-York, comme d'un homme bienveillant, affable, dévoué à ses nationaux; pourquoi ne nous adresserions-nous pas à lui?

— Quoi donc! le consul aurait-il le pouvoir de mettre ces coquins à la raison?

— Il en aurait le pouvoir, dans la limite des lois. D'ailleurs, il connaît les usages du pays, et il pourrait nous donner un bon avis.

— C'est juste; eh bien! mon brave garçon, il faut nous informer sans retard de l'adresse du consul.

— Je m'en suis informé déjà; il demeure dans la haute ville. Je vous conduirai à sa maison quand vous voudrez.

— Alors partons vite, — dit Reber en se levant. Schmidt lui remontra qu'il importait de faire quelques apprêts de toilette pour se présenter chez le consul de France. — Tu as raison; il ne faut pas inspirer le mépris, surtout dans un pays où les plus pauvres diables sont vêtus comme des seigneurs... Je vais aller trouver mes filles, et elles m'arrangeront comme il faut. Mais toi, Schmidt, ne te manque-t-il rien pour t'habiller convenablement?

— Je ne suis pas tout à fait dépourvu, répliqua l'ancien maître d'école d'un air de fausse modestie.

Et ils remontèrent pour vaquer à leur toilette.

Bientôt Schmidt alla frapper discrètement à la porte de la chambre des jeunes filles. Un changement complet s'était opéré dans son extérieur. Il avait son chapeau de soie et son pantalon de drap; une petite redingote, d'étoffe légère et peu coûteuse, mais de forme moderne, serrait sa taille frêle, quoique bien prise. Un gilet de couleur claire et des souliers bien cirés complétaient ce costume, que le pauvre garçon conservait depuis longtemps avec un soin minutieux pour servir aux grands jours et aux grandes occasions comme l'occasion présente.

Reber, de son côté, s'était revêtu d'un superbe habit bleu, à basques un peu courtes et à boutons de cuivre doré, dont la confection avait épuisé la science d'un tailleur de village. Au moment où Schmidt entra, les deux sœurs étaient en train d'orner d'une triomphante rosette la cravate blanche de leur père, à qui déjà un grand col de chemise, vigoureusement empesé, faisait souffrir le martyre. Les demoiselles Reber elles-mêmes semblaient avoir fait leurs dispositions pour sortir; elles avaient mis leurs petits châles et leurs modestes chapeaux de paille.

La vue de Schmidt dans sa magnifique toilette excita l'attention générale.

— Eh! mon garçon, te voici bien brave, dit Reber; du diable si tu n'as pas l'air ainsi d'un vrai *monsieur*... tout ce qu'il y a de plus cossu et de plus comme il faut... N'est-ce pas, Kretle? n'est-ce pas, Julia?

Kretle se contenta de sourire avec complaisance, tandis que Julia disait :

— Ah! mon père, monsieur Schmidt aurait un habit d'or que cet habit ne vaudrait pas le cœur qui serait dessous.

— C'est vrai ! s'écria Kretle avec entraînement.

Schmidt était très mal à l'aise.

— Mesdemoiselles, demanda-t-il avec embarras, comptez-vous donc sortir aussi ?

— Ah ! tu ne sais pas, dit Reber ; ces petites se sont fourré dans la tête de nous accompagner chez le consul.

— Quoi ! mademoiselle Julia, souffrante et épuisée comme vous êtes...

— Je suis mieux, je suis tout à fait bien, répliqua Julia ; certainement la fièvre ne reviendra plus ; un peu de distraction et ce promenade achèveront de me guérir. D'ailleurs, ne pensez-vous pas, mon ami, que ma présence et celle de ma sœur pourront toucher le consul et le déterminer à prendre chaudement nos intérêts? Nous le prierons avec tant d'instances...

— Il me semble, à moi, mademoiselle, que vous devriez être irrésistibles l'une et l'autre.

— C'est mon avis aussi, répliqua Reber ; venez donc, mes enfans ; je ne m'y oppose plus, et partons.

Quelques instans après, toute la famille quittait le *boarding house* de madame Kastner pour se rendre au consulat.

On avait à traverser une grande partie de la ville, car monsieur *** habitait la cinquième avenue, à l'extrémité de New-York ; mais, malgré la longueur du trajet, les promeneurs ne devaient pas manquer de sujets de distraction. Ce n'est pas que New-York, comme les autres villes du nouveau monde, possède beaucoup de monumens remarquables ; mais ses larges rues, tirées au cordeau, aérées, d'une propreté scrupuleuse et s'étendant à perte de vue, ont un caractère de grandeur et de richesse que l'on trouve rarement dans les villes de l'ancien continent. Une foule d'hommes et de femmes de toutes couleurs, depuis le nègre du Congo jusqu'au blanc des contrées boréales, en passant par le rouge des anciens possesseurs du sol et le jaune des marchands chinois, se coudoyaient dans ces rues en courant à leurs affaires. Certains détails de mœurs choquaient pourtant les idées reçues de ce côté de l'Atlantique. Ainsi, par exemple, les demoiselles Reber baissaient les yeux et rougissaient à voir des dames et même de jeunes personnes élégamment vêtues aller seules par la ville, regarder les passans sous le nez, et elles étaient assez disposées à penser mal de ces belles effrontées ; ce n'étaient pourtant que des Américaines du monde le plus honnête, qui profitaient de la liberté absolue accordée aux femmes par les usages du pays. Schmidt et la famille Reber étaient frappés aussi de la diversité des costumes, malgré l'absence d'uniformes militaires ; là, c'était le quaker, avec son habit brun sans boutons et son chapeau de forme basse ; plus loin, c'étaient des négocians de Java, aux ornemens bizarres ; des marins indiens vêtus de blanc, ou un pompier newyorkais en chemise rouge et en casque de cuir ; le tout encadré dans les habits noirs des gentlemen. Cette multitude bariolée offrait un spectacle toujours varié et toujours nouveau, bien capable de captiver l'attention de simples campagnards récemment sortis d'une obscure bourgade des Vosges.

Julia fut obligée de se reposer plus d'une fois sur les bancs placés dans les squares ou à la porte de certaines habitations particulières, avant d'arriver au terme de cette longue promenade ; et Kretle, à peine moins affaiblie que sa sœur, ne se plaignait pas non plus de ces stations réitérées. Enfin on atteignit une belle avenue bordée de maisons splendides et uniformes ; Schmidt, après avoir consulté son carnet, annonça que l'on allait arriver au consulat de France.

En effet, on s'arrêta bientôt devant une de ces magnifiques maisons dont nous avons parlé ; à l'extérieur, elle ne différait en rien des constructions voisines ; comme elles, c'était un édifice carré, construit en briques, entouré d'une grille de fer et encadré de quelques arbres verts. Néanmoins elle n'avait pas cet air morne, désolé, silencieux, qui donne à la plupart des habitations yankees l'apparence et la gaîté d'un tombeau, comparaison d'autant plus juste qu'au-dessus de chaque porte une plaque de marbre blanc porte le nom du propriétaire en lettres noires, comme s'il s'agissait d'une épitaphe. Les fenêtres de la demeure du consul étaient joyeusement ouvertes ; on entendait du dehors les cris de plusieurs enfans qui s'ébattaient dans le jardin, des sons de piano, une fraîche voix de femme qui chantait ; tous ces bruits semblaient être comme un faible écho de la France, au milieu du calme puritain de ces maisons hermétiquement closes, et les émigrans en conçurent le plus heureux présage pour le succès de leur démarche.

Schmidt souleva modestement un marteau de bronze qui décorait la porte ; un mulâtre en livrée vint ouvrir. Quand Schmidt eut nommé monsieur *** et se fut recommandé de sa qualité de Français, le domestique fit traverser aux visiteurs un vaste bureau où se trouvaient plusieurs employés, et les introduisit dans une pièce élégante qui servait de cabinet au consul.

Là tout le comfort américain s'unissait au bon goût français. Des tableaux, fort différens de ces croûtes ignobles qui décorent les plus luxueux appartemens en Amérique, ornaient les murailles ; une natte chinoise, aux vives couleurs, couvrait le plancher. Les meubles, venus de Paris, ne rappelaient en rien les siéges éclopés des offices de la basse ville ; un air frais et pur circulait dans cette pièce tenue avec la propreté la plus scrupuleuse. Le secrétaire particulier du consul travaillait devant une table chargée de papiers. C'était un homme entre deux âges, mais à qui de profonds chagrins ou de grandes fatigues avaient donné une vieillesse prématurée ; cependant il avait un air doux et bienveillant ; un faible sourire égayait parfois ses traits pensifs. A la vue des visiteurs, il se leva de son siége et vint au-devant d'eux.

— Des compatriotes, n'est-ce pas, des émigrans sans doute? dit-il en français avec aménité ; asseyez-vous, mesdemoiselles ; asseyez-vous, messieurs... Monsieur le consul a dû être averti par le domestique et il ne peut tarder à venir.

Et il leur indiquait de la main un vaste divan sur lequel ils s'assirent. Cet accueil franc et amical remit du baume dans le sang à ces pauvres gens ; depuis leur arrivée à New-York ils n'avaient vu que des figures refrognées ou ennemies, ils n'avaient entendu que des paroles rudes ou déplaisantes. Le secrétaire regagna sa place, et l'on put reconnaître alors qu'il boitait légèrement ; mais cette infirmité ne donnait qu'un intérêt de plus à toute sa personne affable et sympathique. Il ne reprit pas son travail, et se mit à considérer à son tour les émigrans avec curiosité, sans toutefois leur rien dire.

— Monsieur est sans doute Français comme nous? reprit enfin Schmidt, que ce silence embarrassait ; nous l'avons reconnu sur-le-champ à sa politesse.

Le boiteux sourit.

— Oui, oui, je suis toujours Français, répliqua-t-il. Sans doute j'aurais autant de droits qu'un autre à me dire citoyen des Etats-Unis, car j'ai parcouru l'Amérique, de Québec à la Nouvelle Orléans, des montagnes Rocheuses à l'Atlantique, pendant plus de vingt ans ; mais c'est un honneur auquel je n'ai pas beaucoup tenu jusqu'ici.

Et il sourit de nouveau, mais, cette fois, avec une expression marquée d'amertume.

— Vous avez dû bien souffrir dans ces longs et pénibles voyages ! dit timidement Kretle.

— Cette pensée ne pouvait venir qu'à une de nos bonnes et intelligentes compatriotes, répliqua le boiteux en s'inclinant. Oui, mademoiselle, j'ai passé de bien mauvais jours et de bien mauvaises nuits ; j'ai eu faim et j'ai eu soif ; j'ai supporté les chaleurs épouvantables des tropiques et l'horrible froid du Canada ; j'ai erré dans les forêts vierges avec les trappeurs et les sauvages... Heureusement ces maux sont finis, et, grâce à la bonté de notre généreux consul, ma pauvre petite barque est enfin entrée dans le port.

Ces paroles mélancoliques produisirent une vive impression sur les auditeurs.

— Et sans doute, reprit Reber avec curiosité, c'est en courant les aventures que vous aurez reçu à la jambe...

— En effet, dit le boiteux sans s'offenser de l'indiscrétion du fermier, j'ai été blessé par la flèche d'un Iowai dans le Kansas.

— Dans le Kansas! répéta Reber.

— Dans le Kansas! répétèrent Schmidt et les jeunes filles.

Le secrétaire allait répondre, quand une portière se soulevant laissa passer un gentleman aux manières nobles et distinguées, c'était le consul.

Le boiteux se leva.

— Monsieur le consul! dit-il d'un ton où l'affection s'alliait au respect.

Les émigrans se levèrent à leur tour, oubliant l'objet de la conversation précédente, et les demoiselles adressèrent au représentant de leur pays une gracieuse révérence.

Monsieur ***, alors consul à New-York était un homme jeune encore, de figure douce et bienveillante. Une exquise urbanité tempérait la réserve que lui imposaient ses fonctions officielles. Il était vêtu de noir, et un ruban rouge ornait sa boutonnière; il n'y avait pas jusqu'à cette décoration française qui, sur la terre étrangère, ne rappelât aux visiteurs d'émouvans souvenirs de la patrie.

Monsieur *** jeta sur les émigrans un regard plein d'intérêt.

— Bonjour, mes braves gens, dit-il avec bonté; qu'attendez-vous de moi? — Il les engagea poliment à se rasseoir, pendant que lui-même prenait place sur un fauteuil. En dépit de cet accueil encourageant, les visiteurs étaient un peu intimidés. Cependant Schmidt allait exposer l'affaire qui les amenait au consulat, quand monsieur *** reprit: — Avant tout, mes amis, qui êtes-vous, et comment vous appelez-vous? — Reber et Schmidt déclinèrent leurs noms et qualités. La physionomie déjà si ouverte du consul s'épanouit encore. — Monsieur Reber! monsieur Schmidt! répéta-t-il avec étonnement; attendez donc... Monsieur Girard, poursuivit-il en s'adressant à son secrétaire, qui avait repris son travail dans un coin de la salle, ne sont-ce pas là les noms des personnes qui me sont recommandées dans les dernières lettres arrivées de France?

— Précisément, répliqua le boiteux en atteignant un carton où se trouvait une volumineuse correspondance, et je les avais devinées à première vue... C'est bien d'elles qu'il s'agit dans la lettre du député des Vosges qui vous a été transmise par le ministère.

Schmidt et la famille Reber étaient fort étonnés.

— Le député des Vosges! s'écria Reber; je ne le connais pas, et je ne puis comprendre...

— Je comprends, moi, dit Krette à sa sœur à voix basse.

— Et moi aussi, murmura Julia de même. Cher Albert!

Monsieur *** avait jeté rapidement un coup d'œil sur la lettre que Girard venait de lui remettre; puis, la glissant dans sa poche, il reprit:

— Cette lettre ajoute encore à mon désir de vous être utile; hâtez-vous donc de m'apprendre l'objet de votre visite. — C'était naturellement à Reber de répondre; mais l'ancien fermier, n'étant pas assez sûr de son éloquence, avertit Schmidt par un léger coup de coude qu'il devait encore une fois porter la parole. Schmidt s'y attendait. Il se mit à exposer avec simplicité, mais d'une manière claire et succincte, la situation fâcheuse qui était faite à Reber, comme à plusieurs autres émigrans français, par les intrigues d'Hermann et par l'insigne mauvaise foi de la maison William Bell. Le consul écouta très attentivement, adressa plusieurs questions à Schmidt, et demanda enfin à voir l'acte de vente que les négocians américains refusaient de ratifier. Reber avait apporté cet acte, ainsi que les autres pièces à l'appui, et remit le tout à monsieur ***. Celui-ci examina ces papiers avec soin; mais bientôt, comme s'il se fût défié de ses propres impressions, il appela monsieur Girard, qui semblait avoir toute sa confiance, et ils causèrent un moment à voix basse. Enfin le consul se retourna vers les émigrans et leur dit avec un accent de compassion: — Il est évident, mes bons amis, que vous avez affaire à ce qu'on appelle ici des gens habiles, et ce que nous appellerions là-bas, dans notre France, d'un autre nom. Cependant mon avis est, et c'est aussi l'avis de monsieur Girard, que vous auriez raison de consentir à l'annulation de ce marché, et d'accepter purement et simplement la restitution de vos déboursés.

La bienveillance évidente du consul, la recommandation puissante qu'il avait reçue de France, le crédit qu'on lui supposait, tout avait donné aux émigrans l'espoir d'un autre résultat. En apprenant qu'on lui proposait l'abandon de ses droits, Reber bondit sur son siége.

— Y pensez-vous, monsieur le consul? s'écria-t-il; si Hermann et ses associés sont des fripons, comme vous avez l'air de le croire, n'y a-t-il pas ici des lois pour les obliger à tenir leurs engagemens?

Monsieur *** sourit.

— Il y a des lois en effet, monsieur Reber, répliqua-t-il, et ceux que vous voulez attaquer les connaissent parfaitement. Vous ne soupçonnez guère à quels dangers vous seriez exposés si vous intentiez un procès à vos rusés adversaires. Croyez-moi, n'entrez pas dans cette voie; elle n'aboutirait pour vous qu'à une ruine certaine.

Reber, ses filles et Schmidt se montrèrent consternés.

— Ah çà mais! s'écria l'ancien fermier avec désespoir, c'est donc une caverne de voleurs?

— Ce n'est pas une caverne de voleurs, mon brave homme; mais on donne peut-être ici une part trop large à la lettre de la loi contre l'équité naturelle, à la chicane contre le bon droit. Consolez-vous pourtant: peut-être l'annulation de ce marché ne vous est-elle pas aussi préjudiciable que vous pensez. Je n'ai aucun renseignement positif sur les terrains dont il s'agit; mais voici monsieur Girard qui a visité le Kansas: il vous dira que vous avez pu fort bien être induits en erreur au sujet de votre acquisition.

— Véritablement, répondit le secrétaire avec modestie, mais avec fermeté, je me défie de ces terrains que des gens aussi fins et aussi avides que Bell et compagnie vous ont abandonnés à vil prix. Les pays qu'on appelle aujourd'hui « l'État du Kansas » sont vastes comme un tiers de l'Europe, et je n'ai pas la prétention de les connaître tous; mais quand je parcourus ces contrées, il y a quelques années, elles étaient absolument désertes pour la plupart, ou habitées seulement par des tribus indiennes. Aujourd'hui on parle de villes et de villages qui s'y sont élevés comme par enchantement; c'est possible, car en Amérique trois ou quatre années peuvent amener bien des changemens; mais il ne faut pas trop s'en rapporter aux bruits accrédités par certains spéculateurs de mauvaise foi. D'autre part, on assure que la concession William Bell est située sur les bords de la rivière Jaune, et je sais par moi-même que cette rivière, quoiqu'elle coule en pleine prairie, arrose des oasis d'une certaine fertilité. Malgré tout cela, je n'irais pas volontiers m'établir dans ces régions lointaines sans avoir pris des informations minutieuses, et surtout je me garderais bien d'y conduire ma famille.

Cette opinion d'un homme plein d'expérience méritait une grande attention; aussi Reber et ses filles étaient-ils devenus pensifs.

— Tout cela peut être vrai, monsieur, reprit Schmidt; néanmoins ces terrains doivent valoir réellement plus que monsieur Reber et d'autres émigrans de notre pays les ont achetés, puisque la maison Bell refuse de valider les ventes.

— C'est juste! s'écria Reber, et on pourrait fort bien

conclure de son refus que ces terrains sont d'excellente qualité. Aussi en courrais-je volontiers la chance si l'on me rendait ce qui m'est légitimement dû... Songez donc, monsieur le consul, une si belle propriété! deux cents acres de terrain! N'y eût-il sur le nombre que dix acres de bonne qualité, j'aurais encore fait un marché d'or... Tenez, je ne veux pas renoncer à mes droits, et quand je devrais y vendre ma dernière chemise, je n'en démordrais pas.

Cette opiniâtreté, où se révélait le caractère processif du campagnard, fit sourire le consul et son secrétaire. Quelqu'un intervint d'une manière inattendue dans cette discussion.

— Monsieur le consul, dit Julia en baissant ses paupières aux longs cils sur ses beaux yeux noirs, tandis qu'une légère rougeur venait colorer ses joues pâles, songez, je vous prie, que la question n'est pas de savoir si les terrains sont de bonne ou de mauvaise qualité, mais si mon père est oui ou non en droit de les réclamer.

— C'est vrai, répliqua le consul avec bienveillance.

— Oh! je vous en conjure, monsieur, dit à son tour la petite Krelle, enhardie par l'exemple de sa sœur, obtenez que l'on confirme ce marché. Notre père ne se consolerait pas si ce vaste domaine, qu'il a légitimement acquis, venait à lui manquer. C'est sur la foi de cette espérance que nous nous sommes déterminés à quitter notre pays natal. Par pitié, ne nous refusez pas votre appui.

— Pauvres enfans, dit le consul en hochant la tête, vous ne savez pas ce que vous demandez, et peut-être un jour regretterez-vous de n'avoir pas suivi mes conseils... Mais soit! poursuivit-il d'un ton différent; je suis prêt à vous venir en aide comme vous le souhaitez. Ne m'a-t-on pas dit que plusieurs autres émigrans français se trouvaient dans le même cas que monsieur Reber?

— Il est vrai, répliqua Schmidt; ce misérable Hermann avait comme ensorcelé tout le monde, et il a trouvé moyen de vendre plusieurs milliers d'acres de ses terrains à des compatriotes qui sont arrivés avec nous par *la Jenny*. Monsieur le consul doit donc s'attendre à recevoir de nombreuses réclamations de la même nature.

— Je ferai mon devoir, répliqua le consul. Eh bien! Girard, continua-t-il en s'adressant à son secrétaire, nous voici requis d'intervenir dans l'intérêt de nos nationaux; quelle marche adopterons-nous pour obtenir satisfaction de la manière la plus prompte et la moins coûteuse?

— Comme vous, monsieur, je regrette vivement l'obstination de ces braves gens, répliqua Girard; je m'intéresse déjà beaucoup à cette pauvre famille, à cet honnête homme de père, à ces charmantes filles, à cet ami si dévoué et si modeste, et je prévois pour eux de bien pénibles épreuves... Mais puisque nos représentations sont inutiles, je ne vois que monsieur Wilson, le *solicitor* du consulat, qui puisse mater ces madrés spéculateurs.

— Wilson? Vous avez raison; lui seul est capable de battre ces coquins avec leurs propres armes.

— Justement on vient de me prévenir que Wilson se trouve dans les bureaux. Voulez-vous qu'on l'appelle?

Le consul donna son consentement. Cinq minutes après, un vieux gentleman, vêtu de noir, entra dans le cabinet. À ses manières roides et empesées qui contrastaient avec la vivacité de son regard et la finesse de sa physionomie, on reconnaissait un de ces légistes retors dont l'Angleterre et l'Amérique sont loin d'avoir le monopole.

Monsieur Wilson écouta fort attentivement l'exposé de la situation que lui fit le consul en langue anglaise. Puis à son tour il examina les actes, et parut en peser l'une après l'autre chaque expression. Enfin il repoussa les papiers sur la table, comme un homme dont la conviction est arrêtée, et, se renversant dans son fauteuil, il murmura:

— Mauvaise affaire!

— Ainsi donc, demanda le consul, vous craindriez de perdre le procès?

— Je le gagnerais au contraire, mais après dix ans de procédure et une avance de plusieurs milliers de dollars. Bell et compagnie ont compté là-dessus. Mais, vraiment, poursuivit-il en aspirant une prise de tabac, plus j'y réfléchis, moins je devine le motif qui détermine Bell et ses associés à invalider les ventes. Ces terrains du Kansas sont depuis longtemps discrédités, et l'intérêt de leurs propriétaires serait au contraire d'appeler le plus possible de colons dans ce pays reculé, afin de donner de la valeur aux lots considérables qui leur restent. Il y a là-dessous quelque chose qui me passe, et je compte m'informer... Mais, un moment, ajouta-t-il comme frappé d'une idée: avez-vous ici un journal du matin? — Monsieur Girard prit sur son bureau et lui présenta un de ces journaux encyclopédiques qu'on imprime chaque jour par centaines de mille aux États-Unis. Wilson le parcourut rapidement, et bientôt il reprit d'un air de triomphe: — C'est cela, je m'en doutais! Vous savez, monsieur ***, que les terrains ont été payés un dollar par vos nationaux; eh bien! voici maintenant ce que je trouve dans le journal: « Terrains du Kansas (concession William Bell et compagnie), *trois dollars l'acre.* » Comprenez-vous pourquoi ces rusés compères ne veulent pas ratifier le marché?

— Vous avez raison, dit le consul à Wilson, c'est là sans doute le vrai motif de leur refus; mais que ce soit pour un motif ou pour un autre, mes pauvres compatriotes ne sont pas moins victimes d'une odieuse spoliation.

— Eh bien! monsieur le consul, répliqua froidement Wilson, on n'aurait peut-être pas de peine à mettre les spoliateurs à la raison.

— Consentiriez-vous donc à vous charger de notre cause et à la mener promptement à bon port?

— Plaider contre Bell et le vieux Tunbull, son conseil? Dieu nous en préserve! Non, j'ai mieux que cela. Avant trois jours, William Bell sera le premier à proposer la ratification de tous les marchés conclus avec vos nationaux.

— Vraiment, Wilson, vous l'amèneriez là? Il faudrait que vous fussiez le diable en personne! Mais comment allez-vous vous y prendre?

— Rien de plus simple, et le moyen est infaillible.

Il se pencha vers le consul et lui glissa quelques mots à l'oreille.

— Je comprends! dit celui-ci en souriant; dans tout autre pays, il y aurait bien à redire contre un pareil moyen; mais cela vous regarde, Wilson; je ne veux être pour rien dans cette affaire.

— Demain, ce soir, à l'instant même, la chose sera faite, répliqua le *solicitor*, qui, s'asseyant à une table, écrivit rapidement.

Cette conversation avait lieu en anglais, et ni Reber ni ses filles n'avaient pu en comprendre le sens; Schmidt lui-même avait à peine pu saisir quelques mots au passage. Néanmoins ils jugeaient à l'air triomphant de l'homme de loi que leur partie n'était pas désespérée. Aussi ne furent-ils pas surpris quand le consul se leva et leur dit en les congédiant:

— Ne perdez pas courage, mes chers compatriotes; vos affaires sont en bonne main, et, si je ne me trompe, d'ici à très peu de jours vous aurez obtenu satisfaction complète de vos adversaires... En attendant, n'oubliez pas que vous m'êtes vivement recommandés, et que je suis prêt à vous assister de tout mon pouvoir. Venez à moi avec confiance comme à un ami, et je vous prouverai quel sérieux intérêt vous m'inspirez.

Reber se confondit en remercîmens; Krelle et Julia avaient les larmes aux yeux quand elles exprimèrent leur gratitude au consul. Pendant qu'il les écoutait avec bonté, Schmidt donnait à monsieur Girard l'adresse de Reber, pour le cas où l'on aurait quelque avis pressé à transmettre au chef de famille. Le secrétaire lui dit à voix basse:

— Je ne crois pas m'être trompé, monsieur, en vous

supposant entièrement dévoué à cette pauvre famille que vous assistez avec tant de zèle et d'affection ?

— Dévoué à la vie et à la mort, répliqua Schmidt de même.

— Eh bien ! dans son intérêt, je vous conjure de ne pas la laisser partir pour le Kansas sans que vous et moi nous ayons causé ensemble... Me le promettez-vous ?

Une cordiale poignée de main fut la réponse, et les visiteurs se retirèrent beaucoup plus confians et plus satisfaits qu'à leur arrivée.

En sortant de la maison, on rencontra Burgwillers et plusieurs autres émigrans français qui venaient aussi présenter leurs réclamations au consul.

Le soir du même jour, on lisait dans un des plus grands journaux de New-York, sous la rubrique de la BOURSE :

« La valeur exagérée donnée à certains terrains de la » rivière Jaune ne peut manquer de faiblir bientôt. On » annonce qu'un grand nombre d'émigrans français, à » qui l'on avait vendu une portion considérable de ces » terrains au prix de quelques schellings l'acre, se trou- » vant lésés à cause de l'insalubrité et de la stérilité du » sol, attaquent la compagnie William Bell en résiliation » de ces marchés onéreux. C'est l'habile *solicitor* Wilson » qui est chargé de la défense des émigrans. Le procès » annoncé ne peut manquer d'amener les révélations les » plus piquantes. »

L'effet de cette note, qui intervertissait si étrangement les rôles, et de certains autres bruits répandus habilement dans le monde des affaires, ne se fit pas attendre. A la bourse du lendemain, les terrains de la rivière Jaune tombèrent de trois dollars à cinq schellings, et encore personne n'en voulait plus à ce prix.

X

INQUIÉTUDES.

Les manœuvres de Wilson eurent un plein succès. Quelques jours après la visite de la famille Reber au consulat, les émigrans français et allemands qui avaient acheté des terrains d'Hermann recevaient, au nom de messieurs Bell et compagnie, un avis qui les invitait à passer à l'office de ces estimables spéculateurs. Là on leur apprit que « la maison, afin d'imposer silence à la calomnie, consentait à ratifier les ventes de terrains opérées par un de ses agens, bien que ces ventes fussent irrégulières. » En conséquence, on apposa sur tous les contrats la signature sociale, on remplit les autres formalités exigées par la loi américaine, et une lettre de créance fut remise à chacun des nouveaux propriétaires pour le facteur de la compagnie, résidant à Stockton ; c'était ce facteur qui devait à leur arrivée les mettre en possession de leurs différens lots. De la sorte, ils pouvaient partir quand ils voudraient, rien ne les retenant plus à New-York.

Le jour où cette heureuse solution de l'affaire en litige fut connue des émigrans fut un jour de grande joie pour eux. On s'embrassait, on se félicitait ; il semblait que toutes les richesses, toutes les prospérités qu'on avait rêvées fussent atteintes déjà. Le soir, les anciens passagers de *la Jenny* se réunirent dans une taverne voisine du port ; on but force bière et force cidre, on rit, on chanta, et comme il avait été convenu que les émigrans du Kansas voyageraient tous ensemble, afin de se prêter assistance, on décida qu'on se mettrait en route le surlendemain.

Reber et Burgwillers avaient assisté à cette joyeuse réunion, et ils n'avaient été ni les moins gais ni les moins bruyans ; mais Schmidt avait refusé de prendre part à la fête, et il était resté auprès des demoiselles Reber, qui ne sortaient que rarement. Elles avaient pourtant recouvré une partie de leurs forces et de leur courage pendant ces quelques jours de repos, mais on leur faisait un tel tableau des piéges et des dangers auxquels étaient exposés les étrangers dans cette immense ville, qu'elles redoutaient de s'aventurer hors de chez elles.

Ces craintes, pour être un peu exagérées, n'étaient pas chimériques. Du matin au soir, on racontait chez Reber les mauvais tours joués aux émigrans, les ruses indignes mises en usage pour leur arracher le modeste pécule leur seul espoir et celui de leurs familles. Plusieurs avaient perdu leurs bagages ; d'autres étaient à moitié ruinés par des dépenses exagérées et inutiles auxquelles des aigrefins avaient su les entraîner. D'autres enfin avaient été battus et volés dans des bouges ignobles où l'on avait eu l'art de les attirer. Chaque heure du jour apportait le récit d'un nouveau méfait dont un pauvre étranger était la victime.

Schmidt était pour beaucoup dans les appréhensions de Krette et de Julia ; toujours sur le qui-vive lui-même, il ne leur épargnait pas les avertissemens. Du reste, il était devenu préoccupé et taciturne depuis peu. Il ne s'associait plus aux plans de bonheur que le père et les deux filles faisaient en sa présence. Il n'avait montré aucune joie en apprenant que les difficultés relatives à la mise en possession des émigrans étaient enfin levées. Ce revirement datait du jour où, selon sa promesse, il était allé voir monsieur Girard, le secrétaire du consul, et il avait maintenant un air sombre et contraint qui contrastait avec sa confiance et sa bonhomie d'autrefois.

Disons ici un mot de monsieur Girard, qui s'était pris d'une si vive sympathie pour la famille émigrante, et qui semblait être la cause du changement survenu dans le fidèle ami des Reber.

Il était fils d'un fonctionnaire du port de Dieppe, et dans son enfance il n'avait entendu parler que de rapides et brillantes fortunes faites dans le commerce maritime ; aussi, ayant perdu son père de bonne heure et n'ayant plus de famille, il s'était empressé, dès qu'il avait eu atteint sa majorité, de réaliser son avoir et de l'employer à l'acquisition de marchandises qu'il comptait vendre avec avantage sur le nouveau continent. Malheureusement, le jeune Dieppois n'avait pas la verve audacieuse, l'hypocrisie, la morale relâchée d'Hermann, et mal lui avait pris de se frotter aux fins matois de l'Amérique du Nord. Complétement ruiné, il en avait été réduit aux expédiens pour vivre. Tour à tour courtier, maître d'école, chasseur, colon, il avait erré d'une extrémité à l'autre de cet immense pays, courant sans cesse après la fortune qu'il ne saisissait jamais.

Accompagné de quelques coureurs de bois qui vivaient ainsi que lui du produit de leurs chasses, il avait parcouru le Kansas, alors presque désert. Là il avait eu de ces aventures surprenantes et terribles comme on en trouve dans les romans de Cooper ; mais enfin, las de cette existence tourmentée, il était allé vendre aux plus prochains établissemens les pelleteries provenant de ces chasses, et, du produit de cette vente, il avait pu regagner New-York. C'était alors que le consul de France, touché de ses malheurs, l'avait recueilli dans les bureaux du consulat, et lui avait assuré une existence sinon brillante, du moins douce et tranquille.

Malgré ses longues infortunes, Girard n'était pas aigri, et ces infortunes n'avaient altéré en rien la bonté de son cœur. Ceux qui ont souffert se demandent d'ordinaire si l'humanité est plus sotte que méchante, et ils la prennent en haine ou en mépris ; Girard croyait qu'elle était encore plus malheureuse que sotte et méchante, et il éprouvait seulement pour elle une compassion profonde. Toutes les infortunes éveillaient sa pitié, et il n'était pas étonnant qu'il s'effrayât des périls auxquels allait s'exposer la famille Reber, car il les appréciait mieux que personne.

Schmidt était particulièrement triste et préoccupé, le soir dont nous parlons, alors que Reber fêtait à la taverne, avec les autres émigrans, l'heureuse fin de la contestation élevée par la maison William Bell. Assis sur des ballots, dans la chambrette des demoiselles Reber, il écoutait à peine le babillage de Kretle, qui tournait en ridicule certains originaux habitués de la maison Kastner. Cependant la joyeuse enfant s'était adressée plusieurs fois à lui, comme pour l'inviter à partager sa gaîté; Schmidt, toujours si heureux des moindres attentions de la jeune fille, répondait seulement par un sourire distrait à ces innocentes agaceries.

Reber rentra enfin, un peu échauffé des nombreuses libations de la soirée. Il embrassa ses filles, qui étaient accourues au-devant de lui, et leur dit avec bonne humeur :

— Allons, mes petites chattes, tout marche à merveille, et préparez-vous à partir dans deux jours pour notre propriété de Stockton. Nous venons de convenir avec les autres que nous prendrions après-demain soir le chemin de fer de Saint-Louis, une ville qui, paraît-il, n'est pas très éloignée de *chez nous*. Dieu! que j'ai hâte de voir tout en ordre là-bas! Je veux qu'avant une année d'ici le domaine soit mis sur le meilleur pied; il faudra durement travailler d'abord, mais on y arrivera.... Oui, avant une année, les défrichemens, les bâtimens, le moulin, tout sera terminé et en plein rapport, je l'ai arrêté dans ma tête.

— Père, dit Kretle, je me chargerai de la laiterie.

— Et moi de la surveillance du ménage.

— Allons, allons, chères petites, personne ne manquera de besogne. Eh bien! et toi, Schmidt, poursuivit-il en se tournant vers son ami toujours morne et taciturne, tu ne dis rien?

— Monsieur Schmidt est maussade ce soir, répliqua Kretle en faisant la moue.

— Alors c'est que tu ne t'es pas chargée de le dérider.

— C'est ce qui vous trompe, mon père; mais Julia et moi nous y avons perdu nos peines.

— Vraiment! qu'y a-t-il donc, mon cher Schmidt? demanda l'émigrant en prenant la main du jeune homme; que s'est-il passé et qu'as-tu sur le cœur?

Schmidt laissa librement couler les larmes qu'il retenait depuis longtemps.

— Je vous le dirai, monsieur Reber, répliqua-t-il, je vous le dirai, car aussi bien il ne m'est plus permis de garder le silence. Jusqu'ici j'avais espéré que ces funestes marchés ne seraient pas ratifiés; mais à présent aucun doute n'est plus possible, et j'ai le cœur navré quand je vous vois caresser des chimères que je sais être si différentes de la réalité.

Un silence de stupéfaction accueillit ces paroles.

— A qui en as-tu, mon garçon, dit enfin Reber, et qui t'a mis en tête de pareilles folies?

— Des folies? monsieur Reber; plût à Dieu! mais je ne parle que d'après des renseignemens certains, et ces renseignemens, je les tiens d'un homme de cœur qui a chèrement payé son expérience en pareille matière... Reber, mon ami, mon père, je vous en conjure, ne partez pas... Il en est temps encore, renoncez à cette acquisition lointaine. Il vous sera facile de céder votre marché à des conditions avantageuses pour vous, et de vous établir ailleurs; mais, par pitié, n'allez pas dans ce pays sauvage où vous poussent les intrigues de quelques odieux spéculateurs; vous n'y trouveriez que la ruine, la mort peut-être, pour vous et vos enfans!

Il avait les mains jointes et continuait de pleurer abondamment. Reber était ému; les jeunes filles baissaient la tête. L'ancien fermier reprit bientôt :

— Voyons, Schmidt, c'est monsieur Girard qui t'a donné ces idées-là, n'est-ce pas? Monsieur Girard est un brave homme, plein de bonne volonté pour nous, je le crois; mais, en définitive, il a pu se tromper. On ne renonce pas ainsi à une propriété de deux cents acres! Une seule chose pourrait m'en dégoûter; ce serait que les terrains dont je suis acquéreur se trouvassent insalubres ou impropres à la culture; eh bien! parle avec franchise, Schmidt; monsieur Girard a-t-il dit que ma nouvelle propriété soit dans ce cas?

— Il n'a pu me donner aucune assurance à ce sujet, je l'avoue; il sait seulement que la concession William Bell est située au milieu du désert, et qu'il s'y trouve beaucoup de terres ingrates et stériles à côté de portions saines et fertiles. A laquelle de ces deux catégories appartient votre lot? voilà ce dont on pourra juger seulement en arrivant sur les lieux. Mais il est à craindre que monsieur Hermann et ses associés ne nous aient pas bien traités...

— Eh! qu'en sait-on? Hermann est un coquin, et je n'attends de lui aucune faveur volontaire; mais il n'a jamais visité les bords de la rivière Jaune, et le hasard a pu me favoriser à son insu. Pourquoi n'aurais-je pas eu le bon lot comme le mauvais?

— Eh bien! soit; supposons ces terres d'excellente qualité, tout n'est pas fini... Et d'abord, vous êtes-vous rendu compte de la distance qui sépare New-York de la rivière Jaune?

— Je sais qu'il y a loin.

— Il y a plus de douze cents milles (environ quatre cents lieues) pour aller seulement jusqu'à Saint-Louis.

— Bah! ce trajet se fera en chemin de fer, et les voyages coûtent si peu en Amérique!

— Fort bien; mais au delà de Saint-Louis vous ne trouverez plus de chemin de fer, et il vous faudra faire encore cinq ou six cents milles, dans un pays sauvage, infesté d'Indiens, de vagabonds et de bêtes féroces, où les chemins sont à peine tracés; comment voyagerez-vous avec votre famille et vos bagages, sans d'énormes difficultés, des dépenses exorbitantes, des périls inévitables?

— Allons donc! ma propriété est à une courte distance de la ville de Stockton, et l'on doit trouver des facilités pour arriver à Stockton.

— Que ce nom de *ville* ne vous inspire pas trop de confiance, monsieur Reber; ici on appelle volontiers ville ce que nous appellerions à peine en France village ou hameau. Mais passons encore : je vous suppose tous arrivés sans accident avec vos bagages dans votre domaine; il n'est nullement question d'habitation sur cette propriété ou dans le voisinage; vous vous trouverez donc en plein bois, dans une lande, ou bien au milieu des marais, sans abri aucun, sans aucune des nécessités de la vie. Vous êtes robuste et endurci à la fatigue, vous supporterez aisément les privations; mais ces pauvres demoiselles si faibles, si délicates, si craintives, comment les supporteront-elles?

— Allons donc! Schmidt, tu calomnies ces chères enfans; elles sont vaillantes et courageuses, maintenant que la santé leur est revenue. En quelques jours on leur bâtira une habitation avec des pieux et des troncs d'arbres, selon l'usage des colons. D'ailleurs je compte, avant de partir de New-York, acheter une tente, sous laquelle nous nous établirons en attendant mieux.

— Oh! monsieur Reber, je vous en conjure, songez à quelle rude et affreuse existence vous allez vous condamner et condamner ces pauvres enfans!... Et puis, quand une fois vous aurez une demeure sur votre domaine, alors seulement commenceront pour vous les plus longs et les plus pénibles travaux. N'aurez-vous pas besoin de nombreux ouvriers pour défricher ce vaste territoire? Comment vous procurerez-vous les ustensiles, les bestiaux nécessaires à l'exploitation du sol? Comment vivrez-vous, comment vivra votre famille jusqu'à la première récolte? Vos ressources sont bornées, je le sais; sur quoi comptez-vous pour faire face aux terribles éventualités qui pourront se présenter, qui se présenteront sans aucun doute?

Jamais Reber n'avait osé envisager son entreprise sous ce côté défavorable; lancé dans une voie aventureuse, il cherchait à s'étourdir lui-même, et comptait sur je ne sais quelle aveugle fatalité qui devait écarter de lui les insuccès et les disgrâces. Cette énumération des probabilités funestes auxquelles il allait s'exposer le frappait d'une secrète terreur; mais il voulait se dissimuler à lui-même combien les craintes de Schmidt étaient fondées. Voyant les yeux de ses filles anxieusement fixés sur lui, il reprit en affectant un air d'indifférence :

— Allons, allons, mon garçon, il ne faut pas ainsi s'étonner et s'effrayer de tout; il y a de mauvaises chances à courir, c'est évident; mais si l'on entreprenait seulement les affaires qui présentent la certitude du succès, on n'entreprendrait rien; il faut toujours sur certains points s'en rapporter au hasard.

Schmidt secoua la tête, mais il se tut; ses représentations et ses prières venaient se briser contre un parti pris, et il ne voulait pas alarmer outre mesure et sans résultat les deux filles de l'émigrant. Celles-ci semblaient parfaitement comprendre la solidité des raisons alléguées par leur fidèle ami.

— Il me semble, cher père, dit Julia, que les observations de Schmidt méritent de mûres réflexions. Si ses conjectures venaient à se réaliser...

— Schmidt se trompe, répliqua Reber avec impatience; il est en ce moment l'écho d'un homme aigri par l'infortune et qui voit tout en noir... D'anciens émigrans, aujourd'hui millionnaires, ont commencé avec moitié moins de chances favorables... Mais voulez-vous savoir la vérité? poursuivit-il avec amertume; notre ami Schmidt est un poltron, qui redoute pour lui-même les fatigues, les privations, les dangers dont il parle.

Schmidt rougit à ce reproche.

— Vous êtes injuste envers moi, monsieur Reber, répliqua-t-il avec douceur; et la preuve, c'est que je demeure à New-York, c'est que je vous laisse partir seuls pour le Kansas.

Reber et ses deux filles restèrent comme frappés d'un coup de foudre.

— Que dis-tu, Schmidt? s'écria l'émigrant, n'avait-il pas été convenu entre nous...

— Souvenez-vous, monsieur Reber, que je n'avais rien promis. Quand vous m'avez offert de vous accompagner, j'ai hésité parce que j'avais l'espoir de vous rendre service. Mais on m'a éclairé récemment sur les dépenses énormes auxquelles vous allez être entraîné, et j'aurais honte de détourner à mon usage les faibles ressources dont vous pouvez disposer pour vous et pour votre famille.

— Eh! morbleu! as-tu donc compté avec moi? Il me reste beaucoup d'argent dans ma ceinture, et, malgré les friponneries de certains changeurs, j'ai encore... oui... cinq cents dollars au moins.

— Et c'est avec cinq cents dollars que vous compteriez pourvoir aux frais d'un voyage de sept ou huit cents lieues pour quatre personnes, fonder un grand établissement dans un pays vierge, vivre avec vos enfans pendant une ou deux années? Au nom du ciel! songez-y, monsieur Reber; oseriez-vous, en pareilles circonstances, vous charger encore de moi, qui peut-être vous serais complétement inutile?

— Mais alors, que deviendras-tu?

— Le secrétaire du consul doit me recommander dans une maison de commerce où l'on a besoin d'un employé français aux appointemens de vingt dollars par mois. D'autre part, ce digne homme, à qui j'ai montré mes petits ouvrages de sculpture, m'a fait espérer que je pourrais encore gagner un peu d'argent, soit en fabriquant des figurines à mes momens perdus, soit en donnant des leçons aux gentlemen de la ville, qui, à ce qu'il paraît, aiment beaucoup à gaspiller du bois. Peut-être parviendrai-je ainsi à réaliser quelques économies, et alors...

— Cela suffit, mon garçon, interrompit Reber froidement; tu as raison : chacun doit songer à soi.

— Et cependant, reprit Kretle avec amertume, nous nous étions habituées, ma sœur et moi, à considérer Schmidt comme un frère bien-aimé.

— Oh! mademoiselle Kretle, monsieur Reber, je vous en supplie, ne me jugez pas trop sévèrement! s'écria le pauvre jeune homme d'un air accablé. Tenez, je vous montrerai le fond de ma pensée, et peut-être vous paraîtrai-je moins égoïste et moins vil... Je sens mon impuissance à empêcher les mécomptes que je prévois pour vous d'ici à une époque peu éloignée... Je vais donc tenter la fortune de mon côté, et, si je réussis, je serai prêt à vous venir en aide quand vous en aurez besoin... Dites, monsieur Reber, ce plan est-il donc si absurde?

— Il est superbe, en vérité; mais si tu es trop fier pour accepter nos services, pourquoi accepterions-nous les tiens? Je ne t'ai pas demandé ton secours, et j'espère n'avoir jamais à le réclamer. — Malgré cette dureté, Reber appréciait trop bien la vive intelligence, la sagesse, le dévouement de son jeune ami pour ne pas voir avec une vive douleur leur séparation prochaine. D'autre part, les deux sœurs, en dehors de leur affection pour Schmidt, ne se faisaient pas illusion; leur père, bon travailleur, fort capable de diriger une ferme dans les Vosges et de protéger sa famille en temps ordinaire, manquait de cet esprit de suite, de ce sens droit, de cette prudence qui allaient lui devenir indispensables dans sa position nouvelle. Elles avaient trouvé en Schmidt un second protecteur qui devait compléter et suppléer l'autre en cas de nécessité, et elles n'envisageaient pas sans terreur la possibilité que leur père en fût réduit à ses propres lumières. Cependant elles avaient trop de fierté, trop de délicatesse pour faire entendre aucune plainte, et elles versaient des larmes en silence. Après une assez longue pause, Reber se leva. — Il est temps de nous retirer, Schmidt, reprit-il avec un calme apparent; ah çà! mes filles et moi nous avons l'intention d'aller demain remercier le consul de ses bontés et lui faire nos adieux; es-tu toujours disposé à nous accompagner?

— Pourquoi non, monsieur Reber? Si vous le permettez, je ne vous quitterai pas jusqu'au moment de votre départ. Demain, vous avez à traiter avec le consul une question très importante, celle de la succession de la grand'mère; j'ai pensé que peut-être ma présence à New-York ne vous serait pas inutile pour suivre cette affaire.

— Soit, je serai moins orgueilleux que toi, et jusqu'à la fin je ne refuserai pas tes bons offices. Cependant, si demain tu avais à t'occuper de tes propres affaires, ne te gêne pas, mon ami; nous devons déjà nous habituer à ne compter que sur nous-mêmes.

— Ah! monsieur Reber, pouvez-vous m'en vouloir de ce qui est pour moi une douloureuse nécessité, un poignant sacrifice? Je vous jure...

— Qu'il n'en soit plus question. Et vous, mes enfans, ne vous désolez pas; si les amis vous manquent, n'aurez-vous pas votre père? Il ne vous manquera pas, lui; il redoublera de tendresse pour vous rendre plus douces les épreuves que vous allez partager avec lui.

Il embrassa ses filles, qui pleuraient toujours.

Comme il donnait à Julia, avant de sortir, ses instructions pour le lendemain, Kretle s'approcha de Schmidt, qui semblait anéanti, et elle lui dit avec un accent d'indéfinissable reproche :

— Ah! Schmidt, comme vous nous avez trompés!

Le pauvre garçon n'y tint plus, et il éclata en sanglots; il voulait répondre, mais Reber l'appela sèchement, et ils sortirent tous les deux.

XI

LE PROTECTEUR.

Le lendemain matin, à l'issue du déjeuner, la famille Reber et Schmidt retournèrent au consulat.

Le trajet fut silencieux; Schmidt et les jeunes filles étaient tristes et contraints. Seul Reber affectait des allures dégagées, un ton brusque et insouciant qui déguisait mal ses secrètes inquiétudes. En arrivant chez le consul ils furent introduits par le même domestique mulâtre dans le cabinet où se trouvait monsieur Girard. Le secrétaire s'empressa de venir au-devant des visiteurs, et les salua d'un air amical; puis il s'approcha de Schmidt, lui serra la main, et lui dit à voix basse:

— Eh bien?

Pour toute réponse, Schmidt secoua la tête, et Girard alla se rasseoir en soupirant.

Les visiteurs avaient pris place sur le divan en attendant l'arrivée du consul. Reber croisait et décroisait ses jambes, se dandinait comme un homme timide qui veut affecter l'aisance. Enfin il dit au secrétaire, avec une gaîté un peu forcée:

— C'est donc vous, monsieur... monsieur Girard... qui avez fait si grand peur du Kansas à ce pauvre Schmidt. Il ne veut plus entendre parler d'y venir avec nous. Il nous faudra partir sans lui, et c'est dommage, car vraiment nous l'aimons de tout notre cœur.

— Et vous, monsieur Reber, vous persistez?... Voyons, monsieur Schmidt, avez-vous bien expliqué à votre ami les suites possibles de son obstination?

— Je n'ai rien oublié, répliqua Schmidt avec désespoir; je lui ai énuméré toutes les chances contraires...

— Et il n'en a pas été touché?

— Vous le voyez bien.

— Cela est fâcheux, bien fâcheux, monsieur Reber, et vous le reconnaîtrez tôt ou tard.

— J'en courrai la chance, s'écria Reber avec impatience; morbleu! je suis venu de l'autre bout du monde afin de tenter la fortune; et je ne vois pas pourquoi je ne réussirais pas où tant d'autres ont réussi.

Kretle, qui depuis la veille contenait ses terreurs, ne put les cacher davantage.

— Monsieur Girard, dit-elle avec émotion, vous êtes incapable d'altérer la vérité... Par pitié! répondez-moi nettement: n'aurions-nous aucune chance de réussite dans le Kansas?

— Je n'oserais, mademoiselle, affirmer le fait d'une manière aussi absolue; les événemens sont entre les mains de la Providence; cependant on aurait lieu de craindre...

— Parlez, parlez, monsieur Girard, dit à son tour Julia, s'apercevant qu'il hésitait; plus nous serons préparées aux revers et aux infortunes, plus nous aurons de courage à les supporter.

— Je puis me tromper, mesdemoiselles; mais, sur mon honneur! si j'avais le bonheur d'être votre père, je ne vous exposerais pas à une pareille épreuve.

Ces paroles étaient prononcées avec une conviction si profonde que Reber lui-même en fut ébranlé.

— Si mes filles ont peur, dit-il, je pourrai les laisser à New-York jusqu'à ce que j'aie vu par moi-même l'état des choses.

— Ces demoiselles consentiraient-elles à prendre ce parti? demanda Girard; dans ce cas, le consul et sa digne femme elle-même se feraient un devoir de chercher un asile convenable pour elles, jusqu'à ce que monsieur Reber jugeât à propos de les rappeler ou de venir les rejoindre.

— De mon côté, s'écria Schmidt, je veillerais religieusement sur elles, et...

— Tout ceci est inutile, interrompit Kretle avec vivacité; est-ce que des filles se séparent de leur père? En quelque endroit que vous alliez, mon père, nous vous suivrons pour vivre, souffrir, et, s'il le faut, mourir avec vous.

— Kretle a exprimé ma pensée, ajouta Julia avec non moins de fermeté; nous ne vous quitterons pas, quoi qu'il arrive.

Et elles embrassèrent avec transport le bonhomme, qui avait les yeux humides de larmes.

— Allons, dit Girard à Schmidt, il faut y renoncer... Nos efforts à présent doivent tendre à ce que le projet que nous avons inutilement combattu s'exécute dans les conditions les plus favorables pour nos amis. J'y contribuerai, quant à moi, de toutes mes forces, et je compte ne pas perdre mon temps d'ici à l'heure du départ... Dieu fera le reste!... Mais pardon, ajouta-t-il en se levant, je vais rappeler à monsieur le consul que vous êtes là... Ayez patience encore quelques instans.

Et il entra dans une pièce voisine. Un quart d'heure après il reparut la figure souriante, et invita les émigrans à le suivre.

Ils avaient eu le temps de se remettre de leur émotion; leur contenance était maintenant calme et assurée. Ils trouvèrent le consul dans son salon, vaste pièce richement décorée, où l'on admirait des tableaux de maîtres, des bustes de bronze et de marbre, des objets d'art du plus grand prix, trésors venus d'Europe, comme on peut croire. Le consul les accueillit avec sa bonté accoutumée:

— Eh bien! mes chers compatriotes, leur dit-il, on m'annonce que vous n'avez pas voulu partir sans me remercier de mon concours; ces remercîmens, je les refuse, car j'ai conscience de ne pas les avoir mérités. Quand je rends service, je veux que ce soit d'une manière digne de moi et digne du pays que j'ai l'honneur de représenter. Or, les intrigues de Wilson, quoique tout à fait en harmonie avec les habitudes et les nécessités locales, ne sauraient être avouées par moi, et je décline la responsabilité de cette affaire. Wilson sera récompensé de la manière qui lui sera le plus agréable; en conséquence, des remercîmens ne sont dus à personne; ayez la conscience tranquille à cet égard. — Les émigrans ne comprenaient pas grand chose aux sentimens d'exquise délicatesse et de dignité qu'exprimait le consul. Schmidt n'essaya pas moins de balbutier quelques mots de reconnaissance; le consul l'interrompit: — Laissons cela, dit-il; d'après certains renseignemens, monsieur Reber, il eût mieux valu pour vous et pour nos autres compatriotes que Wilson eût échoué, et que ces marchés n'eussent pas été ratifiés; on dit beaucoup de mal de ces terres de Stockton, et il serait facile de trouver mieux pour vous. Écoutez-moi donc: vous m'êtes fortement recommandé; je puis, par mon intervention personnelle, par mon crédit, vous procurer un établissement plus avantageux; ce parti vous agréerait-il?

Reber, si honnête qu'il fût du reste, avait un de ces esprits bornés qui, une fois dominés par une idée, ne savent plus s'y soustraire. Ces représentations, ces sollicitations dont il était accablé depuis la veille, commençaient à réveiller son humeur irascible. Il répondit donc, avec une impatience mal contenue, « qu'il n'avait pas l'intention de reculer après s'être tant avancé; que les bruits fâcheux répandus sur la concession William Bell étaient vagues, sans consistance; qu'il n'y voyait pas une raison suffisante pour renoncer aux avantages de son acquisition; » puis l'éternel refrain: « que d'autres avaient fait une fortune brillante dans des conditions moins favorables encore, et qu'il ne voyait pas pourquoi il ne ferait pas aussi la sienne. »

Le consul ne s'offensa pas de l'espèce d'aigreur qui

perçait dans cette réplique, et il regarda son secrétaire comme pour lui dire :

— Vous aviez raison ; mais, du moins il ne pourra se plaindre plus tard de n'avoir pas été averti. — Il reprit bientôt : — Soit donc, mon cher monsieur Reber ; puisque vous voulez courir les risques de ce voyage, il me reste à vous demander en quoi je peux maintenant vous être utile.

— M'être utile, bon Dieu ! eh ! n'avez-vous pas déjà fait pour nous mille fois plus que nous n'osions l'espérer ?

— Non pas ; encore une fois cette affaire de Wilson ne peut me regarder, et je désire tenir compte des recommandations pressantes qui m'ont été adressées à votre sujet... Voyons, Reber, vos moyens pour fonder un grand établissement agricole sont extrêmement bornés, je le sais ; que diriez-vous, par exemple, d'un ami qui vous prêterait un millier de dollars pour payer aux premières dépenses ?

— Mille dollars ! s'écria Reber ébloui, plus de cinq mille francs de notre argent de France ?

— Ne vous récriez pas, la somme pourrait être encore de beaucoup inférieure à vos besoins.

— Mais, monsieur, comment m'acquitterais-je plus tard d'une dette aussi forte, si, comme vous paraissiez le craindre tout à l'heure, je venais à ne pas réussir ?

— On courra ce risque, s'il le faut. Ce pays-ci, monsieur Reber, est le pays des spéculations aventureuses. Si vous pouvez vous ruiner en fort peu de temps, il est juste de dire aussi que votre propriété, exploitée avec des capitaux suffisans, pourra valoir dans quelques années cinquante mille dollars... Rien ne vous serait plus facile alors que de rembourser cette faible somme... Eh bien ! consentez-vous?

— Eh ! eh ! monsieur le consul, cela dépend des conditions.

En même temps Reber avança son siége, et prit cet air futé d'un campagnard qui se prépare à conclure un important marché.

Le consul paraissait s'amuser de sa bonhomie, et il reprit en souriant :

— On vous laisse fixer vous-même les conditions de ce prêt.

— Fort bien. Trois ans d'échéance, un intérêt de cinq pour cent, hypothèque sur mes terres, cela vous convient-il ? demanda Reber en pesant chaque mot.

L'ancien fermier soupçonnait que ces conditions étaient démesurément avantageuses pour lui, eu égard au pays et aux circonstances ; aussi fut-il bien étonné quand le consul lui répondit :

— Marché conclu, monsieur Reber. Avec de braves gens on n'a pas besoin de prendre tant de précautions ; aussi me contenterai-je d'un simple reçu de votre main. Préparez-le donc pendant que je vais compter la somme.

— Le consul ouvrit un tiroir, et en tira des banknotes qu'il étala sur la table. Cette assistance si généreuse et si peu attendue bouleversait toutes les idées de Reber. Il regardait le consul, puis Schmidt et ses filles, qui ne semblaient pas moins surpris que lui, et il restait immobile.

— Quoi ! votre reçu n'est-il pas prêt ? demanda le consul.

Le pauvre homme saisit précipitamment une plume, et se mit à écrire d'une main tremblante. La sueur lui coulait du front, et il avait une extrême difficulté à tracer des caractères lisibles. Enfin il remit son griffonnage au consul.

— Je ne sais, dit-il, si ce papier est en règle selon les formes américaines, mais...

— C'est bon, interrompit le consul qui ne jeta qu'un regard rapide sur le reçu, tout est pour le mieux... A votre tour, monsieur Reber, voyez si c'est bien là votre somme.

L'ancien fermier, après avoir compté ses banknotes, ce qui présentait certaines difficultés, vu son inexpérience des valeurs américaines, enferma le tout dans un vieux portefeuille de cuir qu'il fit aussitôt disparaître sous ses vêtemens. Alors il se tourna vers le consul, le visage rayonnant de joie.

— Ma foi ! monsieur le consul, s'écria-t-il, je conviens que vous me tirez une fameuse épine du pied. J'avais beau dire, depuis que Schmidt m'a défilé cette interminable kyrielle de difficultés et d'embarras auxquels nous allons être exposés là-bas, j'avais par momens de terribles frayeurs, sinon pour moi, du moins pour ces pauvres petites. Maintenant, me voilà tranquille, et je n'oublierai de ma vie...

— Il suffit, pas de remercîmens, interrompit le consul. Je n'ai pas autant de mérite en vous obligeant, monsieur Reber, que vous paraissez le croire... Brisons donc là-dessus, je vous en prie, et surtout, ajouta-t-il en souriant, n'allez pas vanter à vos compagnons nécessiteux ma prétendue libéralité, car je me trouverais dans une impossibilité absolue de leur rendre le même service. — Les demoiselles Reber ayant voulu à leur tour prononcer quelques mots de reconnaissance, le consul les interrompit encore : — De grâce, mesdemoiselles, épargnez-moi, répliqua-t-il ; aussi bien ma tâche n'est pas encore finie... Vous voilà, monsieur Reber, pourvu d'un capital suffisant, à la rigueur, pour entreprendre votre exploitation avec quelque chance de succès ; mais cela ne suffit pas. Vous avez encore besoin d'avoir près de vous un ami intelligent, dévoué, sachant se plier avec facilité aux nécessités de votre condition nouvelle ; cet ami, vous l'aviez trouvé dans monsieur Schmidt. Malheureusement, monsieur Schmidt, cédant à un sentiment de délicatesse que j'honore, a craint d'augmenter vos charges en vous suivant au Kansas, et il a pris la résolution de demeurer à New-York, pour acquérir par son travail une existence indépendante... n'est-ce pas cela ?

Schmidt baissa la tête affirmativement.

— Oui, s'écria Reber avec vivacité, mais grâce à vous, monsieur le consul, il n'a plus de motifs pour refuser de nous suivre... Entends-tu, mon garçon ? ajouta-t-il en s'adressant à Schmidt, je suis riche maintenant, et ça ne me coûtera pas beaucoup de t'emmener. Tiens, si tu veux le savoir, je crois que sans toi je ne ferai rien de bon. Aussi, dans mon intérêt, dans celui de ces pauvres petites qui t'aiment tant, tu viendras avec nous... Oui, tu viendras, quand je devrais t'emporter de force !

— Merci, monsieur Reber, mais, pas plus aujourd'hui qu'hier, il ne m'est permis d'accepter vos offres. Votre position est changée ; la mienne est toujours la même.

— Orgueilleux ! murmura Reber avec dépit.

— Ecoutez-moi, monsieur Schmidt, reprit le consul ; comme je vous l'ai dit, j'honore vos scrupules, mais il ne faudrait pas les pousser trop loin... Voyons, votre fierté serait-elle offensée si une personne qui a toute confiance dans votre avenir vous offrait de vous prêter deux cents dollars, comme elle en a prêté mille à monsieur Reber ?

— Mais Reber a l'espoir, presque la certitude de pouvoir un jour rembourser le prêteur ; au lieu que moi, sans fortune et sans espérances...

— Vous avez de la jeunesse, de l'honnêteté, de l'intelligence, et c'est un capital cela, un capital qu'on prise fort en Amérique.

— Monsieur le consul, balbutia le jeune homme avec embarras, il faudrait au moins savoir si vous agissez au nom d'un autre, ou si vous-même...

— Que vous importe ? La personne qui vous rend ce service vous estime et vous aime... que souhaitez-vous de plus ?

— Acceptez, Schmidt, lui dit Julia bas, mais d'une voix vibrante ; c'est un homme de cœur qui vous fait cette offre loyale, c'est un homme de cœur qui vous la transmet.

— Acceptez, Schmidt, murmura Krelle à son tour ; je vous en prie.

Le pauvre garçon ne put résister davantage.

— Eh bien, soit ! reprit-il en sanglotant ; je ne renoncerai pas pour un vain intérêt d'amour-propre au bonheur de vivre encore près de vous. Quoi qu'il arrive, je vous suivrai partout où vous irez ! — Reber se jeta dans ses bras, et les deux sœurs elles-mêmes lui présentèrent leurs joues roses de bonheur et baignées de larmes. Le consul et Girard ne cherchaient pas à cacher l'émotion que leur causait cette scène touchante. Le consul ouvrit de nouveau son tiroir, et en tira deux cents dollars, en espèces sonnantes cette fois, qu'il étala sur la table. Schmidt n'avait jamais vu tant d'or, et il en demeura ébloui ; cependant il se mit à écrire le reçu en murmurant : — Je les rendrai, oui, je les rendrai un jour..., quand je devrais mourir à la peine ! — Au moment de signer, il regarda le consul : — Et vous ne voulez pas me dire, reprit-il, à qui je devrai...

— A moi, à moi seul... pour le moment du moins, répliqua le consul avec son bienveillant sourire.

Cette petite affaire terminée, Schmidt s'approcha de Girard.

— Je suis pénétré de reconnaissance pour vos bontés, lui dit-il avec embarras ; mais vous voyez que je ne saurais plus demeurer à New-York, et que je dois renoncer...

— Je vous approuve, monsieur Schmidt, répliqua le boiteux. Puisque vos amis persistent dans leur projet, votre présence leur est tout à fait indispensable. Quant à moi, je me reproche d'avoir écouté un moment vos sollicitations et tenté de vous séparer d'une famille qui est presque devenue la vôtre... Mais si j'ai des torts envers elle, je les réparerai bientôt, j'en prends l'engagement.

Schmidt allait répondre quand Reber lui poussa le coude et lui dit à voix basse :

— Mon garçon, tu oublies... tu n'as pas encore parlé au consul de l'affaire de la grand'mère.

Schmidt se mit alors à raconter au consul par quel concours de circonstances on avait lieu d'espérer qu'une somme considérable, appartenant à la famille Reber, se trouvait cachée dans son ancienne demeure à l'Arche. Dès les premiers mots de cette confidence, Girard avait voulu se retirer ; mais Reber et son compagnon, qui appréciaient les lumières, l'expérience et la probité de ce digne homme, le pressèrent de rester, et il y consentit avec la permission du consul.

Celui-ci et son secrétaire examinèrent avec grand soin les notes laissées par la vieille Dietrich, et se firent répéter tous les détails de cette singulière découverte. Ils approuvèrent l'intention que manifestait l'ancien fermier d'écrire secrètement dans le pays au notaire Marais et à Albert Lovendal, pour les charger de visiter la maison à la place indiquée, et de retrouver, s'il était possible, la somme enfouie.

— Le notaire Marais, si j'en juge par l'acte de vente des terrains du Kansas, reprit le consul, est un honnête homme et un praticien habile ; ce n'était pas sa faute si cet acte, valable en France, prêtait aux interprétations fâcheuses des chicaneurs de l'Amérique. Quant à monsieur Albert Lovendal, vous pouvez, je le sais, mettre dans son dévouement une confiance absolue.

— A qui le dites-vous, monsieur ! s'écria Reber ; il s'est admirablement conduit à notre égard, au lieu que moi...

Les gestes supplians de ses deux filles l'arrêtèrent court ; le consul remarqua ce petit manége et sourit :

— Bien, bien, reprit-il ; les détails importent peu ; il suffit que nous nous entendions sur le point principal. Il est donc convenu que vous écrirez sans retard à chacun de ces messieurs pour les charger d'être vos mandataires ; quant à moi, mes amis, à quoi pourrais-je vous être bon dans cette circonstance ?

— Le voici, monsieur le consul, répliqua Reber ; nous partons demain pour Stockton, et, d'après ce qu'on dit de l'éloignement de ce pays, de l'état presque sauvage où il se trouve encore, les communications avec l'Europe ne doivent y être ni promptes ni faciles. Je voudrais donc vous laisser mes pleins pouvoirs, à vous que je considère comme mon bienfaiteur et celui de ma famille ; vous prendriez la direction de cette affaire en mon absence, et vous agiriez pour moi comme j'agirais moi-même... Daignerez-vous encore m'accorder cette grâce ?

— Très volontiers ; et je vous transmettrai le plus promptement possible le résultat de ces démarches... Vous allez me laisser une procuration, me remettre toutes les pièces à l'appui... Ce secret ne sera connu que de Girard et de moi ; vous, de votre côté, prenez garde de l'ébruiter, car il ne manquerait pas sans doute de gens disposés à profiter de la moindre indiscrétion, soit ici, soit en France.

Il ne fallut pas longtemps à Girard pour dresser une procuration en forme authentique, et Reber la signa. Les indications les plus minutieuses furent données en prévision des différens cas qui pourraient se présenter, et, ces arrangemens terminés, la famille Reber parut vouloir se retirer ; mais Schmidt demeurait immobile, une main enfoncée dans sa poche.

— Monsieur le consul, dit-il en devenant rouge jusqu'aux oreilles, je voulais vous demander la permission de vous offrir... c'est bien peu de chose, mais j'ai le cœur si plein de gratitude pour les bienfaits dont vous nous comblez tous...

Et il continuait de tortiller au fond de sa poche un objet invisible. Reber et ses filles étaient eux-mêmes fort surpris et ne comprenaient pas ce que le pauvre garçon pouvait avoir à offrir au consul de France.

— De quoi s'agit-il, mon ami ? demanda celui-ci avec bonté.

— La vue de toutes ces curiosités, continua Schmidt en désignant les tableaux et les sculptures dont la salle était remplie, m'a donné la pensée de vous présenter une bagatelle, œuvre de temps et de patience, rien de plus. Je ne vous cacherai pas que ce petit travail, auquel je consacrais mes momens perdus pendant la traversée, était primitivement destiné à... à... aux demoiselles Reber, et je le leur aurais remis au moment de me séparer d'elles. Mais à présent que je ne dois plus les quitter, elles se joindront à moi, j'en suis sûr, pour vous prier de l'accepter tant en leur nom qu'au mien.

Il s'était tourné vers les jeunes filles, bien que son regard se fixât plus particulièrement sur Krelle. Celle-ci le comprit :

— Vous avez raison, monsieur Schmidt... seulement, ajouta-t-elle plus bas, ce qui pourrait avoir du prix pour vos amis et pour de petites gens comme nous serait indigne peut-être...

— Oui, oui, Schmidt, ajouta Reber à son tour d'un ton d'inquiétude, songe devant qui tu es, mon garçon.

Mais le jeune homme ne se laissa pas démonter par cette désapprobation générale :

— Si humble que soit mon cadeau, dit-il les yeux baissés, monsieur le consul ne le refusera pas, je l'espère, parce qu'il lui rappellera une bonne action.

Il présenta d'une main tremblante au consul une petite boîte en maroquin, qu'il avait achetée la veille, de son dernier schelling, en se promenant dans New-York. Le consul l'ouvrit, et à peine en eut-il examiné le contenu qu'il poussa un cri d'admiration.

L'écrin ne renfermait pourtant rien autre chose qu'un noyau de pêche ; mais ce noyau était si merveilleusement ciselé qu'il avait la valeur d'un diamant. Chaque nervure fouillée au burin, formait un groupe d'ornemens de la plus étonnante délicatesse, du fini le plus précieux ; c'étaient des nymphes endormies, des génies ailés, des guirlandes de fleurs, des arabesques, des animaux fantastiques, tout cela entrelacé harmonieusement, disposé avec un goût et un art merveilleux, l'œuvre d'une fée pour une princesse sa filleule. Schmidt avait entrepris secrètement ce travail plus d'une année auparavant, et il ne l'avait terminé que pendant la traversée ; aussi Dieu seul savait ce que cette sculpture mignonne avait coûté de temps, de volonté, de patience, et, après une fée, un amoureux seul était en état de l'exécuter.

— C'est un véritable petit chef-d'œuvre! s'écria le consul transporté. Voyez donc, Girard! trouveriez-vous dans les deux Amériques un homme capable de faire ainsi d'un objet vulgaire et sans valeur un bijoux d'un prix inestimable? Mais ce sont là les produits de notre vieille Europe, de notre belle et artistique France! Examinez cette nymphe couchée sur des fleurs, et cet oiseau aux ailes étendues, et cette guirlande de roses dont on croirait pouvoir compter les pétales! Quelle pureté dans les lignes! quelle perfection dans les formes! C'est le tour de force d'un véritable artiste... Merci, monsieur Schmidt, ajouta-t-il avec effusion en serrant la main du jeune homme; j'accepte ce trésor en souvenir de vous et de votre famille d'adoption, bien que j'aie le regret de ne l'avoir pas mérité; il figurera dans ce salon, sous une cloche de verre, au milieu des curiosités artistiques qui me sont si chères et qui me rappellent la patrie absente.

Schmidt lui-même était confus de cet enthousiasme d'amateur que son travail excitait pour la première fois. Quant à Reber et à ses filles, leur étonnement était au comble :

— Vraiment, monsieur le consul, demanda l'ancien fermier, les petites *machines* que fait ce pauvre Schmidt à ses momens perdus ont-elles tant de prix que cela?... Ma foi! je ne m'en doutais guère.

— Pour moi, je connaissais déjà, reprit Girard avec un sourire malin, l'habileté de monsieur Schmidt. Dans son désir de s'assurer si son talent de sculpteur pourrait lui créer des ressources à New-York, il m'avait montré une statuette en bois de... d'une personne de sa connaissance, et j'avais été frappé de son adresse à reproduire les traits et la forme gracieuse de son modèle... Cependant j'ai eu le courage de lui dire qu'il gagnerait dix fois plus d'argent à vendre de la morue sèche ou verte dans les rues de New-York, qu'à exécuter des chefs-d'œuvre pour nos gentlemen spéculateurs et nos oisives ladies.

— Malheureusement Girard a raison, monsieur Schmidt, dit le consul avec amertume en remettant le noyau dans son écrin; si vous voulez cultiver vos merveilleuses aptitudes pour la sculpture, il fallait rester en France, à Paris, où à défaut d'argent l'artiste peut du moins récolter l'admiration. Ici vous risqueriez de vivre fort mal des produits de votre délicieux talent. L'art appartient seulement aux vieilles civilisations; l'Amérique n'en est encore qu'à l'industrie.

— Aussi, monsieur le consul, mon parti est-il bien pris. Ce travail est le dernier de ce genre que j'entreprendrai jamais, et mes doigts ne toucheront plus un outil de sculpteur. Je vais employer tous mes efforts à devenir un agriculteur passable, et, avec l'aide de Dieu, j'y parviendrai.

— Oui, vous y parviendrez, mon garçon, dit le consul d'une voix émue, et si la société perd à votre détermination un grand artiste peut-être, vous, du moins, vous serez plus tranquille et plus heureux dans votre obscurité. — Adieu, mes amis, ajouta le consul en voyant les voyageurs se disposer à sortir; puissiez-vous jouir de toutes les prospérités que vous méritez! N'oubliez pas, quoi qu'il arrive, de vous adresser à moi en cas de nécessité; ce sera toujours pour moi un devoir et un plaisir de vous protéger. Du reste, avant votre départ de New-York, vous recevrez un souvenir de moi... Oh! pas un mot; j'ai bien voulu accepter votre présent, il faudra que vous acceptiez le mien. Madame D..., ma chère femme, à qui j'ai parlé de ces charmantes demoiselles, désire leur donner une marque du profond intérêt qu'elles lui inspirent. J'espère, comme disent les bonnes gens dans notre patrie commune, que nos petits présens vous porteront bonheur.

Il embrassa les jeunes filles et serra cordialement la main aux hommes. Avant de se retirer, les émigrans voulurent aussi remercier monsieur Girard de sa bienveillance, mais le secrétaire les arrêta :

— Oh! moi, dit-il affectueusement, je compte vous voir encore une fois avant votre départ... Monsieur le consul voudra m'accorder quelques heures de congé afin que je prépare aussi mon cadeau... cadeau d'un pauvre aventurier, ajouta-t-il avec mélancolie, cadeau sans aucune valeur pécuniaire, et qui pourtant pourra vous être d'un grand secours.

Les émigrans se séparèrent de leur protecteur, les yeux humides de larmes et le cœur gonflé de reconnaissance.

Un peu plus tard, les deux sœurs, retirées dans leur chambrette, tandis que Schmidt et Reber battaient la ville pour faire des acquisitions, s'entretenaient confidentiellement des événemens de la journée.

— Julia, disait Kretle, ne devines-tu pas pourquoi le consul est pour nous un ami si fervent?

— Ainsi donc, Kretle, tu crois que nous devons cette puissante protection à...

— Nomme-le hardiment, ma sœur; à un homme dont l'âme est noble et généreuse, dont l'affection ne se laisse effrayer ni par l'immensité des distances, ni par la grandeur des obstacles, à Albert Lovendal. — Julia ne répondit pas et la regarda fixement : Kretle la comprit sans doute et rougit : — Julia, répliqua-t-elle, je sais qu'il t'aime et qu'il n'aime que toi... quant à moi, s'il faut le dire, il est un dévouement que j'admire encore plus que celui de monsieur Albert; c'est celui de ce pauvre jeune homme, si généreux et si fier dans sa détresse, à qui nous devons déjà d'avoir évité de grands malheurs, et qui, j'en ai le pressentiment, nous en épargnera de plus grands encore dans l'avenir.

— Tu l'aimes donc, enfin? murmura Julia; oh! je t'en conjure, dis-moi que tu l'aimes!

— Pas encore, répliqua Kretle; mais j'ai pour lui tant d'estime et de reconnaissance...

— Oh! aime-le, aime-le, Kretle; et l'une et l'autre nous supporterons avec plus de fermeté les maux qui nous attendent encore!

XII

LA RIXE.

Une partie de la matinée du jour du départ fut employée par Reber et par Schmidt à écrire en France les deux lettres convenues avec le consul. L'une, adressée au notaire Marais, contenait toutes les indications relatives à la cassette que l'on supposait cachée dans un cabinet de l'ancienne ferme de l'Arche, et engageait le notaire à s'entendre avec Albert Lovendal pour opérer les perquisitions nécessaires. L'autre, adressée à Albert lui-même, était écrite dans le même sens; en outre, elle renfermait des protestations amicales de Reber, qui, sans entrer dans de pénibles détails, reconnaissait ses torts envers le fils du manufacturier, et le comblait de remercîmens pour les services rendus à Kretle au gouffre de la Fosse, et surtout au Havre. On glissa encore quelques mots pleins de convenance sur l'assistance que la famille avait trouvée dans le consul, agissant sans doute au nom de quelque ami inconnu, et on finit par inviter Lovendal à faire parvenir sa réponse en Amérique dans le plus bref délai.

Schmidt, comme on l'a dit, avait rédigé et écrit ces lettres que Reber signa; puis elles furent recouvertes d'épaisses et fortes enveloppes, scellées d'un triple cachet, et l'ancien fermier proposa de les porter lui-même au plus prochain grand bureau de poste, tandis que Schmidt aiderait les jeunes filles à fermer les malles. On ne se souciait pas de laisser aller ainsi le bonhomme seul dans les rues de New-York : il ignorait la langue du pays et pouvait s'égarer, ce qui aurait présenté peut-être de graves inconvéniens un jour de départ; mais Reber se récria d'un air fanfaron : il ne craignait rien ni personne; les rues étaient pleines de gens qui parlaient allemand, et il lui serait facile de se renseigner au besoin; d'ailleurs, il aurait sa canne, sans laquelle il ne sortait jamais, et enfin il prendrait en passant, dans une taverne voisine, son ami Burgwillers pour l'accompagner. Il plaça donc les deux lettres dans la poche de son gilet et sortit, en annonçant qu'il serait bientôt de retour.

Il trouva en effet Burgwillers dans sa taverne de prédilection, et, après avoir bu ensemble quelques verres de bière, ils se dirigèrent vers la haute ville, en causant avec entrain de défrichemens, de cultures, d'apprivoisement de bisons, de fermes-modèles et autres sujets de ce genre. Ils étaient dans le feu de la discussion, indifférens à ce qui se passait autour d'eux, quand tout à coup, au détour d'une rue, ils se trouvèrent face à face avec un gentleman fort bien vêtu qui s'avançait vers eux, le nez au vent : c'était Hermann.

Sans doute le courtier des émigrans n'eût pas été fâché d'éviter les deux amis, qu'il savait peu endurans par caractère; mais ils s'étaient arrêtés court et le regardaient avec des yeux étincelans. Confiant dans son adresse ordinaire, il crut devoir payer d'audace.

— Bonjour, papa Reber, dit-il d'un ton à la fois protecteur et familier en les abordant; enchanté de vous voir, Burgwillers... Vous voilà donc en Amérique? Eh bien! n'avais-je pas raison de vous dire que c'était le plus magnifique pays du monde? A vous voir si frais et si florissans, on peut juger déjà que le climat ne vous est pas du tout contraire. — Et comme les deux émigrans, déconcertés par tant d'effronterie, ne se hâtaient pas de répondre, il poursuivit de même : — Mais qu'avez-vous donc à me regarder ainsi l'un et l'autre? Voyons, est-ce que vous m'en voudriez pour les difficultés survenues entre vous et monsieur William Bell, mon associé, au sujet de ces terrains du Kansas? J'en ai été bien peiné, je vous assure; et en arrivant ici, mon premier soin a été de signifier à monsieur Bell qu'il eût à ratifier les marchés, car mon honneur était engagé dans cette affaire. Je dois lui rendre justice, il s'est exécuté de bonne grâce, et il s'est empressé, comme il convient entre associés, de se rendre à mes raisons. Vous avez donc obtenu satisfaction entière, et de quoi pourriez-vous plaindre?

Reber n'osait donner libre cours à sa colère, et il se contenta de lâcher à demi-voix un juron énergique; mais Burgwillers se laissa prendre aux protestations du fourbe :

— Quoi donc, monsieur Hermann, répliqua-t-il, est-ce vous qui avez mis à la raison ce damné monsieur Bell? Nous croyions devoir ce résultat à l'intervention du consul de France...

— Eh! que diable le consul de France avait-il à voir en pareille affaire! répliqua Hermann en redoublant d'aplomb; je vous le répète, Burgwillers, seul j'ai demandé et obtenu la ratification de ces marchés si avantageux pour vous tous. Dites-le bien à nos compatriotes, mon ami, et qu'ils l'écrivent à leurs familles au pays... Mon cher Reber, poursuivit-il, vous ne m'avez pas donné encore des nouvelles de votre aimable famille. La bonne vieille grand'mère pense-t-elle toujours aux amoureux? Julia et Kretle sont-elles toujours jolies? Et l'inséparable Schmidt, que devient-il?

Cette fois Reber ne put plus se contenir.

— La grand'mère est morte, répliqua-t-il brusquement, morte étouffée dans l'infernal navire où vous nous aviez claquemurés, et peu s'en est fallu que mes pauvres filles n'eussent le même sort... Mais ce n'est pas de cela qu'il s'agit, maître Hermann : j'ai des explications à vous demander au sujet de l'excellent dîner que vous nous donnâtes au Havre... vous en souvenez-vous?

Hermann était loin d'être à l'aise, comme on peut croire; cependant il répliqua tranquillement :

— Ce n'est pas la peine de parler de cela, papa Reber; mais comme nous eûmes du guignon à la suite de ce dîner! Savez-vous que cette pauvre demoiselle Kretle faillit ne pas partir? Nous nous égarâmes en revenant au quai, et je fus bien chagrin de ce malheureux hasard; mais tout s'arrangea pour le mieux. Kretle trouva un canot qui la conduisit à bord, et...

— Un hasard! répliqua Reber dont la colère s'exaltait à mesure qu'il parlait; appelez-vous cela un hasard, drôle? N'ai-je pas deviné quel était votre abominable projet, de complicité sans doute avec ce brutal de capitaine Davidson?... Tenez, montrez-moi les talons au plus vite, car je sens que je ne serais plus maître de moi... Venez-vous, Burgwillers?

Et il voulut entraîner son compagnon. Mais l'ancien marquard, ne voyant dans tout ceci qu'une querelle frivole, crut devoir intervenir comme pacificateur.

— Allons, allons, voisin Reber, dit-il d'un ton conciliant, vous vous montrez un peu vif avec monsieur Hermann. Si cependant il n'était pour rien, comme il l'affirme, dans les chicanes de ses associés?

— Il ne s'agit pas de cela, voisin Burgwillers, il y a bien autre chose entre ce coquin et moi!... Je le méprise comme de la boue, et si je me retenais pas...

Reber serrait convulsivement son bâton. Hermann, rassuré par l'attitude pacifique du marquard, poursuivit avec ironie :

— Oui-dà, mon cher, prétendriez-vous me traiter comme vous avez traité monsieur Albert Lovendal? Nous ne sommes pas ici dans les Vosges, et, si vous aviez l'audace de me frapper, vous pourriez vous en repentir.

— Et c'est parce que je me suis repenti d'avoir été trop prompt dans la circonstance dont vous parlez que je ne vous ai pas encore traité suivant vos mérites, maître Hermann; mais, croyez-moi, ne m'échauffez pas la bile : les infamies que j'ai à vous reprocher et celles plus grandes encore que je soupçonne peuvent me venir à la mémoire, et alors...

Hermann avait fini par attribuer à une secrète timidité la modération de son adversaire.

— Monsieur Reber, dit-il d'un ton fier, il est au-dessous de moi de relever de grossières injures. Avant de le prendre sur ce ton, vous auriez dû vous souvenir des services que je vous ai rendus, à vous, en vous tirant des griffes de Nathan et en vous fournissant les moyens de rétablir votre fortune; à l'une de vos filles, lors de la catastrophe du gouffre de la Fosse.

— Votre générosité envers moi me paraît suspecte depuis que je vous connais mieux; quant à l'autre affaire, vous daignâtes, en effet, vous mouiller les pieds au gouffre, tandis que monsieur Albert se mettait à la nage et que Schmidt se plongeait tout entier dans l'eau glacée; mais vous aviez peut-être encore vos raisons pour affecter ce beau dévouement, raisons que j'ai seulement entrevues; car si j'acquérais une certitude... Et d'ailleurs, poursuivit-il en baissant la voix, si vous eûtes au gouffre de la Fosse le moindre sentiment louable, ne l'avez-vous pas effacé par votre indigne conduite le jour de notre départ du Havre?

— Bon! répliqua Hermann en ricanant, voilà bien du bruit pour des galanteries innocentes débitées à une petite fille que l'on m'avait laissée sur les bras! Sans doute la demoiselle, afin de se rendre intéressante, aura imaginé le plus beau roman du monde. Entre nous, pourtant, il ne lui convient pas de se montrer si farouche.

Ces insolentes paroles n'étaient pas achevées que la canne de Reber tombait sur les épaules de l'insulteur avec violence et s'y brisait.

Hermann, se sentant frappé, s'élança sur son adversaire pour le terrasser. Reber, de son côté, laissa tomber les tronçons de sa canne devenue inutile, et ils se prirent corps à corps. Ils tentèrent mutuellement de se renverser, malgré les cris et les efforts de Burgwillers. Ils luttèrent quelques instans avec des chances diverses : Reber était évidemment le plus robuste, mais Hermann était plus souple et plus alerte. Enfin ils tombèrent rudement l'un et l'autre sur le trottoir; mais Hermann avait le dessous, et sa tête porta contre une dalle avec violence; aussitôt le sang lui sortit en abondance du nez et de la bouche, et il demeura sans mouvement.

Cette lutte avait attiré, comme on peut croire, de nombreux spectateurs; mais les événemens de ce genre sont trop communs en Amérique pour émouvoir beaucoup les passans. Surtout les assistans se gardaient bien d'intervenir; d'après les idées locales, c'eût été une haute inconvenance d'empêcher ces deux hommes de s'entre-tuer, si telle était leur fantaisie. Seulement plusieurs amateurs de boxe se tenaient à distance afin de juger les coups; mais sans doute ils n'étaient pas satisfaits du résultat de leurs observations, car on eût pu entendre l'un d'eux murmurer flegmatiquement :

— Mauvais! mauvais! ils n'ont pas le moindre principe du *boxing*... Je gagerais que ce sont des Français; ces gens-là ne savent pas donner un coup de poing dans les règles. Que diable! quand on est si novice, on ferait mieux d'employer le revolver.

Reber, aveuglé par la fureur, frappait son adversaire renversé sans s'apercevoir qu'Hermann était incapable de se défendre. Vainement Burgwillers lui criait :

— Assez, voisin; assez... Je vous dis que le pauvre diable a son compte.

Reber allait toujours, quand son ami eut la pensée d'ajouter :

— Au nom de Dieu! Reber, songez à votre famille! qu'arriverait-il d'elle si vous aviez fait un malheur?

Cette fois l'émigrant s'arrêta et se releva, épouvanté lui-même de sa victoire. Néanmoins il ne fuyait pas, en dépit des instances réitérées de Burgwillers, quand plusieurs voix s'écrièrent dans la foule :

— Le policeman! le policeman!

En effet, un homme de police s'avançait à grands pas vers les combattans. Reber comprit aussitôt les conséquences terribles qu'aurait son arrestation, et sa présence d'esprit lui revint. Il prit à peine le temps de ramasser son chapeau tout défoncé, glissa son bras sous celui de Burgwillers, puis l'un et l'autre se mirent à courir dans la direction opposée à celle que suivait l'agent de la force publique.

Cette manœuvre fut merveilleusement favorisée par la foule, pleine d'indulgence, comme nous l'avons dit, pour les rixes de ce genre. Pendant qu'une partie, sous prétexte d'entourer le vaincu, faisait obstacle au passage du policeman, l'autre s'ouvrait complaisamment pour laisser le vainqueur s'échapper. Grâce à cette connivence tacite, les deux amis furent bientôt loin, et ils se perdirent au milieu des gens affairés qui remplissent les rues de la populeuse cité de New-York.

Il leur fallut quelque temps pour se remettre de cette alerte. Enfin, après s'être assurés qu'on ne les poursuivait pas, ils s'assirent sur le banc d'un square, et Reber dit en essuyant son front baigné de sueur :

— Je l'ai tué, voisin... ne croyez-vous pas que je l'ai tué?

— Non certes, répliqua Burgwillers; j'ai regardé par-dessus mon épaule au moment où nous tournions l'angle de la rue, et j'ai très bien vu que le courtier, après s'être relevé, marchait appuyé sur le policeman... Il en réchappera; mais la correction a été rude, et vraiment, Reber, vous auriez dû ne pas frapper si fort.

— Puisqu'il n'est pas mort, je ne m'en repens pas. Vous ne savez pas, voisin, combien ce brigand a mérité une correction! J'ai maltraité bien davantage un brave jeune homme qui, au contraire, m'avait rendu les plus signalés services; mais il n'y a pas là de quoi se vanter... Quant à cet Hermann, il a bien gagné sa volée; aussi, n'y pensons plus et occupons-nous de nos affaires.

Les deux amis, après avoir réparé le désordre de leurs vêtemens, poursuivirent leur chemin. Ils atteignirent bientôt le bureau de poste, et Reber voulut jeter ses deux lettres à la boîte; mais qu'on juge de son inquiétude quand il s'aperçut que la lettre adressée au notaire Marais était seule restée dans sa poche; l'autre, adressée à Albert Lovendal, avait disparu. Le pauvre homme se fouilla, mais inutilement.

— Quelle fatalité! dit-il, cette lettre sera tombée de ma poche pendant que je me bousculais avec Hermann... Ce vaurien-là me portera donc toujours malheur?

— Je me souviens en effet, répondit Burgwillers, d'avoir vu une lettre par terre, à côté de votre canne brisée; nous nous sommes sauvés si précipitamment que je n'ai pu la ramasser... Mais bah! celle-là est perdue, vous en récrirez une autre.

— Elle contenait un secret de la plus haute importance, et Dieu sait en quelles mains elle aura pu tomber...! Pourquoi même Hermann ne s'en serait-il pas emparé? Dans ce cas, j'aurais fort à regretter notre rencontre... Maudit emportement! me causeras-tu toujours de nouveaux embarras?

— Hermann était trop maltraité pour songer à relever ce papier; à peine pouvait-il se tenir debout, et certainement il y voyait trouble, comme les jours où l'on a trop bu au cabaret. Il est plus probable qu'un passant, ayant trouvé la lettre, l'aura jetée à la poste, comme vous et moi nous ferions en pareille circonstance.

— Espérons-le, répliqua Reber en soupirant; cependant je ne suis pas tranquille, et je vais retourner bien vite chez nous pour consulter Schmidt sur cette difficulté nouvelle. Mon Dieu! mes chagrins et mes tribulations ne finiront donc jamais?

Il mit à la poste la lettre qui lui était restée, puis les deux amis retournèrent sur leurs pas, en évitant la rue où venait d'avoir lieu la collision. Quand ils furent à quelque distance de la maison de madame Kastner, Burgwillers prit congé de son compagnon, et, après s'être donné rendez-vous pour le départ du soir, ils se séparèrent.

Reber aperçut dans la salle basse deux mulâtres qu'il savait appartenir à la domesticité du consul; ne doutant pas qu'il ne fût arrivé un message de son protecteur, il s'empressa de monter à la chambre de ses filles. Il les trouva occupées avec Schmidt à examiner le contenu de plusieurs paquets volumineux que l'on venait d'apporter. Monsieur Girard, assis sur une chaise dans un coin de l'étroit réduit, leur expliquait l'usage de divers objets, nouveaux pour elles, qui étaient étalés sur tous les meubles.

Les deux sœurs semblaient tellement ravies de cette espèce d'inventaire, qu'elles ne remarquèrent pas d'abord la mine bouleversée de leur père. Elles coururent au-devant de lui et s'écrièrent avec transport :

— Ah! père, venez voir les beaux présens que nous envoient monsieur le consul et l'excellente dame son épouse! Il y en a pour vous, pour notre bon Schmidt et aussi pour nous. Notre bienfaiteur semble avoir dépouillé à notre intention tous les magasins de New-York!

Reber, en dépit de ses préoccupations, jeta un regard de curiosité sur cet étalage; mais il eut la délicatesse d'aller d'abord à monsieur Girard et de lui faire un accueil amical.

— Ces demoiselles se trompent, dit le secrétaire, il n'y a là rien de précieux. Monsieur le consul et sa femme ont voulu seulement vous offrir des choses d'une incontestable utilité dans votre position actuelle, et, s'il faut le dire, j'ai moi-même peut-être éclairé leur choix à cet égard. Des objets de luxe ne nous serviraient de rien au milieu des solitudes où vous allez vivre désormais, et c'est à l'usage que vous connaîtrez le prix de certaines bagatelles.

Reber put enfin sans inconvenance examiner à son tour l'envoi du généreux consul. Il s'y trouvait, nous l'avons dit déjà, des présens pour chacune des personnes qui composaient la future colonie, et monsieur D..., avec un tact exquis, avait traité Reber et Schmidt comme deux frères. Ainsi, par exemple, il offrait à chacun d'eux un double habillement de *westman* (homme de l'Ouest) l'un en gros drap pour résister à l'hiver court mais rigoureux de la portion de l'Amérique où l'on devait s'établir, l'autre en une espèce de toile du pays, légère quoique d'une solidité à toute épreuve, pour aller au travail pendant les ardeurs de l'été. Des couvertures de laine rayées et plusieurs paires de fortes chaussures complétaient ces costumes tout à fait appropriés aux exigences du climat.

On n'avait pas non plus oublié les armes indispensables dans les lointaines régions de l'Ouest. Les ballots contenaient deux excellens revolvers et deux de ces puissantes carabines du Kentucky appelées *rifles*, qui dans les mains de certains chasseurs américains sont si redoutables. A côté des armes se trouvaient les remèdes propres à guérir les blessures qu'elles font : une boîte de pharmacie renfermait les substances les plus importantes en médecine, avec une courte instruction en allemand pour apprendre à les administrer. Enfin des livres sur l'agriculture des États-Unis, les uns en français, les autres en allemand, la plupart en anglais, mais accompagnés de vocabulaires qui pouvaient en faciliter l'usage, terminaient la liste des cadeaux destinés à Schmidt et à Reber.

Les jeunes demoiselles n'étaient pas moins bien partagées ; outre plusieurs pièces d'étoffes dont elles pourraient se faire des ajustemens quand elles seraient arrivées à destination, elles avaient des nécessaires garnis de tous les petits ustensiles indispensables aux bonnes ménagères ; des approvisionnemens de fil, de rubans, de coton ; des monceaux d'épingles, d'aiguilles, de lacets, une mercerie complète. Et quoique elles n'eussent qu'une vague idée de leur condition future, elles comprenaient pourtant que ces futilités, qu'on se procure si aisément dans les villes, seraient d'une valeur immense dans le pays lointain où elles allaient être confinées.

Reber examina d'un air distrait toutes ces richesses ; néanmoins il pria le secrétaire d'exprimer sa vive reconnaissance et celle de sa famille à monsieur et à madame *** ; il voulut remercier Girard lui-même de ses bons procédés.

— Attendez du moins, monsieur Reber, répliqua Girard, que je vous aie fourni des motifs des remercîmens. J'ai reconnu déjà mes torts envers vous, pour avoir prêté l'oreille aux sollicitations de Schmidt qui voulait vous quitter, et j'ai promis de les réparer de mon mieux ; mais jusqu'ici j'ai agi seulement au nom de mon honorable patron, le consul de France ; je vais maintenant vous offrir mon cadeau personnel.

— Un cadeau de votre part, cher monsieur Girard ? demanda l'émigrant avec surprise ; et à quel titre, je vous prie ? Je ne dois pas l'accepter.

— Vous ne savez pas ce que vous refusez, dit Girard en souriant ; mes présens ne sont pas de nature à blesser votre fierté, et, à votre défaut, monsieur Schmidt, tout scrupuleux qu'on le dise, ne les repousserait pas. — Il tira de sa poche un petit cahier chargé d'un bout à l'autre d'une écriture fine et serrée, une lettre cachetée, et enfin une pipe indienne à tête de terre d'un travail assez grossier et à tuyau de roseau. — Voilà tout, poursuivit-il. Cela ne pourrait pas se vendre deux pences au marché, et cependant j'ai l'orgueil de penser que mon cadeau ne vous sera pas moins utile que celui du consul lui-même. — Puis, remarquant l'étonnement de Reber et de Schmidt, ainsi que le sourire un peu moqueur des jeunes filles. — Ce griffonnage, reprit-il en désignant le cahier, est le produit de mon travail pendant une partie de la journée d'hier et pendant toute la nuit dernière. J'ai consigné dans cet écrit mes observations sur le pays reculé et peu connu où vous devez vous établir ; je vous y donne des renseignemens exacts sur le climat, sur ses habitans, sur les modes de culture à employer, sur les dangers que vous devez craindre, sur la manière de vous conduire dans les diverses circonstances où vous pouvez vous trouver placés. Je vous livre le résultat de plusieurs années d'expérience, et sans aucun doute mon travail ne vous sera pas inutile.

Reber et ses filles elles-mêmes comprirent aussitôt l'importance d'un pareil écrit ; mais nul n'en fut aussi satisfait que Schmidt.

— Merci, monsieur Girard, s'écria-t-il avec transport ; un lingot d'or, en effet, ne pourrait avoir pour nous plus de prix que ce cahier. Pendant la route je vais le lire et le relire cent fois, jusqu'à ce que je le sache par cœur. Mon ami monsieur Reber vous devra peut-être le succès de son entreprise.

— Je ne dis pas non ; certains émigrans eussent évité bien des misères s'ils avaient eu quelqu'un pour leur montrer le véritable état des choses... Mais ce n'est pas tout : j'ai songé à vous trouver là-bas un ami dévoué qui vous initierait promptement à la vie des colons. La lettre que voici est adressée à un de mes anciens camarades d'aventures. Je ne sais pas son nom de famille ; on l'appelle seulement Tête-de-Feu, à cause de son caractère impétueux, et il répond volontiers à ce nom. Il résidait autrefois dans un canton qui ne doit pas être très éloigné de la ville actuelle de Stockton ; mais il est douteux qu'il y demeure encore, car Tête-de-Feu a des goûts extraordinairement nomades. Du reste, il est si connu dans le pays que vous n'aurez aucune peine à le trouver.

— Et quel homme est-ce, monsieur Girard ? demanda Reber avec curiosité.

— Au premier aspect, il ne plaira peut-être guère à ces charmantes demoiselles ; mais il ne faudra pas le juger sur une première impression. Il est Français comme nous ; quant à la position sociale qu'il a occupée autrefois, et aux causes qui l'ont déterminé à s'établir en Amérique, c'est ce dont on ne songe guère à s'informer dans la vie périlleuse du désert. Il est moitié colon, moitié chasseur ; mais il préfère le fusil à la bêche, et il couche plus souvent dans la prairie ou sous le couvert des forêts vierges que dans une habitation. Au demeurant, il est brave jusqu'à la folie, dévoué jusqu'à la mort pour ceux qu'il aime, et terrible pour ceux qui l'ont irrité.

— Hum ! dit Reber, comme cela, il ne sera pas prudent de l'irriter.

— Cette lettre de moi le rendra doux comme un mouton à votre égard. Dès qu'il saura que vous êtes des amis de l'Aigle-Rusé (c'est le nom que les Indiens et les coureurs de bois m'avaient donné là-bas, au Kansas), il vous appartiendra corps et âme, et sa protection ne sera pas à dédaigner dans ces contrées lointaines où la force et l'adresse ont plus de pouvoir que les lois. — La famille émigrante ne paraissait pas partager complétement la confiance de Girard dans son ancien camarade. Le secrétaire s'en aperçut. — Vous ne serez pas arrivés depuis deux jours à votre résidence nouvelle, dit-il en hochant la tête, que vos idées se modifieront sur bien des points... Mais si vous êtes si mal disposés pour ce pauvre Tête-de-Feu, qu'éprouverez-vous donc au sujet d'un autre ami dont je veux vous concilier aussi les bonnes grâces, celui qui m'a donné ce calumet dont, à mon tour, je vous fais présent ?

Et il montrait la pipe indienne qu'il avait apportée.

— A en juger par le gage d'amitié qu'il vous a laissé, dit Reber, il doit être à peine moins civilisé que l'autre.

— Celui-là est un Indien de la tribu des Pawnies, appelé le Daim-Léger. Il pourrait vous être d'un grand secours s'il vous survenait des démêlés avec vos voisins sauvages.

— C'est sans doute, demanda Schmidt, un de ces Indiens *mansos* qui fréquentent les établissemens européens, et qui, pour un peu d'eau de feu, se mettent au service des blancs ?

— C'est au contraire un redoutable guerrier, ennemi des visages pâles qu'il accuse d'avoir envahi les territoires de sa tribu, et il vous scalperait en un tour de main si vous l'offensiez. Vous conter comment j'ai fait connaissance avec Daim-Léger serait une trop longue histoire ; sachez seulement qu'il me doit d'avoir lui-même conservé sa chevelure, car il n'y avait plus guère que l'épaisseur d'une feuille de papier entre sa tête et le couteau à scalper d'un

Iowaï quand je vins à son secours en tuant l'Iowaï. En souvenir de ce service il me donna cette pipe, et elle sera pour vous un talisman préservateur, non-seulement contre Daim-Léger, mais encore contre sa tribu. Du reste, vous trouverez, à la fin de mon cahier d'instructions, les renseignemens nécessaires pour que vous puissiez vous mettre en rapport avec Tête-de-Feu et Daim-Léger en cas de besoin.

Schmidt prit la pipe et la serra religieusement ainsi que les papiers. Néanmoins ces détails avaient produit une fâcheuse impression sur la famille Reber, en lui faisant entrevoir les dangers de la vie du désert. Les jeunes filles étaient consternées; Reber lui-même avait la voix un peu tremblante quand il reprit en affectant la gaîté :

— A en juger par ces deux échantillons de vos amis, monsieur Girard, vous avez fréquenté une société un peu mêlée dans le Kansas... Cependant, merci encore une fois. Nous n'oublierons ni vos recommandations ni vos conseils, et, dans l'occasion, nous aurons recours à vos anciennes connaissances, bien qu'à vrai dire je ne tienne pas à me rapprocher d'elles sans une absolue nécessité.

— Bah! vos idées, je vous le répète, ne tarderont pas à changer sur beaucoup de choses, et vous vous apercevrez bientôt que *mes amis* ne sont pas à dédaigner... Et maintenant, poursuivit-il en se levant, ma tâche est finie; il ne me reste plus qu'à vous faire mes adieux et à vous souhaiter toutes sortes de prospérités.

Il se disposait à sortir, en effet, quand Reber, qui malgré la gravité de cet entretien s'était montré jusque là distrait et préoccupé, le retint amicalement.

— Un moment encore, monsieur Girard, lui dit-il; vous avez été plein de bontés pour nous, et je désire vous consulter au sujet d'une aventure qui vient de m'arriver tout à l'heure.

— Une aventure? Contez-nous cela, dit le secrétaire en se rasseyant.

Reber lui apprit alors comment, ayant rencontré Hermann dans la rue, une querelle, bientôt suivie d'une lutte, s'était élevée entre eux. A cet endroit du récit, les deux sœurs l'interrompirent :

— Ah! mon père! mon père! s'écria Julia d'un ton de reproche, est-ce là ce que vous nous aviez promis?

— Je hais plus que la mort celui dont vous parlez, dit Kretle à son tour; mais deviez-vous encore vous laisser aller à de tels excès? Ne vous êtes-vous pas déjà repenti de vous être livré à de pareilles violences?

— Le cas dont tu parles, ma fille, était bien différent : cette fois, il s'agissait d'un chenapan abominable qui ne mérite aucun ménagement, aucune pitié... Allons, ne me grondez pas, mes petites, toi surtout, ma chère Kretle, car c'est justement pour lui imposer silence à ton sujet...

L'émigrant s'arrêta tout à coup en voyant quel coup cet aveu irréfléchi avait porté à la pauvre Kretle. Elle pâlit et retomba sur son siége en poussant un gémissement douloureux.

Julia courut embrasser sa sœur et lui glissa quelques mots à l'oreille; puis, revenant vers Reber :

— Vous êtes pardonné pour cette fois, reprit-elle; mais, je vous en conjure, mon père, promettez-moi de ne plus vous servir de votre terrible bâton!

— Cette habitude pourrait avoir de grands inconvéniens, là-bas, sur les bords de la rivière Jaune, ajouta Girard; vous y trouverez des gens peu endurans, et fort disposés à répondre à un coup de bâton par un coup de carabine ou de couteau.

— Je n'ai déjà que trop sujet, répliqua Reber, de maudire mon emportement.

Et il raconta comment la lettre adressée à Lovendal avait disparu.

— Monsieur Reber, demanda vivement Schmidt, croyez-vous que cette lettre aurait pu tomber entre les mains d'Hermann? Ce serait un grand malheur, car, s'il venait à connaître le secret qu'elle contient...

— Burgwillers affirme que le drôle était hors d'état de profiter d'une pareille découverte, quand même il l'aurait faite.

— Nous n'en devons pas moins prendre des précautions. J'ai conservé le brouillon de cette lettre; il faut nous hâter de la récrire, et mettre monsieur Albert sur ses gardes.

— Cette mesure est fort sage, dit le secrétaire; mais, à mon avis, il en est une autre non moins urgente; c'est que monsieur Reber quitte cette maison au plus vite et se tienne caché jusqu'au moment du départ.

— Quoi donc, monsieur! s'écrièrent les jeunes filles avec effroi, notre père serait-il exposé...

— Je crois Hermann capable de tout. Les rixes semblables à celles dont il s'agit sont fort communes dans les rues de New-York, et d'ordinaire on n'y donne aucune suite; mais, dans le cas actuel, il est à craindre, monsieur Reber, qu'Hermann ne vous suscite certains embarras. Il lui est facile, par son associé William Bell, de connaître votre adresse, et, sachant que vous devez partir ce soir avec les autres émigrans, il pourrait avoir la fantaisie de retarder désagréablement votre voyage.

— C'est vrai, et cette idée devra lui venir... Mais alors, que faire?

— Rien de plus simple; pendant que Schmidt va récrire lestement la lettre, vous vous revêtirez d'un de ces costumes de westman que je viens d'apporter; ce gros surtout et cet ample chapeau vous rendront méconnaissable, et alors vous pourrez affronter les regards de tous les policemen de New-York, qui sont loin d'avoir la finesse des gens de police français ou anglais. Schmidt devra se charger seul d'achever l'emballage des effets et de conduire ces demoiselles au chemin de fer; vous, mon cher Reber, vous allez venir avec moi, et je m'engage à vous ramener ce soir sain et sauf à la gare, où vous retrouverez votre famille.

Kretle et Julia se lamentaient; mais monsieur Girard leur persuada qu'il s'agissait seulement d'une mesure de précaution, et il parvint à les rassurer.

L'ancien fermier revêtit le costume convenu, et véritablement alors on l'eût pris plutôt pour un colon venu de l'Ouest vendre ses produits à la ville, que pour un nouveau débarqué. Pendant ce temps, Schmidt avait récrit la lettre destinée à Albert Lovendal, et ajouté un post-scriptum qui expliquait le sort de la première.

— Nous nous chargerons nous-mêmes de jeter cette lettre à la poste, dit Girard; monsieur Reber n'aura pas grand'chose à craindre dès qu'il sera hors de cette maison; mais partons, car nul ne sait ce qui peut arriver d'un moment à l'autre.

Reber prit à peine le temps d'embrasser ses filles, tandis que le secrétaire donnait à Schmidt ses dernières instructions afin d'éviter les malentendus. Avant de sortir de la maison, Girard voulut lui-même précéder l'émigrant, afin de congédier les domestiques du consul, restés dans la salle basse, et aussi pour s'assurer qu'aucun homme de police ne rôdait dans la rue. Il revint bientôt chercher son compagnon, et tous les deux quittèrent la maison Kastner sans avoir été inquiétés.

Leur premier soin fut d'aller jeter à la poste la lettre destinée à Lovendal. Comme ils passaient près de la rue où la rencontre avait eu lieu, Girard se fit indiquer exactement la place par Reber.

— Cela se trouve à merveille, lui dit-il; vous étiez précisément devant le magasin d'un Français de ma connaissance, et là on pourra me donner des renseignemens précieux sur ce qui fait l'objet de vos inquiétudes... Je vais aller aux informations... Pour vous, comme il serait imprudent de vous montrer sur le théâtre de la lutte, malgré votre déguisement, attendez-moi ici. Surtout, je vous en conjure, pas de nouvelle querelle!

Reber le promit, et se mit à examiner curieusement les boutiques en attendant Girard. Celui-ci se dirigea seul vers la maison indiquée, et entra dans le magasin, rempli de ces futilités élégantes qui sont dues à l'industrie parisienne. Aussitôt le patron, qui reconnut le secrétaire du consul de France, vint au-devant de lui avec empressement afin de lui offrir ses services.

— Il ne me faut rien aujourd'hui, monsieur Langlois, dit Girard après avoir échangé avec son compatriote une poignée de main; je désire seulement m'informer auprès de vous d'un événement qui se serait passé, il y a une heure à peine, là, devant votre porte.

— Ah! vous voulez parler de cette batterie entre un pauvre diable qui avait l'apparence d'un émigrant et un autre Français. Quoi donc! une plainte aurait-elle été portée au consulat? C'est chose si ordinaire ici qu'une rixe dans la rue, que je n'eusse pas quitté mon comptoir pour si peu; mais j'ai entendu ces gens parler notre langue, quoique je ne pusse comprendre ce qu'ils se disaient, et je suis sorti sur le seuil de la porte par curiosité.

— Eh bien! monsieur Langlois, auriez-vous connaissance par hasard d'une lettre qui serait tombée de la poche d'un des combattans, et qui serait restée sur le champ de bataille?

— Ah! je sais ce que vous voulez dire... En effet, un de mes commis, au moment où le vaincu s'éloignait, a trouvé sur le trottoir une lettre toute froissée. Il l'a ramassée, et, courant après le pauvre diable, qui, comme vous le pensez, n'était pas bien ingambe, il lui a demandé si ce papier lui appartenait. L'autre a jeté un coup d'œil sur la suscription : « Oui, oui, » a-t-il répondu d'une voix qui avait retrouvé tout à coup sa vigueur. Puis il a mis la lettre dans sa poche, et il est parti avec le policeman.

— Merci, monsieur Langlois; et vous pourrez au besoin rendre témoignage de ce fait, n'est-ce pas? Il suffit; je sais ce que je voulais savoir. — Il prit congé du commerçant et rejoignit Reber. — Allons, lui dit-il tristement, mes craintes se réalisent; la lettre est entre les mains d'Hermann, il n'y a plus à en douter.

— Que la foudre m'écrase! dit Reber furieux contre lui-même; quelles sottises ma maudite tête m'a fait commettre déjà!

— Prenez soin, mon ami, qu'elle ne vous en fasse pas commettre d'autres dans l'avenir!... Mais ne vous désespérez pas; rien n'est encore perdu; monsieur Lovendal est prévenu, et il agira en conséquence. Peut-être aussi Hermann se trouve-t-il trop maltraité pour écrire en France aujourd'hui même. Or, nos lettres partiront cette nuit par le paquebot, et, à supposer que votre adversaire fût en état d'écrire par la malle prochaine, nous aurions encore gagné sur lui plusieurs jours qui pourraient tout sauver, si vos amis de France ont du zèle et de la décision.

Girard parvint ainsi à consoler un peu l'émigrant et à relever son esprit abattu. Ils passèrent tranquillement le reste de la journée dans un bar-room de la ville basse. L'heure arriva d'aller rejoindre à la gare du chemin de fer Schmidt et les jeunes filles, qui avaient dû s'y rendre de leur côté avec les bagages. Si Hermann avait porté plainte contre Reber, c'était là sans doute qu'on guetterait l'émigrant afin de mettre le mandat à exécution. Aussi Girard lui recommanda-t-il de se tenir sur le qui-vive.

Ils traversèrent l'Hudson pour atteindre la gare du railway de Saint-Louis; cette gare, comme la plupart de celles des États-Unis, était simple et sans ornemens, quoique vaste. Les deux amis pénétrèrent sans difficulté dans la salle d'attente, où se pressait déjà une foule de voyageurs; mais alors ils reconnurent combien les précautions leur étaient nécessaires; plusieurs policemen, postés près du guichet de recette, examinaient avec une grande attention les émigrans qui venaient chercher leur *ticket* pour le départ. En même temps ils aperçurent Krelle et Julia; assises sur un banc, elles regardaient de tous côtés d'un air d'inquiétude, pendant que Schmidt s'occupait sans doute de prendre les billets et de faire charger les bagages.

Il n'y avait aucun inconvénient à ce que les demoiselles Reber demeurassent seules un moment dans la gare, l'usage du pays étant de laisser la plus entière liberté aux jeunes filles; cependant le premier mouvement de Reber fut de courir à elles; Girard le retint.

— Cachez-vous derrière les groupes, lui dit-il, et laissez-moi faire.

Reber en effet se perdit dans la foule, en enfonçant son chapeau sur ses yeux. Le secrétaire s'approcha seul des deux sœurs, et, passant devant elles sans affectation, il leur dit à voix basse :

— Tout va bien; mais n'ayez pas l'air de me connaître, car on nous observe; dites à Schmidt de prendre le ticket de votre père.

Et il s'éloigna; au même moment, Schmidt arrivait d'un autre côté, et recevait les instructions des demoiselles Reber.

Cependant Girard s'était approché d'un air indifférent de celui des policemen qui semblait être l'officier de l'escouade. L'officier, en reconnaissant le secrétaire du consul de France, s'empressa de saluer, avec toute la politesse dont un Américain est susceptible.

— Ah çà! monsieur John, demanda Girard d'un ton familier et en anglais, seriez-vous ici à l'intention de quelqu'un de mes compatriotes?

— Eh! oh! monsieur Girard, répliqua le policeman en ricanant, il pourrait bien y avoir quelque chose comme cela.

— Une affaire grave?

— Bah! une misère, une simple batterie... Mais il s'agit d'un gentleman qui est rancunier et qui paye bien... Aussi je guette mon coquin de Français, qui doit partir ce soir pour Saint-Louis, et il sera bien habile s'il parvient à me glisser entre les doigts.

— Fort bien, monsieur John; mais je suis là et je ne laisserai pas vexer un de mes nationaux, à moins de bonnes raisons pour cela, je vous en avertis.

— Oh! je ne crains rien, monsieur Girard; vous verrez mon warrant, s'il y a lieu; je suis en règle.

Girard salua de la main et s'éloigna en affectant toujours une grande indifférence. Au moment où Schmidt, qui revenait de prendre les billets au guichet, se trouva près de lui, le secrétaire reçut rapidement le ticket destiné à Reber, et se dirigea vers la partie de la salle où devait l'attendre l'émigrant. Toutefois le policeman avait sans doute des soupçons, car Girard s'aperçut qu'on le suivait des yeux, et force lui fut de ne pas aborder directement son compatriote en péril.

Heureusement un accident fort ordinaire dans les gares de New-York vint détourner l'attention des gens de police. Plusieurs émigrans, alléchés par le bon marché, avaient acheté à des *runners* de faux tickets de chemins de fer; les pauvres diables, en présentant ces tickets, venaient d'acquérir la preuve qu'on les avait indignement trompés. Leur navrant désespoir, leur fureur, leurs cris causèrent un certain tumulte qui nécessita l'intervention des agens de police. Girard profita du moment; il saisit Reber par la main et l'entraîna dans un bureau voisin interdit au public. Là se trouvait un seul employé, à qui Girard, dont il semblait bien connu, dit quelques mots à voix basse; l'employé sourit, puis ouvrant une seconde porte qui donnait sur la voie où le train se trouvait déjà prêt à partir, il leur fit signe qu'ils pouvaient passer.

Les deux amis se hâtèrent de profiter de la permission, et Reber se cacha dans un vagon vide.

— Tenez-vous là jusqu'à ce que le train soit en marche, dit le secrétaire; alors il vous sera facile, grâce à la communication qui existe entre toutes les voitures d'un même convoi, de rejoindre Schmidt et vos filles, qui vont entrer avec le public. Je cours les prévenir, et, si vous êtes prudent, vous n'avez plus rien à craindre. — Quelques minutes plus tard, les voyageurs envahissaient tumultueusement les vagons, puis le convoi se mettait en marche pour parcourir cette immense voie ferrée de plus de douze cents milles, qui conduit de New-York à Saint-Louis du Missouri. A peine avait-on perdu de vue les derniers édilices de la ville, que Reber venait s'asseoir en sûreté entre Kretle et Julia. Girard, demeuré seul sur le trottoir maintenant silencieux de l'embarcadère, suivait d'un œil pensif le panache de fumée qui trahissait encore la présence du train dans l'éloignement. — Pauvres gens! murmurait-il, peut-être eût-il mieux valu pour eux demeurer ici, au risque de la misère, de la prison même... Mais ils l'ont voulu... que la volonté du ciel s'accomplisse!

Et il sortit de la gare, en saluant avec un peu d'ironie les policemen qui se retiraient désappointés.

XIII

LA CARAVANE.

Nous n'avons pas l'intention de raconter en détail le voyage des émigrans dans l'intérieur de l'Amérique. Nous dirons seulement qu'ils arrivèrent sans accident, sinon sans fatigue, à Saint-Louis, ancienne colonie française, où ils quittèrent le chemin de fer pour s'embarquer dans un bateau à vapeur qui remontait la grande rivière du Missouri. Ils firent encore quelques centaines de milles; et ce fut la partie la plus agréable du voyage; mais quand ils eurent dépassé Jefferson, il leur fallut renoncer à ce moyen si commode de transport. Le bateau à vapeur n'allait pas plus loin; on était arrivé aux limites de la vie civilisée. Plus loin, c'était le désert, les aventures, l'inconnu.

Les voyageurs s'arrêtèrent dans un hameau de cinq ou six feux, que l'on décorait pompeusement du nom de village. Quand ils eurent été déposés avec leurs bagages au pied de la berge élevée qui dominait le fleuve, le bateau repartit sur le champ et disparut bientôt à leurs yeux. Ils s'adressèrent à un vieux pêcheur en haillons, qui nettoyait son canot sur la rive, et lui demandèrent naïvement le chemin de Stockton. D'abord le bonhomme n'eut pas l'air de les comprendre, bien qu'il parlât un peu l'allemand; ce fut seulement après les questions réitérées qu'il répondit en secouant la tête:

— Stockton! ce doit être, j'imagine, une de ces nouvelles colonies que l'on est en train de créer dans la prairie, du côté de la rivière Jaune... Que le bon Dieu bénisse ceux qui s'établiront là! Mais allez trouver Samuel Wolf, dont voici la maison, ajouta-t-il en désignant une habitation importante qui était située à l'entrée du village; Samuel doit connaître le pays dont vous parlez.

Et il se remit à son travail en sifflotant, ce qui ne l'empêchait pas de jeter par intervalles sur les voyageurs un regard de commisération.

Les émigrans qui avaient la même destination que la famille Reber formaient une troupe de soixante à quatre-vingts personnes. Ils étaient groupés autour des ballots déposés sur la grève, et semblaient fort embarrassés du parti qu'ils devaient prendre. Les femmes étaient assises sur des paquets, à l'ombre de vastes parapluies qui les protégeaient contre les ardeurs d'un soleil de feu, et les enfans jouaient insoucieusement sur le sable, tandis que les hommes tenaient conseil entre eux. Comme tout ce monde ne pouvait se rendre à la fois chez Samuel Wolf, dont on attendait conseil et assistance, il fut convenu que les principaux chefs de famille seulement iraient s'aboucher avec lui. En conséquence, Reber, Schmidt, Burgwillers et quelques autres se dirigèrent vers l'habitation indiquée.

Elle avait l'apparence d'une de ces forteresses rustiques dans lesquelles certains colons de la frontière abritent leurs personnes et leurs biens contre les incursions possibles des Indiens ou des vagabonds, à peine moins redoutables, qui hantent les déserts du centre de l'Amérique. Elle était entourée d'une vaste enceinte formée de fortes palissades et d'un fossé profond; au centre de cette espèce d'esplanade s'élevaient cinq ou six grandes huttes, construites en troncs d'arbres avec plus de solidité que d'élégance. Les portes de l'enclos étaient lourdes, massives, et les bâtimens étaient munis de meurtrières au moyen desquelles on pouvait tirer sur ceux qui auraient tenté de s'emparer de l'habitation par la force. Enfin tout, dans ces constructions, rappelait qu'on se trouvait dans un pays où la protection de la loi pouvait être insuffisante, et où il était bon de songer à se protéger soi-même.

La maison de Samuel Wolf était bien connue à plusieurs centaines de milles à la ronde, car elle monopolisait à elle seule le commerce de cette partie de la frontière.

L'enclos était rempli de bœufs, de vaches, de chevaux, en quantité suffisante pour approvisionner une ville; les hangars étaient encombrés de chariots, de voitures, de harnais, d'instrumens de labourage; les magasins regorgeaient de marchandises de tout genre. C'était là, en effet, qu'à certaines époques, les tribus amies du voisinage venaient échanger les peaux d'ours, de daims et de castors, produits de leurs chasses, contre des couvertures, des carabines, des munitions, et surtout contre des liqueurs spiritueuses, cette *eau de feu* qui a détruit plus de sauvages que les armes des blancs et la misère. C'était là aussi que les caravanes de commerçans et d'aventuriers, après avoir erré dans les immenses solitudes qui s'étendent jusqu'aux montagnes Rocheuses, pour trafiquer avec les tribus, se défaisaient de leurs vagons et de leurs équipages, préférant prendre la voie plus prompte et plus économique du bateau à vapeur pour rentrer dans les contrées civilisées. C'était là enfin que les colons, encore rares et largement espacés sur cette portion du nouveau monde, venaient acheter des bestiaux, des outils, souvent même du biscuit et des salaisons, en attendant leur première récolte. L'établissement de Wolf contenait donc en abondance des marchandises réputées précieuses dans le pays; et il pouvait être nécessaire de mettre de pareils trésors à l'abri d'un coup de main.

Comme les délégués des émigrans allaient pénétrer dans cette espèce de fort, ils rencontrèrent maître Wolf lui-même qui accourait au-devant d'eux pour leur offrir ses services. A la première vue de cet important personnage, ils reconnurent, ce que du reste leur avait appris son nom, que Samuel Wolf était juif. Il appartenait en effet à cette race cosmopolite que l'on rencontre sous toutes les latitudes où l'or est connu, race intelligente et subtile, la seule qui, sur le continent américain, soit de force à lutter contre l'astuce commerciale des Yankees. Du reste, Wolf avait dans sa physionomie le caractère d'un enfant d'Abraham; c'était un homme de soixante ans, de taille moyenne, à figure longue et maigre, au nez fortement busqué, aux yeux vifs, aux cheveux un peu crépus et encore presque noirs. Son costume indéfinissable se composait de pièces disparates appartenant aussi bien à la vie sauvage qu'à la vie civilisée; il avait un chapeau noir venu de Paris et des mocassins à la mode indienne; sa chaîne et sa montre d'or tranchaient sur son gilet de peau de daim tel qu'en portent les trappeurs et les vachers. En revanche, cet ajustement était d'une malpropreté révoltante, et paraissait servir depuis longtemps.

Si les émigrans avaient reconnu tout d'abord à quelle religion il appartenait, Wolf, à son tour, n'eut besoin que d'un regard pour deviner à qui il allait avoir affaire. Aussi s'avança-t-il, le visage souriant, vers les voyageurs, et leur dit-il avec volubilité, en langue allemande:

— Des compatriotes, je gage! Soyez les bienvenus, mes amis... C'est avec une grande joie que je vois vos bonnes figures germaniques dans ces parages... Du diable si les sauvages de la prairie pourront vous appeler *visages pâles*, comme ils appellent les autres Européens! — Et il se mit à rire le premier de sa plaisanterie; Schmidt lui apprit qu'ils étaient Français pour la plupart. — Bon,

bon! répliqua le complaisant juif, qui se mit à parler la langue française avec autant d'aisance que la langue allemande; vous n'habitiez toujours pas loin du Rhin; j'ai vu cela d'abord, et, à la distance où nous sommes de notre vieille Europe, nous pouvons nous dire voisins et compatriotes. Encore une fois, soyez les bienvenus! Mais ne m'avait-on pas dit qu'il était arrivé toute une bande d'émigrans? où sont donc les autres?

Sans attendre de réponse, il se dirigea vers la rivière, et aperçut le reste de la troupe, que l'élévation de la berge lui avait cachée jusque là. Il ne put retenir un mouvement de satisfaction.

— A la bonne heure! reprit-il, voilà de quoi peupler nos solitudes! Et puis des bagages, des ballots, et sans doute une provision de dollars dans les ceintures! c'est à merveille... Eh bien! mes chers compatriotes, mes amis, mes enfans, quelle est votre destination?

— Stockton, répliqua Schmidt, à qui la loquacité de Wolf permettait à peine de placer un mot.

— Stockton! répliqua le juif avec sa volubilité accoutumée, bonne ville, beau pays; vous y ferez fortune, je vous le garantis... Mais de quelle espèce de marchandises avez-vous besoin? Il vous faut des vagons, des bestiaux, des montures, des approvisionnemens. J'ai tout cela, et au plus juste prix; je vous traiterai en amis; vous sentez bien que je ne voudrais pas rançonner des compatriotes! Là-bas, à Stockton, vous payeriez tout au poids de l'or; monsieur Jones, le facteur de la compagnie William Bell, n'a pas de conscience, et il vous écorcherait impitoyablement. D'ailleurs, vous ne pouvez vous passer de guides pour atteindre Stockton, car les chemins ne ressemblent guère à nos chemins d'Europe. Guides, moyens de transport, provisions, rien ici ne vous manquera. Et puis je suis bon diable; je ferai crédit à ceux qui présenteront des garanties suffisantes. — Les émigrans en effet avaient besoin d'une grande quantité d'objets dont ils n'avaient pas voulu se charger jusque-là de peur d'augmenter démesurément leurs frais de voyage; des chariots et des chevaux leur étaient surtout indispensables. En apprenant cette nouvelle, Wolf redoubla de témoignages d'intérêt. — Ah çà! que font là ces pauvres gens sous ce soleil de feu? reprit-il; est-ce qu'ils n'entreront pas chez moi? Vous ne pouvez pas vous mettre en route avant demain; et où coucherez-vous la nuit prochaine? il n'y a pas d'auberge ici, et vous aurez bien le temps de camper quand vous serez dans la prairie... Allons! entrez tous; nous sommes hospitaliers sur la frontière, car il faut s'entr'aider... Hommes, femmes, enfans, vous serez bien traités chez Samuel Wolf; vous aurez un bon souper et une excellente couche de peaux de bisons dans les magasins... Entrez, vous dis-je; il ne vous en coûtera pas un schelling, et ceux qui ne voudront rien acheter n'en seront pas moins vus de bon œil.

Cette invitation ne pouvait manquer d'être acceptée, car, à moins de vouloir coucher à la belle étoile, il n'y avait aucun moyen de refuser. Aussi les émigrans, avec l'aide de plusieurs hommes robustes que Wolf venait d'appeler, s'empressèrent-ils de transporter leurs paquets dans l'intérieur de l'établissement, où un magasin demeuré vide fut mis à leur disposition.

La réception de Wolf, eu égard au lieu et à la circonstance, fut presque somptueuse. Moins d'une heure après leur arrivée, les voyageurs furent réunis sous une espèce de hangar, autour de tables grossières, et on leur servit en abondance des viandes fumées ou salées, des poissons marinés, des légumes, le tout arrosé de cidre, de bière voire de wiskey, que certains convives estimaient déjà beaucoup trop. Leur hôte les excitait à manger et à boire, les comblait de caresses. A la vérité, le rusé juif, en les régalant ainsi, ne faisait que leur étaler sa carte d'échantillons; il avait des tonneaux de ces salaisons et de ce wiskey à vendre aux émigrans, et, tout en les invitant à fêter la bonne chère, il glissait adroitement l'éloge de ses marchandises. Néanmoins, sa générosité fut prise pour argent comptant par la plupart des convives, et quand on se leva de table, les têtes un peu échauffées, on ne tarissait pas d'éloges sur les manières obligeantes et l'humeur libérale de maître Samuel.

Pour achever la journée, Wolf offrit complaisamment aux principaux émigrans de visiter ses parcs et ses magasins, pendant que les femmes et les inférieurs reposeraient dans la pièce qui leur avait été assignée pour logement. Cette proposition fut acceptée, et bientôt le juif, suivi de huit ou dix chefs de famille, sans compter Schmidt et Reber, commença sa tournée dans les vastes dépendances de son établissement. Il leur montra d'abord ses nombreux troupeaux de bœufs, de chevaux et de mulets qui venaient de rentrer des pâturages; puis des vagons et des chariots, fabriqués tout exprès pour traverser les vastes solitudes où les voyageurs allaient s'engager; enfin des amas d'objets de diverse nature qui, à l'entendre, devaient leur être désormais indispensables. Tout cela pouvait être livré « pour rien, » c'est-à-dire pour la bagatelle de quelques dollars « à ses bons amis et à ses chers compatriotes, » et ils se repentiraient certainement plus tard de n'avoir pas su profiter de l'occasion.

Les émigrans n'avaient pas besoin de ces incitations. Reber, qui s'était consulté avec Schmidt, acheta un grand chariot couvert, ou *vagon*, qui pouvait contenir toutes ses provisions et tous ses bagages, puis deux paires de vaches pour traîner le vagon, et un cheval qui devait lui servir de monture à lui-même. Il fit encore marché avec Wolf pour un tonneau de biscuit et un autre de salaisons, bien qu'il eût déjà des provisions de ce genre, et enfin pour différens objets que Schmidt lui avait indiqués, après avoir consulté les instructions de Girard. Plusieurs autres émigrans achetèrent aussi des vagons et des attelages, mais Burgwillers s'étant informé si les bisons étaient nombreux dans le canton de la rivière Jaune, et ayant reçu une réponse affirmative, ne voulut acquérir aucun bétail; il se contenta de louer au juif deux chevaux et un chariot pour transporter sa sœur, qui composait toute sa famille, jusqu'à Stockton. Il est inutile de dire que Wolf, malgré ses airs désintéressés, vendit ses marchandises au double de leur valeur, et que le lendemain, au départ, les émigrans étaient délestés d'une bonne partie de leurs dollars ou de leurs banknotes.

On dormit fort bien sur des lits de peaux de bisons et d'ours, malgré l'odeur peu agréable qu'exhalaient ces pelleteries, mal préparées par les chasseurs des steppes, et le matin, quand la caravane quitta cette demeure soi-disant hospitalière, elle avait un air tout à fait imposant. Ces énormes chariots, sortes de maisons roulantes, ces bestiaux, ces cavaliers, ces piétons, rappelaient les tribus nomades de l'Afrique ou de l'Asie partant pour des contrées lointaines. La troupe s'était augmentée d'une douzaine de travailleurs appartenant à toutes sortes de nations; ils espéraient trouver de l'ouvrage à Stockton, et déjà même plusieurs étaient engagés par les futurs colons pour travailler aux défrichemens. En outre, comme on allait traverser un pays peu connu, où l'on était exposé à de mauvaises rencontres, Samuel Wolf avait décidé les principaux émigrans à s'adjoindre deux guides expérimentés, qui les conduiraient par la voie la plus directe jusqu'à leur destination.

Le juif lui-même, monté sur un de ces petits chevaux du pays appelés mustangs, qui sont à demi sauvages, voulut accompagner ses hôtes jusqu'à plusieurs milles de l'habitation. Là on fit halte pour les derniers adieux; Samuel renouvela ses offres de services à chaque émigrant, puis il secoua la main aux hommes, embrassa les femmes, tapota les joues des enfans, et partit en laissant les pauvres gens enchantés de ses manières affectueuses, sans réfléchir à ce que cette aménité leur avait coûté.

On se dirigea vers le sud-ouest, et plus on s'éloignait du fleuve, plus on s'enfonçait dans un pays sauvage et stérile. On traversait une vaste plaine souvent sablonneuse, souvent dure, sèche ou parfumée de touffes d'herbe jaunie. Le chemin était à peine visible sur cette espèce de lande : c'était une de ces pistes appelées *trails* par les Américains, que l'on reconnaît seulement aux légères ornières marquées dans le sol. Parfois aussi on rencontrait des bois, et la marche devenait encore plus difficile ; la végétation est si puissante dans ces régions vierges que peu de jours suffisent pour effacer les traces du travail humain, et que les voyageurs sont souvent obligés d'employer la hache pour rendre praticable la route la plus fréquentée. Les signes de culture disparaissent aussi peu à peu, et c'était à peine si, de loin en loin, quelques défrichemens attestaient que des hommes avaient pénétré dans ces contrées avant nos chercheurs d'aventures.

Cependant, le premier soir, ils vinrent coucher à une habitation assez importante, où ils furent reçus avec une véritable cordialité. Le colon américain est éminemment hospitalier, car il a presque toujours passé lui-même par les terribles épreuves auxquelles il voit le voyageur exposé. Les émigrans trouvèrent donc encore une bonne fois bon gîte et bon accueil ; mais il leur fut annoncé que désormais ils ne devaient plus dormir sous un toit, et qu'il leur faudrait camper en plein air jusqu'à Stockton. En effet, le lendemain, après quelques heures de marche, ils s'engageaient dans les immenses solitudes de la prairie.

Les admirables romans de Fenimore Cooper ont familiarisé le lecteur européen avec les sites du nouveau monde, et il est presque inutile aujourd'hui de dire que les *prairies* américaines consistent en de vastes steppes, impropres à la culture, presque entièrement dénuées d'arbres ou ne produisant que des arbustes rabougris. Souvent elles sont couvertes d'une herbe dure, sèche, coupante, assez haute pour cacher un homme à cheval, et nous savons quel parti Hermann avait tiré de ce détail pour abuser l'ancien marquard Burgwillers. Souvent aussi cette espèce de gazon gigantesque est remplacé par une plante unique, d'un vert glauque et livide, d'un goût amer, dont aucun animal domestique, si pressé par la faim qu'il soit, ne saurait s'accommoder ; c'est une sorte d'armoise ou de sauge, d'où l'on nomme cette portion de la prairie, *prairie des sauges*. Le sol ne paraît pas uniformément plat, mais onduleux, et on l'a comparé à une mer houleuse dont un pouvoir surnaturel aurait subitement solidifié la surface.

La caravane avait donc à monter et à descendre sans cesse, et deux hommes couraient en avant pour éclairer sa marche, de peur qu'elle ne tombât dans une embuscade d'Indiens ou de bêtes féroces. Du reste, les ondulations du terrain ne faisaient pas obstacle à la vue, et le regard des voyageurs s'égarait sur des espaces incommensurables présentant le même aspect de désolation. On savait pourtant que la prairie n'est pas uniformément stérile ; çà et là existent, surtout dans le voisinage des cours d'eau, des cantons fertiles, rares oasis du grand désert américain, et les bords de la rivière Jaune étaient, disait-on, une de ces oasis hospitalières ; mais elle était encore bien éloignée, et, pour atteindre cette terre de Chanaan, il fallait supporter bien des souffrances.

En s'enfonçant dans cette redoutable contrée, la troupe avait pris un air belliqueux. Comme nous l'avons dit, deux hommes couraient en avant pour lui servir d'éclaireurs ; les chariots s'avançaient à la file ; l'arrière-garde était formée des bestiaux et des bêtes de somme. Les femmes et les enfans ne devaient s'éloigner du convoi sous aucun prétexte. Tous les hommes portaient la carabine ou le fusil sur l'épaule, et il n'était permis à qui que ce fût de rester en arrière. Schmidt, qui avait revêtu son costume de westman, et qui, armé jusqu'aux dents, allait et venait sans cesse de la tête à la queue de la caravane, exécutait rigoureusement cette consigne. Les deux demoiselles Reber elles-mêmes, ayant voulu par curiosité s'éloigner un peu du gros de la troupe, il les avait décidées à remonter bien vite, tout effrayées, dans leur vagon.

Le soir, comme on en avait été prévenu, il fallut camper pour la première fois. Heureusement, l'endroit désigné pour la halte était assez agréable, abondant en eau et en fourrage, ces premières nécessités des caravanes ; c'était un petit vallon, au fond duquel un petit ruisseau limpide entretenait la verdure et la fraîcheur. On eût dit que le désert voulait, pour cette première étape, se montrer clément envers les émigrans, qui n'étaient pas encore habitués à ses rigueurs. Des traces de feux, des arbres à colon abattu, témoignaient que cette place était fréquentée par les voyageurs. La troupe s'y arrêta donc à son tour, et l'on se hâta de disposer tout pour la nuit, d'après les indications des guides et des travailleurs nomades, qui avaient une longue expérience en ce genre.

Les chariots furent placés de manière à former les trois côtés d'un carré, dont les abattis d'arbres formaient le quatrième côté ; on eut ainsi pour les voyageurs une sorte d'enceinte fortifiée facile à défendre. Ils devaient coucher dans les vagons ou sous des tentes pareilles à celle dont Reber s'était muni, quelques-uns même sur la terre nue, enveloppés dans ces couvertures de laine rayées en usage parmi les coureurs des bois comme parmi les Indiens. En peu d'instans, malgré l'inhabileté de la plupart des émigrans, les abris furent dressés. Puis les actives ménagères, après avoir allumé des feux hors de l'enceinte, suspendirent au-dessus de la flamme des marmites de fer qui contenaient le souper de leurs familles. Quant aux bestiaux et aux chevaux, on s'était empressé de les dételer, et, attachés à des piquets, ils se dédommageaient amplement, au milieu d'un gazon tendre et succulent, des privations de la journée.

Bientôt le camp eut un air confortable et joyeux. La nuit tombait, et les feux du bivouac brillaient d'un éclat plus vif, tandis que le vent frais du soir éparpillait dans la prairie la fumée odorante du souper. Des groupes rieurs se formèrent autour des gamelles, et les nouveaux colons ne trouvaient pas sans charmes cette vie aventureuse qu'ils ne connaissaient encore que par son beau côté. Le souper terminé, chacun se retira qui sous sa tente, qui dans son chariot, et bientôt le calme le plus profond régna dans le camp. Les glapissemens lointains de quelques coyotes, ou loups des prairies, troublèrent bien d'abord le sommeil des voyageurs novices ; mais les guides ayant assuré que ces hurlemens n'annonçaient aucun danger, qu'ils prouvaient au contraire que la plaine était libre, les voyageurs finirent par s'endormir avec sécurité, comme font les nouveaux débarqués en Afrique lorsqu'ils se sont habitués aux glapissemens des chacals. D'ailleurs on avait posé des sentinelles pour garder le campement pendant la nuit et pour entretenir les feux qui devaient tenir écartées les bêtes féroces.

Cette première nuit de bivouac se passa donc sans alerte, et le lendemain matin la caravane se remit en marche.

Malheureusement, les journées et les nuits suivantes ne furent pas aussi calmes ; on éprouva bien des inquiétudes, on supporta bien des fatigues, on brava bien des dangers avant d'arriver à destination. Un jour, on traversait une contrée si aride qu'on n'y rencontrait pas une goutte d'eau, pas un brin d'herbe fraîche, et que bêtes et gens étaient exposés à périr de soif. Un autre jour, au contraire, on s'embourbait dans des marécages, et tout le monde devait s'employer pour aider les attelages à se tirer de ce mauvais pas. On eut aussi plusieurs rivières à franchir, et l'on ne trouvait pas sans peine des endroits guéables. L'une d'elles même était si large et si profonde qu'il ne fallut pas songer à la traverser de cette manière. Les émigrans furent obligés de construire avec des troncs d'arbres un grand radeau sur lequel ils passèrent les vagons un à un non sans d'extrêmes difficultés. Une journée entière fut employée à ce travail, et c'était un jour de plus que devait durer ce voyage déjà si pénible. Plusieurs accidens signalèrent aussi cette longue marche ; un des émigrans mourut d'apoplexie pour s'être exposé sans précaution au soleil brûlant qui, même en automne, répand ses ardeurs sur la prairie ; un autre, en voulant pénétrer dans un taillis, avait été mordu à la main par un serpent à sonnettes, et il eût péri de cette morsure quelques minutes après si un de ses compagnons, accourant à ses cris, ne lui eût fait sauter d'un coup de hache le doigt blessé. Plusieurs fois des ours gris ou grizly, les plus redoutables animaux de ces déserts, avaient poursuivi les chasseurs de la caravane, et souvent, la nuit, quand on campait dans le voisinage d'un bois, on entendait les rugissemens du couguard, appelé *panthère* dans cette partie de l'Amérique du Nord.

Malgré tout cela, aucun découragement ne s'était glissé parmi les voyageurs, et ils supportaient leurs maux avec une grande philosophie. Les deux demoiselles Reber, comme les autres, ne s'effrayaient pas de leur situation : à la vérité, Julia devenait pensive par momens, en songeant combien de milliers de lieues la séparaient déjà de son pays natal et en voyant la caravane s'enfoncer de plus en plus dans ces solitudes sans bornes; mais la frivole Kretle n'avait perdu ni son courage ni sa bonne humeur, et chaque incident du voyage lui causait ces émotions vives que recherchent tant les femmes nerveuses.

De leur côté, Reber et Schmidt, dès les premiers jours, s'étaient faits à cette vie nomade. Ardens et infatigables l'un et l'autre, ils étaient toujours en avant, la hache et la carabine sur l'épaule, et ils ne s'épargnaient pas pour l'intérêt commun. Schmidt, qui n'avait jamais touché une arme à feu avant de venir en Amérique, s'exerçait sans relâche à l'usage de la carabine, car il comprenait la nécessité de devenir promptement un tireur passable dans cette contrée primitive. Aussi tirait-il sur toute espèce d'animal sauvage, à poil ou à plume, qui se trouvait à portée; et, grâce aux leçons d'un vieux chasseur qui allait chercher fortune dans les nouvelles colonies, il acquit rapidement une certaine habileté à l'exercice du tir. Quant à Reber, il était déjà un peu braconnier dans les Vosges et habitué de longue date à l'usage du fusil; aussi avait-il plus souvent que Schmidt l'occasion de régaler la famille des produits de son adresse.

Mais si la caravane, vers la fin du voyage, ne montrait ni découragement ni inquiétude, il lui était impossible de cacher sa fatigue et son affaiblissement. Le matin du neuvième jour à compter de celui où l'on avait quitté la rive du Missouri, les émigrans ne conservaient pas la belle contenance qu'ils avaient au départ. Ce n'était pas impunément qu'ils avaient été soumis à ces rudes épreuves, sous ce climat nouveau; ce n'était pas impunément qu'ils avaient renoncé à leurs habitudes de délicatesse européenne, couché sur la dure, affronté la chaleur des jours et la fraîcheur des nuits. Ils étaient d'une maigreur effrayante; leurs yeux étaient caves, leurs joues basanées, et ils se traînaient à peine. Les bêtes de somme et les bestiaux eux-mêmes étaient efflanqués, épuisés par cette longue marche. Cependant la gaîté continuait de régner dans les rangs; les guides avaient annoncé qu'on arriverait à Stockton dans quelques heures, et la certitude que l'on touchait au terme de tant de maux soutenait les voyageurs.

On approchait en effet de cette oasis de la prairie où était située la ville tant désirée. Le sol perdait peu à peu l'âpreté du désert et commençait à produire des arbres, de la verdure; les traces de chemin devenaient plus visibles. Rien cependant n'annonçait encore le voisinage d'une ville; on n'apercevait ni habitans ni troupeaux; seulement, de loin en loin, quelques morceaux de terrain défrichés, quelques-unes de ces huttes en bois appelées *log-house* ou *log-cabin*, rappelaient que des hommes fréquentaient, au moins temporairement, ces solitudes.

Du reste, ces faibles indices de civilisation ne tardèrent pas à disparaître de nouveau. La caravane venait de s'engager dans une immense forêt où, sauf la route ouverte à coups de hache, on n'apercevait qu'un fouillis inextricable d'arbres entrelacés, de lianes et de plantes parasites. Le soleil ne pénétrait jamais sous ce dôme épais de feuillage; on marchait dans une obscurité solennelle, qui permettait à peine d'entrevoir les objets. Il y régnait un silence majestueux, troublé seulement par les cris aigus des écureuils qui se jouaient sur les vieux sycomores, ou par les roucoulemens de quelques pigeons voyageurs; le moindre bruit était répété par mille échos bizarres. Plusieurs fois les émigrans crurent entendre des craquemens d'arbres qui se rompaient dans la profondeur des bois; mais ils ne purent reconnaître si ces arbres étaient renversés par une cause naturelle ou s'ils tombaient sous la hache des bûcherons; nulle part autour d'eux l'homme ne manifestait plus son existence.

On fit plusieurs milles dans la forêt, et les voyageurs, malgré les affirmations contraires, commençaient à croire que les guides s'étaient égarés, quand ils aperçurent tout à coup une éclaircie à l'extrémité de cette sombre avenue. Un des guides qui précédaient la troupe s'était arrêté à cette place, appuyé sur sa longue carabine, et sa silhouette se dessinait en noir sur le ciel lumineux. Quand la caravane fut à portée de la voix, il étendit le bras vers une partie encore invisible du paysage, et cria :

— Stockton!

— Stockton! Stockton! répétèrent les voyageurs avec autant de joie pour le moins que les Troyens en eurent à répéter le célèbre *Italiam! Italiam!* de Virgile.

La caravane fit halte spontanément; les cavaliers sautèrent à bas de leurs montures; les femmes et les enfans abandonnèrent leurs vagons; en quelques instans tous les voyageurs eurent rejoint le guide, et ils promenèrent autour d'eux des regards avides.

On se trouvait sur un coteau qui dominait une vallée longue et étroite; au fond de cette vallée coulait une rivière assez importante. Autrefois, la forêt que l'on venait de traverser ombrageait la rivière, car on la voyait se prolonger sur l'autre rive jusqu'aux limites de l'horizon; mais, depuis peu de temps, la vallée avait été dépouillée de son vêtement de feuillage, et les eaux couraient à la face du ciel. De toutes parts, dans le bassin, on remarquait les traces d'un immense abattage; là, les arbres, coupés par le pied, se trouvaient encore à la place où ils étaient tombés; un peu plus loin, d'autres étaient équarris en poutres, sciés en billes énormes ou débités pour le chauffage. Néanmoins, on ne voyait aucun travailleur, et, n'eussent été des flocons de fumée qui flottaient sur divers points, on eût cru ce lieu abandonné. La rivière n'avait ni ponts ni bateaux; sur ses bords ne s'élevaient ni édifices ni maisons; seulement çà et là, au milieu de piles de bois régulièrement entassées, on distinguait quelques masses sombres de forme carrée, qui pouvaient être des huttes.

Les émigrans observaient tout cela avec un mélange d'étonnement et de consternation. Comme aucun d'eux ne prononçait une parole, le guide crut qu'ils ne l'avaient pas compris, et, indiquant du doigt le fond de la vallée, il répéta d'un ton d'impatience :

— Là... là... ne voyez-vous pas la ville de Stockton?

— Appelez-vous cela une ville? demanda Julia qui se trouvait près de lui.

— Moi, je ne vois rien, dit Kretle à son tour, rien qu'une rivière et des arbres coupés... Une ville! où est-elle? où sont les églises, les maisons, les places, les quais, le port, toutes ces merveilles dont on nous parlait tant là-bas dans les Vosges et même à New-York? où sont ces rues nombreuses dont on nous montrait le plan et auxquelles on avait donné tant de noms pompeux?

Le guide haussa les épaules.

— L'église, ou plutôt le temple, reprit-il, se trouve là-bas, au milieu de cet espace nu qui doit plus tard servir de cimetière.

Il désignait une espèce de hutte en troncs d'arbres, un peu plus grande que les autres, et surmontée d'une pyramide de planches qui semblait chargée de représenter un clocher.

— Les rues, continua-t-il, sont indiquées par des écriteaux, comme vous pourrez vous en assurer quand nous serons dans la plaine. Pour le reste, ma foi! le reste viendra plus tard; les maisons ne manqueront pas dès qu'il y aura des habitans.

Une explosion de cris de fureur et de plaintes s'éleva tout à coup parmi les émigrans. A la vue de ce tableau si différent de ce qu'ils avaient attendu, ils se désespéraient et chargeaient de malédictions Hermann d'abord, qui était venu les arracher à leur foyer si humble mais si paisible, puis William Bell, puis les Américains et l'Amérique, et l'univers entier. Ils avaient nourri l'espérance de devenir riches propriétaires en terres et en bestiaux, à portée d'une ville florissante où ils pourraient vendre leurs denrées; et sur cette espérance ils avaient joué leur passé, leur avenir. Or, voilà qu'au moment où ils se croyaient sur le point de recueillir le prix de tant de sacrifices, ils se trouvaient jetés dans un désert sauvage, au milieu des bois.

Mais aucun ne montrait plus de colère et de désespoir que Reber. Il se lamentait, il pleurait, il embrassait ses enfans, il leur demandait pardon de les avoir amenées dans ce lieu maudit. Les jeunes filles cherchaient vainement à le consoler, quand Schmidt s'approcha d'eux.

— Eh bien! Schmidt, mon bon Schmidt, demanda-t-il, que dis-tu de ce réveil de tous nos beaux songes? Ah! tu l'avais bien prévu!

— Courage, monsieur Reber, courage aussi, mesdemoiselles! répondit l'honnête garçon avec sa douceur inaccoutumée; je m'attendais à ce que nous voyons; le cahier de notre ami Girard et mes fréquentes conversations avec les guides m'avaient préparé à ce mécompte, dont je n'ai pas voulu vous entretenir plus tôt de peur de vous ôter l'énergie nécessaire pour supporter les fatigues du voyage. A vrai dire, les travaux sont plus avancés ici que je n'osais l'espérer; on a déblayé le terrain, et c'est déjà beaucoup, car les maisons et les habitans poussent vite sur le sol américain. Avant une année peut-être, il existera vraiment ici une ville importante. Quant à nous personnellement, nous n'avons aucun sujet de nous alarmer; il s'agit de savoir si le lot de terre dont vous allez être mis en possession est de bonne qualité et susceptible de rémunérer votre travail; c'est là le point capital. En attendant que nous sachions la vérité à cet égard, ne nous laissons pas aller au découragement. La ville sera bâtie et habitée peut-être avant que nous puissions porter à son marché le produit de nos récoltes.

Ces consolations pleines de sens finirent par rendre quelque confiance à Reber; et les deux sœurs, qui s'habituaient insensiblement à considérer leur jeune ami comme un oracle infaillible, se dirent qu'elles auraient tort de désespérer de l'avenir, puisque Schmidt n'en désespérait pas encore. D'un autre côté, les guides et les Américains de la caravane cherchaient à rassurer de leur mieux les émigrans européens, et s'efforçaient d'adoucir l'amertume de leur désappointement.

Quand les voyageurs furent un peu remis de leur émotion, celui qui avait la direction de la caravane reprit à voix haute:

— Allons! il est temps de descendre, et la pente est si rapide que nous aurons bien du mal à empêcher nos vagons d'arriver dans la plaine les quatre roues en l'air... En route donc!... aussi bien on a dû nous voir d'en-bas, et peut-être monsieur Jones, le révérend ministre de Stockton, nous prend-il déjà pour une tribu de Pawnies ou d'Apaches qui vient attaquer ses paroissiens... Et, tenez, voici déjà les habitans de la ville qui s'effrayent de notre présence.

Les habitans de la ville consistaient en deux ou trois personnes, que l'on voyait courir à toutes jambes vers la hutte centrale destinée à servir de temple; on n'apercevait pas d'autre créature vivante dans le reste de la vallée.

Mais les émigrans n'eurent pas le temps de faire de nouvelles observations; la route qu'il s'agissait de descendre était une sorte de ravin encombré de roches; les attelages et les chariots risquaient en effet d'être culbutés sur cette pente excessivement raide, si l'on ne prenait de grandes précautions pour les faire arriver dans la plaine. Aussi tous les voyageurs durent-ils prêter la main à cette difficile opération, et, grâce à leurs efforts, on atteignit sans accident les bords de la rivière.

XIV

L'ARRIVÉE.

La caravane se dirigea vers le temple, point central de la ville projetée. Le sol n'était pas si bien aplani que l'on ne vît surgir çà et là de robustes souches qui faisaient trébucher les passans et parfois arrêtaient net les attelages. Des poteaux, plantés de distance en distance, portaient les inscriptions les plus diverses; ici devait être le théâtre, plus loin la bourse, de ce côté la gare du chemin de fer. Les rues étaient seulement tracées, et, dans l'incertitude où l'on se trouvait encore sur la nationalité des gens qui viendraient s'établir le long de ces problématiques voies publiques, on avait donné à ces rues les noms des principales villes de l'Europe où l'émigration est en faveur. Il y avait ainsi une rue de Berlin ou Berlin-street, un Dublin-street, un Baden-street, etc. Il y avait même un Paris-street; mais sans doute les spéculateurs qui avaient fondé Stockton ne comptaient pas trop sur une grande affluence de Parisiens, car Paris-street, à en juger par le tracé, devait être une rue triste et étroite, sorte de cul-de-sac rejeté à l'extrémité des faubourgs. Il va sans dire que l'on ne voyait aucun indice d'habitation ou même de culture le long de ces voies publiques, encombrées de copeaux et de mauvaises herbes. Les maisons de bois ou plutôt les huttes dont nous avons parlé étaient situées autour de la place de l'église, et il y en avait environ une vingtaine. La population entière de Stockton, comme on l'apprit bientôt, se composait au plus de soixante personnes, en y comprenant les femmes et les enfans.

C'était l'heure du travail, et la plupart des colons étaient encore dispersés dans les bois. Aussi ceux qui restaient, en voyant une troupe nombreuse s'avancer sans hésiter vers les habitations, éprouvaient-ils de grandes inquiétudes. Quand la caravane atteignit la place, elle aperçut un groupe de quatre à cinq personnes qui se tenaient sur la défensive à quelque distance. En tête de ce groupe était un homme d'une cinquantaine d'années, d'une maigreur extrême, qui paraissait être un personnage éminent de la colonie. Il était vêtu de drap noir, mais d'un drap si vieux et si râpé qu'on en distinguait à peine la couleur primitive. Ses maigres jambes étaient enveloppées de guêtres de peau de daim, et un chapeau de jonc protégeait son front jaune contre les ardeurs du soleil. D'amples lunettes d'argent, à cheval sur son nez crochu, ne pouvaient cacher l'expression effarée de ses gros yeux myopes. Il était assisté de deux hommes ayant l'apparence de bûcherons, sans doute ceux qu'on avait vus courir pour donner l'alarme, et l'un d'eux s'était armé précipitamment d'une carabine. Une vieille femme, qui tenait un bâton arraché à des fagots voisins, et un petit garçon qui remplissait délibérément ses poches de cailloux, complétaient le personnel des défenseurs de Stockton, et certes tous ensemble ne paraissaient pas bien redoutables.

Quand la caravane fut proche, le personnage vêtu de noir s'écria d'une voix dont la frayeur rendait plus sensible encore l'accent nasillard:

— Qui êtes-vous? Venez-vous ici au nom du Seigneur, ou bien au nom de l'esprit des ténèbres?

Un des guides qui marchait en avant donna quelques explications; aussitôt les signes de défiance disparurent, et le habitans de Stockton montrèrent un contentement extrême.

— Et nous qui vous prenions pour des Amalécites, pour des Philistins du désert ! s'écria l'homme noir avec explosion. Bénis soient ceux qui viennent au nom de Dieu!... Hosanna !... Hurra !...

— Hurra ! hurra ! s'écria la population de Stockton avec une énergie qui devait suppléer à son petit nombre.

Malheureusement l'orateur, qui n'était autre que le révérend monsieur Jones, ministre méthodiste de la paroisse, s'était exprimé en anglais, et les émigrans n'avaient pu comprendre sa mystique bienvenue. De son côté, monsieur Jones, en les entendant parler une langue étrangère, s'informa de leur patrie, et on lui apprit qu'ils étaient Français. Cette nouvelle diminua visiblement sa joie.

— Français ! s'écria-t-il de sa voix nasillarde, c'est-à-dire catholiques, c'est-à-dire papistes et partisans de l'Eglise de Rome!... Que le Seigneur nous pardonne nos péchés! Je me suis engagé à exercer mon divin ministère suivant le rit qui réunirait le plus de suffrages dans cette paroisse, et déjà, sur les soixantecha bitans de Stockton, il y avait cinq suffrages de majorité pour la pieuse secte méthodiste, tous les autres étant anglicans, presbytériens, quakers ou moraves; et voilà qu'il nous arrive tout à coup une nuée de catholiques qui vont vouloir être prêchés, baptisés, mariés selon les cérémonies compliquées de l'Eglise de Rome!... Que le Dieu commun ait pitié de nous! Je ne me tirerai jamais de leur interminable liturgie... Cependant dites-leur bien, mon frère, continua-t-il en s'adressant au guide qui servait de truchement, dites-leur bien que je ne suis pas indigne de leur confiance; on s'arrangera pour satisfaire leurs scrupules religieux, et s'il faut absolument pour cela employer quelques formules papistes, on s'y résignera... Aussi bien je suis le seul ministre de la religion qu'il y ait à plus de cent milles à la ronde, et ce n'est pas la peine d'y regarder de si près pour de légères différences de dogme.—On voit que le révérend ministre de Stockton était des plus accommodans. Mais le guide n'eut pas le temps de traduire aux nouveaux colons la requête de monsieur Jones et ses doléances : on venait de faire halte, et les émigrans étaient tous occupés des soins exigés par la circonstance. Il s'agissait de faire boire les chevaux et les bestiaux, de leur trouver un pâturage. Les voyageurs s'informaient aussi d'un gîte où ils pourraient déposer leurs bagages et coucher eux-mêmes la nuit prochaine, car selon toute apparence ils ne s'établiraient sur leurs concessions que le lendemain. Ils n'accordaient donc aucune attention à monsieur Jones, qu'il prenaient pour un ridicule prêcheur, et ils demandèrent à grands cris l'hôtelier, le magistrat de la ville, l'agent de la compagnie William Bell, le chef du cadastre. Le guide se mit à rire. — Le chef du cadastre, répliqua-t-il, le facteur de la compagnie qui doit vous mettre en possession de vos terres, le premier magistrat de la ville, l'hôtelier, ne sont qu'une même personne, et cette personne, la voici.

En même temps, il désignait le révérend monsieur Jones, qui, en effet réunissait sur sa tête toute l'autorité politique, religieuse, municipale et commerciale de la localité, les autres colons, maintenant disséminés dans la forêt, n'étant guère que des bûcherons, des chasseurs ou de petits agriculteurs complétement illettrés.

Aussitôt monsieur Jones fut assailli de demandes auxquelles il ne comprenait rien. Par bonheur, quelques mots prononcés en langue allemande, qu'il parlait luimême avec facilité, vinrent frapper son oreille.

— Ah ! vous n'êtes donc pas tous Français et catholiques ! s'écria-t-il en allemand d'un ton joyeux, ou du moins vous êtes nés dans les provinces de l'Allemagne, et il y a sans doute parmi vous des juifs, des calvinistes, des luthériens et autres sectes? Que Dieu soit loué! nous pourrons certainement être d'accord ensemble.—De beaucoup rassuré par cette découverte, le révérend Jones prêta enfin l'oreille aux diverses requêtes de ses nouveaux administrés. Il leur promit, en sa qualité de facteur de la compagnie William Bell, de vérifier sans retard les titres dont ils étaient porteurs, et, en sa qualité de chef du cadastre, de les mettre dès le lendemain en possession des lots de terrains dont ils étaient acquéreurs dans le voisinage de Stockton. De plus il leur indiqua plusieurs rues de la ville où les bœufs et les chevaux, attachés à des piquets, trouveraient une pâture suffisante; les chariots pouvaient stationner sur la place, à condition toutefois que leurs maîtres monteraient la garde à l'entour pendant la nuit, car de l'aveu de monsieur Jones, la police n'était pas encore bien organisée à Stockton, et il fallait se méfier de certains visiteurs à deux et à quatre pieds qui hantaient les forêts environnantes. —Quant à vous, mes chers frères, continua le ministre, je ne vois pour vous loger cette nuit que le temple. Toutes les autres maisons de la ville sont occupées, et nulle part vous ne pourrez trouver plus de comfort et de bien-être. L'édifice est soigneusement construit, bien planchéié, et les fenêtres sont garnies de vitres; enfin vous serez là sous la main de Dieu, et vous pourrez le remercier de vous avoir accordé un heureux voyage. Seulement, comme le temple appartient à la compagnie William Bell dont je suis le mandataire, et comme il a coûté considérablement à bâtir, je prélèverai une légère rétribution sur chacun de ceux qui viendront y chercher un abri... Oh ! presque rien, vingt cents (1) par personne et par jour, pendant le temps qu'il vous conviendra d'y demeurer. N'est-il pas juste que ceux qui ont construit ce temple à grands frais trouvent une compensation terrestre à leur acte de piété? — Certains émigrans, et surtout les demoiselles Reber, ne comprenaient guère comment un édifice consacré à un culte prétendu chrétien pouvait ainsi se transformer en auberge; mais les autres, habitués déjà aux étranges spéculations de certaines sectes américaines, ne s'en étonnèrent pas et subirent sans trop murmurer l'exaction nouvelle. On s'empressa de dételer les bêtes afin qu'elles pussent paître en liberté, puis on s'achemina vers le gîte commun pour y installer les familles. Le ministre accompagna la troupe. Arrivé au temple, il tira de sa poche une énorme clef avec laquelle il en ouvrit la porte, et il introduisit ses hôtes dans le sanctuaire. — Ce sanctuaire était une grande case blanchie à la chaux intérieurement et éclairée par deux fenêtres. On n'y voyait aucune espèce d'ornement, aucun tableau, aucune sculpture, les méthodistes étant essentiellement iconoclastes. Le mobilier consistait en plusieurs bancs de bois, façonnés à la hache, et en une chaire à prêcher portative, d'un travail à peine moins grossier. L'édifice était assez vaste pour servir de dortoir aux émigrans; seulement, comme le sol était recouvert d'un plancher, il n'y avait aucun moyen d'y faire du feu et les femmes de la caravane furent obligées de dresser leur cuisine à l'extérieur afin de préparer le repas. Le révérend ministre perçut très exactement la rétribution convenue. Après avoir empoché la recette, il offrit aux ménagères de leur vendre les provisions qui pouvaient leur manquer. Dans une case voisine, monsieur Jones avait un magasin complet d'épiceries, de salaisons, de biscuits, appartenant à la compagnie William Bell, et il proposait ses marchandises au prix le plus modeste, c'est à dire au triple de ce qu'elles valaient dans les villes de l'Union. Il en fit l'éloge avec tout le charlatanisme d'un colporteur de profession, mais inutilement : on n'avait besoin de rien. — Allons, dit-il enfin avec humeur, je gage que vous vous serez aussi laissé enjôler par Samuel Wolf? Ce maudit juif guette toutes nos pratiques au passage, et il n'y a plus rien à faire après lui... Mais patience! vos approvisionnemens s'épuiseront, et, comme

(1) Environ un franc

Wolf est loin, il faudra bien que vous ayez recours à nous.

Tout en pestant contre la déloyale concurrence de Wolf, le révérend monsieur Jones laissa les pauvres ménagères à leurs travaux, et finit par se retirer avec les chefs de famille, qui avaient hâte de lui présenter leurs titres de propriété.

Il les conduisit dans sa demeure, maison de bois, ou *log-cabin*, à peine plus grande et plus logeable que les huttes des bûcherons. Là, le ministre complaisant, le marchand peu scrupuleux de tout à l'heure, redevint le représentant de la puissante compagnie Bell. Assis dans un fauteuil grossièrement façonné, devant une table de même fabrique, il se mit à examiner avec une attention minutieuse les actes qu'on lui soumettait. Après les avoir lus, il consultait un plan ouvert sur la table, pour reconnaître la situation de chaque lot, et il ne manquait jamais de se récrier sur l'excellence du terrain, sur les mille avantages que le colon allait trouver dans sa propriété. Cette occupation le retint pendant le reste de la journée, et les émigrans se retirèrent enfin avec la promesse que, dès le lendemain, ils seraient installés dans leurs domaines.

Vers le soir, les autres habitans de Stockton revinrent à leurs foyers, et ils furent aussi surpris que joyeux en voyant l'accroissement inattendu de la population coloniale. Reber, averti par Schmidt, jugea le moment favorable pour s'assurer du concours de certains travailleurs expérimentés dans l'art de créer des établissemens agricoles, les nombreux besoins de ce genre devant faire hausser rapidement le prix de la main-d'œuvre. Il apprit de monsieur Jones que sa concession était située à dix ou douze milles plus loin, et à cette distance il était impossible que des journaliers pussent venir de la ville chaque matin et s'en retourner chaque soir. Déjà, pendant le voyage, Schmidt avait pris adroitement des informations sur les travailleurs les plus habiles, et il en avait désigné deux au choix de son compagnon; l'un était un de ces agriculteurs nomades qui courent le pays au hasard de leur caprice ou de leur intérêt; du reste intelligent, actif, et connaissant merveilleusement toutes les ressources, toutes les exigences de la vie du colon. L'autre était un nègre affranchi de la Louisiane, qui avait une grande renommée comme constructeur de maisons de bois. Le nègre et le blanc louaient leurs services aux colons, dans le but d'acquérir un petit capital qui les mettrait plus tard en état de devenir propriétaires à leur tour.

Reber et Schmidt n'eurent pas de peine à s'entendre avec ces deux hommes, qui furent embauchés au prix d'un dollar chacun par journée, outre la nourriture et le logement; on comprend bien que le logement était ici stipulé pour la forme, car on devait vivre en plein air jusqu'à ce que la maison fût construite. A la vérité, le nègre répondait qu'en moins de huit ou dix jours il aurait élevé une habitation suffisante pour la famille; mais bien des obstacles pouvaient retarder l'accomplissement de ses promesses, et on se trouvait alors au commencement de l'automne, saison où les nuits sont déjà très froides dans cette portion du continent américain.

Il fallait pourtant que Reber et les siens se décidassent à coucher d'abord, soit dans leur vagon, soit sous la tente. Le chef de famille, redoutant pour ses enfans cette dernière extrémité, voulait les laisser à Stockton sous la protection du révérend monsieur Jones, qui s'en fût chargé volontiers, toujours moyennant une rétribution. Mais les courageuses jeunes filles refusèrent de se séparer de lui. « Elles venaient, disaient-elles, de faire un long voyage dans le désert, et cet apprentissage de la vie des bois les avait tout à fait aguerries; ce qu'elles avaient supporté déjà, elles pouvaient le supporter encore; d'ailleurs, quelques jours seraient bien vite écoulés. » Force fut donc à Reber de céder à leurs désirs, et l'on convint que tous partiraient ensemble le lendemain, pour aller fonder le nouvel établissement.

La nuit arriva, et les émigrans, à la suite du souper, s'installèrent dans le temple. Des matelas, des peaux d'ours et de bison avaient été apportés pour leur servir de lits, et ils se promettaient dans cette habitation close un bien-être et une sécurité dont ils ne jouissaient plus depuis longtemps. Néanmoins, les rires et les propos joyeux qui caractérisaient les haltes précédentes avaient disparu; les Européens, à mesure qu'ils appréciaient mieux l'état des choses, éprouvaient de plus en plus les atteintes du doute et du découragement. Quelques-uns, réunis autour d'un banc sur lequel se trouvait une bouteille de wiskey, essayèrent de prolonger la veillée; mais une tristesse invincible ne tarda pas à disperser ce groupe, même avant la fin de la bouteille. Ils se séparèrent donc, les uns pour se jeter sur leur couche improvisée, les autres pour veiller sur les vagons et les bagages qui étaient restés sur la place voisine.

Bientôt un profond silence régna dans l'intérieur de l'édifice, éclairé par un seul flambeau. A peine couché, Reber s'était endormi; mais ses filles, qui s'étaient étendues tout habillées sur un matelas de cuir à ses pieds, et étaient enveloppées de la même couverture, ne trouvèrent pas si facilement le sommeil. Julia surtout semblait fort agitée; elle se retournait continuellement sur la couche commune. Kretle crut d'abord que les moustiques, ces terribles moucherons qui sont un des fléaux du nouveau monde, surtout dans le voisinage des rivières, étaient cause de cette agitation; mais un sanglot mal étouffé ayant attiré son attention, elle étendit la main dans l'obscurité et sentit le visage de sa sœur inondé de larmes.

— Julia, chère Julia, dit-elle à voix basse en l'attirant doucement vers elle, qu'as-tu donc? — Elle ne reçut pas de réponse. — Julia, répéta-t-elle d'un ton plus pressant, de grâce, à quoi penses-tu?

— Je pense, Kretle, répondit enfin l'aînée d'une voix éteinte, que grand'mère a bien fait de mourir, et que nous sommes plus à plaindre qu'elle!

Les deux sœurs se serrèrent dans les bras l'une de l'autre, et finirent par s'endormir en confondant leurs larmes.

Cependant, le lendemain matin, toutes deux sourirent à leur père quand il vint les embrasser; toutes deux montrèrent la même ardeur à faire les préparatifs du départ. La plupart des émigrans se proposaient de demeurer à Stockton un jour ou deux encore, jusqu'à ce que l'universel monsieur Jones pût les installer dans leurs propriétés; quant à Reber, Burgwillers et à quelques autres dont les terres se trouvaient dans une même direction, le révérend ministre devait les mettre immédiatement en possession de leurs lots.

Après un frugal déjeuner en commun, les voyageurs prirent congé de leurs anciens compagnons, et la petite caravane partit pour sa destination. Elle se composait de trois vagons et de quelques bestiaux. Outre Reber et ses filles, Schmidt et les deux journaliers, il s'y trouvait encore Burgwillers, sa sœur et plusieurs autres groupes, en tout une vingtaine de personnes, qui devaient se disperser le long de la route qu'on allait suivre. Monsieur Jones marchait en avant, monté sur un vieux mustang; il avait une carabine en bandoulière, bien qu'il ne parût pas être un tireur redoutable, et une couverture rayée appelée *mackinau* était roulée sur la croupe en guise de valise. A côté de lui trottinait un pauvre diable vêtu de haillons et chargé de divers instrumens d'arpenteur, qui servait de porte-chaîne et au besoin de domestique à Sa Révérence.

On traversa la rivière sur un radeau fait de troncs d'arbres et de liens d'écorce. Après plusieurs voyages de cette lourde machine, la caravane se trouva sans accident sur l'autre bord, et se mit à gravir la berge, tâche difficile pour des chariots lourdement chargés. Il fallut que tous les chevaux de main ou de bât vinssent en aide aux malheureux attelages, et ce fut seulement après des efforts inouïs que l'on atteignit le sommet de la pente, sur la limite des bois.

On eût dit que la température elle-même voulait mettre obstacle à la marche des nouveaux colons. Le soleil, si brillant et si chaud la veille encore, s'était voilé de nuages qui traversaient rapidement le ciel. Un de ces vents impétueux qui se déchaînent sans obstacles dans la prairie s'était levé pendant la nuit et semblait devoir renverser la forêt où l'on allait s'engager.

Comme les demoiselles Reber remontaient dans leur vagon, dont elles étaient un moment descendues pour soulager l'attelage, elles entendirent Saunders, le coureur des bois, qui, avec le nègre Diégo, devait travailler sur leur domaine, dire avec inquiétude à Reber et à Schmidt :

— Voilà un vent qui ne nous annonce rien de bon ; ou je me trompe, ou c'est l'hiver qui commence. Cette maudite bise nous vient tout droit du Canada et du pays des grands lacs.

— L'hiver! répéta Reber avec inquiétude; y pensez-vous? Nous sommes à peine au milieu de l'automne.

— Hier encore, ajouta Schmidt avec sa douceur accoutumée, le petit thermomètre que j'ai acheté à New-York marquait plus de trente-cinq degrés de chaleur à l'ombre.

— Ah! vous ne savez guère, gentleman, combien l'hiver vient brusquement dans cette partie de l'Amérique; vous ne vous en apercevrez que trop tôt, si nous sommes obligés de bivouaquer longtemps... Eh! Diégo, poursuivit Saunders en s'adressant au noir qui, son grand fouet à la main, rattachait le joug des bœufs, que pensez-vous de cette jolie brise-là?

— C'être l'hiver, *massa*, répliqua le nègre sans hésiter, froid venir; pas bon froid pour jolies petites ladies... aussi bâtir bien vite, bien vite *log-cabin* pour loger petites ladies.

— Oui, oui, il faudra se hâter, dit Schmidt avec un soupir. Mon Dieu! il ne manquait plus que cela!

On s'enfonça dans les bois. Le feuillage avait ces nuances riches et variées de l'automne qui plaisent tant aux peintres de paysage; tous les tons, depuis le rouge vif jusqu'au jaune d'or, se mélangeaient à la verdure foncée des ormes et des chênes. Le vent se faisait peu sentir sous le couvert, mais on l'entendait mugir à la cime des grands sycomores, tandis que des milliers de feuilles de toutes formes et de toutes couleurs voltigeaient çà et là. On n'apercevait aucune route tracée; seulement des arbres coupés ou du moins entaillés de distance en distance indiquaient la direction à suivre. Du reste, cette portion de la forêt n'était pas aussi fourrée que celle de l'autre côté de la rivière; les troncs, largement espacés, n'étaient pas reliés entre eux par ces lianes, ces ronces et autres plantes grimpantes qui forment souvent des massifs impénétrables. Quelques-uns d'entre eux toutefois faisant obstacle au passage des immenses vagons de la caravane, Saunders et Diégo, auxquels se joignit Schmidt, attaquèrent à coups de hache ces géans de la forêt, et les renversèrent sans pitié ni remords.

On se détourna deux ou trois fois pour conduire à leurs possessions ces familles émigrantes. Parmi ceux que l'on laissait ainsi en chemin, les uns devaient s'établir en pleine forêt, où ils auraient à exécuter d'immenses travaux avant de pouvoir jouir de l'air et de la lumière, ces dons de Dieu sans lesquels rien ne saurait vivre. D'autres étaient tombés sur un lot de fondrières et de marécages que la fièvre et les moustiques rendraient bientôt inhabitables; d'autres, sur des terrains rocailleux et absolument dépourvus de végétation. Les pauvres diables se répandaient en plaintes, en menaces, en imprécations; mais le révérend monsieur Jones restait impassible et froid comme le destin. Après avoir étalé son plan sur le gazon, il désignait tranquillement au porte-chaîne les limites de la nouvelle propriété; on plantait des jalons, on faisait certaines entailles aux arbres; puis le ministre remontait sur son poney, bénissait en nazillant les désespérés, et la caravane continuait son chemin.

Malgré ces façons expéditives du révérend facteur, une bonne partie de la journée fut employée à ces détours; aussi le soir n'était-il plus très éloigné quand la troupe se trouva réduite aux familles Reber et Burgwillers et aux gens de leur compagnie. La forêt paraissait interminable à ceux qui restaient; néanmoins, ils n'avaient aucune impatience de connaître le lot qui leur était échu en partage. L'affreux désappointement des autres colons leur faisait craindre un sort semblable; ils marchaient mornes, silencieux, sans oser échanger une parole ou même un regard.

Tout en chevauchant dans ces tristes solitudes, monsieur Jones finit par devenir inquiet lui-même.

— Décidément, mes bons amis, dit-il aux émigrans, il me sera impossible de rentrer à Stockton la nuit prochaine. Il me faudra donc aussi coucher dans les bois, et, comme je n'ai fait aucun préparatif en prévision de cette nécessité, vous voudrez bien me donner part, je l'espère, au bien-être que vous pourrez vous procurer. Nous sommes tous chrétiens, quoique de sectes différentes, et nous devons nous assister les uns les autres.

Reber était trop préoccupé pour remarquer combien peu le révérend monsieur Jones pratiquait ce dernier précepte; il se contenta donc de répliquer distraitement que le ministre serait traité comme lui-même. Cette réponse rassura le facteur; mais Saunders, qui avait entendu la conversation, se tordit la bouche d'un air narquois pour appeler l'attention de son camarade Diégo, et dit en anglais :

— C'est prudent à vous, monsieur Jones, de ne pas marcher la nuit. Savez-vous qu'il y a des panthères dans ces parages?

— Des panthères! répéta le ministre en tressaillant.

— Oui, on les entend rugir tous les soirs; sans compter que Williams croit avoir vu des ours grizly sur la limite de la prairie.

— Des ours grizly! Que le Seigneur ait pitié de nous! Il faudra entretenir de grands feux autour de notre campement, pour écarter ces bêtes féroces.

— Ce serait une bonne précaution, mais les feux sont aperçus de loin dans l'obscurité, et ils peuvent donner l'éveil aux Indiens. Or, vous savez que les Pawnies ont eu querelle dernièrement avec les colons de la rivière Jaune, qui en ont tué plusieurs. Depuis ce temps, les Pawnies sont enragés contre nous, et comme ils disent, « ils marchent dans le sentier de la guerre. » Que deviendrions-nous si ces coquins avaient l'idée de nous attaquer au milieu de la nuit, selon leur habitude?

Le révérend Jones, quoiqu'il fut depuis quelque temps déjà dans le pays, n'avait jamais eu occasion de braver les dangers auxquels il exposait si philosophiquement les autres. Habitué à se voir entouré d'une foule nombreuse, qui lui était dévouée par intérêt ou par devoir, il ne s'était jamais trouvé jusqu'à ce moment dans un isolement aussi complet en face des périls du désert. Les observations réelles ou fausses de Saunders le frappèrent donc d'épouvante.

— Puisse le ciel protéger un malheureux pécheur! murmura-t-il; qu'avais-je besoin de venir ici? Confusion sur ceux qui m'obligent à passer la nuit dans cette abominable forêt! Mais, mon cher Saunders, nous sommes en nombre, et, en faisant bonne garde, nous pourrons nous défendre contre les païens.

— Sans doute, mais ils sont si rusés!... Ils se glissent quelquefois dans les campemens sans être vus des sentinelles, ils rampent, le couteau à scalper entre les dents, jusqu'aux personnes endormies, et puis... une chevelure est si vite enlevée! — Cette dernière image parut porter au comble la terreur du pauvre homme; il ne pouvait plus parler, ses dents claquaient. Saunders, content de l'effet qu'il avait produit, ajouta tranquillement : — Gardez-vous de parler de tout ceci, monsieur Jones; vous effrayeriez les femmes; je vous ai dit la vérité, à vous, parce que votre courage m'est connu. Du reste, nous aurons l'œil ouvert, vous pouvez y compter, car nous tenons à notre chevelure autant que vous à la vôtre.

Et, laissant le méthodiste anéanti, il se dirigea vers

l'autre extrémité de la caravane. Le nègre Diégo, qui n'avait pas perdu un mot de cet entretien, se hâta de le rejoindre.

— Ah! massa Saunders, massa Saunders, dit-il en roulant de gros yeux blancs et en montrant une rangée de dents non moins blanches à travers ses lèvres lippues, vous avoir fait grand peur à pauvre ministre.

— Laisse donc, répliqua Saunders en clignant des yeux; ne faut-il pas qu'il connaisse par lui-même les terreurs auxquelles il expose les innocens qui nous arrivent de l'autre côté de l'eau? Il ne fermera pas l'œil de la nuit, je te le garantis.

Cependant le jour commençait à s'assombrir; les bœufs et les chevaux étaient rendus de fatigue. Reber finit par demander au ministre si l'on ne serait pas bientôt sur les terres de son lot.

— Les terres de votre lot! répéta monsieur Jones en se réveillant comme d'un songe où il voyait les Indiens, les ours grizly et les panthères danser autour de lui une sarabande infernale; vos terres! mais nous y sommes depuis longtemps... Tenez, elles commencent au rocher que vous voyez près de ce bouquet de sumacs... Saunders, ajouta-t-il plus bas, quel est donc cet animal qui se glisse là-bas dans les broussailles?

L'animal en question était un pacifique raton laveur ou raccoon, qui se mettait en chasse aux approches de la nuit; mais Saunders répliqua froidement :

— C'est un loup.

La nouvelle qu'on était arrivé au terme du voyage avait mis la caravane en éveil.

— Quoi! demanda Reber en regardant avidement autour de lui, le sol que nous foulons est-il à moi?

Les jeunes filles de leur côté s'étaient penchées toutes frémissantes hors du chariot.

— Mais nous sommes en plein bois! s'écria l'une d'elles avec désespoir.

— Attendez, attendez donc! reprit monsieur Jones, un terrain de deux cents acres (1) a une certaine étendue... Le gentleman Reber a voulu avoir des bois et des prairies; il y a de l'un et de l'autre dans son lot... Dans cinq minutes nous allons sortir de la forêt. — En effet, une lumière plus vive commençait d'apparaître a quelque distance, preuve certaine que de ce côté les arbres devenaient plus rares; les cinq minutes n'étaient pas écoulées que les emigrans débouchaient de la forêt, et un spectacle inattendu frappait leurs regards. En face d'eux s'étendait la prairie immense, onduleuse, dont l'œil ne pouvait apercevoir les bornes, et dont les teintes gris-bleu se confondaient au loin avec les vapeurs du ciel nuageux. Elle était couverte de cette espèce d'armoise d'un vert pâle, dure, coriace, amère, que les ardeurs de l'été avaient rendue sèche et fanée. Çà et là, jusqu'à une certaine distance de la forêt, quelques arbres clairsemés, d'un aspect grêle et chétif, élevaient leur tête pyramidale; c'était le peuplier à coton, l'arbre des prairies, le seul qui puisse prospérer sur ce terrain ingrat. A gauche coulait la rivière Jaune, que l'on avait déjà traversée à Stockton, et qui, après un long détour, venait arroser ce pays désolé. Sans doute les voyageurs se fussent épargné de grands fatigues en se rendant par eau à leur destination: mais la rivière, entre Stockton et la plaine, formait plusieurs *rapides* qui eussent interrompu la navigation, et d'ailleurs, comme nous l'avons dit, on manquait absolument de bateaux. Du reste elle n'avait plus ces berges escarpées qu'il avait fallu gravir avec tant de fatigues; elle roulait tristement ses eaux bourbeuses entre deux rives plates et nues. Un petit nombre de saules aux feuilles glauques s'élevaient à peine au-dessus d'une vaste nappe de roseaux qui s'étendaient sur les deux bords et semblaient en défendre l'approche. Tout cela, vu aux dernières clartés du jour, au bruit de ce vent impétueux qui courbait les arbres de la forêt et formait d'immenses ondulations sur la rivière, sur les roseaux, sur les grandes herbes de la prairie, présentait un aspect rude sauvage, inhospitalier, qui repoussait l'homme civilisé. Reber et ses filles demeuraient plongés dans une consternation muette. La voix nasillarde du révérend ministre vint interrompre leurs tristes pensées. — Vous voyez, monsieur Reber, dit-il, que le Seigneur ne vous a pas mal partagé dans la distribution de ses biens. Quoique vous soyez sur la limite de l'oasis de Stockton, il y a d'excellens morceaux de terre dans votre lot, et le ciel vous a traité comme un de ses favoris. Aussi j'espère que vous viendrez le plus souvent possible avec votre famille le remercier dans son temple, à Stockton, et que vous voudrez bien me considérer comme votre pasteur, moi qui aurai été pour vous le distributeur de ses grâces. — Reber ne répondit pas; sombre, les bras tombans, l'œil fixe, il n'osait se tourner vers ses deux filles. Monsieur Jones poursuivit : — Nous nous occuperons demain matin de déterminer vos limites, car il est tard, le froid commence à se faire sentir, et nous devons nous hâter de prendre nos dispositions pour la nuit. Rien ne nous empêche de bivaquer ici; la forêt nous protégera contre le vent qui balaye la plaine. Quant à votre habitation définitive, vous l'établirez sans doute sur ce mamelon que vous voyez en face de nous; vous y serez à l'abri des inondations, car, s'il faut l'avouer, la rivière est sujette à des crues subites dans la saison d'hiver; et puis vous n'auriez rien à craindre des incendies que les Indiens ou les chasseurs allument parfois dans la prairie.

— Ainsi donc, reprit Reber avec un accent de désespoir navrant, outre la stérilité du sol et les maladies, outre les incursions des malfaiteurs et des Indiens, outre les attaques des bêtes féroces, nous aurons encore à redouter l'inondation et l'incendie! — De grosses larmes jaillirent de ses yeux. Ses filles l'enlacèrent de leurs bras et le comblèrent de caresses. — Pauvres enfans! murmura-t-il en sanglotant; là-bas, au pays, notre misère était richesse, notre douleur était consolation, auprès de ce qui nous attend ici.

Le ministre assistait en silence et avec étonnement à cette scène de famille; mais Schmidt se hâta d'intervenir.

— Courage, mes amis! s'écria-t-il, vous n'avez pas sujet de vous livrer au désespoir. Le premier aspect de ces solitudes vous a trop épouvantés. Monsieur Jones vous l'a dit, et Saunders est de cette opinion, le sol de votre concession n'est pas mauvais. Je prévois bien des contretemps, des fatigues et des dangers avant que nous ayons pu créer ici un établissement prospère; mais avec de la constance et de l'énergie nous en triompherons peut-être. Courage! vous dis-je, et le ciel nous aidera.

— Vous l'entendez, mon père, s'écria Kretle en souriant malgré ses larmes. Oh! croyons, croyons Schmidt, notre ange gardien!

Elle tendit sa main au brave garçon, qui la serra doucement entre les siennes. Reber lui-même parut un peu relevé par les exhortations de son ami.

— Peut-être, répliqua-t-il, la vue de cet horrible désert m'a-t-elle rendu injuste et déraisonnable. Tu as raison, Schmidt, ce serait lâcheté d'abandonner la partie avant qu'elle fût définitivement perdue... Mes chères enfans, vous le verrez, je ne m'épargnerai pas pour vous procurer l'abondance et la sécurité que je voudrais vous assurer au prix de mon sang!

Pendant cette conversation, Burgwillers s'était approché à son tour de monsieur Jones et lui avait demandé dans quelle direction se trouvait son lot.

— Par ici, répliqua le ministre, en étendant la main vers la prairie. Ne vous inquiétez pas, monsieur Burgwillers, ajouta-t-il avec un sourire légèrement narquois, nous vous ferons bonne mesure; si les quatre cents acres que vous avez achetés à la compagnie ne vous suffisent pas, nous ne regarderons pas à une douzaine d'acres de plus ou de moins. De ce côté, nous pouvons tailler en plein drap comme vous voyez.

(1) L'acre vaut un arpent et demi

La sœur de Burgwillers, pauvre vieille paysanne des Vosges qui n'avait quitté son pays que par affection pour son frère, jetait les hauts cris en voyant la stérilité du nouveau domaine; Burgwillers lui-même songeait peut-être aux magnifiques pâturages qu'il avait vendus en France pour acheter ces landes improductives, quand le ministre s'écria tout à coup en pâlissant :

— Par le ciel! quels sont ces animaux que j'aperçois là-bas? Ne seraient-ce pas des ours grizly?

Et il désignait deux ou trois animaux de grande taille, d'aspect farouche, qui se dirigeaient en bondissant vers la rivière pour se désaltérer, suivant l'habitude des bêtes sauvages aux approches de la nuit.

— Chut! pas de bruit, ce sont des bisons, s'écria Saunders en armant sa carabine et en se mettant à courir dans la direction de la rivière.

— Des bisons! des bisons! s'écria Burgwillers, qui recouvra subitement toutes ses espérances; il y a des bœufs sauvages sur mes terres! On ne m'avait donc pas trompé! —Et il suivit Saunders de toute sa vitesse; les autres chasseurs ne tardèrent pas à se mettre de la partie, et monsieur Jones les y excita lui-même, dans l'espoir d'avoir une succulente bosse de bison pour son souper. Mais cette chasse improvisée ne devait pas réussir : les défians animaux ne tardèrent pas à éventer l'homme, et, prenant la fuite, disparurent bientôt dans l'immensité du désert. Les chasseurs revinrent très fatigués et très désappointés. — N'importe! dit Burgwillers encore tout haletant, les bœufs sauvages ne paraissent pas manquer ici, et c'est le point capital. Cette *prairie*, j'en conviens, ne ressemble pas à nos pacages de là-bas, et elle n'est pas tout à fait ce que j'imaginais, quoique les herbes soient vraiment aussi hautes qu'un homme à cheval, comme le disait Hermann; mais, tout bien considéré, j'accepte mon lot et je compte en tirer bon parti. — Et comme sa sœur, moins enthousiaste, se répandait en lamentations : — Tais-toi, sotte! dit-il avec rudesse, de quoi te plains-tu? avant six mois nous aurons le plus beau troupeau qui soit au monde, je te le promets.

Les illusions de l'ancien marquard étaient robustes et tenaces, comme on le voit.

Deux heures plus tard, la caravane avait établi son campement sur la lisière du bois, et les voyageurs, après un frugal repas, s'étaient retirés pour se livrer au repos. Un grand feu, auprès duquel se tenaient deux sentinelles, la carabine à la main, projetait une lumière inégale sur les chariots et les tentes qui servaient de demeure aux nouveaux colons. Rien ne remuait dans le camp, et l'on eût pu croire que les sentinelles seules veillaient; mais ni Reber ni ses filles ne pouvaient dormir. Kretle et Julia, blotties dans leur vagon, soulevaient de temps en temps la toile qui en fermait l'entrée, et tout les frappait d'épouvante. Une nuit épaisse couvrait la nature; le vent continuait de se déchaîner avec fureur sur la prairie, ou de s'engouffrer avec des bruits étranges sous les arceaux séculaires de la forêt. Les jeunes filles croyaient distinguer le hurlement des Indiens qui s'avançaient pour attaquer la caravane, des rauquemens de panthères ou des grondemens d'ours dans les taillis. A chaque instant il leur semblait voir des yeux étincelans briller dans l'ombre; elles s'attendaient à entendre l'explosion des carabines, les cris des sentinelles qui allaient donner l'alarme. Il n'y avait de réel dans ces sons menaçans que les glapissemens des coyotes et les gémissemens des oiseaux de nuit qui se mêlaient au fracas de la tempête; mais Kretle et Julia n'en étaient pas moins inquiètes, agitées, palpitantes, et cette première nuit passée sur leur domaine devait leur laisser de longs souvenirs de terreur.

TROISIÈME PARTIE

I

LA COLONIE.

Six mois s'étaient écoulés depuis que Reber et sa famille étaient venus s'établir sur le bord de la rivière Jaune, dans le Kansas.

L'aspect de cette portion du pays, située, comme nous savons, sur la limite du désert, avait bien changé dans cet intervalle. On se trouvait maintenant à la fin de l'hiver, et, quoique le dégel fût prochain, quoique des bouffées chaudes du midi se fissent déjà sentir, la neige molle qui couvrait encore la terre, la rivière encore emprisonnée sous une épaisse croûte de glace, témoignaient que cet hiver avait été particulièrement long et rigoureux.

Mais la main de l'homme, plus que la saison, avait complétement modifié l'apparence des lieux. La pointe de forêt qui s'avançait autrefois vers le monticule voisin de la rivière avait disparu ; à sa place on apercevait seulement des troncs d'arbres coupés à trois pieds au-dessus du sol, des piles de bois de chauffage et de construction, enfin des enceintes de palissades destinées à garantir les cultures contres les déprédations des bêtes sauvages. Aussi le paysage semblait-il s'être élargi du côté de Stockton, et la forêt avait reculé respectueusement devant un nouveau maître. Le bois se trouvait maintenant à un demi-mille plus loin, et formait comme un mur sombre, malgré la neige éblouissante qui faisait plier ses branches entrelacées.

Sur toutes les autres parties du tableau l'œil ne rencontrait que la plaine onduleuse, dont la neige effaçait les teintes et les contours. La rivière elle-même ne se distinguait en rien de la prairie, cachée qu'elle était sous cette enveloppe blanche et monotone. Les gigantesques roseaux qui autrefois en défendaient les abords n'existaient plus, et le terrain situé entre le monticule et la forêt semblait avoir été nettoyé par le feu. Dans tout cet espace, il n'y avait plus trace de ces hautes touffes d'armoises ou de sauge qui, pendant des siècles peut-être, avaient couvert le sol, et quelques rangées de palis établis non loin de la rivière prouvaient qu'on ne désespérait pas d'y voir naître du gazon vert au printemps pour servir à la nourriture des bestiaux. En revanche, hors des limites de la propriété de Reber et sur le territoire appartenant à Burgwillers, le désert reprenait ses droits ; les sauges reparaissaient, entremêlées d'arbustes chétifs, et se prolongeaient à une grande distance au delà de l'horizon.

L'habitation de Reber avait été construite vers le sommet du monticule dont nous avons parlé, la façade tournée vers la rivière. Elle consistait en plusieurs huttes de bois ou log-cabins reliées entre elles par des espèces de galeries légères. Les abords de ces bâtimens étaient défendus par des palissades fort solides, profondément enfoncées dans le sol, qui devaient être un rempart suffisant contre les malfaiteurs et contre les animaux féroces. Ces palissades, dans lesquelles une porte solide donnait entrée, formaient ainsi une vaste enceinte destinée à devenir plus tard cour ou jardin. L'étable des vaches et l'écurie du cheval consistaient en un hangar couvert en planches et situé intérieurement près de la porte d'entrée; un second hangar, réservé aux chariots et aux instrumens de labourage, s'élevait de l'autre côté. Malgré l'imperfection, la grossièreté même de ces divers ouvrages, on pouvait à bon droit s'étonner qu'ils fussent comme sortis de terre en si peu de temps, et qu'il eût suffi de quelques mois à un petit nombre d'hommes pour vaincre cette nature si inclémente.

Tel était donc l'état des choses, par une sombre journée de mars, deux heures environ avant le coucher du soleil. A l'heure dont nous parlons, une solitude morne régnait autour de l'habitation et dans l'immensité de la prairie. Excepté les oiseaux de proie qui tournoyaient dans le ciel brumeux, excepté les craquemens sourds qui se faisaient parfois dans la rivière et annonçaient une débâcle prochaine des glaces, excepté enfin les frémissemens lointains de la forêt quand un vent tiède, venu du golfe du Mexique, agitait les feuilles sèches, rien ne troublait le calme solennel de ces frontières de la civilisation américaine. Les défrichemens semblaient abandonnés; l'habitation elle-même, ensevelie sous sa couche de neige, paraissait déserte; les portes en étaient soigneusement fermées, et nul être humain ne se montrait dans l'enclos. Cependant des beuglemens sonores qui par intervalles partaient de l'étable, les aboiemens d'un chien chargé de garder l'entrée du logis, et surtout des flocons de fumée qui s'élevaient du toit de la maison, témoignaient que cet abandon était plus apparent que réel.

En effet, dans la hutte principale, placée au centre des constructions, nous trouverons deux personnes de notre connaissance. Cette hutte était revêtue en dedans d'une glaise fort dure qui donnait aux murailles toute la solidité désirable; un papier de tenture appliqué sur les pans prêtait à la pièce un air de confort. Le sol, qu'on n'avait pas encore eu le temps de recouvrir d'un plancher, était enduit de la même glaise, qui, bien battue et bien unie, ne conservait aucune humidité. Les fenêtres, fort étroites, étaient garnies, au lieu de vitres, d'une sorte de baudruche transparente. Un grand poêle de fonte, installé dans un massif de maçonnerie, entretenait autour de lui une température douce et constante. Le mobilier, simple et primitif, consistait en une table et en quelques siéges de bois. Des caisses, des coffres étaient disposés le long des murs, auxquels on voyait suspendus un grand nombre d'ustensiles disparates, mais tous d'une indispensable utilité.

Cette pièce servait de salon et de lieu de réunion à la famille Reber; elle formait, avec deux autres huttes, l'une destinée aux jeunes filles et contenant leurs couchettes, l'autre commune à Reber et à Schmidt, l'appartement des colons. Quant à la cuisine, elle consistait en un petit appentis dressé dans la cour, un peu à l'écart afin de protéger contre toute chance d'incendie ces constructions de terre et de troncs d'arbres.

Kretle et Julia se trouvaient seules en ce moment à l'habitation. Reber était parti le matin pour Stockton et ne devait rentrer que le soir; Schmidt était allé fourrager à la forêt, afin de donner la provende aux vaches, qui ne pouvaient chercher leur nourriture sous cette neige épaisse. C'était là, avec les deux jeunes filles, tout le personnel de la colonie, car les travailleurs à gages qui avaient aidé Reber et Schmidt à créer cette ferme avaient été congédiés depuis longtemps. Quant à Burgwillers, il s'était construit à deux milles plus loin, en pleine prairie, une habitation qu'il occupait avec sa sœur, et où ils vivaient dans une profonde solitude.

Kretle et Julia, assises devant le poêle, s'occupaient de raccommoder des vêtemens appartenant à leur père. La cadette semblait fraîche et bien portante; mais les beaux traits de l'aînée avaient une teinte de mélancolie plus marquée qu'autrefois, et la langueur de ses mouvemens témoignait d'une peine constante et secrète. Elles portaient l'une et l'autre un costume bizarre, que les exigences du climat et l'isolement de l'habitation leur avaient fait adopter. Par-dessus leurs robes de laine, elles avaient une espèce de mantelet court en écureuil gris; leurs jambes étaient enveloppées de bottines en peau de daim qu'enjolivaient des broderies à la mode mexicaine, et leur têtes aux cheveux bouclés étaient protégées par des toquets légers en peau de castor, qui rappelaient un peu la coiffure des femmes polonaises. Les peaux d'écureuil, celles de daim et de castor, étaient des produits de l'industrie de Schmidt, qui était devenu trappeur habile en même temps qu'adroit chasseur. Malgré ces ornemens un peu sauvages, les deux sœurs conservaient cet air coquet et gracieux qui semble inné chez les Françaises, et sous leurs épaisses fourrures, la figure noble et douce, la mélancolie touchante de Julia, la physionomie espiègle, la bouche mutine, l'œil souriant de Kretle, n'avaient rien perdu de leur charme.

Julia restait pensive, tandis que sa sœur fredonnait distraitement une vieille chanson allemande. Les aboiemens du chien attirèrent bientôt leur attention.

— Entends-tu, Kretle, dit Julia en interrompant son travail et en prêtant l'oreille, comme ce pauvre Polak crie là-bas dans sa niche? Peut-être sent-il quelqu'un s'approcher de la ferme?

— Bon! répliqua Kretle avec légèreté, ne crois-tu pas, Julia, que nous allons recevoir des visites? Le temps des visites est passé, ma chère, à moins que ce ne soient celles des ours et des loups de la prairie. Si Polak devient si bruyant, c'est qu'il meurt de faim. Il a eu ce matin pour unique déjeuner les os du pigeon que Schmidt avait tué hier, et ce pigeon avait déjà fourni un repas à toute la famille. Polak a bien ses raisons pour crier.

— N'importe! dit Julia en se levant et en allant appliquer son front contre une des fenêtres de la salle, il se fait tard, et notre père n'arrive pas... Les chemins doivent être affreux; le dégel se déclare... Si notre cher voyageur s'était égaré dans la forêt!

— Bon Dieu! ma sœur, répliqua Kretle en se levant à son tour, comme tu es ingénieuse à te tourmenter! Tout l'inquiète et t'alarme. Notre père avait aujourd'hui de grands intérêts à débattre avec ce vieil hypocrite de monsieur Jones, et la négociation aura pu n'être pas aisée. Je l'attends seulement à la chute du jour, et tu vois que le soleil est encore haut. Quant à s'égarer dans la forêt, la chose ne paraît guère possible. La route est suffisamment tracée maintenant, et, lors même que notre père serait capable de se perdre, le cheval sauroit bien seul revenir à son écurie.

— Où la pauvre bête fatiguée ne trouvera pourtant ni foin, ni paille, ni avoine afin de réparer ses forces! acheva tristement Julia.

— Bah! Schmidt lui donnera une brassée de ces herbes qu'il est allé couper dans le bois pour nos vaches, qui brament aussi la faim de leur côté; et puis le cheval aura mangé sans doute à Stockton.

— Fort bien, ma sœur; mais si tu vois avec tant de détachement les souffrances des animaux domestiques, pourrais-tu du moins me dire ce que nous offrirons à notre père et à Schmidt pour souper, quand ils vont rentrer épuisés de fatigue?

— Ainsi donc, Julia, il ne reste plus rien de toutes ces provisions que nous avions achetées au juif du Missouri? D'après nos calculs, pourtant, elles devaient nous suffire jusqu'à notre première récolte.

— Tu le sais aussi bien que moi, Kretle, nous avions compté sans les robustes journaliers qu'il nous a fallu nourrir pendant la durée de nos travaux de construction et de défrichement. La chasse, qu'on nous avait présentée comme une si grande ressource, ne nous a été d'aucun secours; le gibier semble avoir abandonné la prairie depuis le commencement de l'hiver. Aussi en suis-je à me demander par quel miracle de la Providence nous pourrons subsister pendant plusieurs mois.

— Notre père et Schmidt y pourvoiront certainement, Julia; en attendant, il reste bien pour ce soir dans les tonneaux un morceau de salaison, un poisson sec. Il reste bien tout au moins un biscuit que nous pourrons faire tremper dans une écuelle de lait?

— Rien, Krettle, absolument rien ; pas un morceau de salaison, pas un biscuit... Quant au peu de lait que nous ont donné aujourd'hui nos pauvres vaches affamées, je comptais que tu en ferais toi-même ton repas du soir... Chétif repas, ma sœur, car tout le lait de la journée pourrait tenir dans un verre à boire.

— Et pourquoi, s'il y en a si peu, demanda Krettle avec vivacité, en profiterais-je plutôt que toi, ma sœur ? Tu ne peux supporter aucune autre nourriture, et le lait sera pour toi ou je me fâcherai.

— Oh ! moi, Krettle, répliqua Julia avec embarras, je n'ai besoin de rien aujourd'hui ; sans être réellement malade, je suis énervée, souffrante...

— Cela veut dire, reprit Krettle émue, que tu te laisses gagner par le chagrin, que tu te désoles, que tu te désespères en dedans de toi-même, quoi que je dise et quoi que je fasse... Voyons, ma sœur, je t'en supplie, sois raisonnable ; notre situation est triste, j'en conviens ; mais elle deviendra meilleure. Tiens, aujourd'hui, par exemple, notre père sera parvenu sans doute à emprunter à monsieur Jones la somme dont il a besoin, et, comme il sait notre détresse, il aura, j'en suis sûre, acheté de nouvelles provisions. Ce soir, peut-être, nous nous trouverons dans l'abondance... Et puis, ma sœur, ajouta Krettle en posant sa figure espiègle sur l'épaule de Julia et en baissant la voix comme si quelque indiscret eût pu l'entendre, as-tu songé que notre père aura trouvé peut-être à la ville des lettres de nos amis de France... Tu sais bien de qui je veux parler ?

Julia rougit et ses yeux brillèrent d'un éclat passager.

— Le crois-tu ? — s'écria-t-elle. Mais se ravisant aussitôt, elle reprit avec un soupir : — C'est une folie ! On nous a déjà oubliées là-bas comme si nous étions mortes depuis longtemps... Laissons cela et ne songeons qu'au moment présent, à la nécessité présente. Je suppose que notre père aura reçu un bon accueil à Stockton, qu'il n'aura besoin d'aucune nourriture à son retour ; mais notre bon Schmidt, dont le courage et l'intelligence, il faut bien le dire, ont fait autant que l'affection de notre père pour rendre notre vie supportable dans ces déserts, que lui donnerons-nous à manger ce soir ?

— Schmidt ! s'écria Krettle en reprenant son ton léger et railleur, ne t'inquiète pas de lui, ma chère. Il saura bien se tirer d'embarras. Les forêts de l'Amérique sont aussi productives pour lui que celles des Vosges ; et si les champignons lui manquent ici, il se régale de faînes et de pignons, au risque de se brouiller avec les écureuils et les ratons dont il rogne ainsi l'ordinaire. Les coureurs des bois lui ont montré différentes espèces de racines et de graines dont ils s'accommodent eux-mêmes au besoin ; je gage qu'il aura trouvé aujourd'hui un festin somptueux dans la forêt.

— Tu peux plaisanter, Krettle ! répliqua l'aînée avec un sourire de mélancolie ; enfant ! oses-tu rire de notre misère ?

— Il sera temps d'en pleurer, ma chère Julia, quand elle me paraîtra certaine, inévitable. Tu vois tout en noir, et depuis quelque temps cette tendance de ton esprit devient de plus en plus marquée. Éprouverais-tu donc des atteintes de cette maladie que l'on appelle le *mal du pays* ?

— En vérité, je n'oserais te dire non, répliqua Julia d'un air de profond abattement.

— Que le ciel nous en préserve, ma sœur ! On prétend que c'est un mal horrible, et je le redoute d'autant plus pour toi que peut-être tu ne serais pas seule ici à en souffrir. As-tu remarqué comme notre père est sombre et taciturne depuis quelque temps ? En dépit d'embarras momentanés et de privations passagères, il ne désespère pas de l'avenir, tu le sais, et cependant il montre un extrême dégoût pour toutes choses ; un mot suffit souvent pour le jeter dans un accès d'humeur noire ; je n'ose plus prononcer en sa présence le nom de nos montagnes, de notre village de l'Arche, des amis et même des ennemis que nous avons laissés au pays, de peur de provoquer un de ces accès.

— Tu dis vrai, Krettle. Pauvre père ! lui aussi !... Je l'avais deviné, mais j'espérais m'être trompée... Eh bien ! ma sœur, si de notre côté nous éprouvons quelques doutes, quelque découragement, quelques regrets, gardons-nous de les laisser voir à notre père ; il a bien assez de son fardeau ! Redoublons pour lui de soins et de tendresse. Il paraît que l'on meurt de ce mal, et je sens, je suis sûre que cela est vrai.

— Toi, mourir, Julia, y penses-tu ? s'écria Krettle toute frémissante. Oh ! je t'en prie, surmonte ces idées absurdes qui te minent et t'ôtent le courage. La longueur et l'âpreté de cet hiver, l'isolement absolu dans lequel nous vivons depuis plusieurs mois, ont troublé ton esprit ; mais voici le printemps qui approche ; nous allons revoir la verdure et le soleil ; mille soins différens nous réclameront, et alors sans doute notre père et toi vous reviendrez à la santé.

— Puisses-tu dire vrai, ma chère Krettle ! mais je n'ose espérer que tes vœux soient exaucés.

— Écoute, Julia, reprit Krettle d'un ton à la fois confidentiel et caressant, je sais quelle est la cause principale du violent chagrin que tu essayes vainement de cacher. Ce n'est pas notre existence misérable d'aujourd'hui, ce n'est pas l'aspect de ces déserts, ce climat rigoureux, cet avenir menaçant, c'est l'incertitude où l'on te laisse sur le sort d'une personne qui est restée en France et qui t'est toujours chère ; c'est surtout de ne pas entendre parler d'elle, de n'oser en parler toi-même. Ton cœur gonflé a besoin d'épanchement sous peine de se briser... Eh bien ! parlons de *lui*, ma sœur, parlons-en aussi longuement que tu voudras ; je suis prête à t'écouter et à te répondre.

Les joues pâles de l'aînée des demoiselles Reber devinrent cramoisies.

— Krettle, s'écria-t-elle, généreuse Krettle, oublies-tu que toi-même...

Et elle s'interrompit, ne sachant comment exprimer sa pensée.

— Je comprends, ma sœur, reprit la cadette avec un sourire, mais ne crains pas que tes confidences éveillent en moi maintenant aucun sentiment fâcheux. Monsieur Albert Lovendal n'est plus pour moi qu'un brave et loyal jeune homme qui nous a rendu de grands services à tous, qui m'a sauvé la vie, que tu aimes et dont tu es aimée, et qui sera peut-être un jour ton mari...

— Mon mari ! s'écria Julia dans un transport dont elle ne fut pas maîtresse ; à ton tour, ma sœur, d'où te viennent des idées aussi folles ? Monsieur Albert, en dépit de ses protestations et de ses sermens, ne songe plus à nous ; les prières et les menaces de son père lui auront fait surmonter aisément une affection passagère... Et comment en serait-il autrement, Krettle, quand, depuis plus de huit mois que nous avons quitté la France, il ne nous a pas écrit une seule fois, il ne nous a pas donné une marque de souvenir ? Il n'a même pas daigné répondre s'il acceptait la mission de confiance dont notre père l'avait chargé au sujet de la cassette de la grand'mère.

— Et c'est précisément cette absence complète de nouvelles, Julia, qui me fait soupçonner des obstacles et des contre-temps indépendans de sa volonté. Le caractère bien connu de monsieur Albert défend de croire qu'il aurait pu garder le silence dans un cas aussi grave ; la loyauté seule eût suffi pour l'obliger à écrire. Sois donc sûre que tu apprendras bientôt, aujourd'hui peut-être, le motif de ce silence inconcevable. Les lettres doivent mettre longtemps à parvenir dans ces déserts, et, vu l'éloignement, elles doivent être sujettes à s'égarer ou à se perdre. Peut-être aussi une influence ennemie les a-t-elle volontairement détournées. Je croirais à tout plutôt qu'à l'indifférence de monsieur Albert pour ma bien-aimée Julia. Réfléchis donc, ma sœur : Qui l'obligeait à venir, tout blessé et mourant, te dire adieu quand nous quittâmes le village d'Arche, alors surtout que ses cruelles souffrances étaient l'ouvrage de notre père? A quel sentiment obéissait-il quand il nous suivit au Havre, où il me tira des mains de cet abominable Hermann? Et plus tard encore, nous eût-il obligées avec la plus ingénieuse délicatesse à recevoir des secours sans lesquels tout succès ici eût été impossible, s'il avait eu pour toi la froideur que tu lui supposes? Non, ma sœur, et il ne laisserait pas sa tâche inachevée. Malgré les apparences, je suis certaine qu'il songe à toi, qu'il t'aime toujours; et tu en auras la preuve tôt ou tard.

Julia écoutait avec une sorte de ravissement; elle souriait, quoique ses yeux fussent pleins de larmes.

— Merci, Kretle, répliqua-t-elle; malheureusement je ne peux voir les choses du même point de vue que toi, et pourtant tes paroles me causent un bien-être inexprimable. Comment fais-tu donc pour envisager d'une manière si consolante les tristes réalités de notre position actuelle?

— Peut-être, Julia, mon caractère est-il plus frivole que le tien, répondit Kretle avec naïveté; peut-être aussi tournai-je moins souvent les yeux vers le passé, qui a été pour moi si douloureux. Je n'ai rien à regretter, rien à aimer *là-bas;* toutes mes affections, toutes mes espérances se trouvent concentrées dans cette solitude où nous vivons. Et puis, il faut le dire, ma sœur, cette force d'âme qui cause ton étonnement, je la dois surtout aux conseils et à l'exemple d un ami plein de sagesse, qui est ici pour nous comme une seconde providence.

— Tu veux parler de Schmidt, sans doute?

— Oui, de Schmidt, ma sœur. Sans lui, sans la rapide expérience qu'il a su acquérir de la vie des déserts, cent fois déjà nous eussions succombé devant des obstacles toujours renaissans. Notre père, avouons-le, trop habitué aux usages et aux goûts de l'ancien monde, n'aurait pu se plier aux exigences de notre condition nouvelle, s'il n'avait eu Schmidt pour guide et pour appui. C'est Schmidt qui mène tout ici, et si plus tard la fortune vient couronner nos efforts, à lui seul nous devrons le succès. Au milieu des plus affreuses privations, il ne semble occupé que de notre bien-être, il ne songe qu'à satisfaire nos besoins ou même nos caprices. Si notre courage faiblit, il sait trouver de douces paroles pour le relever; si notre esprit s'assombrit, il sait y faire entrer un rayon d'espérance. Oui ma sœur, c'est à Schmidt que je dois cette énergie contre nos misères; sa haute raison, son dévouement m'inspirent une confiance sans bornes; tant qu'il veillera sur nous, il ne saurait nous rien arriver de fâcheux.

Un franc sourire s'épanouissait maintenant sur les lèvres de Julia.

— Kretle, s'écria-t-elle, je partage ton admiration pour notre généreux ami; mais tu parles de lui avec une chaleur!... Tu l'aimes, ma sœur; cette fois tu ne peux disconvenir que tu l'aimes!

— Je n'en sais rien, Julia.

— Et moi, j'en suis sûre à présent. Or, bien que Schmidt en agisse envers toi avec une discrétion extrême, suivant sa promesse, il aspire à une récompense qui explique bien des choses... Voyons, ma sœur, pourquoi ne l'épouserais-tu pas? Tu sais que ni mon père ni moi nous ne verrions avec déplaisir un pareil mariage.

— Ne me parle pas de mariage, interrompit Kretle avec une sorte d'impatience; quoique Schmidt n'ignore pas mon triste passé et qu'il soit tout prêt à me le pardonner, j'ai bien réfléchi, et je me crois indigne de devenir la compagne d'un honnête homme. Songes-tu qu'il est au monde un misérable dont je ne pourrais supporter la présence sans mourir de confusion si le hasard le ramenait un jour devant moi? Tiens, laissons ce pénible sujet, ma sœur, je t'en conjure. Je ne me marierai jamais, à moins... à moins d'événemens qui peut-être n'arriveront pas.

— Quoi! ma bonne Kretle, voudrais-tu te punir du crime d'un autre et te condamner...

— Brisons là, Julia, brisons là, je t'en supplie. Ai-je besoin d'épouser Schmidt pour l'aimer et l'estimer comme il mérite d'être aimé et estimé? Ne vivons-nous pas sous le même toit, dans la douce intimité de la famille? il saura se contenter de cette affection sainte. Et puis, continua la cadette en reprenant ce ton léger et moqueur qui lui était habituel, as-tu songé au point le plus important? Pour se marier il faut un prêtre, et si la fantaisie nous venait de prendre un mari, où trouverions-nous un prêtre catholique dans ce désert? Il y a bien là-bas, à Stockton ce monsieur J..n s, nasillard moitié ministre, moitié usurier, qui ne demanderait pas mieux que de marmotter ses psaumes à notre intention; mais fi! ce serait à dégoûter du mariage si l'on était obligée de recourir à lui. — Julia répondit sur le même ton, et cette conversation, commencée si sérieusement, allait peut-être tourner en plaisanterie, quand le son d'un cornet, auquel répondirent aussitôt les aboiemens du chien, retentit à la porte extérieure. — Voilà Schmidt! s'écria Kretle; le pauvre garçon est sans doute bien fatigué, et cette neige fondue a dû le tremper jusqu'aux os.

— Puisse-t-il avoir fait bonne chasse! murmura Julia; notre père et lui auraient du moins de quoi souper.

Les deux sœurs sortirent et traversèrent rapidement l'enclos pour se rendre aux palissades. Nous savons que la ferme était complétement isolée et sur la limite de la prairie. Une pareille situation exigeait certaines précautions; aussi la porte extérieure demeurait-elle soigneusement close, même pendant le jour. Julia et Kretle, après avoir reconnu par une fente celui qui arrivait, s'empressèrent de faire jouer les fortes traverses qui assujettissaient les battans de cette porte.

Schmidt était accompagné de Burgwillers, qu'il avait rencontré chassant dans la forêt, et l'ancien marquard l'avait aidé complaisamment à couper du fourrage. Ils revenaient chargés chacun d'un énorme faix d'herbes et de branches vertes; ils disparaissaient presque sous leur fardeau, et Schmidt fut obligé de nommer son compagnon, dont la présence inattendue aurait pu effrayer les demoiselles Reber.

A peine furent-ils entrés, que le jeune colon, déposant sa charge sur un tas de bois, s'empressa de barricader de nouveau la porte avec un soin particulier, pendant que Kretle et Julia s'informaient amicalement de Burgwillers et de sa sœur. Schmidt dit aux jolies ménagères, avec sa douceur accoutumée:

— Je vous ai prévenu déjà, mes chères demoiselles, qu'il était dangereux de vous montrer à découvert dans l'enclos, car à travers les palissades vous pourriez recevoir une flèche ou même une balle de carabine... Par pitié! prenez quelque soin de vous-mêmes; nous avons plus que jamais besoin de prudence.

— Comme vous dites cela, mon cher Schmidt! reprit Kretle. Est-ce que, par hasard, vous auriez aujourd'hui des motifs particuliers de crainte?

— N..n, mademoiselle; mais...

— Schmidt! s'écria Julia, qui avait cru voir de l'hésitation chez l'honnête jeune homme, vous ne savez pas mentir, car le mensonge est contraire à votre nature... Si vous aviez fait quelque découverte alarmante, il serait plus sage de nous avertir.

— Eh bien! donc, j'en conviens, j'ai trouvé non loin d'ici des empreintes de mocassins toutes fraîches sur la neige. A la vérité, ces empreintes étaient celles d'un seul homme, et nous n'aurions pas grand chose à redouter d'un rôdeur isolé. Peut-être même ces traces n'appartiennent-elles pas à un Indien, car beaucoup de chasseurs de ces contrées ont adopté les chaussures des sauvages. Toutefois, il est bon de ne pas nous relâcher de notre vigilance ordinaire.

— Bah! bah! il n'y a pas de peaux rouges dans cette contrée, répliqua Burgwillers, car, moi qui rôde sans cesse dans la prairie ou dans la forêt pour chasser, je ne rencontre pas plus de sauvages que de bisons.

— Et c'est pourtant une rencontre que vous ne seriez

pas fâché de faire, n'est-ce pas, monsieur Burgwillers? demanda Kretle.

— Les bisons, oui, puisque je suis venu pour cela seulement dans ce damné pays; mais ils ont disparu depuis le commencement de l'hiver, et on dit qu'ils ne reviendront plus qu'en grandes troupes au printemps. Quant aux Indiens, je ne désire pas les trouver sur mon chemin, car on en raconte des choses...

— Eh bien! moi, reprit Kretle étourdiment, je ne serais pas fâchée de voir enfin un de ces terribles guerriers dans la prairie. Nous avons déjà rencontré quelques peaux rouges, soit à New-York, soit pendant notre dernier voyage; mais c'étaient de pauvres diables dégénérés, abrutis par l'eau de feu et couverts de haillons. Ce qui piquerait vivement ma curiosité, ce serait un véritable sauvage avec son manteau de peau de castor, ses peintures de guerre, sa touffe de cheveux ornée de plumes, son tomahawk et sa lance.

— Ma sœur, ma sœur, prends garde! s'écria Julia; un pareil souhait pourrait te porter malheur.

— Vous ne savez pas ce que vous demandez, Kretle, répliqua Schmidt. Mais allons, poursuivit-il en prêtant l'oreille aux mugissemens qui sortaient de l'étable, nos pauvres bêtes affamées nous ont entendus, et elles commencent à s'impatienter. Il est temps de leur donner leur provende.

— Nous allons vous aider, s'écrièrent les jeunes filles.

En peu d'instans le fourrage fut disposé dans les râteliers, tandis que Schmidt allait puiser de l'eau à une espèce de citerne pratiquée au milieu de l'enclos. Burgwillers lui-même prêta la main à la besogne, et bientôt l'on entendit les mâchoires des paisibles animaux qui broyaient leur chétive nourriture. En revanche, Polak, enfermé dans sa niche, redoublait ses clameurs et s'étranglait avec sa laisse à force de s'agiter.

— Voilà encore un pauvre affamé qui invoque notre pitié, dit Julia. Messieurs, aucun de vous n'a-t-il rien tué à la chasse?

— Moi, rien, répliqua Burgwillers d'un ton sombre; je ne sais quelle infernale chance me poursuit depuis quelque temps!

— Je n'ai guère été plus heureux, dit Schmidt en fouillant dans le carnier suspendu sur son dos. Cependant une pauvre bête m'est partie dans les jambes, là-bas, sur la lisière du bois, et je l'ai abattue, quoique ce soit une chétive proie.

Il tira de son sac un animal de petite taille, appelé *lièvre de sauge* ou *lièvre de prairies*. Sa chair est dure, coriace, et elle emprunte à l'armoise ou sauge, dont cette espèce fait sa nourriture, un goût d'amertume insupportable. Toutefois, à la vue de cette piteuse chasse, Julia ne put retenir un mouvement de joie.

— Ah! l'on soupera ce soir! s'écria-t-elle.

— Tu vois, ma sœur, ajouta Kretle avec gaîté, qu'il ne faut jamais désespérer de la Providence. Elle aurait pu nous envoyer un gibier plus délicat; mais je me pique un peu de cuisine, comme tu sais, et je vais accommoder celui-ci de manière à lui enlever ce goût d'absinthe qui répugne tant. Je prétends faire de notre lièvre un manger délicieux. En attendant, Schmidt, donnez sa part, je vous prie, à ce braillard qui veut obtenir par importunité ce qu'on lui eût donné par affection.

Schmidt tira son couteau et vida le lièvre, dont les parties non mangeables furent jetées à Polak. Le malheureux animal n'en fit qu'une bouchée, et sa portion lui semblait fort exiguë; mais il lui fallut s'en contenter, et il rentra tristement dans sa loge en voyant ses maîtres traverser l'enclos pour regagner la maison.

Schmidt, que nous avons ramené peut-être un peu trop brusquement sur la scène, était bien changé à l'extérieur depuis son arrivée dans le Kansas. Il avait pris un air de santé et de vigueur qui ne s'accordait guère avec sa frugalité excessive, avec les rudes travaux auxquels il se condamnait; mais il avait le contentement de lui-même, et rien n'est salutaire au corps comme une conscience pure et satisfaite. On eût dit qu'il avait grandi; sa figure était brune, pleine et mâle. Son regard, sans rien perdre de sa modestie, avait un caractère d'assurance et de fermeté. Adoptant franchement les mœurs et les habitudes du pays où il devait vivre désormais, il en portait le costume, commode quoique un peu barbare. Il était vêtu d'une blouse de chasse en peau de daim et de *leggings* (culottes collantes) de même matière; un chapeau à larges bords couvrait sa tête; il était chaussé de grandes guêtres et de souliers ferrés. Outre l'énorme faix de fourrage dont il venait de se débarrasser, il s'était trouvé encore chargé d'une faucille et d'une hache, de son carnier, toujours muni de différens objets indispensables à un chasseur, et enfin de sa lourde carabine, sans laquelle il eût été dangereux de se hasarder hors de l'habitation. Malgré les fatigues de la journée, il se montrait alerte et dispos en rentrant au log-house, et il se mit aussitôt en devoir d'aider les jeunes filles dans les soins du ménage.

Burgwillers, au contraire, conservait le costume, habit et veste de gros drap, casquette de cuir et guêtres de basane, qu'il portait autrefois dans sa fromagerie des Vosges; son carnier en filet, son fusil rouillard étaient encore ceux qui lui servaient jadis à braconner le dimanche dans ses montagnes; il semblait prendre à tâche de garder religieusement sous ce climat nouveau les habitudes de son pays natal. De même, l'ancien marquard continuait à se repaître des chimères qu'il caressait en partant pour le nouveau monde. Tout ce qu'on lui disait, depuis son arrivée, tout ce qu'il voyait de ses yeux n'avaient pu le désabuser. Selon lui, les vastes terrains dont il était propriétaire allaient se couvrir au printemps de verdure fraîche et fleurie; il allait voir arriver quelqu'une de ces grandes émigrations de bisons, qui se composent parfois, dit-on, de plus de dix mille têtes. Une fois le troupeau engagé sur les domaines de Burgwillers, celui-ci se croyait sûr de faire sa fortune. On tuerait le plus possible de ces voyageurs à coups de carabine; on ferait sécher la chair, on vendrait les peaux. On prendrait les vaches et les veaux dans des piéges, et on les apprivoiserait afin d'établir sur les bords de la rivière Jaune une laiterie semblable à celles des Vosges. Quand on lui parlait du caractère indomptable des bisons, il assurait connaître des secrets merveilleux pour soumettre les taureaux les plus sauvages. Rien ne pouvait ébranler sa confiance, et, en attendant que le grand troupeau arrivât, il passait les journées à battre la prairie, à examiner les pistes des animaux isolés qui fréquentaient le voisinage.

Cependant si Burgwillers montrait toujours en paroles la même assurance, sa conduite, surtout depuis quelque temps, démentait un peu ses paroles. Ainsi, par exemple, il s'était contenté de faire construire une hutte de bois assez modeste, où il demeurait avec sa sœur et un jeune mulâtre qui leur servait de domestique. Quant aux vastes étables qu'il avait projetées pour loger ses futurs troupeaux de bisons, il remettait de jour en jour le commencement des travaux. Il s'était informé distraitement si, dans les immenses terrains dont il se trouvait propriétaire, certaines parties ne pourraient pas être mises en culture; enfin, ce qui était plus significatif encore, il avait demandé plusieurs fois le prix des bestiaux à Stockton, comme s'il eût songé à remplacer par des animaux domestiques les animaux sauvages qui faisaient défaut. Probablement donc l'ancien marquard avait des doutes; mais, soit amour-propre, soit entêtement, il refusait de reconnaître son erreur. Du reste, il menait une existence solitaire et misérable dans sa hutte; le temps s'écoulait, ses ressources s'épuisaient, et il était à craindre que, le jour où sa dernière illusion viendrait à tomber, il fût trop tard pour prendre un parti avantageux.

Les demoiselles Reber et Schmidt n'avaient pu, avec le léger service que leur voisin venait de leur rendre, se dispenser de l'inviter à entrer dans la maison pour y prendre un peu de repos et se réchauffer; c'était à peu près tout ce qu'on pouvait lui offrir. Cependant, comme Burgwillers séchait devant le poêle ses vêtemens imprégnés de neige fondue, Julia lui demanda s'il n'accepterait pas « une tasse de lait chaud. »

Il se fit un silence profond. Kretle, qui était en train de dépouiller son lièvre, interrompit sa besogne, et Schmidt, sur le point de sortir afin de préparer du menu bois pour la cuisine, s'arrêta le doigt posé sur le loquet de la porte. L'un et l'autre attendaient avec anxiété la réponse de Burgwillers, en songeant que la généreuse enfant venait d'offrir son propre souper au visiteur.

— Du lait! répéta Burgwillers avec indifférence; j'en buvais assez là-bas au pays, et je n'en manquerai pas quand le troupeau de bisons sera venu... Merci! j'aimerais mieux un doigt d'eau-de-vie et une de ces galettes dures que l'on appelle des *biscuits*.

Kretle et Schmidt respirèrent en entendant ce refus.

— De l'eau-de-vie? du biscuit? répéta Julia avec confusion; malheureusement il ne nous en reste plus, monsieur Burgwillers.

— Alors une croûte de pain et un morceau de salé me suffiront.

— Nous n'avons plus une poignée de farine, et le baril de salaisons est vide, répondit Julia avec effort et les yeux baissés.

Burgwillers la regarda fixement.

— Comment! ni pain ni viande? reprit-il; mais, bon Dieu! de quoi vivez-vous donc ici?

— Surtout d'espérance, monsieur Burgwillers, répondit gaiement Kretle, qui s'était remise à dépouiller son lièvre; ce n'est qu'un moment à passer, et l'on vit comme on peut. Dame! notre ami Schmidt ne fait pas tous les jours d'aussi belles chasses qu'aujourd'hui, et il y aura gala ce soir à la maison.

Mais cette gaîté forcée ne donna pas le change à Burgwillers.

— Mes bons amis, dit-il avec chaleur, c'est mal à vous de ne m'avoir pas appris plus tôt vos embarras, et j'en ferai des reproches au voisin Reber. Nous devons nous entr'aider, nous autres pauvres gens; si nous ne nous secourons pas les uns les autres, qui nous secourra?... Bientôt peut-être ce sera mon tour de recourir à vous; pourquoi n'auriez vous pas recours à moi dans vos besoins? Allons! Schmidt, prenez un panier et venez jusqu'à la niche de bois où je demeure. Il me reste quelques victuailles là-bas, et nous partagerons.

Schmidt et les deux sœurs étaient visiblement émus de cette cordiale proposition; cependant ils se consultèrent du regard.

— Mille remercîmens, monsieur Burgwillers, reprit enfin Kretle, mais vous n'avez pas trop pour vous. Peut-être votre sœur Marguerite...

— Ma sœur trouvera bon que je fasse ce qu'il me plaît, répliqua l'ancien marquard d'un ton sec. Tenez, mademoiselle Kretle, vous n'aimez pas beaucoup Marguerite parce qu'elle a l'habitude de laisser courir sa langue au hasard; cependant ce n'est pas une mauvaise femme, et puis elle ne peut plus mordre sur l'un et sur l'autre, à présent qu'elle est enfermée seule chez nous avec ce petit moricaud qui n'entend pas un mot de langage chrétien. D'ailleurs, il n'y a qu'un maître au logis, et ce maître, c'est moi.

Julia, de son côté, paraissait avoir certains scrupules d'accepter.

— Nous vous sommes bien reconnaissantes, monsieur Burgwillers, reprit-elle avec embarras; mais notre père ne peut tarder à revenir de la ville, et il rapportera sûrement des provisions.

— Bon! chère petite, il ne peut rapporter grand'chose sur la croupe de son cheval, par cet effroyable temps de dégel et de fonte de neige... Acceptez mes offres, vous dis-je, et qui vivra verra.

Kretle fut la première à se décider.

— Allons! dit-elle, ne faisons point les fiers avec un vieil ami comme le voisin Burgwillers.

— Partons donc, Schmidt, interrompit le marquard en se levant lui-même; le jour baisse, et la prairie est assez mal habitée pendant la nuit. D'ailleurs, il faut que vous soyez ici avant le retour de Reber.

Schmidt ne résista pas davantage et alla chercher une espèce de hotte en écorce qu'il jeta sur son dos. Puis, saisissant sa carabine, sans laquelle il ne s'aventurait jamais hors du logis, il vint rejoindre Burgwillers.

— Voisin, lui dit-il en lui serrant la main, vous êtes un brave homme, et je n'oublierai jamais le service que vous rendez à cette chère famille... Ah! Burgwillers, si vous vouliez enfin entendre la raison et ne pas vous mettre dans la tête certaines folies...

— Laissons cela, et en route! Nous causerons de mes affaires une autre fois, Schmidt, car je sais que vous êtes de bon conseil. Pour le moment, il s'agit de nos amis, et j'ai hâte de savoir leur garde-manger mieux fourni... Pauvre Reber! pauvres enfans!

On sortit de la maison et l'on se dirigea vers la porte des palissades. Le soleil était couché, et d'épais nuages étendaient sur le ciel un voile uniforme; une lumière blafarde, qui se rembrunissait de plus en plus, éclairait vaguement les solitudes de la steppe. Le dégel continuait avec une force croissante; l'eau dégouttait de toutes parts, et l'on voyait des milliers de petits ruisseaux se former çà et là sous la couche de neige. Les glaces de la rivière voisine craquaient toujours et semblaient devoir à chaque instant se briser; d'autre part, le chien de garde ne cessait de hurler et de secouer sa laisse comme s'il eût flairé quelque péril, et ni les caresses ni les menaces des deux sœurs ne purent lui imposer silence.

— Bah! dit Burgwillers, il sent les coyotes, qui, à cette heure du soir, viennent rôder autour des habitations.

Schmidt était lui-même de cet avis; cependant il recommanda expressément aux jeunes filles de n'ouvrir la porte extérieure qu'à leur père et à lui, et il franchit avec son compagnon l'enceinte des palissades.

— Revenez-nous bien vite, Schmidt, lui dit Kretle en le suivant des yeux; nous allons être inquiètes jusqu'à votre retour.

— Et vous qui recommandez tant la prudence aux autres, s'écria Julia, soyez prudent pour vous-même.

Schmidt se retourna pour les remercier par signe de leur sollicitude, et les deux amis disparurent bientôt dans la brume.

Les demoiselles Reber, avant de rentrer, jetèrent un long regard dans la direction de la forêt; mais leur père n'arrivait pas, et elles replacèrent en souriant les traverses de bois qui assujettissaient la porte.

A peine étaient-elles rentrées que Polak se mit à aboyer avec une force nouvelle.

La pauvre bête avait bien ses raisons pour crier. Un jeune Indien, drapé dans sa couverture, le visage bariolé de peintures jaunes et rouges, et son arc à la main, s'était glissé en rampant jusqu'aux palissades, et par les interstices des pieux jetait dans l'enclos un regard avide. Ni les sœurs ni Schmidt n'avaient pu le voir; mais Polak le sentait, et, avec cette aversion instinctive mêlée de terreur que les animaux domestiques éprouvent pour les Indiens, il donnait l'alarme de tout son pouvoir.

II

LA RENCONTRE.

Cependant Reber, ayant terminé ses affaires à Stockton, s'était remis en route, deux heures environ après midi, pour retourner chez lui. Il pouvait donc faire aisément avant la nuit les dix ou douze milles qui séparaient la ville de son habitation. Le chemin à travers le bois lui était familier; à défaut d'autres indices, il reconnaissait parfaitement sur la neige fondante les traces que son cheval y avait laissées le matin, et tout annonçait que son petit voyage s'accomplirait sans malencontre.

Nous savons quelles pressantes nécessités l'avaient obligé de se rendre à la ville : il fallait absolument qu'il se procurât des ressources pour vivre et faire vivre sa famille jusqu'à la récolte prochaine. Les fonds apportés de France et ceux plus considérables avancés par le consul de New-York avaient été employés à payer ses constructions, ses bestiaux, la main-d'œuvre de ses défrichemens; il avait même dépensé les deux cents dollars de Schmidt, que le généreux garçon l'avait forcé d'accepter. Il ne restait plus rien de ces diverses sommes, et, d'autre part, les provisions de la maison se trouvaient épuisées. Il y allait donc d'un intérêt capital que le colon se procurât sur-le-champ de nouveaux subsides.

Il avait voulu d'abord s'adresser à l'obligeant consul de New-York, car il n'éprouvait aucun scrupule de contracter des emprunts modérés pour les besoins de sa famille. En effet, sa propriété avait quadruplé de valeur depuis qu'elle était en exploitation, et elle pouvait servir de garantie à des sommes beaucoup plus considérables que celles dont elle était grevée. D'ailleurs il comptait, en dépit de lui-même, sur cette cassette enfouie qui contenait tant d'or, de diamans et de billets de banque. Aussi n'avait-il pas hésité, en s'apercevant que l'argent allait lui manquer, à écrire au consul pour lui demander un nouvel emprunt de quelques centaines de dollars; mais, à son grand étonnement, cette lettre était restée sans réponse depuis plusieurs mois.

Poussé à bout, il avait dû songer alors à chercher assistance d'un autre côté; mais à qui s'adresser? La plupart des colons, ses compatriotes, se trouvaient dans une situation plus précaire encore; ils avaient renoncé à cultiver le terrain qui leur était échu en partage, et abandonné leurs concessions pour chercher ailleurs des moyens d'existence. Burgwillers était plus riche; mais sa folle inaction, les fausses idées qui le dominaient, permettaient de prévoir qu'avant peu il aurait besoin lui-même de toutes ses ressources. Enfin Reber, après s'être consulté longuement avec Schmidt, son conseiller ordinaire, avait pris la résolution de s'adresser à l'inévitable Jones, qui, en sa qualité d'agent de la compagnie William Bell, était dépositaire de fonds considérables et faisait la banque ou plutôt l'usure avec les colons.

Or, Reber venait de terminer sa négociation avec tout le succès désirable. Il avait trouvé Stockton augmenté d'un certain nombre de huttes de bois et même d'une véritable maison de pierre; plusieurs centaines de nouveaux émigrans y étaient arrivés depuis peu, et la colonie commençait à mériter ce nom de *ville* qu'on lui avait donné prématurément. Le révérend facteur, enchanté de cette prospérité croissante, avait élevé des difficultés, seulement pour la forme, à la demande de Reber. Enfin monsieur Jones avait consenti à lui prêter deux cents dollars, moyennant un intérêt de cinq pour cent *par mois*; le taux était exorbitant, mais il n'excédait pas de beaucoup les intérêts usuraires que l'on exige des cultivateurs dans les pays neufs. Encore fut-il convenu que le quart seulement de cette somme serait soldé en argent; les trois autres quarts devaient être payés en nature, c'est-à-dire en grains, farine et salaisons, sur lesquels le factotum de Stockton prélevait certainement déjà un énorme bénéfice.

Les deux parties étant tombées d'accord sur tous les points, Reber souscrivit son obligation, toucha les cinquante dollars qui lui revenaient, et choisit dans les magasins les provisions qui lui étaient nécessaires. Par malheur, le dégel et le mauvais état des chemins ne permettaient pas de transporter immédiatement les nouvelles acquisitions à la colonie des *Deux-Sœurs;* c'est ainsi que dans le pays on appelait l'habitation de Reber. Aussi, en attendant que le voyage fût possible à un chariot chargé, le colon dut-il se contenter de remplir de vivres un grand sac qu'il attacha sur la croupe de son cheval, et ce secours semblait devoir suffire à sa famille pendant plusieurs jours.

Cette affaire arrangée, Reber éprouva une nouvelle satisfaction à peine moins vive que la première. Monsieur Jones, qui était directeur de la poste de Stockton, comme il était le ministre, le juge et le banquier de la colonie, lui remit une lettre à son adresse, datée de New-York. Cette lettre, la première que le colon eût reçue depuis son arrivée dans le Kansas, était de Girard, le secrétaire du consul, et expliquait en partie le silence alarmant que l'on gardait vis-à-vis de lui.

Monsieur ***, le consul qui s'était montré si bienveillant à l'égard de Reber et de sa famille, avait été appelé en France pour remplir une haute mission diplomatique, et son successeur au consulat de New-York n'était pas encore arrivé à cette résidence. En l'absence du consul en titre, la direction des affaires appartenait à un subalterne qui ne suivait pas les traditions du précédent titulaire. Malgré les recommandations expresses de son ancien protecteur, Girard avait été révoqué de ses fonctions. Son influence était nulle désormais au consulat, et, comme il n'avait pas qualité pour agir au nom de Reber, il ne pouvait fournir aucun renseignement sur les recherches auxquelles avait dû donner lieu en France la succession de madame Dietrich. En conséquence, il priait le colon, soit d'écrire directement au consulat de New-York pour réclamer des explications qu'on ne pourrait lui refuser, soit de lui adresser, à lui Girard, un pouvoir authentique pour les réclamer en son nom. La lettre se terminait par des conseils et par des encouragemens, témoignant de la vive affection que ce brave homme conservait pour ses protégés.

Tel était en substance le contenu de cette lettre. Si elle n'apportait aucune nouvelle favorable, loin de là, du moins ne fermait-elle pas tout à fait la porte à l'espérance. Le colon résolut de prendre les mesures les plus promptes pour savoir enfin à quoi s'en tenir sur l'existence réelle ou prétendue de la cassette.

Reber avait une vive impatience d'arriver chez lui de bonne heure, et, comme nous l'avons dit, il pressait son cheval de tout son pouvoir. Mais le dégel formait sur le sol raboteux de la forêt de larges flaques d'eau et de neige fondante qui l'obligeaient à de nombreux détours. D'ailleurs le pauvre animal, affaibli par des jeûnes fréquens, surchargé du poids de son maître, écrasé par les provisions qui formaient un lourd ballot sur sa croupe, ne pouvait aller bien vite; ses sabots glissaient sur la glace, il bronchait à chaque pas. Le voyageur fut même obligé plusieurs fois de descendre afin de soulager sa monture, et, les pieds dans la neige, il lui fallut péniblement la traîner par la bride.

Le pauvre Reber était bien changé, lui aussi, depuis quelques mois, et son extérieur justifiait pleinement les craintes de ses filles. Sa vigueur avait disparu; ses fraîches couleurs s'étaient effacées; il avait vieilli avant le temps, et ne semblait plus être que l'ombre de lui-même. A la vérité il ne s'était pas épargné dans les rudes travaux qu'avait exigés la fondation de son établissement agricole, et il avait payé de sa personne comme le dernier manœuvre à ses gages. Néanmoins la fatigue seule ne pouvait avoir amassé si promptement des rides sur son front, creusé ses joues et blanchi ses cheveux. Sans doute une peine morale, d'autant plus vive qu'il désirait davantage la cacher, le minait sourdement et avait attaqué déjà sa constitution. Même en ce moment qu'une lueur d'espérance éclairait sa physionomie, son regard était terne; une teinte plombée couvrait son visage, et sa tête se penchait sur sa poitrine, comme si elle eût fléchi sous le poids de son chagrin.

Tantôt marchant, tantôt chevauchant, Reber, enveloppé dans son manteau de peau de bison et son fusil sur l'épaule, avait fait environ les deux tiers de la route. Il ne se trouvait guère plus qu'à trois ou quatre milles environ de l'habitation, quand un bruit, faible d'abord, mais paraissant se rapprocher rapidement, vint lui donner l'éveil : on eût dit des hurlemens de bêtes féroces et des aboiemens de chiens sauvages. Dans le désert, tout est motif de précautions et d'alarmes; aussi Reber s'empressa-t-il d'attacher à un arbre son cheval effrayé, qui commençait à dresser les oreilles et à montrer des velléités d'insubordination ; puis, armant son rifle, il se tint prêt à tout événement.

Comme Reber était depuis quelques minutes en observation, il se fit une grande agitation dans les broussailles à vingt pas de lui. Tout à coup un beau cerf, qui paraissait blessé, s'élança dans une clairière voisine et fut suivi d'une douzaine d'animaux ayant la taille de chiens bassets, qui aboyaient à ses trousses. Reber en effet les prit d'abord pour des chiens; mais un examen plus attentif lui permit de reconnaître dans la meute bruyante ces petits loups qui infestent le pays et qu'on appelle coyotes ou loups des prairies. Sans doute ceux- , poussés par la faim, s'étaient réunis pour attaquer la bête fauve, qui, perdant son sang et déjà presque forcée, semblait destinée à devenir bientôt leur proie.

Le cerf, occupé exclusivement de ses persécuteurs, n'aperçut pas le colon. Une fois dégagé des plantes grimpantes qui embarrassaient ses mouvemens, il se retourna pour tenir tête à ses adversaires et les obliger de battre en retraite. Les coyotes, en le voyant dans cette attitude menaçante, s'arrêtèrent aussi et rentrèrent dans les halliers, mais sans cesser de pousser des aboiemens étourdissans d'où les naturalistes ont donné à cette espèce le nom de loup aboyeur (*lupus latrans*). Content sans doute du résultat de son retour offensif, le cerf allait poursuivre sa route; il n'en eut pas le temps.

Reber, après avoir observé avec stupéfaction les péripéties de ce petit drame, vint à songer que le cerf était réputé excellent gibier, et que la chair de celui-ci serait une merveilleuse ressource pour son monde, en attendant l'arrivée des provisions. A peine cette réflexion se fut-elle présentée a son esprit qu'il porta sa carabine à l'épaule et tira. Quand la fumée du coup se fut dissipée, il eut la joie de voir le pauvre animal renversé sur la neige et se débattant dans les dernières convulsions de l'agonie.

Le bruit de l'explosion, répété par les mille échos de la forêt, imposa d'abord silence aux coyotes en leur révélant la présence de l'homme, et ils disparurent tous. Mais bientôt l'odeur du sang et la faim l'emportant sur la crainte, ils recommencèrent leurs hurlemens lamentables, comme pour demander une part de cette magnifique proie. Reber, connaissant de longue date la lâcheté de ces mendians, ne s'inquiéta pas plus de leurs plaintes que de leurs menaces; tout heureux et tout fier, osant à peine croire à sa victoire, il courut s'emparer de sa conquête.

C'était un cerf de Virginie, au poil doux et soyeux, aux formes élégantes; son bois naissant se trouvait recouvert à cette époque de l'année d'une peau douce et fine à laquelle les chasseurs donnent le nom de *velours*. Il était d'une grande taille et pouvait peser une centaine de livres.

Reber, après l'avoir examiné avec complaisance, songea aux moyens de le transporter chez lui; mais là naquit une difficulté. Son pauvre cheval, fatigué, était incapable de porter et son maître et ce surcroît de charge jusqu'à l'habitation; d'un autre côté, laisser la pièce de venaison à la place où elle était pour revenir la chercher le lendemain, c'était fournir un festin à tous les coyotes de la contrée. Aussi le colon ne vit-il qu'un parti à prendre : c'était de mettre le cerf en travers de la selle, tandis que lui-même achèverait sa route à pied.

Il traîna donc la bête jusqu'à l'endroit où il avait attaché son cheval, et il était en train de l'assujettir sur la selle, quand une voix rude et irritée s'éleva derrière lui :

— Mordieu! l'ami, disait-on en anglais, vous n'êtes pas gêné, à ce qu'il paraît... Avant de vous emparer de ce gibier, vous auriez dû au moins vous assurer s'il vous appartenait. Allons! jetez cette bête par terre et montrez-moi les talons bien vite.

Reber, au premier bruit, avait interrompu sa besogne et s'était retourné brusquement; alors il aperçut en face de lui un homme de mine peu rassurante et armé d'un rifle de longueur démesurée.

Ce personnage, autant qu'on pouvait en juger au jour affaibli qui pénétrait dans la forêt, était de taille moyenne, mais trapu, carré des épaules, et d'une force peu commune. Son visage parcheminé, hérissé d'une barbe inculte, avait une teinte si foncée qu'on se demandait s'il appartenait à un Indien ou bien à un individu de race blanche; et ses yeux, cachés sous d'épais sourcils, exprimaient, en ce moment surtout qu'ils étaient enflammés par la colère, une sorte de férocité. Il portait le costume des coureurs des bois, blouse de peau de daim à capuchon, leggings de cuir et mocassins à la mode indienne; il avait sur la tête un bonnet en peau de raton, dont la queue lui servait d'aigrette. Un vieux carnier, souillé de graisse et de sang, un couteau de chasse à manche de corne, suspendu à son côté, et sa formidable carabine, complétaient son équipage, qui annonçait un de ces chasseurs farouches, étrangers à la civilisation et souvent en guerre avec elle.

Malgré l'attitude menaçante de l'inconnu, Reber se montra plus surpris qu'effrayé, et il répondit en français avec impatience :

— A qui diable en avez-vous, l'ami, et que me voulez-vous?

Ces paroles non-seulement furent comprises du coureur des bois, mais encore semblèrent adoucir un peu son humeur sauvage.

— Ah! un Français! dit-il dans la même langue; ils n'en font jamais d'autres, et ils ne doutent de rien! — Toutefois ce sentiment d'indulgence passa aussi vite qu'il était venu. — Français ou diable, poursuivit-il avec colère, il ne sera pas dit qu'on m'aura pris ainsi mon gibier à mon nez et à ma barbe. Allons! camarade, rendez-moi *mon* daim, ou, que le ciel me confonde! je vous envoie une balle dans la tête.

Reber, quoique l'adversité l'eût cruellement abattu, était toujours au fond cet irascible fermier qui autrefois jouait du bâton pour la moindre injure.

— Ecoutez, l'ami, reprit-il en commençant à s'échauffer, je ne vous connais pas et je ne sais de quel droit vous venez réclamer une pièce de gibier dont je suis le propriétaire légitime. Ce cerf est à moi, et je ne veux le rendre à personne.

Les yeux du coureur des bois brillèrent d'une flamme menaçante à cette réponse si peu mesurée, et il porta son rifle à son épaule. Reber pâlit légèrement, mais il fit bonne contenance, et leva sa carabine à son tour, comme pour répondre de la même manière. Alors il se souvint que, près avoir tiré sur la bête fauve, il n'avait pas rechargé son arme.

— Allez-vous donc m'assassiner? s'écria-t-il.

Le chasseur demeura quelques secondes dans la même position, le doigt posé sur la détente; cependant il finit par rabaisser son rifle, et reprit comme s'il se parlait à lui-même, habitude que la vie solitaire lui avait donnée sans doute :

— Assassiner! C'est ainsi, en effet, que dans les villes on appelle se faire justice soi-même... D'ailleurs, celui-ci est un de ces colons qui nous arrivent tout bourrus d'Europe, et ne connaissent pas les usages de la prairie... Je lui parlerai donc avec civilité. — Puis, s'adressant à Reber : — L'homme, lui dit-il d'un ton saccadé, comme s'il contenait avec effort la violence de son emportement, lorsque vous avez abattu ce daim, il avait déjà reçu une balle. Si vous en doutez, regardez cette blessure, là, au-dessus de l'épaule... Mon coup n'est pas bon, j'en conviens, et il est tout à fait indigne d'un vieux chasseur tel que moi ; mais je voyais imparfaitement la bête dans les halliers quand ces maudits coyotes l'ont fait lever, et j'ai frappé où j'ai pu. Cependant elle avait peine à marcher, perdait beaucoup de sang, et, si les coyotes n'avaient pas été à ses trousses, j'allais l'arrêter d'un coup de couteau... Maintenant, étiez-vous en droit de tirer sur un animal à moitié mort déjà, et que j'avais marqué comme mien ?

Reber examina le cerf et constata l'existence de la blessure annoncée au défaut de l'épaule. Il crut même se souvenir d'avoir entendu un coup de feu lointain pendant qu'il chevauchait dans le bois, ce qui justifiait l'assertion de l'inconnu. Cependant il lui paraissait dur d'abandonner une si belle proie.

— Le cerf n'était pas à moitié mort, comme vous dites, répliqua-t-il avec vivacité ; il allait bon train, au contraire, et vous eussiez pu courir longtemps avant de l'atteindre. D'ailleurs il est d'usage, parmi les chasseurs, que le gibier appartienne à celui qui l'arrête...

— Usage ou non, interrompit le coureur des bois impétueusement, voulez-vous enfin me le rendre?

Reber était fort tenté de ne pas céder à ces injonctions grossières; mais, considérant que son droit était douteux et qu'il n'avait rien à gagner dans une querelle contre un de ces indomptables chasseurs de l'Ouest, il répondit d'un air contraint :

— Il a été un temps, l'ami, où ni votre colère ni vos menaces n'eussent pu me décider à lâcher prise; mais deux chrétiens doivent-ils s'entre-égorger pour une misérable pièce de gibier? Prenez-la donc, et puisse la première bouchée que vous mangerez de cette venaison vous étrangler au passage!

En même temps il détacha le cerf et le jeta sur la neige devant le coureur des bois.

Celui-ci, homme d'action avant tout, ne vit que la restitution en elle-même, et ne s'inquiéta pas du souhait peu charitable dont Reber l'avait accompagnée. Il posa le pied sur l'animal contesté, comme pour en prendre possession; mais alors l'irritation peinte jusqu'ici dans son regard et sur son visage tomba tout à coup, et l'on eût dit qu'il était subitement devenu indifférent à sa victoire.

Il considéra en silence Reber, qui venait de se remettre en selle et se disposait à partir.

— Ainsi donc, monsieur, demanda-t-il d'un ton plus doux, vous êtes Français d'origine et établi depuis peu de temps dans le voisinage?

— Que vous importe? répliqua sèchement le colon; vous avez ce que vous demandiez... Maintenant tout est fini entre nous ; poursuivez votre chemin, comme je vais poursuivre le mien.

Et il voulut s'éloigner.

Cette réponse faillit réveiller la colère du fougueux coureur des bois; cependant il se contint et reprit d'un ton presque amical :

— Allons! monsieur, pas de rancune. Comme vous je suis né en France, et je ne voudrais pas me brouiller avec un compatriote... Si ce daim vous est nécessaire pour nourrir votre famille, prenez-le; il me suffit que vous ne me le contestiez plus, et, à vrai dire, je ne saurais qu'en faire. Prenez-le, vous dis-je, ou, de par le diable! je vais le laisser aux coyotes; ils y ont bien aussi des droits, car, en définitive, ce sont eux qui ont lancé la bête.

Mais cette réparation tardive n'apaisa pas Reber.

— Merci, je n'en veux pas, dit-il avec humeur ; il est bien à vous; gardez-le, et bonsoir.

Le coureur des bois poussa un juron dans une langue inconnue; mais, si l'on en jugeait par la manière dont il ronfla, ce jurement devait être formidable.

— Je ne suis pas habitué à ce qu'on me parle ainsi, reprit le chasseur, et il n'est pas prudent d'ordinaire de m'échauffer la bile; mais je deviens tout à fait bonasse et je ne me reconnais plus moi-même quand je me rapproche des défrichemens... Alons, l'ami, encore une fois, chargez sur votre cheval ce morceau de venaison, qui vous procurera ce soir un régal à vous et à votre monde; et puis, si, comme je l'imagine, vous demeurez dans le voisinage, vous m'inviterez bien à en manger ma part, en même temps que vous me donnerez chez vous un coin pour passer la nuit. J'ai laissé mon cheval et mes chiens dans une habitation à plusieurs milles d'ici, et, par cet horrible temps, je ne me soucie pas d'aller chercher un gîte si loin.

Il avait l'air, en faisant cette proposition, d'accorder une faveur plutôt que de demander une grâce. Reber en fut choqué.

— Je ne reçois pas ainsi dans ma maison sans connaître les gens, dit-il avec aigreur. Qui êtes-vous et d'où venez-vous?

L'autre, à son tour, se montra blessé de pareilles questions.

— Qui je suis? répondit-il, je suis un chasseur. D'où je viens? de la prairie, où je fais la guerre aux castors, aux bisons et aux Indiens... Vous êtes scrupuleux, l'ami, et peu hospitalier, à ce que je vois.

— Eh bien! monsieur le chasseur, dit Reber, à qui ces explications ne paraissaient pas suffisamment rassurantes, ma demeure est située bien plus loin que l'habitation où vous avez laissé votre cheval et votre bagage; d'ailleurs, elle est petite, mal approvisionnée, et je ne saurais y recevoir personne... Au revoir donc, et que Dieu vous assiste!

Ce refus cavalier exaspéra le coureur des bois.

— *Caramba*! s'écria-t-il, vous mériteriez... — Mais il se ravisa tout à coup. — Soit, reprit-il ; vous ne savez pas, camarade, ce que vous refusez. On n'a jamais regretté de m'avoir pour ami, et beaucoup ont regretté de m'avoir pour ennemi. Si vous étiez depuis longtemps dans ce canton, vous sauriez que le vieux chasseur que les colons appellent Tête-de-Feu n'est homme à oublier ni un service ni une offense.

Il s'éloignait déjà ; Reber le rappela.

— Tête-de-Feu ! répéta-t-il frappé d'un souvenir. Est-ce donc à vous, monsieur, que l'on donne ce surnom?

— A moi-même. Auriez-vous aussi entendu parler de moi?

— Peut-être. Connaissez-vous monsieur Girard, dernièrement secrétaire du consulat français de New-York?

— Girard! s'écria le coureur des bois dont les traits s'animèrent à ce nom; si je connais Girard, l'intrépide boiteux de l'Orégon, celui que l'on appelait dans les prairies l'Aigle-Rusé! si je connais Girard, l'ami qui m'a sauvé trois fois de la mort ou de la captivité, l'homme le plus brave, le plus prudent, le plus loyal dont le pied ait jamais foulé le sol du désert!... Qu'avez-vous à me dire de Girard? où est-il? pouvez-vous me donner de ses nouvelles?

Le chasseur parlait avec une animation, une énergie qui justifiaient parfaitement son sobriquet de Tête-de-Feu.

— Je le peux, répliqua Reber, et je viens d'en apprendre de toutes fraîches à Stockton. Là-bas, à mon habitation, où vous allez m'accompagner, monsieur Tête-de-Feu, vous trouverez une lettre de lui à votre adresse. Si elle ne vous a pas encore été remise, c'est que personne n'a pu m'indiquer votre demeure.

— Cela eût été difficile, en effet, car je n'ai pas de domicile fixe, et depuis bien longtemps je ne m'étais rapproché des défrichemens. Partons, partons bien vite... Une lettre de mon cher Girard! Vous me la lirez, mon ami, car depuis que je vis dans la prairie j'ai un peu oublié la lecture... Mais ne pouvez-vous me dire dès à présent ce qu'elle contient?

— Il vous y recommande chaleureusement une famille de nouveaux colons pour laquelle il s'est montré plein de bonté; cette famille est la mienne.

— Il suffit; je vous montrerai quel cas je fais d'une recommandation de Girard... Comment vous appelez-vous?

— Reber.

— Eh bien! monsieur Reber, touchez là... Ne craignez pas de prendre ma main! Girard a dû vous dire que, malgré la rudesse de mes manières et certaines fautes passées, cette main est celle d'un honnête homme... Maintenant que nous nous entendons, il est inutile de nous arrêter ici davantage; chargez donc ce daim sur votre cheval, nous cheminerons à pied jusque chez vous. Oublions notre sotte querelle, et souvenons-nous seulement que nous sommes l'un et l'autre des amis de Girard.

Ce langage franc et amical était bien de nature à dissiper les préventions du colon contre l'irascible coureur des bois; aussi Reber laissa-t-il tomber sa main dans celle de Tête-de-Feu, qui la serra vigoureusement. L'alliance ainsi conclue, les deux nouveaux amis se mirent en marche côte à côte pour gagner l'habitation, tandis que Reber traînait par la bride son cheval chargé du gibier en litige.

La nuit commençait alors à tomber, et les objets un peu éloignés perdaient déjà leurs formes et leurs couleurs; mais il n'était pas à craindre que les voyageurs s'égarassent. Tête-de-Feu, avec l'instinct particulier des hommes de sa profession, se dirigeait sans hésitation à travers la forêt. Un calme funèbre régnait maintenant dans ces solitudes; seulement des gouttes d'eau, formées de neige fondue, tombaient, avec un bruit monotone, dans des flaques naissantes au pied des vieux troncs, et les coyotes, qui hurlaient faiblement au fond des bois, déploraient à leur manière le mauvais succès de leur dernière chasse.

Tout en marchant, une conversation intime s'était établie entre Reber et Tête-de-Feu. Ils causèrent d'abord de Girard, sur le compte duquel le coureur des bois demandait toujours des détails; puis le colon, s'abandonnant à une entière confiance, exposa l'état de ses affaires; il ne dissimula rien, ni l'incertitude de sa position, ni ses découragemens, ni les obstacles et les privations contre lesquels il avait à lutter chaque jour. Cette franchise ne pouvait manquer de produire de l'impression sur un homme du caractère de Tête-de-Feu; en apprenant la cause du voyage de Reber et la détresse de l'habitation, il ne put s'empêcher d'interrompre chaleureusement son interlocuteur.

— Sacrebleu! en êtes-vous là? s'écria-t-il. Vous autres colons nouvellement arrivés d'Europe, vous vous noieriez dans un verre d'eau!... Comment! on souffre de la faim chez vous, quand vous pourriez vivre dans la plus grande abondance? Cependant la rivière regorge de poissons, la prairie de gibier; la forêt vous produit des graines et des racines, du sucre d'érable, du miel délicieux. Vous devriez avoir de quoi faire bombance tous les jours, à toute heure, et vous manquez du nécessaire, et vous épuisez vos ressources à acheter ces fétides provisions des spéculateurs yankees!... Mais je m'en mêlerai, ami Reber, et avant quinze jours d'ici j'aurai ravitaillé votre log-house pour six mois... pourvu toutefois, ajouta-t-il avec une sorte d'embarras, que ma face bronzée et mes habitudes sauvages n'effarouchent pas trop vos jeunes filles!

Reber le remercia de ses bonnes intentions, et la conversation continua dans les termes d'une bienveillance réciproque.

On atteignit ainsi la lisière de la forêt, et Reber s'arrêta pour montrer la ferme à son compagnon. Le jour était encore assez clair dans la plaine, malgré les épais nuages qu'un vent tiède et humide roulait pesamment dans le ciel. Les touffes d'arbustes disséminées dans la prairie et les rangées régulières de palissades se détachaient en noir sur le tapis de neige qui commençait à s'amincir et même à se déchirer çà et là par l'effet du dégel. Quoiqu'on fût à cinq ou six cents pas de l'habitation, on entendait distinctement les aboiemens furieux du chien de garde; mais Reber crut que Polak sentait déjà son approche, et il ne s'en inquiéta pas.

Il exposait à son compagnon les améliorations qu'il comptait opérer dans l'avenir, quand Tête-de-Feu s'écria tout à coup, en lui montrant un point sombre qui se mouvait sur la surface blanche de la prairie :

— Que diable aperçois-je là? Est-ce un homme ou un animal?

Reber remarqua aussi l'objet indiqué, mais sa vue moins exercée ne lui permit pas de décider la question.

— C'est certainement un homme, reprit le coureur des bois après un nouvel examen; il porte sur ses épaules un fardeau qui lui donne un air tout à fait étrange, de la distance où nous sommes... Vous devez connaître ce gaillard, monsieur Reber, car il se dirige tranquillement vers votre établissement, comme quelqu'un de la maison.

— Alors, ce doit être Schmidt, le brave garçon dont je vous ai parlé; et l'on croirait qu'il vient de rendre visite au voisin Burgwillers, là-bas, dans la prairie.

Mais le coureur des bois avait déjà tourné son attention d'un autre côté, et son regard se fixait avec un intérêt particulier sur la ferme.

— Il y a encore là-bas, reprit-il à demi-voix, quelqu'un qui paraît vouloir escalader vos palissades... *Carajo*! poursuivit-il impétueusement, je ne me trompe pas, c'est un Indien...! Nous arrivons à temps!

Et il se mit à courir en armant sa carabine.

— Un Indien! s'écria Reber éperdu. Juste ciel! pourvu qu'en mon absence il ne soit pas arrivé malheur à mes enfans!

Il se mit à courir à son tour; mais, obligé de traîner son cheval par la bride, et embarrassé de son équipage, il ne pouvait aller aussi vite que Tête-de-Feu; cependant il criait de toutes ses forces pour avertir les jeunes filles assiégées que l'on venait à leur secours.

Ces cris, aussi bien que l'approche de plusieurs personnes, donnèrent enfin l'éveil à l'Indien, dont la vigilance ordinaire semblait avoir été endormie par une circonstance inconnue. Soit qu'il n'eût pas l'intention de franchir la palissade et qu'il eût cédé seulement à la curiosité habituelle aux sauvages, soit que la vue de ces nouveaux venus l'eût fait renoncer à son dessein, il descendit du poteau sur lequel il était grimpé, et il examina froidement sa situation. Cette situation paraissait désespérée, et le peau rouge était cerné de toutes parts. Derrière lui les clôtures de la ferme opposaient à sa fuite un obstacle insurmontable; à gauche, du côté de la prairie, se montrait Schmidt, qui, malgré son fardeau, s'avançait d'un bon pas, sa carabine à la main; à droite était la rivière, où des torrens d'eau commençaient à couler par-dessus la couche de glace; en face, Tête-de-Feu et Reber accouraient de manière à lui couper le chemin de la forêt. Il semblait donc impossible que le rôdeur pût éviter d'être tué ou pris.

L'Indien vit tout cela d'un coup d'œil, mais il resta immobile quelques secondes, comme s'il eût médité un plan de retraite. Son attitude fière et hautaine annonçait qu'il comprenait le danger et qu'il le dédaignait. Enfin il s'assura que son tomahawk était suspendu à sa ceinture, saisit d'une main son arc, de l'autre une flèche; puis il poussa un cri féroce et se mit à descendre, rapide comme le vent, la hauteur sur laquelle la ferme était bâtie. Il se dirigeait obliquement vers la forêt, de manière à passer entre Schmidt et Tête-de-Feu.

Grâce à son agilité, ce plan semblait devoir réussir. Schmidt et Reber n'ayant jamais vu de véritable Indien dans toute sa farouche indépendance, ne pouvaient croire que ce fût une créature humaine qui bondissait ainsi le long de cette pente escarpée, et ne songeaient pas à employer leurs armes; cet être bizarre, aux ornemens barbares, avec sa tête rasée que surmontait une touffe de cheveux longs entremêlés de plumes, leur produisait plutôt l'effet d'un démon, de quelque habitant fantastique de ces mystérieux déserts. Profitant de leur stupéfaction, le peau rouge continuait de descendre la colline, sautant comme un chamois par-dessus les obstacles, et il devenait douteux que Tête-de-Feu seul pût l'empêcher d'atteindre la forêt, où il eût trouvé un refuge assuré.

Mais le coureur des bois était trop habitué aux rencontres de ce genre pour s'étonner le moins du monde. Comme l'Indien, en se rapprochant de Schmidt, qui ne faisait rien pour l'arrêter au passage, allait peut-être s'échapper, le chasseur lui ordonna par signes de s'arrêter. L'autre ne tint pas compte de ces injonctions, et continua sa course effrénée.

—*Tartelfle*! s'écria Tête-de-Feu, qui dans sa vie errante avait pris l'habitude de jurer dans toutes les langues, je trouverai bien moyen de l'empêcher d'aller si vite!

Il épaula son rifle et tira sur le fuyard. On connaît la terrible adresse des chasseurs américains, qui à d'énormes distances logent une balle dans l'œil d'une bête fauve lancée au galop; cependant le peau rouge ne fut pas atteint, et la balle coupa seulement une des lanières de cuir qui pendaient à sa ceinture; c'est que Reber avait posé la main sur l'épaule du coureur des bois au moment où il tirait, et avait dérangé le coup.

Tête-de-Feu se retourna brusquement, et sa colère tomba sur son compagnon :

— Cinq cent mille tonnerres! dit-il avec un accent formidable, osez-vous porter la main sur moi? c'est un jeu dangereux, je vous en avertis!

Reber fut effrayé de cette violence.

— Monsieur Tête-de-Feu, balbutia-t-il avec embarras, je vous demande pardon. Mais est-il nécessaire de tuer ce malheureux sauvage avant de connaître les motifs de sa présence ici?

— Vous n'êtes pas habitué à la vie des prairies, répliqua le chasseur, qui eut peine à dominer son ressentiment; sans cela vous sauriez qu'avec les Indiens il faut tuer ou être tué... Quant à celui-ci, je voulais seulement lui loger une balle dans le gras de la jambe, pour ralentir un peu son pas.

— Encore une fois pardon; mais il a peut-être des intentions pacifiques, et il fallait s'assurer d'abord...

En ce moment le rôdeur, sans interrompre sa course, posa la flèche sur son arc et la décocha contre les deux compagnons; la distance était trop grande pour que le coup pût être assuré; cependant la flèche vint s'enfoncer en sifflant à deux pas de Reber, puis l'Indien poussa un nouveau hurlement de défi, et adressa un geste méprisant à ses adversaires.

— Voilà un témoignage de ses bonnes intentions, reprit sèchement Tête-de-Feu. Maintenant il va nous échapper, et vous verrez ce qu'il en résultera.

Les craintes du coureur des bois semblaient devoir se réaliser. Le peau rouge venait de franchir la ligne de ses adversaires, en se rapprochant de Schmidt, qui, chargé d'un lourd fardeau, était le moins redoutable. Mais tout à coup les choses changèrent de face, et la chance tourna de la manière la plus inattendue.

Le fuyard avait descendu avec une rapidité vertigineuse la colline qui couronnait l'habitation de Reber, et il venait de s'engager sur un terrain accidenté, situé entre la colline et la forêt. Or, les colons avaient creusé là un fossé assez large, destiné à conduire les eaux du ravin dans les défrichemens. Ce fossé en ce moment était rempli de neige à demi fondue, qui le mettait de niveau avec le sol environnant. L'Indien, tout occupé de surveiller ses ennemis et d'ajuster une nouvelle flèche à son arc, ne vit pas l'obstacle. Quand il atteignit le fossé, son pied ne rencontra que le vide, et il tomba. La rapidité même de sa course donna une extrême violence au choc; son front heurta contre une pierre, et il demeura étourdi sur place.

— Alerte! alerte! s'écria Tête-de-Feu; entourons-le... Il est à nous. — Schmidt se débarrassa de son fardeau pour ne garder que sa carabine, tandis que Reber abandonnait son cheval à lui-même, et tous deux coururent avec Tête-de-Feu vers l'endroit où venait de tomber le sauvage. Celui-ci n'avait pas tardé à revenir de son étourdissement; il se relevait en chancelant, et il agitait son arc qui s'était brisé dans sa chute; quand il se vit entouré de trois hommes armés qui le menaçaient de mort au moindre mouvement, il n'essaya plus de fuir ou de se défendre. Les guerriers rouges ne connaissent pas ces sentimens chevaleresques qui poussent parfois les Européens à une entreprise évidemment impossible ou inutile. Aussi parut-il se résigner à son sort, et prit-il cette attitude morne par laquelle un Indien annonce qu'il se rend. Tête-de-Feu s'empressa d'enlever l'arc et le tomahawk de son prisonnier. — Nous le tenons enfin! s'écria-t-il avec un accent de triomphe, mais surveillez-le bien, mes amis; cette soumission apparente peut n'être qu'une ruse... Il serait capable de vous planter son couteau à scalper dans la poitrine avant que vous eussiez vu le mouvement de ses doigts... Aussi vais-je y mettre bon ordre, et il sera bien fin s'il parvient à jouer des mains sans ma permission!

Il tira de son vieux carnier une corde qui lui servait à lier son cheval au piquet dans les campemens, et garrotta les bras de l'Indien avec une dextérité qui témoignait d'une grande habitude.

— Qu'en ferons-nous maintenant? demanda Reber.

— Nous allons le conduire à votre log-cabin, répliqua Tête-de-Feu avec résolution; là je l'interrogerai, et il m'expliquera peut-être ce qu'il vient faire dans les défrichemens. Il importe surtout que nous nous assurions s'il n'appartient pas à une tribu ennemie, et s'il n'a pas dans le voisinage des camarades auxquels il est chargé de servir d'éclaireur.

Schmidt ne connaissait pas Tête-de-Feu, et il ne savait jusqu'à quel point ce personnage méritait la confiance. Il dit tout bas au colon avec inquiétude :

— Avez-vous songé, Reber, que, en introduisant ce sauvage dans votre demeure, nous lui apprendrons aussi combien nous sommes faibles et peu nombreux?

— Rapportez-vous en à notre nouvelle connaissance, mon cher Schmidt, répliqua le colon en souriant; il sait mieux que personne comment il faut agir en pareille circonstance; c'est cet ami courageux et dévoué de monsieur Girard que nous avons tant cherché : c'est Tête-de-Feu.

— Tête-de-Feu! s'écria Schmidt dont la figure s'épanouit; ah! monsieur, le ciel vous envoie à notre secours dans les mortels embarras où nous nous trouvons!

— Oui, oui, mes chers compatriotes, reprit le coureur des bois en serrant un dernier nœud, vous pouvez vous fier à mon expérience. Entre nous, si nous ne jouons pas serré dans cette affaire, vous risquez d'y perdre vos bestiaux, vos bâtimens, et peut-être vos chevelures. Rentrons bien vite; voici la nuit, et cet Indien peut avoir autour de nous des complices en embuscade. Vous, monsieur Schmidt, reprenez votre panier et tenez votre carabine prête; vous, Reber, conduisez votre cheval par la bride et soyez sur vos gardes; je me chargerai bien seul de faire marcher ce coquin de peau rouge, s'il montre de la mauvaise volonté... Mais hâtons-nous de nous mettre à couvert derrière les palissades, car on ne sait ce qui peut arriver.

Il dit quelques mots à l'Indien pour lui ordonner de marcher; celui-ci n'eut pas l'air de comprendre l'idiome qu'on lui parlait, mais Tête-de-Feu lui ayant indiqué d'un geste énergique le sommet de la colline, le prisonnier le suivit sans résistance. Reber et Schmidt venaient ensuite, et, chemin faisant, le colon expliqua en peu de mots à son compagnon comment il avait rencontré Tête-de-Feu.

III

LE PRISONNIER.

Cependant, au bruit du coup de carabine tiré par le coureur des bois, et surtout aux cris poussés par Reber, Kretle et Julia avaient pris l'alarme dans l'habitation. Du haut d'une roche élevée au-dessus des palissades, elles avaient vu sans les comprendre toutes les péripéties de la lutte qui s'était terminée par la prise de l'Indien. Quand les voyageurs atteignirent la clôture extérieure, ils n'eurent pas besoin d'employer le signal ordinaire pour annoncer leur arrivée; les jeunes filles venaient d'ouvrir la porte et accouraient au-devant d'eux.

Elles commencèrent par se jeter au cou de Reber, pour qui elles avaient craint toutes sortes de périls.

— Ah! cher père, vous nous êtes donc enfin rendu, s'écria l'aînée.

— Qu'est-il arrivé? demanda Kretle; nous pensions... — Elle s'interrompit pour regarder l'Indien, qui, malgré sa captivité, conservait une attitude calme et fière. — Ma sœur, poursuivit-elle, je te le disais bien!... c'est un sauvage, un véritable sauvage que l'on nous amène,

Mais elle s'interrompit, effrayée par la flamme éblouissante qui sortait des yeux de l'Indien, et se pressa contre Schmidt.

Reber allait répondre à ses filles; Tête-de-Feu ne lui en laissa pas le temps.

— Rentrons, rentrons bien vite, dit-il avec brusquerie; c'est le plus pressé. — On se hâta de pénétrer dans l'enclos, et Schmidt barricada soigneusement la porte, au moyen de solides traverses et de verrous; puis il se mit en devoir de décharger le cheval et de le conduire à l'écurie. — A présent, mes petites demoiselles, dit Tête-de-Feu d'un ton timide qui contrastait avec sa rudesse naturelle, vous pouvez causer sans avoir à craindre les flèches et les balles... Il faut pourtant que je m'assure de ce qui se passe dans la plaine.

Il monta sur le toit d'un des hangars, et, en dépit de l'obscurité croissante, il scruta minutieusement les alentours de l'habitation.

Reber profita de l'occasion pour mettre ses filles au courant des événemens et leur apprendre à leur tour comment il avait fait rencontre du coureur des bois.

Kretle et Julia, comme Schmidt, connaissaient de réputation Tête-de-Feu, et sa présence était bien de nature à leur inspirer confiance dans l'avenir. Elles accablaient leur père de questions sur leur nouvel hôte, quand le chasseur descendit de son observatoire.

— Je ne vois rien, reprit-il, et je commence à croire que ce peau rouge était seul dans le voisinage... Néanmoins, ne nous endormons pas. — Les deux sœurs s'approchèrent alors de Tête-de-Feu, et lui exprimèrent affectueusement leurs remercîmens pour les bons offices qu'il avait déjà rendus à leur père. Rien ne saurait peindre les sentimens d'orgueil et de ravissement qui se reflétèrent sur les traits bronzés du coureur des bois, en entendant ces deux charmantes filles lui souhaiter la bienvenue et se féliciter de son arrivée. — Je ne suis qu'un pauvre chasseur, dit-il avec émotion, et du diable si depuis plus de trente ans de jolies petites voix comme les vôtres, mesdemoiselles, m'ont ainsi chatouillé les oreilles! Girard, le brave garçon, m'a beaucoup trop vanté; mais je sais bien que, s'il faut, un jour ou l'autre, donner pour vous la peau de mon crâne, elle est à votre service. Enfin, suffit; que l'enfer me confonde! je ne suis pas un beau parleur; seulement, vous me verrez à l'œuvre dans l'occasion, et c'est ce qu'un homme peut dire de mieux.

Pendant cette conversation, l'on était entré dans la pièce principale du log-house; les jeunes filles s'empressèrent de bourrer de bois le poêle de fonte, afin de sécher les vêtemens des voyageurs, et elles allumèrent deux branches de sapin qui devaient tenir lieu de flambeaux.

— Allons! mes enfans, dit Reber avec un accent de bonne humeur, voici l'abondance revenue enfin au logis; préparez-nous un bon repas pour fêter l'arrivée de notre nouvel ami, sans compter, ajouta-t-il en serrant la main de Schmidt, que l'ancien y fera honneur sans doute.

Alors seulement Julia et Kretle purent inventorier les vivres de toutes sortes que contenait maintenant le log-cabin; le panier bien garni apporté par Schmidt de chez Burgwillers, le sac de Reber et enfin le daim blessé par le coureur des bois devaient approvisionner la colonie pour quinze jours au moins, en dépit du surcroît de bouches qui venaient d'arriver.

— Quelle belle pièce de gibier! disait Kretle avec admiration; et puis du biscuit, du café, du thé, que sais-je! Nous allons avoir grand gala. Aussi, pour que tout le monde profite de la bonne chère, vais-je donner à ce pauvre Polak, qui nous a si bien gardées, ce lièvre de sauges dont rien ne peut corriger l'affreuse odeur de sauvagine.

Bientôt les deux sœurs furent entièrement absorbées par les apprêts du souper, tandis que Reber, en changeant ses vêtemens mouillés, causait avec Schmidt dans une pièce voisine. Quant à Tête-de-Feu, il ne quittait pas son prisonnier, qu'il avait fait asseoir sur un billot et dont il avait garrotté les jambes pour plus de sûreté. L'Indien conservait cette imperturbable gravité que montre un guerrier rouge, même en présence des supplices; il affectait de n'accorder aucune attention aux objets nouveaux et inconnus qui l'entouraient dans cette habitation d'Européens. Seulement, quand Kretle ou Julia traversait la pièce en vaquant aux soins du ménage, ses prunelles dardaient un feu dont, malgré ses efforts, il ne pouvait modérer l'éclat.

Le coureur des bois alluma sa pipe et vint s'asseoir en face de lui. Toutefois, avant de procéder à un interrogatoire en règle, il se mit à examiner avec un soin extrême l'Indien que le hasard venait de faire tomber entre ses mains.

C'était un jeune homme de vingt ans à peine, qui, malgré ses peintures et ses tatouages, paraissait avoir des traits nobles et réguliers. Son torse, mal couvert par un manteau de peau de castor, avait les plus belles proportions sous les ornemens barbares dont il était affublé. Ses membres, sans être gros, décelaient une vigueur et une agilité extraordinaires, et sa contenance témoignait qu'il ne ressentait aucune crainte.

Tête-de-Feu ne laissa passer aucun détail de sa personne ou de son équipement sans en faire l'objet d'une investigation particulière. Il observa tour à tour les figures bizarres peintes sur les bras, la poitrine et le visage du prisonnier, la touffe de cheveux et de plumes qui surmontait sa tête, son collier de griffes d'ours et jusqu'à ses mocassins de peau, espérant y trouver des indices certains sur la qualité réelle de ce rôdeur. Mais l'expérience du chasseur en pareille matière semblait être en défaut, et son front se plissait avec impatience.

— De par le diable! dit-il enfin tout haut, ce coquin-là est parfaitement déguisé... On le prendrait pour un Indien *mansos* d'une tribu soumise, et pourtant je gagerais que c'est un espion de ces scélérats de Pawnies.

La tribu des Pawnies, si célèbre dans les admirables romans de Cooper, était, comme on le sait, une des plus puissantes et des plus indomptables tribus de l'Ouest. Toujours en guerre avec les colons, qu'elle accusait de lui avoir dérobé ses territoires de chasse, elle les désolait par des incursions continuelles suivies d'incendies et de massacres. Il importait donc de s'assurer si le prisonnier n'appartenait pas à cette race redoutable et belliqueuse.

Tête-de-Feu, après avoir réfléchi aux moyens d'entamer l'entretien diplomatique, demanda en langage pawnie, qu'il parlait facilement, comme les autres idiomes des tribus environnantes :

— Certainement le guerrier rouge est un Pawnie, quoiqu'il vienne déguisé dans le pays des visages pâles, comme s'il avait honte de son peuple. Sans doute les Pawnies sont devenus une nation de femmes, et le guerrier rouge les a quittés pour ne pas être confondus avec eux! — Ces injures étaient adroitement calculées pour froisser les instincts nationaux de son auditeur et l'obliger à se trahir. Néanmoins, pas un muscle du visage de l'Indien ne bougea; son œil resta fixe et impassible. — N'espère pas me tromper, Pawnie, reprit le coureur des bois qui commençait à s'animer; j'ai vécu longtemps dans la prairie et je ne me laisserai pas prendre à tes artifices... Je sais distinguer un Sioux d'un Osage et un Iowai d'un Konsa. Quant aux Pawnies, leurs squaws ont été les esclaves de mon wigwam, et j'ai enlevé à leurs guerriers un grand nombre de chevelures qui sèchent au-dessus de mon foyer. — Tête-de-Feu se vantait sans doute, bien qu'il se fût montré plus d'une fois redoutable aux Indiens, mais le prisonnier ne donna pas dans le piége. Il demeurait aussi calme que si on lui eût parlé chinois ou sanscrit, et se taisait toujours. Cependant cette épreuve n'avait pas encore convaincu Tête-de-Feu; il continuait d'examiner l'Indien en lâchant gravement des bouffées de tabac. — Je vois maintenant reprit-il enfin d'un ton différent et en employant un autre dialecte, que mon frère rouge n'appartient pas à cette nation de chiens que j'ai battue tant de fois... Sans doute mon frère fait partie de la tribu des Konsas, amie des Yankees?

Cette fois enfin la statue s'anima, et l'Indien rompit le silence obstiné qu'il avait gardé jusque-là.

— Les Konsas sont des hommes, répliqua-t-il avec dignité dans la même langue, et Vent-du-Nord est né parmi les Konsas.

Tête-de-Feu comprit que Vent-du-Nord était le nom de son prisonnier; mais il n'était pas aussi sûr que l'Indien fût originaire de la tribu à laquelle il prétendait appartenir. Toutefois, il ne laissa rien voir de ses soupçons.

— C'est bien, reprit-il; mais alors Vent-du-Nord pourra-t-il m'expliquer pourquoi ses peintures, ses armes et ses vêtemens diffèrent tant de ceux des autres Konsas qui fréquentent les villages de mon peuple? J'ai remarqué dans son équipement les ornemens d'un Pawnie, et mon esprit en a été troublé.

Vent-du-Nord tarda un moment à répondre.

— Mon père a de l'expérience, reprit-il enfin, et les ans ont neigé sur ses cheveux... J'ai quitté notre tribu depuis plus de trois lunes pour aller chasser le castor et le rat musqué du côté des grands lacs, en compagnie de deux autres chasseurs. Mes compagnons ont péri pour avoir attaqué imprudemment un ours grizly, et moi, me trouvant seul, j'ai voulu revenir à mon village. A huit journées de marche d'ici, du côté du nord, j'ai traversé une place où avait eu lieu un combat entre des guerriers pawnies et des colons blancs; les Pawnies avaient été vaincus et leurs corps étaient restés sur la neige glacée. Comme mes mocassins et mes vêtemens s'étaient usés dans mes chasses et dans mes bivouacs, j'ai pris aux guerriers morts les ornemens qui ont excité la défiance du chasseur blanc.

— Bien trouvé! mais ça ne prendra pas, mon cher! dit Tête-de-Feu en français.

Il feignit pourtant d'ajouter foi entière à cette explication.

— C'est bien, répéta-t-il dans le dialecte des Konsas; mais mon esprit est encore dans le doute. Comment Vent-du-Nord a-t-il pu arriver seul et à pied dans ce canton?

— Une nuit que je dormais à mon bivouac, mon cheval rompit la corde qui l'attachait à son piquet et fut dévoré par les loups.

Un sourire ironique, aussitôt réprimé, se joua sur les lèvres de Tête-de-Feu; il poursuivit avec gravité :

— Mon frère rouge a été malheureux, et il a compté sans doute sur la pitié des colons blancs qui sont en paix avec sa tribu. Cependant, que venait-il faire ce soir si près de cette habitation, et pourquoi cherchait-il à escalader les palissades?

— J'avais vu des traces de chevaux autour de ce wigwam, et je voulais m'informer si les visages pâles ne consentiraient pas à me vendre un cheval afin que je pusse regagner ma tribu.

— Si Vent-du-Nord était un Pawnie au lieu d'être un Konsa, on aurait pu croire qu'il cherchait, non pas à acheter, mais à voler le cheval des visages pâles. Tel n'était pas sans doute le projet de mon frère rouge; mais, pour acheter un cheval, qu'eût-il donné en échange?

— A plusieurs journées d'ici, du côté du soleil couchant, des guerriers de ma tribu et moi nous avons pratiqué une cache, toute pleine de peaux de castors, de bisons et de daims; j'aurais payé avec ma part de ces pelleteries le cheval des visages pâles.

— Sans doute la langue de Vent-du-Nord n'est pas fourchue; mais n'avait-il pas d'autres motifs que de s'assurer si cet établissement contenait des chevaux quand il a escaladé les palissades, au risque d'être tué ou pris par les blancs? — L'Indien ne répondit pas, et une légère rougeur se manifesta sous la couche d'ocre et de noir de fumée dont son visage était barbouillé. — Que mon frère ouvre les oreilles! dit le chasseur avec insistance; comment un guerrier, destiné sans doute à devenir un grand chef parmi les siens, a-t-il manqué de vigilance au point de se laisser capturer par les blancs?

Ce reproche parut porter au comble l'humiliation du jeune Indien.

— Vent-du-Nord, répondit-il avec embarras en baissant les yeux, n'est pas un vieillard qui tourne la tête d'un autre côté quand les jeunes filles se trouvent sur son chemin. Il a vu, à travers les fentes des palissades, l'Hermine-Blanche et la Fleur-Penchée (c'était ainsi que le galant peau rouge désignait Kretle et Julia), alors Vent-du-Nord a tout oublié; ses yeux ne voyaient plus, ses oreilles n'entendaient plus.

— Pour le coup, le coquin dit vrai! pensa le coureur des bois; et j'avais deviné qu'une cause de ce genre devait avoir endormi sa prudence ordinaire. C'est bon; on y veillera. — Il reprit à haute voix : — Mon frère rouge est jeune, il a dû être remarqué déjà par les jeunes filles de sa tribu... Laquelle des deux préfère-t-il, l'Hermine-Blanche ou la Fleur-Penchée?

Le prisonnier rêva un moment.

— Vent-du-Nord ne saurait choisir entre les deux filles des visages pâles... L'Hermine-Blanche est comme le matin d'un beau jour, la Fleur-Penchée est semblable à une magnifique soirée des pays du Sud. Le guerrier rouge les aime l'une et l'autre à la fois.

— Eh bien! à la bonne heure, ne vous gênez pas! s'écria Tête-de-Feu en français en se levant, j'ai des démangeaisons de moudre les os à ce drôle à face de singe... Nous autres chrétiens, nous nous trouverions trop heureux d'être le mari d'une de ces charmantes filles; mais il les faut toutes les deux à ce maudit païen! Je devrais lui casser les reins pour l'honneur de notre peau blanche.

Il se promenait, les sourcils froncés, les poings serrés; Vent-du-Nord le suivait des yeux, ne comprenant rien à sa colère. Il reprit bientôt :

— Qu'y a-t-il maintenant entre Vent-du-Nord et le chasseur blanc? Vent-du-Nord n'a-t-il pas répondu à ses questions? Pourquoi ces liens qui serrent encore les bras et les jambes d'un ami! Ne lui sera-t-il pas permis de quitter le wigwam des visages pâles et de retourner dans sa tribu à l'aurore de demain?

Tête-de-Feu parvint enfin à modérer la colère qu'avait soulevée en lui l'outrecuidante naïveté du peau rouge.

— Les guerriers Konsas, reprit-il sèchement, sont-ils donc sans courage et ne peuvent ils supporter un moment de gène? Que Vent-du-Nord prenne patience; je consulterai mes frères blancs pour savoir s'il est prudent à nous de le renvoyer dans sa tribu.

Le prisonnier, malgré l'impassibilité qu'il affectait, ne put cacher un vif désappointement; Reber et Schmidt rentrèrent dans la salle et s'approchèrent du coureur des bois avec intérêt.

— Eh bien! Tête-de-Feu, demanda le colon, savez-vous à quoi vous en tenir sur le compte de ce vilain monsieur-là?... Dieu! qu'il est laid!

— Appartient-il à une tribu amie ou ennemie? ajouta Schmidt.

— Que l'enfer confonde cette vermine! reprit le chasseur avec impatience; il est rusé comme un démon, et il m'a fait une histoire interminable pour me prouver qu'il est un Konsa; cependant je persiste à croire que c'est un espion des Pawnies. On en veut à vos chevaux, à vos bestiaux, à votre habitation, que sais-je! Et, pour compliquer la situation, ce misérable vagabond des prairies se dit amoureux de vos charmantes filles. C'est un danger de plus, car il n'aura que plus d'ardeur à exciter ses compatriotes contre nous. Ma foi! peut-être le parti le plus sage serait-il d'envoyer une balle dans le crâne de ce brigand et de jeter son corps aux coyotes.

— Y pensez-vous, monsieur Tête-de-Feu? répliqua Reber; massacrer froidement ce malheureux!

— Aimez-vous mieux que les coquins de sa tribu viennent vous massacrer, vous et votre famille? Les Européens nouvellement débarqués ont de singuliers scrupules.

— Je sais, dit Schmidt d'un ton conciliant, combien monsieur Tête-de-Feu a d'expérience en pareille matière, et peut-être les usages du pays, ainsi que les circonstances, justifieraient-ils une semblable extrémité. Cependant il doit exister quelque autre moyen moins cruel d'éviter le danger dont nous sommes menacés peut-être.

Le coureur des bois rêva un moment.

— Vous avez raison, dit-il enfin; je me crois toujours dans la prairie, où chacun se fait justice soi-même... D'ailleurs, les amis de ce peau rouge finiraient par savoir comment nous l'avons traité, et ils tenteraient sans aucun doute de le venger sur nous. Il ne nous reste plus alors qu'un parti à prendre : demain je conduirai cet Indien, soigneusement garrotté, jusqu'à Stockton, et je le livrerai aux autorités de la ville. Les habitans de Stockton, dont la sûreté est menacée comme la vôtre par la présence de cet espion sur les défrichemens, aviseront à le traiter comme il le convient; et si, comme je n'en doute pas, ils se décident à le pendre, la responsabilité en retombera sur eux.

Cette fois, Reber et Schmidt se rangèrent à l'avis du coureur des bois. Il fut donc convenu que, le lendemain, Tête-de-Feu conduirait Vent-du-Nord à la ville, et que les pouvoirs réguliers de la cité naissante prononceraient sur le sort du prisonnier. En attendant, on se tiendrait en garde contre une surprise de la part des Indiens qui pouvaient être cachés dans les bois, et l'on prendrait toutes les précautions imaginables pour que le Konsa, réel ou supposé, ne pût pas s'échapper.

Pendant cette conversation en langue étrangère, les yeux de Vent-du-Nord ne quittaient pas les interlocuteurs, comme s'il eût deviné qu'il s'agissait pour lui de vie ou de mort. Sans doute l'expression des visages ne lui semblait pas suffisamment rassurante, car il parut tomber dans une sombre méditation.

Tout à coup Schmidt fut frappé d'un souvenir; il alla chercher la pipe indienne que lui avait donnée le secrétaire du consul à son départ de New-York; elle était suspendue à un endroit très apparent de la pièce, suivant les instructions de Girard. Schmidt la remit au coureur des bois et lui expliqua comment elle provenait du chef pawnie Daim-Léger, à qui leur ami commun avait eu l'occasion de rendre un grand service.

— Daim-Léger! s'écria Tête-de-Feu au comble de l'étonnement; est-il possible que Girard ait vu ce brigand et qu'il ait encore sa chevelure sur la tête? Daim-Léger est le chef d'une grande tribu fort acharnée contre les blancs; lui-même passe pour un scélérat sanguinaire, et il a plus attaché d'Européens au poteau des supplices qu'il ne s'en trouve à cent milles à la ronde... Enfin, voyons quel effet produira cet objet sur notre prisonnier.

Il s'approcha de Vent-du-Nord.

— Que mon frère ouvre les yeux, dit-il dans le dialecte des Konsas; connaît-il ceci?

Et il lui montra la pipe de Daim-Léger. L'Indien ne put retenir un tressaillement qui témoignait d'une extrême surprise; mais bientôt sa volonté de fer reprit le dessus, et il répondit d'un ton posé, avec son impassibilité ordinaire :

— Mes yeux sont ouverts, et je vois le calumet de paix d'un grand chef.

— C'est juste; mais ce grand chef, sais-tu son nom?

— Comment le saurais-je? Les tribus des guerriers rouges sont aussi nombreuses que les feuilles des arbres, et Vent-du-Nord connaît seulement les chefs de sa tribu.

— Le coquin se méfie, dit Tête-de-Feu en français en s'adressant aux deux colons; je gagerais qu'il sait très bien à qui appartient cette vieille pipe, et qu'il grille d'apprendre comment elle se trouve entre nos mains; mais la reconnaître, ce serait trahir son déguisement et s'avouer Pawnie, tandis qu'il tient mordicus à passer pour Konsa. Au diable l'astuce de ces Indiens! Celui-ci, malgré sa jeunesse, en remontrerait aux plus vieux et aux plus madrés menteurs de tout l'ancien continent.

— N'importe! reprit Schmidt, je vous prierai, monsieur Tête-de-Feu, de vouloir bien traduire à ce sauvage ce que je m'en vais vous dire, et cela sur la recommandation expresse de notre ami commun, monsieur Girard.

En même temps il tira de sa poche le petit cahier de Girard, qui semblait être son *vade mecum*, et il lut avec lenteur, afin que chaque expression pût être religieusement transmise au prisonnier.

— « Ce calumet de paix a été donné par le grand chef Pawnie, Daim-Léger, à son frère blanc l'Aigle-Rusé, et l'Aigle-Rusé, à son tour, l'a donné au chef de ce wigwam. Daim-Léger a juré par le Grand-Esprit qu'il soutiendrait de son bras et du bras de ses guerriers le possesseur de ce calumet, et malheur à qui braverait la colère de Daim-Léger, le grand chef! »

Schmidt répéta deux fois cette formule, qui semblait faire partie de quelque franc-maçonnerie du désert, et Tête-de-Feu la traduisit mot pour mot à Vent-du-Nord. Celui-ci écouta très attentivement, et cette fois encore il ne put dissimuler complètement une sorte d'émotion. Néanmoins, fidèle à sa diplomatie, il répondit avec tranquillité :

— J'ai entendu les paroles de mon frère blanc; mais pourquoi dire à un Konsa ce qui est destiné aux oreilles d'un Pawnie? Vent-du-Nord ne connaît pas le calumet de Daim-Léger.

— Allons, il n'en démordra pas, reprit le coureur des bois en français à ses compagnons; cependant on ne m'ôtera pas de la cervelle qu'il connaît fort bien les Pawnies. Si vraiment il appartenait à une autre tribu, il n'eût pas manqué cette occasion de débiter contre eux une kyrielle d'injures, selon l'habitude des sauvages... Malgré tout cela, ne nous fions pas trop à la vertu miraculeuse de cette vieille pipe, et conduisons dès demain ce mouchard à Stockton; c'est le plus sûr.

Cette décision prise, Tête-de-Feu, sans cesser de surveiller les mouvemens de l'Indien, se mit à causer avec ses compatriotes des nouvelles de l'Europe, des affaires de la colonie naissante, et surtout de Girard, sur le compte duquel il revenait toujours. Schmidt profita de ce moment de repos pour lui remettre la lettre de recommandation du secrétaire; mais il dut la lire lui même, car le coureur des bois ne paraissait plus être bien familier avec l'écriture; et les expressions chaleureuses de Girard au sujet de la famille Reber ajoutèrent encore aux bonnes dispositions de Tête-de-Feu pour ses nouveaux amis.

Le temps passa rapidement dans cet entretien amical; la nuit était venue depuis longtemps, et l'intérieur de la maison était éclairé seulement par les torches de sapin qui répandaient autour d'elles une odeur aromatique. Au dehors, on entendait le cliquetis des eaux ruisselant de toutes parts. C'était une de ces nuits sombres, humides, où il semble que la nature inclémente veut faire mieux sentir à l'homme les douceurs d'un bon gîte et d'un bon repas.

La cuisine de la ferme, comme nous l'avons dit, était située à l'écart des bâtimens d'habitation. Elle consistait en une espèce de hangar sous lequel on avait construit, avec des pierres et de l'argile, un fourneau tout primitif et une cheminée plus primitive encore. Là, les deux sœurs, débarrassées des fourrures qui eussent gêné leurs mouvemens, s'escrimaient pour préparer un souper abondant, sinon très délicat; on les eût vues passer et repasser avec activité devant la cheminée, où brillait un feu clair, surveillant la cuisson d'un quartier de cerf, dont le délicieux parfum commençait à se répandre dans la maison. Maître Polak avait été déchaîné aux approches de la nuit, et il rôdait autour d'elles en agitant la queue, comme pour témoigner que le lièvre du sauges n'avait pu encore apaiser son formidable appétit, aiguisé par plusieurs jours de jeûnes consécutifs.

Bientôt Kretle et Julia entrèrent dans la salle commune afin de mettre le couvert, et la conversation devint générale. Les jeunes filles, rassurées par les nouvelles sinon tout à fait favorables, du moins tranquillisantes, que leur père avait apportées de la ville, montraient une sorte d'enjouement. La capture de l'Indien, au milieu de tant de circonstances suspectes, n'avait même pu éveiller sérieusement leurs alarmes, et elles considéraient le prisonnier avec moins de terreur que de curiosité. En apprenant que, dans l'intérêt commun, le Konsa serait conduit le lendemain à Stockton, elles manifestèrent une véritable pitié.

— Qu'a donc fait ce pauvre sauvage pour être traité si cruellement? demanda Kretle. Il pouvait n'avoir pas de mauvais desseins en cherchant à voir par-dessus nos palissades, et il a failli recevoir une balle de carabine pour cela. Ne vaudrait-il pas mieux lui ouvrir la porte et le laisser libre d'aller rejoindre ses compagnons à figure barbouillée?

— Ah! mes gentilles demoiselles, répliqua Tête-de-Feu avec douceur, vous ne savez pas comme votre compassion est mal placée. A Dieu ne plaise que je veuille vous effrayer mais vous êtes particulièrement intéressées à ce que ce coquin soit mis au plus tôt en lieu de sûreté. Si vous connaissiez ces peaux rouges comme moi, si l'on vous disait de quoi ils sont capables, vous frémiriez qu'un seul d'entre eux eût pu vous voir ou même soupçonner votre existence.

— Allons, petites! allons! dit Reber à son tour; laissez-nous le soin d'agir pour le mieux, et hâtez-vous de nous faire souper... Je ne sais si c'est fatigue ou besoin de nourriture, mais j'éprouve un malaise inexprimable; peut-être un bon repas me rendra-t-il la force et le courage.

Le couvert était mis sur la table grossière qui occupait le milieu de la pièce. Il n'était pas somptueux, et se composait seulement de plats, d'assiettes et de gobelets en fer-blanc; mais ces ustensiles brillaient de propreté comme s'ils eussent été d'argent. Bientôt les jeunes ménagères apportèrent un potage à la purée de pois et au biscuit, de la viande et du poisson salés; enfin un grand plat de terre sur lequel fumait le quartier de venaison. Des pommes de terre tenaient lieu de pain. Le vin, le cidre et la bière manquaient complétement, mais les colons, depuis leur arrivée en Amérique, avaient appris à s'en passer et à remplacer les boissons fermentées par du thé. Quoiqu'il manquât bien des choses à ce festin, depuis longtemps on n'en n'avait vu d'aussi copieux à la ferme des Deux-Sœurs.

Le coureur des bois et Schmidt, peu difficiles par goût et par habitude, firent largement honneur à la bonne chère; les jeunes filles elles-mêmes semblèrent trouver le repas préférable au lait qui formait uniquement leur nourriture journalière. Quant à Reber, il put seulement avaler quelques tasses de thé. Ses filles s'aperçurent avec inquiétude que son malaise paraissait augmenter, et qu'il avait par moment le frisson.

Cependant Vent-du-Nord avait été relégué dans un coin sombre, où ses yeux fixes brillaient comme des charbons ardens. Les deux sœurs finirent par soupçonner que la faim seule faisait flamboyer ainsi la prunelle du sauvage.

— Bon Dieu! et ce pauvre Indien que nous oublions! s'écria Kretle. Quoiqu'il ait la peau d'une autre couleur que la nôtre et le visage tatoué, il n'est pas moins homme, et il y a cruauté à manger en sa présence quand il est affamé peut-être.

— Tu as raison, reprit Julia; aussi, avec la permission de mon père et de nos amis, vais-je lui délier les mains afin qu'il puisse au moins prendre sa nourriture.

L'une et l'autre se levaient déjà pour exécuter ce projet charitable, quand Tête-de-Feu, que Schmidt et Reber consultaient du regard, s'écria énergiquement :

— Ne bougez pas, mes bonnes demoiselles, je vous en supplie. Il ne faut pas se piquer d'humanité avec ces vermines rouges. Ce gaillard-là est fort comme un ours, agile comme un daim, et quand il détalait ce soir au pied de la montagne, il nous a prouvé qu'il méritait bien son nom de Vent-du-Nord... Le premier usage qu'il ferait sans doute de ses mains serait de s'emparer d'un couteau dont il se servirait contre nous tous... Encore une fois, gardez votre pitié pour une autre occasion. Et vraiment, ajouta-t-il avec une sorte de mélancolie, de bonnes et douces créatures telles que vous n'eussent pas dû venir dans un pays où elles sont exposées à rencontrer de pareils gueusards!

Reber et Schmidt soupirèrent en entendant ce souhait inutile.

— Il faut qu'il mange pourtant! répondit Kretle avec impatience; on ne peut laisser ce malheureux sans nourriture jusqu'au moment de le conduire à la ville... Si méchans que soient ces Indiens, on ne saurait les traiter avec tant de barbarie sans paraître aussi méchant qu'eux.

— Eh bien, il existe un moyen, ma sœur, dit Julia.

Et elle communiqua tout bas son projet à Kretle, qui sourit.

— C'est juste, répliqua Kretle; comme cela on n'aura rien à dire.

Elles se mirent à couper en minces morceaux dans une assiette une grosse portion de viande. Les hommes les regardaient avec étonnement.

— Que le diable m'emporte! s'écria tout à coup le coureur des bois en frappant sur la table, ces deux charmantes filles vont donner la becquée au sauvage!

Julia et Kretle sourirent de nouveau et s'approchèrent du prisonnier pour réaliser leur généreux dessein. D'abord Vent-du-Nord n'avait pas l'air de comprendre ce qu'on lui voulait, et il conservait sa majestueuse impassibilité; mais ses jeunes pourvoyeuses lui apprirent par leur pantomime expressive ce qu'elles attendaient de lui, et l'Indien, qui véritablement mourait de faim, se prêta volontiers à leur désir. Ouvrant une bouche bien meublée de dents blanches et aiguës, il avala les morceaux aussi vite que les deux sœurs pouvaient les lui présenter. Elles s'amusaient beaucoup de cet appétit désordonné, et elles durent venir plusieurs fois à la table pour remplir l'assiette.

— Assez, mes jolies demoiselles, assez! dit enfin Tête-de-Feu avec gaieté, ou tout notre souper y passera... Un seul de ces peaux rouges mange plus que douze Européens, et une fois j'en ai vu six dévorer un bison en vingt-quatre heures. Au diable ces goinfres! Je crains pourtant, ajouta-t-il en baissant la voix, que la bonté de ces chères enfans n'ait pour effet d'enorgueillir ce misérable espion et de le rendre fat; je vais essayer d'y mettre ordre.

Il se tourna vers le prisonnier, occupé à vider une grande cruche d'eau que Kretle lui présentait.

— Que le guerrier rouge, dit-il avec ironie dans la langue des Konsas, ne soit pas trop fier des services que lui rendent les filles des visages pâles. Le Grand-Esprit de leur peuple leur ordonne de se montrer secourable et elles accomplissent la volonté du Grand-Esprit; mais elles sont bonnes aussi pour les chiens et les bestiaux de leur wigwam; car, à leurs yeux, un peau rouge, Konsa, Pawnie, ou de toute autre tribu, est encore moins qu'un chien ou un cheval.

Le sauvage sentit peut-être cette injure préméditée; mais il dédaigna d'y répondre, et, baissant la tête, il retomba dans son immobilité de statue.

Le souper finit, et le repos était bien nécessaire aux habitans de la ferme. Reber, au lieu de se trouver fortifié, éprouvait un malaise plus sensible encore qu'avant le repas. Les jeunes filles, un moment égayées par la voracité de l'Indien, recommencèrent à s'alarmer en voyant les souffrances croissantes de leur père.

— Ce ne sera rien, mes enfans, dit le colon tranquillement; la journée a été rude, et je ne serais pas étonné s'il en résultait pour moi un accès de fièvre; mais le sommeil me guérira, j'en suis sûr... Songeons donc à prendre nos dispositions pour la nuit, et d'abord occupons-nous de dresser un lit pour monsieur Tête-de-Feu.

— Un lit pour moi? répliqua le coureur des bois en haussant les épaules; vous voulez rire. Je couche habituellement sur le sable ou l'herbe humide de la prairie, enveloppé dans mon manteau, et j'y dors à merveille. Que ces bonnes demoiselles ne se dérangent pas; comme je dois demeurer quelque temps ici, je me construirai demain dans l'enclos une hutte en bois, je m'y ferai un lit avec un tas de mousse, et je n'aurai jamais été aussi comfortablement logé... D'ailleurs, je ne dormirai guère cette nuit; ne faut-il pas que je garde à vue notre maudit sauvage? Il vous paraît bien attaché; mais en peu de minutes il saurait bien rompre ses liens, sauter par une fenêtre et s'enfuir dans la forêt, si notre surveillance venait à se relâcher. Avec votre permission, je passerai la nuit près de lui dans cette pièce, où personne ne couche habituellement. Vous autres, dormez tranquilles; je réponds de tout.

Reber voulut élever quelques objections, mais il n'en eut pas la force. En revanche Schmidt, sortant de sa réserve ordinaire, insista pour demeurer seul chargé de la garde du prisonnier.

— Vous devez être fatigué de votre voyage, monsieur Tête-de-Feu, reprit-il, et ce sera moi qui veillerai sur le prisonnier pendant que vous vous reposerez dans ma chambre et dans mon lit. Vous aurez demain une tâche assez rude pour conduire cet Indien à Stockton. D'ailleurs, vous êtes l'hôte de monsieur Reber, et...

— Hôte ou non, je veillerai cette nuit, mon garçon, répliqua le coureur des bois avec cette irascibilité qui fléchissait seulement devant les jeunes filles du logis. Écoutez, vous êtes trop jeune et trop fraîchement débarqué du continent pour connaître encore les ruses de ces peaux rouges; ils inventent des diableries dont vous ne pourriez vous faire une idée. Si je vous laissais seul avec celui-là, peut-être demain le trouverions-nous parti, après vous avoir débarrassé de votre blonde chevelure et avoir mis le feu aux quatre coins de la maison... Encore une fois, ne me contrariez pas; si vous connaissiez ces traîtres-là comme je les connais...

— Du moins permettez-moi de veiller avec vous.

— Allons, l'ami, qu'on ne m'en parle plus. Girard a dû vous dire que j'ai bien gagné mon surnom de Tête-de-Feu, et, *caramba!* il ne faut pas m'échauffer la bile!

L'honnête Schmidt n'osa pas répliquer, et il dut en passer par où voulait l'opiniâtre chasseur. On convenait des dispositions à prendre, quand un bruit grave, majestueux, assez semblable au grondement lointain d'un orage, se fit entendre au dehors; ce bruit se rapprochait rapidement et devenait de plus en plus distinct.

— Qu'est ceci? demanda Reber en tressaillant? Est-ce que les oreilles me bourdonnent, ou bien...?

— Morbleu! dit le coureur des bois avec inquiétude, ce ne peut pourtant pas être le tonnerre!... N'y aurait-il pas encore les sauvages là-dessous? Mais non; voyez notre prisonnier : il écoute comme nous et il ne paraît pas moins étonné... Il faut savoir ce qui se passe.

Il ouvrit la porte et sortit dans la cour; Schmidt et la famille Reber le suivirent, aiguillonnés par l'inquiétude et la curiosité.

La nuit était sombre, et l'on ne pouvait d'abord rien distinguer dans l'espace immense qui s'étendait autour de la ferme. Seulement, quand les yeux des spectateurs se furent habitués aux ténèbres, on reconnut que la nappe de neige dont le sol était couvert depuis plusieurs semaines avait en partie disparu; on apercevait çà et là des places de couleur foncée qui semblaient être des marques d'eau. L'eau, en effet, continuait à ruisseler de tous côtés, et mille cascatelles invisibles formaient un murmure sourd et monotone. Cependant le tumulte imposant qui d'abord avait attiré l'attention des colons ne cessait pas et prenait au contraire des proportions formidables. Il montait de la plaine, et l'on eût dit de ce mugissement qui précède un tremblement de terre. Les habitans de la ferme, stupéfaits et tremblans, attendaient sous la brise humide de la nuit que cette circonstance extraordinaire leur fût expliquée, quand le coureur des bois s'écria tout à coup :

— Eh! mordieu! j'y suis... c'est la débâcle des glaces!

—Les doutes à cet égard ne tardèrent pas à se changer en certitude. Le bruit, qui avait grossi d'une manière intermittente, comme s'il eût suivi les sinuosités de la rivière, finit par retentir au pied même de la colline sur laquelle s'élevait l'habitation. C'étaient des craquemens immenses, des chocs furieux, des cliquetis assourdissans que dominait le fracas des grandes eaux. Bientôt même on put, malgré les ténèbres, avoir une idée de l'imposant phénomène naturel qui se produisait à une courte distance. Une énorme masse blanche, composée de glaçons accumulés, se mouvait, par une force invisible, à la surface du fleuve et en parcourait les détours avec la rapidité d'un cheval de course. Sous l'effort de cette puissante agglomération, les glaces qui enchaînaient encore le courant de la rivière Jaune se brisaient en éclats et refluaient sur les deux rives en blocs irréguliers, d'une grosseur monstrueuse. La masse passa rapidement et alla se perdre dans les profondeurs du désert; mais l'agitation et le tumulte ne cessaient pas derrière elle. Des montagnes d'eau noire se précipitaient à sa suite, envahissant les berges avec rapidité. Des glaçons gigantesques, violemment repoussés du fond, se dressaient au-dessus de son niveau comme de turbulens fantômes et s'entre-choquaient impétueusement. Néanmoins cette perturbation finit aussi par se calmer peu à peu, la rivière reprit sa marche accoutumée, et quelques taches blanches diversifiaient seules la teinte sombre de ses eaux boueuses; seulement elle ne rentrait pas dans son lit et n'abandonnait pas le terrain qu'elle avait envahi dans ce moment de crise passagère. Au contraire, on eût dit qu'elle continuait à grossir, et elle clapotait déjà contre le pied de la colline que couronnait l'habitation des Deux-Sœurs. Cette observation n'échappa pas à Tête-de-Feu; mais il ne voulut pas manifester ses craintes, et il reprit d'un ton dégagé : — Allons! tout est fini, et ceux qui veulent dormir cette nuit n'ont plus qu'à se mettre à la besogne. Ma foi! je plains bien les pauvres diables de chasseurs qui se seront couchés ce soir trop près de la rivière; leur sommeil aura pu être vilainement dérangé. Enfin, chacun pour soi; et nous qui avons un bon gîte par cet effroyable temps, sachons en profiter.

On rentra en effet dans la salle commune et l'on se disposa à se séparer. Reber avait une fièvre violente, et ses filles désiraient le veiller toute la nuit; mais il le leur défendit avec fermeté, assurant que le repos suffirait pour le guérir, et que le lendemain il n'y paraîtrait plus. Force fut donc aux deux sœurs de renoncer à leur projet; et, après avoir embrassé tendrement leur père, dit un bonsoir affectueux à Schmidt, s'être assurées que le coureur des bois ne manquerait de rien pendant sa veillée, elles se retirèrent dans la cabine isolée qui leur servait de chambre. Reber, de son côté, regagna sa cellule. Schmidt, au moment de le suivre, dit au chasseur :

— Vous n'avez pas voulu de moi pour vous tenir compagnie, monsieur Tête-de-Feu; je vais donc me jeter tout habillé sur mon lit, ma carabine à mon chevet; mais au moindre appel je serai sur pied... Bonsoir donc, et que Dieu vous récompense pour la généreuse assistance que vous nous donnez!

Demeuré seul, Tête-de-Feu s'assura que le prisonnier n'avait pas trouvé moyen de relâcher ses liens, alluma sa pipe, garnit de bois le poêle, et, s'enveloppant dans son manteau, se mit en devoir de passer vaillamment la nuit en homme qui avait l'habitude de braver l'insomnie, la fatigue et le péril.

IV

L'ALARME.

Les premières heures de la nuit s'écoulèrent sans incident remarquable pour le vigilant Tête-de-Feu. Le sauvage lui-même s'était endormi, et, bien que ce sommeil pût n'être qu'apparent, aucune tentative de révolte ne paraissait à craindre de ce côté.

Au bruit effrayant causé par la débâcle des glaces avait succédé le murmure monotone de la rivière, quoique ce murmure fût évidemment plus fort que d'habitude. Par momens, des cris d'oiseaux de nuit, des glapissemens de coyotes, des hurlemens de bêtes féroces se faisaient entendre au loin, du côté de la forêt. Alors le chasseur prêtait l'oreille; familier avec les ruses des Indiens, il n'oubliait pas que les peaux rouges imitent souvent, la nuit, des cris d'animaux pour se reconnaître et se transmettre des avertissemens. Mais aucun son faux et suspect ne vint confirmer ses conjectures, et le prisonnier lui-même continuait de dormir paisiblement.

Aussi, vers le matin, Tête-de-Feu avait-il fini par se laisser aller à un léger assoupissement. Le dos appuyé contre la muraille, la main sur la garde de son couteau de chasse, il avait perdu depuis quelque instans la conscience de lui-même, quand un simple mouvement de l'Indien le réveilla en sursaut. Il fut sur pied à l'instant et se mit sur ses gardes. Vent-du-Nord s'était levé sur son séant et paraissait écouter.

— Pourquoi le Konsa ne dort-il plus? demanda le coureur des bois avec une impatience mêlée d'inquiétude.

— Que le chasseur blanc ouvre les oreilles! répliqua l'Indien, il y a des sons dans l'air.

Et comme s'il n'eût pas été intéressé lui-même dans l'événement, il se recoucha d'un air stoïque.

Alors Tête-de-Feu, dont les sens avaient d'abord été troublés par ce brusque réveil, put prêter l'oreille aux cris nouveaux qui retentissaient au dehors; mais cette fois ce n'étaient plus les coyotes, les panthères ou les ours qui élevaient la voix dans l'éloignement. Les cris étaient plus forts, plus rapprochés, et semblaient partir de l'enceinte même de la ferme. Il ne tarda pas à distinguer les beuglemens des bestiaux enfermés dans l'étable, puis ces hurlemens plaintifs que pousse un chien en détresse, et enfin ce hennissement particulier et formidable par lequel un cheval annonce une terreur profonde.

— Il y a quelque chose, en effet, murmura le coureur des bois.

Il saisit sa carabine, qui était posée contre la muraille, à portée de sa main, et, ouvrant la porte de la maison, il se mit en observation sur le seuil.

Les premières lueurs du matin éclairaient déjà le ciel brumeux, mais la terre était enveloppée de ténèbres qu'un brouillard épais rendait plus sombres encore. Vainement le chasseur essaya-t-il de percer du regard cette obscurité; la neige avait disparu complétement, sa blancheur ne dessinait plus la forme des objets, et tout se confondait dans une uniformité sinistre. Cependant les bestiaux continuaient de s'agiter et de mugir, le cheval de pousser son lamentable cri d'appel; et Polak, en voyant de la lumière du côté de la maison, accourut vers Tête-de-Feu sans interrompre ses plaintes.

Tout cela n'expliquait pas au chasseur quelle espèce de danger pouvait courir l'habitation, et cependant un instinct l'avertissait que ce danger était réel et pressant. En désespoir de cause, il descendit la pente de la colline pour aller inspecter les étables, et Polak le suivit en jappant. Le coureur des bois, encore peu familier avec les localités, n'avançait qu'avec lenteur, quand il sentit ses pieds s'enfoncer dans l'eau. Il crut d'abord avoir marché dans une flaque de neige fondue comme en formait chaque cavité du sol, mais un second pas le fit entrer plus avant dans un liquide glacé; avant même qu'il eût atteint l'étable, il avait de l'eau jusqu'à mi-jambes.

Alors la vérité fut évidente : il s'agissait d'une inondation, d'une de ces terribles inondations de l'Amérique du Nord qui parfois couvrent entièrement des pays grands comme la France. La rivière voisine, encore obstruée sans doute par les glaces de la débâcle, n'avait pu suffire à l'écoulement des prodigieuses masses d'eau causées par la fonte subite des neiges. Elle s'était gonflée, avait envahi la plaine, et, montant le long de la pente sur laquelle se trouvait l'habitation, elle baignait déjà la partie inférieure de l'enclos, les palissades et les étables. Au peu de temps qu'elle avait mis à faire ces terribles progrès, on pouvait juger qu'elle ne s'arrêterait pas là.

Tête-de-Feu, avec sa promptitude ordinaire de décision, comprit qu'il n'y avait pas un instant à perdre pour empêcher de se noyer le cheval et les bestiaux attachés dans l'étable. Il serait toujours temps de donner l'alarme aux gens de la maison, car le péril était d'une nature contre laquelle les efforts de l'homme sont impuissans. Il s'empressa donc de déposer sa carabine sur une pile de bois, et se dirigea vers les légères constructions où se trouvaient les animaux en détresse.

Ce ne fut pas sans courir des risques sérieux que le hardi Tête-de-Feu parvint à opérer ce sauvetage; non pas que les eaux fussent très hautes encore sous le hangar, mais les pauvres bêtes, folles de terreur, bondissaient dans cet étroit espace en s'efforçant de briser leurs liens, et l'obscurité ajoutait encore au danger de s'engager au milieu d'elles. Cependant le coureur des bois n'hésita pas, et, de la lame bien affilée de son couteau de chasse, il coupa successivement les lanières qui les retenaient captives. Quand l'une d'elles se sentait libre, elle s'élançait aveuglément vers la partie élevée de l'enclos, en faisant rejaillir autour d'elle des tourbillons d'eau boueuse. Bientôt elles eurent toutes regagné la terre ferme, et alors, devenues plus calmes, elles se pressèrent les unes contre les autres en poussant des beuglemens plaintifs.

Tête-de-Feu sortit à son tour de son bain glacial, et,

après avoir repris sa carabine, il revint vers la maison en tâtonnant. Dans la salle commune, il trouva Schmidt tout habillé. Le fidèle ami de la famille Reber avait été éveillé par les cris des animaux de la ferme, et accourait pour en connaître la cause. Le chasseur lui apprit laconiquement ce qui se passait.

— Grand Dieu! dit Schmidt en pâlissant; il faut éveiller Reber et ces demoiselle, il faut...

— A quoi bon? Leurs plaintes et leurs lamentations remédieraient-elles à l'affaire? Laissons-les dormir et attendons. Le jour va venir; peut-être l'eau cessera-t-elle de monter... quoique, à vrai dire, je l'espère peu. Quand il le faudra absolument, je vous avertirai. — Schmidt n'insista pas, car il comprenait la sagesse de ces motifs. Comme les vêtemens du chasseur étaient ruisselans d'eau, il lui offrit obligeamment de quoi changer. — Bah! répliqua le coureur des bois en haussant les épaules, c'est bien la peine de songer à cela! Qu'importe que mes *leggings* soient mouillés? Je me sécherai... quand je pourrai.

L'intention charitable de Tête de Feu à l'égard de ses hôtes ne devait avoir aucun résultat. Les jeunes filles, attirées par le bruit, ne tardèrent pas à se montrer; Reber lui-même entra bientôt, à demi vêtu, et se traînant péniblement. Ses traits décomposés, ses joues marbrées de taches rouges, témoignaient qu'il était atteint d'une grave maladie.

Il fallut bien aussi répondre à leurs questions et leur apprendre la triste vérité.

— Que le ciel ait pitié de nous! s'écria Julia; je suis résignée à tout, et la vie a bien peu de charmes pour moi; mais vous, mon père, et toi, ma bonne Kretle, et vous aussi, mes amis, êtes-vous donc condamnés à cette triste fin?

— Mon père! Schmidt! s'écria Kretle éperdue, sauvez-vous! sauvez-nous!

Schmidt leva les yeux au ciel.

— Pauvres enfans! dit Reber avec effort, c'est à vous surtout qu'il faut penser. Quant à moi, fussé-je épargné par cette inondation, peut-être n'aurais-je pas longtemps à souffrir... Au fait, pourquoi vivrais-je, puisque déjà je ne peux plus ni vous protéger ni vous défendre?

Et il tomba sur un siége avec accablement.

Alors seulement on remarqua le changement opéré depuis la veille dans l'extérieur du malheureux colon, et cette nouvelle inquiétude fut assez forte pour faire oublier aux deux sœurs le danger commun.

— Mon père, dit Julia, vous ne pouvez vous soutenir; de grâce, appuyez-vous sur moi et rentrons dans votre votre chambre.

— Oui, oui, mon père, dit Kretle en s'approchant à son tour, vous n'auriez pas dû quitter votre lit; c'est une grave imprudence.

Mais le colon refusa leur secours.

— Laissez-moi, mes enfans, dit-il en raffermissant sa voix; si je ne puis être d'aucune utilité dans la crise qui approche, je ne veux pas du moins devenir un embarras. Je vais rentrer dans ma chambre, mais pour achever de m'habiller et me tenir prêt à tout événement. Allons, qu'on ne me parle plus de mon mal; nous nous en occuperons plus tard, si nous en avons le loisir.

Kretle et Julia, habituées à respecter ses volontés, n'osèrent pas insister. Schmidt, qui avait attentivement examiné le malade, lui dit d'un ton affectueux :

— Si je ne me trompe, Reber, vous êtes pris d'une de ces fièvres qui atteignent les nouveaux colons avant qu'ils soient acclimatés. J'en ai eu moi-même deux ou trois accès très violens, au commencement de notre séjour dans le pays; mais, grâce à notre boîte de médicamens, et à l'instruction dont elle est accompagnée, j'espère vous délivrer bientôt de votre mal. Nous avons encore une provision de quinine, et je vais chercher la formule dont l'application m'a guéri.

— Oui, mon cher Schmidt, cherchez-la sans retard, dit Kretle en joignant les mains; soulagez notre pauvre père, je vous en prie, et, en dépit de cette terrible inondation qui nous menace tous d'une mort prochaine...

— Bon, bon, ma petite demoiselle, interrompit brusquement le coureur des bois, nous ne sommes pas encore noyés. Cent fois je me suis trouvé exposé à des dangers plus pressans que celui-ci, et pourtant me voilà sur pied et bien portant. Attendez du moins pour vous désespérer que l'eau soit entrée dans cette salle et qu'elle ait éteint le feu de votre poêle; jusque-là, prenez courage tous : nous nous sauverons; je vous garantis que nous nous sauverons!

Peut-être le brave Tête de Feu exprimait-il une espérance qu'il n'avait pas; néanmoins il parvint à rassurer un peu la malheureuse famille. Reber, appuyé sur ses filles, rentra dans la pièce voisine pour faire ses préparatifs à tout hasard, tandis que Schmidt cherchait, parmi les caisses dont la salle était encombrée, la caisse des médicamens. Tête-de-Feu profita de ce moment pour aller étudier dans la cour l'état de l'inondation; mais il rentra bientôt en hochant la tête.

Schmidt, qui était en train d'étudier une instruction pharmaceutique devant une boîte ouverte et remplie de flacons, interrompit sa besogne.

— Eh bien! demanda-t-il avec inquiétude.

— On peut vous dire la vérité à vous, répliqua le coureur des bois : l'eau continue de monter.

— Et elle fait des progrès rapides?

— Des progrès tels que, si elle ne cesse pas de croître, avant midi elle aura atteint le seuil de cette porte, avant le coucher du soleil elle aura dépassé le toit du log-cabin. Du reste, le jour commence à paraître, et nous pourrons bientôt juger sainement de notre situation.

— La vie des hommes est entre les mains de Dieu! dit Schmidt.

Et il se remit à ses études médicales. Reber ne tarda pas à rentrer avec ses filles, et vint s'asseoir dans un fauteuil de bois devant le poêle. Kretle et Julia s'assirent à ses pieds; mais tout le monde gardait le silence, et l'on n'entendait d'autre bruit que le murmure des eaux au dehors, et l'haleine régulière de l'Indien, qui dormait paisiblement dans un coin de la salle, malgré le danger.

Ainsi se passèrent les derniers instans de la nuit; le jour tant attendu finit par se lever, et les colons, même le pauvre malade, sortirent de la maison pour connaître l'étendue du désastre. Ils montèrent sur une roche à laquelle les bâtimens étaient adossés, et une scène de désolation s'offrit à leurs yeux.

Aussi loin que la vue pouvait s'étendre, le fleuve était maître; les arbustes qui couvraient la rive opposée, la prairie, les défrichemens de Reber, tout était englouti. Une portion de la forêt qui s'étendait entre Stockton et la ferme avait été aussi atteinte, et, sauf quelques points élevés du terrain qui formaient des espèces d'îlots, le pays entier avait pris l'aspect d'une mer immense. La colline, dont la ferme dominait le sommet, était elle-même couverte d'eau jusqu'à plus de la moitié de sa hauteur; on ne voyait plus les palissades; l'étable, où se trouvaient quelques heures auparavant les bestiaux de la ferme, était submergée jusque par-dessus le toit. Heureusement, l'eau paraissait tranquille sur les terrains inondés, et elle s'élevait par un mouvement insensible et lent, quoique continu. En revanche, un courant d'une impétuosité inouïe s'était formé dans le lit du fleuve, et entraînait d'énormes glaçons, des bancs d'herbes marécageuses, et surtout de grands arbres avec leurs racines et leur feuillage. Parfois, sur ces arbres flottans, on distinguait des formes d'animaux qui se laissaient aller avec eux à la dérive; c'étaient de pauvres bêtes des bois, qui, surprises par le déluge, essayaient encore de lutter contre la mort. Ce tableau, éclairé par un jour oblique, noyé dans les brumes froides du matin, avait un caractère terrible, majestueux, solennel, qui, tout en frappant d'effroi l'âme humaine, la confondait par sa grandeur.

Naturellement, la première pensée de Reber fut pour ses défrichemens.

— Tout notre travail est perdu, dit-il avec désespoir; nous ne devons plus songer à une récolte pour cette année. Bon Dieu! n'avions-nous pas assez de causes de ruine et de misère sans y ajouter celle-ci?

— Allons, allons, n'exagérez rien, ami Reber, dit Tête-de-Feu; les semailles seront à recommencer, j'en conviens, mais le dégât pourra n'être pas considérable. Peut-être l'inondation va-t-elle déposer sur le sol un limon qui le rendra plus productif, et vous trouverez ainsi une compensation très suffisante à cette perte.

— A moins qu'une couche de sable ne recouvre la terre végétale, ou que les courans ne l'emportent avec eux! ajouta Reber en soupirant.

Tout à coup Julia désigna un point éloigné de l'horizon, du côté de la prairie :

— Mon père, dit-elle, ne vous semble-t-il pas que la maison de Burgwillers est déjà atteinte par les eaux? Peut-être nos excellens voisins, surpris pendant leur sommeil...

— Serait-il possible, ma sœur? répliqua Krelle; pauvre Burgwillers, qui hier encore s'est montré si bon et si obligeant pour nous!

L'attention générale se tourna vers l'habitation de l'ancien marquard; cette habitation était construite aussi sur un mamelon de la prairie, mais beaucoup moins haut que la ferme des Deux-Sœurs.

— Il n'y a vraiment que de nouveaux colons pour dormir encore à cette heure, dit Tête-de-Feu avec un peu de mépris; ces gens devraient pourtant songer à sauver leurs personnes et leurs effets les plus précieux, car dans dix minutes il sera trop tard.

— Essayons de les avertir, reprit Schmidt; mais je doute qu'à cette distance ils puissent voir nos signaux ou entendre nos appels.

— Oui, essayons, murmura le malade, puisque c'est tout ce que nous pouvons faire pour eux.

Le coureur des bois se mit à sonner du cornet de toute la vigueur de ses poumons, tandis que Schmidt tirait à courts intervalles plusieurs coups de carabine. En temps ordinaire, ces bruits n'eussent pu être entendus du log-house de Burgwillers; mais on sait que les sons se propagent beaucoup plus loin sur l'eau que sur terre, ou, comme disent les physiciens, que l'eau est *bon conducteur* du son. Aussi, ces tentatives finirent-elles par obtenir le résultat attendu; la porte de la maison s'ouvrit, et on en vit sortir précipitamment plusieurs personnes qui agitaient des mouchoirs comme pour répondre aux signaux de leurs amis. Une minute après, il fut facile de comprendre, aux allées et aux venues des habitans de la hutte, qu'ils procédaient à un rapide déménagement.

— Les voici enfin sur pied, reprit Tête-de-Feu, et maintenant, sans doute, ils n'auront pas de peine à se tirer d'affaire... Puissions-nous avoir la même chance!... Mais qu'est-ce qui prend donc à ces vaches et à ce cheval, si calmes tout à l'heure? Et ce maudit chien, pourquoi diable aboie-t-il ainsi? Est-ce que par hasard... Ah! *demonio*! je ne m'attendais pas à cela! — Il regarda fixement quelque chose qui s'agitait au-dessous de lui, et s'écria d'un ton d'animation : — Glissez une balle dans votre rifle, monsieur Schmidt, tandis que je vais bien vite prendre le mien... Et vous, Reber, mesdemoiselles, rentrez dans la maison... Allons! rentrez vite, *caramba*! — Tout en parlant, il avait enlevé dans ses bras Reber, qui ne pouvait marcher, et il l'emportait vers la maison; les jeunes filles le suivirent tout effarées, sans bien savoir de quoi il s'agissait. Bientôt, le coureur des bois reparut seul dans l'enclos, sa carabine à la main. — Tenez ferme, cria-t-il à Schmidt, mais ne tirez pas. Nous ne serons pas trop de deux pour venir à bout de ces intrus-là.

V

L'INONDATION.

Afin d'expliquer l'action et les paroles du coureur des bois, nous devons ici donner quelques nouveaux détails sur le lieu de la scène.

On sait que l'inondation recouvrait une grande partie du tertre où se trouvait la demeure de Reber, et que les palissades et les étables, situées beaucoup plus bas, étaient entièrement cachées sous les eaux. Le plateau qui supportait les huttes avait donc maintenant pour unique défense une nappe liquide qui, montant toujours, semblait devoir bientôt l'envahir lui-même. Or, cette sorte d'îlot devait paraître un refuge assuré aux hôtes des bois qui, surpris la nuit précédente par le débordement de la rivière, avaient été obligés, pour sauver leur vie, de s'embarquer sur des glaçons ou des troncs d'arbres. En passant à portée de ce lieu de salut, plusieurs étaient parvenus à y prendre pied, si bien qu'au bas de la roche contre laquelle les bâtimens étaient adossés, dans un étroit espace qui se rétrécissait encore de minute en minute, se trouvaient plusieurs échantillons gracieux ou terribles des animaux du pays.

Un des plus remarquables était un magnifique élan, que sa haute taille, son bois majestueux et palmé, avaient dû faire un roi de la forêt. Puis venaient un loup gris et deux coyotes, qui, malgré leur finesse, s'étaient laissé surprendre par l'irruption du fleuve; et enfin le plus redoutable de tous, un énorme ours noir, dont l'épaisse fourrure était comme lustrée par l'eau dont il venait de sortir. Chose singulière! ces animaux, qui dans un autre moment se fussent témoigné une mortelle antipathie, demeuraient paisiblement côte à côte, sans songer à l'attaque ou à la défense; la grandeur du péril qu'ils avaient couru et qu'ils couraient encore dominait leurs instincts timides ou sanguinaires. Ils étaient si près les uns des autres qu'ils pouvaient presque se toucher, et aucun d'eux n'osait rompre l'espèce de trêve établie par une terreur commune. Ni Tête-de-Feu, ni Schmidt, ni Reber et ses deux filles, occupés, il est vrai, à examiner les points éloignés de l'horizon, ne s'étaient d'abord aperçus de leur présence, bien que les bêtes sauvages fussent seulement à quelques pas. Les bêtes sauvages, de leur côté, devaient voir et entendre les colons; mais pas une d'elles n'avait bougé, et leur nature farouche semblait tout à fait vaincue. Seulement, lorsque Schmidt avait tiré sa carabine pour avertir les Burgwillers, l'ours, par quelques mouvemens brusques, avait donné l'alarme aux animaux domestiques. Les vaches et le cheval avaient cherché à s'enfuir, le chien s'était mis à hurler, et cette agitation avait fait découvrir enfin aux colons la compagnie nombreuse et peu choisie qui venaient inopinément leur rendre visite.

Quand Tête-de-Feu reparut, Schmidt, debout sur la roche, venait de recharger sa carabine; cependant il ne se mettait pas en devoir de tirer, et il examinait les naufragés d'un air de compassion.

— Eh bien! êtes-vous prêt? dit le coureur des bois à voix basse en épaulant lui-même son arme.

— Monsieur Tête-de-Feu, demanda Schmidt avec mélancolie, avons-nous bien le droit de tuer des créatures de Dieu qui, dans cette circonstance solennelle, viennent réclamer notre hospitalité? Nous ne savons pas si le fléau nous épargnera nous-mêmes, et si dans peu d'instans ce ne sera pas notre tour de mourir d'une mort affreuse; pourquoi donc ce massacre inutile?

Le coureur des bois l'interrompit par un éclat de rire :

— Tonnerre! ami Schmidt, s'écria-t-il, en êtes-vous là? quels baroques scrupules! Avec ces gaillards-là, comme avec les sauvages, il faut tuer ou être tué. Nous sommes dans la nécessité de les manger ou ils nous mangeront. Si l'eau venait à baisser et si le danger n'existait plus, vous verriez comme ils se traiteraient les uns les autres, comme ils traiteraient nos animaux domestiques et nous-mêmes! Allons, c'est de bonne guerre, vous dis-je. Quoique nous soyons dans une assez mauvaise passe, vous vivrez encore assez, je l'espère, pour apprécier des jambons d'ours ou une patte de cet animal grillée sous la cendre, le meilleur plat de la cuisine des chasseurs américains, après un rôti de bosse de bison. Et cet élan aux flancs rebondis, croyez-vous qu'il ne nous donnera pas de délicieuses tranches de venaison? Nous en mangerons une partie et boucanerons l'autre. On croirait vraiment que le bon Dieu nous envoie ces provisions pour le cas où nous resterions longtemps bloqués par la rivière. Ainsi donc, à l'ouvrage! Je me charge de l'ours; chargez-vous de l'élan. Quant aux loups, ce sont des vermines avec lesquelles nous en finirons à notre loisir. Visez droit au cœur... Y êtes-vous?

Schmidt, convaincu par la logique entraînante de son compagnon, s'était décidé à faire feu en même temps, et l'on n'entendit qu'un seul coup; l'ours, atteint mortellement par la balle inévitable du coureur des bois, tomba comme foudroyé, et roula jusqu'à l'eau qu'il teignit de son sang. Schmidt avait été moins adroit, soit défaut d'habitude, soit que l'émotion eût rendu sa main moins sûre; sa balle avait percé le corps de l'élan, mais sans atteindre les organes vitaux. L'énorme animal bondit en l'air, mais il demeura debout, regardant d'un œil hagard et triste celui qui l'avait blessé.

— Ah! le coup ne vaut rien, jeune homme, dit Tête-de-Feu d'un ton magistral, et en plaine vous eussiez certainement perdu votre gibier.

Sans prendre le temps de recharger son rifle, il sauta en bas de la roche, son couteau de chasse à la main. L'élan, malgré sa force prodigieuse, et contrairement aux habitudes de sa race en pareil cas, ne tenta pas de résister, et parut oublier quelle arme terrible il avait dans son bois. En voyant le chasseur près de lui, il fit pourtant un mouvement pour l'éviter; mais, prompt comme la pensée, Tête-de-Feu lui traversa la gorge d'un coup de couteau. La noble bête brama de douleur, et, tombant à la renverse, faillit écraser son meurtrier, qui sauta lestement de côté.

L'ours et l'élan abattus, vint le tour des loups. Bien que le sort de leurs compagnons plus redoutables dût leur faire pressentir ce qui les attendait, aucun d'eux n'avait fui; la vue du sang des victimes n'avait même pas éveillé leurs appétits féroces; ils conservaient cet air ahuri, penaud, hébété, qui caractérise les bêtes de proie prises au piége. Aussi le coureur des bois ne daigna-t-il pas tirer sur eux, ni même les dépêcher avec son couteau de chasse; saisissant sa longue et lourde carabine par le canon, il s'en servit comme d'une massue pour les assommer; au bout de quelques minutes, tous gisaient sanglants et inanimés à côté de l'ours et de l'élan.

Schmidt demeurait témoin de ce carnage sans y prendre part et sans prononcer une parole; mais Tête-de-Feu, échauffé par la lutte, disait d'un air de triomphe :

— *Caramba!* mon garçon, nous avons joliment travaillé... Je vous l'ai dit : tuer ou être tué, manger ou être mangé, c'est la loi du désert et peut-être du monde entier. — Il rejeta dans l'eau le loup et les coyotes, dont la fourrure comme la chair était à peu près sans valeur. — Quant aux autres, poursuivit-il, n[illegible] ons nous hâter de les transporter à la cuisine de [illegible] ères petites hôtesses... Mais voyez donc, Schmidt, ajouta-t-il d'un ton différent, quels progrès fait la rivière! Tout à l'heure la tête de l'ours trempait seule dans l'eau, et voilà que déjà le flot soulève le corps, comme s'il voulait nous le dérober... une pareille inondation n'est pas une plaisanterie!

— Et c'est pour cela, monsieur Tête-de-Feu, dit Schmidt avec un soupir, que nous eussions dû peut-être épargner ces pauvres animaux. Ne croyez-vous pas qu'il serait temps...?

— Chut! — dit le chasseur en prêtant l'oreille. On entendait une rumeur et des cris dans la maison. — Morbleu! s'écria le coureur des bois en colère, je gagerais que ce coquin de sauvage profite de l'occasion pour faire des siennes. Sur ma foi! je ne pensais plus à lui.

Tout à coup la porte s'ouvrit, et les cris devinrent plus distincts. Au même instant, une forme humaine passa rapidement à côté de Schmidt, bondit par-dessus la tête du coureur des bois, et s'élança dans l'eau, qui rejaillit à grand bruit.

Les deux jeunes filles et Reber lui-même accouraient en criant :

— Le prisonnier! le prisonnier!

— Eh! *demonio!* j'ai des yeux, peut-être, dit Tête-de-Feu en mettant sa carabine en joue; par quel moyen le drôle est-il parvenu à se débarrasser de ses cordes? Mais il n'est pas amphibie comme le castor, et il faudra bien qu'il revienne sur l'eau pour respirer. Je l'attends.

— Ne tirez pas, au nom de Dieu! s'écrièrent Krette et Julia.

— Laissez-le du moins tenter cette dernière chance de salut, dit Schmidt avec douceur; bientôt nous n'aurons plus rien à craindre de lui ni de personne. D'ailleurs, ce serait une barbarie de le tuer ainsi quand il est sans défense.

Tête-de-Feu ne répondait pas et tenait toujours sa carabine à l'épaule, pour faire feu aussitôt que Vent-du-Nord reparaîtrait à la surface de l'eau. Enfin, à cinquante pas de l'îlot, se dressa une tête bronzée, surmontée d'une touffe de plumes, et l'Indien poussa un hurlement qui semblait être un cri de guerre et de défi.

Le coureur des bois n'hésita pas et lâcha la détente; mais il avait oublié que son arme n'était plus chargée. Il poussa une imprécation de fureur, à laquelle l'Indien répondit par un nouveau hurlement de provocation.

— Brigand! tu n'en es pas où tu crois, reprit Tête-de-Feu; il ne faut pas longtemps à un vieux chasseur pour charger son rifle, et, avant que tu sois hors de portée, tu auras ton compte, je te le promets. — En effet, il glissa une cartouche à balle dans sa carabine, et au bout de quelques secondes il se retrouvait en garde. En voyant ce mouvement hostile, l'Indien, qui l'épiait, sans cesser de nager, se hâta de plonger et disparut encore une fois. — C'est bon, c'est bon, dit Tête-de-Feu d'un ton narquois; ce jeu ne peut pas durer, et mon tour va venir. — Les assistans épiaient le moment où la tête surmontée de plumes reparaîtrait sur l'eau; mais, à leur grand étonnement, près d'une minute s'écoula sans que rien dépassât le niveau de la rivière. — Tonnerre! dit enfin le coureur des bois, le coquin se serait-il noyé tout de bon pour me faire niche?

— On ne le voit plus, répliqua Schmidt; mais quand même il ne serait pas encore noyé, vous n'avez pas besoin de recourir à vos armes. Comment pourrait-il traverser dans cette eau glacée et profonde l'immense espace qui nous sépare de la terre ferme?

— Bah! croyez-vous avoir affaire à un petit-maître d'Europe? Vous ne savez pas comme ces peaux rouges ont la vie dure... Celui-ci serait capable de nager jusqu'à Stockton sans reprendre haleine, et quand au froid il ne s'en soucie guère. Mais, véritablement, il ne reparaît pas. Il doit y avoir là-dessous quelqu'une de leurs manigances indiennes... Ah! parbleu!... j'y suis... Voyez donc ce coyote qui, tout mort qu'il est, a l'air de vouloir gagner la forêt!... Ma foi! je ne me serais pas attendu à celle-là! Mais ça ne prendra pas.

Et il se mit de nouveau en devoir de tirer.

On se souvient que Tête-de-Feu, après avoir assommé les loups qui s'étaient réfugiés sur le territoire de la ferme, les avait rejetés dans l'eau; leurs corps flottaient encore à quelque distance sur la surface tranquille de l'immense lac. Or, le fugitif avait imaginé de se faire un rempar du corps d'un des coyotes, et, tout en nageant d'une main, il abritait sa tête derrière l'épaisse fourrure et le ventre rebondi de l'animal défunt. Néanmoins ce stratagème n'avait pu tromper longtemps le chasseur, que ses longues pérégrinations dans les déserts américains avaient familiarisé avec les ruses de ce genre. Il tira donc sur le loup, et une légère vapeur, en s'élevant du corps du coyote, prouva que la balle avait atteint son but; mais, au même instant, l'Indien dressa encore une fois la tête au-dessus de son bouclier improvisé, et poussa son cri de guerre.

— Grâce à Dieu, il n'a point été touché! dit Schmidt qui respira plus librement.

— Ses bravades ne prouvent rien, répliqua Tête-de-Feu avec animation : une balle sortie de mon rifle doit savoir trouver son chemin à travers la chair et la peau d'un méchant coyote, et comme le prétendu Konsa se trouvait derrière...

— Ah! monsieur Tête-de-Feu, dit Julia d'un ton de reproche, laissez-nous croire que ce pauvre diable peut encore se sauver.

— Se sauver! s'écria le chasseur qui perdait patience; eh bien! s'il parvient à se sauver, savez-vous, mademoiselle, quelle sera la première chose qu'il fera en arrivant dans sa tribu? Ce sera d'ameuter contre nous ses démons de compatriotes, et, une belle nuit, quand nous y penserons le moins, ils viendront ici une centaine, armés de leurs lances, de leurs flèches et de leurs tomahawks; ils arracheront les plantations, renverseront les palissades, brûleront les bâtimens; ils prendront la chevelure de votre père, celle de votre ami Schmidt, la mienne, si toutefois nous les laissons faire. Quant à vous et à votre sœur, votre sort sera peut-être plus triste encore. Vous voulez la vérité, la voilà...Mais, tonnerre! puisqu'il n'y a pas d'autres moyens, vous allez voir!

L'intrépide Tête-de-Feu rejeta sa chaussure, son rifle, et tout ce qui eût pu gêner ses mouvemens; puis, prenant son couteau de chasse entre ses dents, il allait se jeter à la nage à son tour, quand Schmidt le retint :

—C'est inutile, reprit-il; si bon nageur que vous soyez, vous ne pourriez plus l'atteindre.

L'Indien, en effet, avait profité de ce court moment de répit pour fendre l'eau avec vigueur, si bien qu'il se trouvait déjà fort loin de la ferme.

— Vous avez raison, dit le coureur des bois avec dépit; il a trop d'avance à présent; mais il est encore à portée de carabine, et je vais...

— Ne pensez plus au sauvage, je vous en prie, dit Schmidt; faible comme il est, les membres meurtris par ses liens, blessé peut-être, je doute qu'il réussisse à traverser cette vaste étendue d'eau... Laissons donc son sort s'accomplir, et ne pensons plus qu'à nous-mêmes; regardez, monsieur Tête-de-Feu, il est temps de prendre un parti si nous ne voulons pas tous périr.

—Oui, sauvez-nous! s'écria Kretle éperdue; sauvez mon père, sauvez Julia!

Le jour était déjà haut, et la brume froide qui flottait dans l'atmosphère commençait à se dissiper sous les rayons d'un pâle soleil; on pouvait maintenant saisir les moindres détails de cette scène diluvienne. Des eaux bourbeuses, chargées de glaçons et de débris de toutes sortes, étendaient à perte de vue leur inexorable niveau; c'était seulement aux dernières limites de l'horizon que la verdure grisâtre de la prairie se montrait encore. La demeure des Burgwillers était déjà partiellement envahie par les eaux, et l'on distinguait l'ancien marquard et sa famille groupés sur un monticule, au milieu des meubles et des effets qu'ils avaient sauvés du naufrage. Mais loin de pouvoir porter secours aux habitans des Deux-Sœurs, ils semblaient incertains eux-mêmes si le fleuve ne viendrait pas les arracher de leur dernier asile. Les autres points de terrain qui formaient des îlots une heure auparavant avaient été successivement submergés; seule la ferme de Reber se dressait encore intacte au-dessus de cette plaine d'eau à laquelle mille alternatives d'ombre et de lumière donnaient des teintes variées, quoique toujours sinistres.

Mais si la perte de l'habitation était retardée, elle n'en paraissait pas moins inévitable. Le progrès de l'inondation, quoique lent et insensible en apparence, était en réalité rapide et effrayant. Il n'y avait plus qu'une bande de sept à huit pas entre l'eau et le seuil de la porte; dans cet espace restreint se pressaient les bœufs, le chien, le cheval, qui continuaient de s'agiter en poussant des cris de détresse. Au milieu de la rivière, le courant, de plus en plus furieux, grondait comme un torrent, emportant sans effort sa colossale écume d'herbes, de glaces et de troncs d'arbres.

Tête-de-Feu ne pouvait méconnaître l'imminence du danger.

— C'est ma foi vrai! reprit-il après un rapide examen : cette maudite rivière a l'air de vouloir nous happer à notre tour... Eh bien! que ce gredin de peau rouge se sauve, s'il le peut; je le retrouverai peut-être un jour, et alors... Mais le temps presse; il faut nous hâter de construire un radeau sur lequel vous vous embarquerez tous avec vos effets les plus précieux.

—A l'ouvrage donc, monsieur Tête-de-Feu, dit Schmidt avec chaleur. Voici justement près de la cuisine des poutres et des planches que j'avais préparées pour agrandir nos constructions au printemps. Si le bois nous manquait, nous pourrions démolir la cuisine elle-même afin d'en avoir les matériaux.

— Laissez-moi le soin de diriger ce travail, mon garçon; ce ne sera pas la première fois que j'aurai construit un radeau. Qu'on me donne une hache et des cordes, et nous irons lestement en besogne.

Les deux jeunes filles s'empressèrent de courir à la maison pour chercher ce qu'il demandait... Pendant que Schmidt disposait les planches et les solives, Tête-de-Feu, ayant tiré hors de l'eau les corps de l'ours et de l'élan, parvint à les amarrer au mur de la cuisine. Le pauvre Reber, assis sur le rocher, la tête dans ses mains, se désolait de son inaction.

— Mon Dieu! dit-il, ne m'accorderez-vous pas la faveur de faire aussi quelque chose pour le salut de mes enfans et de mes amis? Faut-il donc que je sois faible, malade, inutile, quand mon secours leur serait si nécessaire?

— Allons, allons, ami Reber, dit Tête-de-Feu, ayez l'esprit en repos. La construction d'un radeau n'est qu'une bagatelle; et nous vous transporterons, vous et vos chères petites, jusqu'à la terre ferme, tandis que les bœufs et le cheval suivront à la nage. Nous vous installerons chez quelque brave colon où l'on vous dorlotera et où l'on vous débarrassera bien vite de votre mal. Je connais de longue date cette maudite fièvre de prairie; on la guérit avec de l'écorce de cerisier sauvage. Courage donc, et tout ira bien.

Malgré cette invitation, Reber voulut se lever pour mettre la main à l'œuvre commune; mais la force lui manqua, et il retomba sur la roche qui lui servait de siége.

Bientôt tout le monde fut au travail. Schmidt allait chercher les pièces de bois, que Tête-de-Feu attachait solidement les unes aux autres, de manière à former une espèce de plate-forme, et les jeunes filles s'empressaient de rassembler les objets qu'elles voulaient emporter avec elles. Tandis qu'il se livrait avec ardeur à cette occupation, le coureur des bois, rancunier à l'excès, comme on a pu le voir, revenait sans cesse sur le compte de l'Indien, qui avait disparu depuis longtemps au milieu des objets flottans apportés par l'inondation, et il ne pouvait s'expliquer sa fuite. Kretle et Julia, non sans rougir un peu, lui firent alors des aveux complets.

Quand elles étaient rentrées dans la maison, la vue du peau rouge, étroitement garrotté depuis la veille, avait de nouveau éveillé leur pitié. Elles s'étaient dit qu'il y aurait cruauté à laisser le prisonnier privé de l'usage de ses membres, quand d'un moment à l'autre peut-être les eaux allaient envahir l'habitation; aussi avaient-elles considéré comme un devoir de le débarrasser de ses liens. Elles avaient bien remarqué, en procédant à cette opération, que les cordes étaient détendues et n'avaient pas dû gêner beaucoup Vent-du-Nord; l'une de ces cordes paraissait même usée par le frottement et s'était détachée au premier contact. Mais les jolies libératrices, n'accordant aucune importance à ces détails, avaient achevé leur œuvre charitable, convaincues que les bras meurtris et les jambes enflées du prisonnier ne lui permettraient pas de se mouvoir de longtemps. Aussi, quelles avaient été leur surprise et leur frayeur quand l'Indien, après s'être un moment frictionné les jambes et les bras comme pour dissiper un reste d'engourdissement, s'était tout à coup dressé sur ses pieds et s'était élancé vers la porte avec l'agilité d'un cerf! Alors elles avaient crié pour donner l'alarme; mais l'avertissement venait trop tard, et le fugitif s'était déjà précipité dans le fleuve.

Tête-de-Feu écouta ces explications sans interrompre sa tâche.

— Oui, répliqua-t-il, je devine maintenant la manœuvre de ce maudit espion. Tout en feignant de dormir, il aura travaillé une partie de la nuit à user ses cordes, et il méditait probablement quelque projet hardi que votre bonté a rendu inutile, car ces satanés peaux rouges ruminent toujours des trahisons. On aurait cru qu'il ne pouvait rien voir et rien savoir quand il était enfermé dans le log-cabin; et pourtant, soyez-en sûres, il n'ignorait rien de ce qui se passait ici... Ils ont les sens d'une finesse incroyable et toute la sagacité de l'enfer... Enfin il est parti, qu'il aille au diable! Vous avez cru faire pour le mieux, mes chères demoiselles; espérons qu'il n'en résultera rien de fâcheux.

Peut-être, si Schmidt ou Reber eût rendu la liberté à l'espion indien, l'irascible Tête-de-Feu ne se fût pas montré si accommodant; mais on a remarqué déjà que la douceur et la faiblesse des deux sœurs exerçaient sur lui un empire absolu; c'était la seule influence à laquelle pût céder cette rude nature, impatiente de toute gêne et de tout frein.

Cependant le radeau prenait rapidement une forme. On le construisait devant la porte de la maison, de sorte que l'inondation, en arrivant au seuil, devait le faire flotter naturellement. Kretle et Julia continuèrent d'apporter les objets qu'elles désiraient sauver du naufrage, et l'on entendait sans relâche le bruit des haches et des marteaux.

Plusieurs heures se passèrent ainsi, et la rivière n'avait pas cessé de monter. Il ne restait plus que quelques pieds de terrain sec autour de la maison. Les jeunes filles contemplaient avec une indicible terreur cette vaste nappe d'eau qui les gagnait toujours et les resserrait dans un cercle de plus en plus étroit. Bien avant que le soleil eût atteint le milieu de sa course, l'embarcation était complément terminée et chargée. Déjà Reber y avait pris place sur un matelas, au milieu des paquets de toute sorte, et les jeunes filles s'étaient assises à ses côtés. Dans l'attente de la catastrophe prochaine, Tête-de-Feu façonnait avec sa hache une paire d'avirons dont il comptait se servir pour diriger le radeau, et Schmidt liait le cheval et les vaches à l'arrière, afin de les entraîner quand on se mettrait en marche. Tout à coup Kretle, qui depuis un moment demeurait immobile et attentive, poussa un cri de joie.

— Mon père! mes amis! dit-elle, je ne sais si je me trompe, mais il me semble...

— Quoi donc, ma sœur? demanda Julia.

Kretle lui montra un caillou qu'elle avait posé quelques minutes auparavant sur la limite de la nappe d'eau.

— Julia, je crois être sûre que l'eau commence à baisser... ou du moins qu'elle ne monte plus.

— Serait-il possible? s'écria Schmidt; oh! je donnerais dix années de mon existence, chère Kretle, pour que vous ne vous soyez pas trompée!

— Nous allons voir, — dit Tête-de-Feu. Il prit la pierre et la posa de nouveau sur la limite extrême de l'inondation. Puis tous, même le pauvre Reber qui s'était soulevé sur le coude, restèrent immobiles, haletans, les yeux fixés sur le caillou indicateur. Plusieurs minutes s'écoulèrent ainsi; les cœurs battaient avec violence, les yeux se fatiguaient à regarder continuellement le même objet. Cependant l'incertitude ne cessait pas: bien que l'eau fût calme, comme nous l'avons dit, des oscillations légères se formaient sur ses bords; ce fut seulement après une assez longue attente que l'on eut des signes certains. La pierre semblait s'éloigner peu à peu de la rivière; l'inondation diminuait lentement, mais elle diminuait. Quand on acquit cette certitude, tous les assistans laissèrent éclater une extrême allégresse. Schmidt levait les yeux au ciel; les jeunes filles s'étaient jetées à genoux et priaient avec ferveur. Tête-de-Feu crut prudent de modérer cette espérance prématurée. — Mes amis, dit-il avec embarras, je ne voudrais pas être un prophète de malheur; mais, je vous en prie, ne vous hâtez pas trop de vous réjouir... L'eau baisse un peu, j'en conviens; mais nous ne savons si elle ne se remettra pas bientôt à monter. Les rivières débordées ont de ces traîtrises-là... Aussi, ne nous y fions pas, croyez-moi, et tenons-nous prêts à tout événement. — Cet avis était sage; on ne changea donc rien aux dispositions déjà prises, et les bagages restèrent sur le radeau. Heureusement, les craintes de Tête-de-Feu ne se réalisèrent pas; l'inondation devait être d'autant plus courte qu'elle avait été plus prompte et plus terrible. En une heure, l'eau s'éloigna de plus d'un pied de la pierre indicatrice; sans aucun doute le fléau était entré dans sa période décroissante. Cependant on ne voulut pas encore décharger le radeau; on se contenta de transporter le malade dans l'habitation, et on fit un léger repas, car personne, depuis la veille au soir, n'avait pris de nourriture. Le déjeuner terminé, on courut avec empressement sur le seuil de la porte pour juger de l'état des choses; l'eau avait baissé d'un pied de plus. Tête-de-Feu lui-même ne conserva aucune appréhension. — Allons! Schmidt, mesdemoiselles, dit-il d'un ton rassurant, hâtons-nous de remettre tous ces objets en place; il n'y a plus rien à craindre... Par exemple, nous resterons bloqués ici pendant huit ou quinze jours, en attendant que les eaux soient complétement retirées; mais cela ne doit pas nous inquiéter. Nous sommes bien avitaillés; nous avons dans notre garde-manger la moitié d'un cerf, un ours et un élan, sans compter les autres provisions; et, sapristi! les grandes gens de l'Europe ne pourraient pas se vanter de faire aussi bonne chère. Il s'agit donc de prendre notre mal en patience et d'attendre des temps plus heureux.

— Oui, monsieur Tête-de-Feu, dit Julia en joignant les mains, la Providence nous a manifestement protégé. Ah! si seulement notre père avait encore la force et la santé!

— Bah! nous le guérirons, dit le coureur des bois.

— Nous le guérirons, répéta Kretle.

Tout le monde se mit courageusement à l'ouvrage.

— Monsieur Tête-de-Feu, demanda Schmidt en désignant les animaux de la ferme qui se pressaient tristement autour d'eux, comment logerons-nous, comment nourrirons-nous ces pauvres bêtes pendant que nous serons cernés par la rivière?

— Ne vous inquiétez pas; nous leur construirons un abri avec des planches, là, entre la cuisine et l'habitation, en attendant que leur étable soit hors de l'eau. Quant à leur nourriture, ma foi! puisque le radeau est construit, autant vaut l'utiliser; je m'en servirai pour aller à la forêt chercher des branches. Morbleu! ami Schmidt, il ne faut pas ainsi être embarrassé de tout! L'homme est fait pour surmonter les difficultés et les obstacles à force d'intelligence et de volonté.

Schmidt ne répondit rien, mais il jeta un regard désolé

sur l'immense déluge qu'éclairait par places un soleil blafard; puis il se tourna vers la maison, échappée avec tant de peine à l'inondation, et où l'on entendait les faibles gémissemens du malade.

— Un danger est évité, murmura-t-il; mais combien d'autres se présenteront que nous ne pourrons peut-être éviter de même!

VI

LES NOUVELLES.

Trois mois se sont écoulés, et nous avons à présenter au lecteur un tableau bien différent de celui qui a fait l'objet des précédens chapitres. L'inondation avait disparu depuis longtemps; la rivière, rentrée dans son lit, n'avait plus que l'apparence d'un tranquille cours d'eau serpentant à travers des rangées de saules et de cotonniers. Le printemps, la plus belle saison pour la prairie, avait effacé les traces du fléau qui avait désolé le pays vers la fin de l'hiver. La forêt avait repris sa splendide parure de feuillage; les bords de la rivière, et surtout les environs de la ferme, s'étaient couverts d'une herbe courte et verte appelée *gramma*, pâturage excellent qui est particulier au centre de l'Amérique. La prairie elle-même n'avait plus ses teintes grisâtres et terreuses; parmi les grandes touffes d'armoise aux couleurs glauques dont elle est toujours revêtue, on apercevait des places d'un vert éclatant. Malheureusement, le soleil de feu qui resplendissait chaque jour dans un ciel sans nuage, un vent desséchant qui soufflait par intervalles sur ces vastes solitudes où rien ne pouvait arrêter ni modérer son cours, devaient en peu de temps effacer ces teintes riantes, cette végétation passagère, et rendre au désert son aspect de stérilité.

La ferme et les défrichemens qui en étaient les dépendances ne paraissaient pas non plus avoir beaucoup souffert, ou du moins les dégâts avaient été promptement réparés : il avait suffi de consolider les pieux ébranlés par les courans et de remplacer ceux qui avaient été arrachés. A la vérité, il avait fallu ensemencer les terres de nouveau, ce qui avait été une grosse dépense pour le colon; mais la récolte s'annonçait d'une manière merveilleuse : ce sol vierge semblait vouloir donner des produits en raison directe des difficultés qu'il avait opposées à la culture. On eût pu voir à travers les palissades de beaux plants de maïs en pleine fleur, des champs luxurians de pommes de terre, et même de belles nappes de blé aux épis déjà formés. En dehors des enclos, des tas de foin odorant séchaient au soleil; et, malgré cette récolte abondante, la terre, toujours fraîche au pied de la colline, offrait aux vaches un excellent pacage qui semblait renaître à mesure qu'on le tondait.

Aussi, à l'époque dont nous parlons, vers la fin d'une chaude journée, tous les bestiaux de la ferme, c'est-à-dire quatre vaches aux flancs rebondis et deux veaux nouveaux-nés, paissaient-ils tranquillement dans l'espèce de vallon qui séparait l'habitation de la forêt. Il s'était formé en cet endroit, depuis la dernière inondation, une petite source que les ardeurs de l'été ne devaient sans doute pas tarder à tarir, mais qui provisoirement entretenait dans ce pli du terrain une verdure fleurie. Le vigilant Polak, le chien de l'habitation, se trouvait là aussi, rôdant autour des vaches d'un air empressé, et s'interrompant parfois pour donner la chasse à un lièvre de sauges, à un raton dont la piste se trouvait sur son passage. A la rigueur, Polak eût suffi pour garder ces paisibles ruminans, d'autant plus qu'il était facile de les surveiller de la ferme voisine; mais, afin sans doute que l'idylle fût complète, une bergère était assise à l'ombre épaisse d'un cotonnier.

Cette bergère ne tenait pas la quenouille traditionnelle de lin ou de laine pour employer ses loisirs, car le lin et la laine manquaient absolument à la ferme des Deux-Sœurs. En revanche, elle avait la jeunesse et la beauté exigées par les pastorales; c'était la jolie Kretle Reber. Un chapeau de paille à larges bords et une robe en colonnade de couleur claire formaient sa parure, qui était encore en harmonie avec les traditions de l'églogue. Mais là s'arrêtait la comparaison, et toute autre assimilation devenait impossible entre la bergère du Kansas et celles de l'Arcadie. Aucun chant de fauvette et de rossignol ne se faisait entendre au-dessus de la tête de la pauvre Kretle, aucun berger ne la charmait par les sons lointains d'une flûte ou d'une musette. La nature, à quelque distance autour d'elle, reprenait son caractère âpre et hostile; et quand le regard s'égarait sur les plaines incommensurables du désert, les idées gracieuses s'envolaient pour laisser place aux idées de solitude sauvage et de désolation.

Aussi Kretle n'avait-elle pas cet air gai et souriant qu'eût dû lui donner le calme apparent de sa situation actuelle; loin de là, son attitude était morne, abattue, ses yeux étaient rouges de larmes. Elle s'occupait d'un ouvrage à l'aiguille; mais de temps en temps elle interrompait son travail pour examiner, soit la ferme, soit le sentier qui se dirigeait vers la forêt, et elle poussait de profonds soupirs.

Le soleil touchait l'horizon sans nuages, et la crête de collines éloignées commençait à échancrer son disque éblouissant; la jeune bergère jugea le moment venu de retourner à l'habitation, pour aider sa sœur aux travaux de chaque soir. Elle plia donc son ouvrage, se leva, et dit un mot à Polak pour lui commander de réunir les vaches; l'intelligent animal obéit avec des bonds joyeux. Kretle, debout au pied de l'arbre qui lui avait prêté son ombrage, allait donner le signal du départ, quand la vue d'un cavalier qui venait de sortir de la forêt et s'avançait au grand trot vers les défrichemens la retint à la même place : elle avait reconnu Schmidt.

— Enfin! murmura-t-elle avec un accent de joie.

Sans doute, de son côté, Schmidt avait aperçu la jeune fille, car il pressa encore le pas de sa monture et ne répondit pas aux caresses du chien qui était accouru pour lui souhaiter la bienvenue. En peu de temps il fut auprès de Kretle et mit pied à terre. Il était vêtu avec plus de soin qu'à l'ordinaire, et semblait revenir d'un voyage pour lequel il avait pris le cheval de Reber.

Les deux jeunes gens se saluèrent par un sourire affectueux.

— Eh bien! chère Kretle, demanda Schmidt avec empressement, comment va le malade?

— Depuis hier que vous êtes parti, mon bon Schmidt, il ne s'est manifesté aucune amélioration; le dernier accès de fièvre a été aussi violent que les autres. C'est à perdre l'espoir et le courage! Je pensais, Schmidt, que vous auriez décidé le médecin de Stockton à vous accompagner ici.

— Ce n'est pas ma faute, mademoiselle Kretle, si je n'ai pu le déterminer à se mettre en route avec moi. Il est arrivé là-bas, à la ville, un grand nombre de nouveaux colons, et la plupart sont pris aussi de cette maudite fièvre; le docteur ne sait auquel entendre. Comme je le pressais de faire le voyage, il m'a répondu en colère : « Qu'il a coupé trois fois la fièvre à monsieur Reber, et que trois fois la fièvre est revenue; que le malade a des peines morales qui neutralisent l'effet des remèdes, et qu'il ne peut rien contre la nostalgie. » Il m'a tourné le dos. Enfin, à force d'instances, il m'a donné quelques médicamens que je vous apporte... toujours les mêmes.

— Et, selon toute apparence, ils ne réussiront pas mieux que les précédens, dit Kretle en fondant en larmes. Ah! mon bon Schmidt, que ferons-nous? Mon pauvre père va s'affaiblissant de plus en plus; lui, autrefois si robuste et si actif, ne peut presque plus quitter son lit toute la charge des travaux et des soucis retombe sur vous seul... Mais sans doute vous n'avez pas manqué non plus de consulter le docteur au sujet de Julia. L'affaiblissement continuel de ma pauvre sœur m'alarme presque autant que le mal de mon père lui-même; le docteur vous a-t-il donné une ordonnance pour Julia?

— Il m'a écouté distraitement quand je lui ai parlé d'elle; puis il m'a répondu qu'il ne pouvait traiter les malades à distance, que si mademoiselle Reber avait besoin de ses soins, elle devait venir à Stockton. Comme j'insistais, il m'a fait plusieurs questions sur les symptômes qu'elle éprouvait, et il a fini par me dire avec brutalité: « Encore une nostalgie à laquelle je ne peux rien! Que cette demoiselle retourne dans son pays ou aille rejoindre son amoureux, si elle en a un; cela vaudra mieux que tous les remèdes de la Faculté. » Là-dessus, il est parti sans vouloir m'écouter davantage.

— Pauvre sœur! Mais le docteur a raison: c'est le chagrin et non le mal qui la mine et la tue... Eh bien! mon cher Schmidt, poursuivit Kretle en baissant la voix, ne lui apportez-vous pas du moins quelque bonne nouvelle dont l'effet pourrait être plus salutaire pour Julia que les médicamens du docteur?

— Rien, Kretle, répliqua Schmidt avec accablement.

— Quoi! pas une lettre de France ou de New-York? pas même un mot de monsieur Girard?

— Absolument rien. Je suis chargé d'une lettre pour le voisin Burgwillers; mais monsieur Jones m'a donné par deux fois l'assurance qu'il n'était arrivé aucun paquet à l'adresse de la famille Reber.

— C'est inconcevable! Eh bien! Schmidt, pendant que nous sommes seuls, je veux vous dire toute ma pensée à cet égard: ce silence prolongé de toutes les personnes qui peuvent nous porter de l'affection ou de l'intérêt est-il naturel? Ne soupçonnez-vous pas, comme moi, qu'un ennemi inconnu intercepte nos lettres dans le but de nous nuire et de nous désespérer?

— Je l'avoue, Kretle, cette pensée m'est venue déjà; mais il faut bien se garder d'accuser quelqu'un d'une pareille infamie avant d'être sûr...

— Je n'accuse pas; et cependant, Schmidt, il s'est trouvé des hommes pour commettre des crimes non moins lâches et non moins abominables.

— Que faire alors? Si Reber revenait à la santé, je pourrais me rendre à New-York et m'informer des causes de ce silence; mais comment vous laisser seules, avec votre père malade, dans cette solitude?

— Ne nous quittez pas, ne songez pas à nous quitter, Schmidt! s'écria Kretle avec feu; bon Dieu! que deviendrions-nous sans vous? — Puis, craignant de s'être exprimée avec trop de vivacité, elle reprit en baissant les yeux: — Julia certainement doit nous voir de la maison, et j'aurais cru qu'elle accourrait au-devant de nous; mais elle ne compte plus sur d'heureuses nouvelles, et elle ne se presse pas de venir chercher des déceptions. Peut-être aussi notre père se trouve-t-il plus mal, ou bien elle-même... Allons, Schmidt, retournons à la ferme, et, pendant le trajet, vous me raconterez en détail votre visite à Stockton. — Avec l'aide de Polak, elle poussa les vaches dans le sentier tortueux qui montait à l'habitation, et se mit à marcher à côté de Schmidt. Ils firent ainsi quelques pas en silence. Kretle reprit enfin: — En allant à la ville, Schmidt, vous aviez un autre but que de consulter le médecin pour nos pauvres malades; vous étiez encore chargé de contracter un emprunt au nom de mon père; eh bien! monsieur Jones consent-il à nous faire de nouvelles avances?

— Avec monsieur Jones, chère Kretle, comme avec le docteur, je n'ai pas été heureux cette fois dans mes négociations; je n'apporte au logis ni argent ni provisions. Quand j'ai présenté ma requête à monsieur le facteur, il est allé chercher son grand registre, et il m'a dit de son ton doucereux que Reber devait à la compagnie une somme qui, avec les intérêts, dépassait déjà mille dollars; que la propriété ne pourrait peut-être s'évaluer à pareille somme, et que, loin de vouloir nous avancer encore de l'argent, on songeait à nous réclamer prochainement l'arriéré.

— Serait-il possible, mon cher Schmidt? Alors, juste ciel, que deviendrons-nous?

— Ah! Kretle, nous sommes entre les mains de spéculateurs sans entrailles, et j'ai prévu depuis longtemps... Du reste, monsieur Jones m'a dit que cette affaire ne dépendait plus de lui. Il est arrivé récemment de New-York un nouveau facteur chargé des pleins pouvoirs de la société William Bell; ce nouveau facteur a seul l'autorité suffisante pour accepter ou refuser les emprunts, et c'est à lui que nous devrons nous adresser à l'avenir. Monsieur Jones, si l'on en croit ses lamentations hypocrites, est accusé d'un excès d'indulgence et de commisération envers les débiteurs de la compagnie; il devra se borner désormais à remplir ses devoirs de ministre méthodiste et quelques autres fonctions subalternes.

— Dans ce cas, Schmidt, pourquoi n'avez-vous pas cherché à vous rapprocher du nouvel agent et tenté de l'émouvoir en notre faveur? Si dur et si avare qu'il soit, il ne saurait être plus dur et plus avare que l'ancien.

— Qui sait, Kretle! répliqua Schmidt en détournant la tête; d'ailleurs, il ne se trouvait pas à Stockton: il était en tournée dans le voisinage, chez des colons dont la position est la même que celle de Reber. Mais nous ne pouvons manquer de recevoir bientôt sa visite, car monsieur Jones m'a assuré en souriant qu'il passerait par ici d'un moment à l'autre.

— Il viendra ici! s'écria Kretle. Ah! tant mieux! il verra nos chagrins, nos souffrances supportées courageusement, et nous le supplierons avec tant d'instances qu'il ne nous refusera pas son appui.

Schmidt ne répliqua pas, mais il hocha la tête comme s'il n'eût pas partagé cet espoir. Au moment où l'on approchait des palissades, il demanda d'un air d'intérêt:

— Tête-de-Feu est-il de retour?

— Pas encore, et son absence commence à m'inquiéter. Il est parti depuis huit jours pour aller chasser dans la prairie, et, quoique son humeur nomade ne lui permette pas de s'arrêter longtemps dans le même lieu, jamais, depuis que nous connaissons ce digne homme, il n'était resté si longtemps éloigné de l'habitation. Pourvu qu'il ne lui soit pas arrivé quelque malheur!

— Ne craignez pas cela, mademoiselle Kretle; Tête-de-Feu sait prévoir le péril et s'en préserver... Néanmoins je regrette beaucoup son absence dans les circonstances critiques où nous sommes.

— Eh quoi! mon bon Schmidt, dit Kretle en s'arrêtant, ne compteriez-vous plus sur vous-même pour nous conseiller et nous défendre? Cependant, depuis notre départ de France, vous n'avez pas failli une seule fois à cette généreuse tâche... Tenez, Schmidt, ajouta-t-elle avec attendrissement, je n'ose pas d'ordinaire vous exprimer combien je suis touchée de vos soins, de votre dévouement, de vos sacrifices; mais je n'y puis plus tenir, et il faut que vous sachiez...

Elle s'interrompit et baissa les yeux.

— Kretle, chère Kretle, répliqua Schmidt non moins ému, pourquoi n'achevez-vous pas?

— Je voulais dire seulement que j'avais pour vous autant d'admiration que d'amitié.

— Merci, Kretle; mais je ne mérite pas cette reconnaissance. S'il faut le dire, en dépit de moi-même, en dépit de vos refus persévérans, je conserve une espérance qui me rend faciles tous les sacrifices; et, bien que vous m'ayez défendu de revenir sur ce sujet...

— Paix! mon ami, mon frère! interrompit Kretle; vous savez bien que je ne puis jamais être votre femme.

— Pourquoi cela? répliqua Schmidt avec énergie. Qui vous en empêcherait si vous aviez vraiment pour moi cette estime et cette affection dont vous parlez? Je n'aurais pas voulu réveiller ces douloureux souvenirs du passé; mais, puisque vous les avez rappelés vous-même, au nom du ciel! que craignez-vous maintenant? A mes yeux, comme aux yeux de Dieu, vous êtes demeurée pure; et qu'avons-nous à redouter ici de la médisance, des préjugés qui règnent si despotiquement dans le reste du monde? Ah! Kretle, si vous le vouliez, cette solitude deviendrait pour moi comme un paradis!

— Paix! encore une fois, Schmidt, répliqua la jeune fille toute palpitante. Tant que l'homme dont le nom seul suffit pour appeler la rougeur sur mon front sera sur la terre, je n'accéderai pas à votre désir, dussé-je moi-même en mourir de regret! — Schmidt, par un mouvement spontané, se tourna vers un point éloigné de l'horizon et parut menacer un ennemi invisible; Kretle remarqua ce geste mystérieux. — J'ai dit cela, mon ami, ajouta-t-elle avec un sourire triste, parce que la pensée de *le* tuer ne saurait entrer dans votre âme honnête et bonne. D'ailleurs, un espace immense nous sépare de lui, et, selon toute apparence, nous ne le reverrons plus.

Schmidt demeura profondément abattu.

— Je n'ai jamais eu de bonheur, murmura-t-il enfin avec sa douceur mélancolique, et la fatalité qui s'est attachée à moi depuis mon enfance me poursuit encore. Cependant je ne me considérerai pas comme tout à fait malheureux, Kretle, tant que vous me permettrez de rester près de vous et de vous consacrer mon existence.

Kretle lui tendit une main qu'il retint entre les siennes.

On atteignit ainsi les palissades, dont la porte était demeurée ouverte afin que les bestiaux pussent entrer librement. Les paisibles animaux se hâtèrent de regagner leur étable. Tandis que le jeune homme s'occupait du cheval fatigué, Kretle arrangeait ses vaches pour la nuit. Leur besogne était à peine terminée quand ils virent Julia traverser l'enclos pour venir les joindre.

L'aînée des demoiselles Reber était dans un état digne de pitié; sa pâleur diaphane, ses yeux cernés, sa faiblesse, annonçaient une consomption avancée. Elle n'avait pour coiffure que les tresses épaisses de ses cheveux noirs, et une robe flottante recouvrait ses membres amaigris; cependant elle paraissait écrasée sous le poids de ses vêtemens, et elle se traînait avec effort. Elle sourit à Kretle, et, tendant la main à Schmidt, elle lui dit simplement :

— Eh bien! mon ami, avez-vous réussi? — Schmidt secoua la tête. — Je m'en doutais, répliqua Julia d'un ton mélancolique, mais sans montrer ni désappointement ni surprise. Allons, venez vite... mon père sait que vous êtes de retour, il vous attend, et l'impatience lui fait du mal.

On monta le sentier qui conduisait à l'habitation; et, malgré la lenteur de la marche, la pauvre Julia fut obligée de s'appuyer sur le bras de sa sœur. Kretle fut épouvantée de ce signe de débilité.

— Julia, ma bien-aimée, demanda-t-elle avec émotion, tu souffres donc bien?

— Moi! non, ma sœur, je ne souffre pas, répliqua l'aînée en essayant de sourire.

— Cependant tu chancelles... tes mains sont moites et froides... O mon Dieu! mon Dieu! que faire?

— Ne songe pas à moi, ma sœur, dit Julia en l'embrassant. Mon sort est fixé et je saurai m'y résigner.

— Toujours ces pensées qui te tuent! Julia, ma sœur, je t'en conjure...

— Chut! ma petite Kretle; notre père pourrait nous entendre; cachons-lui autant que nous le pourrons nos découragemens et nos faiblesses.

En effet, on entrait en ce moment dans la première pièce, où se trouvait Reber.

Le malade était couché, à demi vêtu, sur la peau de cet ours que Tête-de-Feu avait abattu le jour de l'inondation. Pour quiconque l'aurait vu autrefois, brillant de force et de santé dans sa ferme de l'Arche, Reber eût été tout à fait méconnaissable. C'était un véritable squelette, au teint livide, à l'œil éteint, au crâne chauve. Cependant, à la vue de Schmidt, il se souleva péniblement, et dit au voyageur d'une voix qui n'avait encore rien perdu de sa vigueur :

— Sois le bienvenu, mon garçon; oui, sois toujours le bienvenu, quoique sans doute tu n'aies rien de bon à nous annoncer. Allons, assieds-toi près de moi, et dis-nous bien vite le résultat de ton voyage.

Schmidt obéit, et raconta de nouveau le mauvais succès de ses diverses démarches à la ville. En apprenant que le facteur allait être remplacé, Reber à son tour ne put s'empêcher de manifester une certaine satisfaction.

— Nous ne pouvons perdre au change, reprit-il; ce vieux Jones, malgré ses manières doucereuses, était plus dur et plus froid que le marbre... Et sait-on quelque chose, mon garçon, au sujet de son remplaçant?

— J'ignore... j'ai oublié de m'informer... seulement, mon cher Reber, si vous n'avez rien à perdre au change, vous n'avez rien à gagner non plus, je le crains!

— C'est possible, répliqua brusquement le colon; tous ces hommes d'argent se ressemblent; ils sont impitoyables, avides de gain... Pauvres enfans! ajouta-t-il avec émotion en attirant vers lui ses deux filles qui se trouvaient de chaque côté de sa couche, qu'arrivera-t-il de vous quand mes peines à moi seront finies? quel sera votre sort si des huissiers viennent vous chasser de ce misérable asile que nous nous sommes créé, au prix de tant de maux, sur l'extrême limite du monde habité? En voyant approcher de plus en plus des désastres presque inévitables désormais, j'espérais toujours que le ciel finirait par venir à votre secours et que moi seul je serais puni de mon imprudence, de ma folie. Mais le ciel nous oublie comme les hommes; tout tourne contre nous; ceux que nous considérions comme nos amis les plus sûrs ne montrent aucun souci de notre sort; pas un signe de sympathie, pas un mot d'intérêt, pas une marque de souvenir, depuis que nous sommes arrivés dans cet infernal pays! Chères petites, ne maudirez-vous pas ma mémoire, quand je ne serai plus là, pour n'avoir pas su prévoir qu'un jour peut-être je devrais vous laisser sans secours et sans appui?

Kretle et Julia balbutiaient des paroles incohérentes en pleurant. Ces fortes émotions ne pouvaient qu'épuiser Reber et sa fille aînée, à peine moins malade que lui. Aussi Schmidt s'empressa-t-il d'intervenir avec une fermeté qui ne lui était pas ordinaire :

— Reber, dit-il, vous n'êtes pas raisonnable; vous désolez ces bonnes chères demoiselles, qui auraient besoin au contraire d'encouragemens et de consolations. J'espère que l'affreux malheur dont vous parlez n'arrivera pas; vous vivrez encore longtemps pour être témoin de la prospérité de votre famille; mais si, par impossible, cette satisfaction vous était refusée, est-il juste de dire que vos filles seraient sans protecteurs et sans amis? Même dans ce désert, n'est-il personne qui les aime, n'est-il personne qui mettrait son orgueil et sa joie à les défendre, à leur assurer une existence modeste.

— Je le sais, Schmidt, répliqua Reber, et cette personne, c'est toi. Morbleu! si je n'avais pas cette pensée, serais-je aussi tranquille? N'y aurait-il pas de quoi blasphémer et maudire la terre entière!... Oui, ami Schmidt, je dois compter sur toi, et j'y compte; mais que pourras-tu, mon brave garçon, si nul ne te vient en aide?... Quand je suis là, seul, à rêver sur mon lit de douleur, je fais des rêves qui m'épouvantent... Ah! si Kretle avait voulu écouter la prière que je lui ai adressée tant de fois!

Kretle éplorée voulait répondre; le bon Schmidt intervint.

— Ne la pressez pas à ce sujet, Reber, dit-il; mademoiselle Kretle et moi nous nous en sommes expliqués déjà; Dieu lui inspirera le parti qu'elle devra prendre.

— Qu'il vous bénisse, mes enfans! répliqua le malade avec accablement; si j'avais la certitude que vous serez tous heureux après moi, je mourrais sans regrets et sans plainte. — Il retomba en arrière et demeura immobile, les yeux fermés. Cependant, après quelques instans, il reprit avec effort : — Schmidt, ne m'as-tu pas dit que tu étais chargé d'une lettre de France pour le voisin Burgwillers? Si tu ne peux la lui porter toi-même à son log-cabin, du moins fais-lui le signal ordinaire pour qu'il vienne la chercher.

— Oui, oui, s'écria Krette avec vivacité, il la lira ici, et comme il est impossible qu'on ne lui parle pas des gens du pays, il pourra nous apprendre... Entends-tu, Julia? Burgwillers a des nouvelles; il en a, je te le répète.

Julia ne répondit que par son navrant sourire à cette assurance peut-être hasardée. Schmidt sortit de la maison et attacha au bout d'une perche un mouchoir blanc qu'il laissa flotter un moment au-dessus du toit : c'était le signal convenu pour avertir Burgwillers qu'on avait à lui parler et pour l'appeler à l'habitation des Deux-Sœurs. L'air avait une transparence telle dans la prairie que, malgré les approches de la nuit, les objets étaient encore visibles à une distance considérable. Aussi le jeune homme ne tarda-t-il pas à distinguer un pavillon de même nature et de même couleur qui s'agitait au-dessus de la hutte de Burgwillers. Alors il alla rejoindre la famille.

— Le voisin va venir, dit-il.

— C'est bien, répliqua Reber. Petites, mettez un couvert de plus... Burgwillers ne refusera pas sans doute de souper avec vous, et cela me réjouira de vous voir réunis autour de la table.

Les deux sœurs se mirent aux préparatifs du souper. Comme l'on venait d'allumer les torches de sapin, on entendit un pas pesant dans la cour, et Burgwillers, toujours revêtu de son costume de marquard, entra dans la salle :

— Bonsoir, les voisins et les voisines, dit-il avec sa rondeur accoutumée, en promenant autour de lui un regard inquiet; vous m'avez appelé et je suis venu. Mais Tête-de-Feu, le coureur des bois, est-il de retour?

— Pas encore, monsieur Burgwillers.

— A la bonne heure! répliqua le visiteur qui parut débarrassé d'un grand poids.

Alors seulement il s'assit et s'informa de chacun des assistans avec bienveillance et bonhomie.

— Que vous a donc fait ce pauvre Tête-de-Feu, voisin? demanda Schmidt. Malgré sa rudesse, c'est un brave homme, franc, dévoué, et qui a le cœur sur la main.

— Ne me parlez pas de lui! répliqua Burgwillers avec une sorte de colère. Si je l'en croyais, je n'aurais plus d'autres ressources que de me jeter dans la rivière avec tout mon monde. N'a-t-il pas eu le front de me dire, la dernière fois que nous nous sommes vus, que mes projets à l'endroit des bisons, des *buffalos*, comme il les appelle, n'avaient pas le sens commun! que jamais on n'était parvenu à prendre vivans ces animaux, à cause de leur force prodigieuse, et à les apprivoiser; que leur chasse même offrait des dangers immenses pour quiconque n'en avait pas l'habitude; enfin que je finirais mal si je persistais à les attaquer seul et sans précaution?... On ne sait pas ici de quoi nous sommes capables, nous autres marquards des Vosges! Des bisons ne sont autres que des vaches et des taureaux sauvages, et je ne crains ni vaches ni taureaux; j'en ai dompté bien d'autres! Vienne ce grand troupeau dont on annonce de jour en jour l'arrivée, et l'on verra si, tant de vivans que de morts, je n'en prendrai pas ma bonne part. Il faut que je fasse enfin ma fortune, que diable! Je m'ennuie dans ce vilain pays, je mange mon avoir, et il est bien temps que j'aie mon tour de chance.

Reber et Schmidt échangèrent un regard de compassion.

— Cependant, voisin Burgwillers, dit Schmidt timidement, vous devriez réfléchir sérieusement aux avertissemens de Tête-de-Feu. Il connaît bien les bisons, il les a chassés plus de mille fois en sa vie, et il doit savoir mieux que personne...

— Schmidt a raison, ajouta Reber; réfléchissez un peu, voisin. Il est clair aujourd'hui que les choses ne tournent pas absolument comme nous l'avions imaginé en France; et, pour ne parler que de moi, il faut cruellemnt en *rabattre!*... Vous souvenez-vous comme je me montais la tête au pays, et même pendant le voyage? Je devais avoir une ferme aussi vaste qu'un château, une voiture pour promener mes filles, une scierie et un moulin sur la rivière, que sais-je? Nous comptions être riches, bien portans, heureux... Qu'y a-t-il de réel dans tout cela? quelques misérables huttes de bois dans un désert, des dettes, la misère, la faim, la maladie... bientôt la mort peut-être!

Reber s'arrêta comme effrayé lui-même des images lugubres qu'il venait d'évoquer; après une courte pause, il reprit d'un ton affectueux :

— Tenez, voisin, ne vous obstinez pas dans de folles idées. La plupart de ceux qui avaient émigré avec nous ont déjà reconnu qu'ils avaient été trompés par les hâbleries de ce scélérat d'Hermann; les Arnold, les Muller ont abandonné leurs concessions et se sont mis au service des grandes gens de Stockton. Le père Laurent vient, dit-on, de quitter New-York pour retourner en France; il préfère les journées de trente sous à l'Arche aux journées d'un dollar en Amérique. Vous, Burgwillers, vous avez des parens dans le Tennessee; vous pouvez recourir à votre cousin Benoît, qui a gagné des mille et des cent, à ce qu'il paraît, et qui vous a décidé à traverser l'eau pour venir ici tenter la fortune. Sans doute on a de meilleures chances dans le Tennesse; allez trouver votre cousin pendant qu'il vous reste encore des ressources, et proposez-lui...

— Oui, pour qu'il se moque moi! dit Burgwillers avec humeur; j'aimerais mieux retourner en France, comme le père Laurent. Mais, morbleu! je n'en suis pas là... Je ne veux pas abandonner ainsi tant d'acres de terre qui m'appartiennent.

— Mais cette terre ne vaut rien; vous vous attendiez à trouver dans la prairie de verts et frais pâturages comme ceux de nos montagnes, et vous n'avez qu'un sol stérile.

— Il y a pourtant des herbes, répliqua l'opiniâtre paysan; car, sans cela, pourquoi l'appellerait-on *prairie?* A la vérité, cette herbe est sèche comme du bois, et, quand on la flaire, on croirait sentir de l'absinthe; mais, de çà, de là, on trouve maintenant de joli gazon, dont, à ce qu'il paraît, les bisons sont friands... Aussi, voisin, je n'en démordrai pas; j'attendrai le grand troupeau, et, quoi qu'on en dise, rira bien qui rira le dernier!... Qu'arriverait-il de nous tous, bon Dieu! si le troupeau n'arrivait pas prochainement? La chasse ne produit plus rien, cette maudite inondation de l'hiver dernier m'a ruiné; il ne me reste pas cent dollars à la maison en leur méchant papier de banque, et il nous faut vivre là-dessus... Quand on songe à ce que j'étais et à ce que j'avais au pays!... Mais il n'y faut plus penser. — Les assistans se taisaient, car nul n'osait confirmer des espérances qu'il ne partageait pas. Bientôt l'ancien marquard reprit brusquement : — Au diable!... qui vivra verra! Eh bien! mes voisins, ce n'est pas pour parler de cela sans doute que vous m'avez fait signe de venir ici; de quoi s'agit-il?

— D'abord de souper avec nous, répliqua Reber, et puis voici Schmidt qui arrive de Stockton et qui vous apporte une lettre.

— Une lettre de France! s'écria Burgwillers, qui, malgré son stoïcisme affecté, ne put cacher une vive émotion; donnez, donnez vite! — Schmidt la lui remit, et le marquard s'empressa de l'examiner extérieurement. — Oui, oui, c'est une lettre de ma tante Jacqueline, reprit-il, et elle vient de notre village de l'Arche... Etes-vous comme moi, voisins et voisines? ce nom seul me produit un effet... — Une grosse larme roula sur sa joue; mais il n'eut pas besoin de la cacher, car des larmes sympathiques mouillaient tous les yeux. — Tenez, Schmidt, poursuivit-il en lui rendant la lettre, lisez-la moi, vous en viendrez mieux à bout. D'ailleurs, je n'ai de secrets pour personne ici, et peut-être ce papier contient-il des nouvelles du pays qui vous intéressent autant que moi. — Les jeunes filles n'avaient pas attendu cette invitation pourparesprocher de Schmidt, qui brisait lentement le cachet. Julia elle-même, malgré son indifférence apparente, laissait entrevoir l'intérêt secret qu'elle prenait au contenu de cette lettre. Schmidt en commença la lecture au milieu d'un profond silence. Elle venait, en effet, d'une tante de Burgwillers, petite fermière des environs de l'Arche, et elle semblait avoir été écrite par le maître d'école du village. La bonne femme débutait par féliciter en termes pompeux son neveu de l'immense fortune qu'il avait acquise en Amérique; on disait partout qu'il possédait des terres immenses et qu'il était riche à millions. Tante Jacqueline partait de là pour lui demander des secours. L'année avait été mauvaise, les fromages ne s'étaient pas vendus, etc. De plus, le fils de la correspondante venait de tomber au sort et il fallait le faire remplacer. En conséquence, elle s'adressait en toute confiance à son neveu, dont elle connaissait l'excellent cœur, et elle le priait de lui envoyer, par le retour du courrier, quelques milliers de francs en or ou en papier, comme il voudrait, pour la tirer de peine. A cette demande naïve, Burgvillers ne put s'empêcher d'interrompre le lecteur. — Voilà comme ils sont au pays! s'écria-t-il d'un ton moitié jovial, moitié furieux; ils nous croient devenus millionnaires aussitôt que nous avons quitté notre village. De notre côté, nous sommes trop vaniteux pour avouer dans nos lettres que nous avons donné à gauche, et comme cela on fait sottise sur sottise... Morbleu! elle est belle, ma fortune! J'ai ici quatre cents acres de terre, il est vrai; mais du diable si je ne les échangerais pas pour les trois arpens de pâturage que ma tante Jacqueline possède au pied du ballon de Marshal!... Enfin ce qui est fait est fait... Continuez, mon garçon. Ma foi! si François doit partir pour l'armée, ce ne sera pas son pauvre cousin qui l'en empêchera.

Schmidt poursuivit sa lecture; mais Jacqueline Burgwillers se contentait de revenir sans cesse sur le même thème, à savoir la richesse et le désintéressement de l'ancien marquard, les mérites de François, ses malheurs à elle, et concluait toujours à l'envoi immédiat de la somme demandée. Les auditeurs s'impatientaient de ces bavardages, mais ils ne se décourageaient pas : ils savaient bien que l'honnête commère n'aurait garde d'omettre les *nouvelles du pays*. En effet, dans un *post-scriptum* à peine moins long que la lettre elle-même, elle énumérait les faits récemment arrivés dans son village et les villages voisins. L'huissier avait été obligé de vendre sa charge; Guillaumette, la pupille à Joli-Cœur, devait épouser le fils du boulanger; le curé de l'Arche était changé. Ces événemens de si mince importance eussent pourtant fort intéressé les pauvres exilés, s'ils n'eussent attendu des renseignemens sur un sujet plus personnel. Enfin Schmidt lut brusquement, et avant d'avoir pu se rendre compte de ce qu'elle contenait, la phrase suivante :

— « Je te dirai encore que monsieur Lovendal est mort » ces jours-ci... »

Un faible cri l'interrompit. Tout le monde se retourna : Julia, plus blanche qu'un lis, venait de tomber sur un siége.

— Lequel? lequel? s'écria Kretle en s'élançant vers sa sœur, le père ou le fils?

— Le père, répliqua Schmidt avec empressement, car la phrase se termine ainsi : « et c'est monsieur Albert qui » dirige la fabrique, en attendant qu'il la vende, car il est » assez riche pour ne rien faire désormais. »

— Tu l'entends, ma sœur? dit Kretle en couvrant Julia de baisers; *son* père a été longtemps malade, *son* père est mort, et c'est sur *lui* sans doute que porte la charge des affaires. Tu t'expliques maintenant pourquoi il n'a pu écrire, pourquoi...

Julia secoua la tête et se contenta de demander à Schmidt d'une voix faible :

— Est-ce tout, mon ami?

— C'est tout ce qui concerne la famille Lovendal; mais il y a un paragraphe passablement mystérieux, et je ne sais si je dois...

— Ne nous cachez rien, Schmidt.

— Oui, ne nous cachez rien, mon garçon, ajouta Reber; aucune réalité ne saurait être plus désolante que ce que nous craignons.

— Il n'y a pas de quoi se désoler, monsieur Reber, et peut-être, au contraire... Mais maudits soient les scrupules de cette bonne femme, qui, à tant de centaines de lieues de distance, nous envoie des énigmes à deviner. Voyez plutôt :

« Il court ici de singuliers bruits au sujet des Reber qui » sont partis avec toi pour l'Amérique. On est venu faire » ces derniers temps une visite dans la maison qu'il ont » habitée à l'Arche, et qui s'est trouvée appartenir, on ne » sait comment, à défunt monsieur Lovendal. Ce que » cette visite a produit, nul ne peut le dire; mais on jase » beaucoup dans la commune. Quand j'aurai appris quelque chose de certain, je te le marquerai. Toujours est-» il que le juif Nathan a été arrêté, mis en prison, et l'on » assure qu'il passera devant les assises. »

Cet article fut lu posément par Schmidt, et écouté par tous les assistans avec un religieux silence. Mais dans l'impossibilité où l'on était de comprendre à quels événemens il se rapportait, on pria Schmidt de le répéter. Une seconde, une troisième lecture n'eurent pas un meilleur résultat.

— Je m'y perds! dit enfin Reber en prenant son front à deux mains. Que l'on ait opéré des recherches dans ma maison, rien de plus naturel : c'est la conséquence nécessaire de mes instructions, et nous avons du moins la certitude maintenant que nos premières lettres sont parvenues dans le pays. Mais que mon ancienne ferme soit actuellement la propriété de monsieur Lovendal, au lieu d'appartenir à ce coquin d'Hermann, et que le juif Nathan se trouve en prison à cause de cette affaire, voilà ce qui devient obscur en diable, et je ne sais bonnement que penser de tout ceci.

L'auditoire semblait partager cet embarras; cependant Julia dit tout à coup :

— Et si notre maison avait été en réalité achetée par monsieur Lovendal, auquel un autre eût servi de prête-nom? Si monsieur Lovendal, dans le but de venir en aide à une pauvre famille ruinée, avait imaginé cette combinaison...

— Lui! ce vieux ladre, ce grippe-sou, qui se serait fait écarteler pour un écu! s'écria Reber; il était incapable de rendre à qui que ce fût un pareil service.

— Peut-être avait-il un intérêt direct à le rendre, répliqua Schmidt d'un air de réflexion, et un acte de désintéressement de sa part ne serait pas plus étonnant que de la part de cet Hermann.

— Peut-être le scélérat que tu viens de nommer, reprit Reber, n'est-il pas étranger à cette ténébreuse histoire. Nous n'avons pas entendu parler de lui depuis notre arrivée dans le Kansas; pourquoi, profitant du secret qu'il nous avait dérobé, ne serait-il pas secrètement parti pour la France, et...

— Vous vous trompez, Reber, répliqua Schmidt en détournant la tête; je sais, je suis sûr qu'Hermann est encore en Amérique.

— Eh bien donc! laissons là ces suppositions ridicules, dit le malade avec accablement. Les renseignemens contenus dans cette lettre sont incomplets, et l'on n'en peut tirer la moindre conclusion raisonnable. Une seule chose, mes enfans, me semble claire là-dedans : c'est qu'on songe à nous en France, qu'on s'occupe de nos intérêts, et qu'en tout état de cause nous ne pouvons rester longtemps sans nouvelles directes et précises... Ces nouvelles viendront, j'en ai la certitude... Pourvu, ajouta-t-il en soupirant, qu'elles ne viennent pas trop tard pour moi!

On changea de conversation; toute la famille Reber semblait un peu fortifiée par les espérances vagues que cette lettre permettait de concevoir. Pendant le souper

Julia elle-même parut moins pensive et moins abattue qu'à l'ordinaire. En revanche, Schmidt éprouvait des inquiétudes qu'il ne pouvait complétement cacher, et quand le soir il reconduisit Burgwillers jusqu'à la porte de l'enclos, il lui dit avec un accent de profonde tristesse :

— Ah ! voisin, je ne sais pas si les bonnes nouvelles arriveront tôt ou tard pour nos malheureux amis, mais je sais que les mauvaises ne se feront guère attendre !

VII

LA VISITE.

Deux jours s'écoulèrent encore sans amener aucun événement marquant à la ferme des Deux-Sœurs. Somme toute, comme nous l'avons dit, les renseignemens contenus dans la lettre adressée à Burgwillers avaient produit un bon effet sur les pauvres colons et leur avaient rendu confiance dans l'avenir. D'autre part, la fièvre de Reber diminuait un peu de violence, et Julia semblait reprendre quelque force. Aussi l'habitation avait-elle recouvré un calme relatif quand, au milieu de la nuit qui suivit le second jour, Schmidt fut réveillé en sursaut par le son d'un cornet et par de bruyans aboiemens qui partaient du côté des palissades. Toujours prêt à tout événement, le brave jeune homme se couvrit à la hâte de ses habits, saisit sa carabine et sortit de la maison pour aller reconnaître le visiteur qui s'annonçait ainsi.

En traversant l'enclos, il ne négligea pas les précautions qu'il recommandait aux autres habitans de la ferme contre une agression inattendue; il se courba derrière les clôtures, afin d'éviter les flèches ou les balles qui auraient pu être lancées par-dessus les palissades; enfin il manœuvra si adroitement qu'il atteignit la porte extérieure sans que la personne arrêtée devant l'habitation eût pu soupçonner son approche.

Les aboiemens de Polak n'avaient pas cet entrain qui annonce l'arrivée d'un étranger supposé ennemi; ils témoignaient plutôt de l'honnêteté scrupuleuse du chien de garde qui remplissait son devoir en conscience, même à l'égard d'un ami. Cependant Schmidt, avant de trahir sa présence, voulut reconnaître le visiteur par les fentes de la porte. La nuit était fort sombre; il entrevit d'une manière confuse un homme debout, tenant par la bride un cheval chargé d'un objet volumineux. Ce personnage, impatienté sans doute du retard qu'on mettait à lui ouvrir, portait de nouveau son cornet à sa bouche, quand Schmidt s'écria tout à coup :

— Quoi donc ! monsieur Tête-de-Feu, est-ce vous qui nous arrivez à pareille heure?

— Oui, *caramba* ! c'est moi, répliqua le coureur des bois; ouvrez vite, car je suis rompu et fatigué.

Schmidt s'empressa d'enlever les barres et de faire tourner la clef dans la serrure. Tête-de-Feu entra, suivi de son cheval et de son chien. Après que le voyageur et Schmidt eurent échangé une poignée de main, la porte fut de nouveau soigneusement barricadée.

— Ma foi ! monsieur Tête-de-Feu, reprit le jeune colon, quoique vous soyez toujours le bienvenu à la ferme, je ne vous attendais pas cette nuit... Mais, pour Dieu ! qu'apportez-vous là sur votre cheval ?

— C'est un quartier de buffalo, mon garçon; la bosse et le filet sont enveloppés dans la peau, et je veux en régaler les jolies demoiselles Reber. J'ai été obligé d'abandonner le reste de la bête aux loups, et c'est grand dommage... Mais je vous conterai cela plus tard avec d'autres choses beaucoup plus importantes; aidez-moi d'abord à panser ma pauvre monture, qui a fait aujourd'hui plus de quarante milles avec une lourde charge, et certes elle a bien gagné son seau d'eau et sa poignée de foin. — Schmidt alla chercher une petite bougie faite avec de la cire qu'il avait récoltée lui-même. Bientôt l'animal fatigué fut confortablement installé sous le hangar qui servait d'écurie, pendant que Polak et le chien du coureur des bois renouvelaient connaissance à leur manière. Tête-de-Feu ne s'occupa de lui-même qu'après avoir pourvu aux besoins de ses fidèles serviteurs. Alors seulement il se dirigea, précédé par Schmidt, vers une hutte de bois qu'il s'était construite dans l'enclos et qui formait son appartement particulier quand il lui plaisait de résider à la ferme. Pendant le trajet, il s'informa de la famille de ses hôtes; en apprenant que Reber était toujours malade de la fièvre, il dit d'un ton de regret : — C'est du guignon; il pourrait se présenter des circonstances telles que tous les habitans de la ferme eussent besoin d'être alertes et dispos... Que le diable emporte cette malencontreuse fièvre !

— De quoi s'agit-il donc, monsieur Tête-de-Feu, demanda Schmidt.

— Bah ! je me trompe peut-être... Dans tous les cas, me voici, et ceux qui voudront nous provoquer nous trouveront peut-être passablement coriaces.

On entra dans la hutte du coureur des bois. L'intérieur n'en était point somptueux; il n'y avait que les quatre murs, des billots pour s'asseoir, des chevilles pour suspendre l'équipage de chasse; une peau de bison jetée sur la terre nue servait de lit. Tel qu'il était pourtant, ce réduit était un véritable palais pour le rude chasseur, qui d'habitude couchait en plein air, enveloppé d'une simple couverture de laine.

Tête-de-Feu, ne voulant pas déranger les personnes de la maison, s'improvisa lestement un souper. Il tira de son sac quelques poignées de maïs grillé, quelques morceaux de cette viande fumée que les Mexicains appellent *tafaso*, et il se mit à manger avec appétit. Schmidt avait pris place sur un billot en face de lui, et attendait avec impatience qu'il plût à son compagnon de s'expliquer. Comme le chasseur ne se pressait pas, il lui demanda timidement :

— Ainsi donc, Tête-de-Feu, vous avez rencontré les bisons ou les *buffalos*, comme vous dites?

— Oui, mon garçon, et si, comme je le crains, ils se dirigent de ce côté, votre voisin, ce pauvre fou de Burgwillers, aura de quoi se réjouir, car le troupeau est considérable. La prairie en était couverte pendant plusieurs milles. J'aurais pu en tuer en grand nombre, mais à quoi bon?

— S'ils viennent de ce côté, nous ferons notre provision de viande fumée pour l'hiver prochain. Ce n'est pas une mauvaise nouvelle cela, monsieur Tête-de-Feu, et je ne vois pas ce qui peut exciter votre inquiétude dans cette affaire.

— Si ces pauvres bêtes venaient seules, répliqua le chasseur, il n'y aurait peut-être en effet que plaisirs et profit pour nous, ami Schmidt, mais les grandes migrations de buffalos sont d'ordinaire suivies de nuées d'Indiens affamés qui les harcèlent sans relâche, et celle-ci a particulièrement à ses trousses des bandes de peaux rouges que je voudrais savoir au fond de l'enfer.

— Des sauvages ! s'écria Schmidt; en êtes-vous sûr?

— Je les ai vus de mes yeux, chassant dans la prairie, et bien m'en a pris qu'*ils* fussent occupés d'un autre côté. C'était des Pawnies, la plus féroce tribu de tout ce canton; j'ai eu le bonheur de m'échapper avant d'avoir été éventé par eux, car cette rencontre m'eût coûté cher sans doute.

— Et pensez-vous, monsieur Tête-de-Feu, qu'ils osent s'approcher des défrichemens?

— Je n'en sais rien, mais il faut être sur ses gardes. Si Vent-du-Nord, l'espion rouge que nous laissâmes s'évader pendant l'inondation, a pu rejoindre sa tribu, il aura fait à ses camarades des contes interminables sur les richesses de Reber, sur les bœufs, les chevaux, les carabines que l'on peut trouver dans cette ferme isolée et presque sans défense. D'ailleurs, ce maudit batteur d'estrade a dû enflammer tous les jeunes gens de sa horde à l'intention des jolies filles du visage pâle. Les chefs indiens sont particulièrement jaloux d'épouser des blanches, et plus d'une fois ils ont enlevé des femmes et des filles de colons pour les emmener dans leurs villages. Or, mon garçon, je ne suis pas disposé à souffrir que nos charmantes hôtesses aillent orner le sérail d'un de ces vilains singes couverts de peinture, et que l'on pille et brûle cette habitation. Aussi, quand j'ai rencontré les Pawnies dans ces parages, n'ai-je pas tardé une minute à me mettre en route. Je n'ai pas donné de repos à mon cheval, et, comme je vous l'ai dit, nous avons fait plus de quarante milles tout d'une traite à travers la prairie.

Schmidt était consterné de ces terribles nouvelles; cependant il répondit avec chaleur :

— Merci, Tête-de-Feu, merci d'avoir mis tant d'empressement à nous porter secours. Bon Dieu! comment aurais-je pu seul protéger ce pauvre malade et ces deux innocentes filles? Mais avec vous, mon brave chasseur, je ne crains rien... Nous les défendrons, Tête-de-Feu, nous les défendrons jusqu'à la mort, n'est-ce pas?

Le coureur des bois sourit de cet enthousiasme juvénile.

— A la bonne heure! reprit-il; voilà comme j'aime les compagnons!... Si les peaux rouges viennent nous attaquer, j'espère que nous en jetterons plus d'un sur le carreau. Toutefois, comme nous pourrions ne pas nous trouver les plus forts, il ne faudra négliger d'abord aucun moyen de conciliation... Enfin, nous nous entendrons sur tout cela en temps et lieu. — Il fut convenu qu'on ne parlerait ni à Reber, ni à ses filles, jusqu'à nouvel ordre, des circonstances qui avaient causé le retour précipité du coureur des bois; tout serait attribué à l'impatience qu'éprouvait Tête-de-Feu de se retrouver à l'habitation. Ces dispositions arrêtées, Tête-de-Feu reprit : — Eh bien donc! ami Schmidt, à mon avis nous n'avons pas grand'chose à craindre pour cette nuit. La nuit prochaine, ce sera peut-être différent; aussi ferons-nous bien de dormir tant que nous le pouvons encore. Cependant, laissons les deux chiens déchaînés, et soyons sur pied à la moindre alerte. Bonsoir, mon garçon... Vraiment je tombe de sommeil, et je ne pourrais m'empêcher de dormir quand même je serais attaché déjà par ces peaux rouges au poteau du supplice.

Schmidt se retira pour laisser reposer le voyageur fatigué. Quant à lui, comme on peut croire, il passa fort mal le reste de la nuit. Son imagination surexcitée lui représentait de hideuses figures d'Indiens; au milieu du silence du désert, il croyait entendre dans le lointain de terribles hurlemens. S'étant un peu assoupi vers le matin, le pauvre garçon fut éveillé en sursaut par une douleur atroce à la tête. Il avait rêvé que Vent-du-Nord lui enlevait sa chevelure, tandis que Kretle et Julia étaient entraînées dans la prairie par les sauvages, malgré leurs pleurs et leurs lamentations.

Cependant la nuit s'était passée sans accident, et le lendemain la famille Reber fut agréablement surprise d'apprendre l'arrivée inattendue de Tête-de-Feu. Outre que le père et les filles avaient conçu pour lui une vive affection, sa présence ajoutait toujours au bien-être et à la sécurité de la petite colonie; on lui fit donc l'accueil le plus amical. Toutefois on fut très surpris de l'air soucieux du coureur des bois, de ses entretiens mystérieux avec Schmidt. On s'étonna encore davantage des précautions que les deux amis jugèrent nécessaires de prendre. La porte des palissades devait demeurer fermée et ne s'ouvrir qu'à bon escient; Kretle avait défense de conduire ses vaches au pâturage, comme elle en avait l'habitude depuis le retour du printemps; elle resterait au logis avec sa sœur, et sous aucun prétexte ni l'une ni l'autre ne mettrait le pied hors de l'enclos. Comme ces mesures extraordinaires alarmaient les jeunes filles, on leur répondit vaguement que le voisinage de la grande migration de bisons rendait cette vigilance indispensable, et il leur fallut se contenter de cette réponse.

A l'issue du déjeuner, Schmidt sortit seul pour aller prévenir Burgwillers de ce qui se passait, et l'engager, le cas échéant, à porter secours à ses voisins, tout disposés eux-mêmes à le secourir en cas de nécessité. Chemin faisant, le jeune homme devait s'assurer s'il n'y avait rien de suspect du côté de la prairie. Au bout de deux heures il était de retour; il n'avait rien vu, et le calme habituel régnait dans le voisinage. Quant à Burgwillers, il avait appris avec une joie extrême la nouvelle de l'approche des bisons. Sans s'inquiéter des féroces Indiens qui suivaient le troupeau, il s'était mis sur-le-champ à ses préparatifs pour la chasse miraculeuse si longtemps attendue. En apprenant cette circonstance, Tête-de-Feu haussa les épaules.

— Nous avons là, dit-il, un compatriote diablement têtu, et il finira mal, je le crains. Mais il est averti; c'est son affaire.

Alors Schmidt et Tête-de-Feu, bien armés, firent sortir les bestiaux de la ferme, et les conduisirent dans la vallée voisine, où les pauvres animaux se dédommagèrent amplement du retard apporté à leur repas du matin. Aucun accident ne troubla leur tranquillité. Vainement leurs gardiens scrutaient-ils tous les points de l'horizon, épiant les plus faibles bruits, cris d'oiseaux, frémissemens d'herbes, qui s'élevaient parfois autour d'eux. Un calme profond régnait dans la plaine, et un brillant soleil semblait rendre impossibles les piéges et les embûches à une distance considérable de l'habitation.

— Sur ma parole! dit enfin le coureur des bois après un long et scrupuleux examen, je deviens moi-même timide comme un enfant! J'observe depuis un quart d'heure cette bande de vautours qui déchire là-bas le corps putréfié d'un loup, et Dieu me damne si je ne croyais pas voir une douzaine de peaux rouges marchant à la file indienne sur le sentier de la guerre!.. Sachez-le bien pourtant, jeune homme, ce n'est pas pour moi que je crains : j'ai vu, sans avoir peur, des centaines d'Indiens s'avancer au galop de leurs chevaux, en brandissant leurs tomahawks et en poussant leur cri de guerre; mais il ne s'agissait alors que de ma misérable vie, et aujourd'hui il s'agit de personnes dont l'existence est autrement précieuse... Cependant, Schmidt, mon garçon, nous pouvons, je crois, nous relâcher un peu de notre vigilance; ces vagabonds ne font leurs expéditions que la nuit, et, s'ils doivent nous attaquer, ils n'attaqueront sans doute qu'après le coucher du soleil... Ne voyez-vous rien? n'entendez-vous rien?

— Je ne sais si je me trompe, monsieur Tête-de-Feu, mais tout à l'heure j'ai cru entendre un coup de fusil dans l'éloignement.

— Un coup de fusil! de quel côté?

— Du côté de la forêt.

— Bah! c'est impossible, vous vous serez trompé. Les Indiens, sauf quelques chefs, n'ont pas d'armes à feu. D'ailleurs, ils se garderaient bien de tirer si près des établissemens, de peur de donner l'alarme aux colons. Il n'est donc pas probable... — Il fut interrompu par le bruit lointain d'un nouveau coup de fusil qui retentit d'une manière claire et précise. Les deux amis prêtèrent l'oreille, et ils entendirent une troisième explosion, toujours dans la direction de la forêt. — Décidément, ce ne peuvent être des Indiens, reprit le coureur des bois; ce sont plutôt des chasseurs blancs, et, à la fréquence de leur tir, on croirait, Dieu me pardonne! qu'ils chassent aux pigeons ou aux écureuils... Tenez, Schmidt, nos bêtes doivent être rassasiées, et à tout hasard je vous conseille de les ramener sur-le-champ à l'habitation. Vous ne direz rien pour effrayer le bonhomme et ses filles; mais vous tiendrez les portes closes, et vous serez attentif à ce qui se passera dans le voisinage; quant à moi, je compte être bientôt de retour.

— Où donc allez-vous, monsieur Tête-de-Feu?

— Je désire connaître ces gens qui tiraillent ainsi, et je vais me glisser dans le bois. En manœuvrant bien, je parviendrai certainement à les voir sans être aperçu par eux.

— Mais réfléchissez donc, monsieur Tête-de-Feu... rien ne prouve que ces gens ne soient pas des Indiens ou tout au moins des blancs malintentionnés.

— Eh! *caramba!* cela me regarde, interrompit le chasseur avec colère. Retournez à la ferme, vous dis-je, et ne vous inquiétez pas de moi; je me suis toujours tiré de certains passages où vous et bien d'autres vous fussiez restés. — Schmidt ne pouvait lutter contre une volonté si énergiquement exprimée; il se mit à rassembler les bestiaux pour les ramener à la maison. Tête-de-Feu, subitement radouci par cette docilité, reprit d'un ton de bonne humeur: — Véritablement, ami Schmidt, les gens qui font si grand bruit ne me semblent pas bien redoutables; n'ayez donc aucune inquiétude à mon sujet. Dans dix minutes je suis de retour, je vous le promets.

Il se dirigea d'un pas rapide vers la forêt, en profitant de toutes les inégalités du sol pour dissimuler sa marche; et il avait disparu bien avant que Schmidt et les paisibles animaux confiés à sa garde eussent atteint les palissades.

Du reste, le voyage de découvertes entrepris par Tête-de-Feu ne fut ni bien long ni bien périlleux. A peine le coureur des bois eut-il gagné le couvert des arbres qu'un nouveau coup de feu, tiré à une courte distance, lui donna la facilité de s'orienter; au même instant il entendit plusieurs voix qui s'appelaient dans l'intérieur du fourré; on eût dit de paisibles chasseurs qui cherchaient à se rallier, après avoir été un moment séparés par les hasards de la chasse.

— J'avais bien raison, murmura-t-il, ce sont des colons; je les avais devinés à leur imprudence... Mais, tonnerre! ils ne songent donc pas, en faisant tant de vacarme, que les peaux rouges peuvent être cachés dans le voisinage?

Cependant Tête-de-Feu voulut, avant de se montrer, être plus complétement édifié encore sur le compte de ces inconnus. Il se glissa donc en rampant à travers les halliers, et il put bientôt voir dans une clairière voisine les turbulens chasseurs qui avaient d'abord éveillé ses craintes.

Ils étaient quatre, tous à cheval et bien armés. Trois d'entre eux semblaient être de condition inférieure, si toutefois on peut employer cette expression d'un pays où tout ce qui n'es pas nègre ou homme de couleur prétend à la qualité de *gentleman*. Deux avaient l'air de guides ou de coureurs des bois, comme Tête-de-Feu, et portaient un costume peu différent du sien; le troisième, grand et maigre, était vêtu d'un habit noir très râpé, qui lui donnait l'apparence d'un officier de justice du dernier ordre. La troupe avait pour chef un homme jeune encore, mis avec une extrême recherche, et coiffé d'un magnifique panama. Il avait eu la fantaisie de tirer les écureuils qui jouaient dans les hêtres et les érables, et ses compagnons s'étaient arrêtés pour l'attendre. Tandis qu'un des guides gardait le cheval de l'élégant voyageur, celui-ci s'était un peu écarté pour se livrer à son cruel passe-temps. Maintenant il revenait vers le gros de la troupe, portant d'une main son fusil déchargé, de l'autre trois ou quatre pauvres écureuils, fruit de sa facile victoire.

— Si l'on peut gaspiller ainsi la poudre et le plomb! grommela Tête-de-Feu avec humeur; il faut que ce gaillard-là soit diablement riche!

Il ne chercha plus à se cacher, et, rejetant sa carabine sur son épaule, il s'avança vers les inconnus en sifflotant un air de chasse. Sa présence subite parut exciter d'abord quelque défiance dans la clairière; mais un simple regard jeté sur lui suffit pour rassurer les voyageurs. Le gentleman au chapeau de Panama parut même le voir avec plaisir, et il dit en anglais à ses compagnons, qui se concertaient entre eux d'un air embarrassé:

— Tenez, justement voici quelqu'un qui va nous tirer d'affaire. Eh! l'ami, continua-t-il en s'adressant à Tête-de-Feu, vous habitez sans doute le voisinage; pourriez-vous nous dire si nous sommes encore loin de la ferme des Deux-Sœurs?

— A moins d'un mille d'ici vous trouverez le log-house, — répliqua le coureur des bois dans la même langue. Et il ajouta d'un ton de curiosité: — Quoi! monsieur, vous allez aux Deux-Sœurs? Vous connaissez donc Reber et sa famille?

— Il est bien peu de colons dans cette partie du pays que je ne connaisse et dont je ne sois connu, répliqua le chasseur en ricanant; pour la plupart même, je suis une ancienne connaissance, et voici monsieur Thompson, ajouta-t-il en se tournant vers le personnage vêtu de noir, qui, de son côté, a des relations avec le plus grand nombre; n'est-il pas vrai, Thompson? — L'individu qu'il nommait ainsi grimaça un sourire, et jeta un regard oblique sur un registre enveloppé de toile cirée et suspendu à l'arçon de sa selle. L'autre poursuivit en affectant beaucoup de dignité: — Je suis le facteur général de la compagnie William Bell dans ce canton, l'ami, et je suis en tournée pour visiter les acquéreurs de terrains de cette compagnie; c'est vous dire que j'ai certains intérêts à traiter avec le colon Reber.

Le ton de monsieur le facteur et la mine de ceux qui l'accompagnaient ne plaisaient pas trop au coureur des bois; il sentit néanmoins qu'il devait montrer de la déférence à cet important personnage.

— Eh bien! monsieur le facteur, reprit-il, si vous le voulez, je puis vous conduire à l'habitation. Le pauvre Reber est malade, et, s'il faut le dire, je n'ai pas bonne idée de la fièvre opiniâtre qui le mine; mais vous trouverez à la ferme les bonnes petites demoiselles et monsieur Schmidt, qui certainement vous recevront de leur mieux.

— Quoi! demanda le facteur avec intérêt, Reber, le chef de famille, est-il si malade? On me l'avait dit, mais je ne pouvais y croire... Autrefois c'était un homme robuste et sanguin, d'humeur batailleuse, toujours prêt à jouer du bâton, ce qui lui a valu, si je ne me trompe, plus d'une mauvaise affaire.

— Il serait incapable pour le moment de pareille chose; le pauvre cher homme ne peut même plus se tenir debout, et, comme je vous l'ai dit, j'augure mal de son état.

Le facteur regarda en clignant des yeux son acolyte Thompson.

— Vous l'entendez? dit-il avec gaîté, ce ne sera pas encore cette fois que vous aurez les os rompus, mon pauvre Thompson.

Thompson fit de nouveau son mauvais sourire; Tête-de-Feu s'en aperçut:

— Si malheureuse que soit cette honnête famille, dit-il avec fermeté, elle ne manquerait pourtant pas de défenseurs, en cas de besoin. Pour ma part, je ne la laisserais pas molester, je vous le garantis.

— Vous, l'ami? demanda le facteur en l'examinant d'un air de dédain et de curiosité; ah çà! qu'êtes-vous donc pour ces gens-là? Mais je devine; le joli minois de l'une des demoiselles Reber vous aura tourné la tête...

— A mon âge, un joli minois ne tourne plus la tête; je suis un grossier chasseur, et je me rends justice; mais j'ai pour ces bonnes petites demoiselles l'affection d'un père, et, *caramba!* si l'on osait les chagriner...

— Cependant vous n'oseriez pas, j'imagine, résister à la loi?

— Je n'en sais rien; à vrai dire, la loi n'est guère observée sur la limite de la prairie, et j'ai vu un temps où elle ne l'était pas du tout. A cette époque, on y trouvait seulement des loups et des ours; on n'était pas encore exposé à y rencontrer certaines bêtes de proie comme on en rencontre aujourd'hui. — En même temps il jetait un regard méprisant sur le personnage vêtu de noir. — Néanmoins, continua-t-il, j'aimerais mieux avoir à défendre mes amis contre les Indiens ou contre les animaux féroces que contre la loi.

Le facteur échangea quelques mots à voix basse avec l'officier de justice.

— Allons, reprit-il enfin d'un air de bonne humeur en se tournant vers Tête-de-Feu, vous n'aurez pas, je l'espère, monsieur, à faire montre de votre dévouement pour la famille Reber; on n'a pas eu de mauvaise intention contre elle, et peut-être, au contraire, ma visite lui apportera-t-elle joie et prospérité... Mais, si je vous ai bien compris, vous habitez vous-même la ferme des Deux-Sœurs; indiquez-nous-en donc le chemin, car j'ai hâte.

— Le chemin n'est ni long ni difficile; venez, gentlemen, et je vous conduirai au log-cabin, où je puis vous promettre un bon accueil, si vous avez vraiment des intentions pacifiques.

Il se mit en marche le premier, et toute la troupe le suivit. Chemin faisant, le facteur s'approcha de l'officier de justice, qui ne paraissait avancer qu'à regret.

— Encore une fois, Thompson, lui dit-il à demi-voix, rassurez-vous. Ce Reber, dont vous avez si grand'peur, est malade, au lit, incapable de résistance; Schmidt est un garçon inoffensif; quant à ce coureur des bois, qui a l'air de s'être impatronisé dans la maison, je ne le crois ni bien malin ni bien redoutable... Que diable! je suis moi-même fort intéressé dans cette affaire, et si vous saviez certaines circonstances... D'ailleurs, comme je vous l'ai dit, nous ne serons pas obligés, je l'espère, d'en venir aux extrémités; Reber entendra la raison; la dure expérience, la maladie, la nécessité auront calmé son sang impétueux, et peut-être cette conférence se terminera-t-elle d'une manière inattendue pour vous et pour bien d'autres. — De son côté, Tête-de-Feu, malgré les protestations amicales des voyageurs, n'était pas sans inquiétude sur l'objet réel de leur visite à la ferme. Il connaissait les embarras financiers du pauvre colon, et soupçonnait qu'il s'agissait d'une réclamation à laquelle Reber ne serait pas en mesure de faire droit. Aussi se proposait-il d'agir avec une extrême prudence, de peur de compromettre l'intérêt de ses amis; mais en même temps il s'affermissait dans la pensée de les défendre à tous risques, en cas d'agression. On atteignit la lisière de la forêt, et le facteur se mit à examiner curieusement le domaine de Reber. — Le terrain n'est vraiment pas mauvais, Thompson, dit-il à son compagnon, et le colon a l'air d'en tirer un excellent parti. Voilà de beaux pâturages, des récoltes qui s'annoncent à merveille; et puis ces palissades, ces bâtimens sont tenus dans le meilleur ordre. Ceci ne ressemble guère à la plupart des exploitations que nous avons vues dans notre tournée, et dont il a fallu déposséder les maîtres. Nous ne serions pas trop à plaindre de recouvrer aussi cette propriété, car, en dépit de sa situation isolée, elle vaut, dès à présent, plusieurs milliers de dollars. Ma foi! je suis ravi maintenant que Reber ait été si bien partagé, cela facilitera sans doute mes petites négociations auprès de lui.

Tête-de-Feu, qui marchait un peu en avant, n'avait entendu qu'imparfaitement ces paroles, mais il devina de quoi il s'agissait, et crut devoir placer un mot dans l'intérêt de ses amis.

— Oui, Reber n'a pas tiré un trop mauvais parti de ce sol médiocre, dit-il; mais que de peines et d'argent il lui a fallu pour mettre son domaine dans l'état où vous le voyez! Aussi le pauvre homme y a-t-il épuisé sa santé et sa bourse, et la famille a parfois de cruels momens à passer.

— Bon! réplique le facteur, la récolte en maïs et en blé vaudra seule plus de deux cents dollars.

— C'est vrai, gentleman; mais la situation de cette habitation, à deux pas d'une rivière qui déborde souvent, est une cause de grande dépréciation. Il n'y a pas plus de quatre mois que l'espace où nous sommes était entièrement couvert par les eaux.

— En tous pays, le voisinage d'une rivière a ses avantages et ses désavantages. D'ailleurs il est impossible que l'inondation ait atteint le sommet de la colline sur lequel le log-house est bâti.

— Elle en est venue bien près... Et puis, monsieur, poursuivit Tête-de-Feu, déterminé à mettre en relief tous les inconvéniens du domaine de Reber, cette ferme se trouve au milieu de la prairie, exposée aux incursions des tribus de peaux rouges qui sont en guerre avec les blancs. Déjà des rôdeurs indiens sont venus reconnaître le terrain, et en ce moment encore nous sommes obligés de nous tenir sur la défensive, car il est à craindre...

— Les Indiens! interrompit le facteur en riant dédaigneusement; ah çà! l'ami, allez-vous me répéter ces contes absurdes que l'on fait aux nouveaux débarqués? Je ne crois pas aux Indiens. Nous avons vu ces temps-ci, à Stockton, un grand nombre de ces pauvres diables de sauvages; ils sont venus échanger leurs pelleteries contre de la poudre, de l'eau-de-vie et des couvertures, et ils ne m'ont paru que ridicules.

— Si vous rencontriez ces mêmes peaux rouges « sur le sentier de la guerre, » vous changeriez peut-être d'opinion à leur égard... Mais parmi ces Indiens qui sont venus à Stockton, il ne se trouvait pas de Pawnies.

— Ma foi! je l'ignore; je ne me reconnais pas dans toutes les bimbeloteries et les peintures qui servent à les distinguer.

— Il ne s'y trouvait pas de Pawnies, répéta le coureur des bois; c'est une race belliqueuse qui a juré une haine mortelle aux blancs. Or, au moment où je vous parle, ces maudits Pawnies ne sont peut-être pas bien loin de nous. — A cette nouvelle, Thompson donna des signes de frayeur, mais le facteur continua de ricaner. — Vous ne me croyez pas? — reprit l'irascible Tête-de-Feu, dont le visage s'enflamma. Mais, comprenant la nécessité de la modération, il poursuivit plus froidement : — Vous n'êtes pas encore au courant des événemens du pays, monsieur le facteur, à ce que j'imagine; mais interrogez ces gentlemen (et il désignait les deux guides), ils vous diront s'il leur semble tout à fait impossible que les Pawnies soient dans ce canton.

Ainsi interpellés, les deux guides, qui jusqu'à ce moment n'avaient pris aucune part à l'entretien, échangèrent avec Tête-de-Feu le regard maçonnique des gens de même profession.

— Depuis huit jours que nous sommes en tournée, répondit l'un d'eux, nous n'avons pas rencontré d'empreintes de mocassins. Cependant si le grand troupeau de buffalos se dirigeait de ce côté comme on le dit, il n'y aurait rien d'extraordinaire qu'il fût suivi de ces nuées d'Indiens Pawnies et autres, qui leur font la chasse.

— Les buffalos se trouvaient hier près de la source Salée, répliqua Tête-de-Feu, et comme les pâturages sont déjà brûlés au delà de la source, sans aucun doute le troupeau viendra d'un moment à l'autre chercher de l'herbe fraîche sur les bords de la rivière.

— Diable! s'écria l'autre guide, s'il en est ainsi, nous ferons bien de ne pas nous arrêter longtemps ici, de peur de mauvaises rencontres.

Thompson paraissait être assez de cet avis; mais le facteur avait remarqué le regard de satisfaction et de remercîment que Tête-de-Feu avait adressé à ses confrères.

— C'est bon, dit-il de son ton dédaigneux; s'ils viennent, on les verra. — Puis se tournant vers l'officier de justice : — Quoi! Thompson, reprit-il bas, ajoutez-vous foi à ces sottes histoires? On veut nous effrayer, mon cher, et ce chasseur inconnu s'entend avec nos chenapans de guides... Mais cela ne leur réussira pas. Je ferai ici ce que j'y suis venu faire, et tous les sauvages du monde ne pourraient m'en empêcher. Enfin nous voici arrivés, et nous saurons bientôt à quoi nous en tenir.

Les voyageurs se trouvaient alors devant la porte des palissades, et Tête-de-Feu se préparait à donner le signal ordinaire pour se faire ouvrir; mais on les avait aperçus de la ferme. A leur approche, la barrière tourna sur ses gonds, et Schmidt, toujours armé de sa carabine, se montra dans l'entre-bâillement; Kretle se tenait derrière lui, moitié inquiète, moitié curieuse.

Bien que la troupe se présentât sous les auspices d'un ami, Schmidt hésitait à l'introduire dans l'habitation, quand Tête-de-Feu s'écria :

— Eh! monsieur Schmidt! c'est le nouveau facteur de la compagnie qui vient voir Reber pour affaires pressantes.

— Le nouveau facteur! s'écria Kretle avec empressement, laissez-le entrer; mon père sera certainement très flatté de sa visite.

En même temps elle essayait doucement d'écarter Schmidt pour accueillir avec politesse un personnage que la famille avait tant d'intérêt à ménager; mais le jeune homme, pâle et tremblant, demeurait immobile, l'œil attaché sur monsieur le facteur, qui venait de mettre pied à terre avec assurance. Kretle repoussa le pauvre garçon avec vivacité, en disant :

— Pour Dieu! à quoi pensez-vous donc?

Et elle ouvrit la porte toute grande. Le facteur entra; puis, ôtant son chapeau dont les larges bords avaient caché jusqu'à ce moment une partie de son visage, il dit en souriant :

— Bonjour, mademoiselle Kretle.

Kretle poussa un cri perçant et recula comme si elle eût vu un spectre.

Le nouveau facteur, ainsi qu'on l'a deviné sans doute, n'était autre qu'Hermann, l'ancien courtier d'émigrans.

Schmidt accourut pour soutenir la malheureuse enfant qui chancelait, et lui dit avec cette colère froide des tempéramens flegmatiques :

— Voulez-vous que je *le* tue, Kretle? J'y ai pensé déjà, car je savais qu'*il* devait venir. Dites, faut-il *le* tuer?

Et une de ses mains serrait convulsivement sa carabine. Kretle ne pouvait parler, mais elle agita le bras d'un air suppliant, et se cramponna fortement à Schmidt pour l'empêcher d'exécuter son dessein.

Thompson et les guides, stupéfaits de cette scène étrange, demeuraient immobiles à côté de leurs chevaux, ne sachant s'ils devaient avancer ou reculer. Tête-de-Feu lui-même ne semblait rien comprendre à ce qui se passait. Seul, Hermann conservait son sang-froid, et un sourire dédaigneux se jouait toujours sur ses lèvres.

— Voilà, dit-il, une réception à laquelle j'étais loin de m'attendre; mademoiselle Reber, cependant, n'aurait pas dû oublier...

Schmidt avait fait asseoir Kretle à demi évanouie sur un tronc d'arbre qui servait de banc à la porte de l'étable; il se retourna vers le facteur :

— Taisez-vous! dit-il avec énergie. Voulez-vous donc la voir tomber morte à vos pieds? Elle sait, nous savons tous, combien vous avez été lâche et cruel à son égard; si je me laissais aller à ma juste indignation... Mais que voulez-vous? Pourquoi venez-vous dans une maison où l'on vous méprise, où l'on vous hait?... Allez-vous donc poursuivre jusqu'ici une pauvre famille dont tous les maux sont votre ouvrage?

Mal[illegible] son effronterie, Hermann, déconcerté par la véhéme[illegible] de cette apostrophe, ne répondait pas. Schmidt dit au co[illegible]eur des bois, qui attendait toujours, bouche béante, l'explication de cette scène :

— Ah! monsieur Tête-de-Feu, qu'avez-vous fait? vous avez introduit dans la ferme le plus mortel ennemi de tous ceux qui l'habitent.

— Il n'y est pas encore entré bien avant, répliqua Tête-de-Feu avec résolution, et ma faute peut aisément se réparer... J'en demande bien pardon aux camarades, ajouta-t-il en anglais en s'adressant aux deux guides, mais comme ils accompagnent des gens que l'on ne voit pas ici de bon œil, ils vont déguerpir au plus vite.

Et il se mit en devoir de repousser les voyageurs au delà des palissades.

Il était assez indifférent aux guides de se reposer sous un toit ou sur le gazon, et Thompson, voyant la tournure que prenaient les choses, fut le premier à opérer sa retraite. Mais cette expulsion brutale réveilla l'amour-propre d'Hermann et lui rendit sa présence d'esprit.

— Je ne me laisserai pas chasser ainsi, dit-il en français avec une apparence de dignité; j'ai entrepris ce voyage dans l'intention de voir monsieur Reber, et je ne m'en retournerai pas sans l'avoir vu. Si mes anciennes relations avec lui et avec sa famille ne me donnent pas des titres suffisans pour être admis dans sa maison, dites-lui que je suis le facteur et le représentant de la compagnie William Bell, à laquelle il doit des sommes importantes et immédiatement exigibles... Malheur à lui et aux siens si l'on me pousse à bout, car ma vengeance sera prompte et terrible!

— Mais Reber est gravement malade, reprit Schmidt ébranlé par ces menaces, et votre odieuse présence est capable de lui causer une révolution funeste.

— Qu'il consente seulement à m'entendre. Je ne viens pas ici avec des intentions hostiles; loin de là, je compte apprendre à Reber des choses qui le combleront de joie, et si j'ai eu des torts dans le passé, je ne négligerai rien pour les effacer. En revanche, ne vous en prenez qu'à vous si je laisse tomber sur vos têtes les nouveaux malheurs qui les menacent.

Schmidt, toujours en réserve contre sa propre colère, paraissait irrésolu, quand la pauvre Kretle, enfin revenue à elle, se leva; elle lui prit le bras en disant d'une voix faible :

— Il faut prévenir mon père... venez, Schmidt, mon père en décidera.

— Vous avez raison; Reber a seul le droit de recevoir ou de repousser qui bon lui semble. Allons donc le consulter; jusque là, que nul ne soit assez hardi...

— Ne craignez rien, ami Schmidt, répliqua Tête-de-Feu; *caramba*! je suis là, moi; personne ne fera un pas de plus en avant sans la permission du maître, je vous le garantis.

Et il s'appuya sur sa carabine, prêt à défendre énergiquement le passage, tandis que Kretle et Schmidt se dirigeaient à pas précipités vers les bâtimens.

Aucun des voyageurs ne songeait, du reste, à enfreindre la consigne; au contraire, les deux guides, après avoir échangé quelques mots avec le chef de la troupe, sortirent de l'enclos et conduisirent les chevaux dans le pâturage au pied de la colline, en attendant la fin de la conférence qui allait sans doute avoir lieu. Thompson, comme nous l'avons dit, s'était déjà retiré; Hermann resta donc seul en face de Tête-de-Feu, qui, sombre et silencieux, ne le perdait pas de vue. Il vint s'asseoir sur le tronc d'arbre qui avait servi de siége à Kretle, et, pour dissimuler son embarras, son humiliation, son inquiétude peut-être, il se mit à siffloter avec affectation.

L'attente fut assez longue; enfin la porte de l'habitation s'ouvrit, et une femme s'avança en chancelant mais avec rapidité vers l'endroit où se trouvaient Hermann et Tête-de-Feu. Ce n'était plus Kretle, c'était la pauvre Julia, dont les yeux rouges et battus contrastaient avec la blancheur de cire de son visage. Elle dit au facteur avec effort, sans le regarder :

— Venez, monsieur, mon père consent à vous voir.

Et elle reprit aussitôt le chemin de la maison; Hermann se leva d'un air empressé et la suivit.

— A la bonne heure! cria le coureur des bois; mais s'il fait trop le méchant, mademoiselle Julia, ne manquez pas de m'appeler... En attendant, j'aurai l'œil sur ceux qui sont là dehors, et ils n'entreront pas sans votre ordre, soyez-en sûre.

Il referma la barrière et se remit intérieurement en sentinelle.

Tout en marchant, Hermann se rapprocha de sa conductrice et lui dit humblement :

— Mademoiselle Julia n'a-t-elle donc pas une parole de bienvenue ou même de politesse pour un ancien ami?

— Un ami! répéta la jeune fille avec un accent de tristesse méprisante.

— Oui, un ami, Julia; il n'est peut-être pas sans reproches, mais il vient ici avec les intentions les plus bienveillantes, malgré les injures qu'il a reçues. Un mot seulement, mademoiselle : de l'entretien que je vais avoir avec votre père dépendront des événemens d'une grande importance pour nous tous. Je ne demanderai rien que de juste et de légitime; soutenez-moi dans la négociation que je vais entreprendre, et votre bonheur sera le prix de cette complaisance. Vous êtes sans nouvelles d'une personne qui vous est chère, mais j'en ai, moi, et bientôt sans doute...

Il s'arrêta, cette réticence calculée frappa Julia. L'indignation et le mépris de la jeune fille ne tinrent pas contre son ardente curiosité.

— Au nom du ciel! monsieur, que voulez-vous dire? demanda-t-elle.

— Rien, mademoiselle, sinon que votre sort dépendra peut-être du mien... Venez-moi en aide, et vous en serez récompensée.

— Aucune considération personnelle ne pourrait me détacher des intérêts de ma famille; penser le contraire est une insulte pour moi. Cependant, monsieur, si vous avez en effet les bonnes intentions que vous annoncez, oh! ménagez mon père, je vous en supplie; il est épuisé, mourant; les émotions trop violentes lui seraient funestes.

Hermann allait tenter de nouveaux efforts pour établir un concert entre lui et la fille aînée de Reber, mais on entrait en ce moment dans la maison, et Julia, dès qu'elle eut introduit le visiteur, se retira précipitamment.

VIII

LA PROPOSITION.

Reber était dans la première pièce, couché comme à l'ordinaire sur un matelas de mousse que recouvrait une peau d'ours. Un rouge vif colorait les pommettes de ses joues, et ses yeux caves rayonnaient d'un feu sombre. Sa chemise entr'ouverte laissait voir l'effrayante maigreur de sa poitrine et de ses bras. Il n'y avait maintenant auprès de lui que Schmidt, qui, penché à son oreille, semblait l'exhorter à la modération.

Pour faire mieux comprendre la situation respective de nos personnages, nous devons dire ici que depuis longtemps Reber n'avait plus de doutes sur la gravité des torts d'Hermann envers Kretle. Bien que ni l'une ni l'autre de ses filles ne lui eût positivement nommé l'auteur de l'odieux attentat dont la plus jeune avait été autrefois victime au bourg de l'Arche, diverses circonstances avaient changé ses soupçons en certitude depuis son arrivée dans le Kansas. On peut donc juger de l'impression que la présence du séducteur de Kretle devait produire sur le père et le fiancé de la malheureuse enfant.

En apercevant Hermann, le malade demeura immobile; seulement sa respiration devint pénible et haletante jusqu'à ressembler à un râle. Le facteur, trompé par ce calme apparent, s'avança vers Reber, et lui dit avec une pitié affectée :

— Je suis surpris, monsieur Reber, oui, je suis surpris et cruellement peiné de vous trouver dans ce déplorable état.

La fureur de Reber, contenue avec effort jusque là, fit explosion tout à coup.

— Tu es surpris, Hermann? s'écria-t-il avec impétuosité; et pourquoi serais-tu surpris, puisque ma misère, mon désespoir, ma ruine et celle de ma famille, tout cela est ton ouvrage? Mais espères-tu me persuader que tu ignorais, en venant ici, à quelle triste situation j'étais réduit? Misérable! si tu ne m'avais su incapable de me soutenir, de me mouvoir, même de lever la main, aurais-tu osé, toi qui es lâche, t'approcher ainsi de moi? N'aurais-tu pas craint que je voulusse recommencer la besogne si fâcheusement interrompue à New-York? Mais, à New-York, je ne savais pas encore combien tu étais vil et méprisable; au lieu que maintenant je n'ignore aucune de tes bassesses, aucun de tes crimes, et je voudrais t'étrangler... te mettre en pièces... te déchirer avec mes ongles...

Il se penchait hors de son lit et allongeait ses mains décharnées avec des gestes de rage indescriptibles. Instinctivement Hermann recula d'un pas, tandis que Schmidt tâchait de contenir le malade.

— Reber, lui disait-il, mon cher Reber, est-ce là ce que vous m'aviez promis? Je vous en conjure, soyez calme... Songez qu'il vous faut ménager cet homme, ajouta-t-il plus bas; si ce n'est pour vous, que ce soit du moins pour vos enfans, pour moi, votre ami dévoué...

— Mon ami dévoué! répéta le malade en se débattant toujours; si tu l'es en effet, Schmidt, tu feras pour moi ce que je n'ai pu faire. Tu m'as avoué que tu avais eu déjà la tentation de le tuer; tue-le donc, tue-le sur-le-champ et je te bénirai tant qu'il me restera un souffle de vie! Ton rifle est là, brise-lui le crâne; puis tu te sauveras dans la prairie, où les gens de justice ne pourront plus t'atteindre. Tue-le, et je te donnerai ma fille Kretle pour ta récompense. Oui, tu épouseras Kretle, qu'elle le veuille ou non, je te le jure! Mais tue-le, tue-le, tue-le!

Succombant à la violence de ses émotions, il retomba anéanti sur sa couche. Schmidt s'empressa de le secourir; il lui fit respirer des sels, il glissa entre ses lèvres des gouttes de cordial, il lui bassina les tempes avec de l'eau fraîche. Malgré ces soins, le pauvre Reber demeurait plongé dans un état de prostration inquiétante. Schmidt se tourna vers le facteur tout interdit des effets d'une haine si violente et pourtant si légitime.

— Vous le voyez, monsieur, dit-il avec dureté, il ne peut vous entendre. Votre présence le met hors de lui, et il serait dangereux pour sa santé de prolonger cette terrible épreuve. Retirez-vous donc; peut-être un peu plus tard, quand il sera calme...

En ce moment Reber ouvrit les yeux avec effort.

— Non, non, Schmidt, reprit-il d'une voix faible, ne le renvoie pas. Je me suis emporté, j'ai eu tort... Il faut savoir ce qu'il veut... Mais puisqu'il m'est impossible de lui parler tranquillement, parle-lui, toi; j'entendrai ce que vous direz, et j'approuverai ce qui me paraîtra juste.

Schmidt regarda Hermann comme pour lui demander s'il acceptait cet arrangement. Le facteur prit un air modeste et cordial.

— Je ne me refuse pas, dit-il, de traiter avec monsieur Schmidt les graves intérêts qui m'amènent ici. Monsieur Schmidt est un garçon de cœur qui possède toute la confiance de la famille Reber et qui la mérite. Peut-être sa loyauté, son esprit de justice seront-ils mis à de rudes épreuves dans le cours de cet entretien; mais je ne compte pas moins sur l'une et sur l'autre.

Schmidt fit un signe de tête glacial et lui indiqua un siége. Hermann s'assit; il y eut un moment de silence pendant lequel on n'entendit que la respiration sifflante du malade. Enfin Schmidt reprit sèchement :

— Apprenez-moi, monsieur, l'objet de cette visite, qu'il eût été généreux peut-être d'épargner à mes malheureux amis.

— Je ne pense pas ainsi, monsieur Schmidt, et depuis longtemps ma conscience me reprochait de n'avoir pas eu avec Reber une explication franche au sujet de certains événemens passés. Mais avant d'en venir aux questions personnelles, je dois traiter la question d'affaires... Vous savez, ajouta Hermann avec aisance, que nous sommes dans un pays où *les affaires* passent avant tout... Aussi bien mon titre de facteur général de la compagnie William Bell, pour les terrains de la rivière Jaune, vous a fait pressentir sans doute l'objet de ma venue. Monsieur Reber, pour créer cette ferme, une des plus belles et des plus florissantes du voisinage, s'est vu dans la nécessité d'emprunter à notre maison différentes sommes qui, accrues par les intérêts ordinaires, forment aujourd'hui un capital assez considérable. Or, ces sommes sont exigibles depuis longtemps, et j'ai reçu de monsieur Bell, le chef de la société, l'ordre d'en poursuivre immédiatement le recouvrement. Reber n'est pas seul dans cette position fâcheuse; j'ai dû déjà pendant ma tournée agir de rigueur contre plusieurs autres colons qui ne pouvaient faire face à leurs engagemens. Quant à moi, je serais assez disposé à l'indulgence, mais Thompson, l'officier de justice qui m'accompagne, est impitoyable, et malheureusement je ne puis m'opposer à l'exécution de son mandat. J'espère cependant que monsieur Reber est en mesure de s'acquitter, et que la compagnie...

Schmidt allait répondre, mais le malade lui coupa brusquement la parole.

— Eh! comment m'acquitterais-je? s'écria-t-il; toi et tes pareils, ne m'avez-vous pas pressuré de toutes les manières? ne m'avez-vous pas soutiré jusqu'au dernier sou provenant de mes humbles ressources ou de l'obligeance de mes amis? Où veut-on que je trouve de l'argent dans cet affreux désert? Qui pourrait me venir en aide? Il n'y a ici que des bêtes féroces, des sauvages et parfois des fripons!

— Vous êtes injuste envers moi, monsieur Reber, repartit le facteur; oui, vous êtes injuste et ingrat. Qui vous a acheté et payé comptant votre ferme à l'Arche en désintéressant vos créanciers, alors que vous n'espériez plus sauver du naufrage le moindre débris de votre petite fortune? Qui vous a fait obtenir à vil prix une propriété aussi grande que vingt fermes ordinaires de votre département des Vosges? Sans doute il s'est présenté, avant votre mise en possession, des obstacles, des embarras, des difficultés qui se rencontrent dans toutes les affaires humaines; mais n'avez-vous pas un terrain fertile, dans la situation la plus favorable du canton? D'autres colons peut-être auraient pu m'adresser des reproches, car j'ai été trompé moi-même sur la nature du sol que j'ai été chargé de vendre; mais vous, Reber, avez-vous le moindre motif de plainte? N'ai-je pas tenu loyalement mes promesses? Et maintenant, je vous le demande, est-ce ma faute si ce climat nouveau a fini par altérer votre santé? est-ce ma faute si une inondation imprévue a détruit vos semailles? est-ce ma faute enfin si, manquant de capitaux suffisans pour exploiter un vaste territoire, vous avez dû contracter des emprunts onéreux envers notre compagnie, qui a fait tout au moins preuve de confiance dans votre probité et dans votre capacité en vous accordant crédit? Rentrez en vous-même, monsieur Reber, ou plutôt je m'adresse à la raison droite et impartiale de Schmidt, et je lui demande si les mécomptes, les chagrins dont vous parlez ne peuvent pas être imputés à la force des choses et à vous-même plutôt qu'à moi, dont vous méconnaissez ainsi les services?

Hermann se défendait avec une habileté qui pouvait faire illusion à ses interlocuteurs. Cependant Reber n'était pas convaincu, et il se disposait à répondre, quand Schmidt se hâta de prendre la parole :

— Laissons les récriminations oiseuses, reprit-il, et ne nous attachons qu'aux réalités présentes. Vous venez ici, monsieur Hermann, réclamer, au nom de la société William Bell, les sommes qui lui sont dues par Reber; mais je vous prie de considérer que ces sommes, fort modestes dans le principe, ont été démesurément accrues par des intérêts usuraires. D'ailleurs l'état florissant de cette ferme, état que vous avez constaté vous-même, ne garantit-il pas suffisamment les avances de la compagnie? Accordez donc à votre débiteur du temps pour s'acquitter; vous le pouvez sans risques. Donnez-lui seulement jusqu'à la récolte prochaine; alors il sera en mesure de payer au moins une partie des arrérages...

— Oui, oui, du temps, je ne demande que du temps, balbutia le malade; pourvu que Dieu m'en laisse à moi-même!

— A mon vif regret, répliqua le facteur, il ne m'est pas permis d'écouter en cette circonstance les sentimens de mon cœur. Je vous ai dit combien étaient rigoureux les ordres que nous avons reçus, et, sans aucun doute, Thompson ne consentirait pas...

— Trêve d'hypocrisie! s'écria de nouveau Reber en fureur; ne vois-je pas bien où tu veux en venir? A quoi bon ce verbiage? Appelle ton ami Thompson, ton huissier, ton recors, que sais-je? Fais-moi jeter, enveloppé dans une couverture, hors de l'enceinte des palissades! Va chasser mes pauvres filles de la hutte où elles se sont réfugiées pour ne pas voir ton odieuse personne! Abandonne-nous sans abri et sans pain dans la prairie! Fais tout cela, car tu en as le pouvoir sans doute, et je ne veux aucune grâce de toi; mais, jusque-là, ne te mets pas à ma portée, car j'userais volontiers du peu de force qui me reste pour te moudre les os, ou du moins pour te frapper au visage!

Et le malheureux élevait la main avec menace, mais sa main ne tarda pas à retomber inerte.

— Monsieur Reber, s'écria Schmidt, je vous en conjure, soyez calme! Est-ce ainsi que vous tenez votre promesse? Qu'espérez-vous en vous livrant à ces inexcusables violences? Hermann, poursuivit-il d'un ton presque suppliant en s'adressant au facteur, pardonnez à cet excellent homme : il a tant souffert! et en ce moment encore il est dévoré par la fièvre... Vous épargnerez sa famille; vous vous souviendrez des bons rapports qui ont existé autrefois entre lui et vous; vous vous souviendrez que, si vous lui avez rendu des services, vous avez eu aussi envers lui les torts les plus graves...

— Je le sais, monsieur Schmidt, répliqua Hermann avec un soupir, et si Reber avait eu plus de patience et de modération, il eût attendu les explications que je désire lui donner. Il ne tiendra pas à moi que ces explications franches et complètes de ma part ne rétablissent entre nous la bonne harmonie.

Il s'arrêta comme pour réfléchir; Schmidt et Reber lui-même devinrent attentifs.

— Vous l'avez dit, Schmidt, continua Hermann après une courte pause, j'ai eu de grands torts, des torts impardonnables envers monsieur Reber, et surtout envers une personne de sa famille. J'ai commis une faute... un crime peut-être... et ma seule excuse se trouve dans la jeunesse, dans la fougue des passions, dans l'entraînement du moment.

Cette fois encore le malade ne put se contenir :

— Tu l'avoues donc, scélérat? s'écria-t-il; et tu m'as laissé accuser un honnête jeune homme, tu m'as poussé moi-même à commettre une abominable injustice, tu as réduit ma fille à ne prendre conseil que de son désespoir, à recourir au suicide... Tu ne l'entends donc pas, Schmidt? Il convient de tout, et tu restes là tranquille, les bras croisés? Tu n'as rien à faire, rien à répondre?

Schmidt était extrêmement pâle.

— Laissez-le parler, Reber, répliqua-t-il avec un accent contenu; si monsieur Hermann avoue ses fautes, c'est qu'il a sans doute l'intention de les réparer autant qu'il est en son pouvoir.

— Il est vrai, Schmidt, reprit le facteur, je veux les réparer, et c'est surtout la pensée de cette réparation qui m'amène ici.... Oui, j'ai été bien coupable, continua Hermann, et quand j'ai vu les conséquences terribles de mon funeste égarement, j'en ai éprouvé de vifs remords. Vingt fois, au bourg de l'Arche, j'ai été sur le point de tout dire à Reber; mais la violence de son caractère arrêtait toujours cet aveu sur mes lèvres, et sa conduite envers Albert Lovendal, qu'il considérait comme le vrai coupable, a confirmé mes craintes. Cependant je n'ai rien négligé, sans me découvrir, pour rendre à ma pauvre victime et à sa famille tous les services qui pouvaient dépendre de moi. C'est ainsi, monsieur Reber, que je voulus vous soustraire aux poursuites de Nathan ; c'est ainsi que je vous procurai, en échange de votre modeste borderie des Vosges, le vaste domaine où nous sommes. C'est ainsi encore que, lors de l'événement du gouffre de la Fosse, je ne m'épargnai pas, à l'exemple d'Albert Lovendal et de Schmidt ici présent, pour sauver la pauvre Kretle.

— Oui, oui, je m'en souviens, répliqua le malade; tu t'es bravement exposé à un rhume, tandis que d'autres...

— J'ai fait ce que j'ai pu, continua Hermann sans paraître avoir entendu cette observation, et, dans cette circonstance comme dans beaucoup d'autres, les événemens furent plus forts que ma volonté... Maintenant, je dois vous dire, au sujet du contre-temps survenu au Havre....

— Ah! oui, interrompit encore l'incorrigible Reber, conte-nous à la manière comment tu essayas de nous enlever notre pauvre Kretle! je suis curieux de savoir comment tu excuseras ton infamie et ta lâcheté.

— Dans ce cas-là non plus, monsieur Reber, je ne fus pas aussi coupable que je le paraissais... J'aimais mademoiselle Kretle; ma conscience me disait que je lui devais une éclatante réparation ; mais avant de me déclarer et d'affronter votre terrible colère, je souhaitais m'entendre avec elle, m'assurer si elle n'éprouvait aucune répugnance pour moi. Tel était mon seul but, je vous le jure, quand je cherchai à l'éloigner de vous pendant quelques instans, et je comptais vous rejoindre avant le départ du navire. Mais le hasard déconcerte souvent les prévisions humaines; absorbé par une passion irrésistible, je calculai mal mon temps; quand nous arrivâmes au quai, le navire venait de partir, et l'intervention de monsieur Albert Lovendal, que j'étais loin d'attendre en pareil lieu...

— Menteur! s'écria Reber en se démenant sur son lit, oses-tu soutenir que tu voulais seulement t'entendre avec ma fille? N'y avait-il pas un ignoble complot entre toi et cet odieux capitaine qui me fit jeter pour trois jours à fond de cale?

— Le capitaine est un brutal, comme la plupart des capitaines de navires à émigrans; il obéissait uniquement aux inspirations de son orgueil de chef et à celles de sa brutalité. Quant à moi, je proposai à mademoiselle Kretle de la conduire à New-York par un autre navire; elle repoussa mes offres avec dédain, et elle préféra accepter les services de monsieur Albert Lovendal, qui, comme je vous l'ai dit déjà, se trouva près de nous de la manière la plus imprévue. J'ai su depuis dans quel but il vous avait suivis, et quelle était la personne...

— Cela est étranger à la question, interrompit Schmidt à son tour; ainsi donc, monsieur, vous n'auriez eu d'autre intention, au Havre, que de connaître les sentimens de Kretle à votre égard? À mon avis, pourtant, vous eussiez pu obtenir le même résultat sans exposer cette pauvre enfant aux conséquences terribles de votre fausse démarche. Mais pourquoi, lorsque vous avez rencontré Reber à New-York, n'avez-vous pas cherché à justifier...?

— Eh! mon cher Schmidt, cela m'a-t-il été possible? Ne connaissez-vous pas les emportemens déraisonnables de monsieur Reber! A New-York, il m'accueillit avec des paroles insultantes ; je ripostai non moins aigrement, j'en conviens, et, toujours ulcéré au fond du cœur des mépris de Kretle, je m'oubliai jusqu'à prononcer contre elle des paroles peu mesurées. Ces paroles, je les ai vivement regrettées depuis; mais méritais-je l'agression brutale qui faillit me coûter la vie et qui excita la pitié de tous les assistans?

— Que ne t'ai-je assommé entièrement! grommela le malade.

— Vous vous êtes bien vengé, monsieur Hermann, répliqua Schmidt. D'abord, vous avez porté plainte contre Reber, et ce fut par une espèce de miracle qu'il put échapper aux policemen dans la gare du chemin de l'Ouest. Puis, vous vous emparâtes d'une lettre importante tombée de sa poche pendant la lutte; sans doute vous ouvrîtes cette lettre, et nous attribuons à vos intrigues, à la connaissance surprise par vous d'un grave secret, certains mécomptes inexplicables...

— De quel secret, de quelle lettre parlez-vous? demanda Hermann avec un étonnement réel ou simulé.

— Quoi! essayeriez-vous de nier le fait? Il a eu pourtant de nombreux témoins.

— Une lettre?... ah! oui, je me souviens... J'étais si maltraité, si hors de moi à la suite de cette attaque sauvage, que ce souvenir s'était effacé de ma mémoire. Mais d'où vous vient cette pensée, monsieur Schmidt, que j'aie pu ouvrir cette lettre? Pour m'accuser d'une pareille infamie, avez-vous du moins quelques renseignemens, quelques preuves?

— Aucune preuve, je le reconnais; mais nous ne manquons pas de motifs pour supposer...

— Et pourquoi faites-vous d'injustes suppositions contre moi? Je n'ouvris pas cette lettre, monsieur Schmidt, et je priai une personne présente de la jeter à la poste : telle est la vérité. D'ailleurs, je restai plus de quinze jours au lit, et j'étais absolument incapable de songer à un acte de vengeance. Si les policemen ont inquiété Reber, c'est que le délit avait été public, et que l'autorité a jugé à propos d'intervenir d'office... Eh bien! je crois vous avoir présenté ma conduite sous un jour plus favorable, et je serais heureux d'avoir détruit quelques-unes de vos préventions contre moi.

Schmidt ne répondit pas ; mais le malade dit avec ironie, en se tournant sur sa misérable couche :

— Oui, morbleu! c'est tout à fait un petit saint... Mais où veut-il en venir?

Hermann parut interdit du peu d'effet que sa justification produisait sur ses auditeurs; il jugea le moment venu de frapper le grand coup, habilement réservé pour la péroraison.

— Monsieur Reber, poursuivit-il avec un accent de franchise, j'ai voulu atténuer mes torts à vos yeux, mais je n'ai pas un instant tenté de nier ceux qui malheureusement sont trop réels. Pour ceux-là je viens implorer votre pardon et le pardon de la pauvre jeune fille si cruellement offensée; je viens en même temps vous offrir une réparation.

Comme Schmidt se taisait toujours; ce fut Reber qui demanda curieusement :

— Une réparation...! et laquelle?

— Ecoutez-moi, Reber : nous sommes du même pays, et vous avez connu ma famille; elle n'était ni plus riche ni plus relevée que la vôtre, mais par mon intelligence j'ai pu me faire une fortune en Amérique, et je passe ici pour un parfait gentleman. Associé de l'opulente maison William Bell, je suis en passe de devenir millionnaire; j'ai ma part dans des opérations qui doivent donner des bénéfices considérables, et je possède déjà personnellement plus de vingt mille dollars d'économie. Il me sera donc facile de payer les modiques sommes dont vous êtes redevable envers la compagnie, et de vous fournir en outre l'argent nécessaire pour mettre en rapport les vastes terrains que vous laissez en friche faute de fonds... Cela dit, monsieur Reber, je viens humblement solliciter la main de mademoiselle Kretle.

A cette proposition étrange, Schmidt conserva son silence et son immobilité de statue; mais Reber ouvrit de grands yeux, en s'écriant :

— Vous!... vous!... devenir mon... Ah çà! vraiment, est-ce que je suis fou?

— Vous n'êtes pas fou, Reber, et depuis longtemps j'eusse risqué cette proposition si vous ne m'aviez intimidé par vos violences, si mademoiselle Kretle ne m'avait découragé par ses dédains.

— Et vous espérez que ma fille vous écoutera plus favorablement aujourd'hui? Mille tonnerres! si elle en était capable, je trouverais encore la force de lui tordre le cou, après l'avoir maudite!

— Paix, monsieur Reber, paix, je vous en conjure! s'écria Schmidt d'un ton ferme et plein d'autorité; au milieu de ce fatras de justifications que monsieur Hermann vient de nous débiter, voici enfin une proposition nette et précise; elle mérite une considération sérieuse, et, je n'hésite pas à le reconnaître, elle a tout le caractère de l'honnêteté. Mais vous ne pouvez ni l'accepter ni la repousser avant d'avoir consulté Kretle elle-même, et, si vous le permettez, je vais l'amener ici.

Il se dirigea vers la porte.

— Mais, malheureux garçon, dit Reber à demi-voix, tu l'aimes aussi, toi... tu l'aimes sincèrement, et si elle était assez folle pour...

— Ne songez pas à moi, mon ami, répliqua le jeune homme avec effort; nous avons tous un devoir à remplir.

Et il sortit brusquement, laissant Hermann et Reber immobiles et muets en présence l'un de l'autre.

Dans une pièce voisine, il trouva les deux jeunes filles qui pleuraient en silence.

— Kretle, dit-il brusquement, il est nécessaire que vous veniez avec moi; on veut vous parler dans la salle du poêle... Venez aussi, Julia, vous soutiendrez, vous encouragerez votre sœur.

— Mon Dieu! Schmidt, de quoi s'agit-il donc? demanda Julia.

— Mon ami! dit Kretle avec égarement, qu'exige-t-on de moi?... Oh! ne me mettez pas encore une fois en présence de cet homme...!

— Il le faut, pauvre Kretle, répliqua Schmidt en lui prenant le bras; il est impossible de vous épargner cette épreuve... Faites comme moi, ayez de la force. Croyez-vous que je ne souffre pas aussi? J'ai le cœur broyé, et tout mon sang bouillonne... cependant je suis calme... Venez.

Et il l'entraîna sans lui donner le temps de se reconnaître; Julia les suivit.

En entrant dans la salle, Kretle se laissa tomber sur un siége et se couvrit le visage de ses deux mains. Après lui avoir laissé quelques instans pour se remettre, Schmidt lui dit d'un ton solennel, au milieu d'un profond silence:

— Mademoiselle Kretle, monsieur Hermann, ici présent, se reconnaît coupable de l'attentat dont vous avez été victime, et il vient vous en offrir, en offrir à votre famille une honorable réparation. — La pauvre enfant ne put que pousser un faible gémissement. — Cette réparation, quoique tardive, poursuit Schmidt, paraît avoir pour mobile un sentiment de loyauté et de justice; il importe donc que vous ne la repoussiez pas sans examen. Monsieur Hermann est jeune, riche; il a une grande fortune, une belle position, et il assure qu'il vous aime... Or, monsieur Hermann a demandé votre main à votre père; que faut-il lui répondre?

— Jamais! jamais! s'écria Kretle en se levant avec impétuosité.

Et elle montra son visage rouge de honte, ses yeux brillans d'indignation; mais aussitôt elle retomba sur son siége et se cacha de nouveau la figure.

Schmidt ne put dissimuler complétement la joie que lui causait ce mouvement chaleureux, et il essuya son front baigné de sueur. Néanmoins le facteur ne crut pas la partie complétement perdue.

— Mademoiselle, reprit-il avec vivacité, je vous en supplie, ne me condamnez pas sans m'avoir entendu. J'ai été bien coupable envers vous; mais ma faute, mon *crime*, si vous voulez, doit être mis sur le compte d'une passion violente, irrésistible, qui m'a rendu fou. Je vous aimais depuis longtemps lorsque...

— Ce n'est pas cela, interrompit Schmidt avec énergie; non, ce n'est pas cela que vous devez d'abord lui dire si vous voulez être écouté... Kretle, poursuivit-il en se tournant vers la jeune fille, réfléchissez bien à la décision que vous allez prendre, car non-seulement votre sort mais encore celui de votre famille en dépendra. Sachez toute la vérité: Monsieur Hermann est actuellement facteur général de la compagnie William Bell; il vient ici, armé de pleins pouvoirs, pour réclamer les sommes empruntées par votre père et que votre père est dans l'impossibilité de payer en ce moment. Si vous irritez Hermann par un refus, il deviendra impitoyable; il appellera cet huissier, cet officier de justice qui est à la porte des palissades; il fera saisir ce que vous possédez, et je frémis de songer aux autres extrémités auxquelles il pourra se porter. Que deviendra dans ce cas votre pauvre père malade et déjà si cruellement affaibli? Que deviendrez-vous vous-même? Que deviendra votre sœur? Il vous restera des amis, sans doute, mais...

— Ne songe pas à moi, petite, dit Reber avec émotion, La secousse actuelle me porte le dernier coup, je le sens, et dans quelques jours, quelques heures peut-être, je pourrai braver les entreprises des méchans.

— Ne songe pas à moi non plus, dit Julia d'un ton de profonde mélancolie. Aucune considération, en ce qui me regarde, ne doit influer sur ta détermination... Regarde mes traits décolorés, mes mains amaigries... avec bien plus de raison que notre pauvre père, je puis dire que mes jours sont comptés.

Tous les yeux étaient pleins de larmes, sauf ceux du facteur. La pauvre Kretle se débattait comme si un fardeau insupportable eût pesé sur sa poitrine.

— Mon père, ma sœur, dit-elle à demi suffoquée par l'émotion, épargnez-moi, pardonnez-moi. Malgré les dangers dont nous sommes tous menacés, je ne pourrai jamais surmonter le mépris et l'horreur que m'inspire cet homme odieux.

— Kretle, reprit Schmidt, encore une fois, je vous conjure de réfléchir.

— Schmidt, Schmidt, s'écria Kretle à son tour avec égarement, pouvez-vous me presser ainsi? Ce n'est pas par des intrigues et des menaces que l'on touche mon cœur, mais par des actes de noblesse d'âme, de générosité, de dévouement comme vous savez en faire. C'est pour cela, Schmidt, que je vous aime, que je n'aime que vous!

Et, presque folle d'exaltation, elle tendit sa main à Schmidt, qui poussa un cri de joie suprême et la pressa dans ses bras. Le malade se souleva par un effort désespéré.

— Bravo! bravo Schmidt! s'écria-t-il avec une gaieté fiévreuse. Eh bien! si vous tenez compte de mes vœux, vous conclurez bien vite ce mariage, afin que je puisse le voir avant de mourir. Il y a, m'a-t-on dit, à Stockton, un missionnaire catholique qui fera justement l'affaire.

— Et moi aussi, dit à son tour Julia, j'ai hâte de voir cette union s'accomplir... Depuis longtemps, Schmidt, je vous aime comme mon frère, et il me tarde de vous donner ce nom.

Le pauvre Schmidt, éperdu et tremblant, ne pouvait parler.

Tout ceci s'était fait et dit avec tant de rapidité, d'irréflexion, d'entraînement, que les assistans avaient oublié Hermann. Le facteur était vert de rage, et voyait avec désespoir ce résultat inattendu de ses manœuvres. Tout à coup il poussa un éclat de rire haineux, saccadé, brutal, qui attira sur lui l'attention générale.

— Morbleu! dit-il avec ironie, quel beau rôle on me donne ici! Je viens demander la main de mademoiselle Kretle, et ma demande a précisément pour résultat de jeter cette charmante fille dans les bras d'un autre. La fiancée, le papa, la petite sœur se réunissent pour me braver... Ah çà! l'on compte, j'imagine, que je vais maintenant me retirer, humble et l'oreille basse, après avoir offert mes félicitations aux deux futurs époux... Mais, de par le diable! continua-t-il en changeant de ton et en frappant du pied, on s'est étrangement trompé. Je me vengerai de cette insulte, et Thompson, sans entrer ici, saura fort bien mettre son grimoire en règle. Nous reviendrons plus tard, et cette fois nous serons en force...

D'ici là, monsieur Reber, tâchez de vous guérir, car vous aurez peut-être à entreprendre le voyage de Stockton, où l'on vient de construire une prison fort belle.

— La prison! s'écria Julia en tressaillant; oh! monsieur Hermann, serez-vous cruel à ce point?

— Mademoiselle Julia, dit le facteur durement, je vous avais prié d'appuyer mon honorable demande, et je vous aurais remerciée de ce service en vous révélant des choses du plus haut intérêt pour vous... vous ne l'avez pas voulu et vous pourrez vous en repentir... Oui, ajouta-t-il plus bas comme se parlant à lui-même, vous n'avez pas le temps, si je ne me trompe, d'attendre de bonnes nouvelles!

— Monsieur, répliqua l'aînée des demoiselles Reber, j'ai agi selon mon cœur et ma conscience; mais, au nom du ciel! que voulez-vous dire avec ces bonnes nouvelles qui me touchent personnellement?...

— Rien; vous les connaîtrez quand elles viendront... si elles viennent jamais... Quant à monsieur Schmidt, qui a si bien plaidé ma cause, poursuivit Hermann d'un ton insultant en regardant fixement le fiancé de Kretle, libre à lui de faire si bon marché du passé, et, s'il le faut, je serai le premier à le féliciter de son abnégation.

Schmidt pâlit à ce nouvel outrage, et il voulu s'élancer sur le facteur; Kretle le retint en se cramponnant à lui.

— Ah! Schmidt, je vous le disais bien, murmurait-elle en fondant en larmes, tant que cet homme sera vivant, il ne peut y avoir pour moi ni bonheur ni repos complets... mais ce n'est pas de votre main qu'il doit mourir!

Schmidt menaçait Hermann du geste et des yeux; le facteur alla prendre son fusil, qu'il avait déposé près de la porte en entrant, et se tint sur la défensive.

— Allons! reprit-il de son ton goguenard, cette entrevue a tourné tout au rebours de ce que je pensais; mais j'aurai mon tour. J'espère revenir avec nombreuse compagnie, afin d'assister à la noce. En attendant...

Il fut interrompu par une rumeur confuse qui s'élevait du dehors; puis la porte s'ouvrit impétueusement, et Tête-de-Feu parut sur le seuil de la salle, le teint rouge et enflammé, la poitrine haletante.

— Les Indiens! s'écria-t-il; aux armes, messieurs! nous allons être attaqués.

Après avoir jeté ce cri d'alarme, le coureur des bois repartit en laissant la porte ouverte.

— Les Indiens! s'écria Schmidt qui courut chercher sa carabine.

— Les Indiens! les Indiens! répétèrent les jeunes filles de Reber avec épouvante.

Hermann parut d'abord partager cet effroi, mais il se remit bientôt et reprit de son ton dédaigneux :

— Que signifie cette sotte comédie? On trouve sans doute que je ne pars pas assez vite, et on a inventé cette ridicule mystification pour me forcer à déguerpir avec mon monde? Mais la plaisanterie est déjà vieille, et l'on aurait pu se mettre en frais d'imagination pour...

Il n'acheva pas; un galop de chevaux se fit entendre, et ce bruit fut suivi d'une explosion de hurlemens tellement terribles, tellement sauvages, que l'homme le plus vigoureusement trempé n'eût pu les écouter sans frémir. C'était le cri de guerre des Indiens. Des clameurs d'une nature toute différente leur répondirent de l'intérieur de la ferme, en même temps que plusieurs coups de fusil annonçaient le commencement de l'action.

— Si vous avez des doutes, monsieur, dit Schmidt au facteur devenu pâle et tremblant, il vous est facile de les éclaircir... Allons! venez avec moi... Vous avez une arme, il faut vous en servir. Il y va de votre vie comme de la nôtre; et n'est-il pas providentiel que vous soyez exposé vous-même aux périls auxquels vous nous avez exposés tous?

Il entraîna Hermann éperdu, tandis que les jeunes filles se jetaient à genoux devant le lit de leur père et priaient Dieu avec ferveur.

IX

L'ATTAQUE.

Voici ce qui s'était passé pendant la scène précédente.

On se souvient que l'officier de justice Thompson et les deux guides étaient restés en dehors de la ferme, rebutés par l'accueil de Tête-de-Feu. Ils s'étaient donc établis à une centaine de pas environ de l'habitation, sur une pelouse fraîche et unie; ils avaient débridé leurs chevaux, et, après les avoir attachés selon l'usage à des piquets, ils s'étaient installés eux-mêmes à l'ombre d'un cotonnier, en attendant le retour de leur patron.

Tête-de-Feu n'avait pas vu sans regret la nécessité où il se trouvait de traiter ainsi les voyageurs. Si l'hospitalité est peu pratiquée en Amérique, dans les grands centres de population où le *chez soi* règne despotiquement, elle est fort en honneur dans les immenses contrées de l'Ouest qui commencent à se coloniser, et le westman se montre toujours disposé à partager sa demeure et sa nourriture avec le voyageur.

Tête-de-Feu ne pouvait éprouver aucune sympathie pour le facteur Hermann et pour l'homme de loi; mais il n'avait aucun sentiment hostile contre les deux guides, coureurs des bois comme lui, et il eût échangé volontiers avec eux quelques courtoisies de chasseurs. Néanmoins il ne leur fit aucune avance. Quand il les eut vus s'installer sur la pelouse, il referma la porte des palissades et se mit en sentinelle intérieurement.

Plus d'une heure s'écoula, et le soleil était près de se coucher que le facteur n'avait pas encore rejoint ses compagnons. Ceux-ci finirent par s'impatienter, et ils se demandaient avec inquiétude où ils passeraient la nuit si les portes de l'habitation continuaient de demeurer closes pour eux. Un événement inattendu vint encore compliquer la situation.

Nous avons dit déjà que plusieurs partis d'Indiens indépendans, acharnés à la poursuite des bisons, s'étaient montrés depuis peu dans le voisinage, circonstance qui avait motivé le retour de Tête-de-Feu chez Reber, la nuit précédente. Une bande de ces Indiens, attirée là sans doute par quelque projet de meurtre ou de maraudage, avait fait halte le jour même dans la portion du bois qui avoisinait la ferme. Hermann et sa troupe avaient dû passer très près de l'endroit où les peaux rouges se tenaient en embuscade; mais rien n'avaient éveillé la défiance des guides. En revanche, les maraudeurs avaient soigneusement épié les voyageurs, observé leurs traits, leur costume, leur équipement et leurs montures; ils avaient même délibéré tout bas s'ils devait ou non fondre sur eux. L'arrivée imprévue de Tête-de-Feu, qui s'était mis à la tête de la petite caravane pour la conduire à l'habitation, leur avait fait ajourner l'attaque; mais plusieurs de leurs batteurs d'estrade avaient suivi les blancs en rampant dans les hautes herbes, et ils n'avaient perdu de vue aucun de leurs mouvemens jusqu'à la ferme des Deux-Sœurs.

A leur grand étonnement, le chef des Européens pénétra seul dans la ferme, tandis que les autres, ainsi que les chevaux, s'établissaient au pied de la colline. Or ce qui excite particulièrement la convoitise des Indiens, ce sont les chevaux. La vue de ces animaux, sellés et caparaçonnés, chargés de valises qui devaient contenir des effets précieux, leur donnaient de violentes tentations. D'autre part les voyageurs paraissaient sans défiance; les deux guides, couchés sur le gazon, avaient l'air de dormir, tandis que Tompson transcrivait quelques notes sur son calepin. Rien n'était donc plus facile que de s'emparer par surprise des chevaux et de ce qu'ils portaient, en tuant ou blessant quiconque voudrait s'y opposer; une minute devait suffire pour opérer ce coup de main.

Les batteurs d'estrade rendirent compte à leurs chefs de l'état des choses, et les chefs vinrent eux-mêmes à la lisière du bois reconnaître la position. Il leur répugnait d'attaquer en plein jour, au risque de donner l'alarme et de mettre l'ennemi sur ses gardes; la race rouge, intrépide et indomptable dans la lutte, est pleine de ruses et de prudence avant l'action. Cependant cette fois la tentation devint trop forte pour les Indiens, et, après s'être concertés entre eux, ils se glissèrent à travers les souches et les piles de bois qui hérissaient le sol sur la limite de la forêt, de manière à se rapprocher le plus possible du lieu de la halte.

Thompson et les guides demeuraient immobiles, ignorant le danger; d'ailleurs un pli du terrain leur interceptait la vue, et les sauvages pouvaient arriver jusqu'à dix pas d'eux sans se découvrir.

Mais si les Indiens avaient échappé aux regards distraits des voyageurs, ils n'avaient pu de même échapper aux regards de Tête-de-Feu. Le coureur des bois, toujours en alerte, avait grimpé sur le toit de l'écurie, située, comme nous le savons, près de la porte des palissades, et de là il dominait non-seulement la petite vallée où paissaient les chevaux, mais encore la lisière du bois, le cours de la rivière et les immensités de la plaine. Assis sur l'arête de la toiture, son rifle à côté de lui et sa pipe entre ses dents, il était resté longtemps en observation, caché lui-même par l'extrémité supérieure des palissades, qui dépassaient le toit d'un ou deux pieds. Enfin son attention se fixa sur des formes étranges et mobiles qui se montraient et disparaissaient tour à tour du côté des défrichemens; on eût dit de bêtes fauves rampant d'abris en abris, ou bien de bandes de ces oiseaux rapaces qui représentent dans l'éloignement des êtres humains jusqu'au moment où ils prennent leur vol tout à coup en poussant des croassemens sinistres. Mais Tête-de-Feu ne pouvait se laisser tromper par ces illusions d'optique, fréquentes dans le désert; il soupçonna d'abord la vérité, et, se jetant lui-même à plat ventre pour se soustraire à l'œil pénétrant des Indiens, il redoubla de vigilance.

Toutefois, ses doutes persistèrent pendant quelques minutes encore : les rayons du soleil couchant l'éblouissaient, et puis les sauvages s'avançaient avec tant d'habileté, de patience; ils savaient profiter avec tant d'adresse des moindres obstacles, pierres, troncs d'arbres, touffes de feuillage, dont le sol était coupé, qu'il ne pouvait acquérir de certitude. Cependant il devenait urgent de prendre un parti; le coureur des bois avait vu ces objets inconnus disparaître successivement dans un enfoncement du sol; si l'on avait réellement affaire à des Indiens, ils allaient tout à l'heure atteindre le sommet d'un renflement herbeux qui dominait le pâturage, et de là il leur suffirait d'un bond pour se trouver auprès des Européens; mais fallait-il donner l'alarme, au risque d'exciter la risée des guides et de leur compagnon si Tête-de-Feu avait commis une erreur? Heureusement ses doutes furent enfin levés.

Un de ces *rampeurs* était resté un peu en arrière des autres, et il se traînait sur un terrain si plat qu'il ne pouvait, sans se montrer à découvert, rejoindre ses compagnons; il se décida donc à risquer quelque chose, et, se soulevant sur les mains, il fit plusieurs sauts précipités. Il était si agile qu'il passa comme un éclair. Mais c'en était assez : Tête-de-Feu avait vu distinctement la touffe de cheveux garnie de plumes et le visage bariolé d'un guerrier indien.

Aussitôt il comprit tout, l'intention des maraudeurs, leurs moyens d'exécution, le résultat probable de leur entreprise; et, se dressant brusquement sur l'espèce de plate-forme où il était posté, il cria d'une voix forte aux hommes couchés sur la pelouse :

— Aux Indiens! aux Indiens!... Venez, rentrez vite... abandonnez vos chevaux... rentrez, ou vous allez être scalpés!

En même temps il descendit lestement du toit pour aller retirer les barres de la porte.

Au premier appel, les guides et Thompson furent sur pied et regardèrent de toutes parts afin de reconnaître d'où venait le péril; mais ils ne voyaient, n'entendaient rien; les peaux rouges se trouvaient encore cachés par un accident du sol, et le calme le plus profond régnait dans la campagne. Cependant les deux coureurs de bois ne perdirent pas de temps en hésitations : tirant leurs couteaux, ils tranchèrent d'un coup les cordes qui attachaient les chevaux aux piquets, puis chacun enfourcha sa monture, et ils chassèrent les autres bêtes devant eux du côté de la ferme.

Thompson seul était resté en arrière, ne comprenant pas encore de quoi il s'agissait. Les guides l'appelèrent rudement, tandis que Tête-de-Feu, debout sur le seuil de la porte, continuait de crier :

— Rentrez, rentrez donc!... De par tous les diables; êtes-vous las de la vie?

L'officier de justice suivit alors les guides et les chevaux; mais il s'en trouvait encore à une grande distance quand ces hurlemens sauvages et terribles dont nous avons parlé retentirent derrière lui. Il se retourna instinctivement. Une douzaine d'Indiens venaient de surgir du milieu des herbes, et leur nombre croissait rapidement. Voyant leur ruse découverte, ils ne songeaient plus à se cacher, et une volée de flèches siffla aux oreilles des fuyards.

On sait que les animaux domestiques éprouvent pour les Indiens la même horreur que pour les bêtes féroces, qu'ils les sentent également de loin, et qu'ils témoignent le même effroi à leur approche. Aussi les chevaux n'avaient-ils pas besoin des excitations de leurs cavaliers pour franchir avec la rapidité du vent la courte distance qui les séparait de la ferme; on eût dit qu'ils avaient des ailes pendant qu'ils montaient la colline, et le pauvre officier de justice, à pied, s'efforçait de rivaliser de vitesse avec eux. Ses grandes jambes qui s'ouvraient comme un compas, sa longue et maigre échine qui oscillait d'arrière en avant, ses bras battans, son air effaré, ses cheveux gris flottant au vent, car il avait perdu son chapeau dans la rapidité de sa course, eussent formé l'ensemble le plus comique si le danger n'eût pas été si grand. Toutefois, monsieur Thompson prouva qu'il pouvait soutenir la comparaison, même avec les agiles Indiens, car il atteignit la ferme quelques secondes seulement après les cavaliers, et à peine eurent-ils tous franchi la porte que Tête-de-Feu s'empressa de la barricader de nouveau.

Les peaux rouges s'étaient arrêtés à quelque distance des palissades, incertains s'ils devaient poursuivre l'attaque ou se retirer. Cependant ils poussaient toujours leurs hurlemens de guerre, et continuaient de décocher contre l'habitation des volées de flèches. Il importait d'avertir sans retard les personnes de la maison.

— Tenez ferme, mes amis! cria Tête-de-Feu aux guides; je vais chercher du renfort.

C'était alors qu'il avait couru donner l'alarme dans la salle basse. A son retour, il trouva Thompson et les guides encore tout haletans par suite de cette chaude alerte.

— *Caramba!* dit-il avec impatience, à quoi songez-vous donc? Ces maudits Indiens sont à dix pas de vous et vous ne les saluez pas d'une balle?... Venez par ici, continua-t-il en leur montrant le toit de l'étable; de là nous pourrons tirer sans trop de risques... Eh bien! gentleman, ajouta-t-il en s'adressant à Thompson, où est votre carabine?

— Elle est restée sur le gazon avec mes mandats et le livre de comptes de la compagnie William Bell, répliqua Thompson d'un air piteux; croyez-vous les sauvages capables de s'emparer de mes effets?

— Ils s'en sont emparés sans aucun doute, répliqua l'un des guides, uniquement pour les détruire et les gaspiller, s'ils n'en connaissent pas l'usage; ils ressemblent à la panthère, qui mord et déchire tout ce que l'homme a touché quand elle ne peut le mordre et le déchirer lui-même. Par malheur, ils se serviront contre nous de votre carabine, et si les munitions leur manquent, ils en trouveront dans mon carnier de chasse qui est resté de même au pied du cotonnier.

— Et moi je n'ai pas eu le temps d'emporter ma belle couverture neuve, répliqua l'autre guide. Puisse-t-elle paraître doublée de pointes de fer au gredin de sauvage qui la jettera sur ses épaules!

Tout en parlant, ils avaient grimpé, à l'exemple de Tête-de-Feu, sur la plate-forme du toit, et ils se glissaient à plat ventre afin de pouvoir tirer par-dessus les palissades. Malgré leurs précautions, ils furent aperçus ou plutôt devinés par les assiégeans, qui semblaient pousser une reconnaissance autour de la place; les flèches grêlèrent de plus belle, tandis que les hurlemens retentissaient avec une nouvelle vigueur. Les coureurs des bois ripostèrent avec leurs armes à feu, et c'était le bruit de cette escarmouche qui avait pénétré jusqu'à la salle du log-house.

Cette démonstration vigoureuse termina le combat, du moins pour le moment. Le coup était manqué : les habitans de la ferme étaient nombreux, bien armés, sur leurs gardes; il ne fallait pas songer à occuper la ferme par surprise. Aussi les Indiens, qui ne s'obstinent jamais dans des entreprises chevaleresques ou impossibles, jugèrent-ils convenable de suspendre l'attaque. Les hurlemens cessèrent, la bande se dispersa et disparut comme par enchantement. Avant que les chasseurs eussent achevé de recharger leurs armes, il n'y avait plus apparence de manteaux de peaux et de visages barbouillés d'ocre et de suie autour de l'habitation.

Aussi, quand Schmidt et Hermann parurent dans l'enclos avec leurs armes, le calme et le silence avaient-ils succédé à la bruyante agitation d'auparavant. Schmidt s'empressa de monter sur la roche qui servait habituellement d'observatoire, et Hermann le suivit en donnant des preuves certaines de poltronnerie. Mais, de ce poste élevé, ils n'aperçurent plus de sauvages, et leurs yeux étaient encore trop peu exercés pour reconnaître sur le sol environnant des signes inquiétans. Ils redescendirent bientôt, fort étonnés que leurs redoutables adversaires se fussent comme évanouis en fumée, et ils rejoignirent les défenseurs de l'habitation qui venaient aussi de quitter la plate-forme. Le facteur marchait d'un pas dégagé, et avait évidemment repris un peu de sang-froid.

— Eh bien! Georges, et vous Dick, demanda-t-il aux deux guides d'un ton léger, qui dissimulait mal un reste de frayeur, qu'y a-t-il donc, et d'où venait tout ce vacarme?

Les coureurs des bois se regardèrent comme s'ils n'eussent pu croire qu'on leur adressât sérieusement une pareille question.

— C'étaient les Indiens, monsieur, répliqua pourtant l'un d'eux.

— Les Indiens! mais alors où sont-ils? En si peu de temps il ne sauraient être devenus invisibles?

— Oh! ils ne sont pas bien loin, j'en ai peur, dit Tête-de-Feu d'un air de réflexion; ils ont vu que leur attaque ne réussirait pas pour le quart d'heure, et ils ont eu l'air de battre en retraite; mais fiez-vous y!... Quiconque ferait vingt pas hors de la ferme les verrait sortir de terre autour de lui... Ils attendent l'obscurité pour renouveler l'attaque, et sans aucun doute nous aurons tous une vilaine nuit à passer : ces Pawnies, car je les ai reconnus à leurs ornemens et à leurs peintures, ne nous tiendront pas quittes pour si peu, je vous le garantis.

Cette réponse déconcerta un peu le facteur; il répondit sèchement :

— Je ne m'adresse pas à vous, l'ami, mais à ces braves gens que je paye pour veiller à ma sûreté... Voyons, Dick, êtes-vous bien certain que nous ayons eu affaire à de vrais sauvages?

— Si j'en suis certain, monsieur! répliqua Dick avec le sourire méprisant que devait naturellement exciter une pareille question; ils nous ont serrés d'assez près; demandez plutôt à mon camarade Georges.

— Oui, ajouta Georges de même, et du diable si je n'aurais pas mieux aimé les savoir aux trousses de tout autre... de celui qui nous paye, par exemple! ajouta-t-il entre ces dents.

Hermann, craignant toujours d'être dupe d'une mystification, hésitait à croire ces affirmations réitérées, faites du reste d'un ton goguenard; il s'approcha de Thompson et lui dit à demi-voix :

— Je n'ai pas confiance dans ces drôles d'aventuriers, qui aiment à se moquer des paisibles citadins; mais vous, Thompson, avez-vous vu, là, bien vu, ces prétendus Indiens?

— Miséricorde! si je les ai vus? s'écria le pauvre homme de loi, dont les dents claquaient encore de terreur; je les ai vus et entendus, et je n'oublierai jamais leurs figures hideuses, leurs effroyables clameurs... Mais ce n'est pas tout, monsieur le facteur, que diront monsieur Bell et les autres membres de la compagnie? Notre travail de ces derniers jours est perdu; nos livres, nos papiers, nos warrants sont restés au pouvoir des sauvages.

— Comment! s'écria Hermann, des sauvages qui s'emparent de registres et de pièces de procédure? On nous trompe, je vous le répète, et peut-être ces coureurs des bois s'entendent-ils avec nos ennemis. En définitive, ces Indiens si bruyans et si redoutés n'ont causé de mal à personne, que je sache.

L'officier de justice, fort soupçonneux par caractère et par profession, commençait à douter lui-même s'il n'était pas dupe d'une supercherie tramée par les colons et les guides. Mais la force de l'évidence ne lui permit pas de douter longtemps.

— Y songez-vous, monsieur Hermann? reprit-il en ouvrant de grands yeux; s'ils n'ont pas fait de mal, ce n'est pas leur faute... Et tenez, ajouta-t-il en désignant plusieurs flèches qui s'étaient fichées profondément dans le bois des palissades, prenez-vous aussi cela pour des plaisanteries?

— Examinez-vous vous-même, monsieur Thompson, dit le guide Georges d'un ton goguailleur.

Et il montrait à l'officier de justice une flèche qui était restée suspendue par sa pointe barbelée aux basques de son vieil habit noir. Thompson avait sans doute reçu ce projectile pendant qu'il fuyait, et bien lui avait pris que la basque flottante de l'habit et les mille objets dont les poches étaient bourrées eussent amorti le coup.

— Le maudit sauvage avait pourtant bien visé! ajouta le guide en ricanant.

Thompson, en reconnaissant quel danger il avait couru, demeura stupéfait; puis il se mit à se tâter avec une frayeur comique :

— Bon Dieu! murmura-t-il, ne serais-je pas blessé?... J'avais cru... il m'avait semblé... je dois être blessé!

— Enfin, l'êtes-vous, oui ou non? demanda Hermann.

— Décidément je crois que non, répliqua Thompson après un nouvel examen; mais, bon Dieu! monsieur Hermann, qu'allons nous devenir? Je voudrais être à Stockton, je voudrais n'avoir jamais mis le pied ici!

— Je crois en effet, reprit le facteur à voix basse, qu'il existe un complot contre nous; mais le danger n'est peut-être pas où l'on pense. Vous êtes officier de justice, Thompson, et c'est à vous d'ouvrir les yeux. Surveillez avec soin les gens de cette maison, et même nos propres guides, car tout ce qui se passe m'est grandement suspect.

Cependant Schmidt et les coureurs des bois, après avoir attaché sous les hangars les chevaux qui vaguaient tout effrayés dans l'enclos, s'étaient réunis à l'abri des palissades pour tenir conseil sur la nécessité présente.

— Il ne faut pas s'y méprendre, disait Tête-de-Feu; les peaux rouges vont nous tenir bloqués jusqu'à la nuit, et quand il fera bien noir ils viendront nous donner l'assaut. Voyons, quelqu'un pense-t-il le contraire?—Les autres reconnurent la justesse de cette supposition, si désolante qu'elle fût.—Maintenant, que ferons-nous? poursuivit Tête-de-Feu; les Pawnies ne demandent jamais quartier et ne l'accordent à personne; cependant il ne serait peut-être pas impossible, en leur offrant de leur livrer les chevaux et les bestiaux de la ferme, d'obtenir qu'ils nous laissassent tranquilles. Ils accepteront peut-être ces propositions tant que le sang d'aucun d'eux n'aura coulé, car si un seul de leurs guerriers venait à être tué, nous n'aurions plus à espérer ni arrangement ni paix.

— Vous-même, Tête-de-Feu, dit Schmidt, vous êtes expérimenté en pareille affaire, quel parti nous proposeriez-vous de prendre?

— S'il se trouvait ici des hommes seulement, répliqua le coureur des bois avec effort, comme si ce conseil eût coûté beaucoup à son orgueil, j'aurais proposé de nous défendre jusqu'à la mort. Mais cette habitation renferme des femmes timides, un malade et des personnes, ajouta-t-il en jetant sur Hermann et sur Thompson un regard de mépris, que je ne crois pas disposés à faire bonne contenance. Or, quatre hommes ne sauraient résister longtemps à une troupe de trente ou quarante Indiens; aussi, tout bien considéré, ma foi! je parlementerais et je livrerais chevaux et bestiaux à ces pillards.

Cette proposition révolta l'amour-propre des guides.

— Monsieur Tête-de-Feu, non plus que vous, repartit Schmidt, n'est pas habitué aux concessions de ce genre; mais il faut savoir se soumettre à la nécessité. Nous ne devons rien négliger pour éviter l'horrible lutte qui peut commencer d'un moment à l'autre... Qu'en dites-vous, messieurs? poursuivit-il en s'adressant à Hermann et à Thompson: vous avez le droit de donner aussi votre avis, car si les Indiens s'emparent de l'habitation, ils ne vous épargneront pas plus que les autres.

— Quand j'aurai vu ces Indiens, répliqua le facteur, je pourrai émettre aussi mon avis.

Schmidt, tout surpris de cette incrédulité opiniâtre, allait répondre, quand Julia traversa l'enclos et se dirigea de son côté. La jeune fille, encouragée par le calme profond qui régnait maintenant autour de l'habitation, venait demander des nouvelles.

— Rentrez, Julia, je vous en prie, lui dit précipitamment Schmidt; une flèche pourrait vous atteindre, et je crains...

— Rentrez, chère demoiselle, reprit Tête-de-Feu à son tour, et ne quittez pas votre père et votre sœur jusqu'à nouvel ordre. Peut-être, ajouta-t-il plus bas, aura-t-on besoin de vos services cette nuit; à tout hasard, préparez de la charpie et des compresses: elles seront probablement nécessaires à quelqu'un de nous avant le jour de demain. — Julia retourna bien vite au log-cabin. Alors Tête-de-Feu dit avec impatience à ses compagnons: — Il faut enfin que nous sachions à quoi nous en tenir... Je vais leur parler.

Et il grimpa de nouveau sur la plate-forme du toit.

— Ne vous exposez pas, Tête-de-Feu, lui dit Schmidt; vous savez combien ces peaux rouges sont perfides!

Le coureur des bois le remercia d'un signe amical, et, appliquant son œil à une fente des palissades, il examina longuement la plaine.

Tout y était immobile et silencieux comme à l'ordinaire. Le soleil, qui se couchait dans une atmosphère orangée, lançait sur le désert ses derniers et obliques rayons; le fleuve murmurait paisiblement entre ses rives de roseaux; les cerfs bramaient dans la forêt, et la brise agitait faiblement les hautes herbes de la steppe. C'était enfin le spectacle harmonieux qui se répétait chaque soir autour de la ferme des Deux-Sœurs, et il était difficile de croire que des hurlemens de rage, des cris d'agonie pussent troubler d'un moment à l'autre cette scène majestueuse.

Tête-de-Feu, après avoir observé scrupuleusement les touffes d'herbes, les troncs d'arbres renversés, les rocs épars sur le penchant de la colline, agita au-dessus des palissades, en guise de pavillon parlementaire, le canon de son rifle auquel il avait attaché un mouchoir blanc. Sûr que ce signal n'avait pu échapper à l'œil perçant des sauvages, il le rabattit bientôt, et cria d'une voix forte en se servant du dialecte pawnie:

— Se trouve-t-il un chef parmi les peaux rouges? Le chef des visages pâles voudrait lui parler.

Il se passa près d'une minute avant qu'il reçût aucune réponse; enfin une voix ferme et sonore répliqua dans la même langue:

— Les oreilles d'un chef sont ouvertes... Que demande le visage pâle?

Rien ne faisait deviner d'où venait cette voix; cependant il parut à Tête-de-Feu qu'une grosse touffe d'armoise, située à vingt pas environ des palissades, s'était agitée faiblement, et il tourna son attention de ce côté.

— Les blancs, reprit-il, désirent savoir pourquoi les guerriers rouges leur font la guerre, quand les chefs de leurs tribus respectives ont enterré la hache et fumé ensemble autour du feu du conseil. Les guerriers rouges ont-ils donc deux paroles et deux visages?

— Ce ne sont pas les guerriers rouges mais les blancs qui ont deux paroles et deux visages, répliqua-t-on; les Pawnies n'ont jamais fumé avec les blancs, et vous vous êtes emparés des territoires de chasse que nous avait donnés le Grand-Esprit.

— Bon! voilà la ritournelle ordinaire des territoires qui commence! dit Tête-de-Feu à ses compagnons; mais il doit y avoir autre chose; vous allez voir. — Il poursuivit en s'adressant à son interlocuteur invisible: — Mon frère rouge se trompe; les chefs blancs ont acheté le territoire où nous sommes des pères de sa tribu; ils l'ont payé en couvertures et en eau de feu... Du reste, les blancs de ce log-house n'ont jamais causé aucun dommage aux Pawnies et à leurs alliés.

— Mon oreille a entendu des mensonges, répliqua la voix avec animation; quand un guerrier de ma tribu s'est arrêté à la porte de ce wigwam, comment les blancs l'ont-ils reçu? Ils lui ont lié les pieds et les mains: ils allaient sans doute l'attacher au poteau du supplice quand l'Indien est parvenu à fuir.

— Ah! ah! le soi-disant Konsa était donc en effet un Pawnie? dit encore le coureur des bois à ses compagnons; je l'avais deviné. — Il poursuivit tout haut: — Il n'est venu dans ce wigwam qu'un misérable Konsa; or, les Konsas sont les esclaves des blancs; ils ne peuvent invoquer le privilége des guerriers. Mais les colons désirent vivre en paix avec les Pawnies. Que mon frère rouge nous dise donc lui-même comment les Pawnies et les blancs de cette habitation pourront redevenir amis.

Il y eut un moment de silence; sans doute le chef indien réfléchissait aux avantages qu'il pouvait tirer de sa situation.

— Les buffalos sont dans les plaines, dit-il enfin, et les Pawnies manquent de chevaux pour les poursuivre. Les blancs livreront aux Indiens les chevaux qui se trouvent dans leur wigwam.

— Accepté, dit Tête-de-Feu fort satisfait de sauver du moins les bestiaux de Reber. Est-ce tout?

— Non, répliqua la voix; nos flèches et nos lances ne réussissent pas toujours à frapper de mort les buffalos de la prairie, comme les *tonnerres* des visages pâles. Les blancs remettront donc aux Pawnies tous leurs *tonnerres* avec leur poudre et leurs balles.

Par *tonnerres* l'Indien entendait les armes à feu des Européens.

— C'est bien dur, Pawnie! dit Tête-de-Feu, à qui la nécessité donnait une patience incompatible avec son caractère; je vais proposer ces conditions au conseil des blancs... Mais du moins est-ce bien tout cette fois?

— Non! répéta la voix, qui semblait prendre des intonations de plus en plus insolentes; les blancs livreront encore aux Pawnies les deux jeunes filles du visage pâle, pour qu'elles deviennent les compagnes du chef rouge Vent-du-Nord.

Pour le coup, l'indignation de Tête-de-Feu l'emporta sur toutes les considérations.

— Quel est le chien et fils de chien qui ose nous faire une pareille proposition? s'écria-t-il en fureur; ce n'est pas un guerrier, mais un lâche, le dernier de sa tribu, et il se cache de peur de recevoir la seule réponse qu'il mérite.

Ce défi ne pouvait manquer d'être relevé; un cri de guerre retentit, et un guerrier rouge, son arc à la main, se dressa derrière la touffe de sauge. Malgré les peintures de l'Indien, le coureur des bois n'eut pas de peine à reconnaître son ancien prisonnier Vent-du-Nord.

— Je m'en doutais, s'écria-t-il; rebut de la prairie, va dire aux coquins qui te suivent... — Il n'acheva pas, et se baissa rapidement pour éviter une flèche que Vent-du-Nord venait de lancer; la flèche s'enfonça dans le bois de la palissade, à la hauteur de sa tête. Furieux de cette trahison, le chasseur visa l'Indien à son tour et tira; mais il n'eut pas le temps de s'assurer s'il avait atteint son ennemi. Des hurlemens épouvantables s'élevèrent de toutes parts; une nouvelle volée de flèches, et plusieurs balles, qui prouvaient que les Indiens avaient aussi des armes à feu, passèrent près de son visage. Le coureur des bois descendit de son poste périlleux. — Voilà comment finissent toujours les pourparlers avec ces brigands-là! dit-il à ses compagnons; eh bien! vous savez maintenant à quelles conditions ils nous laisseront nos chevelures; qu'en pensez-vous?

Un des guides, qui comprenait la langue des Indiens, avait en effet expliqué aux blancs le résultat de la conférence; ils déclarèrent à l'unanimité que les propositions de l'ennemi étaient inacceptables. — D'autant moins acceptables, reprit Tête-de-Feu, que ces Pawnies ne se piquent pas d'observer bien rigoureusement les conventions. Si nous étions assez lâches pour leur livrer nos chevaux, nos armes, nos munitions et, ce qui est plus fort, les deux charmantes filles de notre hôte, nous n'en serions pas plus en sûreté. Le supplice d'un blanc est pour eux une jouissance suprême, et une fois qu'ils nous tiendraient en leur pouvoir... D'ailleurs, si je ne me trompe, ma balle a frappé juste tout à l'heure, et Vent-du-Nord doit être mort ou blessé. Dans l'un et l'autre cas, il faut nous attendre à une lutte acharnée, sans pitié et sans trêve. Ainsi donc, tenons-nous pour avertis, et que chacun se prépare à se défendre de son mieux.

Les doutes d'Hermann et de son ami Thompson sur la réalité de l'agression des Indiens commençaient à diminuer singulièrement.

— Mais je ne sais pas me battre, moi, dit l'officier de justice; je suis un homme pacifique tout à fait inoffensif, et ces Indiens ne sauraient me faire aucun mal.

— Ne vous y fiez pas, monsieur l'homme pacifique, répliqua Tête-de-Feu avec mépris; les sauvages n'y regardent pas de si près, et votre chevelure figurerait au bout de leur lance ou à leur ceinture comme la chevelure d'un véritable héros... Défendez-vous donc, je vous le conseille, et puisque les Indiens vous ont pris votre fusil, on vous donnera la carabine de Reber, car le pauvre diable est incapable de s'en servir.

Thompson poussa un faible gémissement; Hermann, à peine moins alarmé, dit à son tour:

— Si ces Indiens sont aussi redoutables qu'on le prétend, il est inutile de laisser les choses s'envenimer davantage. Je représente une puissante et riche maison; que les peaux rouges fixent eux-mêmes une rançon pour moi et pour ceux qui m'accompagnent; cette rançon sera exactement payée en couvertures, en eau-de-vie, en armes à feu, suivant leur désir. Parlez-leur encore une fois, monsieur Tête-de-Feu, ils finiront certainement par entendre raison.

— Il est tard, monsieur le facteur. Toute tentative pour renouer les négociations n'aurait maintenant d'autre résultat que d'exposer sans utilité la vie du négociateur. D'ailleurs, des Pawnies resteraient sourds à de simples promesses; ils ne se fieraient pas plus à notre parole que nous ne devrions nous fier à la leur.

— Je ne veux pourtant pas me compromettre comme le premier aventurier venu dans cette sotte affaire! reprit Hermann avec désespoir. Eh bien! messieurs, je donnerai cinquante dollars à celui de vous qui trouvera le moyen d'échapper aux malfaiteurs qui nous assiégent et d'aller demander du secours à la ville. Un bon marcheur peut parcourir en moins de deux heures les douze milles qui nous séparent de Stockton. Monsieur Jones s'empressera de mettre la colonie sous les armes, et nous pourrons, avant le milieu de la nuit...

— Il ne faut pas songer à ce parti, répliqua encore le coureur des bois; offririez-vous cinquante mille dollars au lieu de cinquante, celui qui serait assez fou pour tenter l'entreprise payerait certainement de sa vie une pareille audace. Nous sommes cernés; il n'est pas une planche des palissades qui ne soit surveillée par un œil vigilant. Quiconque oserait faire un pas hors de l'enceinte serait scalpé avant d'avoir pu recommander son âme à Dieu. Il vaut mieux ne compter que sur nous-mêmes. La lune se couchera vers le milieu de la nuit, et sans doute les Indiens ne commenceront l'attaque, selon leur coutume, qu'à cette heure-là. En attendant, nous pouvons faire nos préparatifs de défense, et nous arranger pour les recevoir de la bonne façon.

— Tête-de-Feu a raison, reprit Schmidt avec énergie; défendons-nous en gens de cœur, c'est le plus sûr. Monsieur Hermann, ajouta-t-il avec noblesse en se tournant vers le facteur, oublions pour le moment nos querelles, souvenons-nous seulement qu'il y va de notre existence et d'existences qui nous sont chères. Vous, mes amis, ajouta-t-il en s'adressant aux guides, songez que notre sort sera le vôtre, et assistons-nous mutuellement dans le péril. Maintenant, pour que nos efforts soient efficaces, il importe de nous choisir un chef; et qui pourrait mieux que Tête-de-Feu remplir ces fonctions? Il est intrépide, il connaît parfaitement ce genre de guerre, et nul mieux que lui n'est capable de nous tirer de ce mauvais pas. Quant à moi, je suis prêt à lui obéir dans ce qu'il commandera pour le salut commun.

Hermann ne répliqua rien, mais les deux guides et Thompson lui-même donnèrent leur assentiment à cette proposition.

— A l'œuvre donc! dit le nouveau chef de la petite garnison; il y aura de la besogne pour tout le monde, et plus que nous n'en pourrons faire peut-être; aussi ne perdons pas de temps.

Il se mit à visiter avec soin l'enceinte des palissades, pour reconnaître les points où les assiégeans pourraient vouloir tenter l'assaut; il s'assura que tous les défenseurs de la ferme étaient bien munis de poudre et de balles. Il posa lui-même les sentinelles, leur donna des instructions claires et précises. A certains endroits des clôtures, on pratiqua d'étroites meurtrières afin de pouvoir surveiller les mouvemens de l'ennemi et tirer sur lui. Enfin Tête-de-Feu ne négligea aucune des précautions que lui suggéra son expérience pour mettre les blancs en état de repousser l'attaque.

La nuit était venue, mais une nuit claire, transparente, à peine plus sombre que certains jours de nos climats septentrionaux. La lune promenait son orbe d'argent dans un ciel étincelant d'étoiles. Aucune brume ne voltigeait au-dessus de la prairie et ne troublait le contour des objets les plus éloignés. La tactique ordinaire des Indiens étant d'attendre l'obscurité pour opérer leurs coups de main, tout annonçait que les Pawnies, comme l'avait prévu Tête-de-Feu, ne commenceraient pas l'attaque avant le coucher de la lune, et c'était encore plusieurs heures de répit accordées aux colons.

Comme l'on devait être sur pied pendant toute la nuit, on profita de cet intervalle de repos pour prendre un peu de nourriture. Les jeunes filles apportèrent des provisions qu'elles distribuèrent aux défenseurs de la ferme; mais ni l'une ni l'autre ne s'approcha d'Hermann, et Schmidt seul lui fit assez froidement les honneurs du logis. Du reste, excepté les guides et Tête-de-Feu, familiarisés de longue date avec les dangers du désert, les personnes réunies dans l'enclos n'avaient pas grand appétit, comme on peut croire, leur anxiété croissante leur laissant à peine conscience de leurs actions et de leurs paroles.

Les premières heures de la nuit s'étaient passées tranquillement, quand une exclamation d'Hermann et de Thompson, que l'on avait mis en faction au pied du rocher auquel l'habitation était adossée, fit accourir Tête-de-Feu et Schmidt.

— Qu'est-ce donc, demanda le coureur des bois?

— Voyez, dit le facteur d'un air triomphant en montrant une grande lumière qui brillait du côté de la prairie, nous croyions les Indiens fort occupés à nous assiéger, et les voilà qui allument leurs feux de bivouac à plus d'un mille de nous.

— Bon Dieu! s'écria Schmidt, on dirait qu'ils sont tout près du log-house du voisin Burgvillers!

— Caramba! dit le coureur des bois avec énergie, je le crois bien qu'ils sont tout près! c'est le log-house lui-même qui brûle! Ah! les scélérats, les brigands, les pillards! ils ont mis le feu chez le malheureux dompteur de bisons!

Schmidt espéra d'abord que le chasseur s'était trompé; mais l'incendie prit bientôt de telles proportions, que tout doute devint impossible. Une masse de flammes, devant laquelle passaient et repassaient des ombres noires, semblables à des démons au sabbat, projetaient des lueurs rougeâtres à plusieurs lieues à la ronde.

— Mon Dieu! dit le jeune colon avec douleur, ne pourrions-nous lui porter secours? Pauvre Burgwillers! si honnête, si obligeant et si...

— Et si aveugle, acheva Tête-de-Feu. Il n'a que ce qu'il devait attendre tôt ou tard, vu son obstination à méconnaître les conseils de la prudence. Mais nous ne saurions lui porter aucun secours... En définitive il a pu se sauver s'il a été vigilant comme doit être tout habitant des frontières.

— En tout cas, il est ruiné, répliqua Hermann machinalement.

— Bah! il ne devait rien à la compagnie, et son nom ne se trouvait pas sur nos registres, répliqua Thompson de même.

On examina en silence les sinistres reflets de l'incendie.

— Braves gens, dit enfin Hermann, puisque les Indiens sont occupés là-bas, leur surveillance a dû se relâcher de ce côté... Si nous profitions de l'occasion pour tenter une sortie et gagner la forêt, où nous serions en sûreté?

— Supposer que les Indiens seraient capables d'une pareille négligence c'est connaître bien peu leur caractère et leurs habitudes. Cet incendie aurait plutôt pour but de détourner notre attention, et de nous donner le change sur quelqu'une de leurs inventions. — Et comme le facteur ne se rangeait pas à cet avis. — Ah! vous vous opiniâtrez à croire que ces drôles ne songent plus à nous? répliqua Tête-de-Feu en souriant, vous allez voir! Il posa son bonnet de fourrures sur le bout du canon de son rifle, et, l'élevant un peu au-dessus des palissades, il l'agita lentement, comme si l'on eût cherché à voir ce qui se passait au dehors. Aussitôt plusieurs flèches sifflèrent autour du bonnet, et l'une d'elles le perça de part en part. — Hein! qu'en dites-vous? répliqua le coureur des bois avec ironie. Mais essayons encore...

Il traversa l'enclos et éleva cet espèce de mannequin au-dessus des palissades, sur un point opposé de l'enceinte. Cette fois, l'effet fut encore plus prompt : les flèches volèrent plus pressées, et deux coups de feu retentirent au milieu du calme profond de la nuit.

Le coureur des bois savait que ce résultat était plus éloquent que toutes les paroles, et il abaissa son rifle en silence.

— Plus d'espoir... nous sommes perdus! murmura Hermann avec accablement.

X

L'ASSAUT.

La moitié de la nuit s'écoula sans qu'aucun événement nouveau excitât les alarmes des assiégés. Depuis longtemps les dernières lueurs de l'incendie s'étaient éteintes du côté de la prairie, et quand la lune se coucha les ténèbres les plus épaisses couvrirent la campagne. Aucun bruit ne se faisait entendre autour de l'habitation; mais ce silence et cette obscurité étaient eux-mêmes pleins de terreurs, et n'apportaient ni sécurité ni repos aux défenseurs de la ferme.

Plus la nuit s'avançait, au contraire, plus Tête-de-Feu croyait devoir redoubler de surveillance. Il avait recommandé aux jeunes filles de n'allumer aucune lumière dans la maison, de peur qu'un rayon échappé par les fentes de la porte ou des volets ne servît de point de mire aux assiégeans. Les hommes armés étaient disséminés autour de l'enceinte des palissades et, l'œil collé aux étroites meurtrières qu'on avait pratiquées entre les pieux, ils devaient continuellement surveiller l'ennemi. Au plus léger mouvement, au moindre bruit du dehors, ils devaient faire feu. Si l'ennemi pénétrait dans l'enclos, il était convenu qu'on s'avertirait par des cris et qu'on se replierait sur l'habitation, où l'on recommencerait une lutte désespérée. Tête-de-Feu allait incessamment de l'une à l'autre des sentinelles, soit pour leur faire des recommandations pressantes, soit pour juger par lui-même de l'état des choses sur les divers points de la ligne; et telle était son activité que chacune d'elles s'imaginait l'avoir à ses côtés.

Cependant l'inaction prolongée des Indiens commençait à paraître tout à fait inexplicable au coureur des bois.

— Caramba! dit-il à Schmidt, les coquins croient-ils donc que nous finirons par nous endormir?... Il est sans doute arrivé quelque événement extraordinaire pour qu'ils tardent tant à nous montrer ce dont ils sont capables. Au fait, ce brigand de Vent-du-Nord était probablement leur chef, et si ma balle a frappé juste comme à l'ordinaire...

Il fut interrompu par un faible hurlement que poussa un des chiens en tournant la tête vers la porte extérieure.

— Bon! dit le coureur des bois tranquillement, Polak les sent venir... Nous allons avoir du nouveau.

L'autre chien fit entendre à son tour un aboiement contenu, mais en regardant vers une autre partie de l'enceinte. Tête-de-Feu comprit la valeur de ces signes.

— Attention! s'écria-t-il, les Indiens vont nous attaquer tous à la fois; ne quittez pas vos postes, et...

Un coup de carabine tiré par un des guides, près de la porte, couvrit sa voix, et presque aussitôt Schmidt tira par la meurtrière dont il avait la garde. Tête-de-Feu lui-même aperçut en face de lui la tête et le buste d'un sauvage demi-nu qui se dressait au-dessus des palissades; rapide comme la pensée, il épaula son arme et lâcha la détente. L'Indien disparut, et la chute d'un corps lourd, aussi bien qu'un hurlement terrible, prouva que cette fois encore, l'habile chasseur n'avait pas perdu sa poudre.

Aussitôt mille clameurs effroyables retentirent autour de l'enceinte. Les Indiens ne songeaient plus à se cacher et annonçaient leur présence par ces hurlemens qui ont pour double but de s'exciter eux-mêmes et de jeter l'effroi dans l'âme de leurs ennemis. Ces hurlemens, qui ne le cèdent en horreur ni aux rauquemens du tigre ni au rugissement du lion, résonnaient d'une manière funèbre au milieu du silence majestueux du désert.

Mais le coureur des bois les avait entendus trop souvent pour s'en émouvoir; malgré les flèches qui sillonnaient l'air dans tous les sens au-dessus de sa tête, il cria d'une voix qui ne faiblissait pas :

— Dick, hâtons-nous de recharger nos rifles, tandis que les autres... Feu, feu! mes amis, ajouta-t-il d'un ton différent; maintenant, à l'arme blanche!... allons! assommons-les à coups de crosse, achevons-les avec nos couteaux de chasse... hurra!

Et il s'élança le premier pour exécuter l'ordre qu'il donnait.

Il n'y avait pas, en effet, une minute à perdre; dix sauvages, soulevés sans doute par leurs compagnons, apparaissaient à la fois au-dessus des palissades sur dix points différens. Les uns lançaient des flèches sur les combattans, tandis que d'autres, la hache à la main, semblaient vouloir sauter dans la place. Il fallait donc se multiplier pour résister à tant d'ennemis, et la moindre faiblesse, la moindre hésitation pouvaient avoir les conséquences les plus terribles.

Les blancs le comprirent ainsi et ils se défendirent en désespéré. Après avoir déchargé leurs armes, ils se précipitèrent sur les peaux rouges qui faisaient mine de pénétrer dans l'enclos. Hermann et Thompson, dans la nécessité de défendre leur vie, tirèrent à la fois sur un Indien de taille colossale qui escaladait les palissades; il tomba comme une masse dans l'enceinte de la ferme en poussant son cri de mort, et demeura complétement immobile. Ses deux champions parurent plus surpris que personne de leur commune prouesse; mais ils se mirent à recharger précipitamment leurs carabines, au lieu de voler au secours de Schmidt, de Tête-de-Feu et des deux guides, qui se trouvaient à quelques pas de là dans le plus grand péril.

Cinq ou six sauvages avaient trouvé moyen, avec l'aide de leurs camarades, de franchir les palissades, et, quoique blessés pour la plupart, ils n'en étaient pas moins à redouter dans un combat corps à corps. Ils bondissaient avec une agilité incroyable au milieu des blancs, qui étaient accourus tous pour les repousser, et ils paraient adroitement avec leurs haches les coups de crosse et de couteaux de chasse qu'on leur portait. Si leurs amis avaient profité de ce moment de désordre et de confusion pour s'élancer à leur tour sur le champ de bataille, les blancs étaient perdus sans ressources; mais une circonstance inattendue sauva les assiégés.

Les Pawnies, avec la finesse ordinaire de la race indienne, avaient calculé que les défenseurs de la ferme, au nombre de six, n'avaient que six coups à tirer, et que, une fois les armes déchargées, on aurait bon marché d'eux en ne leur laissant pas le temps de les recharger. Ils avaient conçu leur plan en conséquence. Après avoir compté les coups, ils s'étaient précipités dans l'enclos. Aussi, quel fut leur étonnement quand ils virent un de leurs adversaires ouvrir sur eux une sorte de feu roulant, et chaque explosion, quoique moins bruyante que celle des rifles, jeter par terre un de leurs guerriers! Ils crurent que les Européens avaient des ressources inconnues d'eux; ceux qui se trouvaient sur les palissades n'osèrent pas rejoindre leurs compagnons, et ceux qui étaient déjà dans l'enclos ne tardèrent pas à être accablés par le nombre; au bout de deux minutes, ils étaient tous étendus morts sur le gazon. Alors les autres disparurent brusquement, et un calme nouveau succéda sans transition au tumulte du combat.

Hâtons-nous de dire que le feu roulant si fatal aux Pawnies était dû à un revolver à six coups, excellente arme qui faisait partie des cadeaux offerts à la famille Reber par le consul de New-York. Schmidt s'en était muni à tout hasard, et nous venons de voir quel parti il avait su en tirer au moment du péril.

Les assiégés purent enfin respirer un peu; cependant leur chef expérimenté savait bien que ce répit ne serait pas de longue durée, et que, selon toute apparence, les Indiens allaient renouveler l'attaque plus furieusement que jamais. Il commanda de recharger les armes, et demanda d'un ton d'inquiétude :

— Quelqu'un est-il blessé?

Un des guides avait reçu à la jambe une flèche qui avait traversé les chairs; mais il était déjà parvenu à extraire le trait, et son mouchoir, serré fortement autour de la plaie, avait complété ce pansement sommaire. Tête-de-Feu lui-même avait eu deux doigts de la main gauche presque coupés par un coup de hache; mais comme cette blessure ne l'empêchait pas de tenir son fusil, il s'était contenté d'étancher le sang du mieux qu'il avait pu.

— Bah! nous laverons tout cela avec de l'eau fraîche quand nous aurons le temps, dit-il avec bonne humeur; ces peaux rouges pouvaient faire pis, car ils n'y allaient pas de main morte. Mais êtes-vous sûrs que ces coquins que vous voyez là entassés sont vraiment morts? Il faut toujours se défier de leurs diableries.

Le guide Georges ramassa une lance échappée à l'un des assaillans, et en perça les corps immobiles, pour s'assurer si réellement la vie les avait abandonnés. Il allait prendre la même précaution à l'égard de l'Indien qui était tombé sous les coups d'Hermann et de Thompson, quand l'officier de justice lui dit d'un ton fanfaron :

— Celui-là est bien mort, allez! Il a reçu deux coups de fusil presque à bout portant.

Néanmoins, pour l'acquit de sa conscience, le guide piqua de sa lance le cadavre, qui ne bougea pas; il allait redoubler, quand Tête-de-Feu appela tout le monde à son poste, certains signes lui donnant à penser que les sauvages se disposaient à revenir à la charge.

On attendit quelques minutes, mais rien ne justifia cette prévision. Les Indiens se taisaient; aucune tête ne se montrait au-dessus des palissades, bien que les assiégés se fatiguassent les yeux à chercher l'ennemi. Seulement, à un certain point des clôtures, on entendait un bruit continu, comme celui de corps durs qu'on eût entassés contre les planches; mais il était impossible de voir ce qui se passait. Tout à coup une lumière rougeâtre brilla sur le point menacé, et, à travers les interstices des pieux, on aperçut des flammes qui prenaient un pétillant un accroissement rapide.

— Caramba! dit le coureur des bois en frappant du pied, ils jouent maintenant un jeu plus sûr : ils ont mis le feu aux palissades.

— Le croyez-vous? demanda Schmidt; à mon avis, s'ils voulaient nous incendier, ils auraient commencé par l'écurie, qui se trouve à leur portée et qui est remplie de fourrages.

— Oui, sans doute; mais ils nous supposent capables de laisser périr dans les flammes les chevaux et le bétail, dont ils désirent s'emparer avant tout, et qui seraient pour eux le butin le plus précieux. Ils ont donc accumulé du bois au pied des palissades, et, quand elles seront en partie rongées par le feu, ils achèveront de les abattre avec leurs haches. Alors nous les verrons s'élancer comme autant de forcenés dans l'enclos... Mais, si l'on veut m'en croire, nous ne les attendrons pas : aussitôt qu'ils paraîtront, nous déchargerons sur eux nos rifles tous à la fois, et nous nous réfugierons dans la maison, où nous nous retrancherons de notre mieux pour y jouer notre dernière partie.

— Mais, mon cher Tête-de-Feu, ne vaudrait-il pas mieux essayer d'éteindre l'incendie?

— Il ne nous manque pour cela que de l'eau et des seaux... Allons! souvenez-vous de mes recommandations... Feu sur les Indiens dès qu'ils paraîtront! puis tout le monde se repliera sur le log-house au pas de course.

Chacun regagna son poste pour attendre les événemens. Du reste l'obscurité avait disparu; la flamme dominait maintenant les palissades, répandant partout une lumière éclatante qui rendait une surprise impossible.

Hermann et Thompson étaient en sentinelle au pied du rocher auquel la maison était adossée. A quelques pas d'eux se trouvait le corps de l'Indien qui était tombé sous leurs coups, et cet aspect lugubre ne devait pas contribuer à donner une teinte rose à leurs pensées.

— Eh bien! monsieur le facteur, commença Thompson d'une voix étranglée par la terreur, croyez-vous aux sauvages, à présent? Que le ciel ait pitié de nous! Notre situation me semble désespérée.

— J'en ai peur, répondit Hermann de même, surtout si nous avons la sottise de nous laisser enfermer dans la maison, comme le veut cet aventurier qui s'arroge ici le droit de donner des ordres... Une fois que nous serons claquemurés dans cette méchante hutte de bois, les Indiens y mettront le feu, comme ils l'ont déjà mis aux palissades, et nous périrons tous ensemble de la plus horrible mort.

— Bonté divine! la chose n'est que trop probable.

— Écoutez, Thompson, continua le facteur à voix basse, il nous faut, si nous voulons nous sauver, séparer notre cause de celle des habitans de la ferme. Ce rocher surplombe les palissades, et, au moyen d'une corde attachée à un chevron de la cuisine, nous pouvons nous laisser glisser sans danger sur le gazon, de l'autre côté des clôtures. Nous attendrons que les Indiens aient pratiqué une brèche; quand ils auront réussi, et quand ils se rueront tous à la fois par l'ouverture, cette portion de l'enceinte ne sera plus gardée. Nous pourrons alors d'autant plus facilement gagner la forêt que le feu sera éteint et l'obscurité complète.

— Oui, oui, ce plan peut réussir... Mais comment nous procurer des cordes?

— J'en ai vu un paquet là-bas à la porte de l'écurie.

— Je vais le chercher... Pourtant, monsieur Hermann, pourquoi ne communiquerions-nous pas votre idée à nos compagnons d'infortune?

— C'est impossible; ils ne voudraient pas abandonner les jeunes filles et le malade qui sont là dans la maison, et qui ne pourraient profiter de notre moyen de salut. D'ailleurs ils doivent rester ici pour occuper les sauvages pendant que nous nous échapperons.

— C'est vrai, chacun pour soi; mais si, malgré nos précautions, les peaux rouges venaient à nous prendre?

— Nous ne résisterons pas, et il ne nous massacreront peut-être pas sans nous entendre. Alors, pourvu qu'un seul d'entre eux comprenne l'anglais, je leur promettrai une si riche rançon qu'ils consentiront à nous laisser aller sains et saufs. Ils sont cruels, mais ils sont encore plus avides; nous réussirons.

Ce plan égoïste une fois arrêté, les deux amis convinrent rapidement des moyens d'exécution. Absorbés par ce grave entretien, ils ne s'apercevaient pas que l'Indien supposé mort au pied des palissades s'était traîné vers eux sans aucun mouvement apparent, et se rapprochait toujours davantage.

— Voilà qui est à merveille, dit enfin Thompson, je vais chercher les cordes. Justement les flammes s'abaissent, et l'on ne pourra m'apercevoir. Disposez donc tout pour que nous puissions profiter de la première occasion favorable; je vous rejoindrai dans une minute.

Il se glissa vers l'écurie, ainsi qu'il l'avait annoncé, et disparut dans l'ombre.

Hermann, de son côté, se mit en devoir de réaliser son projet de fuite; comme il se levait, il sentit tout à coup quelque chose qui lui saisissait les jambes avec vigueur; il étendit les mains pour reconnaître l'auteur de cette étreinte, elles rencontrèrent le corps demi-nu et musculeux d'un sauvage. C'était le prétendu mort qui, employant une ruse fort en usage parmi les Indiens, avait rampé furtivement jusqu'à lui et l'attaquait avec vigueur.

Le facteur surpris poussa un cri perçant et voulut se défendre; mais une force supérieure le renversa par terre, tandis qu'une main de fer lui serrait la gorge. D'ailleurs en ce moment un bruit épouvantable, parti de l'autre extrémité de l'enclos, couvrit sa voix et détourna l'attention des défenseurs de la ferme.

Le feu avait rongé rapidement les pieux, et les Indiens n'avaient eu qu'à donner quelques coups de hache pour ouvrir une large brèche dans les barrières. Alors ils s'étaient élancés tumultueusement à travers les poutres encore embrasées, en poussant leurs hurlemens farouches. Les blancs attendaient ce moment; ils tirèrent tous à la fois sur cette foule compacte; deux ou trois des assaillans tombèrent encore au milieu des débris fumans des palissades. Les Indiens ripostèrent par des coups de fusil et des volées de flèches mal dirigées dans les ténèbres. Tête-de-Feu profita de la confusion.

— Au log-house! au log-house! cria-t-il avec énergie.

Les blancs, se serrant les uns contre les autres, coururent en effet vers les bâtimens de bois, et Thompson fut entraîné avec eux presque sans le savoir. L'obscurité, l'irrésolution des Indiens déconcertés par cette décharge meurtrière favorisèrent leur projet, et ils atteignirent la maison. Ils crurent bien voir quelque chose s'agiter, dans l'ombre, au pied du rocher, mais ils n'avaient pas le temps de faire des observations, et passèrent avec impétuosité. La porte s'ouvrit comme d'elle-même devant eux, et ils se précipitèrent dans la salle basse, où régnait une complète obscurité.

— Tous nos amis, tous nos courageux défenseurs sont-ils rentrés? demanda une voix douce derrière la porte; n'est-il resté personne à la merci de ces féroces Indiens?

— Oui, oui, mademoiselle Julia, répliqua le coureur des bois; hâtez-vous de fermer, car ils pourraient...

— Ah! monsieur Tête-de-Feu, est-ce vous? demanda une autre voix avec émotion; béni soit Dieu qui a préservé votre existence! Mais Schmidt, mon cher Schmidt, qu'est-il devenu?

— Je suis ici, ma bonne Kretle.

— Et sain et sauf, je l'espère... Oh! quelle nuit! quelle horrible nuit!

Pendant que Julia barricadait avec soin la porte et les volets des fenêtres, Kretle, sur l'ordre de Tête-de-Feu, alluma une lumière, afin que l'on pût se préparer à une nouvelle défense. Reber était toujours étendu sur son lit au milieu de la salle basse; mais, accablé par la souffrance, il n'avait plus la force de parler, et donnait à peine quelques signes de sentiment. Immobile, les bras étendus sur sa couche, l'œil vitreux, on eût dit que déjà la vie l'avait abandonné. Les jeunes filles elles-mêmes, les traits décomposés, les vêtemens en désordre, se soutenaient seulement par l'effet de cette surexcitation passagère que donne la fièvre, et c'était miracle que ces poignantes émotions leur eussent laissé la faculté de penser et de se mouvoir.

Schmidt alla rapidement serrer la main au malade, qui ne parut pas le remarquer, et dit quelques mots d'affectueux encouragement aux deux sœurs. Mais Tête-de-Feu, poussé par l'inexorable nécessité du moment, ne tarda pas à élever de nouveau la voix.

— Georges, et vous, Dick, dit-il en s'adressant aux deux guides qui promenaient autour d'eux un regard étonné, chargez bien vite vos rifles, et surveillez les Indiens par les ouvertures pratiquées aux volets des fenêtres. S'ils approchent, tirez dessus comme sur des chiens; nous n'en tuerons jamais assez. Schmidt et moi nous garderons les autres fenêtres. Mais, caramba! il nous manque ici quelqu'un. Où est le facteur?

— Oui, ajouta Thompson, qui, étourdi par la rapidité des événemens, s'aperçut seulement alors de l'absence de son patron, comment ne se trouve-t-il pas avec nous? J'ai laissé monsieur Hermann à son poste, dans l'enclos.

— Alors il est mort ou prisonnier, répliqua philosophi

quement Tête-de-Feu; ma foi! il est heureux que nos pertes ne soient pas plus grandes.

— J'espère encore que monsieur le facteur sera parvenu à se sauver, dit Thompson; il a manifesté l'intention de franchir les palissades, et peut-être aura-t-il réussi à gagner la plaine.

— Hum! vous croyez?... enfin, soit!... toujours est-il que nous n'avons plus à nous occuper de lui... Allons! Schmidt, courez vous mettre en embuscade à la fenêtre de la chambre de ces demoiselles, pendant que je garderai la fenêtre de la chambre de Reber. Véritablement ces Pawnies ne nous pressent pas avec la vigueur et l'acharnement qu'ils montrent d'ordinaire dans leurs escarmouches; cette indécision doit tenir à quelque accident survenu parmi eux; enfin nous saurons peut-être plus tard de quoi il retourne; en attendant, songeons à défendre chèrement notre vie.

Et il allait passer dans la pièce voisine.

— A quoi bon, mon ami? dit Schmidt avec accablement, sans bouger. A quoi nous servira de faire de nouvelles victimes, sinon à irriter davantage nos redoutables adversaires? Ne vaudrait-il pas mieux essayer d'obtenir d'eux une *capitulation*, comme on appelle cela?

— Y pensez-vous? après les pertes qu'ils ont essuyées, ils ne voudront rien entendre et ils nous égorgeront.

— Nous en égorgeront-ils moins quand nous aurons tué encore quelques-uns des leurs? Évidemment nous ne pouvons tenir; nous sommes bloqués par une bande nombreuse, et nous n'avons aucun espoir de secours. Il leur sera facile maintenant de se défaire de nous quand la fantaisie leur en prendra; ils n'auront qu'à mettre le feu à cette maison de bois comme ils l'ont déjà mis aux palissades.

— Nous gagnerons toujours un peu de temps, dit Tête-de-Feu, que sa haine contre les Indiens aveuglait; nul ne sait ce qui peut arriver d'ici aux premières lueurs du matin.

Mais cette opinion du coureur des bois ne fut approuvée d'aucun de ses compagnons. Les deux guides eux-mêmes étaient d'avis qu'une résistance prolongée ne pouvait avoir aucun résultat favorable; Kreile et Julia supplièrent leurs défenseurs de cesser cette lutte inégale.

— Si impitoyables que soient les Indiens, poursuivit Kreile avec animation, ils ne pourront exercer aucune cruauté envers deux pauvres jeunes filles inoffensives et un mourant. Abandonnez-nous donc à notre sort, mes bons amis; vous avez poussé assez loin le dévouement... Vous êtes cinq hommes bien armés, pleins de vigueur; grâce à l'obscurité, vous vous frayerez aisément passage à travers les rangs des Indiens; vous vous réfugierez dans la forêt, et avant le jour vous aurez gagné Stockton... Allons! il le faut, n'hésitez pas... Partez, partez... et que le ciel vous récompense de vos généreux efforts pour nous défendre!

Cette proposition parut donner à penser à la plupart des assistants.

— Le plan n'est pas mauvais, dit un des guides en regardant Tête-de-Feu, et il pourrait réussir.

— Oui, ce plan est bon, reprit Schmidt, et seul il vous présente des chances de salut. Partez donc vite, je vous en conjure. Je tiendrai les Indiens en échec pendant que vous fuirez par les derrières de la maison.

— C'est-à-dire, mon garçon, s'écria Tête-de-Feu, que vous ne voulez pas abandonner cette pauvre famille, et que vous tenez à partager son sort, quel qu'il soit?... Eh bien! et moi donc, croyez-vous que pour sauver ma misérable peau je consente à les abandonner aussi? Ne m'avez-vous pas tous été recommandés par mon ami Girard, à qui je dois trois fois la vie? Je vous ai protégés de mon mieux; maintenant il ne me reste plus qu'à mourir avec vous... Aussi bien voilà longtemps que je suis au monde, et périr de la main d'un Indien, ou de la griffe d'un ours, ou de faim, ou de soif, c'est à quoi j'ai eu le loisir de me préparer... Allons, j'y suis résolu, je reste... Il est bien entendu, ajouta-t-il en s'adressant aux autres défenseurs de la ferme, que je n'empêche personne de tenter cette chance de salut; loin de là, je ne négligerai rien pour en assurer le succès. — Les deux sœurs supplièrent Schmidt et Tête-de-Feu de renoncer à ce dévouement inutile; elles les trouvèrent l'un et l'autre inébranlables. Cette détermination des deux meilleurs champions de la bande décida les guides et Thompson à ne pas réaliser leur projet de sortie; ils eussent été en trop petit nombre pour soutenir l'attaque des peaux rouges, et ils reconnurent qu'il valait mieux recourir aux négociations. — Nous allons donc en avoir le cœur net, dit Tête-de-Feu; laissez-moi parler à ces coquins... Quant à vous, camarades, mettez vos armes de côté; vous n'aurez plus à vous en servir cette nuit. — Il s'approcha de l'ouverture pratiquée au volet de la fenêtre; mais, avant de commencer les pourparlers, il promena un regard curieux dans l'enclos. — Tout ce que je vois, dit-il à demi-voix à ses compagnons, confirme mon idée que ces Indiens n'ont pas de chef, et que chacun agit selon son caprice. Ils sont-là bas à se disputer nos chevaux, nos bœufs et les misérables objets trouvés dans l'écurie, au lieu de nous pousser avec leur vigueur ordinaire. Si je pouvais deviner...— Il fut interrompu par une flèche qui rasa son front et alla s'implanter dans la muraille. — Caramba! dit-il en souriant, il en est parmi eux qui ne se soucient ni de vaches ni de chevaux. Finissons-en. — Il se mit un peu de côté pour éviter les messagers du même genre, et annonça par la meurtrière que les blancs désiraient parler au chef des Pawnies. On tarda un peu à lui répondre, comme si cette demande eût excité un certain embarras parmi les assiégeans; enfin une voix dure s'éleva dans l'obscurité, et répondit par la formule habituelle, « que les oreilles d'un chef étaient ouvertes. » On ne pouvait voir celui qui parlait, mais ce n'était plus Vent-du-Nord. — Pawnie, reprit le coureur des bois, vous êtes venus nous attaquer, et nous nous sommes défendus comme il convient à des guerriers blancs. Maintenant nous sommes encore nombreux, sans blessures; nous avons nos rifles, avec une bonne provision de poudre et de balles; nous sommes abrités par une hutte solidement construite, et nous pourrions envoyer encore beaucoup de Pawnies dans les territoires de chasse où les guerriers rouges vont rejoindre leurs pères...

— Le bois brûle bien et la maison est de bois, fut la réponse laconique de l'interlocuteur indien.

— Eh! je le sais bien, maudite vermine! — murmura Tête-de-Feu. Puis il reprit tout haut : — L'homme rouge est cruel et il aime le sang; l'homme blanc ne verse le sang que pour sa défense, et il s'arrête quand le Grand-Esprit de son peuple le lui ordonne. Écoute, Pawnie, cette maison, outre les carabines et les munitions, renferme des fourrures, des couvertures et toutes sortes d'autres choses précieuses; si les Pawnies la brûlent, ce butin sera perdu pour eux... Eh bien! nous vous rendrons le log-house avec tout ce qu'il contient, si vous voulez accepter nos conditions.

— Que demande le chef blanc? répliqua le diplomate du désert.

— Mon wigwam renferme un homme malade « qui entend déjà la voix de ses pères »; je demande que le mourant soit respecté.

— Le malade est sous la protection du Grand-Esprit, répliqua l'Indien d'un ton sentencieux.

— Bien; mon wigwam renferme encore deux jeunes filles que vous appelez l'Hermine-Blanche et el Lis-Penché; les guerriers rouges n'exerceront contre elles aucune violence.

— Les guerriers ne s'inquiètent pas des femmes, répliqua le Pawnie avec le dédain ordinaire de sa race pour le sexe le plus gracieux et le plus faible.

Tête-de-Feu fit une grimace, comme s'il n'eût pas ajouté foi entière à ce mépris officiel; cependant il poursuivit :

— Il me reste seulement à stipuler que tous les autres

blancs auront la faculté de se retirer, sans armes, où bon leur semblera, sans qu'il leur soit fait aucune avanie en actions ou en paroles.

La réponse ne tarda pas :

— Les visages pâles sont des chiens! reprit la voix avec des intonations de colère; le sang rouge a coulé abondamment cette nuit; un chef et plusieurs guerriers ont poussé leur cri de mort et s'en sont allés dans le pays des esprits; le sang des blancs doit couler à son tour... Les Pawnies prendront les chevelures de tous les blancs qui sont dans le wigwam, sauf celles des jeunes filles et du malade, et ils planteront pour eux le poteau du supplice.

Tête-de-Feu se retira de la meurtrière et apprit à ses compagnons le résultat de la conférence.

— Hein! c'est clair, n'est-ce pas? continua-t-il avec ironie. Ils exigent que nous nous rendions à discrétion.

— C'est une extrémité terrible, répliqua Schmidt; mais soumettons-nous, puisque nous n'avons aucun moyen de salut..... J'ai entendu dire que ces Indiens, si redoutables dans le combat, étaient comme des enfans quand on avait cessé de leur résister et quand leurs fougueuses passions étaient calmées. Nous tenterons de les amadouer par de bonnes paroles et de séduisantes promesses : c'est maintenant notre seule ressource. Les croyez-vous capables de se ruer sur nous dès que la porte leur sera ouverte et de nous massacrer tous?

— Hum! je n'en sais rien; cependant il est plus probable qu'ils voudront donner à notre supplice une grande solennité. Ces brigands ne connaissent pas de plus vive jouissance que celle de torturer leurs prisonniers, et il leur faudra donner un certain temps aux préparatifs de la fête dont nous serons les héros... Que la peste les étouffe!

— Un mot encore : les Indiens tiendront-ils leur parole à l'égard de ces innocentes jeunes filles?

— La vie des demoiselles Reber sera certainement respectée; mais je crains pour elles...—Un effroyable hurlement des sauvages annonça qu'ils commençaient à s'impatienter et qu'ils se disposaient à reprendre les hostilités.

— Il n'y a plus à hésiter, reprit Tête-de-Feu : dans dix minutes nous serons brûlés vifs si nous n'avons pris un parti. Quelqu'un est-il d'avis de ne pas nous rendre?

Personne ne répondit; tous les visages étaient sombres, consternés. Thompson, l'officier de justice, voulut prononcer quelques mots; il ne put y parvenir. On entendait seulement les faibles gémissemens de Krelle et de Julia, qui se cachaient le visage en se serrant contre leur père immobile et silencieux.

— Allons! reprit le coureur des bois, dont l'accent avait en ce moment un caractère solennel, nous avons fait tout ce qui dépendait de nous, nous avons défendu notre vie en gens de cœur... Que Dieu nous protége maintenant!

Et il alla déverrouiller la porte.

Peu de minutes après, les Indiens envahissaient la maison en poussant de sauvages cris de triomphe. Tous les hommes furent saisis, garrottés avec des courroies de peaux de bison, et jetés sur le sol. Cependant les vainqueurs, soit par respect pour la capitulation projetée, soit qu'ils crussent n'avoir rien à craindre de pareils ennemis, ne se portèrent à aucune violence envers le malade et ses deux filles.

Ils regardèrent même avec une sorte de respect les joues creuses, la barbe grisonnante, les yeux vitreux du malheureux Reber. Quant à Krelle et à Julia, on les laissa libres de leurs mouvemens; mais on les suivait des yeux, et l'expression ardente de ces regards n'était pas moins alarmante pour elles que pour les prisonniers, qui paraissaient destinés aux plus effroyables tortures.

XI

LE GRAND CHEF.

Pendant les premiers momens, les Indiens se livrèrent à des transports désordonnés de joie, menaçant les prisonniers de la voix et du geste; mais bientôt la vue d'une foule d'objets nouveaux pour eux et le désir de s'en emparer vinrent opérer une diversion dans leur esprit. Ceux même qui d'abord avaient entouré les charmantes filles du visage pâle, et qui les avaient épouvantées de leur admiration, ne tardèrent pas à s'en éloigner pour prendre part au pillage. Les premiers arrivés s'étaient emparés des carabines et des munitions, qu'ils prisaient particulièrement; les autres portaient la main sur les divers ustensiles qu'ils apercevaient, et dont ils ne comprenaient pas l'usage. A travers le masque de gravité qu'un Indien garde toujours vis-à-vis des Européens, on lisait sur leurs visages barbouillés de suie et d'ocre la satisfaction naïve que leur causaient ces puériles conquêtes. Du reste, inutilement Tête-de-Feu cherchait à reconnaître parmi eux un chef important et respecté; aucun d'eux n'avait de plus riches ornemens que ses compagnons; aucun n'avait cet air d'autorité qui distingue le sachem d'une grande tribu. Deux ou trois paraissaient obtenir des autres certaines marques de déférence, mais chacun d'eux n'était évidemment que le *primus inter pares* de la bande, et ne pouvait imposer sa volonté. Voulant à tout prix éclaircir ses doutes, Tête-de-Feu dit à un guerrier pawnie assis auprès de lui, et qui paraissait blessé légèrement :

— L'œil d'un blanc cherche en vain parmi les Indiens le chef rouge Vent-du-Nord; pourquoi Vent-du-Nord ne se trouve-t-il pas ici avec ses frères, pour prendre sa part du butin et des chevelures?

Le Pawnie répliqua d'une voix sombre, en grinçant des dents et en agitant son tomahawk :

— Les visages pâles sont des traîtres; ils ont tué Vent-du-Nord avec leur *tonnerre;* mais le poteau des supplices s'élève déjà pour eux. Les Indiens leur arracheront les yeux, leur ouvriront la poitrine, leur verseront de la graisse fondue dans les oreilles; leurs jeunes filles seront les servantes du wigwam des peaux rouges; leurs bâtimens, leurs défrichemens seront brûlés. En attendant, le Puma (c'était le nom de celui qui parlait) a vengé sa propre blessure et la mort de Vent-du-Nord; il a pris la chevelure d'un des visages pâles.

Entr'ouvrant son grand manteau de peau de castor, le Puma montra en effet au coureur des bois une chevelure sanglante, suspendue par mépris à ses jambières.

— Qui donc as-tu scalpé, Pawnie? s'écria Tête-de-Feu en s'agitant malgré ses liens, comment est-il possible...?

— Ugh! cria un des sauvages, qui errait dans la salle basse en touchant à tout avec une curiosité naïve.

Celui qui avait poussé cette exclamation pour réclamer l'attention des Indiens venait de poser la main sur la pipe dont Girard avait fait don aux émigrans, et qui devait être pour eux une sauvegarde; il l'examinait d'un air stupéfait et la montrait à ses compagnons. Cette circonstance inattendue réveilla l'espoir dans l'esprit de Tête-de-Feu.

— Par le ciel! dit le coureur des bois à Schmidt qui gisait garrotté à côté de lui, j'avais oublié cette méchante pipe, et pourtant elle pourra, si je ne me trompe, nous être d'un grand secours.

— Pas d'illusions, mon ami, répondit Schmidt avec tristesse; vous avez déjà montré cette pipe à Vent-du-Nord quand il était notre prisonnier, et si elle eût possédé vraiment la vertu que nous lui supposions...

— Je ne comprends pas encore grand'chose à leur conduite, mais je soupçonne... Au fait, il n'en coûte rien d'essayer.

Comme les Indiens s'étaient formés en un groupe serré, et se passaient de main en main l'objet de leur surprise ou de leur inquiétude, Tête-de-Feu se souleva et dit dans leur idiome :

— Que mes frères rouges ouvrent les oreilles : « Ce calumet de paix a été donné par le grand chef pawnie, Daim-Léger, à son ami Girard, appelé par les Indiens l'Aigle-Rusé, et l'Aigle, à son tour, l'a donné au maître de ce wigwam. Daim-Léger a juré par le Grand-Esprit qu'il soutiendrait de son bras et du bras de ses guerriers le possesseur de ce calumet, et malheur à qui braverait la colère de Daim-Léger, le grand chef ! »

Le coureur des bois avait répété exactement cette formule, qui, comme nous l'avons dit déjà, semblait tenir à quelque rite mystérieux ; il fut presque effrayé lui-même de l'effervescence extraordinaire qu'elle excita parmi les Pawnies. Se départant de leur réserve habituelle, ils se mirent à causer entre eux avec une animation, une énergie de gestes et d'expressions inimaginables. On appela en conseil ceux qui étaient restés dans l'enclos, et bientôt ce fut un concert de voix rauques et gutturales, à peine moins terrible que les hurlemens de guerre.

D'abord, les interlocuteurs parlaient tous à la fois, et Tête-de-Feu ne pouvait comprendre la cause de cette agitation. Enfin pourtant, à force de soin, et en saisissant au vol les paroles significatives, il réussit à se mettre au courant de la situation.

La troupe d'Indiens qui avait envahi la ferme des Deux-Sœurs faisait partie d'une des tribus venues dans la contrée à la suite de la grande migration de bisons. Cette fraction était sous les ordres de l'Indien Vent-du-Nord, qui, sans avoir eu le titre officiel de chef, avait pourtant joui d'une certaine autorité parmi les guerriers de sa nation. Or, Vent-du-Nord s'était souvenu des deux charmantes filles qu'il avait vues à la ferme, quand il avait été surpris espionnant l'habitation des blancs ; peut-être aussi avait-il voulu se venger du traitement sévère, mais exigé par la nécessité, que Tête-de-Feu lui avait fait souffrir pendant sa captivité. Toujours est-il que, se trouvant dans le voisinage du log-house avec une troupe de compatriotes aguerris et avides de pillage, il avait voulu profiter de l'occasion pour venger ses injures personnelles. L'autorité des grands chefs indiens n'est pas absolue ; souvent, certains membres de la tribu commettent des actes de brigandage sur lesquels les chefs doivent fermer les yeux. Vent-du-Nord put donc facilement déterminer ceux qui l'accompagnaient à tenter un coup de main contre l'habitation, et, pour réaliser leur projet, ils s'étaient embusqués dans le bois, la journée précédente, en attendant le moment favorable pour surprendre les colons.

On sait comment la vue des chevaux qui paissaient dans la vallée avait déterminé les Indiens à précipiter l'attaque ; comment Vent-du-Nord, en punition de sa perfidie, avait été tué par Tête-de-Feu ; et c'était la mort du chef de l'expédition qui avait causé parmi les peaux rouges ce trouble, cette irrésolution dont les assiégés avaient été frappés. Maintenant les pertes considérables essuyées par la troupe dans le combat faisaient craindre que le sachem de la tribu ne blâmât une entreprise si désastreuse ; et, d'autre part, la certitude que les vaincus, comme le témoignait le calumet de paix découvert dans la salle basse, étaient sous la protection de Daim-Léger, redoublait les alarmes des vainqueurs.

Le Puma, à qui la chevelure saignante suspendue à ses jambières donnait une autorité momentanée, se chargea de résumer la discussion et de rassurer la bande.

— Les blancs ont la langue fourchue, dit-il avec dédain ; leurs paroles sont des mensonges. Vous verrez qu'ils auront volé le calumet de paix de Daim-Léger ! Est-ce qu'un grand chef pourrait regarder si bas ? Que mes frères rouges se rassurent ; quand viendra le sachem, qu'un messager est allé prévenir, il ne s'irritera pas contre ses jeunes gens ; il verra que nous avons vengé la mort de nos guerriers, et que nous avons pris une chevelure ; il verra que nous avons fait un grand butin, et que nous lui avons réservé l'Hermine-Blanche et le Lis-Penché pour son wigwam, et il dira : « C'est bien ! » Il se réjouira surtout du supplice des blancs, car ce supplice durera depuis le lever du soleil jusqu'à son coucher. Que mes frères aient donc l'esprit en repos, et qu'ils se hâtent de dresser le poteau des tortures. Le grand chef, à son arrivée, aura la joie d'entendre le chant de mort des visages pâles.

Une approbation unanime accueillit cette harangue, et les Indiens, avec cette mobilité d'impression qui les caractérise, passèrent d'une extrême inquiétude à une sécurité complète. Quelques-uns seulement restèrent dans la salle pour garder les prisonniers, tandis que les autres se rendaient tumultueusement dans l'enclos afin de commencer les préparatifs du supplice, la plus grande fête que connaissent les indigènes de l'Amérique du Nord.

Au lever de l'aurore, les malheureux Européens se trouvaient dans un état de fatigue et de prostration que l'on comprend sans peine après tant de fatigues, d'émotions et de dangers. Ils étaient toujours étendus par terre, étroitement garrottés, et surveillés de près par les Indiens. Les deux jeunes filles demeuraient comme anéanties ; elles se serraient contre leur père, et ne semblaient plus avoir la force de se mouvoir, de parler, ou même de penser. Le malade, en revanche, après avoir été plongé toute la nuit dans un abattement profond, recouvrait un peu de connaissance et regardait autour de lui d'un air hébété ; on eût dit que Dieu, en punition sans doute de quelque faute passée, avait voulu lui rendre la conscience de lui-même juste au moment où il lui eût été préférable de l'avoir perdue.

La porte de la salle demeurait ouverte, et aux premières lueurs du matin on put voir les Pawnies occupés à planter dans la cour cinq piquets ou poteaux auxquels devaient être attachés les prisonniers quand on les mettrait à la torture. Tandis qu'une partie des Indiens achevaient de planter ces instrumens de supplice, les autres dansaient à l'entour la *danse du scalpe*, en faisant des contorsions de démoniaques et en brandissant leurs lances ou leurs tomahawks. Des chants discordans et barbares accompagnaient cette ronde infernale et semblaient destinés à s'harmoniser avec les cris et les gémissemens des suppliciés.

Comme le soleil allait se lever, les chants et les danses cessèrent tout à coup ; alors on entendit le galop de plusieurs chevaux qui montaient la colline, et les Indiens sortirent d'un air empressé comme pour aller au-devant d'un personnage important. Les prisonniers tressaillirent, et Tête-de-Feu dit avec une agitation involontaire à ses compagnons d'infortune :

— Notre sort va se décider... voici le grand chef.

En effet, bientôt une douzaine de cavaliers indiens, montés sur des chevaux mustangs, entrèrent comme un ouragan dans l'enclos, après avoir franchi les palissades à demi consumées, et vinrent s'arrêter en face des poteaux. Outre leurs lances et leurs boucliers, ils avaient tous des carabines. Leur chef, remarquable à son manteau de peau de castor curieusement travaillé, à sa ceinture écarlate, aux riches ornemens de ses jambières et de ses mocassins, était de taille presque colossale. Il semblait avoir dépassé l'âge moyen de la vie, mais il conservait toute sa vigueur, et son visage, bariolé de peintures et de tatouages, avait une sombre énergie. Ce qui dénotait en lui le chef puissant, c'était l'air de froideur et d'impassibilité qu'il affectait ; bien qu'il y eût autour de lui beaucoup d'objets dignes de son attention, il ne parut en regarder aucun ; bien que la conduite de ses inférieurs dût mériter l'éloge ou le blâme, il ne leur adressa pas une question, et garda un silence majestueux jusqu'à ce qu'il fût descendu de cheval. Alors il s'adossa froidement à une palissade, remit sa carabine à l'un de ses suivans, et, faisant de la main un geste plein de dignité, il invita les dévastateurs de la ferme à venir lui rendre compte de leur conduite.

Ils l'entourèrent aussitôt, et semblèrent s'efforcer de se justifier de quelque méfait. Celui qui parla le plus longuement fut le Puma, qui unissait une grande éloquence dans le conseil au courage féroce d'un guerrier dans le combat. Les blancs ne pouvaient entendre son discours, mais sa pantomime expressive leur laissait deviner le sens de tout ce qu'il disait. Il sembla d'abord énumérer les objets précieux trouvés dans la ferme, les chevaux, les armes, les fourrures, toutes choses qui avaient une valeur immense aux yeux de ces maraudeurs. Puis il décrivit le combat, la mort de Vent-du-Nord et celle des guerriers qui avaient pénétré dans l'enclos; il ne daigna pas parler de sa propre blessure, mais il étala orgueilleusement la chevelure qu'il avait conquise; enfin il fit un éloge emphatique de la beauté des prisonnières, et il montra successivement les cinq poteaux, en décrivant avec amour les différens supplices réservés à ceux qui allaient y être attachés. Cette harangue produisit une vive impression sur les personnages qui avaient accompagné le chef, mais le chef lui-même demeura impénétrable. Après une minute de réflexion, il prononça quelques mots d'une voix brève, et se dirigea vers la maison, suivi seulement de Puma et d'un autre guerrier.

Tête-de-Feu, jusqu'à ce moment, n'avait fait qu'entrevoir le chef des Pawnies; alors enfin il put l'envisager à loisir, et il dit d'une voix étouffée aux autres prisonniers :

— Que ce soit pour notre perte ou pour notre salut, c'est Daim-Léger en personne.

Quand le redoutable sachem entra dans la salle basse, Kretle et Julia se levèrent par un mouvement spontané, et, se jetant à ses pieds, lui demandèrent grâce pour leur père et pour leurs amis. Sans doute Daim-Léger ne pouvait les comprendre, mais leur attitude était si touchante, leurs larmes, leur désespoir, avaient tant d'éloquence, qu'elles eussent attendri le cœur d'un tigre. Le malade, à son tour, joignant ses deux pauvres mains maigres et diaphanes, balbutia des paroles sans suite pour invoquer la pitié du chef en faveur de ses filles. Mais Daim-Léger avait trop la conscience de sa dignité pour écouter les supplications de deux femmes et d'un mourant; il ne parut ni les voir, ni les entendre, et marcha d'un pas grave vers la pipe mystérieuse qui avait été remise religieusement à sa place par les Indiens. Il se mit à l'examiner avec attention, puis se tournant vers les prisonniers, il dit d'un ton majestueux :

— Mes yeux ont vu le calumet de paix d'un grand chef, mais mon esprit ne peut comprendre comment ce calumet se trouve entre les mains des blancs. — Cette question s'adressait particulièrement à Tête-de-Feu, et celui-ci répéta la formule sacramentelle que nous connaissons déjà. Toutefois, le sachem ne laissa voir aucune impression sur son visage de bronze. Après une assez longue pause, il demanda encore : — Les blancs savaient qu'ils étaient sous la protection d'un grand chef; pourquoi n'en ont-ils pas averti les guerriers rouges? Serait-ce donc que les visages pâles avaient soif du sang des Pawnies?

— Les blancs n'ont soif du sang de personne, répliqua Tête-de-Feu, et ils combattent seulement pour leur défense. Les guerriers rouges nous ont attaqués les premiers, quand nos deux nations avaient enterré la hache, et nous avons bien été forcés d'accepter le combat. D'ailleurs je n'avais pas besoin de répéter aux guerriers rouges que ce calumet était suspendu dans mon wigwam; l'Indien Vent-du-Nord était venu, il y a plusieurs lunes, espionner les blancs, et je lui avais montré la pipe du chef en lui disant : « Les colons de ce pays sont les amis de Daim-Léger. » Mais au lieu de nous protéger contre les attaques des Pawnies, ce calumet paraît les avoir animés contre nous davantage. Alors j'ai cru que Daim-Léger ne conservait aucune autorité dans sa tribu, et je n'ai pas cru nécessaire de montrer de nouveau la pipe qu'il avait donnée à son ami blanc l'Aigle-Rusé.

Ces paroles, habilement calculées, firent étinceler le regard du sachem, mais on ne pouvait deviner si cette colère était favorable ou non aux malheureux Européens. Le chef se remit bientôt et poursuivit froidement :

— Ainsi Vent-du-Nord avait vu la pipe de Daim-Léger dans ce wigwam? Le visage pâle peut-il me dire comment la chose s'était passée? — Tête-de-Feu raconta brièvement la prise de Vent-du-Nord, sa captivité à la ferme et sa fuite précipitée; en écoutant ces détails, le chef indien paraissait faire des efforts de plus en plus violens pour contenir des sentimens impétueux. Enfin, il dit d'une voix étouffée : — C'est bien! — Et son couteau à scalper brilla tout à coup entre ses mains tatouées. Tous les prisonniers frémirent; Thompson ne put retenir un cri de frayeur. Mais Daim-Léger, au lieu d'employer cette arme à son usage ordinaire, s'en servit pour couper les courroies qui retenaient les membres des Européens; puis il dit d'un ton d'autorité : — Mes frères blancs sont libres; tout ce qui leur a été pris, jusqu'au moindre objet, leur sera rendu par mes jeunes gens, et ils sauront que Daim-Léger n'est pas le dernier de sa tribu.

Les colons ne pouvaient croire à une délivrance si subite et si peu espérée; ils poussaient des exclamations sans suite, et n'osaient remercier leur farouche libérateur. Les jeunes filles, qui avaient résisté à leurs mortelles angoisses pendant plusieurs heures, paraissaient près de succomber à l'excès de leur joie.

Cependant les deux Indiens qui assistaient le sachem n'approuvaient pas sa clémence, et l'un d'eux reprit timidement :

— Daim-Léger est un grand chef; mais les blancs ont versé le sang des hommes rouges, et les hommes rouges, à leur tour, veulent du sang. Que répondront les jeunes gens de Daim-Léger quand ils retourneront à leurs villages et quand les femmes et les enfans des guerriers morts leur demanderont : « Où sont les chevelures de ceux qui nous ont tué nos maris et nos pères? »

— Les guerriers rouges, répliqua le sachem qui ne se contint plus et laissa voir enfin son ressentiment, ont agi comme des femmes en attaquant les amis de Daim-Léger, et la colère d'un chef devrait s'appesantir sur eux. Ceux qui sont morts pendant la nuit dernière sont tombés, non sous les coups des blancs, mais foudroyés par le Grand-Esprit, qui voyait d'un mauvais œil leur désobéissance.

— Daim-Léger est un grand chef, répéta le Puma à son tour, mais Vent-du-Nord était un vaillant guerrier qui aurait pu devenir la gloire de sa tribu.

— Vent-du-Nord était un chien, interrompit le sachem en serrant le manche de son tomahawk. Pour s'emparer de ces filles blanches, il a méconnu les ordres et frappé les amis de Daim-Léger; s'il existait encore, je l'eusse moi-même étendu mort à mes pieds. — Nul n'osa répliquer. Le sachem appela d'un geste autour de lui les Indiens qui se trouvaient dans l'enclos. — Mes jeunes gens, dit-il avec un accent d'autorité, vont rendre aux amis de Daim-Léger tout ce qu'ils leur ont enlevé, puis ils se hâteront de retourner dans la prairie. Les bisons sont nombreux et gras; les Konsas, les Osages et les Sioux font beaucoup de victimes, et la joie sera dans leur wigwam; faudra-t-il donc que la famine vienne s'asseoir dans le nôtre? Hâtez-vous; Daim-Léger a parlé. — Cet ordre fut exécuté sur-le-champ. Les pillards, au grand regret sans doute de plusieurs d'entre eux, durent restituer aux colons ce qu'ils leur avaient dérobé. Bestiaux et chevaux furent réintégrés dans l'étable; les armes, les effets, tout fut rapporté en silence aux légitimes propriétaires. Daim-Léger lui-même surveillait d'un œil jaloux cette restitution. Quand il se fut assuré qu'elle s'était opérée complètement, et que ses hommes n'avaient pas conservé la moindre parcelle de leur butin, il donna le signal du départ, et peu de minutes après les Indiens quittaient la ferme. Seul, Daim-Léger restait dans la salle basse, tandis que son magnifique cheval de guerre piaffait dans la cour, contenu avec peine par un autre cavalier. — Mes frères blancs doivent être contens, dit-il en se disposant lui-même à sortir; Daim-Léger sera désormais en paix avec eux, et, s'ils ont des plaintes à porter, c'est à leur ami qu'ils les porteront, afin qu'il leur fasse rendre justice. A présent, si les blancs rencontrent l'Aigle-Rusé qu'ils appellent Girard, ils pourront lui dire : « Daim-Léger est un grand chef; il a sauvé nos biens et nos chevelures. »

Il salua de la main par un geste plein de dignité, monta sur son cheval, et partit au galop pour rejoindre sa horde sauvage. Alors les habitans de la ferme, tombant à genoux, remercièrent Dieu dans un élan de reconnaissance.

Néanmoins il se passa quelques momens avant qu'aucun d'eux osât s'aventurer hors de l'habitation. Des rôdeurs indiens avaient pu rester en arrière, malgré l'ordre du chef, afin de prendre une revanche particulière du désappointement de la tribu. Enfin, rassurés par le profond silence qui régnait maintenant autour de la ferme, Schmidt et Tête-de-Feu se hasardèrent à sortir.

Leurs craintes étaient inutiles; en pénétrant dans l'enclos, ils s'assurèrent qu'il était complétement évacué par les peaux rouges. Ceux-ci avaient même eu le soin d'emporter leurs morts; et, n'eussent été les palissades brûlées ou arrachées en plusieurs endroits, n'eussent été certaines places encore rougies par le sang versé, n'eussent été surtout ces cinq poteaux qui rappelaient à quel horrible sort venaient d'échapper les pauvres colons, on eût pu croire que cette invasion des Indiens était un mauvais rêve enfin dissipé par les premières lueurs du jour.

Pendant que Schmidt et le coureur des bois examinaient ces lugubres détails, ils aperçurent à quelque distance un homme vêtu à l'européenne. Il était assis contre les palissades et semblait sommeiller, son fusil posé en travers sur ses genoux. Au chapeau de Panama qui lui cachait le visage, il était facile de le reconnaître.

— C'est lui, c'est Hermann! s'écria Schmidt en s'élançant vers le dormeur; que me disiez-vous donc, Tête-de-Feu? Vous supposeriez que les sauvages...

— Prenez garde, Schmidt! s'écria le coureur des bois; ce doit être un nouveau tour des Indiens; il n'est pas naturel qu'un homme dorme après les événemens de la nuit dernière...

— Il est épuisé de fatigue, blessé peut-être. — Et Schmidt courait toujours. En arrivant près du dormeur, il se pencha vers lui et lui dit avec un accent de joie : — Ah! monsieur Hermann, vous avez donc été épargné par ces bandits?... Je m'en réjouis de toute mon âme, malgré vos torts envers nous. — Hermann demeurait immobile et muet. — Ce sommeil n'est pas naturel en effet, ajouta Schmidt en pâlissant.

Le coureur des bois, qui survint en ce moment, arracha brusquement le chapeau du prétendu dormeur.

Alors on put voir qu'Hermann était mort et qu'il avait été scalpé.

Seulement, soit dérision, soit excès de scrupule des Pawnies, qui avaient voulu exécuter à la lettre l'ordre du grand chef, on avait restitué au cadavre la chevelure dont le Puma s'était fait un trophée pendant une partie de la nuit. En enlevant le chapeau, Tête-de-Feu avait aussi enlevé cette chevelure, qui tomba sur le gazon, tandis que le corps, perdant l'équilibre, s'affaissait lourdement d'un autre côté.

Schmidt poussa un cri d'horreur et se couvrit les yeux avec la main; Tête-de-Feu, plus habitué à de pareils événemens, disait avec tranquillité :

— Voyez-vous, les farceurs! j'avais flairé une espièglerie de ce genre. Mais, *carajo*! il faut que ces peaux rouges commencent à baisser; je n'aurais jamais cru qu'une autorité fût assez puissante parmi eux pour les décider à restituer la chevelure d'un ennemi scalpé... Ils baissent, certainement ils baissent!

Schmidt lui-même, revenu de sa première impression, murmurait à demi-voix :

— C'est toujours le jugement de Dieu! Après avoir souffert les mêmes tourmens que ses victimes, ce malheureux est mort de l'horrible mort à laquelle il les avait exposées.

XII

LES VOYAGEURS.

Les premiers momens de la journée qui suivit cette nuit d'angoisses se passèrent dans un calme profond pour les maîtres et les hôtes de la ferme des Deux-Sœurs. Ils étaient brisés de fatigue et à bout de forces; aussi tous, après le départ des Indiens, s'étaient-ils endormis, les uns dans la maison, les autres sur le foin de l'étable. Kretle et Julia elles-mêmes avaient succombé à l'épuisement; la tête appuyée contre le lit de leur père, elles dormaient d'un sommeil pénible, maladif, qui n'avait rien de réparateur.

Deux heures de repos suffirent à Schmidt, dont l'âme énergique soutenait l'organisation délicate, et il fut le premier sur pied. Il ne tarda pas à être rejoint par Tête-de-Feu, dont le corps robuste n'avait pas besoin d'un long sommeil, et ils se partagèrent la besogne afin de parer aux nécessités les plus pressantes. Tandis que le coureur des bois arrachait les poteaux du supplice, effaçait les traces de sang et bouchait du mieux possible les brèches des palissades, Schmidt donnait la provende aux bestiaux et aux chevaux attachés sous les hangars, et préparait de la nourriture aux habitans de la ferme, qui ne pouvaient manquer à leur réveil de sentir les aiguillons de la faim. Pendant qu'il allait et venait pour vaquer à ces soins divers, il était inquiet, triste, et tournait fréquemment les yeux vers l'emplacement où avait été l'habitation de Burgwillers et où l'on ne voyait plus que des débris fumans. Tête-de-Feu le surprit dans cette sombre contemplation, et n'eut pas de peine à en deviner la cause :

— Oui, oui, dit-il en secouant la tête, regardez bien de ce côté... Il est arrivé là-bas ce qui fût arrivé chez nous si le Ciel ne s'en était mêlé manifestement.

— Pourquoi notre pauvre voisin ne serait-il pas parvenu à se sauver? reprit Schmidt avec émotion; les Indiens, tout occupés de nous, n'ont songé qu'assez tard à l'attaquer; il devait être sur ses gardes, et peut-être aura-t-il eu le temps de fuir avec son monde.

— La chose ne serait pas impossible à la rigueur, mais n'y comptez guère.

— Eh bien! Tête-de-Feu, si j'allais toujours courant m'assurer de ce qui se passe? je pourrais être de retour avant le réveil de ces pauvres petites.

— A quoi bon, mon garçon? La plaine est libre; les Pawnies sont loin. Si Burgwillers avait encore besoin de secours, qui l'empêcherait de venir en demander? Or on ne voit aucune créature humaine auprès des ruines, et cela est assez significatif. — Schmidt sentait combien ces craintes étaient fondées, et il poussa un soupir. — Tête-de-Feu reprit après une courte pause : — Un autre soin nous réclame. Vous m'avez aidé tout à l'heure à transporter le corps d'Hermann dans un coin de l'étable, afin que sa vue n'effraye pas nos chères demoiselles, et il va nous falloir songer à l'enterrer quelque part. Or, monsieur Thompson a parlé de griffonner un procès-verbal au sujet de la mort du facteur, et, avant de laisser l'officier de justice mettre le nez dans cette affaire, j'ai eu mon idée, moi; c'était de fouiller les poches du défunt et d'examiner ce qu'elles contenaient.

— Comment, monsieur Tête-de-Feu, avez-vous osé...?

— Bah! l'argent de cet Hermann ne m'a pas tenté, allez! que ferais-je d'argent? J'en ai seulement besoin pour acheter de la poudre et des balles; en vendant les peaux des bêtes que je tue à la chasse, je m'en procure autant qu'il m'en faut. Les dollars et les bank-notes sont restés intacts; en revanche, j'ai voulu connaître un peu le contenu du portefeuille, car il doit s'y trouver bien des paperasses capables de mettre dans l'embarras de pauvres colons du voisinage. Il n'y aurait pas de mal, je pense, à déchirer ces maudits chiffons; la chose passerait sur le compte des Indiens, et du diable si je songerais jamais à m'en vanter! Par malheur, mon garçon, cette vie dans le désert rouille horriblement un pauvre homme à l'endroit de la lecture; j'ai là les papiers, et je veux être scalpé si j'y vois maintenant autre chose que du blanc et du noir, quoique je n'aie pas eu mon pareil, il y a trente ans, dans la science des écoles. Mais vous, Schmidt, ne pourriez-vous jeter un coup d'œil sur ce grimoire, et m'indiquer ceux de ces chiffons qu'il faudrait détruire?

En même temps, il tirait de son sac un gros portefeuille bourré de papiers, et le présentait à son interlocuteur.

— Ne me parlez pas de cela, Tête-de Feu, dit l'honnête jeune homme en détournant la tête; ce portefeuille ne nous appartient pas, et ce que vous me proposez me produit l'effet d'une mauvaise action.

— Je prends la mauvaise action sur ma conscience. *Caramba*! mon garçon, vous êtes trop scrupuleux pour réussir en Amérique... Néanmoins, il se trouve peut-être là-dedans des choses qui vous intéressent ou qui intéressent vos amis.

— N'importe! nul n'a le droit de toucher à ce portefeuille avant monsieur Thompson, l'officier de justice, qui agira selon la loi.

— Quoi! même dans le cas où il contiendait des lettres à votre adresse et à l'adresse de Reber?

Schmidt releva la tête.

— A mon adresse, que voulez-vous dire?

— Je ne suis pas bien sûr du fait, poursuivit le chasseur avec embarras, mais tout à l'heure j'ai cru voir votre nom sur deux de ces lettres... Comme l'adresse était en très gros caractères, j'ai essayé de la déchiffrer.

— Montrez-moi, je vous prie, les deux lettres dont vous parlez... celles-là seulement.

Le coureur des bois n'eut pas de peine à les trouver, et Schmidt, à sa grande surprise, reconnut qu'en effet l'une, timbrée de New-York, lui était destinée, tandis que l'autre, venant de France, aurait dû parvenir à Reber.

— Que signifie ceci? s'écria-t-il; ces lettres, ni Reber ni moi ne les avons reçues, et pourtant, voyez, elles ont été décachetées.

— En ce cas-là, il faut qu'Hermann les ait interceptées; il n'y a pas d'autre explication possible.

— Vous dites vrai, Tête-de-Feu, et je comprends aujourd'hui comment nous sommes restés si longtemps sans nouvelles des personnes qui nous aiment ou qui du moins s'intéressent à nous. Hermann, abusant de sa position dans la compagnie William Bell, aura chargé l'ancien facteur à Stockton de retenir nos lettres, et celles-ci, arrivées récemment, auront été retenues par lui-même. Nous pouvions en effet supposer qu'elles s'étaient égarées dans l'intervalle immense qui nous sépare du monde civilisé, et nous devions ignorer toujours... Dieu, qui déconcerte les desseins des méchans, ne l'a pas voulu, et je vais apprendre enfin la vérité qu'on tenait tant à nous cacher.

— Il se mit à parcourir avidement les deux lettres, en commençant par la sienne. Celle-ci, datée de New-York, venait de Girard; l'autre, datée de France, avait été écrite par Albert Lovendal. Tout en lisant, le jeune colon montrait une agitation extrême, et ne pouvait retenir des exclamations où la joie se mêlait à l'indignation et au mépris. — Quoi donc! disait-il, ces espérances n'étaient-elles pas insensées? Qui m'eût dit...? Mais l'autre, ce odieux Hermann, savait tout cela; et j'ai pu croire qu'il cédait à un remords de conscience quand il venait ici solliciter la main de ma chère Kretle! Le scélérat! il a bien mérité son sort. — Un rapide examen de la lettre destinée à Reber parut encore redoubler son émotion. — *Lui! lui* ici! murmurait-il. Qui pouvait s'attendre...? Dieu soit loué! après tant de traverses et de souffrances, cette pauvre famille va peut-être enfin connaître d'heureux jours! — Puis se tournant vers Tête-de-Feu, qui l'écoutait d'un air ébahi: — Voilà, dit-il, d'excellentes nouvelles pour nos amis; allons bien vite les leur apporter, mon brave Tête-de-Feu, car elles sont capables de leur rendre instantanément la santé.

— A l'égard de Julie, Schmidt, je ne dis pas non, car il est clair comme le jour que le chagrin seul cause son mal; quant à Reber, c'est une autre affaire; il est bien bas, l'excellent bonhomme! et il ne se relèvera pas de cette dernière crise.

— Vous vous trompez, Tête-de-Feu; j'espère encore que vous vous trompez... Mais je me ferais scrupule de tarder une minute à leur transmettre les heureux événemens que je viens d'apprendre. Je vais donc les leur communiquer bien vite, car ce que je sais m'étouffe et me déborde... Seulement, Tête-de-Feu, poursuivit-il d'un ton sévère, souvenez-vous que, sauf ces deux lettres, tous les papiers d'Hermann doivent être remis où vous les avez trouvés.

— Oui, oui, mon garçon, ne vous occupez pas de cela, répliqua le coureur des bois d'un ton sournois; nul n'en abusera, je vous le garantis. — Et comme l'on passait près de la cuisine, où brûlait un grand feu destiné à cuire un quartier de daim, il lança le portefeuille et son contenu au milieu des flammes, sans que Schmidt s'en aperçût. Ils allaient entrer dans la salle basse quand Tête-de-Feu, ayant regardé la plaine par-dessus les palissades, retint doucement son compagnon. — Attendez, Schmidt, lui dit-il; si favorables que soient vos nouvelles, vous aurez toujours le temps d'interrompre le sommeil de ces malheureuses jeunes filles épuisées. Voyez donc qui nous arrive là-bas: ne dirait-on pas de notre dompteur de buffalos qui est parvenu à soustraire sa chevelure aux Pawnies? Oui, sur mon âme, c'est lui! Mais où diable a-t-il pu recruter la nombreuse cavalerie dont il est escorté? Ma foi! si ce sont des gens qui viennent à notre secours, je les félicite de leur diligence; les Indiens ont fait déjà trente milles au moins dans la prairie, et ils détalaient si vite qu'ils paraissaient ne vouloir s'arrêter qu'aux montagnes Rocheuses.

Schmidt s'était retourné pour observer les nouveaux personnages sur lesquels on attirait son attention, et qui débouchaient en ce moment de la forêt. L'un d'eux, qui marchait en avant, était à pied, et Schmidt, comme le coureur des bois, reconnut d'abord Burgwillers, que l'on avait cru tué la veille au soir, lors de l'incendie de son habitation. Il accourait de toute sa vitesse, et paraissait fort inquiet du silence et de la désolation qui régnaient autour de la ferme. Derrière lui venaient une douzaine de cavaliers en costume européen, suivis de plusieurs mules qui portaient des tentes et des bagages; mais cette caravane, empêchée par les difficultés du sol dans les défrichemens, ne pouvait aller aussi promptement que le piéton, et Burgwillers atteignit les palissades avant elle.

Schmidt et le coureur des bois s'étaient empressés d'aller le recevoir à la porte.

— Ah! mon brave voisin, s'écria Schmidt avec cordialité, est-ce bien vous? Vraiment, vous nous avez causé de terribles inquiétudes!

— Et vous donc! répliqua l'ancien marquard tout haletant, ne nous en avez-vous pas donné aussi? Est-il bien possible que ces scélérats de sauvages ne vous aient pas massacrés tous et qu'ils n'aient pas brûlé votre log-cabin comme ils ont brûlé le mien?

— La volonté ne leur a pas manqué, mon cher Burgwillers: mais nous avons eu le bonheur de sortir sains et saufs de cette bagarre. A votre tour, comment leur avez-vous échappé?

— Mon Dieu! rien n'est plus simple: hier, à la chute du jour, ma sœur Marguerite, Tom, notre petit mulâtre, et moi, nous entendîmes des coups de fusil et des hurlemens affreux qui venaient d'ici. Quoiqu'il ne fit plus bien clair alors, nous devinâmes bientôt de quoi il s'agissait. Marguerite eut peur: « Sauvons-nous dans les bois, dit-elle; ce sont les sauvages qui attaquent la ferme de Reber. — Non, que je lui dis; nos voisins sont dans la peine, il faut aller à leur secours. » Je pris mon fusil, tandis que ma sœur et Tom se chargeaient de quelques effets, et nous sortîmes de la maison. Comme nous traversions la plaine avec précaution, nous vîmes plusieurs de ces brigands se glisser vers notre demeure; nous n'eûmes que le temps de nous jeter dans les hautes herbes. Ces hideux vagabonds, peints en noir et en rouge, causèrent une telle frayeur à Marguerite, que, si je ne lui avais posé la main sur la bouche, au risque de l'étouffer, elle nous eût certainement trahis par ses cris. Nous reconnûmes alors qu'il était impossible d'arriver jusqu'à vous; la ferme était entourée de toutes parts. Nous réussîmes à gagner le bois, grâce à l'obscurité, et nous étions déjà en sûreté lorsque les peaux rouges mirent le feu à notre log-house. C'est une triste chose, allez, de voir brûler sa maison, si pauvre et si laide qu'elle soit! Mais comme nous n'y pouvions rien, nous prîmes le parti d'aller chercher du secours à Stockton, et nous partîmes sur le champ. Par malheur, nous nous sommes égarés dans la forêt, et c'est seulement aux premières lueurs du jour que nous avons pu arriver à la ville. Là, nous avons précisément rencontré des personnes de votre connaissance qui se disposaient à se rendre aux Deux-Sœurs. J'ai donc laissé Marguerite et Tom à Stockton; pour moi, je me suis joint à cette troupe de cavaliers, et...

— Et vous êtes venu à notre aide, interrompit Tête-de-Feu d'un ton railleur, persuadé sans doute que depuis hier au soir les Pawnies auraient eu la complaisance de vous attendre! Caramba! l'ami, nos chevelures auraient eu le temps de devenir aussi sèches que la peau d'un tambour, pendant ces promenades... Mais qui sont donc les gentlemen dont vous êtes accompagné?

— D'anciennes connaissances, comme je vous l'ai dit; et, quoiqu'elles arrivent trop tard pour repousser les Indiens, elles n'en seront pas moins les bienvenues. Mais ne m'a-t-on pas assuré à la ville que ce coquin d'Hermann, le nouveau facteur, était actuellement aux Deux-Sœurs? Dans ce cas, je tiendrais fort à régler avec lui un ancien compte qui sans doute n'est pas porté sur ses registres.

Personne ne répondit, car les cavaliers se trouvaient en ce moment près de la ferme, et réclamaient toute l'attention de Schmidt et de Tête-de-Feu. Le gros de la troupe avait fait halte au bas de la colline et mis pied à terre, tandis que deux de ces voyageurs se dirigeaient seuls vers l'habitation. C'étaient ceux-là qui excitaient surtout l'intérêt du jeune colon et du coureur des bois. Ils étaient convenablement vêtus, et de larges chapeaux qui les garantissaient contre les ardeurs du soleil déroutaient les observations. Toutefois, à peine s'étaient-ils avancés de quelques pas, qu'il fut aisé de reconnaître que l'un d'eux était légèrement boiteux.

Tête-de-Feu devint pâle comme un mort; cependant il ne prononça pas une parole, et, laissant tomber son rifle, il se mit à courir dans le sentier les bras ouverts. Le boiteux s'y précipita, et ils se tinrent un moment embrassés.

— Girard! l'Aigle-Rusé! murmura enfin Tête-de-Feu, est-ce bien toi? Oh! il y a un Dieu au ciel, puisque j'ai le bonheur de te voir avant que la soif, le froid, la misère et la faim m'aient tué dans un coin de la prairie!

— Et je ne remercie pas moins ce Dieu, Tête-de-Feu, de m'avoir permis de t'embrasser encore une fois, avant que le dégoût des hommes, le découragement et la pauvreté m'aient fait mourir solitairement dans un bouge obscur de quelque grande ville.

Les deux amis se serraient à s'étouffer et pleuraient.

Schmidt attendait que les premiers transports fussent passés pour venir à son tour serrer la main de Girard, quand l'autre voyageur lui dit d'un ton cordial:

— Quoi donc, Schmidt, ne me reconnaissez-vous pas aussi? Nous nous sommes vus pourtant dans des conjonctures qui rapprochent bien vite les gens de cœur.

Schmidt envisagea rapidement celui qui venait de parler.

— Monsieur Albert Lovendal! s'écria-t-il; ah! votre présence ici va donner des consolations à des personnes qui en ont grand besoin. Tout à l'heure seulement, par l'effet du hasard, j'ai appris votre arrivée prochaine sur les bords de la rivière Jaune, mais je n'osais espérer qu'elle dût avoir lieu sitôt.

— Ce voyage serait fait depuis longtemps déjà, si les devoirs impérieux dont j'ai été accablé après la mort de mon père, les intérêts mêmes de Reber... Mais d'abord, Schmidt, rassurez-moi, de grâce, au sujet de nos amis. Cette attaque des Indiens n'a-t-elle eu pour eux aucun résultat fâcheux? Reber, ses charmantes filles...

Je ne sais quel soupçon jaloux vint étreindre le cœur de Schmidt.

— Reber est gravement malade, répliqua-t-il avec réserve, et nous éprouvons de vives alarmes à son sujet. Quant à mademoiselle Krelle, elle se porte bien, et...

— Mais Julia... vous ne me parlez pas de ma chère Julia?

Ce mouvement chaleureux rassura complètement Schmidt.

— Julia est toujours souffrante, et elle ne peut s'habituer à son nouveau genre de vie; mais, ajouta Schmidt avec un faible sourire, si certains projets que j'ai appris aujourd'hui seulement venaient à se réaliser, la pauvre fille recouvrerait bientôt la santé et la joie.

— Puissent vos espérances se réaliser! s'écria Lovendal. Aussi bien je n'ai pas à cacher pourquoi j'ai entrepris ce long et périlleux voyage. Je viens ici demander à Reber la main de Julia, que j'aime et dont je suis aimé peut-être. Je viens aussi lui apporter une somme considérable dont l'égoïsme d'une grand'mère en enfance l'avait privé, et que je suis parvenu à soustraire aux intrigues de quelques misérables.

Schmidt leva les yeux au ciel comme pour le remercier de ces heureuses nouvelles. En ce moment, Girard, sans quitter son vieil ami qui se tenait cramponné à son bras, aborda le colon à son tour et lui dit affectueusement:

— Vous ne m'attendiez guère, mon brave garçon, car j'ai su là-bas à la ville qu'aucune de mes lettres ne vous était parvenue, sauf une qu'on avait jugée sans importance après l'avoir ouverte. J'aurais moi-même rejeté bien loin quiconque m'eût dit, il y a trois mois, qu'à mon âge, et avec mes habitudes nouvelles, je me déciderais à visiter encore ce *lointain Ouest* dont je vous avais fait une peinture si peu attrayante. Mais quand monsieur Lovendal, récemment arrivé à New-York, m'a prié de l'assister dans le long voyage qu'il allait entreprendre à travers le continent américain, il ne m'a pas été possible de résister à ses instances. Depuis le départ du consul, je n'ai plus de poste officiel. Je comptais retrouver ici des amis dévoués, et d'ailleurs je savais que monsieur Lovendal venait au Kansas pour le salut et le bonheur d'une famille à laquelle je porte la plus grande affection. J'ai donc consenti à initier moi-même ce brave jeune homme à la vie des déserts... C'est un excellent élève que j'ai formé là, poursuivit Girard avec enjouement; seulement, il ne devra pas abuser de ses bonnes dispositions, et, quand il aura terminé sa mission dans cette colonie, je lui conseillerai de retourner au plus vite dans les pays civilisés.

— Quoi! l'Aigle-Rusé, dit le coureur des bois avec tristesse, ne resteras-tu pas avec moi pour reprendre cette vie libre et aventureuse que tu aimais tant?

— Autres temps, autres mœurs, mon cher Tête-de-Feu; l'Aigle-Rusé, jadis si redoutable aux bêtes sauvages et aux Indiens, n'existe plus depuis bien des années; il n'y a plus maintenant que Girard le bureaucrate, qui manquerait un buffalo à dix pas, et qui s'enrhume quand il passe une nuit sous la tente.

Le coureur des bois poussa un profond soupir. Burgwillers, qui jusqu'à ce moment s'était tenu par discrétion un peu à l'écart, vint alors se mêler à la conversation.

— Je vous disais bien, s'écria-t-il, que mes voyageurs seraient les bienvenus à la ferme, quoiqu'ils arrivassent trop tard pour frotter les Indiens!... Ah çà! maintenant que vous avez renouvelé connaissance, aucun de vous ne pourrait-il m'indiquer où se cache cet honnête Hermann? J'aurais un pressant besoin de causer avec lui.

— Hermann! s'écria Lovendal, le misérable qui a persécuté avec tant d'acharnement la famille Reber!... et moi aussi je désire le voir... Il ne m'échappera pas cette fois.

— J'ai de même certaines explications à réclamer de lui, dit Girard; je veux savoir de quel droit il a osé s'emparer de lettres qui ne lui appartenaient pas.

— Messieurs, répondit gravement Schmidt, celui dont vous parlez, et dont la vie a été si coupable, brave à présent votre colère et vos menaces; la Providence s'est chargée seule de le punir.

Il raconta la fin tragique du facteur, et indiqua de la main, sous le hangar, une forme longue et immobile, enveloppée dans une peau de bison. Les assistans se turent en apprenant cette punition de tant de mensonges et de tant de fautes. Seul, Burgwillers eut le courage d'aller écarter le linceul, et, après avoir examiné le cadavre mutilé, il dit avec rudesse :

— Ma foi! tant mieux... et la peau de bison est un digne suaire pour l'homme qui faisait tant l'éloge de ces introuvables bêtes.

Cependant Schmidt sentait la nécessité d'annoncer avec précaution à Reber et à ses filles l'arrivée inattendue de Lovendal et les bonnes nouvelles dont il était porteur, une joie subite pouvant être aussi dangereuse qu'un nouveau désastre pour les malades. Il se disposait donc à rentrer au log-house afin de s'acquitter de ce soin, quand il vit tout à coup la porte de la maison s'ouvrir, et les deux jeunes filles, attirées sans doute par le bruit, apparaître sur le seuil.

Schmidt se tourna vers Albert, et le pria tout bas de se cacher jusqu'à ce que l'on eût préparé la pauvre fille à cette émouvante entrevue; mais Albert ne l'entendit pas; Albert, au premier aspect de celle qu'il aimait, ne put contenir ses transports et s'élança vers elle.

Julia demeura d'abord immobile et muette. Comme il lui prenait la main, elle murmura enfin avec une douceur ineffable :

— Albert, je vous attendais... mais vous venez trop tard!

Puis, cédant à la violence de ses émotions, elle tomba évanouie dans les bras de sa sœur, qui disait avec force :

— Non, non, ne la croyez pas, Albert... trop tard pour d'autres, peut-être; mais non pas pour *elle*, je vous le promets!

Pour ne pas refroidir les dernières scènes de ce récit, nous devons revenir un peu en arrière et exposer succinctement les circonstances qui avaient amené Albert Lovendal sur les bords de la rivière Jaune.

On se souvient qu'Albert, encore souffrant des suites de la violence de Reber, avait manifesté dans sa dernière entrevue avec Julia, au village de l'Arche, certains doutes sur l'intervention occulte de son père dans les affaires de la famille émigrante. Après le départ des Reber, il voulut approfondir ses soupçons, et quelques informations prises à la manufacture, certaines paroles échappées au notaire Marais, confident forcé de toute l'intrigue, le confirmèrent pleinement dans sa pensée. En acquérant cette certitude, il ne mit pas de bornes à son indignation et ne prit conseil que de son désespoir.

Après avoir écrit à son père pour lui reprocher sa conduite égoïste, il quitta furtivement Molsheim, monta en chemin de fer, et se rendit au Havre; là il comptait rejoindre les émigrans et s'embarquer avec eux pour l'Amérique. Nous savons comment au Havre un hasard providentiel lui permit de soustraire Kretle aux embûches d'Hermann, comment une dépêche télégraphique, en lui annonçant que le manufacturier était en danger de mort, l'avait décidé à revenir au plus vite dans son pays natal. Toutefois, cette dépêche n'avait pas alarmé bien sérieusement Albert, et il avait surtout obéi à des scrupules de conscience en ajournant l'exécution de ses projets. Il s'était aperçu depuis longtemps du petit manége de son père pour exciter sa pitié et le maintenir dans le devoir. Cette maladie ne semblait pas devoir être plus sérieuse que les précédentes, dont il connaissait maintenant la portée.

Cependant le jeune Lovendal était dans l'erreur cette fois. En arrivant à Molsheim, après avoir traversé de nouveau la France avec la rapidité dévorante des voies de fer, il trouva son père alité et en danger de mort. La santé réellement débile de monsieur Lovendal n'avait pu résister à ces rudes secousses; les maux qu'il avait simulés ou du moins exagérés si souvent l'accablaient à l'envi et allaient prendre leur revanche de ses feintes passées.

Néanmoins, la première entrevue du père et du fils fut pleine de tendresse; il n'y eut ni plaintes, ni reproches du côté du manufacturier, qui voyait son enfant chéri aux prises avec une passion irrésistible; le jeune homme lui-même, sentant qu'il avait des torts à se faire pardonner, redoubla d'affection et de respect envers le mourant. Bien plus, pendant les quelques jours qui précédèrent la fin de monsieur Lovendal, ils s'expliquèrent avec une confiance mutuelle sur la cause de leurs dissentimens passés, et ce fut alors qu'Albert apprit d'une manière complète quelle part son père avait prise à l'éloignement de la famille Reber.

Monsieur Lovendal était, comme on l'a vu déjà, un de ces pères ombrageux qui croient devoir soumettre un jeune homme à une surveillance secrète mais minutieuse, afin d'écarter de lui tout ce qui pourrait faire obstacle à leurs projets. Il avait donc organisé autour de son fils une sorte de police, et il avait su par elle, dès l'origine, l'affection d'Albert pour une des demoiselles Reber. D'abord, il ne s'était pas trop effrayé de ce qu'il considérait comme une amourette sans importance, et, en agissant avec adresse, il avait arraché au jeune homme la promesse de ne plus retourner à la ferme de l'Arche. Mais comme le pauvre amoureux ne tenait pas religieusement sa parole, et comme, d'autre part, certains bruits, bientôt suivis d'événemens graves, annonçaient que l'amour d'Albert prenait des proportions inquiétantes, le père chercha un moyen plus efficace que la persuasion.

Quoique fort économe et excellent calculateur, monsieur Lovendal n'était pas homme à reculer devant des sacrifices d'argent, même considérables, dans une question où il s'agissait du bonheur et de l'avenir de son fils unique. Le parti le plus simple eût été peut-être d'éloigner Albert du pays jusqu'à ce qu'il eût oublié sa folle passion; mais le manufacturier ne se sentait pas le courage de supporter une pareille séparation. Mieux valait éloigner l'objet de ce fol amour, si l'entreprise était possible. Monsieur Lovendal prit des informations sur la famille Reber. Il ne tarda pas à connaître l'état embarrassé, presque désespéré des affaires du fermier, et il conçut un plan qui, selon lui, devait tout sauver.

Il n'était bruit alors dans la vallée de l'Arche que du courtier d'émigrans Hermann, qui recrutait des colons pour l'Amérique et leur offrait, disait-on, de brillantes chances de fortune. Monsieur Lovendal manda secrètement Hermann à la manufacture, et n'eut pas de peine à le faire entrer dans ses vues. Il s'agissait de déterminer Reber à partir pour l'Amérique avec sa famille, et Lovendal proposait de mettre à la disposition du courtier les sommes nécessaires. Hermann, comme on peut croire, accepta la proposition avec empressement; elle devait lui permettre d'affecter une grande générosité envers la famille Reber, ce qui seconderait ses desseins personnels et ce qui produirait certainement un excellent effet sur les gens du pays.

Nous savons comment des circonstances impérieuses vinrent favoriser ce plan et obligèrent en quelque sorte le fermier à entrer dans la voie qu'on lui ouvrait. Hermann l'y poussa de tout son pouvoir, en organisant un système d'avanies et de vexations contre la famille Reber parmi la populace de l'Arche et les ouvriers de la manufacture. On voulait rendre le séjour du village insupportable au père et aux filles, et nous savons comment on y parvint. Monsieur Lovendal était resté étranger à cette partie du complot; mais il avait fourni les fonds nécessaires pour payer Nathan; il était l'acquéreur réel de la ferme, et, aussitôt après le départ des Reber, cette acquisition devint à peu près publique. Malheureusement, les choses n'avaient pas tourné pour lui comme il l'espérait. Son fils, déjà victime de l'aveugle colère du fermier, n'avait pu résister au désespoir que lui causait le départ de celle qu'il aimait, et, cédant aux suggestions d'une passion insurmontable, s'était enfui pour rejoindre la famille émigrante. Ce fâcheux résultat de tant d'intrigues avait porté le dernier coup au pauvre vieillard; il était tombé gravement malade, et des amis officieux avaient employé la voie télégraphique pour inviter Albert à revenir sans retard auprès de lui.

En apprenant que l'expatriation des Reber était surtout l'œuvre de son père, le jeune homme remontra énergiquement au manufacturier les conséquences possibles d'un pareil acte. La conduite d'Hermann au Havre donnait la certitude qu'il avait indignement trompé les futurs colons, et que ceux-ci trouveraient déception et misère au terme du voyage. Touché de ses plaintes, et sans doute aussi poussé par les remords de sa conscience, le malade avait voulu réparer ses torts. On avait écrit sans retard à un député influent à Paris; des instructions secrètes et des lettres de crédit avaient été envoyées à monsieur ***, consul à New-York. Grâce à l'activité d'Albert, à la rapidité des steamers, tout cela était parvenu à New-York bien avant le mauvais navire à voiles qui portait la famille Reber, et nous avons vu avec quelle délicate obligeance le consul avait accompli la tâche de protéger les émigrans.

Ces soins divers occupèrent les derniers jours de monsieur Lovendal, et bientôt il mourut dans les bras de son fils, en lui demandant pardon des chagrins dont il avait été la cause.

Demeuré seul et maître de ses actions, Albert ne songea plus qu'à mettre en ordre les affaires de la manufacture et à partir au plus tôt pour l'Amérique. Comme il faisait ses préparatifs de voyage, il reçut la lettre écrite de New-York par Schmidt au nom de Reber. Dans cette lettre, l'ancien fermier reconnaissait envers lui ses erreurs et ses fautes, lui en demandait pardon, et le chargeait d'une mission de confiance pour rechercher à la ferme de l'Arche le trésor que l'on y supposait caché par la grand'-mère. Ces nouvelles comblèrent de joie le jeune Lovendal; elles l'innocentaient du crime odieux dont on l'avait accusé envers la pauvre Kretle, et un rapprochement devenait maintenant possible entre lui et la famille de sa chère Julia. Quant à la tâche qu'on lui confiait, rien de plus simple et de plus facile à remplir. Il était, comme nous l'avons dit, seul propriétaire de la petite ferme de Reber, et personne ne pouvait s'opposer à ce qu'il opérât des perquisitions chez lui. Il s'était donc empressé de s'entendre avec le notaire Marais, qui, de son côté, avait reçu une communication semblable, et rien ne semblait devoir s'opposer à la découverte de la cassette, si la cassette existait en effet. Mais il se présenta des obstacles sur lesquels ni l'un ni l'autre n'avait compté.

On n'a pas oublié qu'Hermann, lors de sa rixe avec l'ancien fermier dans une rue de New-York, s'était emparé d'une lettre que Reber avait laissé tomber pendant la lutte. Le misérable, à peine revenu à lui-même, s'était hâté d'ouvrir cette lettre, et il avait conçu immédiatement le projet d'utiliser la nouvelle importante qu'elle contenait. Mais comment? Il ne pouvait repartir si vite pour la France, car des intérêts importans le retenaient encore auprès de William Bell, et d'ailleurs il lui fallait soigner ses contusions. Cependant il n'y avait pas un instant à perdre; selon toute apparence, la lettre perdue allait être écrite de nouveau et envoyée en France par le prochain courrier; de la sorte, le trésor ne pouvait manquer de tomber dans les mains honnêtes auxquelles on le confiait. Hermann, voyant l'impossibilité de s'approprier lui même ces valeurs, ne voulut pas du moins qu'elles revinssent à leur légitime propriétaire. Il s'adressa donc à son ancien ami Nathan, qui était demeuré au pays, et crut devoir lui rendre un service dont l'autre sans doute lui saurait gré plus tard. Tandis qu'il déposait une plainte au bureau des policemen contre Reber, et qu'il obtenait un warrant d'arrestation, il écrivait à l'usurier tout le secret de l'argent caché à la ferme de l'Arche, et sa lettre arrivait dans les Vosges en même temps que les lettres adressées à Lovendal et au notaire Marais.

Or, Nathan n'était pas homme à négliger cet avis, et sa très douteuse probité n'avait pas besoin d'une aussi forte tentation pour succomber.

Voulant éviter les suppositions et les commérages auxquels ces recherches pouvaient donner lieu dans le village, Lovendal et le notaire Marais, qui était en même temps maire de l'Arche, avaient résolu de ne se rendre à la ferme que la nuit. Donc, pendant la seconde nuit qui suivit l'arrivée de la nouvelle, ils se dirigèrent clandestinement vers l'ancienne demeure de Reber. Ils étaient seulement accompagnés d'un robuste clerc, qui portait une lanterne et quelques instrumens destinés à sonder les murailles. La maison était inhabitée, et Philippe, le valet de ferme qui d'abord en avait eu la garde, l'avait quittée depuis longtemps. Aussi quelle fut la surprise d'Albert quand, au moment d'introduire la clef dans la serrure, il entendit un bruit intérieur qui trahissait des habitans!

Lovendal fit signe à ses compagnons de garder la porte et d'être attentifs; pour lui, escaladant avec agilité la galerie extérieure qui entourait, selon l'usage, cette espèce de chalet, il vint regarder au volet d'une fenêtre récemment fracturée. Il était temps! Grâce aux indications précises d'Hermann, Nathan avait sans peine trouvé le coffret dans sa cache secrète; il en avait forcé la serrure, et il était en train de donner une fête à ses yeux, en contemplant l'or, les diamans et les billets de banque de la défunte madame Dietrich.

Comme on peut croire, cette contemplation ne tarda pas à être troublée; Nathan, surpris en flagrant délit de vol avec effraction, s'humilia et avoua comment il avait eu connaissance du dépôt. Albert voulait le laisser aller, mais monsieur Marais, en sa qualité de magistrat, ne pouvait permettre qu'un pareil acte demeurât impuni. L'usurier fut donc arrêté, traduit en cour d'assises et condamné à plusieurs années d'emprisonnement, à la grande joie des gens du pays qui avaient été victimes de ses exactions.

La nécessité de témoigner dans cette instruction criminelle, les formalités à remplir pour que les valeurs laissées par madame Dietrich fussent bien et légalement acquises à la famille Reber, enfin les affaires de la succession paternelle, retinrent Albert à Molsheim pendant plusieurs mois encore. Dans cet intervalle, il reçut plusieurs lettres, soit de Girard, soit de Reber lui-même; mais, bien que de son côté il eût écrit plusieurs fois au père de Julia, celui-ci ne paraissait pas en avoir connaissance. On sait en effet par quelles infâmes manœuvres Hermann était parvenu à désespérer les colons des Deux-Sœurs. Profitant de l'autorité que lui donnait sa haute position dans la compagnie William Bell, il avait invité le révérend Jones, qui réunissait dans ses mains tous les pouvoirs administratifs de Stockton, à retenir les lettres qui arriveraient pour Reber ou pour Schmidt, et à les lui expédier sous enveloppe à New-York. Il s'adressait bien; Jones, quoique ministre d'une des innombrables sectes reconnues en Amérique, avait une âme de boue, et son dieu réel était le dieu dollar. Il accomplit donc avec une basse complaisance cette mission déloyale; les lettres destinées à Reber ou à Schmidt avaient été renvoyées à Hermann, sauf une que l'hypocrite avait jugé à propos de remettre à son adresse pour ne pas donner de soupçons, après s'être assuré toutefois qu'elle ne contenait rien d'important.

C'était ainsi qu'Hermann avait connu le mauvais succès de ses menées en France et la punition de Nathan, son complice. Mais il fut surtout frappé d'apprendre que la cassette découverte à la ferme de l'Arche renfermait pour plus de cent mille francs de valeurs nettes de tous changes et de tous droits. La pensée lui vint alors que Kretle, qu'il aimait comme un pareil misérable peut aimer, allait devenir un parti très sortable, d'autant plus qu'Albert Lovendal, décidé à épouser Julia, serait probablement trop fier pour réclamer une dot. Ces considérations le décidèrent à se faire envoyer à Stockton avec le titre de facteur général. Il comptait se donner un vernis de délicatesse et de générosité aux yeux de la malheureuse famille, qui ignorait encore ce retour de fortune, en offrant de réparer par un mariage l'indigne attentat commis autrefois sur Kretle; d'ailleurs il n'ignorait pas les obligations onéreuses contractées par le colon envers la compagnie, et il espérait en profiter si habilement que Reber se trouverait dans l'impossibilité de lui refuser la main de sa fille.

Nous avons dit comment ces ignobles combinaisons avaient échoué devant la haine et le mépris qu'Hermann inspirait à toute la famille, et comment une mort affreuse était venue le surprendre au milieu de ses intrigues. Quant à Lovendal, après avoir terminé ses affaires en France, et placé sur les meilleures banques d'Amérique les fonds provenant de la succession Dietrich, il s'était embarqué pour New-York. Dans cette ville, il s'était lié d'amitié avec l'ancien secrétaire du consulat, Girard, auquel les colons devaient déjà tant de reconnaissance, et il n'avait pas eu de peine à déterminer cet excellent homme à l'accompagner dans le Kansas. Ils s'étaient associés à une troupe d'émigrans et de marchands qui devaient suivre la même route, et ils avaient pu arriver la veille à Stockton, sans difficultés sérieuses, sinon sans grandes fatigues. A Stockton, Girard n'avait pas tardé, en menaçant Jones, à lui arracher l'aveu des odieuses machinations d'Hermann, et les deux amis se préparaient à en poursuivre le châtiment, quand Burgwillers était venu porter à la ville la nouvelle de l'attaque de la ferme par les Indiens. Aussitôt les voyageurs s'étaient mis en marche avec les gens à leurs gages et tous les gens de bonne volonté qu'ils avaient pu recruter; nous savons comment les Pawnies s'étaient retirés longtemps avant l'arrivée de ces secours.

Maintenant que le lecteur est au courant des événemens antérieurs, il comprendra mieux ce qu'il nous reste à lui conter.

Vers la fin de cette même journée, une scène solennelle avait lieu dans la salle basse du log-house des Deux-Sœurs. Reber succombait à la maladie qui le minait depuis longtemps; les émotions poignantes de la veille et de la nuit précédente, les émotions douces de la journée elles-mêmes avaient achevé de briser les ressorts de la vie dans cette organisation usée, et le pauvre colon allait paraître devant Dieu. Kretle et Julia, le visage baigné de larmes, étaient toujours à ses côtés, tenant ses mains déjà glacées par les approches de la mort. Schmidt et Albert, à peine moins navrés que les deux sœurs, demeuraient debout près du lit, les yeux baissés. Le brave Tête-de-Feu était un peu à l'écart avec Burgwillers, et ni l'un ni l'autre n'osait faire un mouvement, par respect pour les légitimes douleurs qui éclataient autour d'eux. Un petit crucifix de cuivre posé sur le lit sanctifiait cette mort d'un homme qui, malgré la rusticité de ses manières, avait toujours été un homme de bien.

Reber, comme il arrive parfois, avait recouvré au dernier moment cette force factice, cette lucidité d'intelligence que l'on prendrait pour des symptômes favorables si l'expérience n'avait prouvé le contraire. On a comparé souvent cette passagère résurrection à la lueur plus vive que jette une lampe au moment où l'huile va lui manquer et où la flamme va s'éteindre.

— Adieu, mes enfans, disait le mourant en cherchant à voir une dernière fois les traits chéris de Kretle et de Julia. Vous avez toujours été de bonnes filles, dévouées envers votre mère et envers moi; vous serez de même des épouses affectionnées et de tendres mères de famille... Souvenez-vous de moi, et pardonnez-moi mes fautes; j'en ai commis de grandes, surtout quand je vous ai fait quitter votre pays natal afin de vous emmener dans ces tristes déserts. Les choses ont mieux tourné pour vous que je ne devais l'espérer, mais moi je porte maintenant la peine de mon imprudence. Je ne m'en plains pas: il vaut mieux que la punition retombe sur moi, qui l'ai seul méritée... Et cependant il est dur de laisser ses os ici, quand je sais qu'il y a une place vide là-bas, dans le cimetière de l'Arche, à côté de ma pauvre Madeleine! — Reber s'arrêta épuisé, et l'on n'entendit plus que les sanglots des assistans. — Monsieur Albert, poursuivit le moribond après une assez longue pause, vous êtes arrivé ici comme un ange de consolation pour adoucir mes derniers instans. Sans vous ils eussent été bien amers, car la pensée de la misère et de l'isolement où j'aurais laissé mes pauvres filles eût rendu bien poignante cette heure suprême. Cependant j'ai été autrefois injuste et brutal envers vous; pardonnez-le moi aussi, et que le bonheur dont vous jouirez auprès de ma chère Julia vous fasse oublier les procédés cruels de son père. — Albert balbutia quelques protestations d'une voix étouffée. — Il suffit, reprit le colon; mais j'ai d'autres devoirs à remplir... Schmidt, mon brave et généreux Schmidt, es-tu là?

— Me voici, mon ami, dit le pauvre jeune homme qui pouvait à peine parler.

— Envers toi, mon garçon, reprit Reber, nous avons contracté, mes filles et moi, plus d'obligations qu'envers personne, plus que nous ne pourrions jamais en reconnaître si tu n'aimais pas depuis longtemps ma chère Kretle et si tu n'étais aimé d'elle. Epouse-la donc, cette Kretle à laquelle surtout tu as montré tant de dévouement. Tu connais son passé, mais tu sais que la pauvre enfant a été plus à plaindre qu'à blâmer, et tu as vu comment Dieu a puni le vrai coupable. D'ailleurs, ici, où vous avez le projet de vous établir pour continuer l'œuvre que je laisse inachevée, vous n'entendrez jamais ni reproche ni sarcasme sur ce funeste passé; votre mutuelle affection effacera les légers nuages qu'il pourrait jamais élever entre vous. Oui, mes enfans, restez ici; vous êtes l'un et l'autre jeunes et forts, vous prendrez aisément les habitudes qu'impose ce pays, et vous y prospérerez, si Dieu le veut. Quant à moi, je ne vous quitterai plus; vous placerez ma tombe près de la ferme, et vous irez y pleurer et y prier quelquefois, pendant que Julia et Albert iront prier et pleurer là-bas, sur la tombe de Madeleine, à l'autre bout du monde... n'est-ce pas justice? — Reber fit une nouvelle pause; sa respiration devenait pénible et sifflante; cependant il conservait encore sa lucidité. Bientôt il appela tour à tour Girard, Tête-de-Feu, Burgwillers, et les remercia par quelques paroles bien senties de leurs bons offices. — Vous m'avez donné une nouvelle preuve, leur dit-il, de la vérité du proverbe « qu'il y a de bonnes gens partout, » et je n'ai jamais trouvé d'amis plus généreux que dans ce pays, où certains hommes rivalisent de cruauté avec les bêtes féroces.

Il reprit bientôt : — Je ne vous partage pas, mes enfans, la somme considérable que vient d'apporter monsieur Lovendal. S'il y a plus tard lutte entre les deux beaux-frères et les deux sœurs au sujet de cette somme, ce sera seulement, je le sais, lutte de désintéressement ; il n'est pas d'âme au monde aussi noble que celle d'Albert, sinon celle de Schmidt ; il n'est pas de cœurs d'ange comme ceux de Kretle et de Julia. Arrangez-vous donc en bons frères et en bonnes sœurs, mes enfans, et que le ciel vous protége tous ! — Cette conversation épuisait Reber ; Julia l'invita doucement à se reposer : — A quoi bon ? reprit-il. Dieu ne mesure-t-il pas les instans qu'il me laisse ? Eh bien ! mes enfans, ce missionnaire catholique arrivé récemment à Stockton et que vous avez envoyé chercher, ne va-t-il pas bientôt venir ? qu'il se hâte, car je suis bien impatient de me réconcilier avec Dieu, et je veux mourir en chrétien ! — Schmidt annonça que l'un des guides, parti avec Thompson pour la ville, avait été chargé d'amener le missionnaire à la ferme avec toute la célérité possible ; on attendait leur arrivée d'un moment à l'autre. — Mes enfans, poursuivit le malade, ce n'est pas seulement pour moi que je souhaite la présence d'un prêtre de notre religion, c'est aussi pour vous. Sans doute on n'est pas astreint ici aux règles si impérieuses de l'autre côté de la mer, mais il ne serait pas convenable, mes filles, qu'après moi vous restassiez seules dans ce désert, sous le même toit que vos fiancés. Je désire donc que le missionnaire vous marie ici-même, en ma présence ; ce sera pour moi une bien grande consolation.

— Quoi ! mon père, balbutia Julia, exigez-vous qu'au moment où nous avons le cœur déchiré...

— Il le faut, chère petite, répliqua le mourant avec fermeté ; je me suis assuré d'avance que la chose était faisable, et vous ne voudrez pas, j'en suis sûr, vous refuser au dernier vœu de votre père.

Les deux sœurs et les deux fiancés répondirent en pleurant qu'ils étaient prêts à obéir. Reber les remercia par signe, car la voix lui manquait.

A la chute du jour, le missionnaire catholique arriva de Stockton ; c'était un vénérable prêtre irlandais, qui depuis plus de vingt ans parcourait en tout sens le continent américain pour porter les secours de la religion à ses compatriotes émigrés et pour convertir les peuplades sauvages. Il parlait plusieurs langues, et notamment le français, car c'était en France qu'il avait fait ses études théologiques et reçu la prêtrise. Schmidt et Albert Lovendal lui ayant exprimé les vœux du mourant, il promit de s'y conformer, et, après quelques minutes de repos dans la hutte de Tête-de-Feu, il se mit en devoir de tout disposer pour la cérémonie.

Cette cérémonie fut simple et rustique, comme l'exigeaient les circonstances ; néanmoins elle eut un caractère de majesté et de grandeur dont les deux jeunes couples conservèrent le souvenir jusqu'à leur dernier jour.

La nuit était venue. Dans la salle basse où se trouvait le lit grossier de Reber, on avait allumé toutes les lumières que pouvait fournir l'habitation. Une petite table était recouverte d'une serviette blanche, et sur cet autel improvisé le missionnaire avait déposé un crucifix de cuivre argenté et un saint-ciboire ; les vases sacrés avaient été tirés d'une boîte qu'il portait toujours avec lui dans ses longs et dangereux pèlerinages. Lui-même s'était revêtu d'une aube blanche, et d'une étole dont la mince broderie d'argent était demeurée aux mains des pirates de la prairie, qui avaient une fois tenu le pauvre prêtre en leur pouvoir.

Les futurs époux vinrent s'agenouiller sur une peau devant l'autel ; Schmidt, qui en sa qualité de maître d'école avait souvent servi la messe au village de l'Arche, remplissait les fonctions de sacristain et suivait l'office dans un livre de liturgie. Girard, Tête-de-Feu et Burgwillers, qui, avec un des guides catholiques français de la Louisiane, devaient servir de témoins au mariage, se tenaient autour du lit mortuaire, dans une attitude recueillie. La porte de la salle était restée ouverte, et, grâce à l'éclat des lumières, on pouvait voir dans l'enclos les figures bronzées et les costumes pittoresques des guides, coureurs des bois et chasseurs, qui avaient accompagné à la ferme Lovendal et Girard. Ces gens grossiers, quoiqu'ils n'appartinssent pas au culte catholique, contemplaient avec un étonnement mêlé de respect ces cérémonies *papistes*, si élevées et si touchantes en regard du cérémonial observé dans certaines autres sectes chrétiennes. Au loin on entendait le bruissement de la rivière, les cris des oiseaux de nuit et les aboiemens plaintifs des coyotes, comme si le désert eût voulu mêler ses harmonies aux harmonies grandioses de la religion et de la mort.

Le missionnaire, qui avait déjà reçu la confession de Reber, lui administra les derniers sacremens ; puis, après quelques paroles bien senties et qui firent verser d'abondantes larmes aux jeunes gens, il donna la bénédiction nuptiale aux deux couples. La cérémonie terminée, il posa sur l'autel même un petit registre qu'il tira de sa cassette, et rédigea l'acte de mariage. A peine cet acte avait-il été signé par les époux et par les témoins, que Kretle et Julia durent courir à leur père, qui était en proie aux dernières convulsions de l'agonie. Cependant il les reconnut encore et balbutia d'une voix faible :

— Merci, mes filles... je suis content... Soyez heureuses ! — Sur un geste du prêtre, qui avait trop fréquenté les mourans pour ne pas reconnaître à des signes certains une mort imminente, tout le monde se prosterna de nouveau. Reber s'agitait faiblement en prononçant des paroles sans suite ; le plus profond silence régnait dans la salle. Enfin on entendit distinctement ces mots : — J'ai voulu la fortune, et je suis allé la chercher à l'autre extrémité du monde, tandis qu'elle se trouvait sous l'humble toit où je suis né... je meurs à la peine... Néanmoins, que Dieu soit béni !

On écoutait toujours, mais la voix avait cessé.

Bientôt une explosion de cris et de sanglots annonça aux gens du dehors que le pauvre colon venait de rendre le dernier soupir.

CONCLUSION.

Reber fut enterré au pied de la colline, dans un endroit solitaire et triste qui invitait au recueillement. Quant au facteur, Thompson était venu en chercher le corps dans un chariot couvert, et l'avait transféré à la ville ; et l'officier de justice avait profité de l'occasion pour dresser un magnifique procès-verbal où il narrait l'attaque du log-house par les sauvages, les exploits du défunt facteur, et ses propres prouesses pour reconquérir les registres et les papiers de la compagnie, si malheureusement perdus.

Huit jours après ces événemens, tout était prêt pour le départ de monsieur et de madame Lovendal, qui allaient retourner en France, tandis que Schmidt et sa chère Kretle devaient demeurer aux Deux-Sœurs, pour diriger l'établissement fondé par Reber avec tant de peine.

Les arrangemens conclus entre les beaux-frères furent tout à l'avantage du colon. Albert avait remontré à Schmidt qu'il possédait en France des capitaux suffisans pour faire prospérer sa manufacture, tandis que lui, Schmidt, devait encore dépenser des sommes considérables pour mettre en rapport les terres de la ferme. En conséquence, Lovendal avait non-seulement abandonné à Schmidt les droits de Kretle sur le domaine, mais encore sa part de la succession de la grand'mère, et il y avait eu entre eux, comme l'avait prévu Reber, un combat de générosité. A la fin, Schmidt avait été obligé de céder, mais à la condition que si jamais les affaires du manufacturier devenaient moins florissantes, il n'hésiterait pas à recourir au colon.

Pendant la semaine qui s'était passée entre l'arrivée d'Albert et le jour du départ, Julia, naguère encore si faible et si souffrante, avait repris insensiblement des forces. Malgré le chagrin que lui avait causé la perte de son père, le coloris de la santé commençait à reparaître sur ses joues, et elle semblait revenir à la vie. La présence continuelle de son cher Albert, la pensée de retourner en France pour y vivre auprès de lui, agissaient sur elle comme un charme bienfaisant. D'ailleurs, une appréhension vague, qu'elle n'osait s'avouer à elle-même, la pressait de partir. En voyant son mari si jeune, si beau, si séduisant, elle craignait que l'ancienne affection de Krelle pour lui ne se ranimât, et elle avait hâte de mettre entre eux l'immensité des mers. Nous devons dire que, même avant cette séparation, elle eut la certitude que ses craintes étaient vaines; Krelle, en effet, avait complétement dominé une passion éphémère; maintenant elle aimait son mari d'un amour profond, sincère, basé sur l'estime et la reconnaissance, et cet amour ne s'est jamais démenti.

Lovendal, voulant reconnaître les services que Burgwillers avait rendus à la famille, avait offert au brave homme de le ramener en France et de lui confier la petite ferme autrefois possédée par Reber. Burgwillers semblait n'avoir d'autre parti à prendre que de consentir à cet arrangement. La dernière incursion des Indiens l'avait ruiné; il ne possédait donc plus rien au monde que ses deux cents acres de prairies, et ces deux cents acres produisaient seulement de la sauge nauséabonde, et au printemps quelques touffes d'herbe à bisons. Cependant, tout en remerciant Albert de cette obligeante proposition, l'ancien marquard ne l'accepta pas d'abord.

— Voyez-vous, monsieur Lovendal, dit-il avec bonhomie, ce pauvre défunt Reber et moi nous avions formé un tas de beaux projets, et ça n'a pas abouti à grand'chose. Lui, qui devait défricher tant de terres et de forêts, construire des maisons, des moulins, des usines, que sais-je? il est maintenant couché au pied de la colline sous une croix de bois, et moi qui devais avoir de si magnifiques étables, des fromageries, des troupeaux immenses, je ne possède plus même une méchante hutte pour me retirer la nuit. Je ferais donc bien peut-être de retourner à l'Arche avec vous. L'ancien domaine de Reber est un excellent terrain, et je travaillerais comme il faut, ce qui ne m'empêcherait pas d'avoir sur la montagne, comme autrefois, un chalet et des pâturages. Sans doute les gens du pays se gausseront de moi en me voyant revenir misérable; mais il faut mépriser les sots propos, et d'ailleurs je ferais à nos voisins de tels contes de mes aventures qu'ils en ouvriraient les oreilles comme des portes d'église. Malgré tout cela, voyez-vous, je pense encore à ces bisons que je suis venu chercher ici et que je ne rencontre jamais; en définitive, ce sont bien des bestiaux sauvages, n'appartenant à personne, et l'on pourrait faire un bon coup avec eux... m'en aller de l'Amérique sans savoir à quoi m'en tenir sur ce point serait peut-être une sottise; aussi, tenez, laissez-moi réfléchir encore.

Albert consentit en souriant; mais Tête-de-Feu, qui avait entendu cette conversation, ne put retenir un geste d'impatience.

— *Caramba!* murmura-t-il; notre cher compatriote est têtu comme un mulet... Le bon Dieu ne permettra-t-il pas qu'il apprenne enfin de quoi il retourne au sujet des buffalos?

Ce souhait ne tarda pas à être exaucé. Deux jours après, vers le soir, les chevaux et les bestiaux, qu'on avait menés paître sur le bord de la rivière, revenaient paisiblement à l'habitation, quand Tête-de-Feu, qui était à causer sur le seuil de la porte avec son ami Girard, se leva tout à coup et cria d'une voix forte aux gardiens:

— Alerte! mes amis; rentrez et faites rentrer vos bêtes, ou vous allez être écrasé!

En même temps, il indiquait de la main l'autre bord de la rivière, d'où commençait à s'élever un bruit sourd et formidable. Les gardiens comprirent sans doute de quoi il s'agissait, car, après avoir jeté un regard en arrière, ils poussèrent plus vivement les animaux domestiques vers la ferme. A peine bêtes et gens étaient-ils entrés dans l'enclos, que Tête-de-Feu s'empressa de barricader la porte.

— Et maintenant, reprit-il, tous ceux qui ont des rifles ou des fusils vont monter avec moi sur l'étable. Si l'immense troupeau qui s'avance rencontrait nos défrichemens et nos huttes sur son chemin, il serait capable de tout renverser, de tout saccager; il faut donc nous efforcer de l'en écarter et de le refouler dans la prairie... Cependant, ajouta-t-il en clignant des yeux, il n'est pas défendu de chercher à se procurer quelques bouchées de viande fraîche pour les jolies dames du logis, si les buffalos passent à portée.

Les habitans de la ferme étaient alors nombreux, car les gens qui avaient accompagné Lovendal et Girard campaient dans l'enclos. Ils accoururent à l'appel de Tête-de-Feu, et Burgwillers lui-même ne tarda pas à paraître, sa carabine à la main.

— Bon Dieu! monsieur Tête-de-Feu, dit-il au coureur des bois, qui avait déjà pris son poste sur la plate-forme de l'étable, que se passe-t-il donc? Avons-nous encore affaire à des sauvages?

— Non pas, et pourtant le nouveau fléau n'est peut-être pas moins redoutable que l'ancien... Vous désirez depuis longtemps voir des buffalos, camarade; eh bien! montez, vous serez satisfait.

— Les bisons! s'écria Burgwillers qui en deux bonds fut aux côtés du coureur des bois. Où sont-ils? je ne les vois pas.

— Mais n'entendez-vous rien?

— Il faudrait pour cela être sourd; on dirait d'un tonnerre éloigné, ou du grondement d'une cataracte.

— C'est le troupeau qui s'approche; il a traversé la rivière il y a quelques jours, à une cinquantaine de milles d'ici, mais sans doute il n'aura pas trouvé sur l'autre bord les herbages qu'il cherchait, ou bien il aura été tourmenté par les chasseurs, car le voilà qui regagne cette portion de la prairie. Tenez, l'apercevez-vous maintenant?

On se souvient que l'autre rive du fleuve était couverte d'arbres ou plutôt de taillis épais qui formaient une ligne noire sur l'horizon. Tout à coup il se fit dans le taillis une immense trouée, les arbres tombèrent comme tranchés par la faux d'un géant, et l'œil des curieux aperçut un paysage inconnu et nouveau. Au même instant, la sourde rumeur qu'on entendait depuis longtemps devint un fracas tumultueux qui grandissait toujours, et l'on vit à travers un nuage de poussière des milliers de grands animaux noirs et difformes, à la longue barbe, aux cornes recourbées, aux yeux étincelans, se précipiter vers la rivière. Les premiers qui atteignirent l'eau voulurent s'arrêter pour boire, mais, poussés par ceux qui suivaient, ils durent se mettre à la nage et se dirigèrent vers l'autre bord. La surface du fleuve se hérissa de têtes sombres, aux naseaux béans; les flots agités par tous ces membres puissans, refoulés par toutes ces larges poitrines, rejaillissaient au loin et refluaient sur les grèves. Cependant c'était là seulement la tête du troupeau; les bisons arrivaient toujours à rangs plus pressés, et le taillis saccagé par eux ne présentait plus que l'aspect d'une plaine nue. Bientôt l'eau disparut entièrement sur une grande largeur, cachée par ces corps innombrables; c'était à la fois magnifique et terrible.

La colonne se dirigeait vers la petite vallée qui séparait le monticule de la forêt, attirée sans doute par les verdoyans pâturages. Tête-de-Feu comprit le péril.

— Attention! mes amis, dit-il d'une voix qui domina le bruit; si le troupeau s'engage dans cette espèce de défilé, il renversera nos palissades, foulera aux pieds nos récoltes, et peut-être nous-mêmes ne serons-nous pas à l'abri de ses atteintes. Il s'agit de déterminer ces gaillards à changer de route.

Le coureur des bois donna ses instructions aux colons, qui s'empressèrent de les exécuter. Ils poussèrent tous ensemble des cris perçans, et ouvrirent un feu roulant continuel sur le troupeau avec leurs grosses carabines.

Ce vacarme parut jeter de l'hésitation dans les premiers rangs de l'immense migration. Les chefs de la bande voulurent encore s'arrêter, et leurs yeux hagards se tournèrent vers le point d'où partait cette rumeur humaine; mais, cédant à la force irrésistible qui les poussait en avant, ils continuèrent leur marche. Seulement, au lieu de donner tous dans l'étroite vallée, comme ils semblaient d'abord en avoir l'intention, la plupart gagnèrent la plaine de l'autre côté de la ferme. Ainsi, le troupeau se trouvait scindé en deux parties par la colline qui supportait l'habitation, et la plus petite seulement avait à traverser la vallée.

C'était un résultat important. Cependant les colons redoublaient leurs cris et leurs coups de fusil pour empêcher autant que possible l'encombrement dans le défilé. Bientôt la colline fut complétement entourée d'animaux monstrueux mugissant sur tous les tons, se heurtant les uns les autres, et faisant trembler le sol de leurs bonds précipités. On était assourdi par le bruit, on était pris de vertige en regardant ce courant d'animaux sauvages s'écouler vers la prairie, et leurs âcres émanations infectaient l'air à plusieurs milles à la ronde.

Pendant plus d'un quart d'heure l'immense colonne défila ainsi; la tête du troupeau s'enfonçait dans les hautes herbes de la plaine, quand l'arrière-garde avait encore le fleuve à franchir. Enfin pourtant le calme se rétablit peu à peu; le troupeau tout entier finit par disparaître comme une trombe dans l'éloignement, et l'on n'aperçut plus que de rares traînards qui se hâtaient, poursuivis par les loups et les vautours.

Deux ou trois bisons seulement avaient été atteints par les balles des tireurs; ils étaient restés sur leurs genoux, blessés mortellement, mais vivant encore, et incapables de rejoindre la bande. Des chasseurs novices, parmi lesquels se trouvait Burgwillers, s'empressèrent d'ouvrir la porte et de s'avancer vers eux le couteau de chasse à la main.

Tête-de-Feu, qui n'avait pas quitté son poste élevé, leur cria d'un ton d'inquiétude :

— Prenez garde, ces bêtes sont encore redoutables, et, si vous les abordiez imprudemment... Tenez, qu'est-ce que je disais?

En effet, un des chasseurs s'était approché d'un taureau qui rendait des flots de sang noir par la bouche et les narines. Ne jugeant pas nécessaire de prendre de grandes précautions avec un animal évidemment frappé à mort, il allait lui enfoncer son couteau dans la gorge, quand le taureau se releva, le chargea impétueusement, et d'un coup de tête l'envoya tomber à dix pas de là sur le gazon. Heureusement l'imprudent avait été atteint par le mufle et non par les terribles cornes du bison. Après être resté un moment étourdi, il se remit sur ses pieds, et s'enfuit poursuivi par les huées des autres chasseurs, tandis que le taureau, épuisé de cet effort, s'affaissait lourdement sur le sol en exhalant son dernier soupir dans un lugubre beuglement.

Des deux autres bisons blessés, l'un avait été dépêché d'un coup de carabine à bout portant, mais le troisième ne se montra pas moins redoutable que le premier. C'était un vieux mâle; son poil était tout usé par l'habitude qu'ont ces ruminans de se rouler dans le sable; une épaisse crinière couvrait ses yeux petits, brillans et sournois. Or, ce fut à celui-là que Burgwillers eut la mauvaise chance de s'adresser. Comme il s'approchait avec confiance pour l'achever, la bête se redressa tout à coup et s'élança sur lui avec autant de vigueur que si elle n'eût reçu aucune blessure. L'ancien marquard détala lestement, et bien lui en prit que le terrain en pente gênât les allures de son adversaire, qui trébuchait à chaque pas. Cependant le maudit bison continuait sa poursuite avec une ténacité, un acharnement, une sorte d'intelligence méchante qui paraissait du plus sinistre augure. Ses forces étaient loin d'être épuisées, quand une balle, sortie à propos de la carabine de Tête-de-Feu, vint le frapper au cœur et le fit rouler comme une masse au bas du talus. Une seconde plus tard, Burgwillers éperdu, hors d'haleine, eût été certainement éventré.

Le coureur des bois se rendit alors sur le théâtre de la lutte, et reçut les félicitations de tous les assistans pour cet heureux coup. Comme Burgwillers balbutiait quelques remercîmens, Tête-de-Feu lui dit avec ironie :

— Eh bien! voisin, vous connaissez maintenant les buffalos; qu'en pensez-vous?

— Miséricorde! s'écria le pauvre marquard encore tout frémissant des terribles émotions qu'il venait d'éprouver, on appelle cela des *bœufs sauvages*! que sont donc les panthères et les ours?—Il ajouta, en s'adressant à Lovendal qui riait de sa déconvenue : — C'est entendu, monsieur Albert, je retournerai au pays avec vous... J'aime mieux avoir affaire aux pacifiques vaches de nos montagnes qu'à ce vilain bétail-là.... Que le diable l'emporte!

En effet, le soir même il vendit à Schmidt ses deux cents acres de prairie, et commença d'une manière sérieuse ses préparatifs de départ.

Le jour tant souhaité et tant redouté arriva enfin. Schmidt et sa femme avaient eu d'abord l'intention d'accompagner monsieur et madame Lovendal jusqu'à Stockton; mais des travaux nombreux étaient en voie d'exécution aux Deux-Sœurs. Il s'agissait d'agrandir considérablement les bâtimens, de défricher de nouveaux terrains, et quinze ou vingt travailleurs étaient à l'œuvre déjà; le fermier et la fermière ne pouvaient s'absenter sans de graves inconvéniens. Ils se bornèrent donc à conduire les voyageurs jusqu'à moitié chemin de la ville; Tête-de-Feu seul devait les suivre à Stockton, d'où il ramènerait le chariot le lendemain.

Dans la forêt, on s'arrêta pour se dire un dernier adieu. Les deux beaux-frères se serraient les mains et se juraient une amitié éternelle; les deux sœurs s'embrassaient en pleurant et semblaient ne pouvoir s'arracher aux étreintes l'une de l'autre.

— Julia, dit enfin Kretle d'une voix sanglotante, je ne veux pas, je ne peux pas, je ne dois pas retourner en France; j'y trouverais des souvenirs que, pour mon généreux Schmidt et pour moi, nous devons mettre en oubli. Néanmoins, il nous sera facile de nous écrire, de nous communiquer nos joies et nos peines. D'ailleurs, mon mari et moi, nous avons le projet de nous rendre de temps en temps à New-York; pourquoi, Albert et toi, ne vous y rendriez-vous pas de même? La rapidité merveilleuse des communications rend ce projet d'une exécution facile; nous nous retrouverions heureuses et honorées dans cette ville où nous avons tant souffert, et nous pourrions y passer quelques jours ensemble... Ma sœur, le voudras-tu?

Julia promit de demander cette grâce à son mari, puis on s'embrassa encore, et l'on se sépara, non sans de violens déchiremens de cœur.

Le lendemain, à un mille ou deux au delà de Stockton, il y eut encore de tristes adieux : c'étaient ceux de Girard et de Tête-de-Feu.

— Est-il donc vrai, mon bon Girard, disait le coureur des bois d'une voix sombre, que cette fois nous ne devons plus nous revoir?

— Je le crains, mon pauvre Tête-de-Feu, à moins que tu ne consentes à revenir en France, notre patrie commune. Pour moi, je vais m'y établir avec monsieur Lovendal, qui me procurera une retraite paisible et selon mes goûts à sa manufacture... Que veux-tu? je deviens vieux, et ces caravanes de ma jeunesse qui m'avaient valu le surnom d'Aigle-Rusé n'ont plus de charme à mes yeux.

Mais toi aussi, mon ami, n'est-tu pas las de cette existence vagabonde où rien n'est sûr que les périls, les privations et la misère?

— Ne me parle pas d'en changer, répliqua le coureur des bois avec fermeté; telle qu'elle est je m'en contente, et la gêne qui règne dans vos villes me semblerait insupportable. De temps en temps, il me prend des fantaisies d'aller courir la prairie seul avec mon chien, mon cheval et mon rifle; si je ne pouvais satisfaire ces envies, je mourrais de chagrin. D'ailleurs, n'ai-je pas une famille dans ces bons petits jeunes gens, Schmidt et sa femme, qui me montrent tant d'affection et d'égards? Ils m'ont promis de me conserver ma hutte dans le nouvel établissement qu'ils sont en train de bâtir, et, quand je me sentirai vieux et cassé, je me retirerai là, comme un vieux chien de chasse devenu invalide. Je soignerai leurs petits enfans; je les divertirai le soir, à la veillée, en leur contant le récit de mes chasses et de mes aventures. Je ne serai pas peut-être aussi à plaindre que tu crois... Mais, allons! Girard, nous sommes des hommes...... Adieu, que toutes les bénédictions du ciel tombent sur toi!

Ils se serrèrent encore une fois dans les bras l'un de l'autre, et ils se séparèrent.

Ils ne devaient plus se revoir en effet. Trois ou quatre ans après cette séparation, Tête-de Feu ne revint pas d'une de ces excursions lointaines où l'entraînait souvent son humeur nomade; fut-il dévoré par l'ours grizly, scalpé par les Indiens, ou périt-il de faim et de froid dans la steppe, c'est ce qu'on ne sut jamais, car on n'entendit plus parler de lui.

Les époux Lovendal et leurs amis arrivèrent heureusement en France. Albert passe aujourd'hui pour le plus riche manufacturier de l'Alsace et de la Lorraine. Quant à Schmidt, sa situation n'est pas moins prospère, et on évalue le domaine des Deux-Sœurs à plus de cent mille dollars. C'est maintenant un beau village d'un millier d'habitans; et qui sait si, dans une époque prochaine, il ne deviendra pas une puissante ville? L'Amérique fait de ces miracles, mais à quel prix!

FIN DES ÉMIGRANS.

TABLE

DES CHAPITRES CONTENUS DANS LES ÉMIGRANS.

FIN DE LA TABLE DES ÉMIGRANS.

Paris, — Imprimerie J. Voisvenel, rue Chauchat, 14.

AVANTAGES RÉSERVÉS AUX ABONNÉS DU JOURNAL LE SIÈCLE.

Tout abonné du Siècle a droit, outre la prime gratuite, à une remise de cinquante pour cent sur le prix marqué de tous les ouvrages que renferme ce Catalogue. Les demandes [illegible] être affranchies et contenir leur montant en un mandat sur la poste ou à vue à l'ordre de M. le Directeur-Gérant du SIÈCLE. On doit [illegible] par [illegible] volume, de 1 franc pour ceux de la première catégorie; de [illegible] centimes pour ceux de la deuxième; de [illegible] centimes pour ceux de la troisième [illegible]

Première catégorie.

[illegible]

SCOTT (trad. de Victor Perceval); La Dryade de Clairefont, E. BERTHET; Les Proscrits de Sicile, E. GONZALÈS. Prix : 6 fr.

[illegible] série. — Les Géants de la mer, DE LA LANDELLE; Le Vengeur du mari, EMMANUEL GONZALÈS. Prix : 6 fr.

[illegible] série. — Fragments de voyages autour du monde, GABRIEL LAFOND (DE LURCY); Les Brigands, EMILE NORMAND; Nouvelles Diverses, Huit jours au Monténégro, ADRIEN PAUL. Prix : 6 fr.

[illegible] série. — L'Homme des bois, ELIE BERTHET; En Amérique, en France et ailleurs, OSCAR COMETTANT; Bernard le potier de terre, Etienne Giraud, MOLÉRI; Les Duels de Valentin, ADRIEN PAUL. Prix : 6 fr.

[illegible] série. — Une Dette de Jeu, Les Finesses de d'Argenson, ADRIEN PAUL; La Famille Guillaume, Suzanne, MOLÉRI; Le Gentilhomme verrier, ELIE BERTHET; Le Chasseur d'hommes, EMMANUEL GONZALÈS. Prix : 6 fr.

[illegible] série. — Robin Hood PIERCE EGAN (traduction de Victor Perceval); Marcelline Vauvert, FULGENCE GIRARD. Les Sabotiers de la forêt Noire, EMMANUEL GONZALÈS; Les Martyrs de la Pologne, LOUIS NOIR. Prix 6 fr.

[illegible] série. — La Belle argentière, Vte PONSON DU TERRAIL; Les Anabaptistes des Vosges, les Marquards une Noce dans le Poitou, ALFRED MICHIELS; Sur nos [illegible]es, Giulia Falcoin, FULGENCE GIRARD. Prix [illegible] fr.

[illegible] série. — Le Serment des quatre valets, Vte PONSON DU TERRAIL; Souvenirs d'un simple Zouave, L. NOIR. Prix : 6 fr.

[illegible] série. — La Reine des barricades PONSON DU TERRAIL; Jeanne de Valbelle; C. BLANC; Les Mémoires d'un Ange, E. GONZALÈS; Les Chasseurs de chamois, A. MICHIELS. Prix : 6 f.

[illegible] série — Comment on aime, ÉTIENNE ENAULT; Le Brouillard sanglant, LOUIS NOIR; Les Sept baisers de Buckingham, E. GONZALÈS et MOLÉRI; Le Curé du Pecq, Jean Lebon, GUSTAVE CHADEUIL. Prix : 6 [illegible]

[illegible] série. — Jacques la Hache, LOUIS NOIR; Les [illegible] drames bourgeois, MOLÉRI; La Double vue, ELIE BERTHET; Les Trois fiancées, EMMANUEL GONZALÈS. Prix : 6 [illegible]

[illegible] série. — Les Colons d'Algérie, E. BERTHET; Les Amours du Vert-Galant, la Mignonne du roi, une Princesse russe, le Serment de la veuve, Giangurgolo, Jacqueline, l'Épave, Les Jardins de Monaco, E. GONZALÈS; La Terre promise, Iambo, un Don Juan sur le retour, Partie et Revanche, MOLÉRI. Prix : 6 [illegible]

[illegible] série. — Le beau Galaor, Vte PONSON DU TERRAIL; L'Hôtesse du Connétable, E. GONZALÈS; La Contessina, VICTOR PERCEVAL; Le Calvaire des Femmes, M.-L. GAGNEUR. Prix [illegible]

[illegible] série. — La seconde jeunesse du roi Henri, PONSON DU TERRAIL; L'Épée de Suzanne, E. GONZALÈS; Campagne du Mexique, L. NOIR; les Cyniques, etc. J. VILBORT. Prix [illegible]

[illegible] série. — Chroniques de la marine française, FULGENCE GIRARD; Contes d'une nuit d'Hiver, ALFRED MICHIELS; [illegible] Dragon rouge, LÉON GOZLAN; la Tour du télégraphe, [illegible] BERTHET. Prix : 6 [illegible]

[illegible] série. — Jean Bart et Charles Keyser, — les Grèves de Portugal, l'Usurier sentimental, — la plus heureuse des Femmes, — l'École de la vie, DE LA LANDELLE. Prix 6 [illegible]

[illegible] série. — *Les Drames de l'honneur* : — l'Enfant trouvé, — Histoire d'une conscience, — Mademoiselle de Champrosay, ÉTIENNE ENAULT; les Crimes inconnus, E. BERTHET. Prix : 6 [illegible]

Deuxième catégorie.

[illegible]

[illegible] Sauveur de Malte. — Le Morne-au-Diable. — Les Aventures de Hercule Hardi; Kardiki. Prix : 6 fr. 50

NOUVELLES ET ROMANS CHOISIS D'ÉLIE BERTHET.

Tome 1er, 1re PARTIE. — Le Colporteur, le Val d'Andorre, la Croix de l'affût. — La Maison murée, le Pacte [illegible], une Passion, le Dernier alchimiste, la Tour [illegible] le Chasseur de marmottes. — Le Roi des ménétriers. [illegible] Nid de cigognes. — La Mine d'or. Prix : 6 fr. 50

[illegible] 1er, 2e PARTIE. — L'Étang de Précigny. — Richard [illegible]nier, la Ferme de l'Oseraie. — La Belle drapière, [illegible] d'Auvergne. — Le Réfractaire, le Cadet de [illegible]le. Prix : 6 fr 50

[illegible], 1re PARTIE. — Bastide Rouge, Roche Tremblante [illegible] la Famille. — Spectre de Châtillon. — [illegible] Château d'[illegible]brun. Prix : 6 fr. 50

[illegible] PARTIE. [illegible] les [illegible] Irlandais. — Le Vallon [illegible] Maison [illegible] Marquise de Norville [illegible] Notaire, la Convulsionnaire, le Père Xavier, [illegible] Beaulieu, les deux Mourants. Prix : 6 fr. 50

[illegible] PARTIE. — L'Oiseau du désert, le douanier [illegible] Prix : 6 fr. 50

[illegible] ROMANS CHOISIS D'A. DE LAVERGNE.

[illegible] PARTIE. — La Recherche de l'inconnue. — La Famille de Marsal. — L'Aîné de la famille. — Un Gentilhomme d'aujourd'hui. Prix : 6 fr.

Tome 1er. — 2e PARTIE. — La Duchesse de Mazarin. — [illegible] Circassienne. — La Pension bourgeoise, le Chevalier du silence, le Comte de Mansfeldt, le Secret de la confession, Le Cadet de famille. Prix : 6 fr.

Tome 2e, 1re PARTIE. — La Princesse des Ursins, [illegible] faut que jeunesse se passe. — Les Trois aveugles, le Dernier seigneur de village. — La Marquise de Contades, [illegible] Livre du mezouar, la Course au clocher, Brancas le Rêveur. — Le Château de la Brosse-Saint-Ouen, la Dernière hymne de Santeuil, Anne d'Arcona, Hannah Glenmore, le Brasero. Prix : 6 fr.

Tome 2e 2e PARTIE. — Le lieutenant Robert, — [illegible] historiques de France, — L'Ut de Poitrine, — Pauline [illegible] les Suites d'une Passion, la Sainte d'Oflémont, le Dernier More de Grenade, la Force, le bourgeois de Bayeux, [illegible] jeune Boufflers. Prix 6 fr.

Le Fils du diable, PAUL FÉVAL	Prix : 6 fr.
Les Mystères de Londres, —	Prix : 6 fr.
Le Veau d'or, F. SOULIÉ et LÉO LESPÈS.	Prix : 6 fr.
Esaü le Lépreux, E. GONZALÈS.	Prix : 6 fr.
Les Géants de la mer, DE LA LANDELLE.	Prix : 6 fr.

Troisième catégorie.

[illegible]

[illegible] TERRAIL — La Jeunesse du roi Henri; Le [illegible]; Le Serment des quatre valets. 2 50; [illegible]des, 2 fr. 50.

[illegible] — Les Mendians de Paris, 2 50.

[illegible] — Nouvelles et Proverbes, 2 50.

[illegible] Les Mystères de Rome, 2 fr. 50.

[illegible] la Floride, la Guerre du Nizam, 2 50.

[illegible] LUCHET. — Thadéusie Ressuscité, 2 f. 50.

[illegible] Une chimère, la Traite des blanches, [illegible] — Les Petits drames bourgeois, 2 fr. 50.

[illegible] — Le Nouveau monde, 2 fr. 50. — [illegible] France et ailleurs, 2 fr. 50.

[illegible] (LURCY). — Fragmens de Voyage autour [illegible]

[illegible] Victor Perceval). — Ivanhoe 2 fr. 50.

PIERCE EGAN. — Robin Hood, par V. Perceval, 2 fr. [illegible]

E. GONZALÈS. — Chasseur d'hommes, 2 fr. 50. — Mémoires d'un Ange, 2 f. 50. — Amours du Vert-Galant, Mignonne du roi, Princesse russe, Serment de la veuve, Giangurgolo, Jacqueline, Épave, Jardins de Monaco, 2 f. 50.

A. DE LAVERGNE. — Famille de Marsal, 2 f. 50. — Pension bourgeoise, Chevalier du silence, Comte de Mansfeldt, Secret de la confession, 2 f. 50. — Lieutenant Robert.

L. NOIR. — Les Martyrs de la Pologne, 2 f. 50. — Souvenirs d'un simple Zouave, 2 f. 50. — Jacques la Hache, 2 [illegible]

M.-L. GAGNEUR. — Le Calvaire des Femmes, 2 fr. 50.

FULGENCE GIRARD. — Sur nos Grèves, Giulia Falcom, [illegible] — Chroniques de la marine française (République), [illegible]

ÉTIENNE ENAULT. — Comment on aime, 2 f 50. — L'Enfant trouvé, 2 fr. 50

Quatrième catégorie.

[illegible]

[illegible] Le Nœud Gordien, 1 fr. 20.

[illegible] Frères de la Côte, 1 fr. 20. — La [illegible] — Les Proscrits de Sicile, 1 fr. 20. [illegible] 1 fr. 20. — Les Sabotiers de la forêt [illegible] Les Sept baisers de Buckingham, 1 fr. 20. [illegible] 1 fr. 20. — L'Hôtesse du connétable, [illegible] L'Épée de Suzanne, 1 fr. 20.

[illegible] Frère et Sœur, 1 fr. 20. — Souvenirs de [illegible] 1 fr. 20.

[illegible] Blanche Mortimer, 1 fr. 20. — Sir Georges, [illegible] Thérèse, 1 20. — Les Aventures [illegible] A côté du bonheur, 1 fr. 20. [illegible] Finesses de d'Argenson, 1 fr. 20. [illegible] 1 fr. 20. — Nouvelles Diverses, [illegible] 1 fr. 20.

[illegible] (Alfred Bureau). — Le Buffalo [illegible]

[illegible] Raynal, 1 fr. 20 [illegible] 1 fr. 20. — Jean [illegible] la plus heureuse des femmes. [illegible]

[illegible] Louis XIII, 1 fr. 20 [illegible] Empire, 1 fr. 20. [illegible]

[illegible] Gentilhomme [illegible] le potier [illegible] La Famille Guillaume, [illegible] Suzanne, 1 fr. 20. — La Terre Promise, Iambo, un Don Juan sur le Retour, Partie et Revanche, 1 fr. 20.

ALEXANDRE DE LAVERGNE. — La Recherche de l'inconnue, 1 20. — L'Aîné de la famille, 1 20. — Un Gentilhomme d'aujourd'hui, 1 20. — La Duchesse de Mazarin, 1 20. — La Circassienne, 1 20. — Le Cadet de famille, 1 20. — La Princesse des Ursins, 1 20. — Il faut que jeunesse se passe, 1 20. — Les Trois aveugles, le Dernier seigneur de village, 1 20. — La Marquise de Contades, le Livre du mezouar, la Course au clocher, Brancas le Rêveur, 1 fr. 20. — Le Château de la Brosse-Saint-Ouen, la Dernière hymne de Santeuil, Anne d'Arcona, Hannah Glenmore, le Brasero, 1 fr. 20. — [illegible] historiques de France 1 fr. 20. — L'Ut de Poitrine, 1 [illegible] — Histoire et Roman, 1 fr. 20.

EMILE NORMAND. — Les Brigands, épisodes de l'histoire du brigandage dans le royaume de Naples [illegible] Romains, 1 fr. 20.

ALFRED MICHIELS. — Les Anabaptistes des Vosges, [illegible] Marquards, une Noce dans le Poitou, 1 fr. 20. — Les Chasseurs de chamois, 1 20. — Contes d'une nuit d'Hiver, [illegible] — Contes des montagnes, 1 fr. 20.

CASIMIR BLANC. — Jeanne de Valbelle, 1 fr. 20.

LOUIS NOIR. — Le Brouillard sanglant, 1 fr. 20. — Campagne du Mexique, 1 fr. 20.

G. CHADEUIL. — Le Curé du Pecq, Jean Lebon, 1 fr. [illegible]

V. PERCEVAL. — La Contessina, 1 fr. 20. — L. [illegible] et V. PERCEVAL. Une femme dangereuse, 1 fr. 20.

Vte PONSON DU TERRAIL. — Le beau Galaor, 1 fr. 20. [illegible] seconde jeunesse du roi Henri, 1 fr. 20.

J.-M. VILBORT. — Les Cyniques, etc. 1 fr. 20.

ÉTIENNE ENAULT. — Histoire d'une conscience, 1 fr. [illegible] Mademoiselle de Champrosay, 1 fr. 20.

Paris. — Imprimerie J. Voisvenel 16 rue Chauchat

AVANTAGES RÉSERVÉS AUX ABONNÉS DU JOURNAL LE SIÈCLE.

Tout Abonné au SIÈCLE a droit, outre la prime gratuite, à une remise de cinquante pour cent sur le prix marqué de tous les ouvrages que renferme ce Catalogue. Les demandes des départements doivent être affranchies et contenir leur montant en un mandat sur la poste ou à vue à l'ordre de M. le Directeur-Gérant du SIÈCLE. On devra ajouter à la demande le prix du port, qui est, par chaque volume, de 1 franc pour ceux de la première catégorie; de 80 centimes pour ceux de la deuxième; de 60 centimes pour ceux de la troisième; de 40 centimes pour ceux de la quatrième.

Première catégorie.

Musée littéraire.

…e série. — Les sept Péchés capitaux : l'Orgueil, l'Envie, la Colère, la Luxure, la Paresse, l'Avarice, la Gourmandise, E. SUE. Prix : 6 fr.

19e série. — Les Catacombes de Paris, ÉLIE BERTHET; la Gorgone, DE LA LANDELLE; Gabrielle, Mme ANCELOT. Prix : 6 fr.

20e série. — Marcel, FÉLICIEN MALLEFILLE; Les Frères de la Côte, E. GONZALÈS; Le Conseiller d'État, F. SOULIÉ; Le Notaire de Chantilly, L. GOZLAN; Hermione Sénéchal, H… …aynal, PAUL FERNEY. Prix : 6 fr.

…rie. — Le Chemin le plus court, ALPH. KARR; …Lépreux, EMMANUEL GONZALÈS; Blanche Morti-…, …DRIEN PAUL. Prix : 6 fr.

…série. — Une Haine à bord, DE LA LANDELLE; Les …eurs, E. BERTHET; Le Bossu, P. FÉVAL. Prix : 6 fr.

…série. — Les Excentricités de sir Georges, Nicette, …IEN PAUL; Une Vengeance, Mme LÉONIE D'AUNET; Les …ndians de Paris, Mme CLÉMENCE ROBERT; …Nouvelle… …érésa, ADRIEN PAUL. Prix : 6 fr.

24e série. — Le Chevalier de Floustignac, À côté du bonheur, A. PAUL; Les Émigrants, E. BERTHET; Un Corsaire sous l'Empire, FULGENCE GIRARD; L'Or est une chimère, la Traite des blanches, Sans Famille, MOLÉRI. Prix : 6 fr.

25e série. — Thadéus le Ressuscité, M. MASSON et A. LUCHET; La Belle novice, E. GONZALÈS; Le Marquis de Monclar, Mme Leblanc, MOLÉRI; Le Nouveau monde, O. COMETTANT. Prix : 6 fr.

26e série. — Frère et Sœur, A. LUCHET; Ivanhoe, WALTER SCOTT (trad. de Victor Perceval); La Dryade de Clairefont, E. BERTHET; Les Proscrits de Sicile, E. GONZALÈS. Prix : 6 fr.

27e série. — Les Géants de la mer, DE LA LANDELLE; Le Vengeur du mari, EMMANUEL GONZALÈS. Prix : 6 fr.

28e série. — Fragments de voyages autour du monde, GABRIEL LAFOND (DE LURCY); Les Brigands, ÉMILE NORMAND; Nouvelles Diverses, Huit jours au Monténégro, ADRIEN PAUL.

29e série. — L'Homme des bois, ÉLIE BERTHET; En Amérique, en France et ailleurs, OSCAR COMETTANT; Bernard le potier de terre, Étienne Giraud, MOLÉRI; Les Duels de Valentin, ADRIEN PAUL. Prix : 6 fr.

30e série. — Une Dette de jeu, Les Finesses de d'Argenson, ADRIEN PAUL; La Famille Guillaume, Suzanne, MOLÉRI; Le Gentilhomme verrier, ÉLIE BERTHET; Le Chasseur d'hommes, EMMANUEL GONZALÈS. Prix : 6 fr.

31e série. — Robin Hood, PIERCE EGAN (traduction de Victor Perceval); Marcelline Vauvert, FULGENCE GIRARD; Les Sabotiers de la forêt Noire, EMMANUEL GONZALÈS; Les Martyrs de la Pologne, LOUIS NOIR. Prix : 6 fr.

32e série. — La Belle argentière, Vte PONSON DU TERRAIL; Les Anabaptistes des Vosges, les Marquards, une Noce dans le Poitou, ALFRED MICHIELS; Sur nos Grèves, Giulia Falcone, FULGENCE GIRARD. Prix : 6 fr.

33e série. — Le Serment des quatre valets, Vte PONSON DU TERRAIL; Souvenirs d'un simple Zouave, L. NOIR. Prix : 6 fr.

34e série. — La Reine des barricades, PONSON DU TERRAIL; Jeanne de Vallelle, C. BLANC; Les Mémoires d'un Ange, E. GONZALÈS; Les Chasseurs de chamois, A. MICHIELS. Prix : 6 fr.

35e série. — Comment on aime, ÉTIENNE ÉNAULT; Le Brouillard sanglant, LOUIS NOIR; Les Sept baisers de Buckingham, E. GONZALÈS; Molière; Le Curé du Pecq, Jean Lebon, GUSTAVE CHADEUIL. Prix : 6 fr.

36e série. — Jacques la Hache, LOUIS NOIR; Les Petits drames bourgeois, MOLÉRI; L'Abonné vue, ÉLIE BERTHET; Les Trois fiancées, EMMANUEL GONZALÈS. Prix : 6 fr.

37e série. — Le Colonel Algérie, É. BERTHET; Les Amours du Vert-Galant, la Mignonne du roi, une Princesse russe, le Serment de la veuve, Giangurgolo, Jacqueline, l'Épave, Les Jardins de Monaco, E. GONZALÈS; La Terre promise, Iambo, un Don Juan sur le retour, Partie et Revanche, MOLÉRI. Prix : 6 fr.

38e série. — Le beau Galaor, Vte PONSON DU TERRAIL; L'Épouse du Comte, ÉLIE BERTHET; La Comtesse, VICTOR PERCEVAL; Le Calvaire des femmes, M.-L. GAGNEUR. Prix : 6 fr.

39e série. — La seconde jeunesse du roi Henri, PONSON DU TERRAIL; L'Épée de Suzanne, E. GONZALÈS; Campagne du Mexique, L. NOIR; les Cyniques, etc., J. VILBORT. Prix : 6 fr.

40e série. — Chroniques de la marine française, FULGENCE GIRARD; Contes d'une nuit d'hiver, ALFRED MICHIELS; le Dragon rouge, LÉON GOZLAN; la Tour du télégraphe, ÉLIE BERTHET. Prix : 6 fr.

42e série. — Jean Bart (1 Charles Keyser), — les Grands de Portugal, l'Usurier sentimental, — la plus heureuse des Femmes, — l'École de la vie, DE LA LANDELLE. Prix : 6 fr.

43e série. — *Les Drames de l'honneur* : l'Enfant trouvé, — Histoire d'une conscience, — Mademoiselle de Champrosay, ÉTIENNE ÉNAULT; les Crimes inconnus, É. BERTHET. Prix : 6 fr.

Deuxième catégorie.

ŒUVRES CHOISIES DE BALZAC.

SCÈNES DE LA VIE DE PROVINCE.

TOME SECOND. — Les Rivalités (la Vieille fille, le Cabinet des antiques). — Le Lys dans la vallée. — Les Illusions perdues (les Deux poètes, un Grand homme de province à Paris, Ève et David). Prix : 1 fr. 50

SCÈNES DE LA VIE PARISIENNE.

TOME SECOND. — Splendeurs et misères des courtisanes (Esther heureuse, À combien l'amour revient aux vieillards, Où mènent les mauvais chemins). — Les Parents pauvres (la Cousine Bette, le Cousin Pons). Prix : 1 fr. 50

ŒUVRES CHOISIES D'EUGÈNE SUE.

Tome 1er, 1re PARTIE. — Mathilde, mémoires d'une jeune femme. Prix : 1 fr. 50

Tome 2e, 1re PARTIE. — Paula Monti ou l'Hôtel Lambert. — Le Marquis de Létorière, Crao. — Thérèse Dunoyer. — Arthur, journal d'un inconnu. Prix : 1 fr. 50

Tome 2e, 2e PARTIE. — Latréaumont. — Jean Cavalier ou les Fanatiques des Cévennes. — Le Colonel de Surville. Godolphin-Arabian. Prix : 1 fr. 50

Tome 3e, 1re PARTIE. — La Salamandre. — Atar-Gull. — Plik et Plok. — La Vigie de Koat-Ven. Prix : 1 fr. 50

Tome 3e, 2e PARTIE. — La Coucaratcha. — Le Commandeur de Malte. — Le Morne-au-diable. — Les Aventures de Hercule Hardi, Kardiki. Prix : 1 fr. 50

NOUVELLES ET ROMANS CHOISIS D'ÉLIE BERTHET.

Tome 1er, 1re PARTIE. — Le Colporteur, le Val d'Andorre, la Croix de l'affût. — La Maison murée, le Pacte de famine, une Passion, le Dernier alchimiste, la Tour Zizim, le Chasseur de marmottes. — Le Roi des ménétriers. — Le Nid de cigognes. — La Mine d'or. Prix : 1 fr. 50

Tome 1er, 2e PARTIE. — L'Étang de Précigny. — Richard le fauconnier, la Ferme de l'Oseraie. — La Belle drapière, le Château d'Auvergne. — Le Réfractaire, le Cadet de Normandie. Prix : 1 fr. 50

Tome 2e, 1re PARTIE. — La Bastide Rouge, Roche Tremblante. — Mystères de la Famille. — Spectre de Châtillon. — Braconnier, Château de Montbrun. Prix : 1 fr. 50

Tome 2e, 2e PARTIE. — …rnier… Irlandais. — Le Vallon suisse. — Une Maison … Marquise de Norville, la Nièce du Notaire, la Convulsionnaire, le Père Xavier, le Marquis de Beaulieu, les deux Meuniers. Prix : 1 fr. 50

Tome 3e, 1re PARTIE. — L'Oiseau du désert, le Douanier de Mer, le Juré. Prix : 1 fr. 50

NOUVELLES ET ROMANS CHOISIS D'A. DE LAVERGNE.

Tome 1er, 1re PARTIE. — La Recherche de l'inconnue. — La Famille de Marsal. — L'Aîné de la famille. — Un Gentilhomme d'aujourd'hui. Prix : 1 fr. 50

Tome 1er, 2e PARTIE. — La Duchesse de Mazarin. — La Circassienne. — La Pension bourgeoise, le Chevalier du silence, le Comte de Mansfeldt, le Secret de la confession. — Le Cadet de famille. Prix : 1 fr. 50

Tome 2e, 1re PARTIE. — La Princesse des Ursins. — Il faut que jeunesse se passe. — Les Trois aveugles, le Dernier seigneur du village. — La Marquise de Contades, le Livre du mezquar, la Course au clocher, Brancas le Rêveur. — Le Château de la Brosse-Saint-Ouen, le Dernière hymne de Santeuil, Anne d'Arcona, Hannah Glenmore, le Brasero. Prix : 1 fr. 50

Tome 2e, 2e PARTIE. — Le lieutenant Robert. — Ruines historiques de France. — L'Ut de Poitrine. — Pauline Butler, les Suites d'une Passion, la Sainte d'Ollemont, le Dernier Maure de Grenade, la Force, le bourgeois de Bayeux, le jeune Boufflers. Prix : 1 fr. 50

Le Fils du diable, PAUL FÉVAL. Prix : 1 fr. 50

Les Mystères de Londres. Prix : 1 fr. 50

Le Veau d'or, F. SOULIÉ et LÉO LESPÈS. Prix : 1 fr. 50

Ésaü le Lépreux, E. GONZALÈS. Prix : 1 fr. 50

Les Géants de la mer, DE LA LANDELLE. Prix : 1 fr. 50

Troisième catégorie.

EUGÈNE SUE. — L'Orgueil, 2 fr. 50. — L'Envie, la Colère, 2 fr. 50. — La Bonne aventure, 2 50. — Latréaumont, 2 fr. 50. — Arthur, 2 fr. 50. — Jean Cavalier, 2 fr. 50. — La Vigie de Koat-Ven, 2 fr. 50.

ÉLIE BERTHET. — Les Catacombes de Paris, 2 50. — Les Chauffeurs, 2 50. — Les Émigrants, 2 50. — L'Homme des bois, 2 50. — La Marquise de Norville, la Nièce du Notaire, la Convulsionnaire, le Père Xavier, le Marquis de Beaulieu, les deux Meuniers, 2 50. — Le Gentilhomme verrier, 2 50. — Le colon d'Algérie, 2 50.

F. SOULIÉ. — Les Deux cadavres, 2 fr. 50.

PAUL FÉVAL. — Les Amours de Paris, 2 50. — Le Bossu, 2 50.

DE LA LANDELLE. — La Gorgone, 2 50. — Les Grands de Portugal, l'Usurier sentimental, 2 fr. 50.

L. DESNOYERS. — Les Aventures de Robert-Robert, 2 50.

L. GOZLAN. — Le Médecin du Pecq, 2 fr. 50.

Vte PONSON DU TERRAIL. — La Jeunesse du roi Henri; La Belle argentière, 2 50; Le Serment des quatre valets, 2 50; La Reine des Barricades, 2 fr. 50.

CLÉMENCE ROBERT. — Les Mendiants de Paris, 2 50.

EUGÈNE SCRIBE. — Nouvelles et Proverbes, 2 50.

F. DERIÈGE. — Les Mystères de Rome, 2 fr. 50.

MÉRY. — Héva, la Floride, la Guerre du Nizam, 2 50.

M. MASSON et A. LUCHET. — Thadéus le Ressuscité, 2 f. 50.

MOLÉRI. — L'Or est une chimère, la Traite des blanches, Sans Famille, 2 fr. 50. — Les Petits drames bourgeois, 2 fr. 50.

OSCAR COMETTANT. — Le Nouveau monde, 2 fr. 50. — En Amérique, en France et ailleurs, 2 fr. 50.

G. LAFOND (DE LURCY). — Fragments de Voyage autour du monde, 2 fr. 50.

WALTER SCOTT (trad. Victor Perceval). — Ivanhoe, 2 fr. 50.

PIERCE EGAN. — Robin Hood, par V. Perceval, 2 fr. 50.

E. GONZALÈS. — Chasseur d'hommes, 2 fr. 50. — Mémoires d'un ange, 2 f. 50. — Amours du Vert-Galant, Mignonne du roi, Princesse russe, Serment de la veuve, Giangurgolo, Jacqueline, Épave, Jardins de Monaco, 2 f. 50.

A. DE LAVERGNE. — Famille de Marsal, 2 f. 50. — Pension bourgeoise, Chevalier du silence, Comte de Mansfeldt, Secret de la confession, 2 f. 50. — Lieutenant Robert.

L. NOIR. — Les Martyrs de la Pologne, 2 f. 50. — Souvenirs d'un simple Zouave, 2 f. 50. — Jacques la Hache, 2 f. 50.

M.-L. GAGNEUR. — Le Calvaire des femmes, 2 fr. 50.

FULGENCE GIRARD. — Sur nos Grèves, Giulia Falcone, 2 f. 50. — Chroniques de la marine française (République), 2 f. 50.

ÉTIENNE ÉNAULT. — Comment on aime, 2 f. 50. — L'Enfant trouvé, 2 fr. 50.

Quatrième catégorie.

ÉLIE BERTHET. — Le Colporteur, le Val d'Andorre, la Croix de l'affût, 1 fr. 20. — La Maison murée, le Pacte de famine, une Passion, le Dernier alchimiste, la Tour Zizim, le Chasseur de marmottes, 1 fr. 20. — Le Roi des ménétriers, 1 fr. 20. — Le Nid de cigognes, 1 fr. 20. — La Mine d'or, 1 fr. 20. — L'Étang de Précigny, 1 fr. 20. — Richard le fauconnier, la Ferme de l'Oseraie, 1 fr. 20. — La Belle drapière, le Château d'Auvergne, 1 fr. 20. — Le Réfractaire, le Cadet de Normandie, 1 fr. 20. — La Dryade de Clairefont, 1 fr. 20. — La Bastide Rouge, la Roche Tremblante, 1 fr. 20. — Les Mystères de la famille, 1 fr. 20. — Le Spectre de Châtillon, 1 fr. 20. — Le Braconnier, le Château de Montbrun, 1 fr. 20. — Le Dernier Irlandais, 1 fr. 20. — Le Vallon Suisse, 1 20. — Une Maison de Paris, 1 fr. 20. — La Double vie, 1 fr. 20. — La Tour du Télégraphe, 1 20. — L'Oiseau du désert, 1 20. — Le Douanier de Mer, 1 20. — Le Juré 1 20. — Les crimes inconnus, 1 20.

EUGÈNE SUE. — La Luxure, la Paresse, 1 fr. 20. — L'Avarice, la Gourmandise, 1 fr. 20. — Paula Monti ou l'Hôtel Lambert, 1 fr. 20. — Le Marquis de Létorière, Crao, 1 fr. 20. — Thérèse Dunoyer, 1 fr. 20. — Le Colonel de Surville, Godolphin-Arabian, 1 fr. 20. — La Salamandre, 1 fr. 20. — Atar-Gull, 1 fr. 20. — Plik et Plok, 1 fr. 20. — La Coucaratcha, 1 fr. 20. — Le Commandeur de Malte, 1 fr. 20. — Le Morne-au-diable, 1 fr. 20 c. — Les Aventures de Hercule Hardi, …, 1 20. — Miss Mary, 1 fr. 20.

…SOULIÉ. — Le Conseiller d'État, 1 fr. 20.

…KARR. — Fort en thème, 1 20. — Feu Bressier, 1 f. 20.

…LVESTRE. — Riche et Pauvre, 1 fr. 20.

NORMANBY. — Mathilda, 1 fr. 20.

GOZLAN. — Les Nuits du Père-Lachaise, 1 f. 20. — Le Dragon rouge, 1 f. 20. — Le Faubourg mystérieux, 1 fr. 20.

CH. DE BERNARD. — Le Nœud Gordien, 1 fr. 20.

E. GONZALÈS. — Les Frères de la Côte, 1 fr. 20. — La Belle novice, 1 fr. 20. — Les Proscrits de Sicile, 1 fr. 20. — Le Vengeur du mari, 1 fr. 20. — Les Sabotiers de la forêt Noire, 1 fr. 20. — Les Sept baisers de Buckingham, 1 fr. 20. — Les Trois fiancées, 1 fr. 20. — L'Hôtesse du connétable, 1 fr. 20. — L'Épée de Suzanne, 1 fr. 20.

A. LUCHET. — Frère et Sœur, 1 fr. 20. — Souvenirs de Fontainebleau, 1 fr. 20.

ADRIEN PAUL. — Blanche Mortimer, 1 fr. 20. — Sir Georges, Nicette, 1 20. — Nouvelle, Thérésa, 1 20. — Les Aventures du chevalier de Floustignac, À côté du bonheur, 1 fr. 20. — Une Dette de jeu, les Finesses de d'Argenson, 1 fr. 20. — Les Duels de Valentin, 1 fr. 20. — Nouvelles diverses, Huit jours au Monténégro, 1 fr. 20.

MAYNE-REID (traduit par Allyre Bureau). — Le Buffle blanc, 1 fr. 20 c.

Mme ANCELOT. — Gabrielle, 1 fr. 20.

F. MALLEFILLE. — Marcel, 1 fr. 20.

P. FERNEY. — Hermione Sénéchal, Hélène Raynal, 1 fr. 20.

DE LA LANDELLE. — Une Haine à bord, 1 fr. 20. — Jean Bart et Charles Keyser, 1 20. — La plus heureuse des femmes, 1 20. — L'École de la vie, 1 20.

LÉONIE D'AUNET. — Une Vengeance, 1 fr. 20.

X.-B. SAINTINE. — Une Maîtresse de Louis XIII, 1 fr. 20.

FULGENCE GIRARD. — Un Corsaire sous l'Empire, 1 fr. 20. — Marcelline Vauvert, 1 fr. 20.

BIBLIOPHILE JACOB. — Pignerol, 1 fr. 20.

MOLÉRI. — Le Marquis de Monclar ou un Gentilhomme d'autrefois, Madame Leblanc, 1 fr. 20. — Bernard le potier de terre, Étienne Giraud, 1 fr. 20. — La Famille Guillaume, Suzanne, 1 fr. 20. — La Terre Promise, Iambo, un Don Juan sur le Retour, Partie et Revanche, 1 fr. 20.

ALEXANDRE DE LAVERGNE. — La Recherche de l'inconnue, 1 20. — L'Aîné de la famille, 1 20. — Un Gentilhomme d'aujourd'hui, 1 20. — La Duchesse de Mazarin, 1 20. — La Circassienne, 1 20. — Le Cadet de famille, 1 20. — La Princesse des Ursins, 1 20. — Il faut que jeunesse se passe, 1 20. — Les Trois aveugles, le Dernier seigneur de village, 1 20. — La Marquise de Contades, le Livre du mezquar, la Course au clocher, Brancas le Rêveur, 1 fr. 20. — Le Château de la Brosse-Saint-Ouen, la Dernière hymne de Santeuil, Anne d'Arcona, Hannah Glenmore, le Brasero, 1 fr. 20. — Ruines historiques de France, 1 fr. 20. — L'Ut de Poitrine, 1 fr. 20. — Histoire et Roman, 1 fr. 20.

ÉMILE NORMAND. — Les Brigands, épisodes de l'histoire du brigandage dans le royaume de Naples et les États Romains, 1 fr. 20.

ALFRED MICHIELS. — Les Anabaptistes des Vosges, les Marquards, une Noce dans le Poitou, 1 fr. 20. — Les Chasseurs de chamois, 1 20. — Contes d'une nuit d'hiver, 1 20. — Guides des montagnes, 1 fr. 20.

CASIMIR BLANC. — Jeanne de Vallelle, 1 fr. 20.

LOUIS NOIR. — Le Brouillard sanglant, 1 fr. 20. — Campagne du Mexique, 1 fr. 20.

G. CHADEUIL. — Le Curé du Pecq, Jean Lebon, 1 fr. 20.

VICTOR PERCEVAL. — La Comtesse, 1 fr. 20. — L. DESNOYERS et V. PERCEVAL. — Une femme dangereuse, 1 fr. 20.

Vte PONSON DU TERRAIL. — Le beau Galaor, 1 fr. 20. — La seconde jeunesse du roi Henri, 1 fr. 20.

J.-M. VILBORT. — Les Cyniques, etc. 1 fr. 20.

ÉTIENNE ÉNAULT. — Histoire d'une conscience, 1 fr. 20. — Mademoiselle de Champrosay, 1 fr. 20.

Paris. — Imprimerie J. Voisvenel, 16, rue Chauchat.

www.ingramcontent.com/pod-product-compliance
Ingram Content Group UK Ltd.
Pitfield, Milton Keynes, MK11 3LW, UK
UKHW031853260826
14628UKWH00002B/753